宋词

经典

生成及嬗变的

郁玉英 著

国家社科基金项目（10CZW027）

中国社会科学出版社

图书在版编目(CIP)数据

宋词经典的生成及嬗变／郁玉英著．—北京：中国社会科学出版社，
2016.1

ISBN 978 – 7 – 5161 – 7784 – 6

Ⅰ.①宋… Ⅱ.①郁… Ⅲ.①宋词－诗词研究 Ⅳ.①I207.23

中国版本图书馆 CIP 数据核字（2016）第 051460 号

出 版 人	赵剑英
责任编辑	曲弘梅
责任校对	张依婧
责任印制	戴 宽

出 版	中国社会科学出版社
社 址	北京鼓楼西大街甲 158 号
邮 编	100720
网 址	http：//www.csspw.cn
发 行 部	010 – 84083685
门 市 部	010 – 84029450
经 销	新华书店及其他书店

印 刷	北京君升印刷有限公司
装 订	廊坊市广阳区广增装订厂
版 次	2016 年 1 月第 1 版
印 次	2016 年 1 月第 1 次印刷

开 本	710 × 1000 1/16
印 张	25.25
插 页	2
字 数	410 千字
定 价	96.00 元

目　录

序

王兆鹏

　　这是一部平凡人写的不平凡的书。

　　作者是出身寒微的普通女子。第一学历，别说著名学府，连普通高校都不是。她只是中等师范的毕业生，没有上过大学。当年，家境不佳的她考出全县极其优异的成绩，却最终选择了 20 世纪 80 年代流行的公费中专。中师毕业以后，她一边教书，一边自学，花了 8 年的时间拿到了自学考试的本科文凭。本科文凭到手后，她没有停下求学的步伐，又向更高的理想冲刺，辛苦而忙碌的工作之余，备考硕士研究生。两年之后，她如愿考取了广西师范大学沈家庄教授门下的硕士研究生，从此开始了正规化的中国古代文学专业的学习与研究。从初中毕业到上研究生，常人需要花 7 年的时间（高中 3 年，大学 4 年），而她却花了 13 年。这意味着她的学术之路要比同龄人慢一个节拍。按照当下时髦的说法，她已经输在起跑线上了。可她最终没有"输"！3 年硕士的专业训练，让她变得更加坚强、自信而成熟。在 2005 年武汉大学的博士生考试中，与十几位考生同台过招后，她脱颖而出，一举考入我的门下。我门下的博士研究生，不少是考了两三次才考上，而她是以优异成绩一考过关。博士 3 年，她又如期毕业。一路打拼，虽然辛苦，却也顺风顺水，真可谓功夫不负有心人。

　　这女生，平凡，又不平凡。按理说，作为女生，作为自学成才者，没有受过四年大学的专业训练，理论思维能力应该有些局限，可她不仅文献基础厚实，理论思维能力也大大超越常人。作为文科生，没有理工科的学术背景，她的数学知识和能力应该不会出色，可她偏偏数学好，数理统计的能力很强，这需要多么顽强的毅力去炼成。我数学不好，读《统计学》、《计量信息学》之类的著作，见了数学公式就头大，只能绕开，而她却迎难而上，平趟了一道道数理统计的难题。为了将文学计量研究推向更高的学术层级，我特地先后招收过两届有理工科背景的博士生，让他们跟我一起做文学计量分析，可最终他们都对数据统计不感兴趣，宁愿跟随我做文献考证，也不乐意做文学计量研究。人各有志，做导师的也不好勉强。倒是没有任何理科背景的本书作者，在确定宋词经典的计量分析的博士论文选题后，锲而不舍地钻研，终于把文学的计量研究向前大大推进了一步。

不平凡的她，成就了这部不平凡的《宋词经典的生成及嬗变》。

此书的不平凡，首先体现在它的理论深度。古典文学研究著作，有理论就很不容易了，更别说有理论深度了。有理论，是指分析问题，有理论依据，有思辨色彩，有理论概括，有理论提升。有理论深度，是指分析问题，不仅有理论依据，有思辨色彩，有理论概括，还有理论的穿透力、层深感，步步深入，层层推进，有关概念内涵、问题的来龙去脉和因果关系都剖析入微，中肯到位。

仅看此书的绪论，就能见其分析问题的理论深度。绪论第一节是谈"文学经典研究热的兴起及原因"，让读者了解本书研究的学术背景、学术资源和学术基础。用具体的事实说明"文学经典研究"热点的表现及形成过程，不难，难的是对兴起原因的洞见与分析，何况在中西文化交流与碰撞的复杂语境中要准确找到文学经典研究热兴起的原因，谈何容易！而作者从哲学基础、文论来源和文化语境三个方面剖析其原因，要言不烦，到位深刻，显示出作者不寻常的对纷繁复杂文化文学现象的宏观掌控能力、洞察能力和概括能力。对文学经典研究热兴起原因的探析，不是可有可无的门面话题，而是为后文张本。理解了文学经典研究热兴起的原因，也就容易理解后文所要讨论的不同经典观形成的哲学思潮和文论背景。

文学经典，既是文学理论问题，也是文学史的实际问题。研究经典，首先要厘清什么是经典，什么是文学经典，哪些是文学经典，文学经典是如何形成的，又怎样确认的？这些问题，必须在理论上予以回答。要回答什么是经典，解释经典的内涵，常见的做法是先罗列各家不同的说法，然后提出自己的看法。而本书作者不是笼而统之地说明经典的概念内涵，而是先从历史的角度，指出因不同的价值观念而形成不同的经典观，她概括为"传统的经典观"和"现代经典观"两种。进而分析传统经典观与现代经典观的区别：传统的经典观是把经典看作静态的历史遗留物，现代经典观则是把经典看作对象性的存在。在厘清两种经典观并辨析了它们的区别之后，又系统地梳理这两种经典观念形成和演变的过程，并深入分析了这两种经典观念形成的哲学基础和思想根源。在深入辨析经典的含义、古今中外不同的经典观念的基础上，再阐明文学经典的含义，并系统诠释文学经典作为实在本体和关系本体所具有的不同特质，也就水到渠成。

在理论上确立什么是经典、什么是文学经典之后，再分析什么是宋词经典和如何确认宋词经典，就有了充足的理论依据。她首次提出了确认宋词经典的具体原则，所言"资料的可考性和可操作性"、"接受主体类型的多样性"、"接受主体选择的自主性"三大原则，不仅适合于宋词经典的确认，也适合于其他文学经典的确认，具有很高的理论价值。

作者对经典和文学经典概念的阐释，具有理论深度，对文学经典生成和嬗变理论框架的构建，更具有理论创新性。如果说作者是在充分吸取和借鉴学界已有理论成果的基础上对经典概念作出更加深入系统的阐释，那么，她对文学经典生成和嬗变理论框架的构建，则完全是在自己的研究成果基础上进行新的理论概括和提升。

用定量分析和定性分析结合的方法确认宋词经典之后，她深入论证了文学经典的生成机制。作者指出，文学经典是对象性的存在，其永葆青春的动力来自于不同历史条件下"作品（作家）—读者"的交互作用。经典生成机制是个复杂的系统，影响文学经典生成的内部因素既包括创作主体的才识、文学作品的内在特质、特定时代传播接受者的审美期待等，还有外在于文学经典的因素，如时代心理、社会文化传统、教育机制、主流意识形态等。多种因素之间的合力构成文学经典生成及嬗变的动力。多发人所未发。她还第一次系统地揭示了宋词经典效应产生的方式，如选评效应、名流效应、名句效应、本事效应等。所论既符合历史的真实，又具有理论的启示性。不仅宋词经典是如此，其他文学经典也往往可作如是观。

此书的不平凡，还体现在它的方法精度。作者将文学计量研究的方法进一步精密化、科学化、完善化。什么是经典，可以用定性分析的方法来回答；哪些是经典，就非用定量分析的方法不可。文学经典既是对象性存在，既是关系本体，就不能由作者本人说了算，也不能由少数几个读者哪怕是权威的读者说了算，而必须由广大的读者说了算。而不同时代、不同层次、不同类型读者对经典的意见，定性分析方法无法反映，而统计数据则能全方位地呈现。而且，定性分析的结论，往往是主观的，无法验证的。而经由定量分析得出的结论则是客观的、可以验证的，只要方法科学，数据可靠，彼此得出的结论应该是一致的。

20 年前，我第一次尝试对宋代词人的历史地位作计量分析。采集词人的词作量、词集版本量、词话评点数、今人研究数、古今词选入选数等五个方面的数据，对宋代词人的影响力进行量化衡定。数据统计的结果显示，宋代最有影响力的十大词人依次是：辛弃疾、苏轼、周邦彦、姜夔、秦观、柳永、欧阳修、吴文英、李清照、晏几道。相关研究结果，以《历史的选择——宋代词人历史地位的定量分析》为题，与同门刘尊明教授联名发表在《文学遗产》1995 年第 4 期上。而本书采用选本入选数、后人唱和数、历代点评数、今人研究数和名作入选指数等数据，对宋代词人的影响力进行了新的统计分析，所得结论竟然与我之前得出的结论高度一致。本书统计数据显示的宋代影响力最大的十位词人分别是：辛弃疾、苏轼、周邦彦、姜夔、柳永、秦观、李清照、欧阳修、吴文英、晏几道。本书使用了我当时未曾采用的唱和与名篇两类数据，另外将我当时采集的21 种宋词选本扩大到 107 种选本。而最终统计结果竟然出奇的一致，入围的十大词人完全相同，甚至连辛弃疾、苏轼、周邦彦和姜夔"四大天王"的位次也完全一致，只是柳永、李清照的位次略有不同而已。这证明了统计分析方法所得结论的可靠性、客观性和可验证性。

本书对文学计量研究方法的完善，主要体现在两个方面。一是数据统计的方法更科学。我最初是用简单的算术统计，先按各类原始数据的多少排出名次，再计算各类名次的平均值，然后依平均值的高低排出最终名次，计算方法比较简单。而本书则是用数理统计的方法，对各类数据进行加权计算。各类数据的子项目，又分别加权，如选本数据中，对不同时代出现的选本进行加权计算。虽然不能说本书的统计方法完美无缺，但符合统计学的要求和原理是毋庸置疑的。2010 年，我曾将本书的统计方法、思路和统计结果，与台湾彰化师范大学一位统计学教授交流，他高度肯定了本书统计方法的科学性和准确性，让我们信心大增。

二是对数据的分析更深入，将定量分析与定性分析深度结合。数据统计只是手段，不是目的。作数据统计，目的是从数据的差异与变化中发现问题，发掘意义。虽然数据统计的结果是直观的，谁多谁少谁高谁低一目了然，但数据的意义却是隐含的。数据之间的差异与变化，说明什么问题，预示什么意义，需要进行深度分析。特别是数据形成差异、变化的原因，更需要作出定性分析与判断。相比较而言，我之前做定量分析，对数据表层和深层的意义也有过分析，但对统计结果形成的历史原因却缺乏应有的分析。本书作者在这方面正好弥补了我当年的不足，对数据分析的深度大有推进。历史长河中文学经典的影响力不是凝固的，而是变化的，每个时代都有自己的经典，为寻找不同时代的宋词经典，弄清宋词经典的变化轨迹，本书作者分别对宋金、元明、清代和现当代四个不同时期的宋词经典作了统计，列出四个榜单，确认了四个时代各自的宋词经典。不仅如此，作者还系统考察了每个时代传承了哪些经典、建构了哪些新经典，哪些经典被边缘化了，哪些经典是在传承中被强化，哪些经典却没落了，哪些经典被后人遗忘了。如果说寻找出嬗变中的历代宋词经典已经是"前无古"，那么，分析这些经典嬗变的原因更是"独有今"。为什么宋金时期是这些经典，为什么元明时期是那些经典，清代的经典为什么会有这样的变化，现当代的经典为什么与前代大有不同，本书作者结合各个时代的文化语境都做了切合实际的深度分析，令人信服和首肯。她对宋词经典的确认、对宋词经典嬗变过程的考察及其原因的分析，对宋词经典嬗变模式和类型的总结，极具方法论的范式意义。

这本不平凡的书，经过了 10 年的磨砺，真正是"十年磨一剑"。此书是在博士论文基础上增订而成，博士论文花了 3 年时间写就，毕业后，以之为基础，申请到了国家社会科学基金的资助，又花了 7 年时间反复打磨修订。这期间，为提高理论水平，作者曾到中国社会科学院文学研究所跟随张国星先生做访问学者一年。张国星在学界有"智多星"之称，经他的提点和自己的不懈努力，作者的理论思维能力又层楼更上。与博士论文原稿相校，此书的学术水平提升不止一个层级。我的电脑里，还保存着她博士论文的初稿和修订稿。2007 年 12 月交给我的初稿，只有 3 章 7 万来字，2008 年 4 月底提交的博士论文答辩稿，增订到 4 章 21 万字。博士毕业后经过 7 年的修订打磨，篇幅扩张到 5 章 32 万字。篇幅字数的增加，只是规模的扩大，最令我欣喜的是学术含量的提升，学理深度的推进。如果给她当年的博士论文原稿打 80 分，那么现在的书稿可以打 95 分以上。我深深觉得，这本书是近年来宋词经典研究包括整个中国古代文学经典研究中最成功的典范之作。其理论价值和方法论意义，绝不限于词学研究，对整个文学经典研究都有启发性和示范性。此非个人私见，相信会成为学术共同体的共识。

虽然此书有标志性意义，标志着中国文学经典研究、文学计量研究迈向了一个新台阶，但对作者而言，还只是学术生涯中的起点。我期待作者能在经典研究和文学计量研究方面继续推进。在经典研究方面，既从时间的维度向唐前宋后延伸，又从文体的角度向诗文曲赋拓展，构成中国古代文学经典研究系列。在文学计量研究方面，既要更深广的发掘历史数据和即时数据，盘活数据存量，用好数据增量，更要完善数据统计的方法，尽量用客观赋权法或主客观结合赋权法，各种数据各个数据也尽量考虑其不同的权重，使文学的计量研究更加规范、更加科学。

　　作者姓郁名玉英，江西萍乡人氏。现为井冈山大学文学院副教授。江西自古以来就是人杰地灵，玉英生于江西长于江西，深得江西文化的熏习陶冶，能写出这部不平凡的书，可谓良有以也。

　　是为序。

2015 年 12 月 28 日于武汉大学

绪　论

一　文学经典研究热的兴起及原因

20 世纪 80 年代以来，伴随着女权主义、新历史主义、解构主义和后现代批评等多元文化的兴起，关于经典的研究和讨论在西方蔚然成风。在美国，文化批评论者纷纷反思和批判以欧洲为中心的、以男性白人至上的经典传统，而以哈罗德·布鲁姆为代表的传统派则以重建和保护传统为由举起艺术审美的大旗捍卫经典。E. 迪安·科尔巴斯《当前的经典论争》一文充分描述并分析了西方在 20 世纪最后 20 年里文学经典论争的内部情形①。

中国文化和文学研究，自 20 世纪 80 年代起，亦趋多元化。1993 年，荷兰著名学者杜威·佛克马教授在北京大学作了一个题为《文学研究与文化参与》的学术讲演，就文化研究语境下的文学研究，尤其是文学经典的研究发表了独到的观点。以此为契机，中国学术界也自 20 世纪 90 年代开始把关于经典和文学经典诸多方面的问题纳入研究的视野，进行了广泛的学术讨论，中国文学经典研究热兴起。

首先，学术期刊发表的关于经典研究的文章数量剧增。查询中国学术期刊网络出版总库以及中国学术辑刊全文数据库 1994—2013 年中国文学学科领域发表的学术文章，以"经典"为题名检索，得 1870 篇，以"经典"为主题检索得 7759 篇。如果同时在中国文学与文艺理论学科领域检索，则以"经典"为题名和主题的论文数分别达 2356 篇、9462 篇。② 而

---

① 文章指出，关于西方文学经典的讨论一直有一个非常稳定的特征，即明显地区分为两个敌对的立场——为西方经典辩护以及主张开放经典的对西方经典的批判、重构和解构（E. 迪安·科尔巴斯：《当前的经典论争》，阎景娟、贺玉高译，见左东岭主编《文学前沿》，学苑出版社 2005 年版）。

② 数据来源：中国知网 http：//epub. cnki. net，数据为 2013 年 3 月 12 日查寻结果。

1993 年上溯至 1915 年以"经典"为题名和主题的论文数分别为 21 篇、513 篇。其次，从硕博论文选题看，文学经典选题越来越受青睐。搜索中国优秀硕士学位论文全文数据库及中国博士学位论文全文数据库，在中国文学和文艺理论学科中，1994—2013 年总共有 204 项以"经典"为题①，所有选题集中于 2000 年后，之前此项数据为 0 ②。再有，一些高等院校和研究机构纷纷设立关于经典研究的专题，其中，1994—2012 年，在中国文学学科中，有 13 项被列为国家社科基金项目，如《红色经典的文学价值与文学史地位》（阎浩岗，2005）、《中国文学经典的生命智慧研究》（郭昭第，2008）、《儒家经典〈春秋左传〉的英译与域外左传学研究》（罗军凤，2012）等得以立项③。教育部高校人文项目立项中，围绕经典展开的也不在少数，其中，张西平《20 世纪中国古代文化经典在域外的传播与影响研究》被立为 2007 教育部高校人文重大项目。另外，国内一些有影响的学术期刊先后开辟专栏探讨经典问题④。《人民日报》、《光明日报》等报纸先后发表关于当前经典处境及经典价值等问题的文章⑤。此

---

　　① 如李松《建国后十七年关于文学经典的批评》（武汉大学 2006 年博士学位论文）、王健《"经典焦虑症"透视——"后文学"视野中的"经典问题"研究》（吉林大学 2010 年博士学位论文）、张红军《鲁迅文学经典与现代传媒的关系》（辽宁大学 2011 年博士学位论文）、李新《论"红色经典"文学中的"复仇"》（山东大学 2012 年博士学位论文）、黄毅《话语权力和文学经典的产生》（暨南大学 2006 年硕士学位论文）、井延风《现代经典之路》（郑州大学 2006 年硕士论文）、黄旭建《唐宋杜诗经典化历程研究》（广西师范大学 2010 年硕士学位论文）、王永志《流动的经典——〈西游记〉改编现象论析》（暨南大学 2010 年硕士学位论文），等等。

　　② 数据来源：中国知网 http：//epub. cnki. net，数据为 2013 年 3 月 12 日查寻结果。

　　③ 见国家社科基金数据库 http：//gp. people. com. cn/yangshuo/skygb/sk/index. php/Index/seach。

　　④ 《中国比较文学》、《天津社会科学》、《陕西师范大学学报》先后辟出"经典的解构与重构"、"文学经典的建构、解构与重构"、"文学经典的承传与重构"专栏。《名作欣赏》长期刊发阐释经典文本的文章，2012 年连续刊发了孙绍振的《古诗词经典之三问三答》。

　　⑤ 如《人民日报》及其海外版自 2000 年以来先后发表近 78 篇以经典为主题的文章。如潘衍习《诵读经典益在儿童惠及成人》（2007 年 2 月 6 日）、刘梦溪《今天为什么还要阅读经典》（2007 年 1 月 9 日）、李舫《颠覆经典的背后》（2006 年 4 月 18 日）、任成琦《中文经典博大精深魅力在海外华童知难而进诵读忙》（2005 年 11 月 29 日）等文章。《光明日报》同期也发表了 75 篇一系列论经典的文章，如柳霞《传播文化经典引起学界关注》（2007 年 3 月 19 日），吴娜《中国经典世界分享》（2007 年 2 月 12 日），曹建文、韩秀琪、徐可《"颠覆经典"的隐忧》（2005 年 6 月 20 日），孙逊《图像传播：经典文学向大众文化的辐射》（2004 年 5 月 26 日），邱红杰《专家会诊"红色经典"改编症结》（2004 年 5 月 25 日）等。

外，学术界，则专门召开了关于经典研究的学术会议讨论文学经典问题①。可见，文学经典确实日益受到了越来越多的关注。

中国文学经典，已和人类文化史相伴数千年，对它的探讨为什么会在近20年来成为文学和文化研究领域的热点？简言之，有以下方面的原因。

首先，在全球化的语境下，20世纪后期的解构主义、多元文化等后现代思潮为文学经典研究的兴盛提供了哲学基础。以反传统、反权威、去中心为特征的后现代思潮为文学经典的解构、重构与重释提供了文化理念上的支持，也为经典及传统的维护者提供了言说的前提。

其次，20世纪60年代以来，文学阐释学、审美现象学和接受美学等尊重主体能动性的学说相继兴起，它们于80年代逐渐成为中国学术界耳熟能详的学说，这是文学经典研究的文论来源。伽达默尔的"绝对的同时代性"②，艺术"为观者而存在"③以及"每一次与传统的相遇历史地说

---

①　如2005年3月，四川大学文学院研究生学术沙龙围绕"文学经典、经典重构与重写文学史"问题，开展了一系列讨论。2005年5月27—30日，北京师范大学文艺学研究中心与首都师范大学文学院、《文艺研究》杂志社联合召开"文化研究语境中文学经典的建构与重构"国际学术研讨会，就"文化研究视野中的文学经典问题"进行了讨论。随后，该中心文艺学网《文艺学新周刊》推出两期，专门讨论"文学经典与经典化问题"。2006年4月26—28日，由中国社会科学院文学研究所、《文学评论》编辑部和陕西师范大学文学院共同举办的"文学经典的传承与重构学术研讨会"在西安召开。由首都师范大学文学院、《文艺研究》杂志社主办，贵州大学人文学院承办的"大众传播时代的文学经典"学术研讨会于2007年9月22—23日在贵州省贵阳市花溪区举行。2008年11月23—24日，由北京大学中国古文献研究中心、新加坡国立大学中文系和台湾大学文献与诠释研究论坛三家发起主办，并由北京大学中国古文献研究中心承办的"中国经典文献诠释艺术学术研讨会"在北京大学隆重召开。2009年6月26—27日，以"经典的生成与经典的阐释"为主题的比较文学与世界文学学会年会暨学术研讨会在衡阳师范学院召开。2010年10月在合肥举行了"文本、历史和语境：伦理视角下的文学经典重读"学术研讨会。"文学经典传承与变迁的跨文化审视——世界文学经典与跨文化沟通国际学术研讨会"于2011年在杭州举行。2012年4月27—28日，"经典诠释与文学／文化研究"国际学术研讨会在厦门大学举行。

②　伽达默尔认为，"事实上，有一种绝对的同时代性存在于作品与其现代读者之间，尽管历史意识每每有所加强，但是这个观者仍不受影响地持续存在着"（邓安庆译、严平编选：《伽达默尔集》，上海远东出版社2003年版，第473页）。

③　伽达默尔认为，"为观者而存在"，"艺术的表现按其本质就是这样，即艺术是为某人而存在的，即便没有一个只是在倾听或观看的人存在于那里"（《真理与方法》，洪汉鼎译，上海译文出版社1999年版，第142页）。

都是不相同的"①等观点，既开启了接受美学，也使得经典的学理性阐释
有着合理的理论之源。而以尧斯为代表的接受美学认为文学作品的生命力
系于读者，作品只有在一代一代的接受之链上才能永葆青春。这种观点加
上他对读者接受理论的阐释，使得文学经典的存在和解构都具有合法性。

　　再次，当前文学经典不断遭受大众文化解构的局面，是当前文学经典
研究转热的社会语境。随着 20 世纪中后期以来各种后现代理论的盛行，
伴随着大众文化和信息化时代的到来，文学传播方式改变，社会的各种文
化现象大都遭受解构、重构、颠覆的命运。这只需看看李舫《颠覆经典
的背后》和曹建文等《"颠覆经典"的隐忧》中的列举就可知此情形。②
经典和文学经典受到了各种各样的空前的质疑和挑战，这必然要引起学术
界的关注和回应。

　　最后，中国 20 世纪文学发展的历程，从史的角度提供了文学经典研
究的可能性与必然性。众所周知，中国新文学的开端"五四"新文学，
本身就建立在否定传统的基础之上。"五四"时期的文化斗士们以启蒙和
救亡的热情将目光转向西方，对传统文学文化经典进行了彻底的批判与反
思。个中得失已无须多言，这必将导致当前对传统文学文化经典的重新思
考。而新中国建立之后，以意识形态为主要评价标准，用政治权力所界定
的"红色经典"的沉浮命运及其存在的合理性本身就是个值得研究的经
典问题。当历史由 20 世纪末向 21 世纪迈进的时候，百年文学经典及传统

---

①　[德] 伽达默尔、杜特：《解释学·美学·实践哲学——伽达默尔与杜特对话录》，商务
印书馆 2005 年版，第 18 页。

②　如《"颠覆经典"的隐忧》提及的情况：另类语文读本《Q 版语文》中，就收录了《孔
乙己》、《将相和》、《荷塘月色》、《卖火柴的小女孩》、《小马过河》、《愚公移山》等 31 篇中小
学生耳熟能详的语言课文，其话语方式、情节叙述实现了对传统的"彻底解构"。孔乙己偷东西
是为资源共享，卖火柴的小女孩是个促销女郎，少年闰土摇身变成"古惑仔"，司马光搬起大石
头砸缸救出的却是青蛙王子、流氓兔和西瓜太郎。一些新新人类词汇如"MM"、"晕菜"、"兔巴
哥"等也在文本中大量出现。而中国的四大名著《西游记》、《红楼梦》、《水浒传》和《三国演
义》同样也没能逃脱被"大话"、"戏说"和"水煮"的命运。(《光明日报》2005 年 6 月 20 日)
《经典颠覆的背后》中说道：在这股改编风里，唐诗宋词变成打油诗，《西游》被"大话"，《三
国》被"水煮"，"慈禧同志"有了所谓的先进事迹，白毛女是一个具有洋学历的商界巾帼英雄，
最终利用自己的商业技巧为父报仇。一些经典作品被改编得面目全非，令人哭笑不得。曹禺《雷
雨》中的繁漪和周萍怀孕流产租屋另筑爱巢，阿 Q 与吴妈谈起了恋爱，《荷塘月色》里的"我"
居然希望在荷塘看见女孩子洗澡……(《人民日报》2006 年 4 月 18 日)

经典的承传就成为争论的焦点。

由此，20 世纪 90 年代以来，文学经典研究成为文学研究领域中的一大热点，同时也取得了较丰厚的学术成果。就文学经典的理论研究而言，诸如此类的问题引起了广泛讨论：什么是经典？谁的经典？文学经典作品有什么样的标准？文学作品经典化的过程受哪些因素的制约？有没有可供考查的具体方法？什么方法？这些问题综合起来看可以分为两方面，即文学的经典性和文学的经典化。在对以上问题的探讨中，关于文学经典性、建构文学经典的决定因素、文学经典化与文学史的关系、"后经典"等理论性方面的研究颇有成就。① 中国现当代文学经典及外国文学经典研究在文化学的视角下也成绩斐然。除了大量的研究论文探讨中国现当代及外国经典作家作品的经典性及经典化、红色经典的建构、当代文字经典所遭遇的尴尬处境等问题外，亦有数量较可观的相关论著。如林精华《文学经典化问题研究》② 一书分为经典理论探讨、经典作家作品问题、经典在异域三个部分，收录了《阅读经典与我们自身》、《文学经典在美国大学课程中的衰落》、《谈阿拉伯文学经典》、《〈我是猫〉在中国的经典化过程》等文章。徐菊《经典的嬗变》③ 深入考察了《简·爱》在中国的接受史和嬗变史，梳理了《简·爱》在中国的译介、阅读、阐释和跨文化经典重构历程，剖析了其历史、政治、社会等深层动因。再如现当代文学经典研究中，就先后有不少学者写了专著探讨经典问题④。黄曼君关于文学经典既是一个实在本体又是一个关系本体的论断，既纠正了关于文学经典是一个永恒静态文本的传统经典观，也恰当地修正了文化研究视域中对经典文本的审美性的偏误。经典化必须受制于文化传统、政治权力、权威批评、教育出版机制、大众传媒话语等因素的研究成果，更清晰地揭示出经典流变的动力机制。

学界十多年关于文学经典的研究，尤其是关于经典理论和现当代文学

① 郁玉英：《透视当前关于文学经典的理论研究》，《宁夏大学学报》2009 年第 6 期。
② 林精华：《文学经典化问题研究》，人民文学出版社 2010 年版。
③ 徐菊：《经典的嬗变》，上海文艺出版社 2010 年版。
④ 李扬《50—70 年代中国文学经典再解读》（山东教育出版社 2003 年版）、黄曼君《新文学传统与经典阐释》（湖北教育出版社 2005 年版）、蓝棣之《现代文学经典：症候式分析》（清华大学出版社 1998 年版）、陈硕《经典制造——金庸研究的文化政治》（广西师范大学出版社 2004 年版）、韩颖奇《中国传统小说叙事模式化的"红色经典"》（人民出版社 2011 年版）。

经典的研究，热闹非凡，收获颇丰。在当前文学经典研究热中，有着几千年传统的古代文学经典的研究现况如何呢？

二　古代文学经典研究的现状

中国古代文学的经典研究，涉及面比较广泛，《诗经》、汉乐府、汉赋、唐诗、唐宋八大家散文、宋词、明清小说（如李渔的话本小说、曹雪芹《红楼梦》、吴承恩《西游记》等）以及陶渊明、李白、苏轼、欧阳修等个体作家也都进入文学经典研究的视域。综而观之，涉及如下方面：

1. 古代文学经典的综合性研究

从文学经典的视角、综合研究中国古代文学的成果不是很多。王运涛的《中国古代贬谪文化与经典文学传播研究》① 一书，从宏观的层面对经典文学传承的人文精神及其表现、世代累积型作品的传播特征及传播模式、中国古代文学的传播动力等方面作了论述。然后又具体对经典文学中的《三国演义》、《水浒传》、《西游记》、《金瓶梅》和"三言二拍"传播进行了论述。对古代文学经典进行综合性研究的单篇论文，以吴承学、沙红兵《中国古代文学的经典》② 为代表。该文较全面系统地论述了经典的形成、经典的品质、经典的类型、经典的影响等问题。文章认为，成熟、广涵性、普遍性、中心性、标准、可重读性是文学经典基本特征。古代文学经典的形成条件，包括一定时期的社会政治、经济、文化状况，典范作家的创作实践，后起作家的宗奉模仿，批评家与批评专著的推崇或者诋毁，某一时期社会风气、审美心理的变化和流行，经典作品本身的素质，甚至偶然的运气与机缘，等等。这些条件之间的组合、变化促成了经典的形成。文章还从不同的角度区分了大经典与小经典、作家经典与作品经典、时代经典与文体经典、公开经典与公认经典、雅言经典与俗语经典、个人经典与公共经典、口头经典与书面经典、古代经典与当代经典。作者希望进一步的研究能从更宽广的现代语境出发，把中国古代文学经典作为平衡传统与现代间张力的古典资源之一。吴承学、沙红兵合作的另一文章《中国古代文学的经典与反经典》③ 则指出经典与反经典是古代文学史上

---

① 王运涛：《中国古代贬谪文化与经典文学传播研究》，吉林文史出版社 2005 年版。
② 吴承学、沙红兵：《中国古代文学的经典》，《中山大学学报》2004 年第 6 期。
③ 吴承学、沙红兵：《中国古代文学的经典与反经典》，《文史哲》2012 年第 2 期。

的一对共生现象。经典的形成和长期发生影响，离不开经典的自身价值品质、时代的审美风尚、主要作家与批评家的阐释，乃至于政治要求、类书和选本的塑造等。这些因素的不断组合、变化，也导致了反经典的出现。反经典使经典的地位动摇，也可能对经典起到必要的补充和激发作用。经典与反经典还可以在更高的层次上达到辩证统一。对古代文学的经典与反经典的反思，需要同时考虑到古代与现代两个不同的"传统"，借助于经典以及经典的阐释，我们才能真正将"传统"与"现代"贯通起来。另外，王宏林《论唐诗经典的基本属性、建构要素及途径》① 一文则从唐诗经典的典范性和不确定性出发，论述了审美思潮与价值标准影响经典的建构，诗选、诗话、笔记和其他一些论诗杂著是建构唐诗经典的主要方式。教育部高校人文项目的结项成果，陈文忠《唐诗经典接受史研究》选取唐诗中的部分经典名篇，分别论证了唐诗经典接受史、唐诗经典阐释史、唐诗经典影响史、唐诗经典比较接受史，是唐诗经典研究中的力作。

2. 古代具体作家作品的经典化的个案研究

这是古代文学经典研究中投入关注最多的领域。研究者选取不同的对象，不同的视角阐述了部分经典在中国古代的生成，并探讨了经典作品的生成过程及其原因。

有的研究侧重于揭示经典文本在经典化过程中的主导作用。李爱红《〈封神演义〉的艺术想象与经典化研究》② 论证了民间神典——《封神演义》经典品质在其经典化过程中的影响等问题。程晶晶《"新妇相思"词的经典化进程——李清照〈一剪梅〉接受史》从《一剪梅》旨意的阐释史、风格的鉴赏史和"经典"的影响史三个方面展示了这首经典名曲的接受过程。文章一方面横向挖掘这一经典文本的丰富意蕴，另一方面纵向展示这首"新妇相思"词的经典化进程。③ 孙书磊《经典的解构：从〈西游记〉到〈西游补〉、〈大话西游〉》一文则将《西游记》和它相应的

---

① 王宏林：《论唐诗经典的基本属性、建构要素及途径》，《许昌学院学报》2012 年第 4 期。

② 李爱红：《〈封神演义〉的艺术想象与经典化研究》，齐鲁书社 2011 年版。

③ 程晶晶：《"新妇相思"词的经典化进程——李清照〈一剪梅〉接受史》，《兰州学刊》2005 年第 1 期。

解构文本进行了对比，从解构的角度论述了文本因素对于经典化的意义①。李彦东《论〈聊斋志异〉的经典形成逻辑》一文通过晚清以来产生的图像的"聊斋体"和文字的"聊斋体"，来探究经典确立的独特逻辑，并期望借此沟通一种新的文本理解方式——图与文的结合。②

有的研究侧重从外在于文学本身的社会文化方面的因素阐释古代文学经典化的过程。研究者概括出了如下影响作品经典化的因素：和政治相关的意识形态、主流诗学与文化思潮、权威接受者和传播者的扬弃等。张新科以汉魏六朝时期汉赋的经典化过程为例，认为文学家的选择与接受、文论家的理论总结与扬弃、文选家的层层筛选与淘汰、史学家的收录与保存、政治家的欣赏与排斥等因素，是汉赋在六朝时期被经典化的方式。③张新科《〈史记〉文学经典的建构过程及其意义》④一文论述了《史记》从汉至今经典化的历史过程，指出《史记》文学经典的建构，扩大了《史记》的文化价值，促进了中国文学的发展，并且使《史记》中有价值的历史人物走向永恒的时间和无穷的空间。在历时与共时的存在范畴里，《史记》不断实现着自我的保值与增值。这种增值与保值，就是《史记》不断被经典化的过程。钱志熙《乐府古辞的经典价值——魏晋至唐代文人乐府诗的发展》一文强调传播者和接受者的作用，认为乐府古诗的艺术特征、经典价值是作者、说唱者、演奏者、观听者共同创造的。⑤谭新红《李清照词的经典化历程》、孙康宜《明清文人的经典论和女性观》二文则主要从社会思想层面揭示了她们被经典化的动因⑥。李小钧则采用比较研究的方法，通过陶潜和多恩的经典化之路论证意识形态、主流诗学和赞助人在经典化过程当中的决定性功能⑦。再如陈宏论《西游记》的传播

---

① 孙书磊：《经典的解构：从〈西游记〉到〈西游补〉、〈大话西游〉》，《淮海工学院学报》2004 年第 3 期。

② 李彦东：《论〈聊斋志异〉的经典形成逻辑》，《海南大学学报》2003 年第 1 期。

③ 张新科：《汉赋的经典化过程——以汉魏六朝时期为例》，《人文杂志》2004 年第 3 期。

④ 张新科：《〈史记〉文学经典的建构过程及其意义》，《文学遗产》2012 年第 5 期。

⑤ 钱志熙：《乐府古辞的经典价值——魏晋至唐代文人乐府诗的发展》，《文学评论》1998 年第 2 期。

⑥ 谭新红：《李清照词的经典化历程》，《长江学术》2006 年第 2 期；孙康宜：《明清文人的经典论和女性观》，《江西社会科学》2004 年第 2 期。

⑦ 李小钧：《走向经典之路——以陶潜与多恩为例》，《中国比较文学》2004 年第 1 期。

与经典化，罗莹论《古文关键》在经典的确立与文章学上的意义，誉高槐与廖宏昌论《乐府诗集》与李白乐府的经典确认，叶宽论《岳阳楼记》的经典化过程，王世立论唐人编集与唐诗经典的书面传播，汪超论《〈牡丹亭〉的接受评价与其经典地位的确立》① 等文章均主要从经典建构的外部因素着眼探讨文学经典化问题。

有的研究立足于经典文本，结合经典的内质及生成机制中的外部文化因素，阐释古代文学经典的生成方式和途径。吴承学《〈过秦论〉：一个文学经典的形成》② 论述了《过秦论》从史学经典到文学和史学双料经典的形成过程。文章认为其文本固有的史论价值与文学价值是其成为经典的基础。而史学家与文学批评家的推崇以及后世审美风尚、社会风气等外在因素对《过秦论》经典地位的形成都产生了重要作用。吴子林则以明清之际小说的"经典化"进程为个案，在肯定文本自身内在因素或价值对经典化的独特功能与意义的同时，强调了经典再生产中经典遴选家的积极作用。③

除了上述从学理层面阐释古代文学经典之外，王兆鹏先生及其弟子近年来尝试用实证的方法，寻找古代文学经典，颇具开拓性。《寻找经典——唐诗百首名篇的定量分析》、《宋词经典名篇的定量考察》二文用定量分析的方法，对历代有代表性的唐诗宋词选本、评点资料和当代唐诗宋词研究论文等方面的数据进行统计并加权计算，排列出唐诗、宋词百首名篇的排行榜，寻找历代读者所认定的经典名篇及经典诗人。分析发现，名篇的多少与作家地位的高低、影响力的大小具有一定的正比关系。名篇的形成，是一个不断被发现、认定、积累和淘汰的历史过程，具有鲜明的

---

① 陈宏：《〈西游记〉的传播与经典化的形成》（《文学与文化》2010 年第 3 期），罗莹：《〈古文关键〉：经典的确立与文章学上的意义》（《沈阳师范大学学报》2009 年第 4 期）、誉高槐、廖宏昌《〈乐府诗集〉与李白乐府的经典确认》（《北方论丛》2009 年第 4 期），叶宽：《论〈岳阳楼记〉的经典化过程》（《社会科学论坛》2010 年第 14 期），王世立：《唐人编集与唐诗经典的书面传播》（《剑南文学·经典教苑》，2012 年第 11 期），汪超：《〈牡丹亭〉的接受评价与其经典地位的确立》（《安庆师范学院学报》2012 年第 6 期）。

② 吴承学：《〈过秦论〉：一个文学经典的形成》，《文学评论》2005 年第 3 期。

③ 吴子林：《文化的参与：经典再生产——以明清之际小说的"经典化"进程为个案》，《文学评论》2003 年第 2 期。

时代性。名篇的影响力又具有即时性和延后性等特点①。在此基础上，中华书局分别于 2011 年和 2012 年出版了《唐诗排行榜》和《宋词排行榜》。这种用可检验的具体数据确认古代文学经典的方法，增强了经典确认的科学性和说服力，值得借鉴和展开进一步的研究。张昊苏《定量考察与文学经典——以王兆鹏、郁玉英〈宋词经典名篇的定量考察〉为例》② 以及白寅、杨雨《试论文学作品历史影响力测度模型的建构》③ 则就上述定量分析提出了进一步完善该方法的意见。

　　3. 对古代经典文论的阐释

　　古代经典文论的研究，主要表现为对中国古代经典文论的阐释，大部分集中在关于诗经学经典化的探讨。杨俊蕾的专著《诗学经典的在体化面向》④ 重点探讨了诗学经典的当代再认识与阐释实践。论文如古风《从"诗言志"的经典化过程看古代文论经典的形成》⑤ 认为，文学经典包括文学作品经典、文学理论经典、文学批评经典和文学史经典。文章对"诗言志"的产生年代、经典化过程和途径进行了论述，提出了"六途径"说，即精品的内质、阐释的空间、经典的载体、影响的延续、儒家的努力以及政治的权力。由于"诗言志"是古代文论的"开山纲领"⑥，中国古代文论的大半壁江山都是由儒家经典所奠定的，因而它的经典化过程便有普遍的意义。杨子怡《经典的生成与文学的合法性——文化生产场域视野中的传统诗经学考察》⑦ 一文则用布迪厄的场域理论，把《诗三百》由"经"而"诗"的现象放到文化生产场即文学场中去作整体考察和审视，以探寻经学和文学生成的过程及合法性。刘冬颖论述了新出土的

---

　　① 王兆鹏、孙凯云：《寻找经典——唐诗百首名篇的定量分析》，《文学遗产》2008 年第 2 期。

　　② 张昊苏：《定量考察与文学经典——以王兆鹏、郁玉英〈宋词经典名篇的定量考察〉为例》，《山东商业职业技术学院学报》2012 年第 3 期。

　　③ 白寅、杨雨：《试论文学作品历史影响力测度模型的建构》，《社会科学》2013 年第 2 期。

　　④ 杨俊蕾：《诗学经典的在体化面向》，广西师范大学出版社 2010 年版。

　　⑤ 古风《从"诗言志"的经典化过程看古代文论经典的形成》，《复旦学报》2006 年第 6 期。

　　⑥ 朱自清《诗言志辨》序，华东师范大学出版社 1996 年版。

　　⑦ 杨子怡：《经典的生成与文学的合法性——文化生产场域视野中的传统诗经学考察》，《西北师大学报》2005 年第 7 期。

上博竹书《孔子诗论》对《诗三百》走向经典所起的推动作用①。钱志熙的《论〈毛诗·大序〉在诗歌理论方面的经典价值及其成因》②指出《大序》在诗歌理论方面的经典价值的成因，正在于其是对诗教时代诗学的传承，其理论文本是六义之学的浓缩，不仅对诗教时代的群体诗学的原则作了高度的概括，而且也奠定了后世个体诗学的基本理论。无论在《诗经》学还是一般的诗歌理论方面，都具有后世所无法取代的价值。

另外，也有的学者关注到学术思潮与语境对经典文论的影响。譬如邓新跃论证了权威诗学话语在经典化过程中的作用，分析了《沧浪诗话》对盛唐诗歌经典化的影响，显示了严羽试图在儒家理学体系之外建构诗学话语的努力。③韩经太《经典的确认与学科的自觉——中国古代文学理论批评研究的现代展开》④一文关注的则是中国古代文学理论批评怎样进入20世纪的现代学术视野，旨在揭示以美学哲学为基础的现代文学理念和以篇章语言学为基础的传统文学理念在现代学术发轫期的特殊关系。

4. 关于古代经典文学作品的经典性的阐释性研究

除了对古代文学经典生成机制的论述之外，也有对古代文学经典作家作品本身进行阐释的文章，旨在揭示古代文学经典的人文意义和美学底蕴，挖掘经典作家和经典作品的文学、文化价值。如崔蕴华《红楼梦子弟书：经典的诗化重构》⑤，研究《红楼梦》的经典化形式子弟书的诗化表达及特征。原绍锋《中国传统文化的经典体现——论中国文人苏东坡》⑥，认为苏轼的一生儒道互补，指出这是一种于人大有裨益的处世方式，最能使人生活得异彩纷呈，洒脱自然。孙福轩《话本小说叙事的经

①　刘冬颖：《上博竹书〈孔子诗论〉与〈诗三百〉的经典化源流》，《学习与探索》2004年第4期。

②　钱志熙：《论〈毛诗·大序〉在诗歌理论方面的经典价值及其成因》，《北京大学学报》2012年第4期。

③　邓新跃：《〈沧浪诗话〉与盛唐诗歌的经典化》，《江汉论坛》2007年第2期。

④　韩经太：《经典的确认与学科的自觉——中国古代文学理论批评研究的现代展开》，《中国文化研究》2004年冬之卷。

⑤　崔蕴华：《红楼梦子弟书：经典的诗化重构》，《北京师范大学学报》2003年第3期。

⑥　原绍锋：《中国传统文化的经典体现——论中国文人苏东坡》，《中央社会主义学院学报》2004年第8期。

典——李渔叙事美学特征论》①、陈国学《中国古代经典小说美学风格的
变换及其意蕴》②、褚卫《永远的经典——〈孔雀东南飞〉》③、裴登峰
《永远的经典——〈窦娥冤〉三题》④、吴中胜《论经典诗词"物是人非"
的抒情范式》⑤、袁宪泼《经典的回音与变调——以〈临江仙·梦后楼台
高锁〉赏析为中心 》⑥ 等文章，都着眼于经典文学形式的内部特征并对
其进行阐释。

三　选题缘起和研究方法

从以上古代文学经典的研究现状看，当前古代文学经典研究，既有学
理性的探讨，也有实证性的考察；既有对某个经典个案的论证，也有对不
同经典个案的比较；既有着眼于文化学视角的研究，也有立足于经典文本
的解读。古代文学经典研究取得了一定的成就。但在当前文学经典研究的
热潮中，中国古代文学经典的研究颇显冷清。虽有诸多以经典名题的专书
如《唐诗经典解读》（2009）、《宋词经典解读》（2009）、《国学经典》丛
书（2008）、《另眼看经典》丛书（2008）等，但这都属于赏析普及类读
物，从经典的视角研究古代文学的学术专著寥寥。1994—2013 年中国期
刊网所收录的经典研究文章中，关于中国古代文学经典研究的不及十分之
一。目前中国古代文学的经典研究，虽然涉及的面比较广泛，但无论是数
量还是质量，都与丰富的博大精深的古代文学经典不相匹配，而且古代文
学经典作为一个开放的系统，客观上也存在着值得进一步深化和开拓的
空间。

从研究的范围看，古代文学经典研究可以扩大研究面，结合古代文学

---

①　孙福轩：《话本小说叙事的经典——李渔叙事美学特征论》，《明清小说研究》2004 年第
4 期。

②　陈国学：《中国古代经典小说美学风格的变换及其意蕴》，《孝感学院学报》2004 年第
7 期。

③　褚卫：《永远的经典——〈孔雀东南飞〉》，《海内与海外》2006 年第 11 期。

④　裴登峰：《永远的经典——〈窦娥冤〉三题》，《名作欣赏》2007 年第 7 期。

⑤　吴中胜：《论经典诗词"物是人非"的抒情范式》，《哈尔滨工业大学学报》2007 年第
4 期。

⑥　袁宪泼：《经典的回音与变调——以〈临江仙·梦后楼台高锁〉赏析为中心》，《名作欣
赏》2012 年第 36 期。

的传播接受研究，可以揭示古代文学经典及经典化的系统性和独特性。《诗经》、楚辞、汉赋、唐诗、宋词、元曲、明清小说、古代散文等，都有各自特定的经典传统。探讨它们之间的个案或整体的经典生成机制，并对它们的思想意蕴、价值功能、传播接受等在不同历史条件下的流变作系统的考察，使其各自的经典性和经典化特点得以彰显，既有助于文学经典研究的深入，也有助于建构当代人自己的古代文学经典系统，从而更全面地开发和提升古代文学经典的价值。

从研究的层面来看，目前对古代文学经典的研究，主要集中在对经典文学形式本体的解读、对具体作家作品经典化途径和方式的研究上，但能有机结合经典的创作者与接受者，经典的内质与经典遭遇的文化气候进行论证的成果较少。古代文学经典的研究，可以向更广、更深的层面拓展和推进。陈文忠《走出接受史的困境——经典作家接受史研究反思》①　一文便反思了当前研究中"经典化"研究的文章大都成了评论资料汇编的现象，指出经典作家的接受史应当从经典地位的确立史、经典序列的形成史、艺术风格的阐释史、艺术典范的影响史以及人格精神的传播史五个方面展开，从而为读者展示出一部立体的、全方位的、血肉丰满的经典作家的身后史。同时，文学经典是具体历史语境下以文本为纽带联系创作主体与读者的关系体。文本所包含的审美的、情感的、哲理的意蕴必须依靠读者的发现与传播。这是文学经典化的关键所在。揭示传播过程中外显的生成机制已为研究者所关注，但文学经典建构过程中还有一个非常重要的因素——历代读者的审美心理，这方面的研究仍然薄弱。因为对任何事物的体认都无法避开心理感受，审美的体认尤其如此。无论外在的权威话语如何规引，经典效应的产生最终都要经过读者审美心理这一环。那么，读者的审美心理层次如何？它们和经典本身的美学特征、和社会文化变迁有什么关系？读者的审美选择和审美判断在经典化过程中起着什么样的作用？不同类型的读者，各自的作用又有什么不同？这些问题，都需要从不同的角度去探讨和解答。

从研究的方法看，对比研究，无疑是一种适用而又易于操作的方法。唯有比较，才能突出特点。可以从不同层面进行比较，比如，中国古代不

----

① 　陈文忠：《走出接受史的困境——经典作家接受史研究反思》，《陕西师范大学学报》2011 年第 4 期。

同文体之间的经典的对比，中国古代文学经典和现代文学经典之间的对比，中外文学经典的对比。这种对比研究，有利于突现中国古代文学经典性和经典化的特点。实证研究，需要进一步完善，以增强经典确认的科学性和可操作性。王兆鹏先生关于唐诗经典名篇的定量分析，带有一定的尝试性，如何使这种实证的定量分析方法更趋科学合理，还有待学界的合作和努力。当前研究文学经典更多是停留在学理层面的阐释和演绎，用实证的方法研究古代文学经典的少而又少，不仅古代文学经典的研究如此，整个文学经典研究也是如此。赵学勇在《消费时代的文学经典》一文中就曾指出："或许只有当我们清醒地意识到消费时代文学经典与所处的外部矛盾和自身悖论时，才不会陷入困惑与迷茫。问题的关键在于如何厘定经典的价值坐标，虽然这个问题在学界有较多争议，但是往往限于学理概括的层面，而没有将实践这个很重要的环节考虑进去。"① 因而，多元的实证研究，是今后古代文学经典研究的一个重要方向。

另外，就古代文学经典本身来说，也需要以当代意识作新的诠释和判断。诚如杜威·佛克马所说的："建立经典是非常有趣的，但是更为兴奋的是观察不同社会文化背景下不同的经典之间的区别，并对这种差别给予解释。"② 首先，文学经典是一个不断发展变化的实体。过去曾经被确认为经典的古代作家作品，随着当代社会文化心理的变迁会有怎么样的变化？某些曾被历史尘封的文学作品，是否会在现代焕发出它的生命力？中国古代文学经典，存在不存在解构与重构的问题？这些都值得探讨，而不应被古代文学经典似乎已成定论的表象所遮蔽。其次，现代社会不同于古代社会，到处充斥着声像文化、传媒左右着大众的舆论倾向，文学作品经典化的方式和途径会有什么变化？此外，探讨中国古代文学经典化和研究现当代文学经典化，应该是一个相互促进的过程。加强对古代文学经典的研究，有助于我们对文学经典的特质、文学经典的经典化、文学经典的前景等问题的认识更趋全面清晰。

当然，任何研究的视角和方法都有其缺陷。文学经典研究的本身，也有局限性。对文学经典的过分依赖，会导致对某些文学形式的忽视。诚如

---

① 赵学勇：《消费时代的文学经典》，《文学评论》2006 年第 5 期。

② ［荷］杜威·佛克马：《所有经典都是平等的，但有一些比其它更平等》，《中国比较文学》2005 年第 4 期。

有的学者所指出的那样，经典对文学史的真实具有遮蔽性，研究意义的正反总是形影相随。但不可否认的是，从经典的视角研究中国古代文学，不仅具有不可忽视的学术价值，而且也具有重要的文化价值和现实意义。

从社会文化的层面说，有着数千年传统的中国古代文学经典蕴藏着丰富的人文资源，凝聚着中国古代先贤的社会经验和人生智慧。在现代语境下对它作出新的阐释，可以为当代文化建设提供丰富的思想资源，为国人正确处理在现代化进程中面临的心理焦虑和人生困惑提供心灵和行为的借鉴，这有益于人类文化健康持续的发展。而且优秀的中国古代文学经典，对西方而言，是一个陌生的世界。正如哈罗德·布鲁姆在《西方正典》所言："中国古代文学十分丰富，其中很大一部分和我们西方的文学传统并不一样，对它的准确的翻译传播也很不充分。"① 中国文化要真正走向世界，让世界真正发现和了解中国，古代文学经典不能不说是最好的桥梁之一。同时，在中国当代的青少年身上，不同程度地存在着对中国古代文学经典的陌生感。这一切都有赖于研究者对古代文学经典的阐释、发掘和传播。

从文学研究的角度看，文学经典作为"实在本体"和"关系本体"的结合②，它既是一个个充满艺术魅力的文学样式，又昭示着文学与其赖以生存的种种现象之间的关系，是一个以文本为纽带、连接具体历史条件下的受众和创作者的统一体，包含着审美、文化、历史、政治和社会心态等诸多元素。从经典的视角研究古代文学作家作品，更便于探索文学的创作活动和文学传播接受之间的联系，更有利于发掘文学内在的审美属性和外在的历史文化属性之间的关联。加强古代文学经典的研究，是对文学研究领域的拓展和深化。同时，经典是变与不变的统一体，从经典角度研究名作名著，有利于揭示它们的思想价值、审美价值的历史动态性。

总之，中国古代文学经典研究，还存在着巨大的研究空间，完全有必要加强和深化。这不仅具有重要的学术意义，而且对文化建设和文学研究意义重大。宋词，作为宋朝一代之文学，既是宋朝时代文化精神的代表，也是中国古代文学精华的代表，宋词经典更是精华中的精华。研究宋词经典及其经典化的过程，有利于揭示中国古代文学经典的人文意蕴；同时也

---

① ［美］哈罗德·布鲁姆：《西方正典》，江宁康译，译林出版社2005年版，第531页。
② 参黄曼君《中国现代文学经典的诞生与延传》，《中国社会科学》2004年第3期。

有利于探索宋词的创作活动和宋词传播接受之间的联系；有利于发掘宋词内在的审美属性和外在的历史文化属性之间的关联；有利于揭示宋词思想价值、审美价值的历史动态性。

　　本书以阐释学、接受美学、传播学、社会统计学及相关理论原理为依据，先运用统计分析的方法确认研究对象——宋词经典；然后采取文化研究的视角，结合经典文本的细读和各种数据的分析，对宋词经典和经典化过程进行理论和事实的阐释。具体地说，本书主要采用理论和实证相结合，定性和定量相结合的方法，对宋词经典的确认、宋词经典的格局、宋词经典的生成机制、宋词经典的嬗变、宋词经典个案等问题进行系统探讨，尽可能还原宋词经典在不同历史文化语境中的生成衍变状况，揭示古代文学经典生成嬗变的某些规律，为整个中国古代文学经典的研究探索一些新的思路和方法。

第一章 经典内涵和文学经典的特质

研究宋词的经典和经典化，首先要解决的问题是哪些词人词作能称为经典？在确认宋词经典之前，我们必须对以下问题有一个明确的理解和认识：什么是经典？什么是文学经典？采用什么方法能较合理地确认宋词经典？

第一节 经典内涵的嬗变——从传统走向现代

经典的内涵并不是一成不变的。从"经"、"典"分用到"经典"合一，从传统意义上的经典观到现代意义上的经典观，它们的内涵随着哲学文化思潮的变迁而改变。

一 传统经典观——作为历史遗留物的实在本体

在古汉语中，"经"和"典"一开始是分开使用的。《说文解字》称："经，织，从丝也，从系。"《正字通》对此阐释说："经，凡织纵曰经，横曰纬。经长竞而纬可接续，必先经而后纬也。"① 可见"经"的本意和"纵"相关联。而"纵"之意义若放在时间的坐标系中，那便有横跨古今、穿越时空的意思了。由此，"经"便衍生出"常"之意。《释名·释典艺》称："经，径也，常典也，如径路无所不通，可常用也。"② "经"便由"丝织的纵丝"的原意引申为"常道"和"常法"了。所谓

---

① 张自烈撰，廖文英续：《正字通·未集中·系部》，《续修四库全书》235 册，上海古籍出版社 1995 年版，第 256 页。
② 王先谦：《释名疏证补》卷 6 之《释典艺》，《续修四库全书》第 190 册，上海古籍出版社 2002 年版，第 118 页。

"圣哲彝训曰经，述经叙理曰论"①。所谓"经也者，恒久之至道，不刊之鸿教也"②。这里，"恒久"指的是经（典）受得住时间的冲洗，"至道"、"鸿教"则意味着其丰厚的人文蕴藏。而杨倞则在注《荀子·劝学》"其数则始乎诵经，终乎读礼"之句中的"经"字时说，"经"就是指《诗》、《书》。儒家的《诗》、《书》、《礼》、《乐》、《易》等因被视为超越历史时空的至道常法而被尊称为"经"了。

　　至于"典"，根据《说文解字》的解释，当是一个会意字，"从册，在丌上，尊阁之也"。意指书册在架上的意思。《尔雅·释诂上》曰："典，常也"。亦引申为"常，法"，具有典范的意义。所谓"三坟五典"之"五典"，便是指"五帝之书"。《文心雕龙·原道》亦云："玄圣创典，素王述训。"③《释名·释典艺》明确地将"经"和"典"互训，谓"经，径也，常典也。"④ 王符《潜夫论·贤学》中亦以"经"释"典"，谓"典者，经也，先圣之所制"⑤。可见，在早期古汉语中，"经"和"典"的扩展意义都和儒家所尊崇的圣哲相关，是典范著作，具有超越性。它们宣扬的则是具有神圣意义的至道、鸿教。

　　"经典"连用，最初见于《汉书·孙宝传》："周公大圣、召公大贤，尚犹有不相说，著于经典，两不相损。"⑥ 其语言背景是西汉末年，众大臣都极力颂王莽之贤，而孙宝委婉地表达了自己的意思：对周公和召公这两位大贤之人，仍然有指责他们的言论著录在典籍之上，然这并不损周、召二公的伟大。孙宝以此讽刺众大臣皆颂王莽之贤的现象。这里的"经典"乃是记录历史的典籍。范晔《后汉书》卷1记载邓皇后"昼修妇业，暮诵经典。"⑦《三国志·魏志·高贵乡公传》曰："自今以后，群臣皆当

---

　　① 范文澜：《文心雕龙注》（上册），《范文澜全集》第4卷，河北教育出版社2002年版，第288页。

　　② 同上书，第17页。

　　③ 同上书，第2页。

　　④ 王先谦：《释名疏证补》卷6之《释典艺》，《续修四库全书》第190册，上海古籍出版社2002年版，第118页。

　　⑤ 王符著，王继培笺，彭铎校正：《潜夫论笺校正》卷1之《赞学第一》，《新编诸子集成》本，中华书局1985年版，第11页。

　　⑥ 班固撰，颜师古注：《汉书》卷77，中华书局1962年版，第3263页。

　　⑦ 范晔撰，李贤等注：《后汉书》卷10，中华书局1965年版，第418页。

玩习古义，修明经典。"① 经典，由典籍之义渐变指儒家经典了。唐刘知几《史通·叙事》对经典的解释是："自圣贤述作，是曰经典。"② 尔后，经典意义进一步扩大，由儒家经典扩大到道释两家的典籍，如陆德明《经典释文》所说的经典既包括儒家经典也包括《老子》和《庄子》。再如《无量寿经》卷上亦曰："菩萨经典，究畅要妙。"③ 唐白居易《苏州重元寺法华院石壁经碑文》："佛涅槃后，世界空虚，唯是经典，与众生俱。"④ 此处之"经典"则是指包涵佛陀无上智慧慈悲的典籍。至此，可以说，凡是在历史延绵中具有教化人心性行为的功效，具有真知灼见，流传久远并具有权威性的传世典籍，都可称之为"经典"。

在西方文化语境中，classic, canon 和 Bible 都可译为"经典"。其中，Bible 指的是 Holy Scripture，即神圣型经典或宗教型经典。通常，首字母大写特指《圣经》，而 bible 被认为是某一领域里具有权威性的书。Canon 一词来源于古希腊词 kanon，其本义是"芦苇秆"（reed）或"钓竿"（rod），用作测量工具，引申为"尺度"（rule）或"法则"（law），后来用来指教会教规，基督教的正典圣经，一个作家的著作。John Guillory 指出，在公元 4 世纪时，canon 用以表示一系列的文本和作者，特别是指《圣经》和早期基督神学家的著作。据哈罗德·布鲁姆《西方正典》一书可知，Canon 用来指世俗正典，到 18 世纪才始用。⑤ Classic 一词则源自拉丁文 classicus，在近代英文中作名词时指的是文豪、大艺术家。可见，西文中，经典用来指称最高水平的或优秀的艺术家、作家和作品，尤指有持久意义的在某领域内最有权威的著作。

从以上经典词义的衍变可以看出，经典具有恒久的典范性、权威性等特点。同时无论中国还是西方，经典都侧重于指称那种具有正统地位，对人们的人生观和价值观起重要影响作用的、具有宗教色彩的典籍。就好像西文中之 Bible 和 Canon，古代中国的儒释道经典，都带有宗教哲学色彩。发展到后来，经典才逐步由宗教哲学领域扩展到文学领域。而无论是何种

---

① 陈寿撰，裴松之注：《三国志·魏书》卷4，中华书局1959年版，第139页。

② 刘知几：《史通·叙事》卷6，上海古籍出版社1978年版。

③ 鸠摩罗什等译：《无量寿经》卷上，《净土五经》，广东佛教编辑部，第59页。

④ 白居易：《苏州重元寺法华院石壁经碑文》，《白居易全集》卷69，珠海出版社1996年版，第1123页。

⑤ 参考陈硕《经典制造》，广西师范大学出版社2004年版，第7页。

类型的经典，在古典时代，它都是指具体的某个典籍、作品或作家，是作为历史文化存留物的实在本体。人们习惯从静态的角度去描述它的特征和内涵。这种静态的经典观是古典时代本质主义哲学观念下的产物。

在中国古代的哲学观念中，人们认为有一个最终的本质决定天地宇宙万事万物。不论道家那个"先天地生，寂兮寥兮，独立而不改，独行而不殆，可以为天下母"① 的"道"，还是程朱理学中那"元无少欠，百理俱备"、"大行不加，穷居不损"，"推至四海而准"、"考诸三王不易"②，一直影响至19世纪的"理"，都是天地宇宙之间的根本规律、终极本质。理是永不恒不变、不增不减的，"人物皆禀天地之理以为性"③。而具体的每个事物也自有其成为作为该事物的准则，所谓"阶砖便有砖之理……竹椅便有竹椅之理……才有物，便有理"④。

在西方哲学中，从古希腊一直至19世纪，本质主义也是贯穿始终的哲学思潮。不论是追问世界万物的开端、构成元素，还是追问万物背后的形式、原则，这些先哲们都在探寻事物之所以成为该事物的本质。古希腊持还原论的哲学家们认为世界有一个最终的本源，或认为是水、火、土、气，或认为是原子、无定型的阿派朗（apeiron）。至于毕达哥拉斯的作为万物本源的"数"、赫拉克利特提出的"逻各斯"（Logos）、巴门尼德的"存在"、柏拉图的"理念"，亚里士多德的那个万事万物运动所趋向的"目的"，虽然它们在内涵上不尽相同，但都是以抽象形式存在的，是世界本源与万物相互转化所必须遵循的规律，是我们思维和言说的法则，它在本质上都是不生不灭、不变不动、独一无二的，是纷繁繁杂，不断处于生灭变化的现象世界背后的本质。直到近代，"哲学家们虽然在认识论上有许多创新，但在形而上学方面，基本上还是沿着传统的路子，主要关注根本的存在或主体。他们或是像笛卡尔和斯宾诺莎一样，挪用神学传统的资源以上帝来解释实体。或是像莱布尼茨那样，发明一个精神的形式或实体。或是像唯物主义者那样，以物质来解释形而上学问题。或像休谟和康

---

① 陈鼓应：《老子注译及评价》第25章，中华书局1984年版，第163页。
② 程颐、程颢：《二程遗书》卷2上，上海古籍出版社2000年版，第81、89页。
③ 朱熹：《朱子语类》卷4，中华书局1986年版，第57页。
④ 同上书，第61页。

德那样，认为最终的实体没有意义或不可知。"① 集大成的黑格尔
（Friedrich Hegel，1770—1831）则把"绝对精神"作为万物最初的原因与
内在的本质，并且认为意识以外物为对象，经过主客间的辩证运动，最终
能达到对事物本质的认识，达到主客同一。

以上诸家，不论把物质性的实体还是精神性的实体作为世界的本源，
他们共同的特点都是强调现象背后的本质，坚持认为本质决定了大千世界
的纷繁现象。

在本质主义哲学观念的影响下，如传统阐释学的代表人物施莱尔马赫
（Friedrich Daniel Enst Schleiermacher，1768—1834）那样，"注重的是永恒
的观念与形式"，认为"人类文化历史生成的呈现变成静止和无时间的形
式，生成被看作是观念下的永恒"。② 经典也自然而然地被静态地看作是
承载着人类文化思想的历史存留物，是实实在在的本体。不能不说，古典
时代静态的经典观正是人们对那种天不变、道亦不变的永恒本质的追求的
反映。

二　现代经典观——作为历史实在和历史理解的统一体

现代意义的经典观产生于 20 世纪，是随着现代哲学阐释学和现象学
等学科的兴起而产生的。但产生它的思想温床则可以追溯到 17 世纪的近
代西方哲学思潮。

近代，哲学的中心由本体论转向认识论，由关注思维与存在何者为第
一性的问题转向关注思维与存在的同一性，即思维能不能正确认识存在、
怎么样认识存在的问题。近代西方哲学虽然在形而上学上秉承着本质主义
的传统，但他们的认识论中出现的强调主体性的观点却在无意之间开启了
现代哲学对本质主义的反思。

由培根（Francis Bacon，1561—1626）开创的经验论的核心观点是，
我们的一切知识都来源于感觉经验。强调感觉经验在认识中的作用直接导
致主体能动性的提升。稍后的洛克（John locke，1632—1704）在《人类
理智论》进一步表现出关注认识论问题、淡薄形而上学的、本体论的问
题的意向。到贝克莱（George Berkeler，1684—1753）则反对他之前的经

---

① 张汝伦：《现代西方哲学十五讲》，北京大学出版社 2003 年版，第 15—16 页。
② 同上书，第 116 页。

验论者培根、霍布斯和洛克等承认物质实体的客观实在性的观点，他忽视物质实体，在"物是观念的集合"的前提下提出"存在就是被感知"。于是，主体感受与心灵的作用被放大到本体论的高度。

到 18 世纪，综合西方经验论和唯理论的康德（Immanuel Kant，1724—1804）认为，我们所能认识的东西包括宇宙赖以存在的时间和空间不过是人类的主观认识形式，自然界的法则也只是我们在认识过程中赋予的，并不是自然界本身所具有的，自在之物"物自体"最终不可知，主体所能认识的只不过是附加着我们主观认识形式的现象。值得一提的是明代王阳明（1472—1528），早在 16 世纪便在"心外无物"、"心外无理"的本体论观念下提出了"意所在之事谓之物"① 的观点，认为所谓"物"就是"意"的对象，而不是客观之物。这种观点和康德的观点可谓是异代而同工。当然，不论是王阳明的"心"还是康德的形式范畴，都属于先验自我、先天具有的，因此他们并不认为不同主体在不同条件下会有不同的认识结果。但以上肇始自本质主义者内部的对主体性的强调成为 20 世纪以来的哲学家们反思本质主义传统的武器。

到现代，历史主义发展，科学主义曾占据了统治地位，哲学危机出现。思想者们意识到以宗教神学为形而上学，以追求普遍有效性的实证知识的哲学由于其自身的矛盾性不可能解决哲学的困境。因而，哲学的转向势所必然。譬如，西方现代哲学的奠基人、现代阐释学的开山祖师之一的狄尔泰（Wilhelm Dilthey，1833—1911）即把哲学定义为"关于人类在思想、教化和行为方面所做出的东西的自身不断发展的意识"②。把哲学定义为人类"自身不断发展的意识"，这就使绝对的知识和永恒的本质成为了幻象。在他的以理解生命为终极目标的阐释学中，他把生命看作一个历史的存在，既是一个人文关系的总体，又是一个自身展开的历史过程。理解生命必须理解此过程当中的种种外在形式，诸如哲学、宗教、文学、艺术、政治、科学，等等。③ 他同时认为，艺术是理解的工具，而理解也并

---

① 王守仁著，吴光等编校：《王阳明全集》卷 26，上海古籍出版社 1992 年版，第 972 页。

② 《狄尔泰全集》第 5 卷，第 32 页。见洪汉鼎主编《理解与解释——阐释学经典文选》，东方出版社 2006 年版，第 12 页。

③ 参考张汝伦《现代西方哲学十五讲》，北京大学出版社 2003 年版，第 116—117 页。

不是简单地还原，并认为阐释学根本不可能以把握作者的原意为目的。①
稍后的胡塞尔（Edmund Husserl, 1859—1938）则认为，离开主体的意象
性，世界和事物如何表现是无法解释的，他认为："直接将一切实践构成
物（甚至作为文化事实的客观科学的构成物，尽管我们克制不住自己不
对它们发生兴趣）吸收到自身之中的生活世界，在不断改变的相对性中
当然是与主观性相关联。"② 由此，恒定的、还原式的、精确无误的理解
在人文领域从根本上被认为不可能。

　　海德格尔和伽达默尔应该说都吸收并深入地阐释了这些成分。在海德
格尔（Martin Heidegger, 1889—1976）的哲学中，理解的重大意义充分得
到肯定，被提高到"此在"存在方式的本体论高度，即任何解释必须以
理解为前提，而由于我们存在的历史性，任何人在理解某一事物的时候，
都带着"先见"，即人在解释事物前的先行的解释角度或取向。③ 另外，
对事物也预先总有一种概念上的把握，伽达默尔（Hans-Georg Gadamer,
1900—2002）也意识到"对传统的阐释从来就不是对它单纯的重复，而总
是例如理解一个新的创造"④。对理解和解释的重新阐释使阐释学摆脱了
传统意义的囿限，而历史对象也有了新解。伽达默尔认为："真正的历史
对象就不是对象，而是自己和他者的统一体，或一种关系，在这种关系中
同时存在着历史的实在以及历史理解的实在。"⑤ 由此，文学作品作为一
个历史对象，也不再被看作一个一成不变的文本，而被看作不可穷尽的意
义的源泉。由于对象和理解者的历史性，理解某作品永远是一种向着未来
的、不断开放的过程，在不同的历史语境中由于不同关系的附加而呈现出
无穷的意义。理解不再被认为是设身处地地重新体验和再次认识作者的原
意以及再现文本所反映的生活历史，作品真正的意义被认为"并不存在

---

　　① 参考张汝伦《现代西方哲学十五讲》，北京大学出版社 2003 年版，第 118 页。

　　② ［德］胡塞尔：《欧洲科学的危机和超验现象学》，王炳文译，商务印书馆 2001 年版，第
210 页。

　　③ 参考海德格尔《理解与解释》，见洪汉鼎主编《理解与解释——阐释学经典文选》，东
方出版社 2006 年版，第 119—121 页。

　　④ ［德］伽达默尔、杜特：《解释学·美学·实践哲学——伽达默尔与杜特对话录》，商务
印书馆 2005 年版，第 25 页。

　　⑤ ［德］伽达默尔：《真理与方法》，上海译文出版社 1999 年版，第 384—385 页。

于作品本身之中，而是存在于它的不断的再现和解释中"①。之后，深受哲学阐释学影响的接受理论也认为，"阅读永远是一个能动的过程，是一个复杂的运动，并且随着时间而展开"②。从接受理论看，作品也不再是一个稳定的结构，而是充满了无数空白的，期待着不同的读者去完形的文本。

在以上哲学观念的影响下，20 世纪以来，美学也由"见物不见人"的关注于美的本质转向关注审美经验。接受美学中，读者的审美经验是作品最后完成的重要因素。同时，按照审美现象学代表人物杜夫海纳的观点，审美对象成为一个和艺术品相区分的概念。艺术品经由表演者、见证人，即通过接受者的审美经验的投射才把自身显现出来（杜夫海纳并不是无视创作主体审美经验的存在，只不过是将艺术创作者的审美经验暂时悬置起来）。艺术品由此才成为审美对象。③ "审美对象的存在就是通过观众去显现的"④。

以上笔者不厌其烦地罗列现代一系列美学和哲学观点，意在阐明经典观的现代转换的动因。人们对存在的本质和方式，主客二元的关系等问题的认识发生了巨大的变化。这影响着经典的理解和阐释的进一步深化和复杂化。当这些观点被具体应用于阐释经典时，势必影响人们对经典内涵的理解。传统意义上经典一词的含义，一般是从文本的角度予以解释的，从上文关于经典词义的衍变可知。而且，《辞海》也如此定义经典："经典包括最重要的、有指导作用的权威著作。"《现代汉语词典》则说："经典，指传统的具有权威性的著作，也泛指各宗教宣扬教义的根本性著作。"《苏联百科词典》认为："公认的、堪称楷模的优秀文学和艺术作品，对本国和世界文化具有永恒的价值。"⑤ 但是现代阐释学、接受美学和审美现象学关于历史对象、阅读过程和审美对象的思考打破了经典内涵的稳定性，经典在古典时代所具的那种静态的、永恒的特征遭到了质疑。

当前文学经典研究中，关于什么是经典的阐述各有说辞，但综合起

① 洪汉鼎：《理解与解释——阐释学经典文选》，东方出版社 2006 年版，第 19 页。
② ［英］特里·伊格尔顿：《现象学，阐释学，接受理论——当代西方文艺理论》，王逢振译，江苏教育出版社 2006 年版，第 75 页。
③ 此段观点参考米盖尔·杜夫海纳《审美经验现象学》，文化艺术出版社 1996 年版。
④ ［法］米盖尔·杜夫海纳：《美学与哲学》，中国社会科学出版社 1985 年版，第 52 页。
⑤ ［苏］普罗霍罗夫总编：《苏联百科词典》，中国大百科全书出版社 1986 年，第 625 页。

来，可以明显地看到哲学思潮的变迁对经典研究的影响。当美学研究由关注美的本质转向关注审美经验，经典研究由关注作家、作品转向关注读者接受，关于文学经典的内涵和特征的思考也不再局限于文本本位。这从以下代表性的阐述可见一斑。

在西方，面对现代社会各种解构思潮的涌动而毅然举起捍卫大旗的哈罗德·布鲁姆，是西方经典文学研究中的代表人物。他强调："西方经典的内涵还具有高度的复杂性和矛盾性，而决不是一种统一体或稳定的结构。"① 另一位关注文学经典研究的代表人物，荷兰学者杜威·佛克马则说经典是"传统根本精神的集中体现"，"长期以来，经典在宗教、伦理、审美和社会生活的众多方面都发挥了重要作用，它们是提供指导的思想宝库"。② 并认为加上"谁的经典"这样的问题才有利于经典内涵的完整。在这里，经典被视为一个历史对象，它具有不断发展的特点，具有复杂性，它随时间不断地展开。这和上述哲学美学观点一脉相承。近年来，中国学者黄曼君的经典观也充分融合了现代阐释学和接受理论的观点。他在《中国现代文学经典的诞生与延传》一文中指出："经典既是实在本体又是关系本体，是那些能产生持久影响的伟大作品，它具有独创性、典范性和历史穿透性，包含着巨大的阐释空间。"③ 把经典既看作是一个"实在本体"，又看作一个"关系本体"的论断，应该说深刻揭示了经典的内涵。这既强调文本，同时也强调外在于文本的相关因素，如读者、文化传统、历史政治，等等。这与伽达默尔关于真正的历史对象"是自己和他者的统一体，或一种关系，在这种关系中同时存在着历史的实在以及历史理解的实在"的观点可谓异曲同工。这整合了传统经典观的内容，同时也将不同历史文化背景下不断丰富作品的种种关系纳入其中，揭示出了经典静态和动态二元统一的特性，这可被看作现代经典观的代表性观点。

以上，我们可以看到经典的内涵衍变过程——从静态、单向转变为动态、多元关系组合。纵观已有的学术成果，我们应该承认：经典是变与不变的统一体，是实体和各种关系的结合，也是具体的作家作品及对它的理

---

① ［美］哈罗德·布鲁姆：《西方正典》，江宁康译，译林出版社 2005 年版，第 27 页。

② ［荷］D. 佛克马、E. 蚁布斯：《文学研究与文化参与》，俞国强译，北京大学出版社 1996 年第 39 页。

③ 黄曼君：《中国现代文学经典的诞生与延传》，《中国社会科学》2004 年第 3 期。

解的总和。它存在于作家作品和接受者的交互作用之中，在不同的文化条件下不断地被理解、不断地展开。独创性、典范性、权威性、无限可读性、时空穿透力、巨大影响力是它所具有的特性。

或许我们可以像理解我们自身一样去理解经典。一方面，"我"就是"我"，"我"有确定的外貌、住所、亲人、社会身份等；另一方面，从出生起，"我"就处于一个不断改变的动态流程中，昨天的"我"不是今天的"我"，今天的"我"不是明天的"我"。而且人人心目当中都有一个不同的"我"。但芸芸众生之中，"我"却又是独特的这一个，茫茫宇宙当中，就此一家，别无分号，具有别人所无法取代的地位和价值。

第二节　文学经典的特质与内涵

从上文论述可知，经典是那些能产生持久影响的伟大作品，作为实在本体和关系本体的结合，具独创性、典范性和历史穿透性，包含着巨大的阐释空间。那么文学经典的特质是什么？文学经典作为经典的一个分支，它是否另具有独特的个性呢？当前学界如何阐释文学经典？

一　文学经典的特点

当前文学经典研究中，对经典性的阐发大致有以下三种立场。从当前研究现象看，有的研究者倾向于从经典文本的特性出发定义经典性，超越时空、无限可读、内涵丰富而深刻、创作具典范性和独创性，通常被看作是文学经典的特质；有的学者认为，文学经典是不确定的，不是经典文本内在的特质而是外在于文学本身的话语权力决定了作品的经典性；有的学者则从经典文本的内部特质和文化研究的双重视角入手，试图给经典性一个更趋合理的阐释。双重视角阐释经典性，这是文学经典研究中对文学经典内涵特质进行探讨的方向。

笔者认为，文学经典具有以下特征：文学经典既是历史的实在，又是历史理解的实在。它既彰显着作为文化遗留物本身所具的审美性、思想性，也包含着丰富的不同历史时段的读者对它的理解阐释。作为实在本体：一方面它具内涵的丰富性、思想情感的普遍性，是哲思、情感、审美的有机结合体；另一方面，它具审美的独创性和典范性。作为关系本体，文学经典具无限可读性和时空超越性。

（一）作为关系本体的特质

其一，穿越时空性。既然文学经典在一代代读者的连续性变化的视野中都极具活力，那么它首要的特征自然是穿越时空的超越性。这不仅是接受美学的观点，当代学者哈罗德·布鲁姆即说道："一项测试经典的古老方法屡试不爽：不能让人重读的算不上经典。"① 赫拉普钦科在谈到文学作品的时间和生命力时也说："文学作品中那些有重大意义的作品的最重要的特点在于，它们不仅包含着赖以产生这些作品的时代的特点，而且也与以后的时代紧密相关。"② 所以，文学经典即使离开了诞生它的土壤，但还是能在不同的时代中和后代的读者产生视界的融合，跨越时空，流传后世。

这里需要指出的是，文学经典的时空穿透力，并不是说文学经典在任何时空背景下不变和永恒，它是一种"没有时间性"的历史存在③，通过不断的理解与阐释的方式穿越时空。由此，作为关系本体的文学经典便具备它的第二个特点，无限可读性。

其二，无限可读性。文学经典作为一个不断向未来展开的审美结构，能满足不同时代不同读者需求，具有无限可读性。作品本身所具有多种潜在因素，通过不同的读者接受，产生不同的理解，潜在变为可能。作品内涵的丰富性将使如下情况成为可能：1. 作品某些方面的意蕴失去生命力时，其另外方面的意蕴可能由于文化传播环境的改变而被挖掘出来；2. 某些被视为理所当然的阐释可能被不同时代的读者以新的方式接受或被转义；3. 作品不同成分的地位发生变化，次要的可能上升为主要的，从而使古典文学作品在历史长河中焕发出勃勃生机。这决定着传世之作能

---

① ［美］哈罗德·布鲁姆：《西方正典》，江宁康译，译林出版社 2005 年版，第 21 页。

② ［苏］赫拉普钦科：《文学作品的时间和生命力》，见《作家的创作个性和文学的发展》，上海人民出版社 1977 年版，第 257 页。

③ "经典体现历史存在的一个普遍特征，即在时间将一切销毁的当中得到保存。在过去的事物中，只有并没有成为过去的那部分才为历史认识提供可能，而这正是传统的一般性质。正如黑格尔所说，经典是'自身有意义的，因而可以自我解释'。但那归根结底就意味着，经典能够自我保存正是由于它自身有意义并能自我解释；也就是说，它所说的话并不是关于已经过去的事物的陈述，即并不是仍需解释的文献式证明，相反，它似乎是特别针对着现在来说话。我们所谓'经典'并不需要首先克服历史的距离。因此经典无疑是'没有时间性'的，然而这种无时间性正是历史存在的一种模式。"（张隆溪：《经典在阐释学上的意义》，载《中国文史研究通讯》第 9 卷第 3 期）。

否满足不同时代不同人的需求，即决定着它能否被经典化。

（二）作为实在本体的特质

其一，哲思、情感、审美融合。文学经典往往或者闪耀着思想的光芒，或者具有感动人心的力量。"情动于中而形于言"①。"激情、热情是人类强烈追求自己对象的本质力量"②。能否揭示人类心灵的内在需要是作品不断被阅读的一个很重要的原因。同时，一部优秀的文学作品，不仅要给予人们某些人生哲理的启示和思考，还应提供给读者丰富生动的审美意象。文学经典超越时间和空间的特性，源自内涵的丰富性、思想情感的普通性与高度的审美表现力。因为语言符号本身虽是冰冷的，但是浸润着创作主体生命情感的符号却可以让文字活起来，与接受主体同感共振，产生穿越时空的生命力。

其二，审美的独创性和典范性。康德在谈到"美的艺术是天才的艺术"时就说过，"独创性必须是它的第一特性"。③ 就作家创作的经典作品来讲，它无论在文体上，还是在艺术上都有独创性、示范性的意义，能给读者以新的启示。"它自身不是由模仿产生，而它对于别人却须能成为评判或法则的准绳"④。鲁迅先生为什么反对青年人去读什么小说作法之类的书学习写作，而主张应该去看古今中外大作家的成功之作？原因恐怕即在于经典作品的独创性和典范性能给阅读者以创作的启发。因而哈罗德·布鲁姆指出："一切有力的文学原创性都具有经典性。"⑤ 而莎士比亚之所以是经典，即在于"他建立了文学的标准和限度"⑥。

二　文学经典的内涵

经典用来指称文学作家作品时，就很自然地被称为"文学经典"了。而综观这类研究，可以看到文学经典内涵特性与经典的内涵特性之间有如下关系。

---

① 《毛诗序》，郭绍虞：《中国历代文论选》，上海古籍出版社 2001 年版，第 30 页。

② ［德］马克思、恩格斯著：《马克思恩格斯全集》第 42 卷，人民出版社 1979 年版，第 169 页。

③ ［德］康德：《判断力批判》，上卷，宗白华译，商务印书馆 1985 年版，第 153 页。

④ 同上。

⑤ ［美］哈罗德·布鲁姆：《西方正典》，江宁康译，译林出版社 2005 年版，第 18 页。

⑥ 同上书，第 36 页。

其一，经典与文学经典的共性。当经典一词运用到文学领域中时，经典所具有的独创性、典范性、权威性、无限可读性、时空穿透力、巨大影响力的特点都被延续过来。"从一般意义来说，书籍自身必须具有内在的超越性和独创性、必须具有打动人的内在魅力，它才有可能获得经典的美名。……真正的名副其实的经典，在时间和空间中形成，反过来又超越时间和空间而存在。"①

其二，文学经典作为经典的一个子目，同样深受现代阐释学和接受美学的影响。因此，文学经典指向着未来，不断开放式呈现的特点尤其得到强调。对文学经典的内涵和功能，有学者作过如下概括——"精选出来的一些著名作品，很有价值，用于教育，而且起到了为文学批评提供参照系的作用"，杜威·佛克马就认为这样的定义有缺陷，留下了"谁的经典"这个未被回答的问题②。他同时认为这种开放式的结局是不可避免的。文学经典的这个特性在当前的文学经典研究中基本上成为共识。如童庆炳一方面认为"文学经典就是指承载'至道'和'鸿论'各类文学典籍"③；另一方面又明确指出，文学经典是时常变动的，它不是被某个时代的人们确定为经典就一劳永逸地永久地成为经典，文学经典是一个不断建构的过程。④此外，诸如"无限的可读性"⑤、"为一代又一代读者反复阅读、欣赏"⑥、"能不断与读者对话并带来全新发现"⑦等往往被看作文学经典的基本特征。

其三，作为和宗教经典、哲学经典、自然科学经典相区别的文学经典，它的审美特性得到强调。在西方，美国学者哈罗德·布鲁姆是一位以审美性定义文学经典的代表。他从审美的角度出发，认为经典的内涵和特

①　刘小枫、陈少明主编：《经典与解释的张力》，三联书店2003年版，第26页。

②　[荷] D. 佛克马、E. 蚁布斯：《文学研究与文化参与》，俞国强译，北京大学出版社1996年版，第50页。

③　童庆炳：《文学经典建构的内部要素》，《天津社会科学》2005年第3期。

④　童庆炳：《文学经典建构诸因素及其关系》，《北京大学学报》2005年第9期。

⑤　刘象愚：《经典、经典的内涵和特性与关于"经典"的论争》，《中国比较文学》2006年第2期。

⑥　方忠：《论文学的经典化与中国现代文学史的重构》，《江海学刊》2005年第3期。

⑦　凌建英、宗志平：《图像时代文学经典的命运与美育意义》，《文学评论》2007年第2期。

性就是美学权威和创造性。他认为："只有审美的力量才能透入经典，而这力量又主要是一种混合力：娴熟的形象语言、独创性、认知能力、知识以及丰富的词汇。"① 由此，他极力反对经典的社会功利性，主张"西方经典不管是什么，都不是拯救社会的纲领"②。当前中国文学经典研究中，黄曼君也论证了文学经典的诗性特征，《回到经典　重释经典——关于 20世纪中国新文学经典化问题》一文指出，文学经典是特定历史时空与文化语境中"思"、"诗"、"史"相结合的产物③。"永恒的艺术价值"、"民族审美风尚和美学精神"④ 为经典研究者所强调。"审美静观"也被认为是体验文学经典的方式⑤。当前文学经典研究中，除了从建构论的立场，从权力话语的角度阐释经典性之外，基本上都把审美性作为文学经典的重要内涵。即使认为文学经典是各种权力话语的争斗的聚合场，这场中也包含着审美霸权。"典律（笔者按：即经典）说到底是一种话语权力……背后无疑隐蔽着不同时期处于强势地位的社会集团的审美霸权"⑥。审美性作为文学经典的内涵之一是无疑的，当前学界争辩的只不过是它到底是文学经典的"唯一"还是"之一"，是否属于决定性的本质特征。

　　纵观以上关于经典和文学经典的思考，我们可以这样说，文学经典是作品（作家）和接受者交互作用过程中不断展开和呈现的历史性审美存在，是与其相关的理解和关系的总和。独创性、典范性、内涵丰富性和无限可读性、具时空穿透力是文学经典的属性。诗性、哲思、情感在具体历史文化条件下的融合是文学经典的基础特征。和经典一样，它也是变与不变的辩证统一。一代有一代之文学经典，而且不同的文学样式也各自构成各自的经典系统。不同的文学经典系统既具有共性，也有其独特性。

---

① ［美］哈罗德·布鲁姆：《西方正典》，江宁康译，译林出版社 2005 年版，第 20 页。

② 同上书，第 21 页。

③ 黄曼君：《回到经典重释经典——关于 20 世纪中国新文学经典化问题》，《文学评论》2004 年第 4 期。

④ 方忠："文学经典指的是具有丰厚的人生意蕴和永恒的艺术价值，为一代又一代读者反复阅读、欣赏，体现民族审美风尚和美学精神，深具独创性的文学作品。"（《论文学的经典化与中国现代文学史的重构》，《江海学刊》2005 年第 3 期）

⑤ 凌建英、宗志平：《图像时代文学经典的命运与美育意义》（《文学评论》2007 年第 2期）：文学经典是"具有广阔的阐释空间和当代存在性，能不断与读者对话并带来全新发现，让读者在审美静观中充分体现主体价值的文学作品"。

⑥ 陈晓明：《经典焦虑与建构审美霸权》，《山花》2002 年第 9 期。

第二章　宋词经典的确认

文学经典的复杂性，不言而喻。在充满复杂性的文学经典中，我们如何寻找文学经典之一的宋词经典呢？有没有较客观的方法？如果有的话，这种方法是否具有合理性？

第一节　确认宋词经典的理论依据和具体原则

一　理论依据

文学经典是能经得起时间淘洗的。文学经典的存在，必须以传世为前提。而传世的久远，得到广泛的认可和理解，是文学经典形成的必要条件。文学作品传世的秘密到底是什么？一部作品怎样才能具有旺盛的生命力？也就是说文学作品经典化的动力何在？只有解决了诸如此类的问题，我们才能找到确认宋词经典的依据，进而确认宋词经典名家名篇。

关于艺术存在，以下各家从不同角度发表的言说，对我们阐释此种复杂现象很有启示：

马克思关于任何存在物都是对象性存在的论断，是我们理解存在的智慧的钥匙。马克思说："一个存在物如果本身不是第三者的对象，就没有任何存在物作为自己的对象，也就是说，它没有对象性的关系，它的存在就不是对象性的存在。"然而"非对象性的存在物是非存在物。……非对象性的存在物，是一种非现实的、非感性的、只是在思想上的，即只是虚构出来的存在物，是抽象的东西"。①正所谓："对于没有音乐感的耳朵说来，最美的音乐也毫无意义，不是对象，因为我的对象只能是我的一种本

---

① ［德］马克思、恩格斯：《马克思恩格斯全集》第 42 卷，人民出版社 1979 年版，第 168—169 页。

质力量的确证，也就是说，它只能是我的本质力量作为一种主体能力自为地存在着那样对我存在，因为任何一个对象对我的意义（它只是对那个与它相适应的感觉说来才有意义）都以我的感觉所及的程度为限。"①由此，我们可以这样理解文学作品的存在方式：文学作品是一种特殊的对象化的存在，它本身是主体（作者）的创作物，它的存在依赖于另一主体（读者），否则，文学作品就是毫无意义的存在。文学经典作为文学样式之一，它同样依赖于它的受众而存在。从这里可以看到，为康斯坦茨学派所批判的马克思主义文论，其实在某种程度上暗合他们所倡导的颠覆式的文学新理论。

　　接受美学，无疑为理解文学作品的生命力提供了很具启发性的视角。康斯坦茨学派的理论先驱——伽达默尔的阐释学，同样为作品传世提供了哲学意义上的启发。伽达默尔主张艺术"为观者而存在"，"艺术的表现按其本质就是这样，即艺术是为某人而存在的，即便没有一个只是在倾听或观看的人存在于那里"。② 这样的观点直接影响到他的学生尧斯。同时，开启接受美学的，还有伽达默尔关于"历史对象"的认识，也就是把历史对象看作自身以及他者对自身历史理解的统一体③。既然历史对象是自身和他者关系的统一体，当中既有历史的实在又有历史理解的实在，那么，作为历史对象的文学经典的存在和传世，也就必须受制于历史的理解和理解它的他者。虽然伽达默尔认为"每一次与传统的相遇，历史地说都是不相同的"④，但他同时认为有一种"同时代性"存在于每一次历史理解当中："事实上，有一种绝对的同时代性存在于作品与其现代读者之间，尽管历史意识每每有所加强，但是这个观者仍不受影响地持续存在着。"⑤这里的"同时代性"当是和作品生命力持续生成密切相关的原因。

　　① ［德］马克思、恩格斯著：《马克思恩格斯全集》第42卷，人民出版社1979年版，第126页。

　　② ［德］伽达默尔：《真理与方法》，洪汉鼎译，上海译文出版社1999年版，第142页。

　　③ "真正的历史对象根本就不是对象，而是自己和他者的统一体，或一种关系，在这种关系中同时存在着历史的实在以及历史理解的实在。"（伽达默尔：《真理与方法》，上海译文出版社1999年版，384—385页）

　　④ ［德］伽达默尔、杜特：《解释学·美学·实践哲学——伽达默尔与杜特对话录》，商务印书馆2005年版，第18页。

　　⑤ 邓安庆译、严平编选：《伽达默尔集》，上海远东出版社2003年版，第473页。

当然，伽达默尔并不认为这简单地来自作品内部某种确定的特质。

接受美学的代表人物之一尧斯则明确地认为文学的历史生命系于读者，文学的历史性是由生活在历史中的读者赋予的。尧斯说："一部文学作品的历史生命如果没有接受者的参与是不可思议的。因为只有通过读者的传递过程，作品才进入一种连续性变化的经验视界。在阅读过程中，永远不停地发生着从简单接受到批评性的理解，从被动接受到主动接受，从认识的审美标准到超越以往的新的生产的转换。"①而这种理解、接受和转换则实现于读者和作品的视界融合中。读者的期待视野和文学作品所展现的世界碰撞融合，文学作品的"空白"和"未定性"则为这提供了可能。在"同化"②和"顺应"③过程中，读者内心原有的内在"图式"④被改变。新的图式中既有读者所接受的当下的文化心理，也有作品所提供的经验，文学作品便在一代一代的接受之链上保持其生命力。文学作品不断地向未来敞开着，这当中凸显着读者对作品传世的决定性作用。尧斯形象地指出："一部文学作品并不是独立自在的、对每个时代每一位读者都提供同样图景的客体。它并不是一座独白式地宣告其超时代性质的纪念碑，而更像是一本管弦乐谱，不断地在它的读者中激起新的回响，并将作品本文从语词材料中解放出来，赋予其以现实的存在。"⑤

接受美学读者决定论，自诞生起就有不少质疑之声，如苏联的赫拉普钦科就提出："如果说对艺术作品起决定作用的是艺术的消费者的话……为什么一些作品经得住时间的考验，引起历代读者的兴趣，而另一些最初

① ［德］H. R. 尧斯、［美］R. C. 霍拉勃：《接受美学与接受理论》，周宁、金元浦译，辽宁人民出版社 1987 年版，第 24 页。

② 同化（assimilation）：个体把客体刺激纳入主体的既成的心理活动图式之中，这只能引起图式的量的扩展和变化，而不能产生新的知识。（参考［瑞士］J. 皮亚杰《皮亚杰学说及其发展》，陈孝禅等译，湖南教育出版社 1983 年版。）

③ 顺应（accommodation）：指主体的原有客体不能概括同化客体，因而引起主体图式的自我调节，促进改变原有图式或创立新图式，以适应变化着的客体，这就造成图式的质变，从而形成新的知识。（参考［瑞士］J. 皮亚杰《皮亚杰学说及其发展》，陈孝禅等译，湖南教育出版社 1983 年版。）

④ 图式（scheme）：指活动的结构，这是人类认识事物的基础和前提。（参考［瑞士］J. 皮亚杰《皮亚杰学说及其发展》，陈孝禅等译，湖南教育出版社 1983 年版。）

⑤ ［德］H. R. 尧斯、［美］R. C. 霍拉勃：《接受美学与接受理论》，周宁、金元浦译，辽宁人民出版社 1987 年版，第 26 页。

甚至赢得过巨大声誉的作品却很快就被人遗忘了呢?"由此,他认为,"文学作品在历史上的存在,不仅取决于不同读者层和各代读者对它的态度,还取决于作品本身的内在特性"。①同时考虑到读者和作品本身,这应该说是辩证的观点。但和接受美学完全相左的是,赫拉普钦科认为,"重要艺术作品的多种解释并不源于对作品下意识直观的纯主观性,也不源于作品本来的未完成性,而来源于作品同不断发展的社会,同人的创造性活动以及人的感情和愿望之间的联系的内在的深度和广度。"②针对这样文化现象,即艺术作品变为社会精神产品之后,它的命运和作用往往不取决于作者,并且往往还有诸多与作者主观意图相违背,赫拉普钦科认为,"在这种情况下,对文学作品的这种或那种理解客观标准何在呢? 显然,作为这样的标准的,是作品的内在特性、它的艺术概括同生活的运动及其发展趋势的相互关系,是同现实生活,同艺术家进行创作的那个时代以及以后各个时代的现实和精神体验的相互关系。"③从以上可以看出,赫拉普钦科在作品、读者以及时代文化三个要素之间,选择的是将文学作品的内在特质作为其传世的秘密。在另一篇文章中他进一步指出:"文学作品中那些有重大意义的作品的最重要的特点在于,它们不仅包含着赖以产生这些作品的时代的特点,而且也与以后的时代紧密相关。"④可见,他认为作品所包含的丰富内涵才是作品生命力之根本所在。

对经典问题有着深入思考的荷兰学者杜威·佛克马也提出过类似的问题——是什么东西使得某些作品比其他作品更有可能获得较为长久的生命力呢。"我们得出的不太革命的结论是,一部作品的主要内容和形式特点也是决定生存可能性的一个因素"⑤,"是主题、内容和其中所表达的感情

---

① [苏] 赫拉普钦科:《传世的秘密——文学作品的内在特性和功能》,《艺术创作现实人》,上海译文出版社1999年版,第203页。

② 同上书,第223页。

③ 同上书,第16页。

④ [苏] 赫拉普钦科:《文学作品的时间和生命力》,《作家的创作个性和文学的发展》,上海人民出版社1977年版,第257页。

⑤ [荷兰] D. 佛克马、E. 蚁布斯:《文学研究与文化参与》,俞国强译,北京大学出版社1996年版,第53页。

使这些作品具有了吸引力"①。

其实接受美学也并不是一味地只认同读者的作用。接受美学认为，本文既不等同于作者对现实的观照，也不等同于作者选择的语言文字的组合方式；既不等同于阅读活动中产生的意义，也不能等同于读者的审美经验。本文是一个事件，它经历了从作者对世界的理解到读者的审美感知体验的全过程。这和后来读者反应批评中"复数的本文"理论宣告作者的死亡是不同的。而后来走向交流理论的尧斯和伊瑟尔也更进一步关注作为交流理论根基的两极之一：本文。伊瑟尔在《〈阅读活动〉中译本序言》中指出："接受美学中的接受研究这一方向，主要关注载于文学史的读者阅读现象……而另一方面，接受美学中的效应研究则注重本文自身作为一种'接受前提'，具有发挥效应的潜能，其结果不仅调动了作者，而且在这一定程度上驾驭着这一过程。"② 很显然，这些说法并没有忽略本文，注重的是读者与本文二者的结合。尧斯也承认："以康斯坦茨学派闻名的接受美学自 1966 年以来逐渐转化为一种文学交流理论。它的研究对象就是文学史。它将文学史界定为涵盖作者、作品和读者三个行为者的过程，或者说一个创作和接受之间以文学交流为媒介的辩证运动过程。接受概念在这里同时包括收受（或适应）和交流两重意义。"③

从以上陈述中我们可以看到，争论的双方都没有把接受者或文本的内在特性看作是作品传世的唯一因素，而且都注重它们和外在的社会文化条件之间的关系互动。他们争论的焦点只是何者为第一性的问题。或许没有必要为孰是孰非下定论，争论的意义使得作品传世的原因更趋清晰，而有助于文学经典的确认。

另外，还有的从文学接受的外在动力揭示作品获得声名流传后世的原因。如朱利安·赫奇《声誉的产生——对历史方法论的贡献》认为：历史存在着的接受条件决定作家声誉的隆衰，在现代，学校、印刷业、流行刊物以及批评舆论等是形成声誉的最普遍的方式。这种构成机制选择、造

---

① ［荷兰］D. 佛克马、E. 蚁布斯：《文学研究与文化参与》，俞国强译，北京大学出版社1996 年版，第 53 页。

② ［德］伊瑟尔：《致周宁、金元浦信·附件》，参章国锋译文，发表于《文艺报》1986年 6 月 11 日。

③ ［德］H. R. 尧斯：《接受美学与文学交流》，见张廷琛编《接受理论》，四川文艺出版社1989 年版，第 194 页。

就某一作家成名，而且形成了一种制约舆论与接受的传统力量。莱文·苏金认为，艺术的社会"趣味"标志着艺术的普遍接受度。而社会、学校、学术团体、文学俱乐部、书店、出版家都是影响文学趣味的基本因素①。王兆鹏师也认为："文学传播效果的大小和影响力，既受到不同传播方式、媒介的影响，也会受到作家社会政治地位、文坛地位、家庭背景和个人身份等非文学因素的影响。"②这些都有助于更加全面地理解作品传世的秘密。

综观以上诸多看法，或许可以这样思考作品传世的秘密。首先，既然只有对象性的存在才是有意义的，那么文学经典的存在必须依赖于它的阅读者、依赖于传播接受。其次，任何阅读者在接受文学经典时他（她）内在的"图式"都不可能恍如一张白纸。沉淀在读者精神深处的，由时代精神气候和历史文化传统所决定的个人无意识和集体无意识势必影响着他（她）对文学经典的理解接受。因而历史存在条件在这当中也起着重要作用。另外，虽然如伽达默尔所言每一次与传统的相遇历史地说都是不同的，但是无论哪种理解，哪怕是误解，也是因为文本提供了种种阐释的可能。虽然对同一文本的理解可能因时因地因人而千差万别，但一颗豆种绝对不可能长成一棵松树，孙悟空也不可能被解读成贾宝玉。因而这当中文本的内在特性是作品传世过程当中不能忽视的因素。

可以这样说，作品传世的秘密并不是读者、文本和历史存在条件三者当中的任何一个就能决定的。三者的互动交融是作品得以传世而成为文学经典的真正动力。

二　具体原则

文学经典作为一个历史对象，如伽达默尔所言是自己和他者的统一体，或一种关系。在这种关系中同时存在作者创造的历史实在物——文本以及各个不同时代的历史的理解。黄曼君关于经典的实质是实在本体和关系本体的统一的论断，笔者深为认同。一个经典文本形成过程是以作者（作品）为起点，经由不同时代读者的阅读阐释的动态过程，即"作家

---

① 朱利安·赫奇和莱文·苏金的观点引自金元浦《接受反应文论》，山东教育出版社 1998年版，第 112 页。

② 王兆鹏：《中国古代文学传播研究的六个层面》，《江汉论坛》2006 年第 5 期。

（作品）——读者"在不同历史条件下的碰撞交融的过程。因而对经典生成和嬗变问题的探讨必须立足于从作家作品到传播接受的有机交互作用之中，必须在读者传播接受文学作品的互动模式中寻找文学经典。那么，在这个动态过程当中，采取怎么样的方式能够使文学经典确认更趋合理呢？在宋词历经千年的传播接受过程中，我们如何寻找当中的经典名家名篇？在确定考察的作家和作品范围之后，以下几个原则是我们确认文学经典时应当遵循的：

（一）资料的可考性和可操作性

考察"作家（作品）——读者"碰撞交融过程中历代有关宋词的传播方式及其相应的传存文字资料，应该是揭示宋词经典名家名篇生成的有效途径之一。千百年来，宋代的词人词作主要依赖于以下方式让受众接受阐释：口头的演唱吟咏、散见于各地的题壁和石刻、印刷的各种文本资料、信息时代互联网上的超文本。其中，口头的吟咏演唱活动往往随着时间的流逝而消失，存留下来的最多只是只言片语的记载，因此，它虽然曾经是宋词生命力得以延展的重要的方式，却因物质性记载材料缺乏而难以考察。有关题壁和石刻资料虽然蕴藏着丰富的历史材料，但因其传播媒介的固定性限制了传播效应的发挥，即便是拓印下来的资料汇总也因其零散性而让诸多受众望而止步。因此，最具考察价值的是历代流传下来的各种印刷文字资料以及当今越来越深刻的影响人们生活的网络超文本。当然，印刷的文字资料名目繁多，汇集作品的就有类书、总集、别集、选本等，记载传播接受过程当中种种趣闻轶事和艺术评点的又有各种词话、笔记等。限于人力，本书选择最富影响效应的几种可考资料以探寻宋词经典的生成和嬗变。笔者在此拟从流传下来的文字资料中，通过考察历代主要选本的选词情况、历代关于宋词的评点情况、历代词人唱和宋词的情况以及20世纪以来对宋词的有关研究，同时结合当代互联网超文本链接所能链接到的相关宋词文章，统计分析词人词作被关注的指数，确认它们是否具备成为经典名篇名家的可能。

（二）接受主体类型的多样性

在"作家（作品）——读者"的碰撞交融这个经典生成与嬗变的过程中，作家是经典的创造者，读者是发现者。作品的生命力最终是通过读者的传播接受造就的。读者在经典生成与嬗变过程中起着至关重要的作用，要全面考察作品的生命力，除了注重考察资料的可考性及可操作性之外，更为重要的是必须将不同类型的读者纳入考察的范围。

根据读者的社会身份和接受动机，我们可以把文学接受者分为三种类型。

一是消费型的普通读者。普通读者阅读接受文学作品，主要是为了娱乐和消遣，他们一般不会正式、公开地发表对作品的评价意见，所以我们很难根据他们的意见来判断衡量他们对一部作品的态度和接受程度。但他们对作品的选择（赞赏或拒绝，购买和阅读），却可以反映出他们对作品的态度。关注一部作品，喜爱一部作品，就选取它来阅读欣赏，否则就置之不顾，弃之不理。一部作品被这些普通读者阅读的次数越多，就表明这部作品受欢迎、被接受的程度越高。

当代的文学作品，我们可以通过它的印数、发行量等数据来衡量它受普通读者接受的程度。而单篇的宋词，无论是在古代还是在今天，我们都无法去调查、统计它的印数和发行量。但我们可以通过有关宋词的选本去统计和衡量。无论是古代的普通读者，还是今天的普通读者，他们接受宋词，主要是通过选本来阅读的。① 大多数宋词选本，也是为迎合普通读者的需求而编选的。一代一代层出不穷的选本，不断入选宋词，也日益强化了宋词在后代读者心目中的影响力。因此，我们可以统计，一首词被历代选本入选了多少次，入选的次数越多，表明它越受读者的欢迎和喜爱。作品受欢迎和被接受的程度越高，它的影响力也就越大。

当下普通读者接受宋词，除了通过纸质的词选本之外，还有一个重要的媒介，就是互联网。互联网上有多种宋词的网页（超文本 hypertex），读者既可以自由点击阅读，也可以发表读后的感想和评论。一个载录有宋词相关作品的网页，就表明至少有一个传播者和接受者。因此，可以通过统计互联网上载录有宋词作品的网页数量，来衡量一首宋词作品在当下普通读者中的影响力。一首作品所占的网页越多，表明它受欢迎、受关注的程度越高，影响力也就越大。

二是批评型的专家。汉斯·罗伯特·尧斯（Hans Robert Jauss）说："艺术品可以被简单地消费或批评，人们可以赞赏它或拒绝它。人们可以欣赏它的形式，解释它的内容，可以接受公认的解释，也可以试图作出新

---

① 宋代人接受宋词的一个重要方式，其实是听词唱词，但由于宋词音乐的失传和文献不足征，已无法具体了解和统计宋人听词唱词的情况。

的解释。"①"消费"、"赞赏或拒绝"、"接受公认的解释",是普通读者对作品的接受方式和态度;而"批评"、"作出新的解释",则是批评家的接受方式。批评家阅读文学作品后,常常会根据自己的价值观念、审美理想公开发表阅读感受和批评意见,对作品进行价值评估或解读诠释。正是有了一代又一代批评家的批评和引导,文学作品才日益受到人们的关注,日益扩大其影响力。因此,可以通过统计不同词作被历代批评家、词论家评点的次数,来衡量不同词作的影响力的大小。一般说来,一首词作被批评的次数越多,表明它受关注的程度越大,它的影响力就会越大。

古今批评的方式有所不同。古代的批评,主要是随机性的评点,批评家既可以在选本里点评,可以在诗话词话著作中评论,可以在文集序跋中评述,也可以在野史笔记中闲谈赞赏。我们可以把古代这些批评资料统称为"评点资料"。20世纪以来,批评的言说方式和话语系统发生了变化,批评家、学者们主要是用专题研究的论文来对古代作品进行批评和研究。因此,20世纪批评家的批评数据,可以根据相关专题研究论文来采样。

三是创作型的作家。作家,既是创作者,也同时是接受者。正如尧斯所说的:"创作者从他一开始写作起,也同样一直是一个接受者。"②就诗词而言,诗人词家读别人的诗词后常常要追和其韵,或仿效其体。这种追和、仿效,既是一种创作活动,也是一种接受行为。一首作品,总是被别人追和、仿效,表明它有超常的典范性、吸引力和影响力。哈罗德·布鲁姆(Harold Bloom)《影响的焦虑》曾指出:正是后辈诗人的成就与光彩使人们关注前辈诗人的诗作,使人感到了前人的伟大与不可或缺。③我们可以说,后辈词人对前辈词人词作的反复追和、仿效,使人们更加关注前辈的原作。因此,我们可以根据一首词被追和、仿效的次数的多少,来衡量其影响力的高低。

以上三种类型的读者,从不同的角度以不同的方式和态度造就了作品的影响力。是他们的态度、他们的意见,决定了哪些作品受人欢迎而流传千古,哪些作品不受人欢迎而遭到淘汰、或被湮没、或被遮蔽而不为后人

① [德]尧斯:《接受美学与文学交流》,见张廷琛编《接受理论》第195页,四川文艺出版社1989年版。
② 同上。
③ 见金元浦《接受反应文论》第312页,山东教育出版社1998年版。

所熟知。

基于上述对文学作品影响力来源的理解，我们选择的以下五种数据——历代主要选本的选词情况、当代互联网链接的宋词网页、历代关于宋词的评点情况、现当代研究宋词作品的有关论文数量、历代词人唱和宋词的情况——不但具有可考性和可操作性，而且可以考察宋词在不同读者群体中的影响力，从而寻找千年流传过程中的宋词经典。

（三）接受主体选择的自主性

确认文学经典，必须在"作家（作品）——读者"碰撞交融这个传播接受文学作品的互动模式中进行，因此，除了要考虑资料的可考性、可操作性及接受主体的覆盖面之外，纳入考察范围之内的材料必须充分体现了读者自主性选择接受，彰显着作品（作者）与接受主体的交流与互动，这是确认文学经典最为重要的原则。

本书将选择的历代主要选本的选词情况、历代关于宋词的评点情况、历代词人唱和宋词的情况、20 世纪研究宋词的有关论文、当代互联网超文本链接所能链接到的和宋词相关的文章等五项数据指标，都是后世接受者对宋词的选择性接受的结果。受众的自主性在这里得到了充分的体现。

具体来说，作为总集中的一种，选本的编撰体现着选家的自主性意志，其功能在于衡鉴文章，删汰繁芜，彰显菁华。"经典的权威主要不是来自系统的说明，而是来自编辑时独具慧眼的选择"①。中国古代绝大多数诗文作品，都是经过选本的选择后才为一般读者所熟悉和认同的。评点本身就是批评者对作家作品自主接受的活动：其资料一方面是精英读者在与作品视界融合的过程中审美心灵活动的记录，在这里作品的丰富内涵逐渐得以显现，甚至扩容；另一方面又会对一定范围内的读者认同、评判作品的价值产生直接或间接的影响，进而会影响到选家的选择。20 世纪的研究论著则可视为古代评点在当代的延续，它改变的只是行文的方式，究其实质仍是精英读者对作品的选择性接受，其功能表现和历代评点相似。至于唱和，是古代文人圈中一种较常见的创作互动方式，被唱和的词作往往以其艺术上的典范性或情感方面的共鸣引发受众的唱和冲动。唱和，尤其是追和，体现出文人创作接受方面的自主性，也理所当然地会扩大原作

---

① ［美］宇文所安：《追忆——中国古典文学中的往事再现》，郑学勤译，三联书店 2004 年版，第 124 页。

的影响效应。当代互联网超文本链接到的有关宋词的文章，则是新的历史条件下新的传播方式中影响读者接受宋词的重要媒介。在编选、点评、唱和等五项传播接受活动中，接受主体虽不可避免地受到一定历史条件的制约，但他们都是根据各自的期待视界、文化观念去参与传播接受，其中，接受主体的选择是自主的，体现着的是特定时空当中作品（作家）和受众的融合互动。

因此历代选本、历代评点、历代唱和、20世纪以来的研究以及网络链接的超文本，既是具可考性及可操作性的资料，同时又分别体现了不同读者群体对作品及作者的态度，也是具体的历史文化条件下读者对作品选择性接受的文献呈现。因此，从经典作为一个对象性的存在，作为实在本体和关系本体的统一体来看，考察宋词在历代的被入选、点评、唱和以及在20世纪以来的被研究，被网络链接等主要传播方式及其相应的传存文字资料，从而确认宋词经典的方法具有合理性、可行性和客观性。这有利于减少文学经典确认过程中的主观臆断，为古代文学经典的研究提供数据依据，增强其可信度。罗忼烈先生亦曾指出，"作家在文学史上应该占有什么地位，哪些作品被视为上乘，通常是有公论的"，他曾据古今10个著名选本，通过统计词人在词选中所占的分量评价词人的历史地位。他同时指出："如果我们把更多的好选本收集起来，将不同学派和旨趣冶为一炉，得出的结果当然更客观。"[1] 卡尔·艾里克·罗森格伦也提出了这样一种研究经典的方法，"他建议数一数某些作家（或作品）在针对另一作家的批评中被提到的次数"[2]，因为只有那些杰出的作家作品才总会被人拿来比较和引用。笔者认为除了统计入选数和点评数，如果再收集统计唱和、研究记文论著等传播接受的资料，则结果会更趋合理。

需要说明的是，宋词经典名篇名家的确认，必须放在宋词传播接受过程中进行。但任何一种文学样式的传播是一个相当复杂的问题，传播接受的主体、环境、方式、目的等都复杂、多变、多样。在受众和作品的交互作用中，我们无法完全还原宋词千年流传过程中的传播接受环境，无法完全揭示传播主体的目的动机，即便是物质形态的各种传播文本，也在时间

---

① 罗忼烈：《试论宋词选集的标准和尺度》，《文艺理论研究》1983年第4期。
② ［荷］D. 佛克马、E. 蚁布斯：《文学研究与文化参与》，俞国强译，北京大学出版社1996年版，第51页。

的车轮下或存或毁，而不能窥其全貌。因此，无论如何，我们只能展示宋词传世的可能状态，而无法呈现它的必然状态。本书以定量分析的方式确认的宋词经典，也只是可能而非必然。笔者目的是想为宋词传世的秘密和整个古代文学的经典研究摸索一种途径。笔者深知，宋词经典作为一个充满了主体能动选择的存在，以客观性的定量分析不可能百分之百准确地定位经典，我们只能尽可能使统计数据精确、客观，尽可能使统计方法科学，使所确认的宋词经典尽可能地更具合理性和代表性。

第二节　确认宋词经典的具体方法

考察历代以来宋词传播接受的主要方式及其相应的文字资料，是揭示宋词经典名家名篇生成的最有效的方式。现存的宋词传播接受的文献资料，为我们确认宋词经典提供了可能。那么，怎样操作，才能在传世的宋词中找寻我们所认为的经典名家名篇呢？笔者将根据社会统计学的原理，尽可能地扩大数据的覆盖面，减少偶然性因素的影响，使统计数据具有普遍性、代表性和准确性，同时尽量确保来源数据的精确度，力求使确认具有最大程度的合理性。然后，将根据相关各项数据指标在作家作品传播过程中影响力的大小，测评宋词作家作品的经典性，并根据相关数据对宋词经典名篇、名家的基本格局进行分析。

一　词作名篇的确认方法

（一）数据来源

宋词经典的生成过程，实际上就是不同历史条件下不同读者对词作的不断接受的过程。经过一代代读者的选择性接受，在不同历史条件下具有旺盛生命力的宋词无疑会成为宋词经典名篇。下面，我们将统计分析相关数据，寻找宋词传世经典名篇，进而探讨数据结果所反映出来的一些问题。

本书主要采取以下几个方面的数据予以统计分析。

1. 历代词选。本书选取宋元明清以来有代表性的词选（包括词谱）107 种，其中宋代选本 4 种，明代选本 22 种，清代选本 21 种，20 世纪以来的各种词选和作为高校教材的文学作品选 60 种（详目见附录一），据此统计每首词作在不同时代的入选次数，计算各首词作的入选率，根据词作入选率的高低判断其影响力的大小强弱。

需要指出的是，金元二代没有独立的选本纳入本书的统计范围。金元之间有以下几种词选：金代元好问编选的《中州乐府》一卷，元代凤林书院辑录的《精选名儒草堂诗余》3 卷、周南瑞《天下同文》1 卷、彭致中《鸣鹤余音》9 卷。这些词选，除《精选名儒草堂诗余》收录了文天祥、邓剡等宋末词人词作以外，其余都是金元二代的断代词选，对考察宋代经典词作不具意义。

2. 历代唱和。本书统计的唱和词①，来源于以下各书所收录的唱和宋人之作：唐圭璋编纂、王仲闻参订、孔凡礼补辑《全宋词》（中华书局1999 年版）；唐圭璋编《全金元词》（中华书局 1977 年版）；饶宗颐初纂、张璋总纂《全明词》（中华书局 2004 年版）；周明初、叶晔《全明词补编》（浙江大学出版社 2007 年版）；南京大学中国语言文学系全清词编纂委员会编《全清词·顺康卷》（中华书局 2002 年版）。通过对以上总集中唱和宋人词作数量的统计分析，考察宋代词人词作对历代词人的影响。

3. 历代评点。本书统计的点评数据来源于吴熊和主编的《唐宋词汇评·两宋卷》（浙江教育出版社 2004 年版）。该书汇辑的词人资料包括词人小传、传记资料、年谱、著述、总评，词作资料包括本事、编年、汇评、考证、附录。该书资料辑录自宋人文集笔记、历代词话、词选以及近人的研究成果，具有比较广泛的代表性。本书选录其中的总评、本事及汇评资料作统计分析，进而观察宋代词人词作在历代精英读者群中所具有的影响力。

4. 20 世纪以来有关宋代词人词作的研究。这包括 20 世纪有关宋词赏析、评论、研究的论文和著作。以黄文吉主编的《词学研究书目》和林玫仪《词学论著总目》为基础，参考王兆鹏师和刘学合作编制的《20 世纪词学研究论著目录数据库》。通过考查词人词作在 20 世纪被研究的次数来衡量其所具有的影响力和经典性。

5. 国际互联网的权威搜索引擎谷歌和百度所链接的关于宋词的文章数目。本书以词人、词牌、首句同时作为关键字进行搜索，通过谷歌和百度所链接到的文章数目来考察一首词作在 21 世纪被当前大众传播接受的

---

① 本书所统计的唱和词包括"效××体"这种类型的词作。

程度。

（二）统计方法

1. 数据权重

选本入选次数、唱和次数、被点评的次数、20 世纪以来的研究次数、互联网链接的有关宋词文章的篇数，性质不尽相同，在词人词作的经典化过程中所起的作用也各不一样。譬如，某首词在清代 21 个选本中入选 N 次和在当代 60 个选本中入选 N 次，所产生的经典效应肯定有差别；再如某首词作被词选入选 N 次与被历代词人唱和 N 次，所产生的影响力也强弱各异。不同编选者的选人选词、不同唱和者的追和、不同评点者的点评，其动机和效果也都不同。如果仅将各类数据的总和进行简单相加，势必不能客观合理地反映宋代不同词作的经典地位。因而，根据统计学的有关原理，我们在次数统计的基础上，首先计算宋代不同词作的古今选本入选率、历代唱和率、历代点评率、20 世纪的研究率以及互联网的链接率，并根据以上各项数据指标传播效应的高低乘以不同的权重，最后得出不同词作自宋代以来被关注的综合指数，据此确认宋词经典名篇。

这五类数据，各自在经典化过程中发挥的作用不一样，因而，权重也不一样。我们根据自己的理解，兹将选本、评点、唱和、20 世纪研究、互联网链接文章五个指标的权重分别定为：50%、20%、5%、15% 和 10%。

文学选本作为总集的一个子类，是最重要的纸本传播媒介。它首先有着保存文本的功能，是词作安身立命之处。其次，相对丛编、别集和诸如《全宋词》这样的总集而言，它具有更广泛的接受群体。一般来说，影响普通大众接受某种文学样式，大多是通过选本实现的。某首作品一旦入选某个选本，就意味着它有被无数人阅读的可能。最后，选本又凝聚着选家的心血，是选家文化审美理想的物化，它往往代表着一定时期的审美风尚。我们认为，在五项指标中，选本的影响是力最大的。[1] 所以将其权重定为 50%。

古今评点，也是影响文学作品传世的一个重要因素。批评者对某个作家作品的品评作为一种批评权威话语，不仅彰显着精英群体的接受状况，

---

[1]　方孝岳《中国文学批评·导言》也指出："从势力影响上来讲，总集的势力又远在诗文评专书之上。"（三联书店 1986 年版，第4—5 页）

而且会影响到选家遴选时的取舍，并影响或引导着普通接受者对某个作家作品的态度。但相对于选本来说，它的影响范围要小，保存文献之功也要弱，在五项指标中，其影响力居次，因此将其权重定为20%。

至于20世纪的研究，作为一种发生在崭新的社会文化语境中的批评，区别于传统的印象式感悟式的评点，代表着新的批评理念和思维方式，对未来的宋词批评会产生导向性的作用。但毕竟历时较短，仅仅百年而已，其影响力应小于历代评点，故定其权重为15%。

互联网包罗各种各样的文字、音频、视频资料，是现代社会最庞大的信息库。谷歌和百度是目前为国人所广泛应用的两个搜索引擎，有着巨大的搜索功能。只需输入关键字，它们就能链接到各种类型的网站、论坛、博客等网络平台上相关的各类文章。而且互联网又是一个自由和平等的平台，只要你将自己的PC机和互联网的端口连接，不论身份如何，都可以在网上发表自己的观点，自由地选择自己愿意读的文章。按"词人　词牌　首句"格式进行检索所链接到的相关宋词的文章，从一个角度反映出现代社会大众文化的选择。这类数据是以上五类数据中比较独特的一类，而且数量巨大，对于衡量某首词作经典性的意义有着不可低估的作用。但是，考虑到互联网数据具有不断变化的特点，互联网影响人类生活还为时很短，而且所链接的文章一方面有与点评及20世纪研究文章重复出现的可能（当然即使是重复出现，但是输入互联网本身又是传播方面的再次选择，而且输入网络之后，是以另外一种传播方式影响人们的接受，所以对它们的重新计数仍具有传播接受方面的意义），另一方面鱼龙混杂，水平高低不齐，因而只把这类数据的权重定为10%。

唱和则是创作方面的效仿，一般限于文人圈子内，它延伸了原唱词作的生命力，但影响的广度相对较小。而且20世纪以来，随着古典诗词创作退出文坛的中心，唱和这种古代文人所习用的创作方式的生命力日渐减弱，故将其权重仅定为5%。

词选在五类数据中所占的权重最大，但不同时代的词选，影响力又不一样。为了较客观反映不同时代词选影响力的差异，也必须给不同时代的词选以不同的权重。我们姑且按照29%、26%、25%、20%的比例，分别对宋代词选、元明词选、清代词选和20世纪以来词选的入选率进行权衡。之所以如此选择，主要考虑到在经典化效应中，传播接受是一个既具历史性又具当下性的过程。

影响一个时代某类文学样式的经典化因素，既来自历史文化传统，又受制于各个时代当下的文化气候和条件。选本在经典化过程中的效应亦然。一方面，前代的选本在其所处的时代起着传播作家作品的作用，同时在后代又继续发挥着它的历史影响力。从历时的角度看，选本存在时间越长，影响力应越大。另一方面，对不同时代的广大读者而言，当代选本的影响力是最大的。一般读者通常都是从他们最容易得到的当代选本中接受某类文学作品。古老的选本往往被藏于图书馆或为少数藏书家所得，重印出来也往往只限于学术精英圈，为少数人所接受。而为后代广大读者接受才是经典化最重要的环节。因此在确定各代选本影响的权重时，既不能不考虑选本历时越长影响越大这一历史事实，但又不能厚古薄今，过于强调前代选本的影响而忽视当代选本的当下效应；既不能将各代选本所占比重一视同仁，但也不能把比重差距拉得过大。兹按 29%、26%、25%、20% 的权重分别计算宋金、元明、清和现当代选本的影响效应。

为了简明起见，我们将宋金两朝和元明两朝分别划归为一个时期。因为从历史跨度来看，金和南宋并峙而立。南宋人的词选也收录了金代词人蔡松年、吴激等人的作品，而金朝没有通代词选传世，故不独立作为一代来考察。元代也没有独立的选南北两宋词人之作的词选传世，倒是两次传刻宋代选本《草堂诗余》，即至正三年癸未（1343）庐陵泰宇书堂刊本和至正十一年（1351）辛卯双璧陈氏刊本。这两个版本和明代所传刻的《草堂诗余》版本构成一个完整的系统，所以元代也不独立对待，而跟明代划归同一时期。

上述各指标的权重，可用表 2-2-1 所示：

表 2-2-1   宋词经典名篇评价体系

测评指标（R）	权重（f）%	子项	权重%
词选 x	50	宋代入选数 x1	29
		元明入选数 x2	26
		清代入选数 x3	25
		现当代入选数 x4	20
唱和 h	5	被唱和数	/
点评 p	20	被点评数	/

续表

测评指标（R）	权重（f）%	子项	权重%
20 世纪研究 y	15	20 世纪被研究次数	/
互联网链接 l	10	谷歌链接相应文章数 l1	50
		百度链接相应文章数 l2	50

2. 抽样数据和有效数据的确定

宋词传世的作品数量巨大，而能成为经典的仅仅只是少部分被广泛传播接受的作品。鉴于此，我们不拟对所有宋词的入选、唱和及评点等各类数据进行全面统计，而只对其中一部分流播久远的作品进行考察。因为词选是词作经典化过程当中最重要的传播方式，而且数据巨大，所以我们从词选数据得出本书需要的抽样数据。

我们首先对 107 种词选入选的全部词作进行校核（因版本不同，词选首句有异文的，一律以《全宋词》为标准。首句模糊残缺者忽略不计），然后统计这些词选的全部数据（共 50000 多条），再对每首作品的总入选次数进行计数排名，将前 500 首词作为抽样数据。

在 500 首范围内，先考察每首词在不同时代的入选率、唱和率、点评率、研究率、链接率，再根据它们影响力大小分别乘以一定的权重，然后将五项指标相加，得出每首词的综合排名指数。然后选取排名居前的 300 首词作，作为宋词经典名篇排名的有效数据。

3. 具体计算方法如下

（1）五个子项指标的计算方法：

各代选本入选总指标 X：取各首词在不同时代的入选率，即将单篇入选次数除以前 500 首某个时代的总入选数（某单篇的概率），再乘以各自的时代权重，用数学公式表示为：

$$X_j = \frac{x_{1j}}{\sum\limits_{i=1}^{500} x_{1i}} \cdot 29\% + \frac{x_{2j}}{\sum\limits_{i=1}^{500} x_{2i}} \cdot 26\% + \frac{x_{3j}}{\sum\limits_{i=1}^{500} x_{3i}} \cdot 25\% + \frac{x_{4j}}{\sum\limits_{i=1}^{500} x_{4i}} \cdot 20\%$$

其中[1]：

X_j 为第 j 单篇的各代选本入选指标；

————————

[1] Σ，总和符号。

$x_{1j}, x_{2j}, x_{3j}, x_{4j}$ 分别为第 j 单篇入选宋代、元明、清代、20 世纪的篇数；

$\sum\limits_{i=1}^{500} x_{1i}$, $\sum\limits_{i=1}^{500} x_{2i}$, $\sum\limits_{i=1}^{500} x_{3i}$, $\sum\limits_{i=1}^{500} x_{4i}$ 分别为所有前 500 首的宋代、元明、清代、20 世纪总入选数。

唱和指标 H：取单篇词作的唱和率，即某词被唱和的次数除以前 500 名被唱和的总数，数学公式为：$H_j = \dfrac{h_j}{\sum\limits_{i=1}^{500} h_i}$

点评指标 P：计算单首词作的点评率，即某词被点评数除以前 500 名点评总数，数学公式为：$P_j = \dfrac{p_j}{\sum\limits_{i=1}^{500} p_i}$

20 世纪研究指标 Y：单篇词作被研究次数除以前 500 名总研究次数，数学公式为：$Y_j = \dfrac{y_j}{\sum\limits_{i=1}^{500} y_i}$

互联网链接指标 L：某词被百度、谷歌所链接的文章数分别除以前 500 名被百度、谷歌所链接的总数，两项之和再乘以 50%，数学公式为：

$$L_j = \frac{l_{1j}}{\sum\limits_{i=1}^{500} l_{1i}} \cdot 50\% + \frac{l_{1j}}{\sum\limits_{i=1}^{500} l_{1i}} \cdot 50\%$$

（2）综合排名指数 R 的计算方法

一首词作所具有的经典性综合指数，按照以下公式计算：

$$R_j = (X_j \cdot 50\% + P_j \cdot 20\% + Y_j \cdot 15\% + L_j \cdot 10\% + H_j \cdot 5\%) \cdot 1000$$

其中，R 表示一首词经典性的综合指数，各子项中所除以的总数 $\sum$ 分别为前 500 名的总量。其中宋金词选中前 500 名共录入 436 次、元明词选为 6678 次、清代词选为 2556 次、20 世纪选本为 4767 次，历代点评为 2836 次，20 世纪研究为 1653 次，百度链接为 3741298 次，谷歌链接为 7684190 次，唱和总量为 1109 次。因为分子和分母的数值相差过大，故每项指标的计算结果均乘以 1000 以方便察看。

兹以苏轼《念奴娇·赤壁怀古》为例，说明具体的计算方法。

词人	词牌	首句	宋选	明选	清选	今选	点评	宋和	明和	清和	总和	20世纪研究	百度	谷歌	综合	排名
苏轼	念奴娇	大江东去	1	18	14	54	24	23	64	46	133	186	73100	41200	28.33	1

第 1 步，将该词在宋金、元明、清、20 世纪入选的次数 1、18、14、54 分别除以前 500 名在 4 个时段的入选总次数 436、6678、2556、4767，再分别乘以它们的时段权重 29%、26%、25%、20%，最后乘以词选在五项指标中的权重 50%，就得出该词在词选中的经典性指数。

第 2 步，据《唐宋词汇评》所录，该词历代被点评 24 次，除以前 500 名被点评的总次数 2836 次，乘以 20% 的权重，就得出它在点评中的影响指数。

第 3 步，该词在 20 世纪被专文研究了 186（篇）次，除以前 500 名总研究（篇）次数 1653，乘以 15% 的权重，结果就是它在这个项目中的经典性指数。

第 4 步，将以"苏轼　念奴娇　大江东去"3 项为关键字检索到的在百度和谷歌上链接的文章数量 73100 和 41200 分别除以前 500 名的总链接数 3741298 和 7684190，两个商之和乘以 50%，再乘以 10% 的权重，得到其互联网链接所产生的经典性指数。

第 5 步，将历代唱和数 133 次，除以前 500 名被唱和的总数 1109 次，乘以 5%，得出该词在唱和这一项中所具有的经典性指数。

由于分子和分母的数值相差过大，故五项指标的计算结果均分别乘以 1000，以方便察看。

最后将五项指标的结果相加，所得之和就是该词所具有的经典性综合排名指数。

（三）统计结果

见表 2-3-1

二　词人名家的确认方法

同样采用统计分析的方法，通过数据统计确认宋代经典词人。基本原则和方法与上述对经典词作的确认相同。

（一）数据来源

本书主要通过以下几项指标考察词人的经典地位：

1. 历代词选入选（来源同上）。

2. 唱和（来源同上）。

3. 点评（来源同上）。

4.20 世纪研究（来源同上）。

5. 词人所占有的经典作品量。

前 4 项指标的数据来源和上述经典词作前 4 项指标相同。第 5 项指标的数据来源于上述经典名篇前 300 名中不同词人在前 10 名、前 30 名、前 50 名、前 100 名、前 200 名和前 300 名词作中所占有的作品数量。

历代词选、唱和、点评和 20 世纪的研究 4 项指标，对考察词人的历史影响力具有和上述经典名作同样的效应，理由已如前所述。之所以不将确认经典名篇的第 5 项数据，即国际互联网的权威搜索引擎谷歌和百度所链接相应文章这一项指标列入经典词人的考评范畴，主要是考虑到有些词人往往不是以词名而是以诗文之名在互联网上被广泛传播，这对经典词人的考察具有一定的遮蔽性。而经典名作毫无疑问对词人的历史影响力起着重要的作用，一个没有经典名篇传世的经典词人是不可想象的。因此，我们将词人在宋词经典名篇中所占有的经典作品数量作为评定词人经典地位的指标之一。

（二）统计方法

1. 数据权重

（1）五个指标数据的权重

如表 2 - 2 - 2 所示，决定词人最后综合排名的五项指标中，各项所占比例分别为：词选入选指数 50%，唱和指数 5%，点评指数 20%，20 世纪被研究指数 15%，作品入选前 300 名经典词作所占比例 10%。关于词选、点评、20 世纪研究以及唱和所占比例依次递减的理由已如上述。跟词作经典综合指数计算不同的是，计算词人的经典指数时以经典作品入选这一指标替代了互联网百度和谷歌的链接这一项。这一项对经典词人地位的确立具有非常重要的意义，看一个作家是否能称得上经典作家，他有没有经典作品传世，有多少经典作品传世是不可忽视的，这很大程度上决定着一个作家的声望。普通读者大多通过阅读经典名作了解词人，因而经典名作实际上代表着大众在词人经典地位确立这一方面的意义。从受众这一角度看，它和当前互联网所起的作用有着极大的相似性，因此将词作经典性考察中原属于互联网链接项的 10% 以此项代替。

（2）不同时期内词选入选指标的权重

关于不同时代选本中的词人入选指标的权重，与前面词作统计中所采取的比例相同，即宋金、元明、清、20世纪分别占29%、26%、25%、20%。

上述各项指标权重如表2-2-2所示：

表2-2-2 　　　　　　　　　　**经典名家评价体系**

测评指标（R）	权重（f）%	测评因子			权重
词选x'	50	宋代	入选次数x1	入选本数b1	29
		元明	入选次数x2	入选本数b2	26
		清代	入选次数x3	入选本数b3	25
		20世纪	入选次数x4	入选本数b4	20
唱和h'	5	唱和数			
点评p'	20	点评数			
20世纪研究y'	15	20世纪被研究的次数			
经典300入选j'	10	入选前300名的综合得分			

2. 抽样数据和有效数据的确定

据《全宋词》，有作品传世姓名可考的宋代词人近1500家，但是当中大部分词人对绝大部分读者来说相当陌生，根本不具备经典广为人知的特点，本书仅抽取当中一部分词人作全面的数据统计。由于词选在五个子项中的影响效力最大，因此，本书根据词选的入选情况抽样。笔者首先统计107个词选中每位词人被录入的次数，由大到小取前200名宋代词人作为本文的抽样数据。然后对这200位词人的全部五项指标进行数据统计分析，得出最后的综合指标，再按其大小取其100名作为本文经典词人的有效数据。

3. 具体计算方法

五项指标中，词选入选、唱和、点评、20世纪研究4项因为分子分母相差过大，所以计算时皆分别乘以1000以方便察看。

（1）入选指标：同样的，仅看词人被选的总次数这个绝对值不能真实客观地反映出该词人被关注的程度高低。这当中存在两个方面的问题。其一，不同时代的入选数反映出不同的被关注程度。如，在宋代，所有入选词人总共选词2414人次，而明代则选13082人次，某词人在宋代入选

50 次和在明代入选 50 次的意义就不一样。其二，相同的入选次数被不同数量的选本入选所反映的影响力也不相同，譬如词人甲和词人乙某时期总入选数都为 10 次，但甲被 1 个选本入选而乙被 5 个选本入选，则乙被传播接受的程度要高于甲。因而在考虑词人入选指数时，既要考虑到某词人被选数和该时期所有词人总入选数之间的比例，又要顾及被多少选本入选这一情况。因而笔者在计算词人各代入选指数时，先算出单个词人入选率（将单个词人在宋金、元明、清和 20 世纪 4 个时期的入选次数分别除以这 4 个时期前 200 名内所有词人的入选总数 2357、11067、13909、9385），在此基础上，将入选选本率（分别将其在宋金、元明、清和 20 世纪的入选选本数除以这 4 个时期的总选本数 4、9、21、60）作为一个折算系数，以平衡入选选本多少所导致的差异度，最后分别乘以时代权重。用公式表示为：

$$X'_j = \left(\frac{x_{1j}}{\sum\limits_{i=1}^{200} x_{1i}} \cdot \frac{b_{1j}}{\sum\limits_{i} b_{1i}} \cdot 29\% + \frac{x_{2j}}{\sum\limits_{i=1}^{200} x_{2i}} \cdot \frac{b_{2j}}{\sum\limits_{i} b_{2i}} \cdot 26\% + \frac{x_{3j}}{\sum\limits_{i=1}^{200} x_{3i}} \cdot \frac{b_{3j}}{\sum\limits_{i} b_{3i}} \cdot \right.$$

$$\left. 25\% + \frac{x_{4j}}{\sum\limits_{i=1}^{200} x_{4i}} \cdot \frac{b_{4j}}{\sum\limits_{i} b_{4i}} \cdot 20\% \right) \cdot 1000$$

X'_j：词人 j 的入选指数。

$x_{1j} x_{2j}, x_{3j}, x_{4j}$：分别为词人 j 在宋金、元明、清和 20 世纪 4 个时期的入选次数。

$b_{1j}, b_{2j}, b_{3j}, b_{4j}$：分别为词人 j 在宋金、元明、清和 20 世纪的入选选本数。

$\sum\limits_{i=1}^{200} x_{1i}, \sum\limits_{i=1}^{200} x_{2i}, \sum\limits_{i=1}^{200} x_{3i}, \sum\limits_{i=1}^{200} x_{4i}$：分别为前 200 名词人在宋金、元明、清和现当代的 4 个时期的入选总篇次的数量。

$\sum\limits_{i} b_{1i}, \sum\limits_{i} b_{2i}, \sum\limits_{i} b_{3i}, \sum\limits_{i} b_{4i}$：分别为所有词人在宋金、元明、清和现当代 4 个时期的入选总选本数。

此处需要注意的是明代选本的数量问题。计算词作时明代选本是以 22 个计算的，但此处怎么成了 9 个呢？这涉及如何处理所选的草堂系列 14 个版本。《草堂诗余》原为南宋书坊所编，原书两卷，成书约在宋庆元元年（1195）以前。但宋本早已失传，今存元至正三年（1343）的泰宇本、至正十一年（1351）的双璧本以及明代的一系列草堂版本。各个版本皆是在南宋刊本《草堂诗余》的基础上增补并加笺注而成。各个版本收词多少各不相同，编排方法也不尽一致，既有分类本也有分调本，分类标准也不一。①也就是说它们既有同一个源头，但又各自自成一家。考虑到草堂系列的以上特殊情况，所以在计算某位词人在元明的入选次数时，因为不涉及乘选本系数这个问题，而且每入选一个版本，其实都是不同的选家作的选择，故任何一首词作入选14个版本中的任何一个版本都算1次，14个都入选了就算14次。但考察词人入选选本数时，则将其作为一个整体处理。因而原先的14个系列算作1种选本，这样明代的选本总数由原来的14+8变为1+8，总共9个。也就是说凡入选了草堂系列的词人，不是算入了14个选本，而是算入了1个选本。

（2）点评指标

将单个词人 j 被点评的总数除以前200名词人被点评的总数1860次，

即：$P'_j = \dfrac{p_j}{\sum\limits_{i=1}^{200} p_i} \cdot 1000$

（3）20世纪研究指标

将单个词人 j 在20世纪被专文研究的次数除以前200名词人被研究的总次数9339次，用公式表示为：$Y'_j = \dfrac{y_j}{\sum\limits_{i=1}^{200} y_i} \cdot 1000$

（4）入选经典作品前300指标

每位词人入选宋词经典名篇前10名、前30名、前50名、前100名、前200名、前300名的情况如表2-2-3所示。

表2-2-3

词人	前10	前30	前50	前100	前200	前300	得分	词人	前10	前30	前50	前100	前200	前300	得分
辛弃疾	2	5	9	12	17	24	136	李冠					1	1	2
苏轼	2	4	5	10	19	22	119	李玉					1	1	2
周邦彦		2	4	15	31	40	106	李元膺						2	2

---

① 参王兆鹏《词学史料学》，中华书局2004年版，第312—320页。

续表

词人	前10	前30	前50	前100	前200	前300	得分	词人	前10	前30	前50	前100	前200	前300	得分
姜夔	2	3	4	7	11	11	93	李重元					1	1	2
李清照	1	4	7	10	10	12	89	林外					1	1	2
秦观		3	4	5	11	17	57	鲁逸仲					0	2	2
柳永	1	1	3	3	4	7	47	毛滂					1	1	2
欧阳修		1	2	5	9	16	40	万俟咏						2	2
陆游	1	1	2	2	2	3	37	汪藻						2	2
岳飞	1	1	1	1	1	1	30	汪藻					1	1	2
史达祖		2	2	3	3	3	23	王雱					1	1	2
贺铸		1	1	1	5	6	19	文天祥					1	1	2
范仲淹		1	2	2	3	3	18	无名氏						2	2
张先		1	1	2	3	4	16	无名氏					1	1	2
晏殊			1	1	5	6	15	徐伸					1	1	2
晏几道				2	4	6	12	俞国宝					1	1	2
吴文英				2	4	5	11	张辑					1	1	2
张炎				3	4	4	11	张昇					1	1	2
王安石			1	1	3	3	10	赵佶					1	1	2
张孝祥			1	2	2	3	10	范成大						1	1
赵令畤					3	6	9	范周						1	1
刘克庄					3	5	8	黄孝迈						1	1
刘过				2	3	3	8	蒋元龙						1	1
叶梦得				1	2	4	7	京镗						1	1
晁补之				1	3	2	6	李之仪						1	1
陈亮				2	2	2	6	陆淞						1	1
陈与义			1	1	1	1	6	聂冠卿						1	1
蒋捷				1	2	3	6	潘牥						1	1
张元幹				1	1	4	6	潘汾						1	1
晁冲之				1	1	2	4	钱惟演						1	1
陈克					2	2	4	秦湛						1	1
林逋					2	2	4	阮阅						1	1
王观					2	2	4	僧仲殊						1	1
王沂孙					2	2	4	沈唐						1	1

词人	前10	前30	前50	前100	前200	前300	得分	词人	前10	前30	前50	前100	前200	前300	得分
谢逸						4	4	沈蔚						1	1
曹组					1	2	3	孙夫人						1	1
黄庭坚					1	2	3	王雱						1	1
康与之					1	2	3	徐俯						1	1
朱敦儒						3	3	叶清臣						1	1
吕本中					1	2	3	曾觌						1	1
宋祁				1	1	1	3	张抡						1	1
王清惠					1	1	3	赵鼎						1	1
章楶				1	1	1	3	陈瓘						1	1
李甲					1	1	2	周密						1	1

这一项主要考查词人 j 由于经典名作的多少产生的影响力。首先，将前 300 首名作按前 10 名、30 名、50 名、100 名、200 名和 300 名分成 a \ b \ c \ d \ e \ f 个档次计，计算词人在各档所入选的数量。然后按照 30 分，10 分，5 分，3 分，2 分，1 分依次对上述 6 个档次打分，前一档中已计算分值的，后面档中不重复计算。计算公式下：

$$J'_j = a_j \cdot 30 + (b_j - a_j) \cdot 10 + (c_j - b_j) \cdot 5 + (d_j - c_j) \cdot 3 + (e_j - d_j) \cdot 2 + (f_j - e_j) \cdot 1$$

$a_j, b_j, c_j, d_j, e_j, f_j$：分别为词人 j 的作品在 300 首名作的前 10 名、30 名、50 名、100 名、200 名和 300 名的入选数量。譬如李清照 12 首词入选前 300，其中前 10 名 1 首，前 30 名 4 首，前 50 名 7 首，前 100 名 10 首，前 200 名 10 首。那么她在此项指标中的综合得分则如此计算：

$$1 \cdot 30 + (4 - 1) \cdot 10 + (7 - 3) \cdot 5 + (10 - 7) \cdot 3 + (10 - 10) \cdot 2 + (12 - 10) \cdot 1 = 89$$

（5）唱和指标

将某词人 j 被唱和的总数除以前 200 名词人被唱和的总数 2385 次，即：

$$H'_j = \frac{H_j}{\sum\limits_{i=1}^{200} H_i} \cdot 1000$$

（6）综合排名指标的计算

将上述五项指标各乘以它们各自所占的权重，即得出该词人 j 的综合排名指标。

$$R_j = X'_j \cdot 50\% + P'_j \cdot 20\% + Y'_j \cdot 15\% + J'_j \cdot 10\% + H'_j \cdot 5\%$$

（三）统计结果

见表 2 - 4 - 1。

第三节　宋词经典名篇的统计结果及数据分析

一　宋词经典名篇统计结果

据以上统计原则和方法，我们得出以下 300 首词作为宋词经典名篇。见下表 2 - 3 - 1 所示：

表 2 - 3 - 1　　　宋词经典名篇前 300 名数据统计[1]

作者	词牌	首句	时代	体裁	选本				评点	唱和	20世纪研究	互联网[2]		总指标	名次
					宋4	明22	清21	今60				百度	谷歌		
苏轼	念奴娇	大江东去	BG	长	1	18	14	54	24	133	186	73100	41200	28.33	1
岳飞	满江红	怒发冲冠	ND	长	0	3	2	38	14	23	125	293000	30700	18.44	2
李清照	声声慢	寻寻觅觅	ND	长	0	4	9	51	41	23	52	90100	28200	11.63	3
苏轼	水调歌头	明月几时有	BG	长	1	20	12	53	22	25	40	164000	74400	11.41	4
柳永	雨霖铃	寒蝉凄切	CP	长	1	17	13	55	16	7	51	161000	22100	10.82	5
辛弃疾	永遇乐	千古江山	ZX	长	0	3	7	48	23	9	67	39000	66600	10.47	6
姜夔	扬州慢	淮左名都	ZX	长	3	2	11	51	15	4	54	15100	18700	9.107	7
陆游	钗头凤	红酥手	ZX	小	2	6	4	34	15	2	40	112000	67800	8.407	8
辛弃疾	摸鱼儿	更能消	ZX	长	3	20	12	45	22	11	21	21600	75100	7.65	9
姜夔	暗香	旧时月色	ZX	长	3	3	12	32	42	11	17	13000	17400	7.603	10
苏轼	水龙吟	似花还似非花	BG	长	1	18	8	37	16	28	23	22300	6630	7.166	11
姜夔	疏影	苔枝缀玉	ZX	长	3	2	14	27	29	13	17	8880	22500	6.728	12

----

[1]　一首词互见于不同词人名下的，本表以脚注形式标出，本书以下其他表格中不再注明。

[2]　网络链接文章数具一定的动态性，本书此处统计数据乃据 2007 年 9 月 9 号百度和谷歌所链接的相关文章数量。

续表

作者	词牌	首句	时代	体裁	选本				评点	唱和	20世纪研究	互联网		总指标	名次
					宋4	明22	清21	今60				百度	谷歌		
辛弃疾	水龙吟	楚天千里清秋	ZX	长	1	2	6	47	11	4	40	28000	10400	6.679	13
李清照	如梦令	昨夜雨疏风骤	ND	小	2	19	5	32	21	4	26	39400	22100	6.642	14
史达祖	双双燕	过春社了	ZX	长	3	21	16	41	34	7	4	15600	44500	6.624	15
李清照	醉花阴	薄雾浓云愁永昼	ND	小	2	21	9	40	11	14	20	206	22300	6.43	16
贺铸	青玉案	凌波不过横塘路	BG	中	2	21	14	39	18	33	7	16600	12130	6.274	17
辛弃疾	菩萨蛮	郁孤台下清江水	ZX	小	1	6	7	40	17	1	33	18000	8770	6.167	18
周邦彦	兰陵王	柳阴直	BG	长	2	17	10	34	22	14	17	7390	14200	6.117	19
秦观	踏莎行	雾失楼台	BG	小	1	20	9	39	20	5	21	18200	16700	5.874	20
范仲淹	渔家傲	塞下秋来风景异	CP	中	1	14	7	50	10	2	28	28500	15400	5.814	21
张先	天仙子	水调数声持酒听	CP	中	2	20	9	34	19	4	9	14100	91700	5.33	22
辛弃疾	祝英台近	宝钗分	ZX	中	3	20	13	27	22	10	2	7370	45300	5.17	23
苏轼	卜算子	缺月挂疏桐	BG	小	1	17	14	27	15	15	9	42100	30000	5.127	24
史达祖	绮罗香	做冷欺花	ZX	长	3	21	13	22	28	5	0	3050	56500	5.113	25
秦观	鹊桥仙	纤云弄巧	BG	小	0	18	9	41	5	4	11	122000	44800	5.104	26
欧阳修①	蝶恋花	庭院深深深几许	CP	中	2	19	11	26	24	3	5	33650	31200	5.053	27
周邦彦	六丑	正单衣试酒	BG	长	1	21	13	29	29	6	7	5990	3510	5.04	28
秦观	满庭芳	山抹微云	BG	长	1	19	14	32	23	1	8	54	89300	5.033	29
李清照	一剪梅	红藕香残玉簟秋	ND	中	1	22	6	21	18	7	5	75900	21300	5.02	30
李清照	凤凰台上忆吹箫	香冷金猊	ND	长	2	21	12	20	20	18	4	19700	6700	4.974	31
范仲淹	苏幕遮	碧云天	CP	中	2	16	14	32	11	4	10	40600	14900	4.972	32
王安石	桂枝香	登临送目	BG	长	2	21	10	45	7	11	11	12200	28600	4.845	33
周邦彦	瑞龙吟	章台路	BG	长	3	15	11	17	22	10	6	5920	8690	4.686	34
周邦彦	满庭芳	风老莺雏	BG	长	2	18	11	24	24	5	6	4660	5390	4.62	35
欧阳修	踏莎行	候馆梅残	CP	小	2	18	8	39	16	0	10	12100	21000	4.559	36
柳永	八声甘州	对潇潇暮雨洒江天	CP	长	1	3	10	43	13	4	15	18100	10100	4.548	37
李清照	如梦令	常记溪亭日暮	ND	小	3	2	1	12	7	1	23	30800	20000	4.505	38

---

① 一说该词为冯延巳作。

续表

作者	词牌	首句	时代	体裁	选本				评点	唱和	20世纪研究	互联网		总指标	名次
					宋4	明22	清21	今60				百度	谷歌		
苏轼	江城子	十年生死两茫茫	BG	小	0	0	2	38	2	1	16	123000	36100	4.412	39
辛弃疾	青玉案	东风夜放花千树	ZX	中	1	1	5	31	10	1	16	58700	23100	4.384	40
姜夔	齐天乐	庾郎先自吟愁赋	ZX	长	3	3	10	19	27	1	3	5360	20200	4.368	41
辛弃疾	破阵子	醉里挑灯看剑	ZX	中	0	1	5	36	5	0	28	26100	16300	4.367	42
秦观	千秋岁	水边沙外	BG	中	1	21	6	8	16	22	4	155	91200	4.284	43
晏殊	浣溪沙	一曲新词酒一杯	CP	小	0	18	9	44	9	0	14	30300	16200	4.129	44
陆游	卜算子	驿外断桥边	ZX	小	1	2	4	39	5	1	16	36300	61300	4.119	45
李清照①	念奴娇	萧条庭院	ND	长	2	17	6	17	22	3	4	17900	6740	3.979	46
张孝祥	念奴娇	洞庭青草	ZX	长	2	9	4	31	11	1	12	20700	6560	3.915	47
陈与义	临江仙	忆昔午桥桥上饮	ND	中	3	19	7	25	17	1	3	8610	4400	3.894	48
柳永	望海潮	东南形胜	CP	长	1	17	5	39	5	4	14	21100	10500	3.88	49
辛弃疾	贺新郎	绿树听鹈鴂	ZX	长	0	4	5	25	20	0	17	5000	1340	3.875	50
周邦彦	花犯	粉墙低	BG	长	3	21	10	9	17	8	1	8560	2290	3.865	51
李清照	武陵春	风住尘香花已尽	ND	小	0	19	6	29	15	6	8	33200	13800	3.86	52
辛弃疾	西江月	明月别枝惊鹊	ZX	小	0	0	3	31	2	1	26	24400	21000	3.805	53
晏几道	鹧鸪天	彩袖殷勤捧玉钟	BG	小	1	18	8	36	10	2	10	14700	7890	3.78	54
苏轼	贺新郎	乳燕飞华屋	BG	长	1	20	10	16	13	8	8	9030	16600	3.78	55
苏轼	洞仙歌	冰肌玉骨	BG	中	2	17	8	17	12	9	2	28200	27000	3.731	56
苏轼	蝶恋花	花褪残红青杏小	BG	中	1	16	5	22	9	5	8	45600	25600	3.713	57
李清照	永遇乐	落日镕金	ND	长	1	0	1	39	8	3	18	719	21800	3.684	58
辛弃疾	念奴娇	野棠花落	ZX	长	2	19	11	10	15	6	4	6300	8370	3.613	59
苏轼	定风波	莫听穿林打叶声	BG	中	0	0	3	22	2	0	16	75200	56400	3.573	60
欧阳修	生查子	去年元夜时	CP	小	1	4	4	22	5	0	12	44300	69900	3.556	61
张先	青门引	乍暖还轻冷	CP	小	2	21	9	16	9	1	1	4750	129000	3.523	62
周邦彦	少年游	并刀如水	BG	小	1	18	6	8	24	3	1	8290	7540	3.447	63
张元干	贺新郎	梦绕神州路	ND	长	2	3	21	40	17	0	4	4120	16400	3.433	64
刘过	唐多令	芦叶满汀洲	ZX	中	3	16	7	18	13	8	0	5410	2100	3.39	65
晏几道	临江仙	梦后楼台高锁	BG	中	1	2	6	38	11	0	9	16300	18400	3.392	66
宋祁	玉楼春	东城渐觉风光好	CP	小	1	17	6	24	9	3	10	7380	4840	3.219	67
姜夔	念奴娇	闹红一舸	ZX	长	3	19	7	19	9	4	3	7220	15600	3.071	68
周邦彦	西河	佳丽地	BG	长	1	20	6	20	14	7	1	5750	2580	3.07	69
姜夔	长亭怨慢	渐吹尽	ZX	长	1	4	14	13	13	9	2	6620	10000	3.026	70

---

① 《全宋词》系于无名氏下，此据大部分词选，列为李清照作品。

续表

作者	词牌	首句	时代	体裁	选本 宋4	明22	清21	今60	评点	唱和	20世纪研究	互联网 百度	谷歌	总指标	名次
辛弃疾	清平乐	茅檐低小	ZX	小	1	0	2	27	0	0	19	16200	13600	3.026	71
周邦彦	风流子	新绿小池塘	BG	长	2	16	4	7	16	4	3	5230	3460	2.99	72
周邦彦	大酺	对宿烟收	BG	长	1	13	12	7	17	5	2	3130	1570	2.978	73
章楶	水龙吟	燕忙莺懒芳残	BG	长	1	18	6	3	10	26	0	447	400	2.929	74
周邦彦	齐天乐	绿芜凋尽台城路	BG	长	3	1	7	6	15	5	1	3430	3110	2.93	75
周邦彦	琐窗寒	暗柳啼鸦	BG	长	1	19	14	6	14	5	1	3500	6870	2.909	76
吴文英	风入松	听风听雨过清明	GA	中	1	0	11	27	11	0	6	6580	8680	2.902	77
张炎	高阳台	接叶巢莺	WG	长	0	1	11	27	21	0	2	4300	2530	2.86	78
陈亮	水调歌头	不见南师久	ZX	长	0	0	2	29	5	0	10	3570	126000	2.834	79
欧阳修	朝中措	平山阑槛倚晴空	CP	小	2	13	4	7	8	15	2	4750	5120	2.781	80
辛弃疾	鹧鸪天	枕簟溪堂冷欲秋	ZX	小	1	13	6	11	11	16	0	4990	14800	2.772	81
吴文英	南楼令	何处合成愁	GA	中	3	3	8	12	12	0	2	387	5060	2.765	82
史达祖	东风第一枝	巧沁兰心	ZX	长	3	5	7	6	9	0	2	1450	15700	2.752	83
欧阳修	采桑子	群芳过后西湖好	CP	小	2	0	7	23	7	1	6	11200	3480	2.746	84
蒋捷	一剪梅	一片春愁待酒浇	WG	中	0	4	6	15	4	0	18	7680	3540	2.727	85
周邦彦	过秦楼	水浴清蟾	BG	长	2	11	9	11	10	6	1	4710	2720	2.698	86
晁冲之①	汉宫春	潇洒江梅	BG	长	2	16	6	5	14	5	0	2900	9600	2.689	87
周邦彦	蝶恋花	月皎惊乌栖不定	BG	中	1	19	6	22	8	3	5	4090	3130	2.686	88
秦观	望海潮	梅英疏淡	BG	长	0	17	9	26	8	3	4	10400	19600	2.646	89
叶梦得	贺新郎	睡起流莺语	ND	长	1	17	5	12	15	0	0	3930	28600	2.637	90
李清照	渔家傲	天接云涛连晓雾	ND	中	2	0	5	29	1	1	9	19000	8890	2.615	91
周邦彦	解语花	风销焰蜡	BG	长	1	21	8	10	12	3	2	4390	3620	2.588	92
姜夔	点绛唇	燕雁无心	ZX	小	2	1	5	28	8	0	4	6940	7660	2.586	93
陈亮	水龙吟	闹花深处层楼	ZX	长	2	14	8	15	10	1	0	3260	19600	2.565	94
晁补之	摸鱼儿	买陂塘	BG	长	2	17	14	12	8	1	1	252	1210	2.55	95
周邦彦	解连环	怨怀无托	BG	长	1	19	8	10	11	5	1	6910	4770	2.519	96
张炎	八声甘州	记玉关	WG	长	0	1	9	21	11	1	2	2190	87400	2.501	97
张炎	解连环	楚江空晚	WG	长	0	1	6	30	13	1	3	2360	43800	2.493	98
苏轼	江城子	老夫聊发少年狂	BG	中	0	1	2	39	1	0	11	30100	13100	2.49	99
张孝祥	六州歌头	长淮望断	ZX	长	1	1	7	39	9	1	2	5890	5150	2.486	100
李甲	帝台春	芳草碧色	BG	长	2	20	7	5	3	0	0	3170	111000	2.478	101
吴文英	八声甘州	渺空烟四远	GA	长	2	0	3	26	10	1	3	2900	4080	2.45	102
姜夔	琵琶仙	双桨来时	ZX	长	2	2	11	10	12	1	0	3220	6270	2.427	103

① 据《全宋词》,该词又互见于李邴名下。

续表

作者	词牌	首句	时代	体裁	选本				评点	唱和	20世纪研究	互联网		总指标	名次
					宋4	明22	清21	今60				百度	谷歌		
秦观	八六子	倚危亭	BG	中	0	19	11	14	12	4	0	8110	13100	2.422	104
周邦彦	玉楼春	桃溪不作从容住	BG	小	0	18	8	12	11	3	5	3680	1960	2.42	105
辛弃疾	沁园春	三径初成	ZX	长	1	20	4	5	5	10	2	4300	49600	2.389	106
欧阳修	浣溪沙	堤上游人逐画船	CP	小	2	17	4	8	7	1	0	31900	5770	2.362	107
苏轼	南乡子	霜降水痕收	BG	小	1	21	6	3	9	10	1	5400	2270	2.362	108
柳永	玉蝴蝶	望处雨收云断	CP	长	1	16	6	10	4	4	0	6310	96900	2.325	109
秦观	满庭芳	晓色云开	BG	长	1	17	10	14	7	2	1	9070	12100	2.321	110
辛弃疾	贺新郎	甚矣吾衰矣	ZX	长	2	2	2	14	3	10	2	18600	18700	2.311	111
黄庭坚	清平乐	春归何处	BG	小	2	4	6	20	5	1	2	13500	13000	2.3	112
周邦彦	渡江云	晴岚低楚甸	BG	长	1	17	8	5	9	8	1	2980	1900	2.299	113
周邦彦	应天长	条风布暖	BG	长	1	14	8	7	10	6	1	2500	7970	2.296	114
辛弃疾	南乡子	何处望神州	ZX	小	0	2	3	18	2	1	11	18500	42200	2.27	115
秦观	水龙吟	小楼连苑横空	BG	长	1	20	5	3	14	2	0	5550	13200	2.267	116
周邦彦	夜飞鹊	河桥送人处	BG	长	0	20	9	16	12	1	1	4380	8670	2.262	117
张炎	南浦	波暖绿粼粼	WG	长	0	1	8	11	13	15	0	552	2400	2.259	118
周邦彦	风流子	枫林凋晚叶	BG	长	2	14	5	2	8	3	3	2790	3010	2.253	119
周邦彦	意难忘	衣染莺黄	BG	长	1	19	5	1	14	5	0	342	7570	2.235	120
欧阳修	临江仙	柳外轻雷池上雨	CP	中	1	16	10	7	7	3	2	6230	8790	2.231	121
张先	醉落魄	云轻柳弱	CP	中	2	21	4	1	6	1	0	318	70800	2.224	122
王清惠	满江红	太液芙蓉	WG	长	0	3	2	2	17	7	4	857	797	2.219	123
刘过	六州歌头	斗酒彘肩	ZX	长	2	1	2	23	9	0	1	1890	2720	2.215	124
周邦彦	瑞鹤仙	悄郊原带郭	BG	长	0	14	10	10	14	4	0	4130	2800	2.213	125
晁补之	洞仙歌	青烟幂处	BG	长	3	18	4	6	5	1	0	1	21800	2.209	126
徐伸	二郎神	闷来弹鹊	BG	长	2	19	7	4	10	0	0	0	5740	2.204	127
陈克	菩萨蛮	绿芜墙绕青苔院	ND	小	3	2	5	5	8	0	1	2880	4410	2.192	128
张辑	疏帘淡月	梧桐雨细	ZX	长	3	19	6	2	5	1	0	705	11700	2.186	129
贺铸	望湘人	厌莺声到枕	BG	长	1	18	10	6	8	2	0	2320	28900	2.172	130
晏殊	踏莎行	小径红稀	CP	小	1	12	8	18	8	0	1	10300	6380	2.169	131
陈克	谒金门	愁脉脉	ND	小	2	18	4	3	7	0	0	10200	7270	2.147	132
毛滂	惜分飞	泪湿阑干花着露	BG	小	2	7	7	13	8	2	0	3180	3370	2.135	133
汪藻①	点绛唇	新月娟娟	ND	小	1	15	3	9	13	2	0	6380	10030	2.118	134
王沂孙	齐天乐	一襟余恨宫魂断	WG	长	0	0	10	24	11	0	2	2350	20700	2.116	135
吴文英	莺啼序	残寒正欺病酒	GA	长	0	1	8	19	8	1	7	2400	1950	2.1	136

① 据《全宋词》，又互见于苏过名下。

续表

作者	词牌	首句	时代	体裁	选本				评点	唱和	20世纪研究	互联网		总指标	名次
					宋4	明22	清21	今60				百度	谷歌		
吕本中	满江红	东里先生	ND	长	1	17	3	0	3	1	0	177	158000	2.097	137
姜夔	翠楼吟	月冷龙沙	ZX	长	1	2	10	9	10	1	0	4100	36000	2.089	138
周邦彦	水龙吟	素肌应怯余寒	BG	长	2	17	4	1	9	5	0	311	162	2.079	139
李重元	忆王孙	萋萋芳草忆王孙	BG	小	1	18	9	10	6	0	1	8120	17800	2.071	140
周邦彦	苏幕遮	燎沉香	BG	中	0	1	4	31	5	5	5	10100	5830	2.071	141
秦观	画堂春	东风吹柳日初长	BG	小	1	18	5	5	6	1	0	5370	76300	2.07	142
刘克庄	满江红	金甲琱戈	GA	长	2	3	1	17	3	0	0	907	110000	2.069	143
周邦彦	尉迟杯	隋堤路	BG	长	0	19	10	6	14	1	0	2690	1690	2.064	144
赵令畤①	蝶恋花	欲减罗衣寒未去	BG	中	2	17	5	10	3	1	3	4850	2465	2.06	145
赵佶	燕山亭	裁剪冰绡	ND	长	1	3	4	15	13	0	2	3810	781	2.06	146
李玉	贺新郎	篆缕销金鼎	ND	长	1	20	7	7	11	0	0	2150	6140	2.056	147
文天祥	念奴娇	水天空阔	WG	长	0	1	3	18	7	0	8	5930	32400	2.053	148
晏殊	破阵子	燕子来时新社	CP	中	1	2	5	22	4	0	6	8060	4770	2.043	149
林逋	长相思	吴山青	CP	小	3	4	2	11	5	0	1	10200	8020	2.036	150
晏殊	蝶恋花	槛菊愁烟兰泣露	CP	中	0	1	5	28	3	2	5	26100	10700	2.025	151
刘克庄	沁园春	何处相逢	GA	长	2	1	4	23	3	2	1	6500	26700	2.016	152
贺铸	柳色黄	薄雨初寒	BG	长	1	1	9	15	12	0	0	8	8690	2.01	153
周邦彦	浪涛沙漫	昼阴重	BG	长	0	18	9	7	15	0	0	16	453	1.998	154
张昪②	离亭燕	一带江山如画	CP	中	1	4	8	14	3	0	0	4000	97900	1.997	155
苏轼	浣溪沙	簌簌衣巾落枣花	BG	小	1	2	1	19	3	0	0	9360	3630	1.996	156
苏轼	水龙吟	楚山修竹如云	BG	长	1	18	4	1	11	2	1	3510	10400	1.971	157
苏轼	西江月	照野弥弥浅浪	BG	小	1	19	6	7	4	1	4	8650	3440	1.971	158
苏轼	永遇乐	明月如霜	BG	长	1	2	4	9	10	0	0	15600	46000	1.969	159
王观	卜算子	水是眼波横	BG	小	1	3	3	19	3	0	8	6870	267	1.967	160
苏轼	水调歌头	落日绣帘卷	BG	长	1	10	2	6	7	0	3	25500	16500	1.965	161
周邦彦	拜星月慢	夜色催更	BG	长	0	19	9	8	11	3	0	3680	3390	1.96	162
范仲淹	御街行	纷纷坠叶飘香砌	CP	中	0	16	8	14	9	4	0	8680	3050	1.948	163
林外	洞仙歌	飞梁压水	ZX	长	0	18	3	1	8	0	0	225	130000	1.931	164
欧阳修	浣溪沙	湖上朱桥响画轮	CP	小	2	17	5	5	1	0	0	1350	3260	1.924	165
晏殊	玉楼春	绿杨芳草长亭路	CP	小	1	19	5	8	7	1	1	9020	6710	1.909	166
周邦彦	浣溪沙	楼上晴天碧四垂	BG	长	1	18	5	5	10	3	0	1980	1330	1.908	167
赵鼎	满江红	惨结秋阴	ND	长	1	19	5	4	5	0	0	441	79400	1.906	168

---

① 据《全宋词》，又互见于晏几道名下。

② 据《全宋词》，又互见于孙浩然名下。

作者	词牌	首句	时代	体裁	选本				评点	唱和	20世纪研究	互联网		总指标	名次
					宋4	明22	清21	今60				百度	谷歌		
王沂孙	眉妩	渐新痕悬柳	WG	长	0	0	9	26	10	0	1	2220	12900	1.895	169
俞国宝	风入松	一春长费买花钱	ZX	中	1	3	5	12	9	0	1	3030	36400	1.89	170
林逋	点绛唇	金谷年年	CP	小	1	18	6	4	9	2	1	5250	5240	1.89	171
李冠	蝶恋花	遥夜亭皋闲信步	CP	中	2	13	3	5	8	0	1	1850	4480	1.879	172
王观	庆清朝慢	调雨为酥	BG	长	2	15	9	3	4	0	0	1100	18500	1.877	173
王雱	倦寻芳	露晞向晚	BG	长	2	20	7	2	5	1	0	309	5280	1.875	174
王安石	千秋岁引	别馆寒砧	BG	中	1	20	5	6	6	4	0	4370	13100	1.84	175
朱敦儒	念奴娇	别离情绪	ND	小	0	17	5	0	15	3	0	4620	1380	1.84	176
曹组	如梦令	门外绿荫千顷	BG	小	2	16	4	3	2	0	0	1140	68800	1.839	177
辛弃疾	水龙吟	渡江天马南来	ZX	长	1	17	4	9	4	6	1	5840	8110	1.823	178
王安石	渔家傲	平岸小桥千嶂抱	BG	中	2	20	3	4	5	3	0	2570	1500	1.817	179
赵令畤①	蝶恋花	卷絮风头寒欲尽	BG	中	2	1	13	4	3	0	0	5740	5501	1.812	180
贺铸	薄倖	淡妆多态	BG	长	2	18	8	8	0	1	1	3190	7570	1.802	181
无名氏	鱼游春水	秦楼东风里	\	中	1	19	7	2	8	2	0	852	5090	1.786	182
赵令畤	清平乐	春风依旧	BG	小	2	18	3	3	6	2	0	1760	907	1.768	183
苏轼	哨遍	为米折腰	BG	长	1	18	4	2	6	8	0	2210	4020	1.761	184
欧阳修	浪淘沙	把酒祝东风	CP	小	1	15	5	8	5	2	0	17000	8270	1.761	185
刘过	醉太平	情高意真	ZX	小	2	6	8	5	5	0	0	2730	12900	1.751	186
周邦彦	宴清都	地僻无钟鼓	BG	长	1	16	1	1	7	5	0	191	2700	1.747	187
辛弃疾	丑奴儿令	少年不识愁滋味	ZX	小	0	1	1	19	1	0	10	226	45400	1.743	188
曹组	蓦山溪	洗妆真态	BG	中	1	16	2	3	10	0	0	2050	31600	1.743	189
叶梦得	虞美人	落花已作风前舞	ND	小	2	16	3	6	5	0	0	5070	11200	1.742	190
秦观	风流子	东风吹碧草	BG	长	1	18	3	1	4	3	0	4120	63600	1.737	191
苏轼	临江仙	夜饮东坡醒复醉	BG	中	1	1	2	18	2	0	4	11700	38200	1.736	192
辛弃疾	鹧鸪天	陌上柔桑初破芽	ZX	小	1	2	3	19	6	0	4	330	3490	1.73	193
周邦彦	霜叶飞	露迷衰草	BG	长	1	18	8	0	4	7	0	340	7600	1.727	194
蒋捷	女冠子	蕙花香也	WG	长	1	2	6	8	8	6	0	1260	5530	1.721	195
苏轼	八声甘州	有情风万里卷潮来	BG	长	0	19	4	6	6	5	3	6120	3250	1.716	196
秦观	江城子	西城杨柳弄春柔	BG	中	1	19	6	8	4	0	1	10500	5920	1.715	197
贺铸	六州歌头	少年侠气	BG	长	1	0	2	19	6	0	4	7670	42600	1.713	198
姜夔	一萼红	古城阴	ZX	长	2	2	9	7	5	0	0	2700	4120	1.707	199

———————

① 据《全宋词》，又互见于晏几道名下。

续表

作者	词牌	首句	时代	体裁	选本				评点	唱和	20世纪研究	互联网		总指标	名次
					宋4	明22	清21	今60				百度	谷歌		
秦观	浣溪沙	漠漠轻寒上小楼	BG	小	0	3	6	20	6	1	4	1140	12800	1.701	200
李元膺	洞仙歌	雪云散尽	BG	中	1	19	7	8	5	2	0	2450	1450	1.7	201
晁冲之	传言玉女	一夜东风	BG	中	2	21	9	1	2	0	0	146	2580	1.695	202
康与之	风入松	一宵风雨送春归	ND	中	2	18	4	0	1	1	0	207	56100	1.695	203
吕本中	采桑子	恨君不似江楼月	ND	小	2	3	2	14	2	0	3	6120	11700	1.686	204
蒋元龙	好事近	叶暗乳鸦啼	BG	小	2	21	5	2	3	2	0	915	649	1.679	205
蒋捷	虞美人	少年听雨歌楼上	WG	小	0	3	4	18	5	1	2	24100	28600	1.674	206
陆淞	瑞鹤仙	脸霞红印枕	ZX	长	1	19	5	4	7	1	0	13	15100	1.668	207
刘克庄	贺新郎	深院榴花吐	GA	长	2	19	3	3	2	5	0	1550	5140	1.666	208
张元幹	兰陵王	卷珠箔	ND	长	1	18	3	6	6	1	0	2350	31900	1.663	209
鲁逸仲	惜余春慢	弄月余花	BG	长	2	17	4	0	5	1	0	10	53900	1.658	210
岳飞	小重山	昨夜寒蛩不住鸣	ND	小	0	1	5	14	6	0	5	13300	5910	1.651	211
僧仲殊	南柯子	十里青山远	BG	中	2	15	2	6	4	0	0	343	13200	1.644	212
无名氏	九张机	一张机	\	小	2	3	5	8	0	0	0	4850	67200	1.638	213
周邦彦	忆旧游	记愁横浅黛	BG	长	1	19	6	4	5	3	0	2680	4940	1.636	214
谢逸	渔家傲	秋水无痕清见底	BG	中	2	17	5	0	5	0	0	160	5390	1.63	215
柳永	夜半乐	冻云黯淡天气	CP	长	2	5	2	21	7	1	0	5570	16400	1.625	216
寇准	踏莎行	春色将阑	CP	小	2	19	4	6	1	0	1	5000	5480	1.62	217
秦观	画堂春	落红铺径水平池	BG	小	1	18	7	2	3	1	0	2530	39400	1.61	218
苏轼	西江月	玉骨那愁瘴雾	BG	小	2	16	3	0	7	4	4	2060	4300	1.614	219
欧阳修	诉衷情	清晨帘幕卷轻霜	CP	小	2	3	5	11	1	0	2	9690	4970	1.613	220
周邦彦	氐州第一	波落寒汀	BG	长	0	18	9	4	6	0	0	2520	1130	1.61	221
辛弃疾	蝶恋花	谁向椒盘簪彩胜	ZX	中	1	10	5	4	8	1	0	1300	17600	1.597	222
张先	燕台春	丽日千门	CP	长	2	18	5	1	2	1	0	5	18200	1.586	223
刘辰翁	兰陵王	送春去	WG	长	0	2	5	15	5	2	1	1550	65200	1.577	224
赵令畤	锦堂春	楼上紫帘弱絮	BG	小	1	20	8	5	5	0	0	72	339	1.574	225
康与之	喜迁莺	腊残春早	ND	长	2	0	8	7	2	0	0	281	34300	1.571	226
刘克庄	贺新郎	北望神州路	GA	长	1	2	1	25	1	5	2	3760	14500	1.567	227
辛弃疾	鹧鸪天	壮岁旌旗拥万夫	ZX	小	0	1	2	24	5	0	5	7020	7090	1.567	228
李元膺	洞仙歌	帘纤细雨	BG	中	2	18	5	0	3	2	0	204	227	1.566	229
欧阳修①	阮郎归	南园春半踏青时	CP	小	2	19	4	9	0	1	0	3450	7430	1.559	230
范成大	眼儿媚	酣酣日脚紫烟浮	ZX	小	2	3	4	8	6	0	0	2360	2580	1.558	231

---

　　① 历代词选多将此词系欧阳修名下，但《全宋词》未收录，王兆鹏等《全唐五代词》系此词于冯延巳名下。

续表

作者	词牌	首句	时代	体裁	选本				评点	唱和	20世纪研究	互联网		总指标	名次
					宋4	明22	清21	今60				百度	谷歌		
欧阳修	生查子	含羞整翠鬟	CP	小	2	18	6	3	2	0	0	1300	3930	1.556	232
秦观	柳梢青	岸草平沙	BG	小	1	19	7	3	3	3	0	685	14100	1.556	233
张孝祥	西江月	问讯湖边春色	ZX	小	3	0	3	14	1	0	0	2850	1190	1.554	234
陆游	水龙吟	摩诃池上追游路	ZX	长	1	18	6	0	6	3	0	508	1750	1.553	235
谢逸	江城子	杏花村馆酒旗风	BG	中	1	17	7	3	5	0	1	1380	2910	1.55	236
朱敦儒	西江月	世事短如春梦	ND	小	1	16	1	1	10	2	0	1790	1320	1.542	237
李之仪	卜算子	我住长江头	BG	小	0	0	4	22	3	0	0	45600	9750	1.542	238
谢逸	千秋岁	楝花飘砌	BG	中	1	17	7	3	2	6	0	3250	2430	1.54	239
叶梦得	念奴娇	洞庭波冷	ND	长	2	14	3	1	3	0	0	381	33300	1.539	240
张元幹	石州慢	寒水依痕	ND	长	1	21	6	4	4	0	1	1250	7780	1.538	241
姜夔	八归	芳莲坠粉	ZX	长	1	3	8	10	5	0	0	1450	26000	1.533	242
秦观	鹧鸪天	枝上流莺和泪闻	BG	中	0	21	4	3	11	1	0	682	4990	1.53	243
叶清臣	贺圣朝	满斟绿醑留君住	CP	小	1	20	7	3	5	0	0	3000	1010	1.526	244
柳永	蝶恋花	伫倚危楼风细细	CP	中	0	2	1	20	3	0	1	47200	12900	1.524	245
周邦彦	早梅芳	花竹深	BG	中	0	21	6	1	8	3	0	312	13200	1.513	246
张元幹	满江红	春水连天	ND	长	1	17	5	0	5	1	0	4380	22000	1.508	247
范周	宝鼎现	夕阳西下	BG	长	1	18	6	0	3	0	0	225	47900	1.503	248
秦观	阮郎归	湘天风雨破寒初	BG	小	1	16	2	8	3	2	0	5680	32100	1.496	249
张抡	烛影摇红	双阙中天	ND	长	1	16	2	3	2	1	0	702	75200	1.49	250
叶梦得	醉蓬莱	问春风何事	ND	长	2	18	2	0	0	4	0	3	27600	1.474	251
周邦彦	扫地花	晓阴翳日	BG	长	1	13	5	1	8	1	0	287	273	1.466	252
欧阳修	南柯子	凤髻金泥带	CP	小	1	4	7	8	6	0	1	615	1840	1.455	253
辛弃疾	沁园春	叠嶂西驰	ZX	长	1	2	1	16	4	2	2	6200	7820	1.444	254
鲁逸仲	南浦	风悲画角	BG	长	1	13	6	7	4	1	0	2000	8860	1.438	255
欧阳修	渔家傲	十月小春梅蕊绽	CP	中	2	17	3	1	3	1	0	401	625	1.43	256
黄孝迈	湘春夜月	近清明	GA	小	1	0	9	10	6	0	0	1400	624	1.428	257
潘牥	南乡子	生怕倚阑干	GA	小	2	17	2	4	2	0	1	1240	236	1.428	258
李清照	怨王孙	梦断漏悄	ND	小	0	20	3	0	9	2	0	9360	5830	1.424	259
黄庭坚	念奴娇	断虹霁雨	BG	长	0	17	4	11	3	2	3	4620	4700	1.424	260
贺铸	感皇恩	兰芷满汀洲	BG	中	2	0	8	7	0	0	0	1850	15200	1.418	261
钱惟演	玉楼春	城上风光莺语乱	CP	长	1	11	3	7	7	0	0	2760	6410	1.413	262
万俟咏	三台	见梨花初带夜月	BG	长	1	18	6	2	3	0	0	1100	11600	1.411	263
沈唐	念奴娇	杏花过雨	CP	长	1	15	3	0	2	0	0	82	76100	1.409	264
吴文英	祝英台近	剪红情	GA	中	0	2	7	9	11	0	0	904	7460	1.406	265

续表

作者	词牌	首句	时代	体裁	选本				评点	唱和	20世纪研究	互联网		总指标	名次
					宋4	明22	清21	今60				百度	谷歌		
晏几道	蝶恋花	醉别西楼醒不记	BG	中	1	2	4	13	3	0	0	6510	39800	1.397	266
苏轼	行香子	北望平川	BG	中	0	17	4	1	7	0	0	26300	554	1.396	267
潘汾	倦寻芳	兽环半掩	ND	长	1	12	6	0	7	0	0	21	6030	1.393	268
周邦彦	隔蒲莲	新篁摇动翠葆	BG	中	0	17	5	2	7	6	0	0	397	1.385	269
周邦彦	浣溪沙	雨过残红湿未飞	BG	小	1	19	5	3	2	3	0	2530	7750	1.371	270
周邦彦	丹凤吟	迤逦春光无赖	BG	长	0	20	7	1	4	7	0	798	704	1.366	271
辛弃疾	清平乐	绕床饥鼠	ZX	小	0	0	5	17	5	0	3	5150	10300	1.362	272
欧阳修①	浣溪沙	青杏园林煮酒香	CP	小	2	17	3	1	1	1	0	36	12400	1.361	273
刘克庄	玉楼春	年年跃马长安市	GA	小	1	3	4	20	4	0	0	1500	6480	1.35	274
晏几道	生查子	金鞍美少年	BG	小	1	19	5	1	4	1	0	2540	3070	1.349	275
朱敦儒	念奴娇	插天翠柳	ND	长	0	13	1	7	11	2	0	1640	1650	1.348	276
程垓	江城梅花引	娟娟霜月冷侵门	ND	中	1	21	8	0	3	0	0	39	390	1.347	277
苏轼	满庭芳	蜗角虚名	BG	长	1	16	2	1	0	3	1	49000	5410	1.347	278
李清照	浣溪沙	小院闲窗春色深	ND	小	1	17	5	0	3	0	0	2160	8720	1.346	279
秦湛	卜算子	春透水波明	ND	小	1	19	4	1	5	1	0	978	1120	1.337	280
沈蔚	小重山	花过园林清荫浓	ZX	中	2	16	4	0	2	0	0	124	2360	1.33	281
阮阅	眼儿媚	楼上黄昏杏花寒	ND	小	2	19	5	2	0	0	0	607	62	1.33	282
谢逸	如梦令	花落莺啼春暮	BG	小	2	13	5	0	0	0	0	166	25300	1.33	283
周邦彦	庆宫春	云接平冈	BG	长	0	19	5	1	7	3	0	2240	4970	1.327	284
陈璀	青玉案	碧空黯淡同云绕	ND	中	2	19	2	0	2	0	0	131	147	1.322	285
徐俯	念奴娇	素光练静	ND	长	1	16	3	0	2	0	0	155	59400	1.32	286
周邦彦	法曲献仙音	蝉咽凉柯	BG	长	0	19	8	1	4	5	0	650	2780	1.317	287
苏轼	满江红	东武南城	BG	长	1	19	6	0	3	1	0	1000	7050	1.312	288
王观	雨中花	百尺清泉声陆续	BG	小	1	20	5	0	2	2	0	39	14300	1.291	289
周邦彦	侧犯	暮霞霁雨	BG	中	1	19	5	0	2	4	0	327	2780	1.291	290
聂冠卿	多丽	想人生	CP	长	1	18	5	0	4	1	0	705	2770	1.282	291
周密	一萼红	步深幽	WG	长	1	1	4	19	4	0	0	705	6430	1.28	292
孙夫人	忆秦娥	花深深	南宋	小	0	19	8	2	6	0	0	65	7320	1.275	293
柳永	二郎神	炎光谢	CP	长	1	18	5	2	1	0	0	3540	21100	1.27	294
曾觌	金人捧露盘	记神京	ND	中	1	18	3	3	4	1	0	2540	1880	1.266	295
秦观	如梦令	池上春归何处	BG	小	1	18	4	1	4	1	0	4840	31500	1.255	296
辛弃疾	鹧鸪天	着意寻春懒便回	ZX	小	1	16	3	2	5	0	0	2490	4860	1.25	297
万俟咏	梅花引	晓风酸	BG	小	1	19	6	0	1	0	0	97	27500	1.247	298

① 据《全宋词》，此词又互见于秦观名下。

续表

作者	词牌	首句	时代	体裁	选本				评点	唱和	20世纪研究	互联网		总指标	名次
					宋4	明22	清21	今60				百度	谷歌		
欧阳修	蝶恋花	海燕双来归画栋	CP	中	2	17	2	0	2	0	0	350	711	1.244	299
汪藻	小重山	月下潮生红蓼汀	ND	小	1	18	3	1	4	2	0	649	1720	1.243	300

说明:

1. "时代"一栏中不同的字母代表不同的时期,CP 代指承平时期,BG 指变革时期,ND 指南渡时期,ZX 即中兴时期,GA 即苟安时期,WG 即亡国时期。分期依据详后文。

2. "体裁"中的"小、中、长"分别指小令、中调和长调。唐宋时期,词调体制分类主要根据曲调的不同分为令、引、近、慢等。依词调长短分类,始自明代嘉靖间顾从敬所刻《类编草堂诗余》。顾氏将所选之词按字数的多少分为小令、中调、长调。具体做法是:58 字以内为小令,59—90 字为中调,91 字以上为长调。这种分类方法,忽视了词调音乐方面的特点,仅据字数多少分类,不免机械。但在词乐失传、词调的音乐性日渐削弱的情况下,这种分类方法比较明了,便于掌握,故日渐为人所接受(参见熊和《唐宋词通论》,商务印书馆 2003 年版,第 102—103 页)。明代最大的唐宋词选《花草粹编》亦按此法分调编排。本书亦依此法对词调进行分类,具体操作过程中,则以《花草粹编》(1933 年陶风楼影印明万历本)的分类为参照,大抵 60 字以下为小令,92 字以上为长调,二者之间的为中调。

3. 这 300 首词作,可能并不是每一首都为历代接受者所耳熟能详,特别是 200 名后的词作。但随着文化语境的变化,排名靠后的词作的经典地位存在着上升的可能性。因此,为了便于更全面客观地展示宋词经典的格局,兹将上述 300 首词作都列入经典范围,而在以下各章节中,则主要以具有广泛经典效应的前 100 名篇为重点考察对象,表 2 - 3 - 1 内其他词作则在论述时作为参考。

通过以上数据统计,我们得出了千年以来流传的宋词经典名篇。以下拟结合有关数据对宋词经典名篇的主题状况、时代分布和词调体式进行分析,以揭示宋词经典的基本格局。

经典的生成具有动态性,一代有一代的文学经典,表 2 - 3 - 1 的数据即显现出这种特征。经典又是一个稳定的结构,其影响力在不断变动的历史过程中,会呈现出一种综合平衡性。此处主要以词人词作的综合影响力及其平衡性为参照,考察宋词经典的格局分布。至于其历史动态变化,将在后续章节中予以讨论。

二　数据分析——宋词经典名篇的格局

(一)十大名篇

宋词十大名篇按排名先后依次是苏轼《念奴娇》(大江东去)、岳飞

《满江红》（怒发冲冠）①、李清照《声声慢》、苏轼《水调歌头》（明月几时有）、柳永《雨霖铃》（寒蝉凄切）、辛弃疾《永遇乐》（千古江山）、姜夔《扬州慢》（淮左名都）、陆游《钗头凤》（红酥手）、辛弃疾《摸鱼儿》（更能消）、姜夔《暗香》（旧时月色）。其中，风格婉约的名篇数量多于风格豪放的。除苏轼《念奴娇》《水调歌头》，岳飞《满江红》，辛弃疾《永遇乐》之外，其余的审美风格都倾向于婉约。

从作者归属看，十大名篇分属 7 位词人②，苏轼、辛弃疾、姜夔各 2 首，岳飞、李清照、柳永、陆游各 1 首。其中 6 首属于专门以词名世的大家柳永、李清照、辛弃疾和姜夔。除岳飞的存词量很少以外，其余词人的存词量都在 40 首以上。

从时代归属看，北宋承平时期 1 首，变革时期 2 首，南渡时期 2 首，南宋中兴时期 5 首。从体裁分布看，除《钗头凤》之外，9 首均为长调。从题材选择看，岳飞《满江红》（怒发冲冠），辛弃疾《永遇乐》（千古江山）和《摸鱼儿》（更能消），姜夔《扬州慢》（淮左名都）等 4 首词蕴含着深沉的家国感慨；柳永《雨霖铃》（寒蝉凄切），陆游《钗头凤》（红酥手），姜夔《暗香》（旧时月色）等 3 首词主要抒发两性之间的离别相思；苏轼《念奴娇》（大江东去）、《水调歌头》（明月几时有）这二首词主要表达人生的普遍性感叹；李清照《声声慢》（冷冷清清）抒写个体辛酸遭际。

从十大名篇的综合排名指数看，十大名篇的经典效应并不完全相同，表现出层级递减的特点（兹以指数相差 2 以上的，分属不同的层级）。苏轼的《念奴娇·赤壁怀古》一词的经典地位不可动摇，它以高出第 2 名 10 余分、高出第 10 名 20 分的绝对优势位居榜首。5 项指标中，词选、唱和、20 世纪研究 3 项排名均为第 1，各代入选次数皆在前 5 之列，各代唱和的名次均列第 1。岳飞的《满江红》则主要因为在 20 世纪备受关注而地位飙升。处于第 3 个层级的是李清照《声声慢》、苏轼《水调歌头》、

---

① 关于《满江红》（怒发冲冠）一词的作者是否为岳飞，虽然是有争议的问题，但此词实际上已和岳飞紧密地联系在一起，词借岳飞而出名，岳飞的际遇借此词而更感动人心，故我们将此词系于岳飞名下。

② 百首名篇则分别由 32 位词人创作。其中周邦彦 15 首，辛弃疾 12 首，李清照、苏轼各 10 首，姜夔 7 首，欧阳修、秦观各 5 首，张炎、史达祖、柳永各 3 首，陈亮、张孝祥、吴文英、晏几道、张先、范仲淹、陆游各 2 首。

柳永《雨霖铃》、辛弃疾《永遇乐》。处于第 4 个层级的是姜夔的《扬州慢》和《暗香》、陆游《钗头凤》、辛弃疾《摸鱼儿》。

2 万余首传世宋词中，以上 10 首作品能脱颖而出，词作本身的艺术魅力是一个非常重要的因素，除此之外，还受诸多外部文化因素的影响，诸如主流意识的倡扬、特定时代心理的认可、名流大家的赞赏等。我们将另作专文探讨它们的经典化之路。

（二）宋词经典名篇的题材分布

宋词百首经典名篇的题材分布如图 2 - 3 - 1 所示：

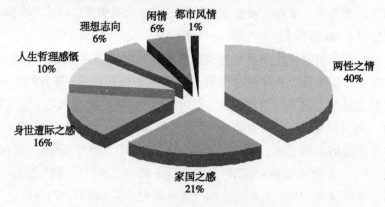

图 2 - 3 - 1   宋词经典名篇的题材选择

从上图可知，宋词百首名篇的题材，数量最多的是表现两性之间的离愁别恨、爱恋相思的作品，占 40 首；其次是家国感慨的，有 21 首；表现个体人生遭遇，诸如羁旅宦游之苦、贬谪客居之悲、功业难成和岁月蹉跎之叹的有 16 首；关于人生普遍性问题思考的 10 首；表达个体志向的 6 首；闲情 6 首；都市风情 1 首。

宋词经典的题材分布，带有鲜明的词体文学的特点。最突出的表现是婚恋爱情题材占到 4 成，这正契合了词体远离传统道德束缚的特点。如柳永《雨霖铃》（寒蝉凄切）、陆游《钗头凤》（红酥手）、贺铸《青玉案》（凌波不过横塘路）、秦观《鹊桥仙》（纤云弄巧）、李清照《一剪梅》（红藕香残玉簟秋），等等，都是脍炙人口的篇章。这同时也彰显着词体文学的主要功能——资性情之娱。百首名篇中，除 40 首情爱题材宣泄的是人性中最重要的情感——两性之爱以外，有 16 首表现个体人生失意的苦闷和生存的忧患，而 6 首闲情词，基本上都是不关乎国计民生的个体人生体验，如欧阳修《采桑子》（群芳过后西湖好）、李清照《如梦令》（常记溪亭日暮），也是"聊佐清欢"的产物。

当然，宋词经典的题材分布，也彰显着诗学传统的影响和渗透。百首名篇中，有21首词作或写黍离之悲、亡国之痛，如姜夔《扬州慢》（淮左名都）、张炎《高阳台》（接叶巢莺）等；或述整顿河山之志、经济天下之怀，如岳飞《满江红》（怒发冲冠）、苏轼《江城子·密州出猎》；或抒报国无门、英雄失路的悲慨，如辛弃疾《破阵子》（醉里挑灯看剑）、张元幹《贺新郎》（梦绕神州路）等。这既是词体文学自身内部革新的需要，更重要的是中国文人士大夫将儒家匡济天下的责任感介入词体创作、接受的结果。

值得注意的是，100首经典名篇中，咏物词占了16首。它们或借物写儿女柔情，如史达祖《双双燕》（过春社了）；或借物写高洁之志，如苏轼《卜算子》（缺月挂疏桐）；或借物写家国之感，如姜夔《齐天乐》（庾郎先自吟愁赋）。这是中国古代文学传统中托物抒情言志手法的继承和发展。以这种手法表达情感志向，含蓄蕴藉、韵味悠长，怨而不怒、哀而不伤，深度契合传统审美理想。

百首名篇的题材分布，亦可见两宋词史转变之迹。"文变染乎世情"。北宋虽有外患，但社会富足，享乐之风盛行，故多展现个体生存的悲欢，主体词风表现为柔婉。靖康之乱后，词风突变，多激昂悲歌。尔后，宋室王朝偏安一隅，国家民族始终屈辱于金人之下，后又被蒙古族所亡，故始终不乏情系故国之感、恢复山河之志。纵观北宋词的名篇，彰显的是人的个性，儿女情长，风云气少，多关注个体的生存；南渡之后的名作，大多表现出或隐或显的家国意识，英雄志士多慷慨悲壮之音，文人雅士则多幽怨骚雅之调。21首家国题材词中，南宋词即占有17首，如辛弃疾、张炎的名篇基本上都关乎国家民生，这明显地反映出时代气候的影响。再譬如，思考普遍性生命意义的10首词作，8首为北宋名词，可见北宋词人注重人作为一个自然生命所应追求的价值。40首婚恋爱情题材词，北宋27首，南宋13首①，也可印证北宋词更偏于儿女情长。而21首家国之感的词作中，仅有范仲淹《渔家傲》（塞下秋来风景异）、苏轼《江城子》

---

① 南渡时段的李清照前期的两首《醉花阴》和《一剪梅》划归北宋。

（老夫聊发少年狂）、王安石《桂枝香》（登临送目）、周邦彦《西河》（佳丽地）4 首关乎历史和国家的思考，此又可见北宋词英雄气少。可见，彰显着丰富的时代文化意蕴、代表着时代精神，是成为传世经典的因素之一。

（三）宋词经典名篇的时段分布

关于宋词的分期，历来有多种说法。王兆鹏师在《唐宋词史论》中提出的代群分期法，以词人群为主体，辩证地处理了时段划分中历时和共时的关系，具有一定的合理性和清晰度。因此，本书依之将宋词分为 6 个时期：以台阁词人群为主体的宋初承平期；以元祐词人群为主体的北宋变革期；以南渡词人群为主体的战乱时期；以南宋中兴词人群为主体的中兴期，以南宋江湖词人群为主体的苟安期和以遗民词人群为主体的亡国期。宋词经典名篇的时段分布，见表 2 - 3 - 2：

表 2 - 3 - 2   宋词经典名篇时段分布①

	北宋承平期（1017—1067）		北宋变革期（1068—1125）		南渡战乱期（1110—1162）		南宋中兴期（1163—1207）		南宋苟安期（1208—1265）		南宋亡国期（1252—1310）		不详	
前 10 首	1	10%	2	20%	2	20%	5	50%	0	0	0	0	0	0%
前 100 首	14	14%	37	37%	14	14%	29	29%	2	2%	4	4%	0	0%
前 300 首	45	15%	128	43%	45	15%	54	18%	12	4%	13	4.33%	3	1%
综合指数	0.39		1.00		0.49		0.97		0.06		0.08		0.01	

根据表 2 - 3 - 2 的统计结果，宋词经典名篇的时段分布如图 2 - 3 - 2 所示。

据图可知，宋词经典的时段分布有二大特点，一是双峰并峙，二是波浪式演进，总体上呈现由高到低的发展趋势。这与整个宋词发展的基本态势是相吻合的②。

---

① 表中数字表示词作篇数，百分比则是该时段中名篇在前 10、前 100、前 300 内所占的比例。综合指数则由该词在不同时段的百分比相加而成，表示该时段所具有的经典作品占有率。另外，表 2 - 3 - 4 中综合指数的计算方法和这相同。

② 参王兆鹏《宋词作者的统计分析》，《文艺研究》2003 年第 6 期；王兆鹏《宋词作品量的统计分析》，《光明日报》2001 年 11 月 28 日。

据图 2-3-2 表可知，北宋以苏轼、周邦彦为代表的元祐词人群和南宋以辛弃疾、姜夔为代表的中兴词人群所在的词史变革期和中兴期，是产生经典名篇最多的两个时段，形成交相辉映的两大高峰。近代诗人陈衍曾提出"三元"之说①，将唐代的开元、元和和北宋的元祐视为中国诗歌史上的三个鼎盛时期。宋元祐时期不仅是诗史的高峰时段，从宋词经典的分布看，也是词史的高峰时段。此时在十大经典名篇中占有 2 首，前 100 名中有 37 首，前 300 名中占 128 首，综合指数为 1。北宋元祐时期确实是有宋一代词史上最辉煌的一页。南宋的中兴时期，经典作品的总指数虽较元祐时期稍低，为 0.97，但在十大经典名篇中，独占 5 首，占据十大名篇的一半。其所占十大经典之数量、比例远胜于其他时期。

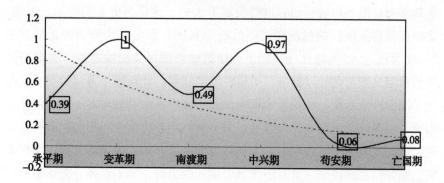

图 2-3-2 宋词经典名篇的时段分布②

百首名篇中，北宋承平期和南渡时期所产生的经典作品持平，前 4 个时期分别产生的名篇数量为：14 首—37 首—14 首—29 首。综合十大名篇和前 300 名篇各个时段所占的名作比例，前 4 期的经典综合指数分别为0.39—1—0.48—0.97。由此可见，承平期和南渡期分别为变革期和中兴期的创作繁荣作了准备。两宋 300 多年间名篇的时代分布明显地呈现出"低——高——低——高——低"的波浪形发展态势。南宋末的最后两期是宋词经典作品稀缺的时代，各自的经典指数只有 0.06 和 0.08，在十大

---

① "诗莫盛于三元，上元开元，中元元和，下元元祐。"（陈衍：《石遗室诗话》卷 1，辽宁教育出版社 1998 年版，第 4 页）

② 图中横坐标表示历史分期，纵坐标表示经典作品占有率。波浪线表示不同时段经典作品占有率的变化，斜线表示经典作品的总体发展趋势。

经典名篇中无一人选。宋词经典名篇的时段分布在呈现出波浪式演进的同时，总体上呈现出如图2-3-2虚线条所示的由高向低的发展趋势。

纵观宋词的发展史，承平期有晏殊、欧阳修、柳永等大家，但大部分词人包括晏、欧都是沿着唐五代词的轨迹走下去的，这一时期继承多于开创。唯有柳永变旧声作新声，创调创体，为宋词的进一步发展开辟了道路。变革期不仅名作毕出，而且名家大家涌现，苏轼、秦观、贺铸、周邦彦等词人风格各异，争艳于词坛；词体的独特性也得到充分的强调；创作方面也不断创新，东坡"以诗为词"，拓展词的表现空间，周邦彦推陈出新，自铸伟辞，皆影响深远。宋词的发展由此出现了第一个高峰。南渡期虽有李清照的横空出世，也有朱敦儒、叶梦得等著名词人出现，但词体文学基本上是沿着东坡开创的道路发展下去的，这是词史上的继承发展期，是由苏轼到辛稼轩的过渡期。随后的中兴期名家名作纷纷出现，辛弃疾"以文为词"，以英雄之气入词，词情既慷慨激昂又温婉悲凉。姜夔师法周邦彦但又创造性地以健笔写柔情，清空骚雅。此期既注重词的美质又深化了词的抒情功能。词的艺术审美多元，表现手法更趋丰富。宋词创作又出现了一高峰。开禧北伐失败后，宋词发展随着政治信心的彻底散失而日渐衰微。此间吴文英在词的艺术创作方面有所开拓，遗民词人则以词抒黍离之悲，但总的说来，虽有不少著名词人的出现，如王沂孙、史达祖、周密等，但艺术表现继承多于创新，且由于创作的日趋典雅晦涩而使得宋词的生命力逐渐散失。可见，宋词发展也表现出"波浪式轨迹渐进"①，但总体趋势由盛而衰的规律。宋词经典的时代分布和宋词的发展态势基本吻合。

（四）宋词经典名篇的词调分布及体式选择

1. 宋词经典词调分布

宋词经典名篇300首，共使用的词调有162个。《全宋词》中使用率最高的48个常用调②，基本上每调都有经典名篇。看来，《全宋词》中使用率高的词调，在名篇占有率方面还是有很大的优势。其中经典名篇较多的词调，有43个，见表2-3-3。

---

① 王兆鹏：《唐宋词史论》，人民文学出版社2000年版，第49页。

② 宋词常用48调，见附录三（表中数字表示该调的存词数）。参王兆鹏《唐宋词史论》，第107页—108页。

　　据表 2 - 3 - 3 可知，经典名篇中词调影响力大小和全宋词中词调使用的频率并不完全对应。其一，创作时使用率低的词调其知名度不一定低。如《暗香》、《雨霖铃》、《钗头凤》等调位列十大名篇之中，千年流传中，它们的知名度是较高的，但并不见于全宋词常用调中。其二，全宋词中使用率最高的词调，并不一定名篇最多。比如，在《全宋词》常用调中，是《浣溪沙》、《水调歌头》和《鹧鸪天》三调位居前三甲。而在经典名篇 300 中，名篇数最多是《念奴娇》（12 首）、《蝶恋花》（11 首）、《水龙吟》（9 首）。就经典名篇中词调影响力的而言，位居前三甲的词调是《念奴娇》、《满江红》和《水调歌头》。全宋词高频使用调中也只有《水调歌头》一个词调进入前三甲。

表 2 - 3 - 3　　　　　　　　宋词经典名篇词调分布①

词牌	300 内	100 内	10 内	综合	词牌	300 内	100 内	10 内	综合
念奴娇	12	5	1	18.6	八声甘州	4	2	0	3.2
满江红	7	1	1	13.1	青玉案	3	2	0	2.9
水调歌头	3	2	1	12.9	齐天乐	3	2	0	2.9
永遇乐	3	2	1	12.9	解连环	2	2	0	2.6
摸鱼儿	2	2	1	12.6	望海潮	2	2	0	2.6
暗香	1	1	1	11.3	一剪梅	2	2	0	2.6
钗头凤	1	1	1	11.3	洞仙歌	5	1	0	2.5
声声慢	1	1	1	11.3	西江月	5	1	0	2.5
扬州慢	1	1	1	11.3	玉楼春	5	1	0	2.5
雨霖铃	1	1	1	11.3	清平乐	4	1	0	2.2
水龙吟	9	4	0	6.7	点绛唇	3	1	0	1.9
贺新郎	8	4	0	6.4	风流子	3	1	0	1.9
蝶恋花	11	3	0	6.3	风入松	3	1	0	1.9
鹧鸪天	6	2	0	3.8	兰陵王	3	1	0	1.9
浣溪沙	9	1	0	3.7	六州歌头	3	1	0	1.9
卜算子	5	2	0	3.5	破阵子	2	1	0	1.6
如梦令	5	2	0	3.5	菩萨蛮	2	1	0	1.6

　　① 表内综合指数通过以下计算方法获得：前 10、前 100 和前 300 名内词作数分别乘以 10、1 和 0.3 的积相加，代表的是该词调在由于经典名篇的传播而具有的知名度大小。

词牌	300 内	100 内	10 内	综合	词牌	300 内	100 内	10 内	综合
渔家傲	5	2	0	3.5	千秋岁	2	1	0	1.6
江城子	4	2	0	3.2	生查子	2	1	0	1.6
临江仙	4	2	0	3.2	苏幕遮	2	1	0	1.6
满庭芳	4	2	0	3.2	祝英台近	2	1	0	1.6
踏莎行	4	2	0	3.2					

由此可见，并不是存词量多的词调其经典名篇就相应增多。创作时的用调选择和后代读者接受时的词调选择是不同的。这种选择的差异性可能和词调的音乐属性有关。于创作而言，声情兼美是很重要的，因而某一个词调会因为它的音乐性强而备受词人们的喜爱。但对后代读者来说，脱离了宋词原生态中的音乐环境，词作的情感和艺术表现就成为经典化中更重要的内部要素，而词的调式是什么并不很重要。这样，存词量多的词调就不一定经典名篇多，不一定经典效应大。这和唐诗经典的体裁选择和分布情况不同。《全唐诗》中，律诗、绝句多，唐诗经典名篇中亦是律诗、绝句占多数①。究其原因，诗歌体裁中，无论是歌行、乐府、五古、七古还是五律、七律、五绝、七绝，并不存在音乐性高低的问题，也就是说，并不会因为那种体式更悦耳动听而更受欢迎而作品众多，在诗的创作和接受过程中，决定创作的成败和接受者的喜恶的因素是相同的，即篇幅、情感、艺术等。而用哪个词调，在宋词的创作和接受中的选择倾向是不同的。创作中词调的音乐性高低是必须考虑的，而这在接受中差不多被忽略不计，因而会出现全宋词中常用调和名篇中词调选择不一致的情况。

2. 宋词经典名篇词调的体制分布

从词的体制发展史看，词的初期发展阶段以小令为主，这个现象一直延续到北宋承平期，直到柳永的出现，"变旧声作新声"，创制了大量的长调，长调遂大行于天下，词的体制亦由此走向成熟，各体兼备，令、引、近、长，各显特色。但总体来说，宋人作词时，大概还是偏爱小令的。王兆鹏师在《唐宋词史论》中统计宋代使用频率最高的 48 个词调，

---

① 王兆鹏、孙凯云：《寻找经典——唐诗百首名篇的定量分析》，《文学遗产》2008 年第 2 期。

发现小令的使用率达 70%①。在全宋词使用率最高的词调中，位居前列的 48 个词调，长调 13 个，其余 35 个皆为中调小令。那么经过千年来时间的淘汰和读者的选择，流传到现在综合影响指数在前 300 名之内的经典名作的词之体制分布是怎么样的呢？

从最具经典效应的 43 个词调（见表 2-3-3）来看，长调 20 个，存词 77 首；小令 13 个，存词 55 首；中调 10 个，存词 36 首。长调分别多于小令和中调。

从宋词经典名篇 300 首看，前 10 名、前 100 名和前 300 名内小令、中调、长调的使用次数及所占百分比的分布情况如表 2-3-4 所示：

表 2-3-4　　　　　　　　宋词经典名篇词调体制选择

	长调		中调		小令	
前 10	9	90%	0	0	1	10%
前 100	54	54%	22	22%	24	24%
前 300	144	48%	62	20.67%	94	31.33%
综合指数	1.92		0.43		0.65	

从统计数据看，宋词经典中，长调具有极大优势，前 10 名中 9 首长调，前 100 名中，55 首，前 300 名 144 首。在具广泛传播度的十大名篇和百首名篇中，长调的数量均超过了小令和中调的总和。而计算各个数值的百分比，可以得出小令、中调、长调的经典性指数分别为 0.65，0.43，1.92。

将经典指数折合成百分比，三项分布如图 2-3-3 所示：

此可见，在词体制的选择上，和《全宋词》相比，宋词经典名篇中长调和小令的地位倒了个个儿。后代读者并没有像宋人创作时一样偏爱小令。造成这种差异性的原因，应当是创作环境和接受环境的不同。在宋代的文化土壤中，宋词很大程度上是一种消费文学，因而通俗易懂，朗朗上口无疑更具消费市场，词的生产当应此要求而动，因而小令数量占多数。而在后代读者的接受中，宋词由消费型的通俗文学作品变成了文人案头的艺术品，因而篇幅长、容量大、内涵丰富的长调的艺术价值越来越被读者

①　王兆鹏：《唐宋词史论》，人民文学出版社 2000 年版，第 107 页。

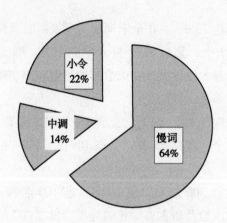

图2-3-3   宋词经典名篇的体制选择

发现，长调渐成宋词的宠儿。不过笔者通过数据统计发现，随着现代社会
的到来，小令的地位呈回升之势。譬如统计宋词经典名篇的综合排名指数
时，谷歌和百度链接文章这一项最具现代性特征。它使如陆游《钗头凤》
（红酥手）、秦观《鹊桥仙》（纤云弄巧）、苏轼《卜算子》（缺月挂疏桐）
等小令的位置大大提前。可见信息高速化、通俗性的大众文化氛围中，已
不再具有像古人读词那样"息心静气，沉吟数过，其味乃出"①、"澄思渺
虑，以吾身入乎其中，而涵泳玩索之"② 的阅读心境，越来越忙碌的人们
很难再含英咀华式地去品味艺术品的深味，因而篇幅短小的令词更易为读
者所接受。而如何传播意蕴深厚的古代文学经典作品，这是值得我们思考
的问题。

第四节   宋词经典名家的统计结果及数据分析

以上所述，我们采用定量分析的方法对宋词作品进行了历史定位，确
认了宋词经典名篇，并分析了经典名篇的基本格局。但一部词史是由词人
和词作共同构建的，因而宋词经典的构成除了经典名作之外，理应包括经
典词人。况且经典名篇的诞生最首要的条件是词人的创作。因此，对宋词
经典名家进行考察有利于深入理解经典名篇，有利于揭示整个宋词经典的
全貌，是宋词经典研究中不可或缺的一部分。

---

① 陈廷焯：《白雨斋词话》卷2，《词话丛编》本，第3812页。
② 况周颐：《蕙风词话》卷1，《词话丛编》本，第4411页。

一　宋词经典名家的统计结果

表2-4-1　宋代经典词人前100名综合统计

词人	时代	宋人选数	宋选本数	元明人选数	元明选本数	清人选数	清选本数	今人选数	今选本数	选本指标	唱和宋金	唱和元明	唱和清	唱和总数	唱和指标	点评宋金	点评元明	点评清	点评今	点评1860	点评指标	20世纪研究次数	20世纪研究指标	名篇入选指数	总指数	名次
辛弃疾	ZX	58	3	452	9	562	19	795	59	191	28	87	189	304	127	10	12	103	31	155	83	1282	137	136	152	1
苏轼	BG	38	3	617	9	448	19	613	60	171	72	126	151	349	146	19	10	74	18	121	65	2047	219	119	150	2
周邦彦	BG	69	3	1188	8	677	19	445	49	206	327	43	89	459	192	23	4	55	32	114	61	330	35	106	140	3
姜夔	ZX	59	3	45	5	311	20	372	56	85	11	7	36	54	23	9	3	214	76	302	162	399	43	93	91	4
柳永	CP	14	2	581	9	620	17	300	57	126	6	25	62	93	39	15	1	47	23	86	46	464	50	47	86.1	5
秦观	BG	24	3	649	9	317	20	310	52	121	10	30	58	98	41	18	8	32	3	61	33	332	36	57	79.6	6
李清照	ND	34	3	222	9	112	17	344	55	76	5	24	103	132	55	16	14	25	7	62	33	1215	130	89	75.1	7
欧阳修	CP	90	2	370	9	301	19	275	52	101	4	21	35	60	25	4	4	11	0	19	10	274	29	40	62	8
吴文英	GA	38	3	76	4	774	19	308	40	90	6	0	18	24	10	5	1	16	28	50	27	178	19	11	55	9
晏几道	BG	18	3	320	9	396	17	296	43	83	1	8	17	26	11	6	0	6	6	18	9.7	207	22	12	48.7	10
陆游	ZX	29	3	136	9	206	18	241	53	60	5	9	21	35	15	6	1	45	11	63	34	371	40	37	47	11
张炎	WG	3	1	155	3	598	17	256	44	63	2	0	69	71	30	2	11	48	20	81	44	131	14	11	44.6	12
贺铸	BG	67	3	172	9	245	17	259	43	74	26	7	17	50	21	12	1	5	4	22	12	87	9.3	19	43.4	13
史达祖	ZX	44	4	134	8	362	21	145	40	67	3	6	71	80	34	5	1	9	4	19	10	42	4.5	23	40.1	14

续表

词人	时代	选本									唱和					点评						20世纪		名篇入选指数	总指数	名次
		宋人选数	宋选本数	元明人选数	元明选本数	清人选数	清选本数	今人选数	今选本数	选本指标	宋金	元明	清	唱和总数	唱和指标	宋金	元明	清	今	点评1860	点评指标	20世纪研究次数	20世纪研究指标			
晏殊	CP	11	2	188	8	216	16	212	52	52	1	3	5	9	3.8	10	1	6	10	27	15	207	22	15	33.6	15
张先	CP	23	3	222	9	253	16	142	40	53	2	7	9	18	7.5	11	0	2	2	15	8.1	79	8.5	16	31.1	16
黄庭坚	BG	13	3	307	9	205	13	106	26	47	5	20	26	51	21	7	1	11	4	23	12	137	15	3	29.3	17
刘克庄	GA	51	3	171	9	85	11	173	41	49	6	3	19	28	12	4	1	8	2	15	8.1	52	5.6	8	28.4	18
王沂孙	WG	16	2	6	2	252	16	152	31	27	0	0	1	1	0.4	4	2	56	6	78	42	55	5.9	4	23.1	19
朱敦儒	ND	31	3	193	8	89	12	136	25	36	11	5	34	50	21	7	2	5	9	23	12	64	6.9	3	22.8	20
蒋捷	WG	0	0	129	6	202	16	108	31	26	0	9	25	34	14	0	1	49	7	57	31	58	6.2	6	21.1	21
张孝祥	ZX	32	3	74	8	121	9	124	42	30	3	1	3	7	2.9	0	2	19	2	23	12	61	6.5	10	19.7	22
晁补之	BG	42	3	88	8	269	13	49	16	34	2	4	4	10	4.2	5	0	7	1	13	7	29	3.1	6	19.6	23
周密	WG	33	2	5	2	326	16	123	25	31	10	0	8	18	7.5	6	0	8	11	25	13	34	3.6	1	19.3	24
刘过	ZX	18	3	105	8	83	16	93	36	25	11	6	0	17	7.1	4	4	16	5	29	16	36	3.9	8	17.5	25
康与之	ND	33	2	233	8	63	11	11	6	28	1	10	7	18	7.5	5	1	5	3	14	7.5	0	0	3	16.3	26
张元干	ND	14	2	96	9	140	12	106	42	26	3	2	0	6	2.5	0	0	0	0	0	0	42	4.5	6	14.6	27
叶梦得	ND	63	2	77	9	97	10	55	19	26	12	3	0	15	6.3	2	0	2	0	4	2.2	5	0.5	7	14.4	28
毛滂	BG	19	2	96	8	262	13	23	13	24	0	2	4	6	2.5	4	0	2	0	6	3.2	21	2.2	2	13.3	29
谢逸	BG	36	3	102	8	101	13	11	7	24	1	0	0	1	0.4	1	0	3	1	4	2.2	6	0.6	4	13.1	30

续表

词人	时代	选本									唱和					点评						20世纪		名篇入选指数	总指数	名次
		宋人选数	宋选本数	元明人选数	元明选本数	清人选数	清选本数	今人选数	今选本数	选本指标	宋金	元明	清	唱和总数	唱和指标	宋金	元明	清	今	点评1860	点评指标	20世纪研究次数	20世纪研究指标			
王安石	BG	20	2	77	8	32	12	69	45	18	1	15	7	23	9.6	4	0	2	1	7	3.8	114	12	10	13	31
高观国	ZX	39	3	64	5.5	156	15	29	7	24	0	0	9	9	3.8	1	0	3	0	4	2.2	1	0.1	0	12.8	32
范仲淹	CP	3	2	47	7	31	15	97	51	16	0	6	8	14	5.9	0	0	2	1	3	1.6	111	12	18	11.9	33
程垓	ND	1	1	120	8	208	15	15	9	21	0	0	0	0	0	0	0	11	1	12	6.5	0	0	0	11.6	34
赵令畤	BG	33	2	119	9	34	10	34	12	20	0	4	1	5	2.1	2	0	0	0	2	1.1	3	0.3	9	11.1	35
陈克	ND	49	3	38	5	41	9	21	11	19	0	0	0	0	0	2	1	4	0	7	3.8	3	0.3	4	10.8	36
曹组	BG	41	3	48	6	51	10	15	7	18	0	0	0	0	0	6	0	2	0	8	4.3	0	0	4	10.2	37
卢祖皋	ZX	45	3	37	3	76	9	15	7	18	1	0	0	1	0.4	3	1	3	1	8	4.3	3	0.3	0	9.92	38
陈亮	ZX	9	2	26	7	35	11	95	43	13	0	4	0	4	1.7	0	0	15	4	19	10	0	0	6	9.35	39
黄昇	GA	39	2	88	7	50	11	11	5	16	12	1	0	13	5.5	0	0	0	0	0	0	0	0	30	8.5	40
岳飞	ND	0	0	4	3	6	5	55	37	4.3	0	9	14	23	9.6	4	0	0	0	0	0	180	19	6	8.35	41
陈与义	ND	24	3	37	7	32	12	39	25	14	1	1	0	2	0.8	4	2	3	3	9	4.8	0	0	1	8.33	42
范成大	ZX	17	3	5	3	83	9	52	21	10	5	0	0	5	2.1	4	0	15	0	20	11	34	3.6	4	8.06	43
王观	BG	12	3	82	9	42	13	27	19	14	0	2	0	2	0.8	1	0	0	0	4	2.2	9	1	2	8.06	44
张辑	ZX	30	3	37	7	47	11	5	4	14	0	1	0	1	0.4	1	1	3	0	5	2.7	1	0.1	0	7.74	45
晁冲之	BG	21	3	55	6	31	9	11	6	11	0	0	0	0	0	7	0	2	1	10	5.4	29	3.1	5	7.55	46

续表

词人	时代	选本 宋人选数	宋选本数	元明人选数	元明选本数	清人选数	清选本数	今人选数	今选本数	选本指标	唱和 宋金	元明	清	唱和总数	唱和指标	点评 宋金	元明	清	今	点评1860	点评指标	20世纪研究次数	20世纪研究指标	名篇入选指数	总指数	名次
曾觌	ND	15	3	67	8	88	11	10	4	14	0	1	0	1	0.4	0	0	0	1	1	0.5	0	0	1	7	47
赵长卿	ZX	0	0	11	3	294	12	15	6	13	0	0	0	0	0	0	0	6	0	6	3.2	2	0.2	0	6.97	48
陈允平	WG	9	1	2	2	222	12	14	4	10	1	0	0	1	0.4	2	0	12	3	17	9.1	0	0	0	6.96	49
向子諲	ND	30	2	57	5	89	8	15	8	12	8	0	0	8	3.4	1	0	2	1	4	2.2	7	0.7	0	6.66	50
万俟咏	BG	13	2	71	7	59	12	25	12	11	0	2	0	2	0.8	4	1	2	2	9	4.8	1	0.1	2	6.6	51
朱淑真	ND	1	1	40	5	27	8	42	18	4.4	0	3	2	5	2.1	0	9	11	2	22	12	118	13	0	6.56	52
僧仲殊	BG	11	2	90	8	27	10	16	10	11	1	1	6	8	3.4	8	0	0	0	8	4.3	0	0	1	6.53	53
舒亶	BG	52	2	22	4	41	6	13	9	13	1	0	0	1	0.4	0	0	0	0	0	0	0	0	0	6.52	54
晁端礼	BG	26	2	19	5	33	7	7	6	10	3	0	0	4	1.7	4	0	0	0	4	2.2	0	0	0	5.57	55
吕本中	ND	31	2	32	5	19	8	27	14	9.5	4	0	0	5	2.1	2	0	0	0	2	1.1	6	0.6	3	5.43	56
杨无咎	ND	2	1	50	9	171	10	2	2	11	0	0	0	1	0.4	0	0	0	0	0	0	0	0	0	5.32	57
刘方叔	ND	25	3	32	6	25	6	0	0	10	0	0	0	1	0.4	0	0	0	0	0	0	0	0	0	5.22	58
赵彦端	ND	10	2	37	7	137	9	8	6	9	3	0	0	4	1.7	0	0	5	0	5	2.7	1	0.1	0	5.16	59
宋祁	CP	6	2	55	8	29	12	29	25	8.3	0	1	0	2	0.8	0	0	1	0	3	1.6	12	1.3	3	5.01	60
沈蔚	ZX	21	3	49	4	36	10	1	1	9.9	1	0	0	1	0.4	0	0	0	0	0	0	0	0	0	4.96	61
胡浩然	北宋	0	0	101	8	14	5	0	0	8.4	0	3	1	4	1.7	6	0	6	0	6	3.2	0	0	0	4.9	62

续表

词人	时代	选本										唱和					点评						20世纪		名篇入选指数	总指数	名次
		宋人选数	宋选本数	元明人选数	元明选本数	清人选数	清选本数	今人选数	今选本数	选本指标		宋金	元明	清	唱和总数	唱和指标	宋金	元明	清	今	点评1860	点评指标	20世纪研究次数	20世纪研究指数			
孙夫人	南宋	6	2	78	8	13	6	3	3	7.8		0	0	3	3	1.3	0	1	5	1	7	3.8	0	0	1	4.82	63
王安中	ND	27	3	6	2	36	5	5	4	9.4		0	0	0	0	0	0	0	0	1	1	0.5	0	0	0	4.79	64
刘辰翁	WG	0	0	14	6	13	6	96	33	7.5		1	0	3	4	1.7	0	0	1	3	4	2.2	25	2.7	0	4.68	65
刘仙伦	ZX	25	3	15	3	25	1	7	6	8.6		0	0	0	0	0	1	1	0	0	2	1.1	0	0	0	4.5	66
吕渭老	ND	0	0	46	6	164	10	10	10	8.6		0	0	0	0	0	0	0	0	1	0	0	0	0	0	4.29	67
张镃	GA	19	3	9	3	21	6	11	6	6.9		0	0	2	2	0.8	0	2	4	1	6	3.2	3	0.3	0	4.13	68
李元膺	BG	12	3	42	7	22	8	10	8	7.5		0	0	2	2	0.8	1	0	1	0	1	0.5	0	0	2	4.1	69
苏庠	ND	28	2	14	5	28	7	4	2	7.3		0	0	0	0	0	2	0	0	0	3	1.6	0	0	0	3.99	70
吴潜	GA	20	3	12	4	27	3	18	8	7.4		7	1	0	8	3.4	0	1	4	0	0	0	3	0.3	0	3.92	71
石孝友	ZX	0	0	48	4	144	9	10	4	6.4		1	0	0	1	0.8	0	0	2	0	6	3.2	0	0	0	3.91	72
谢懋	ND	16	3	27	5	26	9	3	3	7.3		0	0	0	0	0	0	0	0	0	2	1.1	0	0	0	3.85	73
周紫芝	ND	2	2	40	2	172	10	20	11	7.3		1	0	0	1	0.4	0	0	0	0	0	0.5	0	0.1	0	3.82	74
徐俯	ND	18	2	33	7	12	7	3	3	6.4		1	0	0	1	0.4	0	0	0	0	0	0.5	0	0	2	3.54	75
杜安世	CP	1	1	48	5	140	9	5	5	6.9		0	0	1	1	0.4	2	0	1	0	0	0	0	0	0	3.45	76
李甲	BG	11	2	28	6	36	10	5	5	5.3		0	0	0	0	0	0	0	0	0	3	1.6	0	0	2	3.16	77
陈瓘	ND	21	2	24	5	6	3	0	0	5.7		2	1	0	3	1.3	0	0	1	1	1	0.5	1	0.1	1	3.14	78

续表

词人	时代	选本									唱和					点评						20世纪		名篇入选指数	总指数	名次
		宋人选数	宋选本数	元明人选数	元明选本数	清人选数	清人选本数	今人选数	今选本数	选本指标	宋金	元明	清	唱和总数	唱和指标	宋金	元明	清	今	点评1860	点评指标	20世纪研究次数	20世纪研究指标			
文天祥	WG	0	0	7	3	6	3	41	26	2.4	0	2	0	2	0.8	0	1	5	1	7	3.8	58	6.2	2	3.13	79
戴复古	GA	11	2	11	3	24	8	26	14	4.1	0	1	0	1	0.4	1	1	3	5	10	5.4	0	0	0	3.13	80
李郭	ND	8	2	56	6	16	7	5	5	5.5	0	2	0	2	0.8	2	0	0	0	2	1.1	0	0	0	3.01	81
王诜	BG	7	2	40	6	30	11	8	7	5.1	0	0	0	0	0	4	0	0	0	4	2.2	0	0	0	3	82
魏夫人	BG	17	2	19	4	18	5	15	10	5	0	0	0	0	0	2	0	2	0	4	2.2	1	0.1	0	2.94	83
蔡伸	ND	0	0	3	2	137	9	12	8	4.5	0	0	0	0	0	2	0	3	1	6	3.2	2	0.2	0	2.92	84
严仁	GA	30	1	22	3	38	7	14	5	4.9	0	0	0	0	0	1	1	1	1	4	2.2	0	0	0	2.88	85
韩元吉	ZX	10	3	18	3	20	9	29	16	5.3	5	0	0	5	2.1	0	0	1	0	1	0.5	0	0	0	2.85	86
汪藻	ND	2	2	52	5	10	7	10	9	3.5	0	4	0	4	1.7	1	1	2	0	4	2.2	0	0	4	2.62	87
寇准	CP	3	2	41	8	23	12	13	10	5.1	0	1	0	1	0.4	0	0	0	0	0	0	1	0.1	0	2.61	88
赵鼎	ND	11	1	32	7	21	4	12	7	3.9	0	1	0	1	0.4	1	0	2	1	4	2.2	2	0.2	1	2.51	89
杨缵	GA	3	1	2	2	13	6	1	1	0.6	0	0	0	0	0	7	1	10	2	20	11	2	0.2	0	2.5	90
葛长庚	ZX	3	0	23	4	43	7	7	3	2	0	3	0	3	0.6	0	3	10	0	13	7	3	0.3	0	2.47	91
林逋	CP	0	2	26	8	14	9	15	14	3.6	0	3	0	3	1.3	1	0	0	0	1	0.5	6	0.6	4	2.43	92
李之仪	BG	0	0	9	2	79	10	29	21	4.1	0	0	0	0	0	1	0	0	0	1	0.5	13	1.4	0	2.38	93
赵师侠	ZX	0	0	20	3	116	7	0	7	3.4	0	0	0	0	0	0	0	6	0	6	3.2	0	0	0	2.34	94

续表

词人	时代	选本									唱和					点评						20世纪			总指数	名次
		宋人选词数	宋选本数	元明人选词数	元明选本数	清人选词数	清选本数	今人选词数	今选本数	选本指标	宋金	元明	清	唱和总数	唱和指标	宋金	元明	清	今	点评1860	点评指标	20世纪研究次数	20世纪研究指标	名篇入选指数		
赵以夫	GA	12	2	5	2	69	8	3	2	4.5	0	0	1	1	0.4	0	0	0	0	0	0	1	0.1	0	2.31	95
张抡	ND	10	2	20	3	19	4	5	4	3	1	0	0	1	0.4	0	2	4	0	6	3.2	0	0	1	2.27	96
朱熹	ZX	0	0	22	7	17	5	1	1	1.8	0	0	0	0	0	0	2	6	0	8	4.3	30	3.2	0	2.26	97
仇远	WG	3	1	2	2	12	6	1	1	0.6	0	3	0	3	1.8	0	0	12	5	17	9.1	2	0.2	0	2.25	98
刘叔安	ZX	0	0	56	6	26	5	0	0	3.8	0	0	0	0	0	0	1	2	0	3	1.6	0	0	0	2.23	99
王雱	BG	2	2	38	7	16	10	7	6	3.7	0	2	0	2	0.8	0	0	0	0	0	0	0	0	2	2.09	100

说明:

1. 当各种词选和《全宋词》作者不一致时的作者归属问题:

(1) 各种词选皆系于一人名下、《全宋词》作无名氏，依词选定作者归属。

(2) 各种词选系各名一、同一首词有2个以上作者的，《全宋词》有具体作者的，依《全宋词》定作者归属。

(3) 各种词选作者系各名不一、《全宋词》作无名氏的，依各名氏的，《全唐五代词》定作者归属。

(4) 特殊例子有：《蝶恋花》（庭院深深深几许）作无名氏，《全唐五代词》选列欧阳修名下，但绝大部分词选选冯延巳名下，此暂定为互见词。

(5) 互见词分别系于二人名下。

2. 一代有一代之经典，和名篇一样，经典词人在不同历史时期也具有动态性。他们历史影响力的动态变化，后面将另立专章讨论。以下主要结合经典和经典词人的综合影响力及其历史平衡性讨论宋代经典词人的格局分布。上表数据即显现这种特征。

二　数据分析——宋词经典名家的格局 [1]

表 2 - 4 - 1 中显示的 100 位词人，是历史上有一定影响力的宋代词人。他们综合排名指数相差甚大，影响力也差别很大。因此，本书将百位词人按前 10 名和前 30 名及前 100 名分为三个层级。当然这种分法不可避免具有一定的机械性，但凡以某个客观标准划分事类，总有失偏之处，尤其对界线附近的几位词人而言。以下笔者据此层级就这 100 位词人的时代、地域分布以及经典词人名篇数量、存词量的关系等问题展开分析，力求展示宋词名家的风貌格局。

（一）十大词人

数据统计结果显示十大词人按排名先后分别为辛弃疾（综合影响力指数：152）、苏轼（150）、周邦彦（140）、姜夔（91）、柳永（86.1）、秦观（79.6）、李清照（75.1）、欧阳修（62）、吴文英（55）、晏几道（48.7）。十大词人中，以北宋人居多，出生于北宋的占 8 位，除苏轼和欧阳修外，其余词人都基本上是以词名世的纯粹词人，而除苏、辛外，其他词人词风都以婉丽为特色。从影响力来说，十大词人的影响力又大小不一，位列前三甲的辛、苏、周的综合影响力远远超出其他词人。

表 2 - 4 - 2　　　　　十大词人各项指标排名（表中"20 世"
为 20 世纪的略写）

词人	选本	唱和	点评	20 世	名篇	综合	词人	选本	唱和	点评	20 世	名篇	综合
辛弃疾	2	3	2	2	1	1	秦观	5	5	10	7	6	6
苏轼	3	2	3	1	2	2	李清照	10	4	9	3	5	7
周邦彦	1	1	4	8	3	3	欧阳修	6	9	24	9	8	8
姜夔	8	10	1	5	4	4	吴文英	7	18	12	13	17	9
柳永	4	6	5	4	7	5	晏几道	9	17	26	10	16	10

---

[1]　关于宋词词人历史地位的考察，王兆鹏师在《唐宋词史论》中采用了和本书不同类型的数据确认一批宋词名家。该书通过考察宋代词人传世词集的版本数量、品评数量、20 世纪被研究的数量、历代词选被选数量、当代词选被选数量，然后根据数量多少分别对上述 5 项进行排名，根据综合名次的前后观照词人的影响力。辛弃疾、苏轼、周邦彦、姜夔、秦观、柳永、欧阳修、吴文英、李清照、晏几道入选十大词人，贺铸、张炎、陆游、黄庭坚、张先、王沂孙、周密、史达祖、晏殊、刘克庄、张孝祥、高观国、朱敦儒、蒋捷、晁补之、刘过、张元幹、王安石、陈与义、叶梦得等词人都进入了前 30 名。这和本书经典词人排名情况非常相近。

从十大词人在五项指标中的名次来看，各项指标前三名基本上都为这三位词坛大家获得，只有 20 世纪研究的第 3 名为李清照，历代点评的第 1 名为姜夔。可见无论是选家，还是批评家，他们都一致认同辛、苏、周的经典地位。十大名家中除了晏几道的点评名次为 26，欧阳修的点评名次为 24 以外，其他各项指标名次都在 20 名之内。而辛弃疾、苏轼、周邦彦、姜夔、柳永、秦观和李清照各项指标的排名都在前 10 名内。可见，成为十大词人必须得到古今各类接受群体的认可。

十大词人前五名都可谓是开宗立派的人物，影响着词史的发展走向。苏轼"以诗为词"，为词坛一大变革，如"诗家之有韩愈，遂开南宋辛弃疾等一派"①。稼轩同样"于剪红刻翠之外，屹然别立一宗"②。周邦彦则被视为词坛"集大成者也"③，"前收苏、秦之终，后开姜、史之始。自有词人以来，不得不推为巨擘"④。至于姜夔，上承周邦彦，开南宋清空一派，宋末期张炎、王沂孙及清朱彝尊等浙西派词人皆奉之为宗主。排名第 5 的柳永创体创调，"变旧声作新声"，"大得声称于世"⑤。可见他们在词史上都曾获得极高的声誉，确是实至名归。至于十大词人的后五位词人，词坛开创之功稍逊，但亦各自以其独特的面貌在词史上产生着巨大的影响。秦、李、晏三人被视为本色词之正宗⑥。其中，秦观以"辞情相称"⑦名世，李清照"以一妇人，而词格乃抗轶周柳……为词家一大宗矣"⑧。晏几道"尤有过人之情"⑨。欧阳修虽文名大于词名，但他"疏隽开子瞻，深婉开少游"⑩，在词史上占有一席之地。吴文英的词则毁誉参半，虽贬之者以为其词"凝涩晦昧"，"如七宝楼台，拆碎下来，不成片

---

① 永瑢等：《四库全书总目》卷 198，中华书局 1965 年版，第 1808 页。
② 同上书，第 1817 页。
③ 周济：《宋四家词选目录序论》，《词话丛编》本，第 1643 页。
④ 陈廷焯：《白雨斋词话》卷 1，《词话丛编》本，第 3787 页。
⑤ 李清照：《词论》，见冯金伯《词苑萃编》卷 9，《词话丛编》本，第 1971 页。
⑥ "李氏、晏氏父子、耆卿、子野、美成、少游、易安至矣，词之正宗也。"（王世贞：《艺苑卮言》，《词话丛编》本，第 385 页）
⑦ 陈廷焯：《白雨斋词话》卷 1，《词话丛编》本，第 3784 页。
⑧ 永瑢等：《四库全书总目》卷 198，中华书局 1965 年版，第 1814 页。
⑨ 夏敬观：《映庵词评》，《词学》第 5 辑，华东师范大学出版社 1986 年版，第 201 页。
⑩ 冯煦：《蒿庵论词》，《词话丛编》本，第 3585 页。

段"①，但赏之者谓其"奇思壮采，腾天潜渊，返南宋之清泚，为北宋之秾挚"②，被认为"领袖一代"的人物。可见，十大词人的数据定位和他们在词史上的地位是相匹配的。

（二）宋代经典词人的地域分布

关于宋代词人的地域分布，唐圭璋先生《两宋词人占籍考》③ 考察了宋代 800 多位词人的籍贯，王兆鹏师的《宋词作者的统计分析》④ 在此基础上对宋代词人的地域分布进行了定量分析。数据结果显示，两宋词作者 80% 是南方人，从数量上印证了宋词南方文学的特征。分布的密集区是浙江、江西、福建、江苏、四川、安徽和北方的河南、山东，同宋代人口密集区和宋代经济发达区的分布相一致。宋词百位经典词人地域分布情况如何？

将以上宋词经典词人按名次和地域分布归类，结果如表 2 - 4 - 3 所示：

表 2 - 4 - 3　　　　　　　宋词经典名家地域分布统计⑤

	前 10 名	前 30 名	前 100 名
安徽	/	张孝祥 22	周紫芝 74
福建	柳永 5	刘克庄 18 张元幹 26	苏庠 70、陈瓘 79、蔡伸 84 、严仁 85、葛长庚 91、赵以夫 95
广东	/	/	刘镇 99
河北	/	/	王安中 64、李之仪 93
河南	/	贺铸 13、史达祖 14、朱敦儒 20、康与之 27	曹组 37、岳飞 41、陈与义 42、曾觌 47、吕本中 56 、韩元吉 86、张抡 96
湖北	/	/	僧仲殊 53、宋祁 61、魏夫人 83
江苏	秦观 6	蒋捷 21 叶梦得 28	范仲淹 33、范成大 43、王观 44、吴潜 71
江西	姜夔 4、欧阳修 8、晏几道 10	晏殊 15、黄庭坚 17、刘过 25、谢逸 30	王安石 31、张辑 45、赵长卿 48、向子諲 50、扬无咎 57、赵彦端 60、刘辰翁 65 、刘仙伦 66、石孝友 72、谢懋 73、徐俯 75、文天祥 80、汪藻 87、赵师侠 94、朱熹 97、王雱 100

---

① 张炎：《词源》，《词话丛编》本，第 259 页。

② 周济：《宋四家词选序》，《词话丛编》本，第 1643 页。

③ 参唐圭璋《宋词四考》，江苏古籍出版社 1985 年版。

④ 王兆鹏：《唐宋词史的还原与建构》，湖北人民出版社 2005 年版，第 84—88 页。

⑤ 表中词人后数字代表词人排名，表 2 - 4 - 5 同此。

续表

	前 10 名	前 30 名	前 100 名
山东	辛弃疾 1、李清照 7	晁补之 23	晁冲之 46、晁端礼 55、李元膺 69、李邴 81、
山西	/	/	王诜 82、赵鼎 89
陕西	/	/	杜安世 77、寇准 88
上海	/	/	李甲 77
四川	苏轼 2	/	程垓 34
浙江	周邦彦 3、吴文英 9	陆游 11、张炎 12、张先 16、王沂孙 19、周密 24、毛滂 29	高观国 32、陈克 36、卢祖皋 38、陈亮 39、陈允平 49、朱淑真 52、舒亶 54、刘镇（方叔）59、沈蔚 62、吕渭老 67、张镃 68、戴复古 80、林逋 92、杨缵 90、仇远 98
	赵令畤 35、黄昇 40、万俟咏 51、胡浩然 62、孙夫人 63		不详

表 2 - 4 - 4　　　　　　宋词经典名家的地域分布统计

	江西	浙江	山东	福建	江苏	河南	四川	安徽	不详	湖北	陕西	河北	山西	广东	上海
前 10 名	3	2	2	1	1		1		0						
前 30 名	7	8	3	3	3	4	1	1	0						
前 100 名	23	21	8	9	7	11	2	2	5	3	3	2	2	1	1
综合指数	0.76	0.68	0.38	0.29	0.27	0.24	0.15	0.05	0.05	0.03	0.03	0.02	0.02	0.01	0.01

以上展示的即是宋词百位经典词人的地域分布状况：

宋词百位经典词人分别属于 14 个不同地区，根据地域分布的综合指数[①]，不同地域宋词名家的经典性综合指数分布比例如图 4 所示。

首先，从图 2 - 4 - 4 可见，宋词经典词人的地域分布与整个宋词作者队伍的地域分布基本上是一致的。北方以山东、河南为主，南方依次为江西、浙江、福建、江苏、四川，南方名家数量规模远远胜于北方，而两宋人口密集区域亦同样的是盛出宋词名家的地方。稍有不同的是陕西的地位

---

①　即各个地区在宋词经典中的影响力。计算方法为：分别计算各个地区在前 10 名、前 30 名和前 100 名中占有经典词人的百分比例，3 项比例之合即是该地区在宋词经典中的综合影响指数。

有所提前。

其次，宋词经典词人分布显现较明显的四个层次。江西① （3/7/23）
和浙江 （2/8/21） 籍的词人占据着顶峰位置，第 2 层次为山东 （2/3/8）、
福建 （1/3/9）、江苏 （1/3/7）、河南 （0/4/11）。山东虽总体上只有 8 位
词人入选，但辛弃疾和李清照两位大词人所具有的影响因子使得其综合排
名指数超过其他地区而进入前三甲。福建的柳永、江苏的秦观分别入选十
大词人也提高了该地区在词坛的影响力。河南虽无人入选十大词人，但前
100 名中共 11 人入选，因而总的影响力也较高。其余地区入围前 100 名
的都在 5 位以下。第 3 层次为四川 （1/1/2），虽只有 2 人入选前 100 名，
但因为苏轼的存在，足以使四川在词史上的影响力超出其他几个宋词经典
名家稀少的地区。剩下的安徽 （0/1/2）、陕西 （0/0/3）、湖北 （0/0/3）、
河北 （0/0/2）、山西 （0/0/2）、广东 （0/0/1）、上海 （0/0/1） 以综合
影响指数低于 1 列为第 4 层。

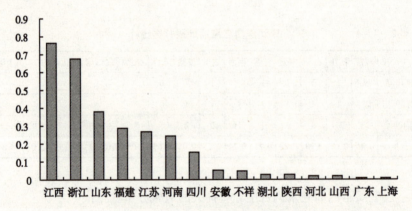

图 2 - 4 - 1   经典词人地域分布

最后，从经典词人的地域分布还可见地域文化对文风的影响，南北文
风之差异从宋词名家的地域分布中亦见一斑。宋代经典词人中，南方词人
多以婉约词风见长，而且占绝对优势。以豪放名世或追摹苏辛者，大多为
北方词人。十大词人中，除李清照之外的 7 位婉约词风的代表词人都占籍
南方，周邦彦、吴文英属浙江，姜夔、欧阳修、晏几道属江西，秦观属江
苏，柳永属福建。"大声镗鞳"的辛弃疾是豪放词风的代表人物，来自山

---

① 本段中各省后附数字分别表示它们在前 10、前 30、前 100 名中所占的词人数量。

东。而河南的陈与义、岳飞、贺铸等皆有豪放之作脍炙人口，而山东的晁补之、晁冲之，河南的朱敦儒也都是步武苏轼的词人，以疏朗之风区别于婉媚之调。

（三）宋代经典词人的时段分布

这里选择的时段划分标准同上述经典名篇中所述。排名前 100 位的词人分别处于 6 个时段[①]（见表 2 - 4 - 5）：

表 2 - 4 - 5　　　　　　宋词经典名家时段分布

	前 10 名	前 30 名	前 100 名
承平期	柳永 5、欧阳修 8	晏殊 15、张先 16	范仲淹 33、宋祁 61、杜安世 77、寇准 88、林逋 92
变革期	苏轼 2、周邦彦 3、秦观 6、晏几道 10	贺铸 13、黄庭坚 17、晁补之 23、毛滂 29 、谢逸 30	王安石 31、赵令畤 35、曹组 37、王观 44、晁冲之 46、万俟咏 51、僧仲殊 53、舒亶 54、晁端礼 55、李元膺 69、李甲 78、王诜 82、魏夫人 83、李之仪 93、王雱 100
南渡期	李清照 7	朱敦儒 20、张元幹 27、康与之 26、叶梦得 28	程垓 34、陈克 36、岳飞 41、陈与义 42、曾觌 47、向子諲 50、朱淑真 52、扬无咎 57、吕本中 56、刘镇 59、赵彦端 60、王安中 64、吕渭老 67、谢懋 73、周紫芝 74、苏庠 70、徐俯 75、陈瓘 79、李邴 81、蔡伸 84、汪藻 87、赵鼎 89、张抡 96
中兴期	辛弃疾 1、姜夔 4	陆游 11、史达祖 14、张孝祥 22 、刘过 25	高观国 32、卢祖皋 38、陈亮 39、范成大 43、张辑 45、赵长卿 48、沈蔚 62、刘儗 66、石孝友 72、韩元吉 86、刘镇 99、葛长庚 91、赵师侠 94、朱熹 97
苟安期	吴文英 9	刘克庄 18	张镃 68、吴潜 71、戴复古 80、严仁 88、杨缵 90、赵以夫 95、黄昇 40
亡国期	/	张炎 12、王沂孙 19、蒋捷 21、周密 24	陈允平 49、刘辰翁 65、文天祥 80、仇远 98
未定	胡浩然 62、孙夫人 63		

统计表 2 - 4 - 5，可得出宋代经典词人时段分布的统计数据表，如表 2 - 4 - 6 所示：

[①]　词人名次分别列在 6 个时段的词人后面。

表 2 - 4 - 6　　　　　　　　　宋词经典名家时段分布统计①

	北宋承平期	北宋变革期	南渡战乱期	南宋中兴期	南宋苟安期	南宋亡国期	未定期
前 10 名	2	4	1	2	1	0	0
前 30 名	4	9	5	6	2	4	0
前 100 名	9	24	28	20	9	8	2
综合指数	0.42	0.94	0.55	0.6	0.26	0.21	0.02

　　以元祐词人群为主体的北宋变革期，经典词人的综合影响力占有绝对
的优势，十大词人中占了 4 位，30 名和 100 名内也以 9 位和 24 位的数目
位居第 1、第 2。北宋承平期、南渡战乱期、南宋中兴期入选前 10 名、前
30 名和前 100 名的人数如表所示有所差异，但从三个档次的综合影响效力
看（0.42；0.55；0.6），三个阶段经典词人的综合占有指标差不多在同
一个水平线上。而南宋自开禧之后，随着国家政治军事的颓靡，词坛也渐
失生机，经典词人的人数急剧减少。各时段所具有的经典词人的综合经典
效应变化情况在图 2 - 4 - 2 中清晰可见。和经典词作时代分布的双峰现象
不同的是，宋词经典词人的时段分布是元祐词坛一枝独秀型的。至于总体
的发展趋势则如下图中虚线条所示呈下降走向。

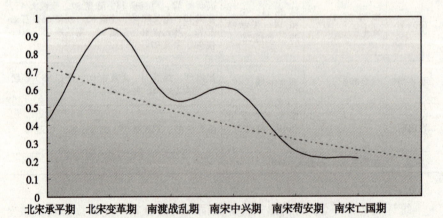

图 2 - 4 - 2　经典词人时段分布

---

　　① 表格中的综合指数表示的是该时段所拥有的经典词人的综合影响力，计算方法：先计算
该时段前 10 名、前 30 名、前 100 名中所拥有的词人数的百分比，再求 3 项数据之和。

综合宋词名篇和经典词人的时代分布，北宋变革期在词史上无疑具有最重要的地位，而南宋中兴期词史老二的地位也毋庸置疑。而反观宋词的原生态，这两个时期在词史上不仅是名家辈出，而且流派众多，风格多元，极富创变，如"以诗为词"的东坡，集众家之长的清真，"以文为词"的稼轩，以健笔写柔情的白石，皆开启词坛一片新天地。纵观中国文化史，但凡出产经典的盛期无不具有此特点。多元的文化氛围催生出富有创造力的经典名家，经典名家创造出传世名作。

综观宋词名家和名篇的时段分布，二者总体趋势一致，但并不是完全统一。

（四）词人的经典地位与其存词量及名篇量的关系

词作是词人得以成为词人最根本的条件，词作的知名度决定着它的创作者的声誉，宋代词人的经典地位和词人的作品总量①及其传世名作之间的关系如何呢？

1. 词人的经典地位和存词量之间的关系

宋代词人姓名可考者 1493 人，共创作了 21000 多首词。本书通过数据考查得出的 100 位经典词人共创作了 10135 首作品，人均约 100 首。约 7% 的经典词人的作品量占宋词作品总量的 50%，可见这 100 位经典词人在词史上的贡献确实不小。

词人存词数量和词人的历史影响力的高低如何呢？前 30 名经典词人中，21 人的存词量超过平均值 100，只有姜夔（4/87）②、秦观（6/90）、李清照（7/43）、王沂孙（19/60）、蒋捷（21/94）、刘过（25/77）、康与之（27/43）存词量低于 100 首，但皆高于 40 首。后 30 名中则有 21 人存词量不足 40 首。看来存词 40 首以上，确实是成为著名经典词人的重要条件③。

由此可见，"作品数量的多少与作家地位的高低具有一定的正比关系"④。当然两者之间的关系不是必然的。有的词人存词量多却连前 100

① 词人作品总量以唐圭璋《全宋词》（中华书局 1999 年版）为参照。

② 本自然段中括号内斜线前的表示词人经典地位排名，斜线后表示的是词人的存词量。

③ 王兆鹏师在《唐宋词史的还原与建构》中通过统计分析宋词作品量，亦得出结论："从宋词词作者的实际情况来看，创作量大约在 40 首以上是成为著名词人的基本条件。"（湖北人民出版社 2005 年版，第 81 页）

④ 王兆鹏：《唐宋词史论》，人民文学出版社 2000 年版，第 97 页。

名都进入不了，如葛长庚（135 首），魏了翁（189 首）、李曾伯（202 首）。有的词人存词量少却享有很大的知名度，如前 30 至 50 名当中，岳飞（3 首）、范仲淹（5 首）、陈与义（18 首）、王观（28 首）、王安石（29 首）存词量都不多。这几位词人传词虽少，但都有脍炙人口的名作传世，如岳飞《满江红》（怒发冲冠）、范仲淹《渔家傲》（塞下秋来风景异）、王安石《桂枝香》（登临送目）、陈与义《临江仙》（忆昔午桥桥上饮）、王观《卜算子》（水是眼波横）等作品都是历来备受称赏的词坛佳作。但是必须看到，毕竟因为存词太少而难以成为著名的经典词人，只能屈居 30 名之后。

可见，存词量的多少对词人的历史经典地位的形成有着非常重要的作用。一定数量的存词量是成为词坛大家的关键因素。但是并不是存词量大就一定成大家名家，起决定作用的还是词作的思想意蕴与艺术表现力。

2. 词人的经典地位和传世名篇的关系

从图 2－3－2 和图 2－4－2 经典词作和经典词人的时段分布图看，二者的趋势走向非常相似，说明总体上二者是对应的，即经典词人多时，经典名篇亦多。但曲线的差异性则又说明二者之间不是一一对应的关系。两者之间具体呈现出一种什么状态呢？结合表 2－3－2 可知，经典词人和经典词作之间有以下几种关系。

其一，词人的经典地位与名篇数量基本上成正比。这是经典词人和经典名作关系中最普遍的情况。经典词人前 30 名，尤其是前 10 名的词人，多经典名篇传世。十大名篇的作者归属：辛弃疾、苏轼、姜夔各 2 首，李清照、柳永、陆游、岳飞，各 1 首。当中除岳飞外，都是位列前 30 名的经典词人。如十大词人的前三甲，辛弃疾、苏轼、周邦彦在前 100 首词作内分别占 12 首、10 首和 15 首，三位经典大家即占百首名篇近四成的作品。十大词人[①]在百首名篇中的作品量则超过七成。看来，有无名篇传世，有多少名篇传世，对词人经典地位有着重要影响。

其二，词人经典地位和名篇数量不对称。譬如，十大词人中，吴文英和晏几道皆无词作入选前 50，晏几道排名最靠前的是《鹧鸪天》（彩袖殷勤捧玉钟），排 56 位；吴文英《风入松》（听风听雨过清明），排 77 位。

---

① 十大词人中其他几位在百首名篇中的作品量，李清照 7 首，秦观、姜夔各 4 首，柳永、欧阳修、晏几道、吴文英分别 2 首。

相对来说范仲淹、王安石、岳飞排名均在 30 名外，但他们的《渔家傲》（塞下秋来风景异）、《桂枝香》（登临送目）、《满江红》（怒发冲冠）却分别列经典名篇 21、33、2 位。造成这种现象的原因是多方面的，后文再作论述。但这种经典词人的地位排名和名篇排名、名篇数量不对称的情况在宋词经典中只是少数。

以上用数据统计的方法确认了一批从宋至今颇具活力的宋词经典，并对宋词名篇的题材分布、时段分布、词调分布以及宋词名家的地域分布、时段分布进行了考察，初步揭示了历史动态平衡中的宋词经典的基本格局。数据统计所得出的结果，跟词学阐释所得出的观点基本吻合。

需要注意的是，名篇名家的经典效应并不是恒定的，文学经典的本质决定了宋词经典不可能是一个静态的呈现，一代有一代的宋词经典。有关宋词经典的嬗变情况，后文再予以探讨。

第五节 关于结论合理性的思考

笔者立足于文学经典的含义特质及文学作品传世的相关理论，在收集传播接受宋词的大量数据的基础上，根据统计学原理，用定量分析的方法确认了宋词的经典名篇及名家。宋词经典，作为一种以感性审美为基本特质的历史性存在，用定量分析的方法确定出来的名篇名家，其合理性如何？局限性何在？定量分析的方法运用于文学研究领域有多大的必要性呢？

一 定量分析在文学研究中的应用及其必要性

笔者采取的定量分析（quantitative analysis）的方法原肇始于自然科学研究，最初被用来测定物质（化合物）中各成分的相对含量。它主要依据统计数据，建立相应数学模型，然后计算分析对象的各项指标与数值。后来这一方法用来分析社会现象的数量特征、数量关系与数量变化，从而揭示和描述社会现象之间的相互作用及其发展趋势。到 20 世纪 80 年代，定量分析的方法被我国学者广泛应用于社会学、经济学、教育学、文献学、历史学等领域，形成了社会统计学、计量经济学、教育计量学、文献计量学、计量史学等新兴学科。

当然，定量分析的方法于自然科学中的意义是毋庸置疑的。它于社会科学的意义也已为事实所证明。那么对以情感化、形象化为特色的主观感性的文学艺术而言，定量分析有没有意义呢？其运用于文学研究领域有多大的必要性呢？

世界上任何事物都有数的规定性，都要受到数量关系的制约，任何事物的性质都是由它背后的数量关系决定的。早在古希腊时期的毕达哥拉斯就认识到万事万物都具有一定的数量关系，并提出了"数是万物本源"的观点。当然那还是一种相当朴素甚至具有神秘色彩的认识。随着近代科学的发展，到伽利略（Galileo Galilei, 1564—1642）的时代，人们相信："如果形成相应的测量方法，那么整个具体的世界肯定会表明是可数学化的客观世界。"①作为物理学家和天文学家的伽利略一改历来人们习惯以主观分析研究事物的方法，通过实验分析事物的数量特征，尤其强调数学在科学研究中的重要性。至19世纪，西方古典哲学的集大成者黑格尔则在《形而上学》中明确地指出："数是一切事物的本质，整个有规定的宇宙的组织，就是数以及数的关系的和谐系统。"②事实确实如此，我们居住的星球上的一切事物无不包含着或隐或显的数量关系。譬如，我们居住的星球上的一切物体的正常运转依赖于万有引力常数，质能之间的转换规律可体现为 $E = MC^2$，当前最前沿的物理学理论之一"弦理论"就是通过完美的数学推理论证了十一维时空的存在。而人的兴奋、紧张、安全感、满足感等情绪的产生，爱与被爱的体验也已被证明与人体内苯基乙胺（phenyl ethylamine）、多巴胺（dopamine）、内啡呔（endorphin）、去甲肾上腺素（Nor epinephrine）等物质的分泌密切相关。这些激素物质在人体内数量的多少决定着人们相应的情绪体验的产生、消失与持续时间的长短。确实，事物的本质总是体现为一定尺度的数量关系，即数与度的结合。一定数量上的变化则必然导致事物本质的改变。要把握事物的本质和规律，量与质的辩证关系是绝对不能忽视的。

在文学研究领域，当我们习惯采用主观的判断去评价文学现象，强调定性研究对人文社科研究的重要意义时，不应该忽视数量关系在文学现象

①　［德］胡塞尔：《欧洲科学的危机和超验现象学》，王炳文译，商务印书馆2001年版，第52页。

②　［德］黑格尔：《形而上学》第1卷，第1章，见黑格尔《哲学史讲演录》（一），贺麟、王太庆译，商务印书馆1959年版，第218页。

中的存在，也不应该忽视引进定量方法的积极意义。事实上，客观的规律和主观的思维之间本来就具同构性。我们称之为规律的东西在客观上表现为规律，在主观上则表现为我们思维的理性。人脑对存在的反映本身通常总是被理性所把握。虽然人文社会科学尤其是文学艺术与自然科学的性质差别很大，但并不是毫无关联的。定量方法的实证性、明确性、客观性可以有效地弥补传统文学研究偏于感性、模糊的不足，对以定性研究为主的文学艺术研究确实是有益的补充。

譬如，单独评价某一作家时，我们可以主要凭借主观的直觉和经验，用定性的方法分析他/她的人生经历、审美观念、艺术风格、表现手法、作品内涵等方面来判断他/她是否是一位伟大的作家，但若要评价他/她的历史影响力，他/她的作品是否能称得上是经典，那么仅仅就他/她及其作品本身作主观的判断是不够的。此时必须要结合他/她的身后史去考察诸如此类的问题：他/她及其作品在后世是不是受到喜爱和尊崇？受到多少人的喜爱和尊崇？他/她及其作品被多少人效仿？试想如果缺乏相应的数据的支持，往往难以对作家作品的效果史作出客观公允的评价。再譬如，评价一篇作品的风格，只要定性的评价就可以了，但是确认一位作家的风格或一个时代的风格，如果没有定量思维的介入，得出的结论往往会有失偏颇。与此相反，如果结合数据统计、数量关系的研究对文学史上的一些现象进行观照的话，必然得出更为明晰的整体定位和价值评判。

而当今时代，随着信息技术的发展，无所不在的微处理器和传感器，各种资讯工具发展，软件和硬件不断升级，互联网通过云计算将不同个体不同地区的小数据库联结成大数据库，"大数据"时代已然到来。在"大数据"时代，文学研究拥有了比古人广泛得多的资料来源，有了比古人更方便得多的数据库来处理资料。文学研究面临海量的数据，合理利用海量的文学研究资料数据，必将加强文学研究的科学性。

结合数量论述文学问题，其实古已有之。"欧公一世文宗，其集中美梅圣俞诗者，十几四五。"[1] 宋人葛立方就利用了简单的数据统计分析了欧阳修诗歌的一个特点。再如清赵翼《瓯北诗话》中卷六专论"陆放翁诗"一条就曾有如下记载：

---

[1]　葛立方：《韵语秋阳》卷1，《宋诗话全编》（8），江苏古籍出版社1998年版，第8205页。

放翁则生平仕宦，凡五佐郡、四奉祠，所处皆散地，读书之日
多，故往往有先得佳句，而后标以题目者。如《写怀》、《书愤》、
《感事》、《遣闷》，以及《山行》、《郊行》、《书室》、《道室》等题
十居七八，而酬应赠答之作，不一二焉。即如《记梦》诗，核计全
集，共九十九首。人生安得有如许梦！此必有诗无题，遂托之于
梦耳。①

在此，赵翼不自觉地采用了较为简单的定量的方法考察陆游诗歌中的
某些现象。他首先按主题对陆游诗歌粗略地进行了分类，发现陆游诗歌中
百分之七八十的诗属于先有佳句而后标以题目的。那些好句子自来源于诗
人内心的真感情，也就是说陆游诗歌中那些内容充实情感丰盈的占其诗的
百分之七八十，而比较无聊的酬应赠答的大概只占陆游诗歌的百分之一二
十。这从数量上总结了陆游诗的特点，客观上肯定了陆游诗在宋诗史上的
重要地位。再次，赵翼从陆游万首诗歌统计出了陆游有 99 首《记梦》
诗，认为陆游不可能用诗记那么多实实在在做过的梦，从而得出陆游其实
是借梦抒怀的结论。这里除了 99 首记梦诗是明确的统计之外，"十之八
九"、"不一二焉"之语，不免于含糊，但毋庸置疑的是这确为结合数量
统计对陆游诗进行的分析。再如："青莲集中古诗多，律诗少。五律尚有
七十余首，七律只十首而已。盖才气豪迈，全以神运，自不屑束缚于格律
对偶，与雕绘者争长。然有对偶处，仍自工丽；且工丽中别有一种英爽之
气，溢出行墨之外。"②"青莲工于乐府。盖其才思横溢，无所发抒，辄借
此以逞笔力，故集中多至一百十五首。"③诸如此类的评论实质上则是结
合数据统计分析诗人性情与诗歌体裁选择的关系，具一定的科学性。

20 世纪 90 年代后半期，随着定量分析在人文社科其他领域的广泛应
用，它也开始为文学研究领域的学者所关注。王兆鹏、刘尊明、尚永亮等
诸先生先后采用定量分析方法研究古典文学中的诸多现象，通过考察古代
文学对象相关的数量特征、数量关系与数量变化分析古代文学的时空分

① 赵翼：《瓯北诗话》卷 6，郭绍虞《清诗话丛编》本，上海古籍出版社 1983 年版，第
1222 页。

② 赵翼：《瓯北诗话》卷 1，版本同上，第 4 页。

③ 同上书，第 5 页。

布、发展变化等问题，取得了一定的研究成果。譬如《宋词作品量的统计分析》、《宋词作者的统计分析》、《20 世纪词学研究格局的定量分析》①，《唐五代诗作者之地域分布与北南变化的定量分析》、《唐知名诗人之层级分布与代群发展的定量分析》、《开天、元和两大诗人群交往诗创作及其变化的定量分析》② 等文，用定量的方法分析了作家的地域分布、层级分布、代群发展、交往诗创作情况，得出一些客观、可信、新颖的结论。刘尊明、王兆鹏先生的《唐宋词的定量分析》③ 一书用定量分析的方法，对唐宋词史、唐宋词创作、唐宋词传播接受、唐宋词研究学术史等层面进行了探讨，既证明词史上的一些公论，也发现了一些新问题，为古代文学研究打开了一个新窗口。

当然，我们强调定量方法对于文学研究的意义，并不是要把数据神圣化，更不认为定量分析可以取代定性的研究。如果"把定量研究看作是科学研究的唯一模式，把定量方法视为唯一的科学方法，把是否运用定量方法作为科学评价的核心标准，把一个学科运用数学模型的程度当作考察学科发展程度的依据"④，这毫无疑问与科学精神背道而驰，是典型的科学主义。胡塞尔早就一针见血地指出了科学主义的这种弊端。他指出肇始于伽利略的将自然数学化的方法，导致后来自然主义用量化分析的方法来对待一切，让我们疏远了自己的生命。

笔者以为，无论科学怎么发展，文学研究中，定性的方法是永不过时的，但同时，借鉴定量研究的成果和方法必然会使文学研究更臻完善。定量分析和定性分析，作为人类分析现象世界的两种方法是相互补充的。定量分析能使定性分析的结论更加科学、准确，但没有结合定性的定量也必然是盲目的。定量分析应当以定性分析作基础，最终回到到定性分析。

综观人文社科领域尤其是文学的研究实践，通过定性研究对象的性质、特点、发展变化规律等取得了丰硕的成果。相对来说，文学的定量研究虽已取得了一些成就，但还不够深入与完善。作为人类思维的理性之花，文学中的定量研究，不是无关重要的，毫无意义甚至是对文学研究有

---

① 见王兆鹏《唐宋词史的还原与建构》，湖北人民出版社 2005 年版。

② 见尚永亮《唐代诗歌的多元观照》，湖北人民出版社 2005 年版。

③ 刘尊明、王兆鹏：《唐宋词的定量分析》，北京大学出版社 2012 年版。

④ 陆益龙：《定性方法，乃思想之路》，《光明日报》2012 年 11 月 2 日，16 版。

害的。文学研究中采用定量分析的方法确实有相当的必要性与合理性。问题的关键是我们该如何建立衡量文学对象的价值影响的标准。理性研究的关键在于保证前提的正确性和推理过程的科学性。因此，加强数据来源的精确度与广度，设计数据模型提高方法的合理性，加强统计分析过程的严密性，是定量方法科学地应用于人文社科领域必须严格要求的。尚永亮先生发表于《文学评论》的《数据库、计量分析与古代文学研究的现代化进程》一文也对文学研究中的定量分析提出了建设性的观点。笔者亦欲通过此研究，为定量分析在文学研究中的应用，定量与定性研究的结合问题提供一些可资参考的意见。

二　定量方法确认宋词经典的合理性与局限性

文学经典是复杂的审美性存在，它作为历史文化遗留物一方面既是客观存在的实在本体，另一方面它的生命力是由历代不同读者在审美接受过程中通过主观审美感受造就的，具有鲜明的动态变化性。打开一部文学史，几乎是人人心目中都有各自的文学经典，每个时代的文学经典亦不尽相同。接受者的主观介入使得千百年来对文学经典的评价和选择仁者见仁，智者见智，宋词经典亦然。不可否认的是文学经典作为人类创造出来的审美性存在，它由寻常作品到成为经典，其间同样暗藏着量变与质变的统一性问题，即作家作品被广泛传播并深度接受到一定程度的时候便成为经典。那么有没有可能综合纷繁复杂的主观选择与评价现象，找寻一个较合理的测度方法确认经典作家作品呢？如何将这种主观性评价与客观性标准统一起来呢？

首先，从经典理论上讲，用定量的方法确认宋词经典有合理性。20世纪80年代，罗忼烈先生就曾提出作家作品在文学史上的地位是"有公论的"，而且"这种公论经过长期的鉴评酝酿，结果'口之于味，有嗜同焉'，才获得普通接受"。所以，虽然基于接受主体不同的期待视野，不同的读者心目中的宋词经典名家名篇可能不尽相同，虽然甲推尊李清照、乙崇拜辛弃疾、丙喜爱苏轼《念奴娇》（大江东去）、丁赞赏柳永的《雨霖铃》（寒蝉凄切），但不同接受主体的个人喜好却能形成一种合力，给词人词作以历史的定位，共同建构宋词经典。罗先生接下提出，"我们不妨做个实验，从两宋词家中挑出著名的二十四人，从宋代到现在选出著名的词选十种，看看词人在词选中所占的分量，作出统计，就可以见出长期以来的鉴评酝酿结果是怎样的。"① 这虽然是小范围的统计，但却开启了一种新思路，即通过后代读者对前代作家作品的选择评价其历史地位。既然文学经典本质是一个对象性的存在，是实在本体和关系本体的复合体，而且文学经典的存在方式，其永葆青春的动力来源于不同历史条件下"作品（作家）—读者"之间的交互作用之中，那么考察不同历史条件下各种不同类型的读者对作家作品选择、品评、效仿情况等便可相对客观地评价作家作品的生命力，从而根据作家作品对后世各类读者的影响力大小判断其经典地位。

笔者正是以此作为理论依据，对历代词选、历代点评、历代唱和、20世纪以来的学术研究、当代国际互联网有关宋词的文章链接等传播方式进行考察，统计相应的数据并根据各自影响力的大小予以相应的权重。由此，笔者从2万余首宋词，1000余位词人中确认了从宋至今历史动态平衡中具综合影响力的宋词经典。这种数据模型的建立与经典理论一致，因而确认的宋词经典具有一定的合理性。

其次，从人类认知的角度讲，用定量的方法确认宋词经典具合理性。根据文学经典的内涵及经典生成的动力理论，作品的生命力决定于作品对读者究竟有多大的影响力。而作品对读者产生怎么样的影响是通过读者由作品的认知接受程度决定的。根据现代心理学的相关理论，人对事物的认知程度从注意、识别、记忆到理解、认同都是可以用一定的方法测度的。在文学活动中，阅读作品、编选作品集、点评、引用、效仿等其实就是读者对文学的注意、识别、记忆、理解、认同。在对文学作品的认知过程中，某一首词入选选本的次数是与该作品被注意、识别的频数成正比，某首词被引用的次数与它被记忆的频度成正比，而某首词被点评、被效仿、被研究的次数在与该作品被注意、识别、记忆成正比的同时也与它被理解、认同的程度成正比。因此本书通过统计普通大众读者接受的选本入选、批评者对宋词的点评和研究情况、创作者对宋词的效仿等情况，在此基础上建立测度模型考察宋词经典名篇名家是具有合理性的。

另外，事实表明，本书通过数据统计的方法确认的宋词经典是合理的。从格局分布看，本书确认的宋词经典的时段分布、地域分布、名家名

---

① 罗忼烈：《试论宋词选集的标准和尺度》，《文艺理论研究》1983年第4期。

篇的关系等问题和词史相吻合（具体分析见第四章第一节及第二章第三节、第四节）。结合宋词的阐释史，排名靠前的名家名篇在词史上受到的关注度越大，譬如苏、辛、周、姜等为世所公认的大词人，他们的综合排名也最靠前。而综观本书通过数据确认的宋词经典，它们基本上具有意蕴的丰富性和无限可读性、情感的真挚性、审美的独创性、艺术境界的浑成性等文学经典应该具备的特质，确是名副其实的宋词经典。因此，本书宋词经典的排名虽不一定就是每个读者心目中的宋词经典的排名，但却是综合历代读者审美选择的结果，具合理性和代表性。

当然，本书所采用的确认宋词经典的方法也不可避免地存在着一定的局限性。

其一，作为探索性的研究，并限于资料、人力等因素，本书所采用的测度模型还有待改进。譬如：收入文献时，除了引入直接提及该作品的文献还要引入记载与该作品密切相关的文献；分配权重时，除了区别不同时代的选本的不同影响力，还应该考虑单个选本不同的影响力；衡量点评的影响力时应该考虑时代的区别以及正、负评价所产生的不同效应。白寅、杨雨就文学作品历史影响力测度模型的构建提出的"确立文献类型重要性的梯度"与"权重系数不但要设立文献类型系数、文献时代系数，还应当设立单篇文献影响系数"①的意见非常富于建设性。确认宋词经典的数据库是一个开放的系统，相信随着文献数据的不断丰富与计算模型的改善，我们得出的结论也将更趋精确而客观。

其二，方法本身并不是真理。伽达默尔在谈到其代表作《真理与方法》的命名时说道："方法就是不能界定真理，它不能完全领会真理。"的确，任何方法都不可能是真理而只能是指向真理。用定量统计的方法研究文学现象，尤其是文学经典这样一个复杂的文学现象，其缺陷是不可避免的。数据的机械性和文学经典复杂性多有不相匹配之处，譬如综合排名100名的张孝祥《六州歌头》（长淮望断）和101名的李甲《帝台春》（芳草碧色），两者的综合经典性指数分别为2.486111364和2.477888043，后者仅以不到0.01之差而没有被本书纳入百首名篇之列。而且在数据的录入统计过程中，我们虽尽可能使数据具有最大的精确性和代表性，但也不可能完全排除失

① 白寅、杨雨：《试论文学作品历史影响力测度模型的构建——兼与王兆鹏先生商榷"唐诗、宋词排行榜"的计算模型》，《社会科学》2013年第2期。

误和偏差的存在。同时，各种数据权重的分配也只是笔者根据各项指标影响力的大小进行的估评，具有一定的主观性。因此，本书以定量分析的方法确认的宋词经典并不是绝对意义上的宋词经典。

在这里，我们的目的是借助于一定的方法，发现问题并进而对它们进行探讨。当手指指向夜空，我们的目的不是手指，而是指之所向的沉沉宇宙中的万点星空。本书采用定量分析的方法确认宋词经典，数据不是目的，但数据可以引导我们思考文学经典的效应生成及其传世的秘密。

需再次强调的是，在用定量分析的方法分析文学现象时，客观的数据必须以主观的定性研究作基础，而定量的结果更需进一步与定性的研究紧密结合。实际上，作为人类认识事物的不同方法，定量和定性，二者不可偏废。作为人类智慧之翼，定性研究与定量分析，只有双翼齐振，我们才能飞得更高更远。

第三章 宋词经典的生成机制

宋词名篇名家是怎么样成为经典的？也就是说，哪些因素影响和制约着宋词经典的生成？在传播接受过程中，哪些方式途径在宋词经典化的过程中起着重要作用？宋词经典作为一个复杂的合成体，在其经典化的过程当中，有没有矛盾性的存在？有什么样的矛盾关系？这些问题，涉及经典生成中的要素、功能和关系，它们组成了宋词经典的生成机制。

下文试图探讨宋词经典生成机制的相关问题，力求揭示宋词经典生成的基本原理。

第一节 文学经典生成机制的构成

文学经典生成机制的研究，是文学经典研究的热点之一。当前主要有两种观点：一种观点看重经典化的过程中文学经典的内部要素的决定意义，同时也认为某个历史时期的社会心理、政治经济、文学传统等是经典化过程中不可或缺的因素[①]；另一种观点偏向于从文学经典外部影响因素阐释经典生成机制。他们认为国家权力、学术权威、教育体制、大众话语决定着文学作品的经典化。文学的审美本质不被纳入经典化机制当中，或

---

① 如童庆炳即认为文学经典建构的因素包括文学作品的艺术价值、文学作品的可阐释的空间、特定时期读者的期待视野、发现人、意识形态和文化权力变动、文学理论和批评的观念，而忽视任何一方都是片面的（童庆炳：《文学经典建构的内部要素》，《天津社会科学》2005 年第 3 期）。刘象愚在肯定作品内质的同时提出了经典化的 3 个关键点：具有经典或大师地位的学者或批评家的肯定、读者的阅读判断、教育（刘象愚：《经典、经典性与关于"经典"的论争》，《中国比较文学》2006 年第 2 期）。吴承学、沙红兵则从古代文学经典的视角切入，概括了以下 4 个构成层面：政治、经济制度层面，认识和感受之理念体系及其相应的文教制度层面，个体——群体对于生活世界和生存境遇的感知、体验等心理结构层面，具体作品的内在质性、结构形态层面（吴承学、沙红兵：《中国古代文学的经典》，《中山大学学报》2004 年第 6 期）。

充其量只将它当作次要的补充。①

笔者认同这样的观点：开放的文学经典研究，应该"在体认和理解文学（经典）的独特性、复杂性和多义性的基础上，关注文学在文化整体中的地位及其关系"②，必须在具体历史文化条件下，从作品和主体的互动中，探讨经典化的问题。

作品和主体的互动，必须受到文学经典的内外要素的制约。任何事物的生成，都是它们的内部自律性因素和外部他律性因素共同作用的结果。文学经典虽然是一个特殊的复杂的合成体，一个充满了主体能动性的、历史性审美存在，是在一代代读者的接受过程中不断展开和呈现的，它的生成同样受其内部因素和外部因素的支配。一方面，它受政治、经济、道德、文化等外因的影响；另一方面，它又受独立于政治经济之外的艺术自律性，即艺术的内部结构的支配。

需要注意的是，文学经典生成机制的内部结构不仅仅限于文本本身。文学经典是一个实在本体和关系本体的复合体，它包括文本及不断展开的历史过程中的各种理解。它的存在不是平面的，而是立体的，是由作者、文本、读者三维构成的立方体。文学经典化，必然以文本为中心，以创作主体和接受主体为起点和终点。从本体论的角度说，文学经典的内部构成包括创作主体、文本和接受主体。

---

① 如孙士聪、王宁、朱国华、熊辉等皆倾向于认为经典化是一种合力效应，是上述因素共同作用的结果（孙士聪：《经典的焦虑与文艺学的边界》，《天津师范大学学报》2005年第3期；王宁：《文学的文化阐释与经典的形成》，《天津社会科学》2003年第1期；朱国华：《文学"经典化"的可能性》，《文艺理论研究》2006年第2期；熊辉：《文学经典的建构及其在当下语境中的转变》，《理论探索》2006年第2期）。稍有不同的只是有的更偏重于认为某类因素在经典化中起支配作用。对文学研究视域下关于文学经典化的理论探讨，万书辉在《文化研究语境下的经典生产问题》一文概括性指出："文化研究将体制视作权力形式的社会结构，发现了政治意识形态、媒体意识形态和大学教育对经典生产的特殊作用，因此，它将经典生产看成权威生产者诸如政治官僚、技术官僚（评论家）、媒体官僚（知名记者、专栏作家）借助特定生产工具（党团组织和机构、传播媒介），运用特定生产手段（政治宣传、国民教育、学术论著、大众舆论）所进行的实践活动。在这种视角内，无论固有经典的去经典化还是非经典的权威化，都主要不是经由文学内部自发实现的，或者说，文学内部的因素在很大程度上不可能发挥主导的决定作用，文学经典更多是外部诸因素合力作用的结果。"（《当代文坛》2006年第1期）

② 陈太胜：《文学经典与文化研究的身份政治》，《文艺研究》2005年第10期。

一　内部因素

创作主体、文本、接受主体三项内部性因素之间交互作用，对宋词经典的生成起着决定性的作用。譬如，王国维《人间词话》说："词以境界为最上。有境界则自成高格，自有名句。"① 也就是说，"有境界"，是词作内部的审美要素，是经典名篇得以形成的重要条件之一。这当中的"境界"作为词作创作和鉴赏活动中共同的审美核心，是在"创作主体（作者）—审美客体（文本）—审美主体（读者）"交流互动中产生和显现的。境界的产生，在于创作主体对审美客体独具匠心的体悟；境界的显现，则有赖于审美主体（读者）对审美客体（文本）灵心慧眼的发现。文学经典生成莫不受此三者制约。

那么，这三大要素哪些方面的特点影响文学经典的生成？它们在文学经典生成中的具体功能表现如何呢？

（一）创作主体

创作主体是文学经典生成的首要条件，除了创造出一个实在的文化遗留物之外，创作主体在经典生成中的功能有二：

其一，独创性是文学经典生命力的重要保证，它依赖作者独具匠心的创造，而独具匠心创造的动力之源，则是创作主体内在独特性。从作家才性、气质入手来探寻作品艺术风貌的生成及其艺术魅力的产生，是文学研究中一个古老的命题。从孟子的"知人论世"之说，到曹丕的《典论·论文》中以"气"论文，认为"文以气为主"，"气之清浊有体，不可力强而致"，再到刘勰"吐纳英华，莫非情性"② 的主张，皆强调的是作者先天的气质、个性、才识、人生经历等主体因素与文学作品风格及艺术魅力的关系。作者的创造，是文学作品生成的第一步，也是经典生成中的首要环节，因而创作主体的气质、个性、才识和人生经历是经典生成机制中最重要的因素之一。正如王国维所强调的"若夫悲欢离合，羁旅行役之感，常人皆能感之，而惟诗人能写之。故其入于人者至深，而行于世也

---

① 王国维：《人间词话》，《词话丛编》本，第 4239 页。

② 范文澜：《文心雕龙注》（下册），《范文澜全集》第 5 卷，河北教育出版社 2002 年版，第 448 页。

尤广"①。

苏轼的经典名篇中多清旷超迈之作，究其原因，"盖其天资不凡，辞气迈往，故落笔皆绝尘耳"②。如其《定风波》（莫听穿林打叶声），就题材而言，仅写途中遇雨，但寻常事中却写出了深刻的人生感悟和独立的人格精神，"盖有学养之人，随时随地皆能表现其精神"③。其《卜算子》（缺月挂疏桐）被黄庭坚称为"语意高妙，似非吃烟火人语"之作。而能写出如此"笔下无一点尘俗气"之词，是"非胸中有万卷书"不能至的④。当然，创造经典名篇，并不是学力丰赡就可以的，"词不能堆垛书卷，以夸典博"⑤。况周颐强调个性气质，"填词第一要襟抱。唯此事不可强求，并非学力所能到"⑥。创作过程中，以学问为词，自非高妙，然创作主体的内在学养有助于内在气质的铸造。作品内涵丰富、韵味悠长与否与此密切相关。所谓"胸无书卷，襟怀必不高妙，意趣必不古雅，其词非俗即腐，非粗即纤"⑦。词人的个性气质和修养是名篇生成的重要条件。

辛稼轩之词，"大声镗鞳，小声铿锽，扫空万古，自有苍生以来所无"⑧。其传世经典名作，雄豪而悲郁。究其因，乃是因为"稼轩有吞吐八荒之慨，而机会不来……故词极豪雄，而意极悲郁"⑨。历来评论者对此皆有所论及。辛弃疾的学生范开评价说："公一世之雄，以气节自负，以功业自许。"⑩ 辛弃疾是宋代难得一见的英雄词人，他本来抱英雄之志，怀收复中原之略，率众南归，却厄于时运。诚如黄梨庄所云："辛稼轩当弱宋末造，负管、乐之才，不能尽展其用。一腔忠愤，无处发泄……其悲

① 王国维：《人间词话·附录》，《词话丛编》本，第4271页。
② 王若虚：《滹南遗老集》卷39，《四部丛刊》本。
③ 刘永济：《唐五代两宋词简释》，上海古籍出版社1981年版，第49页。
④ 黄苏：《蓼园词评》，《词话丛编》本，第3032页。
⑤ 沈祥龙：《论词随笔》，《词话丛编》本，第4058页。
⑥ 况周颐：《惠风词话》卷2，《词话丛编》本，第4431页。
⑦ 沈祥龙：《论词随笔》，《词话丛编》本，第4058页。
⑧ 刘克庄：《辛稼轩集序》，施蛰存《词籍序跋萃编》，中国社会科学出版社1994年版，第200页。
⑨ 陈廷焯：《白雨斋词话》卷6，《词话丛编》本，第3925页。
⑩ 范开：《稼轩词序》，见邓广铭《稼轩词编年笺注》，上海古籍出版社1993年版，第596页。

歌慷慨抑郁无聊之气，一寄之于词。"①因而，稼轩词自是多愤懑沉郁之气。可以说，稼轩独特的人生经历和罕有的英雄气概，是其词风激昂跌宕、沉郁顿挫的内因，再加之学贯经史百家的才力，融炼百家诸子之语于无迹，故能创造出诸多名篇。"稼轩不平之鸣，随处辄发，有英雄语，无学问语，故往往锋颖太露。然其才情富艳，思力果锐，南北两朝，实无其匹，无怪流传之广且久也。"② 诚哉是言。而后之学辛稼轩者多流于粗豪之原因，就在于他们无稼轩独特的个性气质、才识经历。"有稼轩之心胸，始可为稼轩之词"③。

　　另外，十大词人中唯一的女词人李清照，"自少年便有诗名，才力华赡，逼近前辈，在士大夫中已不多得。若本朝妇人，当推词采第一。……作长短句，能曲折尽人意，轻巧尖新，姿态百出"④。她的传世名作一般都形象地传达出女性作家所特有的韵味，如《如梦令》（昨夜雨疏风骤）、《声声慢》（冷冷清清）等。再譬如柳永一生大部分时间沉于下僚，长期混迹于歌楼酒馆，落魄羁旅，故其传世名篇多羁旅行役之作，如《雨霖铃》、《八声甘州》等。周邦彦"博涉百家之书。……好音乐，能自度曲"⑤，因而其传世经典如《六丑》（正单衣试酒）、《花犯》（粉墙低）等音节谐美，融化前人诗句，妙合无痕。而当他将长年宦游的经历寄情于长短句时，就创造出了不少恋情中寓客游羁愁的经典作品，如《兰陵王·柳》、《满庭芳》（风老莺雏）等。

　　词人的独特性，包括他们独特的个性气质、人生经历、才识修养等，在经典生成的首要环节——作品生成中具有至关重要的作用。他们不仅是宋词经典文本的提供者，而且他们独特的主体特征是宋词经典独创性内质生成不可或缺的因素。

　　其二，文学经典的典范性和超越性在于创作主体对传统的挑战和传承。美国学者哈罗德·布鲁姆从经典承传与超越的角度指出了创作主体在经典生成中的意义。他指出："'谁使弥尔顿成为经典？'这个问题的答案

① 徐釚：《词苑丛谈》卷4，上海古籍出版社1981年版，第79页。
② 周济：《介存斋论词杂著》，人民文学出版社1959年版，第8页。
③ 徐釚：《词苑丛谈》卷4，上海古籍出版社1981年版，第79页。
④ 王灼：《碧鸡漫志》卷2，《词话丛编》本，第88页。
⑤ 脱脱等撰：《宋史》卷444，中华书局1977年版，第13126页。

首先在于弥尔顿自己，但同时还有其他强有力的诗人。……直接战胜传统并使之屈从于己，这是检验经典性的最高标准。"①他同时指出："世俗经典的形成涉及一个深刻的真理：它既不是由批评家也不是由学术界，更不是由政治家来进行的。作家、艺术家和作曲家们自己决定了经典，因为他们把最出色的前辈和最重要的后来者联系了起来。"② 布鲁姆在他另一本著作《影响的焦虑》中更详细地论述了这样的观点：每一代作家在面对前代大师时都有焦虑，只有克服这种影响的焦虑，表现自己的审美原创性，突破前辈大师的创作模式，建立自己独特的创作特色，才能成为新一代的经典。影响的焦虑，实质上就是一个文化传承与个性创造的问题。但凡能创造经典作品成为经典作家的，必须具备超越前人的意识和才力，挑战传统的魄力和勇气。创作主体在文学经典的典范性和超越性形成中的作用即在于此。

苏东坡，无论就历史动态平衡中的经典性综合指数而言，还是从不同时代的历史选择来看，其人其词在词史上的经典地位都是毋庸置疑的。除了上述他独特的个性气质，东坡作词时的潜在超越意识也是一关键因素。东坡的超越意识从他以下言行中可见一斑：

> 东坡在玉堂，有幕士善讴，因问："我词比柳七何如？"对曰："柳郎中词，只好合十七八女孩儿，执红牙板，歌'杨柳岸晓风残月'。学士词，须关西大汉，执铁板，唱'大江东去'。"公为之绝倒。③

> 近却颇作小词，虽无柳七郎（永）风味，亦自是一家。呵呵！数日前猎于郊外，所获颇多，作是一阕，令东州壮士抵掌顿足而歌之，吹笛击鼓以为节，颇壮观也。④

柳永是当时享誉词坛的大家，妙解音乐，创体创调，作词善用铺叙、淋漓酣畅，并充分吸收民间语言，其词在当时风靡一时，以至于"天下

---

① ［美］哈罗德·布鲁姆：《西方正典》，江宁康译，译林出版社 2005 年版，第 20 页。

② 同上书，第 412 页。

③ 俞文豹：《吹剑录》，《词苑萃编》卷 11，《词话丛编》本，第 2013 页。

④ 苏轼：《与鲜于子骏书》，《苏轼文集》卷 53，中华书局 1986 年版，第 1560 页。

咏之"①，"凡有井水处，即能歌柳词"②。虽然，后代有不少词评家不屑
于将柳永和东坡作比，认为"琐琐与柳七较锱铢，无乃为髯公所笑"③，
俞彦甚至更为坡公鸣不平，"子瞻词无一语著人间烟火，此自大罗天上一
种，不必与少游、易安辈较量体裁也。其豪放亦止'大江东去'一词。
何物袁绹，妄加品骘，后代奉为美谈，似欲以概子瞻生平。不知万顷波
涛，来自万里，吞天浴日，古豪杰英爽都在，使屯田此际操觚，果可以
'杨柳外晓风残月'命句否。且柳词亦只此佳句，余皆未称。"④ 但事实
上，东坡认为自己作品"自是一家"，还是将自己所作之词与这位词坛巨
匠进行过对比。对比中不能不说包含着东坡挑战当时词坛传统、超越当时
词坛名家的勇气，这对成就他"一洗万古凡马空"的千古经典词人的地
位不无影响。

　　由此我们似乎可以回答这样一个问题：历来论词，以本色为尊，总体
来说，宋词经典亦是本色词和本色词人居多，为什么苏轼和辛弃疾的经典
性综合指数远远超出其他经典名家？他们为什么能够成为词史上最具影响
力的词人？最重要的原因，恐怕是他们以独特的才情和勇气挑战词学传
统，并取得了巨大的成功。用布鲁姆的话说，他们是摆脱了"影响的焦
虑"的词人。至于周邦彦、柳永、姜夔、吴文英等词人，也都是开宗立
派的人物。李清照亦"别于周、秦、姜、张、史、苏、辛外，独树一
帜"⑤，她在《词论》中遍指诸名家之失，被王灼指斥为"蚍蜉撼大树，
可笑不自量"⑥，这恰好说明易安能成为一代大家，并不仅仅因为她的才
华、她的女性身份，更有她试图超越前辈词人的意识。所以，创作主体不
拘格套的创造意识和超越勇气，是经典生成中不可或缺的因素之一。

　　（二）文本

　　文本，作为文学经典本体性因素之一，是文学经典赖以存在的物质载
体。文本，就是文学经典中的实在本体。创作主体所创造的那些充满着智

　　① 陈师道：《后山诗话》，见《历代诗话》，中华书局 2004 年版，第 311 页。

　　② 叶梦得：《避暑录话》卷下，《丛书集成初编》第 2787 册，中华书局 1985 年版，第
49 页。

　　③ 王士禛：《花草蒙拾》，《词话丛编》本，第 681 页。

　　④ 俞彦：《爱园词话》，《词话丛编》本，第 402 页。

　　⑤ 陈廷焯：《白雨斋词话》卷 6，《词话丛编》本，第 3909 页。

　　⑥ 冯金伯：《词苑萃编》，《词话丛编》本，第 1792 页。

慧的思想和包含着深刻人生体验的情感赖它得以保存，这是文本在经典生成中的首要功能，毋庸赘言。此外，文本在经典过程中还具如下功能。

文本是连接创作主体和接受主体的纽带，它通过规引读者的理解阐释决定经典作品意义的具体化。"正是由于'本文的召唤结构'召唤着一代又一代不倦的接受者，才使古代的经典作品和经典作家形成了绵延千百年的辉煌接受史。"①阅读过程中视界的融合，定向、同化作用的发生，"既取决于作品提供的具体意象、意义的潜在可能性，又取决于读者视界中先在心理结构的潜在可能性，两种可能性中有相通之处，才能发生视界的定向选择和同化接纳作用"②。这就意味着作品因素和读者因素共同作用才能实现经典化。不同读者的不同理解是本文开放性结构和读者具体期待视界融合的结果。读者的地位并不是无限的，"不光读者不是消极地接受，作品也不是消极地被读，它也对读者发生作用"③。同时，作为文学经典所应当具有的，能被后代接受者效仿的典范性的形成，也有赖于可供后代读者阅读的文本。文本的存在使审美的原创性和典范性不至于成为空中楼阁。如敏泽、党圣元所指出的那样，"文学价值潜能是文本的客观属性，而审美效应则是这种潜能的转化结果……文本毕竟具有自己客观的潜在意义，并且对接受者产生着导引、规范的作用，所以文学接受者所获得的审美效应主要的还是文本的效应，是作品本身价值的效应。"④

但不是任何一个文本都可能被经典化。文学经典的文本，应当具有它独特的内质：

其一，审美的独创性、典范性。在上述东坡与柳永对比的案例中，我们一方面可以看到东坡词独创性的特点，亦可见当时柳词实已被填词者奉为典范。而李清照"集中名句皆深刻精透，不拾人牙慧，宜其睥睨一切矣"⑤。如其名作《声声慢》开头所下 14 叠字，历代为人所称奇，而后人效仿者也众多。张先的词，也被称为是"古今一大转关"⑥。典范性，还体现在词学批评中。经典的作家作品，会常常被引来作为评论其他词人词

① 陈文忠：《中国古典诗歌接受史研究·前言》，安徽大学出版社 1998 年版，第 3 页。

② 朱立元：《接受美学》，上海人民出版社 1989 年版，第 140 页。

③ 同上书，第 76 页。

④ 敏泽、党圣元：《文学价值论》，社会科学文献出版社 1997 年版，第 385 页。

⑤ 王易：《词曲史》，东方出版社 1996 年版，第 165 页。

⑥ 陈廷焯：《白雨斋词话》卷 1，《词话丛编》本，第 3782 页。

作的标准。卡尔·艾里克·罗森格伦"建议数一数某些作家（或作品）在针对另一作家的批评中被提到的次数"，从而确认经典的方法即来源于下面这种思想："关于某一批作家作品的知识属于文化阶层拥有的一般性知识，因而为批评家提供了一个参照系。只有知名的作家才可以因此比较或解释而被提及"。因而他认为"经典包括那些在讨论其他作家作品的文学批评中经常被提及的作家作品"①。这是极有道理的。

其二，内涵丰富性和无限可读性。文本具有潜在的开放性。经典名篇更是创作主体独具匠心的营造的结果，这个结构具有不同层次的开放性。当它们向不同时代越来越多的读者敞开的时候，它们吸引的读者就越多，生命力也就越强。经典名篇总是既能引起不同读者的情感体验，也可能因为阅读心境和文化背景的差异而创造出新意。文本的这种潜在特性是赋予作品丰富内涵，从而被经典化的很重要的原因。"完美形式的唯一突出特点就是：任何人都可以在其中加入他所想起的东西，也可以在其中看到他所希望看到的东西。"② 譬如，晏殊的《蝶恋花》（槛菊愁烟兰泣露）抒闺中女子思念远行之人之情；柳永《凤栖梧》（伫倚危楼风细细）乃远行者春日思念恋人之作；辛弃疾《青玉案》（东风夜放花千树）写邂逅所爱之事。这3首情词在王国维这里却被赋予"古今成大事业者大学问者，必须经过的三种境界"的含义："'昨夜西风凋碧树。独上高楼，望尽天涯路'，此第一境也。'衣带渐宽终不悔，为伊消得有憔悴'，此第二境也。'众里寻它千百度，蓦然回首，那人却在灯火阑珊处'，此第三境也。此等语皆非大词人所不能道，然遽以此意解诸词，恐晏欧诸公所不许也。"③ 可见经典之文本就是一个开放性的结构，内涵丰富，阐释义完全可以逸出作品的原意。

其三，审美与情感或哲思的融合。一部优秀的文学作品，不仅要能提供丰厚的思想意蕴和真挚情感，而且要能给读者提供丰富生动的审美意象。优秀的创作者总是善于巧妙地运用一定的表现手法将意蕴情感渗透于艺术的意境、意象和某种结构之中。借助于审美的力量，一切的睿智哲

---

① ［荷］D. 佛克马、E. 蚁布斯：《文学研究与文化参与》，俞国强译，北京大学出版社1996年版，第51页。

② 奥斯卡·王尔德语，转引自［苏］赫拉普钦科《传世的秘密——文学作品的内在特性和功能》，见《艺术创作现实人》，上海译文出版社1999年版，第201页。

③ 王国维：《人间词话》，《词话丛编》本，第4245页。

思、真挚深情将在时间中发酵，随着时间的流逝被酿得越美越醇。文学经典应该是审美和哲思或情感的结合。

宋词经典名篇蕴含着真挚的情感。譬如，龙沐勋《清真词叙论》中指出："清真词既有浓挚之感情与精巧之技术，故能绝出当时，垂范后世。"①这也是宋词经典名篇垂范后世的原因之一。有的也蕴含着人生的哲理。当代学者杨海明也指出，唐宋词中贮存着十分丰厚且又能贯通古今人心的人生意蕴，并认为这是唐宋词之所以能打动人心和产生"活性效应"的首要因素，是唐宋词的第一生命力。②宋词经典中的思想情感意蕴大都能以诗性的、审美的语言加以表现。

总之，文本的本质特征（经典性 canoncity）影响着文学经典的生成。其中，独创性、典范性，内涵的丰富性，审美、哲思、情感融合，是经典文本的重要特征。

（三）接受主体

"'没有主观就没有客观'这一命题，在认识论上具有纯粹的唯心主义的意义，而在美学中对于主——客关系却是根本的。当然，每一审美对象本身是不依赖于主观的存在物。当这样理解时，它却只是一种物质的存在，而不是审美的存在。"③文学经典作为一个关系本体而存在的原因也在于此。接受主体（读者）在文学经典生成机制中占据着极其重要的地位。"作者用一致之思，读者各以其情而自得"。④读《红楼梦》，"单是命意，就因读者的眼光而有种种：经学家看见《易》，道学家看见淫，才子看见缠绵，革命家看见排满，流言家看见宫闱秘事"⑤。尧斯也说："在作家、作品和读者的三角关系中，后者并不是被动的因素，不是单纯的作出反应的环节，它本身就是一种创造历史的力量。文学作品的历史生命没有接受者能动的参与是不可想像的。"⑥不仅是接受美学注意到了读者对

① 龙榆生：《清真词叙论》，见《龙榆生词学论文集》，上海古籍出版社1997年版，第332页。

② 杨海明：《唐宋词与人生》，河北人民出版社2002年版，第9页。

③ ［匈］乔治·卢卡契：《审美特性》第2卷，徐恒醇译，中国社会科学出版社1991年版，第27—28页。

④ 王夫之：《姜斋诗话》，人民文学出版社1961年版，第139页。

⑤ 鲁迅：《集外集拾遗补编·〈绛洞花主〉小引》，人民文学出版社1993年版，第141页。

⑥ ［德］H.R.尧斯、［美］R.C.霍拉勃：《接受美学与接受理论》，周宁、金元浦译，辽宁人民出版社1987年版，第24页。

作品完形的重要意义。别林斯基也说道："对于文学说来，公众是最高的审判，最高的法庭"；只有读者大众才能"给这些作品规定价格，不让可怜的庸才妄自抬高身价，也不让真正有才华的人遽尔湮没无闻"。[①] 因而，文学作品的历史生命系于读者，文学的历史性是由生活在历史中的读者赋予的。作品只有在一代一代的接受之链上才能永葆青春。说到底，一部作品能不能成为经典，最终是由广大的读者批准的。

首先，读者是文学经典内涵的发现者、阐释者。文学经典"因读者的体验的不同而有变化，读者倘没有类似的体验，它也就失去了效力"。[②] 每首一词作的创作之初，都是在词人特定的心境、特定的情绪体验中完成的。因而每一作品的内涵都会有它的内在规定性。但是，作品要在社会历史中流布传播，就必须与它的阅读者的心理遇合，它的内涵才能为读者所发现。而能引起读者（尤其是那些操纵着文化权力的读者）深度共鸣的作品，因此被贴上经典的标签。譬如陶渊明，我们现在看来，他的作品开创了文学史上一个新的时代，但在他所生活的晋宋时期，由于没有真正的"发现者"，他只被视为二三流作家。宋词经典中的遗民词人张炎、王沂孙及他们的名作《南浦》（波暖绿粼粼）、《高阳台》（接叶巢莺）、《解连环》（楚江空晚）、《齐天乐》（一襟余恨宫魂断）、《眉妩》（渐新痕悬柳）等，在元明300余年间一直默默无闻，直到清初朱彝尊对南宋遗民词人唱和词集《乐府补题》的发现及对南宋姜张一派的推崇，他们的经典性才得以彰显。据本书的统计资料，我们可以更清晰地看到清代接受者在这几首经典词作生成过程中的作用。

表3-1-1　　　张炎、王沂孙的代表作历代接受情况统计

作者	词牌	首句	选本				评点				唱和		
			宋金	元明	清	今	宋金	元明	清	今	宋金	元明	清
张炎	南浦	波暖绿粼粼	0	1	8	11	1	1	7	4	0	0	15
张炎	高阳台	接叶巢莺	0	1	11	27	0	2	9	10	0	0	0
张炎	解连环	楚江空晚	0	1	6	30	0	2	6	5	0	0	1

---

① ［俄］别林斯基：《别林斯基选集》第2卷，满涛译，上海译文出版社1979年版，第409页。

② 鲁迅：《花边文学》，人民文学出版社1980版，第113页。

续表

作者	词牌	首句	选本				评点				唱和		
			宋金	元明	清	今	宋金	元明	清	今	宋金	元明	清
王沂孙	齐天乐	一襟余恨宫魂断	0	0	10	24	0	0	6	5	0	0	0
王沂孙	眉妩	渐新痕悬柳	0	0	9	26	0	0	7	3	0	0	0

　　从表3-1-1可知，王沂孙的《齐天乐》和《眉妩》在清以前无论选本、评点还是唱和的次数都是零，而张炎的《南浦》、《高阳台》、《解连环》被选、评、和的次数最多也不过两次。可见没有接受者的发现，300余年中，它们只能静静在历史的尘埃中沉睡。自从以朱彝尊为代表的浙西词人对他们的发现和阐释，他们才声名陡起，评价渐高。推重张炎者认为："乐笑翁词，清空一气，转折随手，不为调缚。丽不染，淡不泛，斯为圣手"①；"美成如杜，白石兼王孟韦柳之长，与白石并有中原者，后起之玉田也"②。而周济评王沂孙词则云："碧山餍心切理，言近指远，声容调度，一一可循。"又说："问途碧山，历梦窗，稼轩，以还清真之浑化。"③将王沂孙列为初学者学词的门径之一。陈廷焯认为，"王碧山词，品最高，味最厚，意境最深，力量最重……诗中曹子建、杜子美也。"④经过清人的发现和阐释，他们直到现在，仍备受关注。

　　其次，读者是文学经典新义的创造者。经典词作总是能满足不同接受主体的心理需要，有的甚至在不同的文化语境中被赋予各种意义。如姜夔《暗香》《疏影》、苏轼《卜算子·咏雁》、秦观《踏莎行》（雾失楼台）、周邦彦《兰陵王·柳》、辛弃疾《祝英台近》（宝钗分）等，它们所展现出来的各种意义，都是不同时代读者阐释的结果。换言之，不同时代的接受者扩展了这些经典作品的生命力。而且，即便是同一作品，同一个人在不同的时候亦能读出不同的意蕴，如朱熹读上蔡语录的体会一样："某自二十年前得上蔡语录观之，初用银朱画出合处，及再观，则不同矣，乃用

---

① 钱裴仲：《雨华庵词话》，《词话丛编》本，第3011页。
② 先著、程洪：《词洁辑评》卷5，《词话丛编》本，第1367页。
③ 周济：《宋四家词选目录序论》，《词话丛编》本，第1643页。
④ 陈廷焯：《白雨斋词话》卷2，《词话丛编》本，第3808页。

粉笔；三观则用墨笔，数过之后，则与元看时不同矣。"①

　　再次，从生产期间接受者和创作者的关系看，在经典化过程中读者的重要性不仅在于他们是作品的最后完成者和传播者，还在于他们是文学创作的潜在合作者。文学活动的交流和对话性质决定着读者是作家创作力量的源头活水之一。因而我们可以看到宋词经典中北宋名篇和南宋名篇的体裁、题材和风格呈现出鲜明的差异性，这其实就是潜在读者在经典生成中发生作用的结果。从体裁看，经典名篇100首中，体制短小的中调小令总共49首，其中，北宋名篇34首，南宋名篇15首。从词风看，北宋名篇中大部分作品使用典故、代字的比例低于南宋名篇，晓畅流丽之作多于南宋名篇。从百首经典名篇的题材取向看，北宋名篇以男女爱恋、相思离别为主题的有30余首，有家国之感的作品仅王安石《桂枝香》（登临送目）、范仲淹《渔家傲》（塞下秋来风景异）、周邦彦《西河》（佳丽地）。南宋名篇中，以爱恋相思为主题的仅10首，其余大部分是蕴藏着深沉的家国感慨之作。造成南北两宋经典名篇以上差异性的原因除了南北两宋之间政治、文化背景的差异外，还有一点便是南北两宋词作的接受者的需求。北宋之词多应歌，南宋之词多应社。试想，酒席舞筵之间、赏玩游乐之际，明眸皓齿宛转而歌之时，无论是歌者、听众，一般来说需要的都不太可能是沉重的关乎天下民生的歌词，而晓畅的、关乎风月的作品娱乐性情，宜时宜人。应接受者的需求，这样的作品创作量增加，而受众广泛的传播则使得它们被经典化的可能性增大。而当词作渐成为案头文学的时候，受众和他们相应的需求也自然随之而变，因而自然也影响到南北两宋经典名作的表现特征。

　　另外，读者不仅是文学经典的传播者、发现人、阐释者、潜在合作者，而且读者是沟通文学经典的内部和外部力量的联系人。经典化的过程，是经典文本被不断阅读的过程。在这个过程中，每一位读者内心都有自己的期待视野。期待视野中包含着读者的世界观、审美趣味、文化素养等个体心理机制。个体心理机制实际上又是读者所承受的文化传统、时代气候、社会心理等外部因素和个体的个性气质相融合的产物。在期待视野和作品这一开放性结构相互交汇的过程中，读者对作品内部结构进行完

---

① 黎靖德：《朱子语类》卷104，中华书局1986年版。

形。文学经典生成的外部因素就在这个过程中介入，影响经典化进程。所以读者和作品视界融合的过程，即外在的历史文化因素和作品的内在特质通过读者这个中介相互融合的过程。读者在此充当了联系经典生成的内外力量的联系者。敏泽、党圣元也从文学价值实现的角度论述了同样的道理："文学价值效应不但与文本客观的价值潜能直接相关而外，亦与评价主体的审美感受、审美理解与审美体验能力密切相关，评价主体的价值认知、选择能力及其需要即评价标准，使他只能在相应的范围内接受与自身能力与需要相符合的文本的价值，而对文本的超出他自己评价能力和需要的价值则只能视而不见、听而不闻。'夫歌《采菱》，发《阳问》。鄙人听之，不若此《延路》、《阳局》。非歌者拙也，听行异也。'（《淮南子·人间训》）同时，文学接受主体的评价能力和评价标准除受自身条件的限制外，还受所处社会时代的限制。"①

在文学经典生成的影响因素中，有持作品决定论者，有持读者决定论者。实际上，无论哪一个都不能成为文学经典化的唯一决定因素。诚如德国学者瑙曼所言："接受意味着，读者作为主体占有了作品并按照自己需要改造了它，通过释放作品蕴含的潜能，使这种潜能为自身服务，通过实现作品的可能性扩大了自身的可能性。但是作品在被接受、被改造的同时，也在占有并改造接受者，使其陶醉于自己的魅力，屈服于自己的影响。从前者看来，读者是作用者而作品是被作用者，但从后者看来，作品又成了作用者而读者成了被作用者。阅读是使这两种对立的规定性统一起来的过程。"② 而且，文学经典化，没有创作者的参与，整个过程也无法进行。创作主体、文本、接受主体三者，作为文学经典生成中的内部因素，在经典化过程中各自发挥着不同的功能，它们三者的有机融合才是文学经典生成的内部动因，一味地过分强调其中某一因素的作用皆失之偏颇。

二　外部因素

在普遍的意义上，人的"活动与享受，无论就其内容或就其存在方

---

① 敏泽、党圣元:《文学价值论》，社会科学文献出版社 1997 年版，第 386 页。

② 见朱立元《接受美学》，上海人民出版社 1989 年版，第 164 页。

式来说，都是社会的，是社会的活动和社会的享受"①。多层次、多侧面的文学经典的生成机制亦复如是。除了创作者、文本、接受者等内部因素外，它也包含着时代心理、文化传统和社会政治经济等外部因素。"如果离开了处理作品时特定的社会和体制的形式，就没有'真正'伟大的或'真正'有价值的文学可言。"②"文学经典秩序的确立，自然不是某一普通读者，或某一文学研究者的事情。它是在复杂的文化系统中进行的。"③

文学经典生成机制的外在社会文化因素包括历时性和共时性两个方面。历时性因素乃是历史积淀成的文化传统。共时性因素则是指同时代的社会文化环境，包括时代文化心理、主流意识形态、教育机制和政治经济环境等。二者如同空气般浸染熏陶着生活在具体历史文化语境下的创作者和接受者，或隐或显地预先规定着这个时代接受个体的文化眼光与接受水准，影响着他们对文学作品的取舍，从而决定着文学经典化的进程。

文化传统、时代心理、主流意识等外部因素一方面影响文学经典的创作主体。任何时代的创作主体都不可能随心所欲地创造。创造的外部条件并不是他们自己选定的。过去的先辈们流传下来的以及当下的时代既定的一些现象总是会影响着他们的头脑。因而宋词经典会呈现出它特有的风貌，南、北两宋，6个不同时段的经典名篇亦会各具特色。另一方面它们影响制约着文学经典的接受传播，以下结合接受传播过程，探讨这些外部因素在经典生成机制中的表现和功能。

（一）社会文化传统

经典作品必须是建立在深厚的文化传统的基础之上的，而接受者对作品的创造也必须受制于文化传统。社会文化传统在文学经典生成中有如下两方面的功能：

其一，参与文学经典的建构。卡尔·荣格提出"集体无意识"概念，认为人类远祖、前人类以来各个世代积累起来的集体经验形式，以无意识的方式通过遗传积淀在每一个体的心理上，潜在地支配人们的思想活动。正如尧斯所说："我们从不空着手进入认识的境界，而总是携带着一大堆

---

①　[德] 马克思、恩格斯著：《马克思恩格斯全集》第42卷，人民出版社1979年版，第121—122页。

②　[英] 特里·伊格尔顿：《文学原理引论》，文化艺术出版社1987年版，第237页。

③　洪子诚：《中国当代的"文学经典"问题》，《中国比较文学》2003年第3期。

熟悉的信仰和期望。"① 在文学经典化过程中,"文化传统对文学接受的支配、决定作用,主要体现在为接受群体、个体提供了一个经历史选择和淘汰遗存下来的,群体接受经验积累而成的期待视界"②。受众在期待视界支配下对前代文学作品和作家进行品评、择汰,文化传统也就在此过程中参与文学经典的建构。

文化传统涵容丰富,宗教、哲学、文学、艺术等,包罗万象。作为历史积淀形成的精神文化氛围,是古典文学经典化的一股强大内驱力。本文在此不准备一一讨论各种文化传统对宋词经典生成的影响,仅以尚情及诗教传统来阐释文化传统如何参与宋词经典的建构。

尚情,是源远流长的文化传统之一,它深刻影响文学创作接受。和儒家主张用道德去规范人的行为方式不同,道家主张道法自然、"法天贵真"③、"任其性命之情"④。这种注重体悟自己的内心和内在本性的思想,往往成为古代文人反思儒学传统的武器,尤其在儒学思想式微时焕发出强大的生命力,对古代文人的立身处世和文学创作影响巨大。从老庄的主张到魏晋士人的行为实践再到晚明的"性灵说",皆彰显出中国文化重情任性的传统。譬如,深受老庄思想影响的魏晋六朝时期的文人士大夫们,多重情任性。《世说新语》中有很多这样的记载,如"情之所钟,正在我辈"⑤、"木犹如此,人何以堪"⑥ 的感慨。再如,竹林名士之一的阮籍,途穷而哭;其母死则"毁瘠骨立,殆致灭性";知"邻家女有才色,未嫁而死"时,籍虽"不识其父兄,径往哭之,尽哀而还"⑦。如此种种尽显真情真性。"法天贵真"和"任性命之情"在这里得到了很好的注释。公安袁宏道主张"独舒性灵,不拘格套,非从自己胸臆间流出,不肯下笔","任性而发,故多真声","任性而发,尚能通于人之喜怒哀乐嗜好

---

① ［德］尧斯:《审美经验与文学解释学·作者中文版序言》,上海译文出版社 2006 年版,第 6 页。

② 朱立元:《接受美学》,上海人民出版社 1989 年版,第 174 页。

③ 陈鼓应:《庄子今译今注》,中华书局 1983 年版,第 824 页。

④ 同上书,第 242 页。

⑤ 刘义庆:《世说新语》,《诸子集成》第 8 册,中华书局 1954 年版,第 166 页。

⑥ 同上书,第 28 页。

⑦ 房玄龄:《晋书》卷 49,中华书局 1977 年版,第 1361 页。

情欲，是可喜也"①，皆强调人的天性、感情的自然流露。

词主"性情之至道"②，词学批评也承扬着尚真情真性的传统。是否真切地表达个体的真性情成为历来评词的一个重要标准，"古无无性情之诗词，亦无舍性情之外，别有可为诗词者。……余故谓凡词无非言情，即轻艳悲壮，各成其是，总不离吾之性情所在耳"③。这也是影响宋词经典化的重要原因。无论是风流词人或名公巨卿，往往因为词中抒写个体真情，尤其是礼教不倡的真情而受到接受者的关注或肯定，如有的论词者指出："观情者要必自儿女之私始，故余于诸家著作，凡寄内及艳体，每喜观之。"④ 再如对周邦彦及其词的评价："美成真深于情者"⑤，"清真又有句云：'多少暗愁密意，唯有天知。''最苦梦魂、今宵不到伊行。''拌今生、对花对酒，为伊泪落。'此等语愈朴愈厚，愈厚愈雅，至真之情，由性灵肺腑中流出，不妨说尽而愈无尽。"⑥ 其人其词皆因个体真情的展现而受到评家的关注。如范仲淹为人为政皆受人推崇，他的《苏幕遮》（碧云天）、《御街行》（纷纷坠叶飘香砌），叙相思离别之情，即备受称赏："公之正气塞天地，而情语入妙至此"⑦，"大抵人自情中生，焉能无情"⑧。而《御街行》"年年此事，眉尖心上，无计相回避"这样的情语也深受读者喜爱。这都是从肯定本真之情的角度赞赏词作。

儒家诗教传统，也是影响文学经典化的文化传统的重要组成部分。词，本来以它的"通俗化"和"平民化"的文化品格表现出和中国古典文学传统不同的特质。但是随着词文人化的加强，它最终亦被规范进古典美学的传统。在宋词千年的流播过程中，儒家诗教的批评传统深刻影响宋词经典化进程。从表象上看，诗学传统对词学接受的影响表现在：历代词评者或摘出词中名句，寻找它的诗文之源，如为"凌波不过横塘路，但目送、芳尘去"寻源至曹植《洛神赋》中，因美人不来，"足往神留，遗

① 袁宏道：《叙小修诗》，《袁中郎全集·袁中郎文钞传记》，世界书局 1935 年版，第 6 页。
② 张耒：《东山词序》，朱祖谋《彊村丛书》本。
③ 江顺诒：《词学集成》卷 1，《词话丛编》本，第 3226 页。
④ 谢章铤：《赌棋山庄词话》卷 2，《词话丛编》本，第 3335 页。
⑤ 沈谦：《填词杂说》，《词话丛编》本，第 634 页。
⑥ 况周颐：《蕙风词话》卷 2，《词话丛编》本，第 4428 页。
⑦ 冯金伯：《词苑萃编》卷 4，《词话丛编》本，第 1831 页。
⑧ 杨慎：《词品》卷 3，《词话丛编》本，第 467 页。

情想象，顾望怀愁"①；或常常将某位著名诗人和词人进行对比，如"词家之有姜石帚，犹诗家之有杜少陵"②。从深层意蕴看，则诗学批评的言志观，强调人格美，尚意境，尚韵味，尚比兴，尚寄托的审美理想，影响历代读者尤其是精英读者的接受心理和期待视野。这决定着他们对宋词的接受和传播态度，影响宋词经典化过程。如以韵品词的：秦观"义蕴言中，韵流弦外"③，"姜、张词以骨韵胜"④，"子野韵高"⑤。而东坡及其词作价值的发现便得力于胡寅、王灼等以诗学传统评词。胡寅认为东坡之词如《水调歌头》（明月几时有）这样的作品，与当时流行的柔声曼曲截然不同："眉山苏氏，一洗绮罗香泽之态，摆脱绸缪宛转之度，使人登高望远，举首高歌，而逸怀浩气，超然乎尘垢之外。"⑥胡寅认为苏词表现的是士大夫的"逸气皓怀"，是符合传统审美规范的高雅之词，因而对其大加赞赏。再如常州词派将词之源头上溯《风》、《骚》，倡比兴、寄托。沈祥龙《论词随笔》中指出："词至南宋，如稼轩、同甫之慷慨悲凉，碧山、玉田之微婉顿挫，皆伤时感事，上与风骚同旨。"⑦当他们带着这样的词学观去评价宋代词人词作时，便发现了张炎、王沂孙等词人和他们代表作品的经典价值。可见文化传统在宋词经典建构过程中的作用不可小觑。

其二，作为主体批评标准之一，文化传统本身在阐释经典的过程中会作为受众理解的一部分融入经典，成为新文化传统的一部分。所以，"读者的意见实则很容易发展成一种强大的传统，会直接影响'典律'的形成"⑧。由于文化传统的参与，文学经典因此而能在一代一代的接受之链上保持一定的稳定性、继承性。如对苏轼的评价，从黄庭坚的"似不食

---

① 曹植：《洛神赋》，《曹植集校注》，人民文学出版社 1984 年版，第 285 页。

② 宋翔凤：《乐府余论》，《词话丛编》本，第 2503 页。

③ 陈廷焯：《白雨斋词话》卷 8，《词话丛编》本，第 3959 页。

④ 陈廷焯：《白雨斋词话》卷 6，《词话丛编》本，第 3909 页。

⑤ 吴曾：《能改斋漫录》卷 1，《词话丛编》本，第 125 页。

⑥ 胡寅：《酒边集序》，《百家词》本，施蛰存《词籍序跋萃编》，中国社会科学出版社 1994 年版，第 168 页。

⑦ 沈祥龙：《论词随笔》，《词话丛编》本，第 4059 页。

⑧ 孙康宜：《晚唐迄北宋词体演进与词人风格》，台北联经出版事业公司 1994 年版。

烟火人语"到胡寅的"逸气皓怀，超然乎尘垢之外"，再至陈匪石的"苏
轼寓意高远，运笔空灵"①，就可以看到前代读者的理解对后代读者的影
响。精英读者追求超然韵致的审美理想成为苏轼经典化过程中强大传统之
一。文化传统参与经典化使得以上我们考查历史动态平衡中的宋词经典成
为可能。同时，我们也可以看到，一代有一代的宋词经典，但时代变异中
又显现出一定连续性。苏轼的《念奴娇》（大江东去）无论在哪个时代都
位居榜首，得到广泛的认可。还有很多名篇的名次在各个时代不尽相同，
但它们在不同时代的经典性综合指数的排名并不会逸出很远，譬如，苏轼
《水调歌头》（明月几时有）宋金、元明、清、今的排名分别为5、12、
7、6，秦观《踏莎行》（雾失楼台）历代排名为20、37、43、19，王安石
《桂枝香》（登临送目）历代排名为53、27、64、25。恒久型的宋词经典
之所以存在的很大原因即系于此。

　　由此，可以反观这样一个问题：为什么相对来说中国古代文学经典更
容易建构且保持其稳定性，而中国现代文学经典的研究和讨论总是莫衷一
是呢？这当中，社会文化传统起了重要的作用。因为中国古代以儒、释、
道三家兼容互补的思想传统一直为中国古代文人们所共同认同。而"五
四"以来呢？西方思潮涌进中国，中国社会思潮处于一个更迭不已的时
代。在文学领域，启蒙文学、抗战文学、救亡文学先后更替，特别是20
世纪80年代以来，西方各种文化思潮，存在主义、新历史主义、女权主
义、结构主义、符号学、解构主义，形形色色，让人目不暇接，眼花缭
乱。在文化领域处于一个思想多元的背景下，中国现当代文学经典到目前
为止，难以有一个统一的起支撑作用的思想文化传统，因而现当代文学经
典无论是建构还是阐释，都各成一阵，难以获得一致的认同。由此可见，
文化传统这股外力在文学经典建构过程中具有重要作用。

　　（二）时代文化心理

　　每个历史事件都处于历史和时代的坐标轴上，接受者对前代文学的接
受除了受历史积淀下来的文化传统的影响之外，他所处的当下的时代势必
影响他们对前代作品的理解和阐释。"文艺作品的'魅力'，一部文本在
其后历史中的沉浮兴衰，决不是由自身一方决定的，而是作品本体与社会

---

① 陈匪石：《声执》卷下，《词话丛编》本，第4969页。

价值的'大本体'之间相互作用的效应。深邃的文学批评既承认作品本义的存在，又强调时代对文本的领悟和共鸣的重要。"① 一个作家、一部作品的历史命运如何，在很大程度上要受到他们之后所要遭遇到的时代心理的影响。一代有一代之文学经典，在很大程度上就是不同时代心理通过读者介入经典化过程并发生作用的结果。

首先，以文本为中心看，一个时代的文化心理是经典文本潜在之美和意蕴的发现者。文学经典本身是一个未定的开放性结构，它们在不同的时代条件下被发现和认可的成分是不同的。"重要文学作品与其他时代的审美意识的接触，形成了思想上、审美上更为复杂的联系和关系。作品的某些成分和另一些方面被重新理解，还有一些成分和还有一些方面则在很大程度上开始具有另一种意义。被提到首位的，经常是作品中的这样一些思想和形象因素，这些因素过去被同时代人看作是某种次要的、外围的东西，或者根本不为他们所注意。另一方面，过去被认为是十分重要的东西，却常常退居次要地位，或者变成审美上中立的东西。"② 只有和能体味它的审美特性的时代心理相遇时，作品的内在意蕴和魅力才得以真正彰显，艺术生命才能得到真正的认可而进入文学经典的行列。优秀的艺术作品在反映其时代的同时往往具有超时代性，当中往往隐藏着一种发展趋势——思想的、审美的趋势，而这需要时间的证明，需要理解它的时代，如同伯牙和子期的相遇。譬如，东坡"以诗为词"在北宋接受者那里是不受称赏的，更被易安视为"句读不葺之诗"。他传诵千古的名篇《念奴娇·赤壁怀古》被目为"教坊雷大使舞"，"要非本色"。他开创的个性化、自我化的抒情范式在他生活的北宋少有响应者。宋室南渡，学苏者渐多，朱敦儒、陈与义、张孝祥等皆受东坡影响，直至辛弃疾词的产生，遂形成苏辛一派。木斋《唐宋词流变史》中指出："辛稼轩词出现以后，比东坡词的反响更大，这一方面是由于时代的需要，一方面也是这种雄放词风经历了由苏而辛漫长历史时间的积淀，从接受心理而言，已由初产生时令人瞠目结舌而至于习惯接受了。"③ 笔者以为，"雄放词风"为读者接受

---

①　程麻：《文学价值论》，人民文学出版社 1991 年版，第 224 页。

②　[苏] 赫拉普钦科：《传世的秘密——文学作品的内在特性和功能》，见《艺术创作现实人》，上海译文出版社 1999 年版，第 218 页。

③　木斋：《唐宋词流变》，京华出版社 1997 年版，第 248 页。

更主要在于时代需要。

　　其次，以读者为中心看，每位接受者的期待视野中都沉淀着他所处时代的文化心理，共同的时代文化心理使同一个时代的读者产生共同的阅读需求。不同的时代往往会有某一类主题，某一种审美风格的作品，会受到比其他作品更大程度的欢迎而成为经典。"古典文学作品所表现的一切以及同他们的经验相关并能满足他们的精神和审美要求的一切东西，对他们来说都有重大的价值"①。满足接受主体的内在心理需求是某一文学样式能否被经典化的关键。时代心理作为接受主体个性心理的组成部分发挥着它在文学经典生成中应有的功能。从某种程度上说，一定的时代文化心理的浸润下，读者已经预定了他们选择前代文学的结果。譬如，岳飞的《满江红》自清末以来，即有人怀疑其非岳飞所作，但这并不影响它在20世纪获得极大的声誉。它被无数中华儿女高声传唱，激励着他们抗战杀敌，保家卫国。在中华民族危机存亡之际，热血之国人无不渴望驱逐侵略者，恢复祖国大好河山。《满江红》那铿锵有力、一往无前的精神和励志杀敌、收复河山的壮志正是那个时代所需要的精神力量。辛弃疾在清代的接受衍变轨迹也清晰地昭示着时代文化心理在文学经典生成中的影响。明末清初易代之际，对辛弃疾及其词的接受势头渐次强劲，阳羡词人皆推崇稼轩。清代中期，浙派一统词坛，"稼轩风"式微。"迨其后，樊榭之说盛行，又得大力者负之以趋，宗风大畅，诸派尽微，而东坡词诗、稼轩词论，肮脏激扬之调，尤为世所诟病"②。鸦片战争前后，词坛再次掀起辛弃疾接受的高潮，陈廷焯、况周颐、王鹏运和文廷式等从创作和理论两方面传承着辛词精神。时代心理决定着辛弃疾在清词史上地位的起伏涨落。清初易代、民族意识的高涨，鸦片战争以来，国家民族再次面临危难，有志之士无不激愤。稼轩词中英雄无路、报国无门的悲愤郁勃之情正好契合这样一种时代心理，因而得到广泛的效仿和传播。

　　时代心理参与文学经典建构的直接结果就是一代有一代之文学经典，宋词经典亦不能例外。宋词经典历经千年过程中，不同时代的文化心理对宋词经典的选择情况如何？时代文化心理和宋词经典的嬗变之间的关系怎

---

① ［苏］赫拉普钦科：《文学作品的时间和生命力》，见《作家的创作个性和文学的发展》，上海人民出版社1977年版，第285页。

② 谢章铤：《赌棋山庄词话》续编3，《词话丛编》本，第3530页。

么样？本文将另立章节予以讨论。

（三）主流意识形态

每个时代占主流地位的政治意识形态背后无疑具有强势的文化权力。文学作品潜藏着巨大的社会能量。一个社会占统治地位的主流层总是采取或隐或显的方式干预文学的传播接受，使其尽可能地为己所用。譬如《诗经》，传统儒教努力把它纳入属于自己的文化势力范围，努力想让它实现"经夫妇，成孝敬，厚人伦，美教化，移风俗"①的文化功能。在建构经典的研究中，不少研究者强调政治意识形态在经典化中的作用。如，美国学者阿诺德·克拉普特（A. Krupat）认为："经典，一如所有的文化产物，从不是一种对被认为或据称是最好的作品的单纯选择；更确切地说，它是那些看上去能最好的传达与维系占主导地位的社会秩序的特定的语言产品的体制化。"②斯蒂文·托托西则认为，所谓"经典化"，是指"那些文学形式和作品，被一种文化的主流圈子接受而合法化，并且其引人注目的作品，被此共同体保存为历史传统的一部分"③。作为文化产物的文学经典的生成不可避免地要受到主流意识形态的影响。

主流意识形态或采取直接干预的手段，强制性地规定社会成员的文化活动，通过强力否定或推行某些艺术样式和文化观念，直接参与文化经典的建构。"文革"时期的革命样板戏，直接促成了红色经典《红灯记》、《沙家浜》、《智取威虎山》、《白毛女》、《红色娘子军》的产生。主流意识形态采取直接干预手段对文学经典生成的影响一般是暂时性的，除非由于政策的实行造成文学作品永久性的消失。一纸禁令往往只能禁止某一作家作品在某一段历史时间内的传播。随着文化政策的改变，一部分作品仍将焕发生命力。清乾隆年间修《四库全书》，清廷在"昭一代同文之盛"的幌子下，为巩固其统治实行文化清剿，大批书籍被禁毁（存目均有目录提要，共有6766部，93556卷）。但时过境迁之后，随着《续修四库全书》、《四库存目丛书》、《四库禁毁书丛刊》等丛书的出版，先前被禁毁

① 《毛诗序》，郭绍虞《中国历代文论选》，上海古籍出版社2001年版，第30页。
② 引自余宝琳《诗歌的定位——早期中国文学的选集与经典》，见乐黛云、陈珏编选《北美中国古典文学研究名家十年文选》，江苏人民出版社1996年版，第276页。
③ ［加］斯蒂文·托托西：《文学研究的合法化》，马瑞琦译，北京大学出版社1997年版，第43页。

的书籍又重新获得生命力。再如宋徽宗崇宁二年和宣和五年，朝廷曾下令将苏轼等元祐党人文集"印版悉行焚毁"①。但至宋高宗时，苏轼的作品便再次受到朝廷礼遇。据《鹤林玉露》载："东坡归至常州报恩寺，僧堂新成，以板为壁。坡暇日题写数遍。后党祸作，坡之遗墨所在搜毁。寺僧以厚纸糊壁，涂之以漆，字赖以全。绍兴间，诏求苏、黄墨迹。时僧死久矣，一老头陀知之，以告郡守，除去漆纸，字画宛然，临本以进，高宗大喜。"②禁令有时还会因为人们的猎奇心理起到促进传播的作用。曾诏令禁毁元祐党人书版的诏令并不能使东坡的作品湮没无闻，相反，据南宋朱弁《风月堂诗话》记载："士大夫不能诵坡诗者，便自觉气索，而人或谓之不韵。"③

　　政治意识形态对文学经典生成更有效的影响方式是通过影响社会成员的思想观念和接受心理而影响人们对文学作品的评价与选择。如新中国成立以来曾长期存在的重豪放、轻婉约的词学观念也曾在一定时期内影响到宋代词人词作的经典地位，直接影响到 20 世纪宋词经典的建构。这也不能不说是新的政治意识形态曲折影响文学经典生成的表现。

　　总之，政治意识形态对文学经典的影响是客观存在的。当然，历时弥久，先前意识形态对文学作品命运的影响可能消除，但是往往是旧的消失，新的影响又之矣。政治意识形态的宣传和影响的确可以为一部分作家作品制造知名度，提高他们的影响力，甚至让他们进入经典的行列，但"无论怎么说，意识形态和文化权力总是制约着、影响着文学经典的建构"，当然"认为意识形态和文化权力可以决定一切、操控一切的观点是不尽妥当的"④。如柳永，长期以来就是不被主流圈子所接受的经典词家，"凡有井水饮处，即能歌柳词"⑤ 是民间的自觉，但他在生前即获得了巨大的声誉，影响深远，且后世一直流传不歇。

　　（四）教育机制

　　教育总是主流的政治意识形态最有力的灌输者，是影响社会成员思想

---

① 毕沅：《续资治通鉴》卷88，中华书局1957年版，第2252页。

② 罗大经：《鹤林玉露》乙编卷3，中华书局1983年版，第170页。

③ 朱弁：《风月堂诗话》，中华书局1988年版，第106页。

④ 童庆炳：《文学经典建构的内部要素》，《天津社会科学》2005年第3期。

⑤ 叶梦得：《避暑录话》卷下，《丛书集成初编》第2787册，中华书局1985年版，第49页。

观念和接受心理最行之有效的方式，对经典生成有着直接的影响。布迪厄认为："文化场域对于教育系统具有极大的依赖性，因为后者具有对合法文化加以圣化、维护、传播以及再生产的功能。"① 古代中国教育有官办和私塾两种，教授的内容大都遵循统治者的要求，传授官方规定的儒家经典。一旦某个教育机构的教学内容逸出了主流意识形态的范围，辄被停办，如嘉靖、万历、天启年间四次禁毁书院。太学、国子监、学堂、书院、讲堂、教习所、私塾学堂等教育机构和政权一起成为古代经典确认的主要执行者。自隋唐以来，学而优则仕，通过国家考试制度的认可，儒家经典的地位固若磐石。而随着 20 世纪以来科举考试的取消，传统经典的崩溃也随之开始。可见，教育机制在经典的生成中具有强大的功能。

　　教育和文学经典的确认紧密相连。它主要通过观念的灌输影响受教育者对于文学经典的选择。传统社会中儒家经典地位的稳固性自然影响到人们的文学观念，那便是传统的儒家诗教观一直是占主流地位的文化话语。我们可以看到词学史上始终有一条推尊词体的线索，努力将词规范入诗学传统之中，甚至于以经学传统解词。尊体者必须选择一批词作作为他们尊崇的典范。词以缘情为本位，以婉丽流畅，柔情曼声为本色当行。愤于时事、表达家国忧患的作品在两宋词坛和大量婉转妩媚的词作相较，实是少数。但纵观历史动态平衡中的宋词经典，我们却发现，苏轼人生感慨之辞章，稼轩忧愤国事的作品及岳飞、陆游、张孝祥、姜夔、王沂孙等抒发志向，系心民瘼政治、抒发黍离之悲之类的作品，在经典名篇中所占比例并不低。这类主题的词作在前 10 名中 4 首，前 30 名中 8 首，前 50 名中 14 首，前 100 名中 27 首。这和中国古代社会长期受儒家思想浸染，受教育者始终心系天下，以君国为念相关；与注重文学的社会功用和言志传统相关。通过影响社会成员的文化观念而影响人们对经典的选择和接受，这是教育机制参与经典建构的潜在功能。

　　教育对文学经典生成还有更直接影响，那便是通过教育内容的设置直接参与作品的传播。在古代长期作为儿童启蒙读物的《古文观止》、《唐诗三百首》等通过一代又一代的讲授和传习，对古文经典和唐诗经典的生成具有不容忽视的作用。而清代张惠言《词选》对唐宋词人当中姜、

---

　　① 陶东风：《文学经典与文化权力（上）——文化研究视野中的文学经典问题》，《中国比较文学》2004 年第 3 期。

张、周、吴等人和他们作品的经典化同样功不可没。在今天的消费社会，大众获取知识的途径更趋于自由和多样化，但大、中、小学教育仍然是文学经典最具力量的确认者。现今时代能够进入大、中、小学教科书无疑是经典化最重要的途径，尤其是那些要求背诵默写的篇目，几乎都会成为当代的经典。本书选取20世纪的宋词经典前10名、入选现代词选和文学作品选前10名，将它们名次进行对照，得到表3-1-2的结果。

表3-1-2   选本十大名篇和综合十大名篇对照

词人	词牌	首句	入选数	入选排名	综合排名
苏轼	念奴娇	大江东去	54	2	1
岳飞	满江红	怒发冲冠	30	43	2
李清照	声声慢	寻寻觅觅	51	4	3
柳永	雨霖铃	寒蝉凄切	55	1	4
辛弃疾	永遇乐	千古江山	48	7	5
苏轼	水调歌头	明月几时有	53	3	6
姜夔	扬州慢	淮左名都	51	4	7
辛弃疾	水龙吟	楚天千里清秋	47	8	8
陆游	钗头凤	红酥手	34	31	9
辛弃疾	摸鱼儿	更能消	45	9	10
范仲淹	渔家傲	塞下秋来风景异	50	6	11
王安石	桂枝香	登临送目	45	9	25

据表3-1-2可知，20世纪前10名的经典名篇在作为高校教材的文学作品选中的名次最后不过43名，入选文学作品选前10名的作品有8首在20世纪宋词经典中仍居前10名，其余的两首范仲淹《渔家傲》（塞下秋来风景异）、王安石《桂枝香》（登临送目）也排名靠前，分别为11名和25名。古代社会中具有广泛知名度的一些作品，如周邦彦的《六丑》（正单衣试酒）、《花犯》（粉墙低），史达祖的《绮罗香》（做冷欺花）等，入选文学作品选的次数皆不到20世纪选本总数的一半，虽点评和研究的次数不低，但终不能进十大名篇，在青少年中的知名度亦不太高。可见，入选包括高等学校教材在内的现代选本是20世纪宋词经典生成一个重要的途径之一。

综上所述，社会文化传统、时代文化心理、主流意识形态和教育机制

等外部因素各自在文学经典生成中起着重要的作用。需要说明的是，影响
文学经典化的外部影响因素是复杂的，除了以上所述之外，还有一些在经
典化过程中局部地、或更间接地影响作品的流传的次级因素：如经济效益
通过影响流通领域而影响作品的传播；接受主体的身份和社会声誉，意味
着所拥有的文化话语权力，也同样促进他所推崇的作品的传播。它们和文
学经典的内部要素一起共同对经典生成产生影响。总之，文学作品生成是
一个以作者为起点，以文本为中心，以读者的选择取舍为指向的过程。在
这个过程中，不同历史时期的政治文化等外在因素起着导航灯塔的作用。
当中，任何一个因素，无论它在经典生成过程中的功能如何强大，都不能
单独促成文学经典的生成，各项因素的有机融合构成文学经典生成的结
构。只有它们之间的合力才构成文学经典化的动力。

第二节　宋词经典生成的效应机制

文学经典是一个复杂的文化产物，文学经典的生成是一个复杂的过
程，宋词经典亦是如此。宋词的传播方式有很多，宴会歌咏、结集出版、
题赠、选录、唱和、题壁、刻石等，种种方式都是宋词生命力得以传扬的
方式。在上节所述诸多经典化因素的影响下，一首词作、一位词人从产生
到成为文学经典究竟通过哪些方式途径？也就是说能促使某位词人词作产
生经典效应的方式有哪些？本节试对此作初步探讨，以期揭示宋词经典内
在的审美和思想意蕴如何转化为读者审美效应，接受者对宋词经典的兴趣
是如何被调动起来的。

一　选评效应

选评效应，指某词人词作通过被入选、被点评，从而增强了自身所具
有的经典性的效应机制。选本、点评，是融合文学经典生成内外各项因素
的传播接受方式。它们都是以文本为中心，是连接创作者和接受者的纽
带。选家、批评家所承受的时代文化风气、主流意识形态、文化传统积淀
等构成他们潜在的批评标准。这决定着他们对作品的择取、淘汰和评价。
同时，选家选择、批评家的点评，不但给后代读者提供可资研究与效仿的
范本，而且影响着他的同代与后代的人们对某类文学作品的理解。

被入选、被点评是宋词经典化最基本的方式，这也是我们选择选本人

选情况、点评情况作为确认宋词经典的标准的原因。其中，点评和选本互相影响，入选率高的作品可能引起文人点评的兴趣，而点评多的作品一般也引起选者的注意。词人词作因为被入选、点评，他们的生存空间和时间都相应地得到延伸扩大，他们的艺术和思想涵蕴得到阐发或扩容，他们的经典性因此得到增强。宋词经典得以流传后世，给后代读者提供可资参阅的文本和选录标准，基本上取决于此。当然，入选和点评之间存在差别，入选次数高并不一定点评次数也高，选家和评家针对的阅读对象有差异，他们的选、评标准也不尽相同。这两种方式经典效应的程度、原因和表现各不相同，兹分述如下。

（一）选本

文学选本具有保存、传播和阐释作品的功能。能否成为经典，能否恒久地在一代一代的读者接受之链上延展它的生命力，被不同时代各种不同的文学选本和教科书（笔者按：一种特殊的文学选本）选录是它们传世最关键的因素。

首先，文学选本是保存和传播作品的媒介，是读者的理解和阐释活动的基础。经典的形成依赖于不断地流传——编纂、汇集和阅读、诠释，在不断地被理解和解释的过程中，在时间检验下获得权威性和神圣性。选本不仅是读者阅读活动的基础，也是包含着选家自身批评理念的一种特殊的批评方式。事实上，每个选本的编撰者都有自己的选择标准和诠释理念，"故知选书者，非后人选古人书，而后人自著书之道也"①。尤其是其中带有选者主观评论的文字，或对作品中的词句进行解析，或阐释作品中的典故、作品的写作背景，或诠释整首作品的意义。如《蓼园词选》，唐圭璋先生即辑录其中的评语，编为《蓼园词评》。

其次，选本具有比其他文学集子更为有效的彰显菁华的功能。作为总集的选本，"在保存历史的同时，还执行着淘汰任务"②。正如《四库全书总目》论总集（选本）的功效时说："删汰繁芜，使莠稗咸除，菁华毕出，是固文章之衡鉴，著作之渊薮矣！"③鲁迅先生也早就指出："凡选

---

①　谭元春：《古文澜编序》，《新刻谭友夏合集》卷8，影印明崇祯六年张泽刻本，《续修四库全书》第1385册，上海古籍出版社2002年版，第399页。

②　萧鹏：《群体的选择——唐宋人选词与词学通论》，台湾文津出版社1992年版，第4页。

③　永瑢等：《四库全书总目》卷186，中华书局1965年，第1685页。

本，往往能比所选各家的全集或选家自己的文集更流行，更有作用。"①
因为文学经典就是在历代读者的选择性阅读中产生的。而选本即选择性接
受的表现。

　　所以，文学选本在文学经典名篇的确立过程中发挥着极其重要的作
用。对大众读者而言，选本在经典化过程中的作用比其他文学集子的大得
多。绝大多数古典文学作品通过文学选本的传播为大众读者所熟悉和认
同。"文章如精金美玉，经百炼历万选而后见。今观昔人所选，虽互有得
失，至其尽善极美，则所谓凤凰芝草，人人皆以为瑞，阅数千百年几千万
人而莫有异议焉。如李太白《远别离》、《蜀道难》，杜子美《秋兴》、
《诸将》、《咏怀古迹》、《新婚别》、《兵车行》，终日诵之不厌也。"② 李杜
诸名篇，正是"经百炼历万选而后见"者，选本对读者的影响可谓是
"润物细无声"。

　　宋词经典同样是选择最有价值的作品以维持人们对"精华"的理解。
因而宋词选本，在宋词经典生成中同样是最具经典效应的方式之一。历代
的宋词选本就编选的目的而言，有以存词为目的，有以存人为目的，有的
以体现某种思想和审美倾向为目的。宋词的大部分作品之所以能流传至
今，历代选本的保存和传播文本之功不可没。毫无疑问，那些畅销于世，
流行一时的词选很大程度上决定着其所在当下时代的宋词传播、欣赏、评
论、创作，甚至促使某种宋词接受心理定势的形成。

　　某些词家和词作可能由于某个词选的日益流行而生命力猛然间勃然焕
发。历史动态平衡中的十大经典词人之一的姜夔在明代影响甚微，除白石
词全本于明代未现于世这个原因外，明代词坛影响最大的词选本《草堂
诗余》中不选一首白石词是至关紧要的。据可资考证的史料，有明一代，
《草堂诗余》共有近 40 个版本曾经刊行，没被它入选的词人词作在明代
自然难为大众所知，何况是成为广为传诵的经典。除《草堂》不选外，
明杨慎辑《词林万选》，"取其尤绮练者四卷，皆《草堂诗余》之所未
收"③，也未收录姜夔词。另外，张綖编纂的《诗余图谱》、程明善所辑
《啸余谱》于姜夔词亦一首未选。本书所选明代选本中，唯明末赖以邠

---

① 鲁迅：《集外集·选本》，《鲁迅全集》第 7 卷，人民文学出版社 1981 年，第 136 页。
② 李东阳：《麓堂诗话》，《历代诗话续编》本，中华书局 1983 年，第 1378 页。
③ 永瑢等：《四库全书总目》卷 200，中华书局 1965 年，第 1832 页。

《填词图谱》8 首；题明程敏政编的《天机余锦》录 1 首；明卓人月汇选、徐士俊参评《古今词统》录 10 首，其《鹧鸪天》（辇路珠帘两桁垂）另著录于秦观名下；潘游龙辑《精选古今诗馀醉》录 5 首；明陈耀文辑《花草粹编》19 首，另《鬲溪梅令》（好花不与殢香人）被著录于李之仪名下。总共入选 45 次 28 首词，相对于前 200 位词人总共入选 11067 次，仅占不到 0.41 个百分点，远远低于前 200 词人 1.81 个百分点的平均数。一个时代里主要词选不选或少选的词人词作几乎就不可能成为该代的宋词经典。

浙西派为开创新的词风，革除词坛之弊，也是以词选为突破口。他们首先猛烈批评《草堂诗余》，朱彝尊在《词综·发凡》中批判："独《草堂诗余》所收最下最传，三百年来，学者守为《兔园册》，无惑乎词之不振也。"① 朱彝尊极力推出《绝妙好词》和《乐府补题》，同时编撰《词综》。《词综》36 卷，清初朱彝尊选，共收录词人 600 余家，词作 2000 余首，体例仿《花庵词选》，而卷帙倍之。"所录之词，自唐迄元，一以雅正为鹄的。盖朱氏当有明之后，为词专宗玉田，一洗明代纤巧靡曼之习，遂开浙西一派，垂范二百年。"② 通过对选本的批评和提倡，词坛风气为之一变，影响着清代百年的词学走向，改变了清人心目中的经典词人。姜夔、张炎由明代的备受冷落，猛然成为人人效仿的对象，出现所谓"家白石而户玉田，以清空骚雅为归"③ 的盛况。同样的，乾嘉间张惠言为了改变当时词坛由于浙派末流所造成的空疏词风，编选《词选》，倡"意内言外之说"，尚比兴、寄托，故柳永词一首不选。后继者亦皆编选词选提倡他们的词学观，如周济的《词辨》、《宋四家词选》、陈廷焯《词则》、朱祖谋《宋词三百首》。正如龙榆生先生所言："浙、常二派出，而词学遂号中兴。风气转移，乃在一二选本之力。"④ 而词学风气转变之际，不同风格的词人词作的词坛经典地位也随之涨落起伏。

另外，对历代大多数大众读者而言，词人们的词别集以及像《全宋词》这样的总集通常只是词学研究者的案头读物。大多数读者接受宋词，

---

① 朱彝尊：《词综》（发凡），中华书局 1975 年版。
② 陈匪石：《声执》卷下，《词话丛编》第 4962 页。
③ 蔡嵩云：《乐府指迷笺释·引言》，人民文学出版社 1963 年版。
④ 龙榆生：《选词标准论》，《词学季刊》第 1 卷第 2 号。

掌握宋词的精髓主要是通过阅读选本而实现的。因而历代编选词选之风相当活跃。20 世纪以来，各种宋词的"选释"、"简析"、"选注"以及"鉴赏辞典"也深受出版商的青睐而风靡一时。宋词经典名篇随着词选的传播而为广大读者所喜闻乐见。

（二）点评

内涵的丰富性与无限可读性是文学经典的两个基本特征，而且这两个方面互为条件，"一件艺术品既是'永恒的'（即永久保有某种特质），又是'历史的'（即经过有迹可循的发展序列）。"① "伟大的形象总是多侧面的，它有着无穷的涵义，这些涵义只有在若干世纪中才能逐渐揭开。每个时代都在经典形象中发现新的侧面和特点，并赋予它自己的解释。"② 意义的不断累积，逐渐揭开以及赋予自己的解释，这都是历代读者尤其是评论家积极参与阐释活动才能取得的结果。"经典与经典阐释有着如影随形的密切关系，经典必须持续不断地被汇集整理、接受传播、称引崇奉，才能成其为经典。"③ 文学经典之所以能深入人心，流播后世，理解和诠释是根本。诠释首先建立在理解的基础上，前代读者的诠释又影响后代读者的理解，精英读者的诠释影响大众读者的理解。文学经典的形成离不开诠释，倘若没有诠释，经典便只是一个没有生命的存在物。

传、注、笺、疏、点评等是中国古代诠释作品常用的方式。其中传、注、笺、疏几种则常用于某个别集、某部著作的诠释。王元启《示学者书》中概括道："自周汉以迄唐宋，读书者要在求义训而已。姬公之《尔雅》、孔子之《翼传》、卜子夏之《小序》，以及汉、唐、宋诸儒传、注、笺、疏之文皆是也。惟其志在求解，故虽有所得，各有深浅，然皆循之然不敢放言高论。"④ 相对来说，点评使用起来最为自由，它可以是针对某位作者的评价，也可以是针对某一首作品的感悟，甚至于只为某精妙之句而发，点评之学自宋产生以来就受到古人的钟爱而成为最常用的诠释方式。

当然，对于点评这种方式在诠释理解古人作品中的作用，批评家各持

① ［美］韦勒克、沃沦：《文学理论》，刘象愚等译，江苏教育出版社 2005 年版，第 37 页。
② ［苏］鲍列夫：《美学》，乔修亚等译，中国文联出版公司 1986 年版，第 237 页。
③ 黄曼君：《回到经典，重释经典》，《文学评论》2004 年第 4 期。
④ 王元启：《祇平居士集》卷 14《示学者书》，《续修四库全书》1430 册，第 579 页。

一端。

　　有的认为，文学作品的妙处只能让读者自己心领神会，点评存在着极大的弊端。章学诚《文史通义·文理》指出："但文字之佳胜，正贵读者之自得；如饮食甘旨，衣服轻暖，衣且食者之领受，各自知之，而难以告人。如欲告人衣食之道，当指脍炙而令其自尝，可得旨甘；指狐貉而令其自被，可得轻暖，则有是道矣。必吐己之所尝而哺人以授之甘，搂人之身而置怀以授之暖，则无是理也。"①有的进一步指出所谓点评会遮蔽作品本身，影响读者对本文的深入理解，甚至因为评者一己之念而引初学者入歧途。如王夫之即认为"有皎然《诗式》而后无诗，有《八大家文钞》而后无文。立此法者，自谓善诱童蒙，不知引童蒙入荆棘，正在于此"②。明人吴应箕也认为："大抵古人精神不见于世者，皆评选者之过也。弟尝谓张侗之评时义，钱伯敬之评诗，茅鹿门之评古文，最能埋没古人精神，而世反效慕而恐后，可叹也。彼一字一句皆有释评，逐段逐节皆为圈点，自谓得古人之精髓，开后人之法程，不知所以冤古人，误后行者在此。"③

　　有的批评者则高度评价点评对解析作品，引导读者鉴赏的功用："以吾之手眼，定他人之文章，而妍媸立见，非评不为功。故文章之妙，作者不能言而吾代言之，使此文更开声面，他日人读此文，感叹其妙，而不知评者之功至此也。"④文学修养精深的点评者对文学作品所作的评点的确有利于发掘作品的意蕴和价值。

　　客观地看，如果追求古人作品之意的正解，点评和任何一种诠释方式一样无疑具有两面性。引导其他读者理解本身便也遮蔽作品的多义性，何况还有误解。但若论它们对作品传播接受的影响深度和广度，点评的传播效应是不容否定的。无论是对作品的正解还是误解，无论肯定还是否定，每一次点评客观上都扩大了作品的知名度。点评对文学经典生成的促进功能是不容忽视的。刘学锴和余恕诚在《谈谈〈李商隐诗歌集解〉的编撰工作》一文中提出到"笺评"的批评价值时说："本书中的'笺评'一

---

①　章学诚：《文史通义》卷3·内篇3，上海书店1988年版，第83页。

②　王夫之撰，戴鸿森笺注：《姜斋诗话笺注》，人民文学出版社1981年版，第205页。

③　吴应箕：《楼山堂集》卷15《答陈定生书》，《四库禁毁书丛刊》集部第11册，第443页。

④　廖燕：《评文说》，见《中国古典文学接受史》，山东教育出版社2000年版，第458页。

项，汇集了自宋代以来至近代众多学者对义山每首诗的感受、理解与评论。从中可以看到不同时代、不同文艺观、审美观的人们的眼光。有商讨切磋，也有争论辩驳。所涉及的内容，从考证本事、叙述背景，到疏解诗意、阐明大旨、谈文论艺……把这些材料贯串起来，几乎就是一首首诗的研究史。"① 本书"点评"一语的批评功能亦约略近之。

以点评方式释词，始于南宋，盛于明清，延续至 20 世纪。王元启说："至南宋乃有圈点评赞之文，引学者之心思于浮夸竞弛之场。以至有明中叶以后，坊选滥行，雌黄杂出，黄口小儿，学语未成，辄复放神高远，妄肆品题。"②王元启对南宋以来的点评之学颇多微词，但从中亦可见点评自南宋以来流行之广。这对古代文学作品的传播产生广泛影响。关于词的点评实是伴随着宋词经典的成长而成长的。根据目前的文献材料，当始自南宋黄昇的《唐宋诸贤绝妙词选》，如卷 2 收录有王安石《渔家傲》一词，评之曰："有极能道闲居之趣。"至明代评点之风颇流行，杨慎和沈际飞点评《草堂诗余》很有影响。而随着词话之兴，点评之风益盛，对宋词经典的生成产生重大影响。

就点评的内容而言，有评点用词用语的，有叙述作品本事的，有阐释典故名物的，有解读词作内涵的，有品评审美艺术的，有阐述词学主张的，还有综合品评的。如东坡《念奴娇》（大江东去）一词，《唐宋词汇评》辑录 24 条评论，邵博《邵氏闻见后录》卷 19、张端义《贵耳集》卷下，拈出"灰飞烟灭"一语，指出其源自《圆觉经》；洪迈《容斋随笔》卷 8 指出鲁直所书东坡此词和流行版本用语的多处不同；项安世《项氏家说》卷 8、王楙《野客丛书》卷 24、王又华《古今词论》等皆有字斟句酌之评；朱彧《萍州可谈》卷 2、张侃《拙轩词话》、赵彦卫《云麓漫钞》卷 6、张邦基《墨庄漫录》卷 9 皆就"赤壁"之所在各抒己见；曹冠《燕喜词序》"歌赤壁之词，使人抵掌激昂，而有击楫中流之心"，黄苏《蓼园词选》"题为怀古，意谓自己消磨壮心殆尽也"等主要阐发词作思想意蕴；陈师道《后山诗话》"以诗为词"③ 之论及胡仔《苕溪渔隐丛话》对此的反驳，俞文豹《吹剑录》"关西大汉，执铁板绰唱'大江东

① 刘学锴、余恕诚：《谈谈〈李商隐诗歌集解〉的编撰工作》，《书品》1989 年第 2 期。
② 王元启：《祇平居士集》卷 14《示学者书》，《续修四库全书》1430 册，第 579 页。
③ 陈师道：《后山诗话》，见《历代诗话》，中华书局 2004 年版，第 309 页。

去'"之论，阐述了东坡词的艺术特色，表明了品评者的词学主张；俞陛云《唐五代两宋词选释》、唐圭璋《唐宋词简释》、刘永济《唐五代两宋词简析》皆就词作的思想艺术作综合评点。① 以上点评内容侧重点各不相同，但皆从不同的侧面引起读词者的注意，或引起兴趣，或引起好奇之心，或丰富词作意蕴，或引起"同情"之感，都能促进词作的传播接受，提升词作的经典地位。

从点评者的态度而言，有肯定性的点评，也有否定性的点评。譬如，对苏轼的几首咏物名篇，历来颇多褒扬之词。黄庭坚评《卜算子》（缺月挂疏桐）一词云："语意高妙，似非吃烟火人语。非胸中有万卷书，笔下无一点尘俗气，孰能至此！"② 《水龙吟》之杨花词被张炎评为"清丽舒徐，高出人表"；王国维则认为"和韵而似原唱"，为咏物词中之"最工"者③。杨慎评东坡《西江月》梅花词曰："古今梅词，以坡仙'绿毛么凤'为第一。"④ 得到文人如此推许之作，自会引发历代选家、读者的注意而穿越时空，流播久远。那否定性的点评呢？它对词人词作的经典化效应如何呢？譬如，对柳永的评价，晏殊、苏轼、陈师道、李清照、王灼等一大批文人对其人其词皆有微词。晏殊以柳词"彩线慵拈伴伊坐"讥退柳永拜谒；沈义府批评他"未免有鄙俗语"⑤；李清照《词论》亦肯定中有否定，说柳词"虽协音律，而词语尘下"⑥；至于王灼，可谓是炮轰柳词，说它们"浅近卑俗，自成一体，不知书者尤好之。予尝以比都下富儿，虽脱村野，而声态可憎"⑦。但一派否定声反倒更促进了柳永在大众和文人阶层的传播，扩大了柳词的影响力。这正印证了这样一种观点：伟大作品的强大力量甚至于在其引起反感的时候，"在一片激昂的、强烈的否定声中，也可以明显感觉到对它的巨大力量的认识"⑧。我们可以看到，

---

① 参吴熊和《唐宋词汇评》（两宋卷），浙江教育出版社 2005 年版，第 423—426 页。

② 黄苏：《蓼园词评》，《词话丛编》本，第 3032 页。

③ 王国维：《人间词话》，《词话丛编》本，第 4247 页。

④ 杨慎：《词品》卷 2，《词话丛编》本，第 462 页。

⑤ 沈义府：《乐府指迷》，《词话丛编》本，第 278 页。

⑥ 魏庆之：《魏庆之词话》，《词话丛编》本，第 202 页。

⑦ 王灼：《碧鸡漫志》卷 2，《词话丛编》本，第 84 页。

⑧ ［苏］赫拉普钦科：《文学作品的时间和生命力》，见《作家的创作个性和文学的发展》，上海人民出版社 1977 年版，第 264 页。

十大词人之一的李清照也同样遭受过很多否定性的批评。从文学传播的效应来看，无论是肯定性的还是否定性的点评都具经典效应，皆能给批评对象带来巨大的名声。

点评中，由于点评者身份地位或所用材料的特殊性，还能获得更为突出的经典效应。譬如，名流点评，点评名句，评说本事，皆能更多地吸引大众的注意力而产生强大经典效应。本书以下分点对此展开讨论。

二 名流效应

名流效应指的是某一作品由于得到某位名公巨卿或文坛大腕的赏识认可而声名鹊起，并进而成为经典的效应机制。它包括两个方面的情况：其一，某作品从默默无闻到由于名流认可而一举成名；其二，已然为人所发现的作品经由名流点评而声名更盛。

名公巨卿具有显赫的家世或崇高的社会地位，文坛大腕被大众认为具有高度的文化素养，这意味着他们拥有巨大的文化资本①。文化资本通常被看作一种象征资本而起作用，"即人们并不承认文化资本是一种资本，而只承认它是一种合法的能力、只认为它是一种能得到社会承认（也许是误认）的权威"②。拥有文化资本的名流能够孕育出巨大的文化资源。由于他们具有获得社会承认的权威而对文化产品的接受与传播产生巨大影响。如曾使一时洛阳纸贵的《三都赋》，就得力于"高名之士"皇甫谧的称赏。据《世说新语》记载："左太冲作三都赋初成，时人互有讥訾，思意不惬。后示张公，张曰：'此二京可三。然君文未重于世，宜以经高名之士。'思乃询求于皇甫谧，谧见之嗟叹，遂为作叙。于是先相非贰者，莫不敛衽赞述焉。"③

有必要说明的是，名流效应的第一个方面实际上是"第一读者"理解和接受的特殊的情况。尧斯在探讨读者和作品的关系时，提出了"第

① "文化资本"是法国社会学家皮埃尔·布尔迪厄提出的概念，它具有资本的一般属性，以个人的知识水平、文化荣誉、教养能力为本质属性，"文化资本的积累是处于具体状态之中的，即采取了我们称之为文化、教育、修养的形式。"（包亚明译《文化资本与社会炼金术——布尔迪厄访谈录》，上海人民出版社1997年版，第194页）它是一个人获得社会地位和发展的凭借。

② ［法］布尔迪厄：《文化资本与社会炼金术——布尔迪厄访谈录》，包亚明译，上海人民出版社1997年版，第196页。

③ 刘义庆：《世说新语》，《诸子集成》第8册，中华书局1954年版，第63—64页。

一读者"这样一个问题:"文学与读者的关系是有美学的、也有历史的内涵。美学蕴涵存在于这一事实当中:一部作品被读者首次接受,包括对已经阅读过的作品进行比较,比较中就包含着对作品审美价值的一种检验。其中明显的历史蕴含是:第一个读者的理解将在一代又一代的接受之链上被充实和丰富,一部作品的历史意义就是在这过程中得以确定,它的审美价值也是在这过程中得以证实。"① 第一读者并不是指第一个阅读作品的读者,陈文忠指出:"所谓接受史上的'第一读者',是指以其独到的见解和精辟的阐释,为作家作品开创接受史、奠定接受基础、甚至指引接受方向的那位特殊读者;从此,这位'第一读者'的理解和阐释,便受到一代又一代读者的重视,并在一代又一代的接受之链上被充实和丰富。一部作品的历史意义就在这一接受过程中得以确定,作品的审美价值也就在这一接受过程中得以证实。"② 第一读者阐释的接受价值表现在丰富并深化作品的艺术思想内涵,且能为后代读者提供更广阔的阐释空间,推动作品的接受传播。第一读者的身份如果特殊的话,将使得他所作出的开放性评价产生更大的效应。名流效应中的名公巨卿和文坛大腕即是上述特殊的第一读者。由于特殊的身份地位,他们拥有更多的文化资本,某作品的历史意义和审美价值经由他们的发现和权威认可,极容易引起强烈的社会反响。

王兆鹏师在《宋代作家成名的捷径:名流印可》一文中指出:"宋代文坛的风气,是特别崇尚名流的印可品鉴。文坛大腕的一句称扬褒奖,就可以使被称许的人一举成名。"③ 在宋词经典化过程中,社会名流的评赏的确起着重要作用。

千古名篇第一,苏轼的《念奴娇·赤壁怀古》就先后得到南宋著名的诗词评论家胡仔和金代文坛第一人元好问的推崇。胡仔在《苕溪渔隐丛话》中说:"东坡'大江东去'赤壁词,语意高妙,真古今绝唱也。"④ 元好问则在他的《题闲闲书赤壁赋后》说:"词才百许字,而江山人物无

---

① [德]H.R.尧斯,[美]R.C.霍拉勃:《接受美学与接受理论》,周宁、金元浦译,辽宁人民出版社1987年版,第24—25页。

② 陈文忠:《中国古典诗歌接受史》,安徽大学出版社1998年版,第64页。

③ 王兆鹏:《宋代作家成名的捷径:名流印可》,《中州学刊》2005年第2期。

④ 胡仔:《苕溪渔隐丛话前集》卷59,《笔记小说大观》第35编,江苏广陵古籍刻印社1983年版,第411页。

复余蕴，宜其为乐府绝唱。"再如贺铸《青玉案》（凌波不过横塘路）一章，亦曾被黄庭坚大为赞赏。据《碧鸡漫志》载："贺方回初在钱塘，作《青玉案》，鲁直喜之，赋绝句云：'解道江南断肠句，只今唯有贺方回。'"① 黄庭坚的推重无疑又引起了王灼对此词的关注，强化了此词的经典地位。

苏东坡是中国文化史上的一位巨人，他继欧阳修后主盟文坛，拥有很多追随者和仰慕者。张耒给黄庭坚的信中提道："礼部苏公在钱塘始称鲁直文章，士之慕苏公者，皆喜道足下。"② 这正是名流效应的表现之一。凭精深的艺术修养，苏轼品评诗词往往一语中的，入木三分，再加之他的声誉，经他评说过的词作不论褒贬皆广为传诵。譬如，柳永的经典之作《八声甘州》（对潇潇暮雨洒江天）一词，苏轼评云："世言柳耆卿曲俗，非也。'渐霜风凄紧，关河冷落，残照当楼'，此语于诗句，不减唐人高处。"③ 经苏轼此点评之语，柳永此词受到了此后文人的注意和称许，后之点评此词者，大多承袭东坡此论。如晁补之《评本朝乐章》中承苏之评，认为柳永的这首《八声甘州》"此真唐人语，不减高处矣"；杨慎《词品》卷3、刘体仁《七颂堂词绎》、田同之《七圃词说》、邓廷桢《双砚斋词话》皆拈出"渐霜风凄紧，关河冷落，残照当楼"句，充分肯定它"不减唐人高处"之妙。沈祥龙《论词随笔》说"诵耆卿'渐霜风凄紧，关河冷落，残照当楼'句，自觉神魂欲断"，揭示出它更深层的心理阅读感受。20 世纪俞陛云、刘永济、唐圭璋等鉴赏此词时，亦皆继承了东坡此评。柳永这首《八声甘州》词的点评史几可谓是苏轼"此语于诗句，不减唐人高处"一语的接受阐述史④。又如秦观作《踏莎行》（雾失楼台）一词，秦殁后，坡公尝书此于扇云："少游已矣，虽万人何赎！"王士祯《花草蒙拾》再评东坡此叹曰："高山流水之悲，千载之下，令人腹痛。"⑤ 可见，东坡之评实扩展秦观此词的历史意蕴。再如王安石《桂枝香·金陵怀古》一词，"东坡见之，不觉叹息曰：'此老野狐精也'"⑥。

---

① 王灼：《碧鸡漫志》卷2，《词话丛编》本，第86页。
② 张耒：《与鲁直书》，《张耒集》卷55，中华书局1990年，第827页。
③ 赵令畤：《侯鲭录》卷7，见吴曾《能改斋漫录》，《词话丛编》本，第125页。
④ 参吴熊和《唐宋词汇评》（两宋卷），浙江教育出版社2005年版，第91—93页。
⑤ 参吴熊和《唐宋词汇评》（两宋卷），第710—711页。
⑥ 杨湜：《古今词话》，《词话丛编》本，第22页。

该词艺术表现方面确也不俗，但还算不上非常高超。按吴梅《词学通论》所言：“荆公不以词见长，而《桂枝香》一首，大为东坡叹赏，各家选本，亦皆采录。第其词只稳惬而矣。”① 该词能在宋词中脱颖而出，东坡对它的叹赏不能不说作用巨大。在宋代词坛，若得到苏轼的鉴赏，其人其作身价倍增。

南宋词人陈人杰在《沁园春》（不恨穷途）一词的序中说道：“余以为古今词人抱负所有，妍媸长短，虽已自信，亦必当世名巨为之印可，然后人信以传。”② 这确实道出了“名流印可”对词作经典效应的影响。当然，并不是所有宋词经典的形成都和名流效应相关。但作为宋词经典生成效应的一种，它对宋词经典形成的影响是客观存在的。

三 名句效应

经典名篇之有名句，好比“石韫玉而山晖，水怀珠而川媚”③。名句之于名篇，有画龙点睛之妙。名句借名篇而存在，名篇借名句而名声更盛，两者唇齿相依，如月映万川，川月两明，水乳交融。名句对经典名篇和经典名家的形成都意义重大。杨海明《试论唐宋词中名句的生成奥秘及其他》一文指出：“在唐宋词的传播过程和接受史中，名句所发挥的作用不可小视；从单个词人来说，其知名程度往往与他能否创造名句以及名句的数量和质量直接有关。”④

名句效应很大程度上属于文本效应。名句凝聚着审美、哲思、情感，艺术上的创造力和思想情感方面的深刻体验是名句之所以为名句的原因。如“杨柳岸、晓风残月”，不只词境极美，而且词人羁旅宦游的凄凉，怀念恋人的悱恻之情皆融化于此句当中。杨海明在“剖析词中名句生成奥秘”时指出：“或以辞胜，或以‘情’胜，而更多的名句则‘辞情相称’地将深刻的人生意蕴与精美的语言包装水乳交融成一体。”⑤ 杨海明上述文章具体分析了一些名句之所以出名，靠的是它们在语言修辞方面的新奇

① 吴梅：《词学通论》，华东师范大学出版社1996年版，第77页。

② 唐圭璋：《全宋词》第5册，中华书局1999年版，第3898页。

③ 陆机著，张少康集释：《文赋集释》，上海古籍出版社1984年版，第104页。

④ 杨海明：《试论唐宋词中名句的生成奥秘及其他》，《社会科学战线》2005年第2期。

⑤ 同上。

工巧尤其是丰富深刻的意蕴内容。丰富意蕴表现在揭示人生的悲剧性，倾吐壮志未酬的悲愤，抒写超然于尘世的旷达情思等方面。这些皆能给人以心智的启迪。词之名句特别能吸引读者（尤其是青少年读者）的另一个重要原因即在于它的敢于和善于抒写一般诗歌作品所少写的儿女柔情。的确，恋情之真挚执着、怨悱恺恻是感动人心的伟大力量。

名句一旦形成后就对作品的流传产生影响，影响宋词经典的生成。词作因名句之名而彰。如"昨夜西风凋碧树。独上高楼，望尽天涯路"、"两情若是久长时，又岂在朝朝暮暮"、"酒入愁肠，化作相思泪"等这样的名句使得晏殊《蝶恋花》（槛菊愁烟兰泣露）、秦观《鹊桥仙》（纤云弄巧）、范仲淹《苏幕遮》（碧云天）等词脍炙人口。词人因名句之名而显。如"张三影"、"贺梅子"、"红杏尚书"、"山抹微云女婿"等皆因名句而得名，词人知名度大大提高。名句效应的方式是多种多样的，有显有隐，或取其妙语章法，或传其逸闻趣事，从艺术创作和传播接受两方面扩大词人词作的影响力，提高他们的经典地位。

周紫芝《竹坡诗话》卷1载："贺方回尝作《青玉案》词，有'梅子黄时雨'之句，人皆服其工，士大夫谓之'贺梅子'。"[1]"一川烟草，满城风絮，梅子黄时雨"不仅为宋人称颂，也为后代词家所乐于称道。清朱彝尊《积雨寄贺秀才》就有诗云："说与江南贺梅子，今年暑雨者边多。"俞锷《无题》诗之四："肠断争如贺梅子，魂销输与郑樱桃。"钱陈群《宋百家诗存题词》云："铁而粗豪度曲才，庆湖湖畔老方回，最怜梅子黄时雨，零落秦淮旧酒杯。"郑放坤《论词绝句》赞曰："贺家梅子句通灵，学士屯田比尹邢。只字单句足千古，不将画壁羡旗亭。"[2]

秦观因其《满庭芳》词中有"山抹微云，天粘衰草"之妙句，被苏轼戏称为"山抹微云秦学士"[3]。而更有意思的是宋蔡絛《铁围山丛谈》卷4的记载："温（范温）尝预贵人家会，贵人有侍儿，善歌秦少游长短句，坐间略不顾温。温亦谨，不敢吐一语。及酒酣欢洽，侍儿者始问：'此郎何人耶？'温遽起，叉手而对曰：'某乃山抹微云女婿也。'闻者多

---

① 周紫芝：《竹坡诗话》，《历代诗话》，中华书局2004年版，第341页。
② 以上关于"贺梅子"数则引自吴熊和《唐宋词汇评》（两宋卷），第766—767页。
③ 叶梦得：《避暑录话》卷下，中华书局1985年版。

绝倒。"①由此或见此词脍炙人口之一斑。这等有意思的逸事往往能吸引历代读者的兴趣。而名句艺术上的巧妙之处也会引来后代文人创作时有意无意的效仿，从而扩大原作的知名度。如赵善扛《重叠金·春思》"玉关芳草粘天碧"，卢祖皋《水龙吟·赋酴醾》"暮烟细草黏天远"，刘一止《水调歌头》（缥缈青溪畔）句"山翠欲粘天"，皆可见秦观《满庭芳》词"山抹微云，天粘衰草"的影响。王兆鹏师曾指出："一个作家，他有时也要发表对别人作品的意见，有时虽然不发表评论，但他会借鉴别人的作品。这个作家如果明显受到另一个作家的影响的话，他其实也提高了所借鉴的那些作品的知名度和影响力。"②

　　张先则因善于写影而被称为"张三影"。其中尤以他的《天仙子》（水调数声持酒听）中"云破月来花弄影"一句最有名，为平生最得意的"影"。张先因此句而被宋祁称为"云破月来花弄影郎中"③。该句极大地吸引了读者的目光。仅《唐宋词汇评》（两宋卷）所收录的对该词的19条点评中，评"影"的就16条，也就是说该词的评点效应近85%是来自词中的名句。"云破月来花弄影"的意境，文人圈中影响很大，更被许多词人模仿借用。如北宋王安中《蝶恋花》词云："云破月来花下住。要伴佳人，弄影参差舞。"南宋滕甫《蝶恋花》（一作华岳词）："掬水佳人，拍破青铜镜。残月朦胧花弄影。"赵鼎《鹧鸪天》："花弄影，月流辉。水精宫殿五云飞。"刘镇《汉宫春》："人去后，庭花弄影，一帘香月娟娟。"上述词作皆可见张先"云破月来花弄影"的影子。这种创作上的模仿扩展了被仿对象的传播效度。而透过刘过的《天仙子》，则可见此词在大众读者当中也一直广为流传。刘过《天仙子》词云："强持檀板近芳樽，云遏定。君须听。低唱月来花弄影。"则可见在南宋，此词仍然在歌坛上为唱者和听者所喜爱。另外，甚至于因为张先此词之妙句，嘉禾（秀州）"花月亭"也被附会与此词有渊源。据载："六月六日，赴郡（秀州）集于倅廨中，坐花月亭，有小碑，乃张先子野'云破月来花弄影'乐章，

---

①　蔡絛：《铁围山丛谈》，中华书局1983年版，第63页。

②　王兆鹏：《唐宋词名篇讲演录·引言》，广西师范大学出版社2006年版，第3页。

③　胡仔：《苕溪渔隐丛话前集》卷37，《笔记小说大观》第35编，江苏广陵古籍刻印社1983年版，第252页。

云得句于此亭也。"①

官至兵部尚书的宋祁，因其《玉楼春》词有"红杏枝头春意闹"一句，被称为"红杏尚书"。该词也因此成为誉满词坛的名作。张先和宋祁各称对方佳句雅号的逸事也成为词坛佳话："张子野郎中，以乐章擅名一时。宋子京尚书奇其才，先往见之，遣将命者，谓曰：'尚书欲见云破月来花弄影郎中。'子野屏后呼曰：'得非红杏枝头春意闹尚书耶？'遂出，置酒尽欢。盖其二人所举，皆其警策也。"②

从上可见，词坛内外对名句的称赏极大地提高了词作的影响力。另外，"某些名句具有相对的'完整性'和'独立性'（也就是说将它们从全篇中抽出却仍能完整和独立地表现某一种'境界'），所以它们往往就能被读者作'断章取义'、'为我所用'的别种理解与诠释。这种情况其实也是词作因名句而得以驰名的另一方面原因。"③ 譬如王国维对"昨夜西风凋碧树，独上高楼，望尽天涯路"、"衣带渐宽终不悔，为伊消得人憔悴"、"众里寻他千百度，蓦然回首，那人却在灯火阑珊处"的别解就为晏殊、柳永和辛弃疾的这3首词增添了新的活力。

四　本事效应

本事的学术因缘来源于唐孟棨的《本事诗》。该书共一卷，以诗系事，分情感、事感、高逸、怨愤、徵异、徵咎、嘲戏七类。作者自序中说："诗者，情动于中而形于言，故怨思悲愁，常多感慨。舒怀佳作，讽刺雅言，著于群书，虽盈橱溢阁，其间触事兴咏，尤所钟情，不有发挥，孰明厥义，因采为《本事诗》，凡七题，犹四始也。"④ 孟棨认为，文学作品的创作冲动来自生活中的怨思悲愁，即所谓"触事而兴"者。如果对所触之事"不有发挥"，则"孰明厥义"？这说明孟棨编撰此书的目的是提供有关诗歌作品的背后的故事，以便能更好地了解作品的意义。例如该书"怨愤第四"记载张九龄受李林甫排挤而作《海燕》诗的本事，即有

① 见江畲经选编《历代小说笔记选》（宋·第2册），广东人民出版社1984年版。
② 胡仔：《苕溪渔隐丛话》前集卷37，《笔记小说大观》第35编，江苏广陵古籍刻印社1983年版，第252页。
③ 杨海明：《试论唐宋词中名句的生成奥秘及其他》，《社会科学战线》2005年第2期。
④ 孟棨：《本事诗》，上海古籍出版社1991年版，第4页。

助于我们更好地理解诗歌含义：

> 张曲江与李林甫同列，玄宗以文学精识深器之。林甫嫉之若雠，
> 曲江度其巧谲，虑终不免，为《海燕》诗以致意曰："海燕何微眇，
> 乘春亦暂来。岂知泥滓溅，只见玉堂开。绣户时双入，华轩日几回。
> 无心与物竞，鹰隼莫相猜。"亦终退斥。①

再如"情感第一"所载"人面桃花"的故事，写男女相互爱恋，女子因爱而死而生终成眷属的故事精诚感人，则有效地促进了此诗的传播。

由孟棨《本事诗》看，本事就是有关文学作品创作和传播的故事。

记载词本事，有杨绘的《时贤本事曲子集》、杨湜的《古今词话》、张宗橚的《词林纪事》、叶申芗的《本事词》、唐圭璋的《宋词纪事》等专书及大量散见于各种词话笔记中的材料。自宋以来，对词作本事的关注与裒集是宋词传播接受的一个重要方式，这对宋词经典的生成也意义重大。据唐圭璋先生《宋词纪事》，宋词经典百首经典名篇中有很多词作都有与之相关的本事流传，如李清照《醉花阴》（薄雾浓云愁永昼）、苏轼《卜算子》（缺月挂疏桐）、《贺新郎》（乳燕飞华屋）、《西江月》（玉骨那愁瘴雾）、范仲淹《渔家傲》（塞下秋来风景异）、周邦彦《瑞鹤仙》（悄郊原带郭）等。而陆游《钗头凤》（红酥手）能成为十大名篇之一，和该词相关的陆游和唐婉的悲剧性的爱情故事应该说起着重要的促进作用。本事效应亦是经典生成效应中最有效的方式之一。所谓"我欲载之空言，不如见之于行事之深切著明也"②。不论对普通读者还是对精英读者来说，这种方式都具有促进词作传播的经典效应。

对普通读者而言，词作本事在传播接受方面具有三方面的功能：首先，本事对词作前因后果的交代有助于读者对词作含义的理解。其次，本事的故事性无疑会增加词作对读者的吸引力。如关于周邦彦《兰陵王》（柳阴直）及《少年游》（并刀如水）两首经典名篇的本事就不能不引起读者的阅读兴趣：

---

① 孟棨：《本事诗》，上海古籍出版社 1991 年版，第 20 页。
② 司马迁撰，裴骃集解，司马贞索隐：《史记》卷 130，中华书局 1959 年版，第 3297 页。

周美成精于音律，每制新调，教坊竞相传唱。游汴，尝主李师师家，为赋洛阳春云："眉共春山争秀……"李尝欲委身而未能也。一夕，道君幸师师家，美成仓卒不及避，匿复壁间。道君自携新橙一颗云："江南新进者。"相与谑语。周悉闻之，因成少年游云："并刀如水……。"他日师师为道君歌之，询是谁作，以美成对。道君大怒，即令押出国门。越日道君复幸师师家，不遇，坐待初更始归。啼眉泪眼，愁态可掬。道君诘之，答以周邦彦得罪去国，略致杯酒郊饯，不知官家到来。道君问有词否，答云："有《兰陵王》词。"道君云："唱一遍看。"师师乃整袂捧觞而歌云："柳阴直……。"道君大悦，即命召还为大晟乐正。嗟乎，君人者举动若此，宜其相传为李重光后身，似不诬也。①

故事性如此之强，如此生动形象的记载，犹如小说家言，而且当中主人公涉及词人、皇帝和一代名妓三人之间的故事，不能不吸引人的眼球。词作在故事的流传过程中自然得到更广泛的传播。

再次，有的词作本事的故事蕴含着强烈的情感取向，这能增强读者阅读时的心理共鸣，引起读者更大程度上的认同感。如张元干《贺新郎·送胡邦衡待制》的本事："绍兴议和，今端明胡公铨志在复仇，上书请剑，欲斩议者。得罪权臣，窜谪岭海，平生亲党，避嫌畏祸，惟恐去之不速。公作长短句送之，微而显，哀而不伤，深得《三百篇》讽刺之义。"②后张元干亦因此词而去官抄家。张元干不畏权贵、不避祸害的行止和其词悲愤肯切的情感相得益彰，难怪杨慎评张元干此词时说："虽不工亦当传，况工致悲愤如此，宜表出之。"③再如陆游《钗头凤》的本事：

陆放翁娶唐氏闳之女，于其母夫人为姑侄，伉俪甚笃，而弗获于姑。既出，而未忍绝，为置别馆，时往焉。其姑知而掩之，虽先时挈

---

① 叶申芗：《本事词》卷上，见张璋等撰《历代词话》下册，大象出版社 2002 年版，第 1363 页。

② 蔡戡：《定斋集》卷 13 之《芦川居士词序》，《影印文渊阁四库全书》第 1157 册，台湾商务印书馆 1986 年版，第 702 页。

③ 杨慎：《词品》卷 3，《词话丛编》本，第 481 页。

去，然终不相安。自是恩谊遂绝。唐后改适宗子士程，尝以春日出游，与陆相遇于禹迹寺南之沈园。唐语赵为致酒肴焉。陆怅然，感赋钗头凤云："红酥手。黄縢酒。满城春色宫墙柳。东风恶。欢情薄。一怀愁绪，几年离索。错、错、错。春如旧。人空瘦。泪痕红浥鲛绡透。桃花落。闲池阁。山盟虽在，锦书难托。莫、莫、莫。"唐亦善词翰，见而和之云："世情薄。人情恶。雨送黄昏花易落。晓风干。泪痕残。欲笺心事，独语斜阑。难、难、难。人成各。今非昨。病魂常似秋千索。角声寒。夜阑珊。怕人寻问，咽泪装欢。瞒、瞒、瞒。"唐寻亦以恨卒。①

陆、唐之间如此缠绵悱恻的爱情传说，不能不令阅之者动容。此词成为千年传诵不衰的经典名篇和这不无关系。

对于精英读者来说，词作本事也吸引他们的注意力，词之本事往往成为该词批评接受的依据。

魏泰《东轩笔录》载范仲淹《渔家傲》本事曰：

> 范文正公守边日，作《渔家傲》乐歌数阕，皆以"塞下秋来"为首句，颇述边镇之劳苦。欧阳公尝呼为"穷塞主"之词。及王尚书素出守平凉，文忠亦作《渔家傲》一词以送之，其断章曰："战胜归来飞捷奏。倾贺酒，玉阶遥献南山寿"。顾谓王曰："此真元帅之事也。"②

此后，"穷塞主"一语在历代词论中成为评论此词的焦点。其中大有不满于"穷塞主"之称谓者在：沈际飞《草堂诗余正集》认为"'燕然未勒'句，悲愤郁勃，穷塞主安得有之"；卓人月《古今词统》卷9认为"诗以穷工，惟词亦然，'玉阶献寿'之语，不及'穷塞主'多矣"；贺裳《皱水轩词筌》则认为欧词止于谀耳，而范词"知边庭之苦如是，庶有所警触。此深得采薇出车、杨柳雨雪之意"；黄苏《蓼园词选》则结合

---

①　叶申芗：《本事词》卷下，见张璋等编《历代词话》下册，大象出版社2002年版，第1379页。

②　魏泰撰，李裕民点校：《东轩笔录》卷11，中华书局1983年版，第126页。

当时边塞民谣"军中有一范，西贼闻之惊破胆"，认为"至今读之，犹凛凛有生气"。刘永济《唐五代两宋词简析》亦认可上述观点，但同时指出，"范词乃自抒己情，欧词乃送人出征，用意自然不同耳"①。而唐圭璋先生则认为范词"末句，直道将军与三军之愁苦，大笔凝重而沉痛。惟士气如此，何以克敌制胜？故欧公讥为'穷塞主'也"②。以上批评，皆围绕"穷塞主"一语展开的争论，俱源自魏泰所记之本事。而本书统计数据中该词被点评 10 次，其中 8 次均涉及"穷塞主"一事。范仲淹《渔家傲》一词的传播可谓深受"穷塞主"之惠。

再如南宋罗大经《鹤林玉露》记载辛弃疾《菩萨蛮》（郁孤台下清江水）一词"盖南渡之初，虏人追隆祐太后（哲宗孟后，高宗伯母）御舟至造口，不及而还，幼安因此起兴"③ 之作，"世之释稼轩词者莫不承用以为资据"④。唐圭璋先生广罗宋词本事，汇集成《宋词纪事》一书的目的即在于"以供研究词学者之参考"⑤。可见，词作本事在词学研究领域的重要性。

关于词作本事真伪问题的论辩亦无形中扩大了词的知名度。词本事被如此广泛地运用到词的接受批评过程中，因而本事的真伪问题便成为精英读者所热衷的考察对象。从诠释的可靠性来说，本事的真伪与否至关重大，但是从传播接受的角度来看，关于本事真伪的论辩本身同样有助于词作得到更广泛有效的传播。

譬如上述陆游《钗头凤》本事，宋人陈鹄《耆旧续闻》卷 10、周密《齐东野语》卷 1、刘克庄《后村诗话》，皆有所载，广为流传，但故事情节稍有出入，因而引起研究者关于此词本事的真伪之辨。清代吴骞即对此产生疑惑，他在《拜经楼诗话》卷 3 中指出："陆放翁前室改适赵某事，载《后村诗话》及《齐东野语》，殆好事者因其诗词而傅会之。《野话》所叙岁月，先后尤多参错。且玩诗词中语意，陆或别有所属，未必曾为伉俪者。"⑥ 随后许昂霄、吴衡照等认为此本事可疑，当代学者吴熊

---

① 以上诸家评范仲淹《渔家傲》词的评语，皆参考吴熊和《唐宋词汇评》，第 36—37 页。
② 唐圭璋：《唐宋词简释》，上海古籍出版社 1981 年版，第 49 页。
③ 罗大经：《鹤林玉露》甲编卷 1，中华书局 1983 年版，第 12—13 页。
④ 邓广铭：《稼轩词编年笺注》，上海古籍出版社 1993 年版，第 41—43 页。
⑤ 唐圭璋：《宋词纪事·自序》，上海古籍出版社 1982 年版，第 4 页。
⑥ 吴熊和：《唐宋词汇评》（两宋卷），浙江教育出版社 2005 年版，第 2039 页。

和先生亦曾撰《陆游〈钗头凤〉本事质疑》一文，认为唐陆爱情之悲剧的真实性不可疑，但《钗头凤》为唐氏而作，则诚多难通之处。再如上述关于辛弃疾《菩萨蛮·题江西造口壁》、周邦彦《少年游》（并刀如水）、《兰陵王》（柳阴直）等词的本事亦被证伪。但是证伪本身即是对词作本身的一次再接受，而且，有的本事并不因为它们曾被证伪便从词的诠释史上消失，相反仍有人不断地利用它们来讲词。这就好像科学的发展虽然证明了月球上根本没有生命的迹象，但国人却总是习惯于将嫦娥和月亮联系在一起。人类总是爱舞动着想象的翅膀飞翔。

其实，从传播接受的角度看，本事的真伪与否对经典效应的产生都具有同样的意义。如元伊世珍《嫏嬛记》关于李清照《醉花阴》词的一段故事："李易安以重阳《醉花阴》词寄其夫赵明诚。明诚叹绝，苦思求胜之，废寝食者三日，得五十阕，杂易安词于中，以示友人陆德夫。陆玩之再三，谓只三句绝佳：'莫道不消魂，帘卷西风，人比黄花瘦。'正易安作也。"① 不论这一故事的可信程度如何，单从这故事的流传就足以说明李清照的生活体验不是一般文人所能体验得了的，她的艺术风格与艺术技巧，也不是一般词人所能模仿得了的。而故事流传的本身则说明了后世读者对李清照独特艺术体验和艺术传达的认可，这对李清照及其词的经典化都有重要影响。

所以，本事所叙的故事虽不一定是历史的真实。但本事既是精英读者品词时爱议论的对象，又有助于普通读者对词的理解，并因其故事性而引起他们的兴趣和心理认同感，从而能有效地促进作品的接受传播，扩大作品的知名度，在一定程度上影响词人和词作的经典化，因而本事效应是经典生成机制中有效的组成成分。

五 共生效应

传播的方式和途径，作为联结传播主体、受众、传播客体之间的纽带，是一个复杂的体系，是整个传播体系中最关键的一环。文学传播一般的方式途径是：一种传播媒介承载某一传播客体——"某人/某作/某类文学样式"，通过主体的传播指向不同的受众群体，产生不同的传播效

① 伊世珍：《嫏嬛记》，《历代词话》卷6，《词话丛编》本，第1210—1211页。

果。但在文学传播方式途径中，有一种比较特殊的现象，传播媒介并不仅起着简单的载体作用，它同时能更有效地促进"某人/某作/某类文学样式"的传播。传播客体也不仅是单纯的被传对象，它同时是传播"他人/他作/他类文学样式"的催化剂。客体和媒介两者之间相互依存、相互影响、相互促进，从而导致不同寻常的影响效果。

共生论①最初是用于描述生物领域的生存现象，"共生双方通过相依为命的关系而获得生命，失去其中任何一方，另一方就不可能生存。生物界的这种相互依存现反映了生物界的存在本质是共生。"② 自1879年德国医生、著名的真菌学家的奠基人DeBary（1831—1888）提出共生论后，被广泛应用于社会学、经济学、文化学领域。

整个宇宙自然中的任何事物的存在都为其他事物的存在提供前提和条件，因而共生论实际上是一个带有普遍意义的理论范畴。借用共生论的说法，文学传播中亦存在类似的共生现象。某位作家及其作品并不是简单地局限于"某人/某作/某类文学样式"这样的模式而流传，而是通过依存于"他作/他类艺术样式"，借其他人的创作而获得更大的影响力。在这种现象中，"他作/他类艺术样式"对某人作品的引用和借鉴为"某人/某作/某类文学样式"的传播创造着新条件，而"他作/他类艺术样式"也会因效仿、引用、借鉴某人作品而增添艺术魅力，扩大知名度，获得更强的生命力。当然，因为文学传播方式途径的多样性，此处的共生与生物学中的共生稍有不同，那便是不存在失去一方另一方便不能生存的问题。

（一）文学中的"共生"现象

文学传播接受中的共生现象通常有以下两类情形。

其一，同类文学体裁中的共生现象。这类共生现象中，一般表现为创作型读者以原先存在的某作为范本，创造新的作品的同时保留原作的主要特征。古典诗词中的唱和即属于这种共生现象的典型。通常原作或因为具有艺术创作上的典范性而导致他人的效仿。如《念奴娇·赤壁怀古》一词便由于它"一洗绮罗香泽之态，摆脱绸缪宛转之度"，"逸气浩怀超然

---

① 洪黎民：《共生概念发展的历史、现状及展望》，《中国微生态学杂志》1996年第4期。
② 吴飞驰：《关于共生理念的思考》，《哲学动态》2000年第6期。

乎尘垢之外"① 而 "新天下耳目"② 的开创性而成为诸多词人效仿的典范之作。另外也有的创作型读者可能出于情感、兴趣或娱乐目的唱和某人的作品。譬如，南宋末刘辰翁追和李清照《永遇乐》（落日镕金）的原因就在于原词凝聚着强烈的故国情思，深深触动了刘辰翁。他在《永遇乐》（璧月初晴）序中说道："余自乙亥（1275）上元诵李易安《永遇乐》，为之涕下。今三年矣，每闻此词，辄不自堪，遂依其声，又托之易安自喻，虽词情不及，而悲苦过之。"③ 此现象中，在新作的创作和流传时，原作借此也得到传播，而新作也因为和原作的这种关系在某种程度上受到一定的关注。

其二，与他类艺术样式共生的现象。创作型读者或编撰人员将原先存在的作品全部或部分地引入自己的新创/编的作品中，由于这种巧妙恰当的引用或借鉴往往使原作和新作相映生辉。《论唐诗与唐代文人小说的传播》一文就指出了这样一种现象："或文因诗作，或诗缘文起，既使小说随着诗歌走进了读者，也使诗歌扩大了自身的影响。"④ 事实上，古代传奇、小说、戏曲等文学样式常常借叙述者或作品主人公之口，借用或化用某些诗词，以表达某种情感或引起受众的注意。如清康熙年间，毛宗岗父子评刻《三国演义》时，将杨慎《临江仙》（滚滚长江东逝水）一词置于卷首，词作深沉的历史感与小说主题相得益彰，为小说平添几分魅力，毛氏父子评点的这个版本也成为目前《三国演义》最通行的本子。而随着小说的流传，这首《临江仙》到现在也成为了明词中最广为人知的一首作品。再随着 80 年代电视剧《三国演义》的播出，由杨洪基演唱的《滚滚长江东逝水》又将杨慎《临江仙》的词意与现代音乐完美融合。这首作为《廿一史弹词·说秦汉》开场词的《临江仙》，在与小说、电视剧主题曲的双重共生中，获得了空前的生命力。

在诸如上述的共生现象中，原作所借以共生的作品的艺术成就越高，影响力越大，数量越多，则原作获得的影响力越强。这种共生式的传播具

---

① 胡寅：《酒边集序》，《百家词》本，施蛰存《词籍序跋萃编》，中国社会科学出版社1994 年版，第 168 页。

② 王灼：《碧鸡漫志》，唐圭璋《词话丛编》，第 85 页。

③ 唐圭璋：《全宋词》，中华书局 1999 年版，第 4087 页。

④ 邱昌员：《论唐诗与唐代文人小说的传播》，《甘肃社会科学》2004 年第 5 期。

有不同于一般传播方式的优势。因为他依赖于他人的创作，所以不受特定时代特定的艺术样式和传播媒介的局限。而且借助于他人的创作或他类艺术样式，传播客体能够突破时空限制，与各种传播方式结合，与时代最新的传播媒介联姻。有声的、无声的，文字的、音视频的，纸质的、电子的，各种媒介都能成为它的凭借，可以说共生式传播是除学校教育、书册传播外，一个新时代传播前代优秀文学文化遗产的有效手段，对文学经典的生成有着重大意义。对宋词经典的生成也有重要影响。

（二）宋词经典化过程中的"共生"

在宋词千年流播的过程中，除传统的别集、选本、点评、题壁、石刻等传播方式延续了宋词的生命力以外，凭借"他作/他类艺术样式"的共生式传播也是宋词流传的重要手段。宋词传播中的这种共生现象对宋词经典名家名篇的生成有着不可忽视意义。

首先，宋代词人的交际娱乐和自我创作中常采用的唱和这一宋词与同类艺术样式之间的共生对宋词经典的生成具有积极意义。唱和有筵席唱和、结社酬唱、后代追和等多种形式。和词和原词处于一种共生的状态之中。由于和词要遵循与原词格律相仿佛的规定，所以和词总离不了原词的影响，而且藉原词的知名度，和词也能吸引更多的关注目光。而原词也藉和词的声名和数量为自己赢得更多的关注，提升原词的影响力。

章质夫的《水龙吟》（燕忙莺懒芳残）一词，咏杨花而能极尽物态之妙，诚属佳作之列。借助于苏东坡唱和之作《水龙吟》（似花还似非花），章质夫杨花词获得了更大的词坛声誉，与东坡的唱和词一起进入了宋词经典名篇的行列。章词与苏词的影响力排名分别列第 74 位和第 11 位。再看《唐宋词汇评》所收录历代关于章质夫杨花词的 10 次点评，其中 8 次点评皆拿章词和苏词进行对比①。在词论家的对比性批评中，章词和苏词的影响共同提升，经典性指数一起上扬。章质夫和苏东坡的杨花词相互依存，相互促进对方的传播，形成一种共生关系。再如苏轼《念奴娇》（大江东去）一词，历来唱和词最多，总共达 133 次之多。词调《酹江月》和《大江东去》都源于东坡此词中之名句。其中《大江东去》一调用韵皆同东坡这首《念奴娇》赤壁怀古词。东坡原词与所有和词共生，借助

---

① 吴熊和：《唐宋词汇评》（两宋卷），浙江教育出版社 2004 年版，第 309—310 页。

于后者,《念奴娇·赤壁怀古》的生命力在时间的冲洗中越来越旺,经典地位代代相递。纵观宋词经典名家名篇,被唱和者不在少数。以本书确认的宋词经典为例,岳飞《满江红》(怒发冲冠)被和23次,李清照《声声慢》(寻寻觅觅)被和23次,苏轼《水调歌头》(明月几时有)被和25次,贺铸《青玉案》(凌波不过横塘路)被和33次。在《全宋词》、《全金元词》、《全明词》、《全明词补编》和《全清词》(顺康卷)中,宋词百首名篇中仅17首词无和作可考。每一次唱和尤其是追和即意味着一次有意义的模仿借鉴,原作的影响力在与和作的共生中被扩大延伸。共生现象中这种同类体裁之间的唱和无疑对宋词经典的生成起着积极的促进作用。

其次,宋词传播的共生现象中除了同类文学样式——词作与词作之间的共生之外,和其他艺术样式的共生在宋词经典生成中也很常见。元代散曲、杂剧,明清小说、传奇,20世纪以来小说、歌曲、影视等皆为宋词提供了共生的对象,影响宋词名家名篇的经典化进程。

宋词和元曲共生的现象,况周颐早就曾指出:"金元人制曲,往往用宋人词句,尤多排演词事为曲。关汉卿、王实甫《西厢记》出于赵德麟《商调·蝶恋花》,其尤著者。检曲录杂剧部,有《陶秀实醉写风光好》、《晏叔原风月鹧鸪天》、《张于湖误宿女贞观》、《蔡萧闲醉写石州慢》、《萧淑兰情寄菩萨蛮》,皆词事也。"① 另外,在元曲中有的以词人为主人公演绎故事,如关汉卿《钱大尹智宠谢天香》、吴昌龄《花间四友东坡梦》、费唐臣《苏子瞻风雪贬黄州》、无名氏《苏子瞻醉写赤壁赋》等剧作,将柳永、苏轼等词人更进一步融入大众通俗文化当中。剧作借着名词人吸引更多的大众眼球,词人则藉剧本为更多的平民百姓所熟悉,从而提升影响力。

宋词和元曲的共生现象中还有词作的意境和语言为元曲所借鉴的情况。例如,范仲淹《苏幕遮》:"碧云天,黄叶地,秋色连波,波上寒烟翠。山映斜阳天接水。芳草无情,更在斜阳外。 黯乡魂,追旅思,夜夜除非,好梦留人睡。明月楼高休独倚。酒入愁肠,化作相思泪。"范词述怀人之苦,情景交融、情意绵长,为元代王实甫《西厢记》"长亭送

---

① 况周颐:《惠风词话》,《词话丛编》本,第4419页。

别"一折所本。"碧云天，黄花地，西风紧，北雁南飞。晓来谁染霜林醉？总是离人泪。"崔莺莺《端正好》唱词的语句、意境、情感表现和范仲淹《苏幕遮》一词继承关系相当明显。由于这曲借鉴了范词的《端正好》，崔、张二人离别的氛围和心境表现出动人魂魄的美。而作为流传至今仍具旺盛生命力、影响巨大的元曲经典，莺莺的唱词也为范词的生命力的延伸创造了更多的机会，从而使范词的经典性不断加强。

更多的情况是宋词的一些名句被转化为元杂剧的唱词或为散曲所引用、借鉴，借助于元曲的传播，这些词作的影响力也获得延伸。如白朴《董秀英花月东墙记》有唱词"客馆闲门静，闺房寂寞春。月来花弄影，疑是有情人"。无名氏《神奴儿大闹开封府》有唱词"我这里潜踪蹑足临芳径……（带云）兀的不是哥哥来了也。（唱）哎！却原来是云破月来花弄影"。张寿卿《谢金莲诗酒红梨花》有唱词"原来不是人呵。（唱可）正是云破月来花弄影"。张先《天仙子》一词在这些剧目的演出中再次活化。再如柳永《雨霖铃》一词，查《全元散曲》和《全元杂剧》①，"晓风残月"被 13 个篇目引用 19 次。其中"今宵酒醒何处，杨柳岸、晓风残月"在剧中更起着唤月明和尚回光返照的作用。在李寿卿《月明和尚度柳翠》一剧中，月明和尚托长老吩咐柳翠道："师父下法座去了，着你回来，击响云板，唱两句雨霖铃：今宵酒醒何处，杨柳岸晓风残月。那时节师父返照回光，和你同登大道。"月明和尚醒后唱："我则听的檀板轻敲绕画梁，将我这慧眼忙开放，却原来一曲莺声啭绿杨，越引的魂飘荡。这的是弟子歌，又不是猱儿唱，饶他便铁石般怪心，也则索寸断柔肠。"②这段唱词同时道出了《雨霖铃》的魅力。另外，元曲中诸如以下唱词曲句清晰可见借用宋词名篇之迹，譬如："但愿人月团圆，千里共婵娟"（徐仲由《杀狗记》）、"但愿人生得长久，年年千里共婵娟"（高明《琵琶记》）借鉴苏轼《水调歌头》（明月几时有）；"对黄花人自羞，花依旧，人比黄花瘦"（张养浩《殿前欢·对菊自叹》）、"伤心人比黄花瘦，怯重阳九月九，强登临情思悠悠"（无名氏《水仙子》）、"杨柳眉颦，'人比黄花瘦'"（王实甫《西厢记》）化用李清照《醉花阴》（薄雾浓云

① 袁林：《汉籍全文检索》，陕西师范大学，电子版。

② 李寿卿：《月明和尚度柳翠》，王季思《全元戏曲》第 2 卷，人民文学出版社 1990 年版，第 464 页。

愁永昼）中的名句；"叹此愁，能几许？看看更有伤心处，梅子黄时断肠雨。"（朱庭玉《哨遍·春梦》）化用的则是贺铸《青玉案》（凌波不过横塘路）中的句子。随着剧作和曲词的传播，这些词都变得更广为人知。

以上现象中，一方面元曲相关作品借宋词名篇提升了艺术魅力；另一方面，在诸如此类的借鉴式"共生"中，相关词人词作也借此获得更广阔的传播空间，扩大了影响效果。

另外，明清小说传奇中亦多有此类共生现象。如明代通俗小说中，李清照和朱淑真即成为才华出众的女性人物的榜样。小说《联芳楼记》写吴郡薛兰英、慈英姊妹二人，聪慧秀美，能为诗赋，"名播远迩，咸以为班姬、蔡女复出，易安、淑真而下不论也"①。《苏小妹三难新郎》亦说："大宋妇人，出色的更多，就中单表一个叫作李易安，一个叫作朱淑真。他两个都是闺阁文章之伯，女流翰苑之才。"② 其中李清照《声声慢》一词还特为作者拈出曰："那李易安有《伤秋》一篇，调寄《声声慢》。"而像秦观、柳永等风流才子式的词人也成为通俗小说的主人公。譬如，冯梦龙《众名姬春风吊柳七》中的柳永，改变了明人洪楩《清平山堂话本·柳耆卿诗酒玩江楼记》采用奸计骗取对方爱情的形象，成为歌妓心中的偶像。小说中妓家有口号云："不愿穿绫罗，愿依柳七哥。不愿君王召，愿得柳七叫。不愿千黄金，愿中柳七心。不愿神仙见，愿识柳七面。"③柳永死后"每年清明左右，春风骀荡，诸名姬不约而同，各备祭礼，往柳七官人坟上，挂纸钱拜扫，唤做'吊柳七'，又唤做'上风流冢'"④。

以上小说传奇，因为才子词人的故事而颇受读者欢迎，同时，作为通俗文学的小说传奇，它们拥有广大的读者，在小说传奇的流播中，这些词人们自然也获得更大的知名度。

此外，千百年之后，宋词在当代的文学创作中仍存在着不少共生现象。如当代著名言情小说家琼瑶小说的篇名就借鉴了不少宋词名篇中的名句：《心有千千结》——"心似双丝网，中有千千结"（张先《千秋

① 瞿佑：《剪灯新话》，上海籍出版社1981年版，第29页。
② 冯梦龙：《醒世恒言》，福建人民出版社1981年版。第187页。
③ 冯梦龙：《喻世明言》，人民文学出版社1958年版，第189页。
④ 同上书，第198页。

岁》）；《庭院深深》——"庭院深深深几许"（欧阳修/冯延巳《鹊踏枝》、李清照《临江仙》）；《寒烟翠》——"秋色连波，波上寒烟翠"（范仲淹《苏幕遮》）；《碧云天》——"碧云天，黄叶地"（范仲淹《苏幕遮》）；《一帘幽梦》——"夜月一帘幽梦，春风十里柔情"（秦观《八六子》）；《烟锁重楼》——"念武陵人远，烟锁重楼"（李清照《凤凰台上忆吹箫》）；《月满西楼》——"雁字回时，月满西楼"（李清照《一剪梅》）。小说借宋词名句而增辉不少，相关的宋词也借小说之名赢得更多读者的喜爱。

至于当代的流行歌曲，因其文化品质和唐宋词传播的原生态文化本来就有着千丝万缕的联系，也有不少与宋词共生的现象。其中，有的宋词经典名篇在谱上现代乐曲之后再次被广泛传播。像歌曲《明月几时有》全篇引用苏轼的《水调歌头》（明月几时有），歌曲《月满西楼》全篇引用李清照的《一剪梅》（红藕香残玉簟秋），都再次成为相当受欢迎的流行歌曲。邓丽君专辑《淡淡幽情》中的《芳草无情》、《欲说还休》、《人约黄昏后》、《相看泪眼》等曲目配合现代音乐演唱经典宋词范仲淹《苏幕遮》（碧云天）、辛弃疾《丑奴儿》（少年不识愁滋味）、欧阳修《生查子》（去年元夜时）、柳永《雨霖铃》（寒蝉凄切），给古典词曲注入新的生机。至于化用经典宋词中的名句，借鉴宋词经典名篇的意境，在当代流行歌曲中是很常见的。如"去年圆月时，花市灯如昼"（叶欢《鸳鸯锦》）化用欧阳修《生查子》"去年元夜时，花市灯如昼"；"山川载不动太多悲哀，岁月经不起太长的等待"（蔡幸娟《问情》）化用李清照《武陵春》"只恐双溪舴艋舟，载不动、许多愁"；苏轼的《念奴娇》词句，从"大江东去"至"灰飞烟灭"，也再次被周杰伦写进新的流行歌曲《念奴娇》中。

以上现代流行音乐与宋词名篇、名句的共生现象中，一方面宋词名篇为流行歌曲增色不少，另一方面更多的读者也借此共享宋词经典的不朽魅力。正如哈罗德·布鲁姆所言，"在某种意义上的'经典的'总是'互为经典的'"①。

以上词与词、词与戏曲、词与小说、词与当代流行歌曲等共生现象对

---

① ［美］哈罗德·布鲁姆：《西方正典》，译林出版社 2005 年版，第 40 页。

宋词在不同历史时期的经典化产生了重大影响。具有旺盛生命力的事物总是善于借助于其他载体延展其生存空间。随着时代的变迁，科技的发展，古代文学经典如何与新兴的传媒如电影电视、电脑动漫等新兴文艺样式共生，是值得进一步关注的问题。

当前，传统的传播手段仍然具有强大的影响效果。譬如，学校教育仍然是当代传播古代文学最主要的方式。教科书除作为选本的一般功能外，由于它受主流的意识形态支配，以教学教科书上所选篇目为教学对象的学校教学在传播古代文学时仍然起着难以替代的作用。通常入选了教科书，成为学校教学必学篇目的作品十有八九会成为一个时代的经典。《宋词经典名篇的定量考察》的十大名篇无一不入教材。再譬如出版发行也仍然是传播古代文学作品的主流方式。以宋词为例，21 世纪以来，共有 1532 项①与宋词相关的出版物，以每项平均出版 2000 册计算，近 10 年来也有 300 多万册进入流通领域，所导致的传播效果毫无疑问也相当大。再譬如以"中华诵"为主题的各种诵读会，书法传抄等方式也在或大或小地影响古代文学的当代传播。

但是，我们面对的现实世界与人类走过的五千年文明世界相比，变化得实在太多太快。在日新月异的世界中，学校教学和书籍阅读等传统方式传播古代文学经典面临着越来越多的困难。

一方面，人类现代化的进程改变了我们居住的星球的面貌，"小楼一夜听春雨，深巷明朝卖杏花"的古代都市早已变成钢筋和水泥混铸而成的丛林。科学的发展让很多充满诗意的存在不再承受人类丰富的想象，当抬头望月的时候，嫦娥、吴刚、玉兔早已消失在人类理性的认知中。当十几个小时的飞行就能飞越太平洋到达我们星球的另一边时，当电话、视频聊天走进千家万户的时候，"山长水阔知何处"的离愁了似乎也不再那么令人黯然销魂。当然，在此笔者要说的不是这种变化的利弊，事实上任何变化都有它不可避免的规律，有它不可避免的得失。其实，无论世界如何变化，人类情感体验都具有普遍共通性。我们应该思考的是变化的时代里怎样更有效地实现古代文学和文化的传播。

另一方面，我们现在生活的时代，人们知识和信息的获得手段越来

① 数据来源中国国家图书馆·中国国家数字图书馆，http://www.nlc.gov.cn/，于 2010 年 8 月 7 日以"宋词"为关键词搜索馆藏书目。

便捷、多样。譬如，21 世纪最重要的传播媒介——互联网，就为人们提供了一个具有更大自主权的开放的、信息化的平台。据统计，目前中国已有 4 亿网民，除去老年人和婴幼儿，可以说绝大部分具有传播文学作品能力的人都是网民，尤其是将成为 21 世纪文学文化传播主力军的青少年。在汗牛充栋都不足以形容的信息海洋之中，在信息传播瞬息万变的互联网时代，如何让网民们为承载着中华文化精神的古典文学精华驻足一观呢？

或许在学校教育、选辑出版等方式外，利用好文学传播中的共生现象不失为当代传播古代文学经典一种行之有效的方法。因为在共生现象中，传播客体"某人/某作/某类文学样式"可以突破时空限制，游弋于口头、书面、电子等多种传播方式之间，能与任一时代最新的传播媒介和方式联姻。将古代文学经典与当代最新传媒联合，利用各自的优势，让两者相互促进，会更有益于古代文学经典在当代的传播。笔者在此略呈一二典型现象，以期引起专家学者们更深一层的思考。

譬如，苏轼的经典词作中，论在千年历史流传中的综合影响力，《念奴娇·赤壁怀古》一词无与匹敌。但若论当代普通大众读者对苏词的选择性接受，则那首《水调歌头》（明月几时有）独占鳌头。个中原因恐怕和流行歌曲《但愿人长久》的广泛流传有关。先后由邓丽君演唱，再经王菲、张学友、蔡琴、孙国庆、容祖儿等人翻唱的《但愿人长久》一曲为苏轼的《水调歌头》一词赢得的广泛的现当代知名度。再譬如李清照的《一剪梅》（红藕香残玉簟秋）一词，经苏越谱上新曲后叫作《月满西楼》。经过邓丽君、安雯、徐小凤、童丽等歌手先后演绎后，为大量现当代读者所喜爱。网友制作的配上歌手演唱音乐的电脑动画《月满西楼》在著名视频网站优酷网上仅仅一年内就被点播 12720 次①。而且，当前互联网上不止一个版本的音乐电脑动漫《月满西楼》。将关键词"月满西楼"和"MP3"一同输入，在百度进行搜索，找到相关网页约 360000 篇，而用"月满西楼"和"MTV"一起作关键字搜索则找到相关网页约 73200 篇②。这种融合现代音乐传唱、电脑动画制作、网络下载等方式的"共生"促进李清照的这首《一剪梅》在现当代生机勃发，并且产生巨大影

---

① http：//so. youku. com/search_ video/type_ tag_ q_ % E5% 8F% A4% E8% AF% 8D% E6% 96% B0% E5% 94% B1 。

② 数据来源于 2010 年 8 月 7 日的搜索结果，搜索关键字须加双引号。

响。由三种方式交融"共生"产生的巨大的网络影响力是李清照这首《一剪梅》最终入选宋词百首名篇排行榜的重大助力。

像《但愿人长久》、《月满西楼》那样融合流行音乐元素或现代电脑动漫制作技术，正好能弥补"世界的变化"所带来的古代文学尤其是古典诗词之美的缺失。因为，音乐，作为艺术门类中最纯粹，最直接指向人类感性心灵的一种，能够超越不同时代、不同民族之间原本存在的隔阂。而电脑动漫，从2D到3D，越来越能逼真的模拟现实世界，从而再现文学世界中的美。巧妙地将这些现代元素与古典文学优秀作品结合，再加上互联网传播的速度和广度，网民们上网时以娱乐性、消遣式的为目的的无功利性的接受状态，都应该有助于现在处于信息边缘的古代诗词经典的传播。当然，凭借于音、画等共生式传播，既有助于理解，也会因为音、画所提供的导向性在一定程度上有碍于理解。让受众深邃解读古代文学经典，那还得用心去体味文字所蕴含的深刻的情感、意境、哲理，去咀嚼、感悟。但是作为一种传播方式，共生式的传播，虽然不一定能传播文学经典的"深度"，但却一定有助于延伸传播的广度。

而且不容忽视的是，当代社会在呼唤着古典诗词与现代新型传播媒介、新的艺术形式结合这样的传播方式，当代人有着用现代最新传播媒介与新的艺术接受古典经典的强烈内在心理诉求。试看豆瓣社区的一个帖子：

> 【求曲】求现代人唱的古诗词（类似明月几时有的）：如题。求由现代人演唱的古代诗词。最近很想听。类似邓丽君的《几多愁》，王菲的《明月几时有》，安雯《西江月》之类的曲子。或者像《在水一方》这样化用古诗词的。又或者现代人作词作曲但非常有古典意蕴的歌曲，如许嵩《清明雨上》。哪位大人有了解的告诉一声。有个歌名就好了，有演唱者和链接就更完美了。感激不尽○(∩_∩)○~。①

和豆瓣上一般的帖子相比，此帖回复率颇高，半年内有30余人回复，

---

① http://www.douban.com/group/topic/5843091/。

而且大多是热心地提供古典诗词新唱的来源的。而各大视频网上，都有古词新唱的专辑。一些专门的音乐网站上也都有古代诗词新唱的栏目，如九天音乐网上的千古绝唱唱到今。可以这样说，古代文学的经典与现代艺术形式实现了巧妙结合的作品，它的生命力必将超越一般流行艺术。如何利用好古代经典文学作品与当代新的传播媒介与新型艺术形式之间的共生式传播，是一个值得我们去认真思考的问题。

本节中，我们探讨了影响宋词经典效应的几种常见方式。不容置疑的是，宋词传播方式很多，譬如，还有各种题壁石刻、书画墨迹、论词绝句等形式也或多或少对宋词的传播产生影响。但要影响到宋词经典化进程，则此种传播接受的方式必须具备一定的传播广度和深度，最好能同时对精英读者和大众读者共同产生影响。因为文学经典的确认依赖于精英读者的发现，同时也依赖于大众的参与。能同时对精英读者和大众读者发生作用的方式才更具有强大的经典效应。选本入选、文人点评、名流认可、名句传唱以及和戏曲小说流行歌曲等通俗文体的共生等方式，无论哪种都联系着精英读者和大众读者。而且以上种种方式皆融合着创作接受主体、文本和外在社会文化等影响文学经典化的因素，是宋词经典生成中的主要效应机制。它们的共同作用促使宋词经典化进程的延续。

第三节　宋词经典生成中的矛盾关系

宋词经典，作为文学经典的一种，不仅是一个复杂的文化产物，而且是一个矛盾的存在。作为文学经典，它必须具有独创性和典范性，它要求作品能给人耳目一新的感觉。但是，它要穿越时空，为历代的读者所喜爱的话，它又必须能唤起读者内心似曾相识的体验，能引起读者内心的共鸣。作为一个必须依靠读者的接受传播才能存在的产物，文学经典的生成过程必须有精英读者的发现和大众读者的参与，它既需要有符合上层精英文化人士趣味的审美特质，也需要有适合大众口味的文化意蕴。作为宋词经典，它秉承着宋词娱情娱性的文化品质，但在经典化的过程中它又不可避免地要受到传统正统文学思想的影响。宋词经典化的过程交织着上述矛盾运动。厘清宋词经典生成中存在的矛盾关系，将有助于我们进一步认识宋词经典的生成机制。

一　个体独创性和普遍共通性

如前所述，独创性是文学经典的重要文本特征，文学经典应当深刻而真挚地传达个体独特的人生体验。而文学作为人学，共同的、永恒的人性是文学价值稳定性的根本原因。永恒的主题如爱情、生死、母爱、童心、同情心、勇敢、荣誉、爱国情等，一代代重复，但却一次次感动不同的读者。人类的普遍性情感融合诗意表达，乃是文本经典化的一个基本条件。独创性和普遍性，两个矛盾的概念统一于文学经典中。一些曾致力于探讨文学经典及文学作品传世之因的学者，也曾就此问题分别从文本、创作主体和接受者的角度展开探讨。

从创作主体看，伟大的作家往往能够超越一时之社会需求和某种陈旧的价值观。能成为一代经典的作家，他们的个性化表达中总是蕴藏着普遍性的人生体验。苏珊·朗格即认为："一个艺术家表现的是情感，但并不是像一个发牢骚的政治家或者像一个正在大哭或大笑的儿童所表现出来的情感。……而是他认识到的人类情感。"① 伟大的作家善于将自己深刻的人生体验，用审美的形式表现出来，将自己的个人感受普泛化，实现个体性情感和人类普遍性情感的统一，从而唤起潜藏于读者内心深处的记忆，引发读者心理上的共鸣。

从经典文本看，文学经典应该说是集中体现了现实世界的人的心理和精神生活的特征，是有代表性的类特性和个性特点的结合。童庆炳在《文学经典建构的内部要素》一文中就曾指出："在作品艺术价值方面，还必须考虑到某些文学经典写出了人类共通的'人性心理结构'和'共同美'的问题。就是说，某些作品被建构为文学经典，主要在于作品本身以真切的体验写出了属人的情感，这些情感是人区别于动物的关键所在，容易引起人的共鸣。"② 这强调了文学作品思想意蕴的普遍性之于文学经典的意义。哈罗德·布鲁姆则认为使美感增加陌生性适应于所有的文学经典作品。"当你初次阅读一部经典作品时，你是在接触一个陌生人，产生一种怪异的惊讶而不是种种期望的满足。"③ 使美感增加陌生性强调

---

① ［美］苏珊·朗格：《艺术问题》，中国社会科学出版社 1983 年版，第 25 页。

② 童庆炳：《文学经典建构的内部要素》，《天津社会科学》2005 年第 3 期。

③ ［美］哈罗德·布鲁姆：《西方正典》，江宁康译，译林出版社 2005 年版，第 2 页。

的就是文学经典必须具备艺术上的独创性的特点。他接着进一步强调指出："一部文学作品能够赢得经典地位的原创性标志是陌生性，这种特性要么不可能完全被我们同化，要么有可能成为一种既定的习性而使我们熟视无睹。"① 这说明成功的艺术陌生化手法完全可以变为"既定的习性"，转换为文学普遍性的东西。特别强调艺术独创性的布鲁姆也充分认识到思想意蕴的普遍性对文学经典的重要性。因此，他特别强调西方文化经典的中心人物莎士比亚，"作为迄今为止最伟大的一位文学巨匠，莎士比亚却经常给我们相反的印象：他让我们不论在外还是异国都有回乡之感"②。这就充分肯定了文学经典的普遍性特征。

从接受者角度看，读者感知事物的心理原理决定了情感意蕴的普遍性应当是文学经典能被众多读者所接受传播的因素。根据著名认知心理学家皮亚杰的认知理论③，每个认知主体有自己内在心理图式，每一客体有各自的内在结构。认知主体遇到新的认知客体的时候，总是试图根据自己已有的内在心理图式去"同化"新的客体，以期取得心理平衡；同化不了再尝试打破、调整原有心理图式，以"顺应"客体结构所提供的新图式，认知主体改变原有心理图式，又达到一个新的平衡。人的心理图式在不断的"同化"和"顺应"过程中被建构，认知水平随着图式的建构——调整——再建构这样不断往复的过程而获得提升。从文学接受过程来看，读者有关生活经历、情感体验、文化观念意识构成一个稳定的心理图式。文学作品一旦进入读者的视野，本文中的符号和读者心中的符号相遇，读者就将启动有关生活情感的感受体验、文化观念意识，对作品符号意象进行

① ［美］哈罗德·布鲁姆：《西方正典》，江宁康译，译林出版社 2005 年版，第 3 页。
② 同上书，第 2 页。
③ 皮亚杰的认知理论中包括以上 4 个基本范畴：图式（scheme）：是指活动的结构，这是人类认识事物的基础和前提。同化（assimilation）：个体把客体刺激纳入主体的既成的心理活动图式之中，这只能引起图式的量的扩展和变化，而不能产生新的知识。顺应（accommodation）：指主体的原有客体不能概括同化客体，因而引起主体图式的自我调节，促进改变原有图式或创立新图式，以适应变化着的客体，这就造成图式的质变，从而形成新的知识。平衡（equilibrium）：则是指同化与顺应两种机能的平衡。人发生认知公式为：S——AT——R，这里 S 是客体的刺激，T 是主体的认知结构，A 是同化作用，是主体将刺激（客体）纳入自身认知结构之内以扩展认识，然后才作出对客体的反应（R）。即主体已有的知识结构与客体刺激交互作用，认识过程是主体认知结构不断重建的过程。（参考 J·皮亚杰《皮亚杰学说》，《皮亚杰学说及其发展》，湖南教育出版社 1983 年版）

重构，复活作者所创造的艺术世界。其中，作品符号所携带着的创作者对生活的理解感受和读者的心理图式相吻合，读者就能找到一种似曾相识的感觉，仿佛作品中的世界就是自己心灵的故乡。从这种意义上说，对作品普遍性的要求，对作品所隐含的关于人生和社会奥妙的体验接受，实际上也是接受主体自我本质实现的一种方式。可见，从认知心理定势看，主体总是希望客观物能和自己"同化"。作品能揭示出人类心灵普遍性体验，能给读者一种"还乡感"，是作品能否被经典化的重要原因。

然而，每一位接受者都具有独特个性，是承载着不同生活体验和历史文化的个体，这决定了文学经典在一代一代的接受之链上必定表现出鲜明的个体独特性。由于经典往往具有一套超越时间和空间的普遍的价值理念，而解释者则往往承载着其所处时代的特殊文化精神，因而在普遍性和特殊性之间就会出现一种解释的张力。读者在接受过程中具能动性，所以，以阅读者对象化形式存在的艺术作品必须变形，以缓解二者之间的紧张，因而往往是前者屈从于后者。这就决定着经典的接受具有鲜明的个性特点。莎士比亚的戏剧之所以成为经典的原因之一就在于莎翁戏剧所具有的普遍性，但恰恰是这普遍性中，不同的接受者体验到了各自独特的生活情感。莎士比亚代表了人们心中的伤悲，"在他的人物之中，他们看到和遇到了自身的苦恼和幻想"[1]。"观众们发现莎士比亚在舞台表现的就是他们自己"[2]。

接受者也习惯于在文学作品的阅读中作符合自己独特人生体验的阐释。文天祥兵败被俘，曾于狱中集杜甫诗句为诗，自作序曰："凡吾意所欲言者，子美先为代言之。日玩之不置，但觉为吾诗，忘其为子美诗也。乃知子美不能自为诗，诗句自是人情性中语，烦子美道耳。子美于吾隔数百年，而忘其言语为吾用，非性情同哉。昔人评杜诗为诗史，盖以其歌咏之辞，寓记载之实，而抑扬褒贬之意，灿然于其中，虽谓之史，可也。吾所集杜诗，自余颠沛以来，世变人事，概见于此矣。是非有意于为诗者也，后之良史，尚庶几有考焉。"[3]杜甫于诗中所传达的情感在文天祥的理解中必定有所变形，文天祥因此从杜诗中"看到了自己的苦恼和幻想"。

---

① ［美］哈罗德·布鲁姆：《西方正典》，江宁康译，译林出版社 2005 年版，第 27 页。

② 同上书，第 38 页。

③ 文天祥：《集杜诗·自序》，《文天祥全集》卷 16，中国书店 1985 年版，第 397 页。

从接受者的另一角度看，每一位读者的理解和阐释都是独具个性的。

由此可见，无论从经典文本还是接受、创作主体看，个体独创性和普遍共通性都是文学经典的特性。那么，这矛盾的两个方面如何统一于文学经典中呢？

首先，个体独创性更大程度是表现在艺术层面，而且独创性并不是稀奇古怪，多表现为自造佳语，自筑佳境的情况。譬如，李清照《声声慢》开篇连用14叠字，实为妙语。而且14叠字并非仅为新而求奇巧，实是词人此时心境的写照。另外，"创造性的倾向满载着积累性的老发明和老发现组合"①，创造性的继承是建构经典的重要方式。"诗虽新，似旧才佳。尹似村云：'看花好似寻良友，得句浑疑是旧诗。'古渔云：'得句浑疑先辈语。'"② 从艺术技巧看，"脱胎换骨"、"点铁成金"的翻新之妙也是创造性的表现，如贺铸《青玉案》"一川烟草，满城风絮，梅子黄时雨"即是出神入化地化用前人用语，铸成妙境。胡仔早就指出寇准有诗云"杜鹃啼处血成花，梅子黄时雨如雾"③，秦观《满庭芳》"寒鸦数点，流水绕孤村"，造语精工、情景交融，似天生妙语，也是对前人诗句创造性的化用。王世贞云："语固蹈袭人，词尤当家。人之至情至少游而极。"④创造性继承的独创性本身沉淀着文化传统，包含着普遍性的东西。

其次，普遍共通性更多地表现于思想情感意蕴方面。所以这样的说法并非没有道理："我以为诗之能动人在于美好充实而不在于出奇立异。要使读者觉得是说出了他自己的最崇高的思想，有一种似曾相识的感觉。"⑤古人云："尝思感物之情，古今不易。"⑥又云："每览昔人兴感之由，若合一契"，"后之视今，亦犹今之视昔"。⑦ 这说的就是这样一个道理。因

①　[法]布里埃尔·塔尔德：《传播与社会影响》，[美]特里·N.克拉克编，中国人民大学出版社2005年版，第145页。

②　袁枚：《随园诗话》卷8，人民文学出版社1960年版，第256页。

③　胡仔：《苕溪渔隐丛话前集》卷37，《笔记小说大观》第35编，1983年版，第254页。

④　王世贞：《艺苑卮言》，《词话丛编》本，第387页。

⑤　[英]济慈：《论诗书信选》，《19世纪英国诗人论诗》，人民文学出版社1984年版，第177页。

⑥　晏几道：《小山词自序》，施蛰存《词籍序跋萃编》，中国社会科学出版社1994年版，第52页。

⑦　王羲之：《兰亭集序》，《晋书》卷80，中华书局1977年版，第2099页。

而个体独创性和普遍共通性融合的表现之一在于艺术审美的独创性和哲思、情感的普遍性的融合。而这正是文学经典重要的文本特质。如传诵千古的名句，秦观《鹊桥仙》"两情若是久长时，又岂在朝朝暮暮"语，用语极富创意，前人早已指出此特点。李攀龙云："相逢胜人间，会心之语，两情不在朝暮，破格之谈。七夕歌以双星，会少别多为恨。独少游此词谓'两情若是久长时，又岂在朝朝暮暮'二句，最能省人心目。"沈际飞云："独谓情长不在朝暮，化臭腐为神奇。"① 但词写尽世间儿女情怀，所表达就是千古以来牵动无数柔肠的"爱情"。譬如，经典名篇《如梦令》（昨夜雨疏风骤）一词，问答有味，曲折有致，造语新奇，极有创意，特别是"知否、知否，应是绿肥红瘦"历来被人所称赏。但它能成为经典名篇不仅是艺术上的新奇，同时也在于词作委婉传达出了女词人惜花伤春，哀感美好事物容易无情消逝这类普遍性的情感。艺术上的独创性给人耳目一新的感觉，而情感思想方面的普遍性则唤起千千万万接受者内心深处的共鸣。这是文学经典魅力的源泉。

再次，每个人的情感体验会情随境迁，人生感触不尽相同，但人类的情感体验和人生哲理却有着相似性。优秀的艺术表达既能表现个人独特的人生感受，又能表现普遍性的人类情感。如上述《如梦令》（昨夜雨疏风骤）一词普遍性的情感中就极具个性特点，又传达了人类普遍性的情感体验。如限于抒发个人情感，不能升华至人类普遍性情感体验的作品其艺术魅力会更弱，难以成为广为人知的名篇。宋徽宗《燕山亭》（裁剪冰绡）和李后主之《虞美人》（春花秋月何时了）都是遭受国破家亡之痛的亡国之君怀念故国山河之作，但后主之词流播的广度要远远大于徽宗之词。其中原因之一即在于《燕山亭》词更多让人感受到的是一己之悲，而后主之词则"俨然有释迦担荷人类罪恶"之意，"作者从自身遭受迫害屈辱的不幸境地出发，对整个人生的无常、世事的多变、年华的易逝、命运的残酷……感到不可捉摸和无可奈何，作者怀着一种悔罪的心情企望着出世的'彻悟'和'解脱'，但同时又念念不舍，不能忘情于世间的欢乐与幸福，作者痛苦、烦恼、悔恨，而完全没有出路……这种相当错综复杂的感触和情绪远远超出了狭小的个人的'身世之戚'的范围，而使许多

---

① 点评秦观《鹊桥仙》（纤云弄巧）之语引自吴熊和《唐宋词汇评》（两宋卷），第704页。

读者能从其作品形象中联想和触及一些带有广泛性质而永远动人心弦的一般的人生问题，在情感上引起深切的感受。……后主词长久传诵不绝，在古代和今天，许多不幸者仍然能在其中找到自己情绪的表现和共鸣，不是完全偶然的事情。"①

可见，个体独创性和普遍共通性既是矛盾的两个方面，但又可以和谐地统一于经典文学作品之中。而且两者的完美融合才是经典化必备的条件。词人创作的那些具有艺术独创性，成功地传达了真切的个体情感体验和人生思考，同时又能巧妙地升华至人类普遍情感体验之高度的作品，总能不断唤起后世读者同样真切的情感体验，从而具有不断穿越时空的动力。所以，当南宋末年刘辰翁"诵李易安《永遇乐》，为之涕下"，三年后，"每闻此词，辄不自堪。遂依其声，又托之易安自喻"②。而诸多名篇都缘此具有感动人心的力量。如：秦观《踏莎行》"杜鹃声里斜阳暮"令读者"尤堪断肠"③；李清照《声声慢》（冷冷清清）一词，读者觉得"动人魂魄"④；读周邦彦《齐天乐》"绿芜凋尽台城路，殊乡又逢秋晚"令人"黯然销魂"⑤。

二　雅与俗

雅、俗是中国传统文化中一个重要范畴，它既是古代文论中一个重要的文艺批评标准，也是评价人生存状态的一个术语。从后者出发，雅一般代表着精英人士阶层的人格价值取向和理想生活方式，俗代表着大众化、世俗化的倾向。作为文艺批评标准的雅、俗建立在人生取向和生存状态的基础之上，指向文学作品的思想内容、语言风格、审美格调等方面。在文学经典生成的过程中，雅、俗各自拥有不同的读者群，共同影响文学经典化过程。

一方面，"俗"拥有大量的大众读者，而大众读者是文学经典不可缺少的基础。质朴真率、浅近通俗易为普通大众读者所接受。《长恨歌》和

---

① 李泽厚：《谈李煜词讨论中的几个问题》，《美学论集》，上海文艺出版社 1980 年版，第 451—452 页。

② 刘辰翁：《须溪词》，上海古籍出版社 1998 年版，第 345 页。

③ 徐釚：《词苑丛谈》卷 3，上海古籍出版社 1981 年版，第 49 页。

④ 梁启勋：《词学》，引自吴熊和《唐宋词汇评》（两宋卷），第 1429 页。

⑤ 陈廷焯：《云韶集》卷 4，引自吴熊和《唐宋词汇评》（两宋卷），第 953 页。

《琵琶行》感人最深、长盛不衰，"无一字不深入人情，而且刺心透髓"
即"妙在全不用才学，一味以本色真切出之"且"老妪解颐"（黄周星
《唐诗快十六卷选诗前后诸咏一卷》）。宋代经典词人中，柳永是因"俗"
而流播甚广的代表人物。试看历代对柳永及其词的传播情况的记载：据陈
师道《后山诗话》载，柳永"作新乐府，骫骳从俗，天下咏之"，而且
"传禁中，仁宗颇好其词，每对酒，必使侍妓歌之再三"。① 王灼《碧鸡漫
志》卷2 称柳词"浅近卑俗，自成一体，不知书者尤好之"②。胡仔也认
为柳永"所以传名者，直以言多近俗，俗子易悦故也"③。李清照《词
论》中指出："柳屯田永者，变旧声作新声，出《乐章集》，大得声称于
世，而词语尘下。"④《四库全书总目》也指出："盖词本管弦冶荡之音，
而永所作旖旎近情，故使人易入。虽颇以俗为病，然好之者终不绝也。"⑤
以上评论中，论者指出了柳词"旖旎近情"，多写人的自然本性的男女情
爱，"词语尘下"的"从俗"、"近俗"的特点。而正是这"俗"使得柳
词在宋代能传遍天下，"好之者不绝"，"天下咏之"，甚至于在西夏国亦
是"凡有井水饮处，即能歌柳词"。⑥ 而"不知书者尤好之"正道出了柳
词在很大程度上因其平民化、大众化的通俗文化形象而受到了广大大众接
受者的喜爱。

　　另一方面，"雅"受到确认经典、拥有话语支配权的精英读者的偏
爱。北宋建国以后，"庶族文化型"⑦ 社会形成，整个社会自上而下一片
崇尚世俗享乐之风，士人优游度日，游宴成风。城市和商业的发达，再加
上"自太祖煽起的从上至下的聚敛财物、贪求富贵之风，引起宋代社会
文化价值观念和风习的巨变"⑧，"金钱和富贵的价值、自由与享乐的价

　① 陈师道：《后山诗话》，见《历代诗话》，中华书局2004年版，第311页。
　② 王灼：《碧鸡漫志》卷2，《词话丛编》本，第84页。
　③ 胡仔：《苕溪渔隐词话》，《词话丛编》本，第172页。
　④ 魏庆之：《魏庆之词话》，《词话丛编》本第202页。
　⑤ 永瑢等：《四库全书总目》卷198，中华书局1965年版，第1807页。
　⑥ 叶梦得：《避暑录话》卷下，《丛书集成初编》第2787册，中华书局1985年版，第
49页。
　⑦ 沈家庄：《宋词文化与文学新视野》，人民文学出版社2001年版，第28—30页。
　⑧ 同上书，第58页。

值、才子词人的独立人格价值构成宋代新文化观念中主要的人生价值观念"①。这很大程度就是对古代士人所鄙视的"俗"的认可。经过唐代热烈的"事功"追求之后，宋人充分肯定个体内在生命价值和个体真情。但即便是充分肯定世俗享乐的宋人，他们对传统士人所推崇的道心和潇洒、旷逸、超尘之韵致也追慕不已。宋代文人士大夫从未放下对高雅韵致的追求：韦凤娟在《论陶渊明的境界及其所代表的文化模式》一文中提到宋人生活时说："他们努力以闲淡平和的心境去面对世间百事，精心经营着一片安顿闲情逸致的园地。他们以闲在之身，操持着品茶、饮酒、莳花、种竹、玩古董、置木石、览胜水、看松影、听鹃鸣……种种闲散之事，努力把自己的精神、气质、趣味、风度融于日常生活中，让吃饭、穿衣、烹饪……这些俗事都染上点个人的风格，见出个人的情韵，以收'点铁成金'的功效，变俗为雅，甚至连亲手烹制的鱼羹似乎也'超然有高韵，非世俗庖人所能仿佛'（事见苏东坡《记煮鱼羹》）。他们则从种种俗事中获得了一种超乎感受观之上的雅趣——总之，自宋元以来，在世俗生活中追求一种高雅的韵味成了中国封建文人的一个显著特点。"②

　　中国古代精英读者——文人士大夫，世俗生活中对高雅韵味的追求必然影响他们的审美接受。在宋词的接受史上，斥俗倡雅始终是一大传统。徐度尝记柳事云："耆卿以歌词显名于仁宗朝，官为屯田员外郎，故世号柳屯田。其词虽极工致，然多杂以鄙语，故流俗人尤喜道之。其后欧、苏诸公继出，文格一变，至为歌词，体制高雅。柳氏之作，殆不复称于文士之口，然流俗好之自若也。"③可见"流俗"和"文士"在宋词接受过程中各有所需，审美取向差异极大。王灼站在文士正统的立场批评柳永"比都下富儿，虽脱村野，而声态可憎"④。历来文士多以"雅"的审美标准称颂词人词作。晁补之曾云："晏元献不蹈袭人语，而风调闲雅"，又云"张子野与柳耆卿齐名，而时以子野不及耆卿。然子野韵高，是耆

---

① 沈家庄：《宋词文化与文学新视野》，人民文学出版社 2001 年版，第 64 页。
② 韦凤娟：《论陶渊明的境界及其所代表的文化模式》，《文学遗产》1994 年第 2 期。着重号为笔者所加。
③ 徐度：《却扫编》卷下，《宋元笔记小说大观》（第 4 册），上海古籍出版社 2001 年版，第 4518 页。
④ 王灼：《碧鸡漫志》，《词话丛编》本，第 84 页。

卿所乏处。"① 沈义父《乐府指迷》详尽地阐释作词之法时尤重雅："盖
音律欲其协，不协则成长短之诗；下字欲其雅，不雅则近乎缠令之体；用
字不可太露，露则直突而无深长之味；发意不可太高，高则狂怪而失柔婉
之意"。② 张炎则备赏姜夔"如野云孤飞，去留无迹"③ 的清空之境，批
柳永、康与之"失其雅正之音""而为风月所使"④。对于周邦彦，张炎
和沈义父都极推崇其雅，曰："美成负一代词名，所作之词，浑厚和
雅"⑤，"凡作词，当以清真为主。盖清真最为知音，且无一点市井气。"⑥
后代论词者亦如是，如戈载在《宋七家词选》中说："清真之词，其意谈
远，其气浑厚，其音节又复清妍和雅，最为词家之正宗。"再如，李易安
"以俗为雅" 颇受杨慎好评⑦。秦观词被认为"寄慨身世，闲雅有情
思"⑧。陈廷焯评姜尧章词，"清虚骚雅。每于伊郁中饶蕴藉，清真之劲
敌，南宋一大家也"⑨。以雅为尊，对宋词的经典化有着重要影响。

　　可见，在宋词经典化的过程中，一方面是广大的大众读者的喜好——
俗，另一方面是拥有文化权力的精英读者的提倡——雅。雅和俗，这对审
美的矛盾现象，在宋词经典生成中矛盾客观存在着。在文学经典的生成
中，雅俗融合才最有益于文学经典的生成。"莎士比亚实际上独特地同时
展示了艰深和浅显的艺术"⑩。或许这就是莎翁成为经典中心的根本解
答。"金庸的作品，立足于小传统，但又能从大传统、雅文化中汲取文化
资源，巧妙地顺应了商业时代多层面读者的接受心理，并借助影视传媒强
大的影响，从而取得惊人的接受效果"⑪，跻身于 20 世纪经典之列。这也

---

①　晁补之语，见吴曾《能改斋漫录》卷 1，《词话丛编》本，第 125 页。

②　沈义父：《乐府指迷》，《词话丛编》本，第 277 页。

③　张炎：《词源》，《词话丛编》本，第 259 页。

④　张炎：《词源》，《词话丛编》本，第 266—267 页。

⑤　张炎：《词源》，《词话丛编》本，第 255 页。

⑥　沈义府：《乐府指迷》，《词话丛编》本，第 277 页。

⑦　杨慎于：《词品》卷 2 曰："炼句精巧则易，平淡入妙者难。山谷所谓以故为新，以俗为
雅者，易安先得之矣。"《词话丛编》本，第 451 页。

⑧　陈廷焯：《白雨斋词话》卷 6，《词话丛编》本，第 3909 页。

⑨　陈廷焯：《白雨斋词话》卷 2，《词话丛编》本，第 3797 页。

⑩　［美］哈罗德·布鲁姆：《西方正典》，江宁康译，译林出版社 2005 年版，第 43 页。

⑪　陈洪、孙勇进：《世纪回首：关于金庸作品经典化及其它》，《南开大学学报》1999 年第
6 期。

是宋词经典化的具体过程中必须面临和处理好的矛盾。

词本来具有通俗文化的品质，鲖阳居士《复雅歌词序》概括了词自唐五代以至北宋之间词以俗为尚的反传统的新姿态："迄于开元、天宝间，君臣相为淫乐，而明皇尤溺于夷音，天下熏然成俗。于是才士始依乐工拍但之声，被之以辞句；句之长短，各随曲度，而愈失古之声依永之理也。温、李之徒，率然抒一时情致，流为淫艳猥亵不可闻之语。我宋之兴，宗工巨儒，文力妙于天下者，犹祖其遗风，荡而不知所止。脱于芒端，而四方传唱，敏若风雨，人人歆艳，咀味于朋游樽俎之间，以是为相乐也。其韫骚雅之趣者，百一二而已。"① 但随着文人的参与，传统文人尚雅斥俗的传统使词逐渐雅化。当然伟大的词人词作基本上都没有走上俗、雅的极端。

趋俗之作，一般来说总是容易引起轰动效应，但若缺乏丰富的内涵的话，则生命力难以持久。太过于雅，则阳春白雪，曲高和寡，缺乏接受传播的广度而有碍于经典化。譬如，宋代词坛，滑稽谐谑词曾盛行一时。其中北宋曹组的词以"侧艳"和"滑稽下俚"著称，在北宋末曾传唱一时，"政和间，曹组元宠，皆能文，每出长短句，脍炙人口"，"今少年妄谓东坡移诗律作长短句，十有八九，不学柳耆卿，则学曹元宠"。② 曹组词当时传播之盛况可想而知，但而今则几乎湮没无闻。同样以俗词著称的柳词则因不乏艺术上的韵致而成为经典。冯煦《蒿庵论词》云："耆卿词，曲处能直，密处能疏，奡处能平，状难状之景，达难达之情，而出之以自然，自是北宋巨手。"而且就像柳永创作的，有着广泛的接受群体，流播范围极广的词作中，至今仍具鲜活生命力，且仍为大家所喜闻乐见的作品还是那些不是太俗的作品，如《雨霖铃》、《八声甘州》、《望海潮》等。而以雅著称的周邦彦，作为词人，他的经典地位是不容撼动的，"清真，集大成者也"③。"二百年来，以乐府独步"④，词人综合历史排名他仅次于苏、辛排第 3，且综合指数远远大于第 4 名。但我们发现除了一首《风

---

① 鲖阳居士：《复雅歌词序略》，见施蛰存《词籍序跋萃编》，第 658 页。

② 王灼：《碧鸡漫志》卷 2，《词话丛编》本，第 84—85 页。

③ 周济：《宋四家词选目录序论》，《词话丛编》本，第 1643 页。

④ 陈郁：《藏一话腴》外编卷上，《影印文渊阁四库全书》第 865 册，台湾商务印馆 1986 年版，第 559 页。

流子》(新绿小池塘) 入选宋代十大经典名篇之外, 元明、清、20 世纪
的十大名篇及历史综合排名的十大名篇中, 周邦彦皆无词入选。这当中的
原因当然很复杂, 但是以雅为特色的周词缺乏众多的读者不能不是一个
原因。

　　杨海明指出: "唐宋词是前代雅文学和后代俗文学的中介", "词体具
有比诗文通俗而又比小说戏曲文雅的文体特色和文体优势, 因而就有可能
同时获得雅俗两大读者群的喜爱, 故其影响力几乎涵盖了全社会稍具文化
水平的各式人等"。① 笔者以为这也是宋词经典生命力旺盛的原因之一。
譬如, 善于以俗为雅的李清照, 批评柳永 "词语尘下", 反对用语粗俗,
格调卑俗, 但并不排斥词中表达世俗情感。她文雅的格调, 深挚的情致为
她赢得了非凡的声誉。李清照传词虽不多, 其经典入选率却名列前茅, 以
十大名篇为例, 其名作《声声慢》(寻寻觅觅) 分别进入综合十大名篇及
元明、清、20 世纪十大名篇, 另外,《凤凰台上忆吹箫》(香冷金猊) 进
入元明、清十大名篇,《如梦令》(昨夜雨疏风骤)、《醉花阴》(薄雾浓
云愁永昼)、《念奴娇》(萧条庭院)、《一剪梅》(红藕香残玉簟秋)、《武
陵春》(风住尘香花已尽) 入元明十大名篇。但凡艺术情思的深邃和艺术
表现的平易完美融合的作品无疑能成为具恒久的艺术魅力的经典。

　　高雅的语言格调中叙写世俗化的情感, 深邃的情思与平易的表现手法
结合, 实是宋词经典缓和雅俗张力的一种方式。实际上, "苏轼以'诗词
本一律'的观点展开的雅俗之辨, 主要是为了救正柳永以来的尘俗词风,
而不在厌弃自温庭筠以来词所普遍具有的世俗文化品格。"② 宋词经典的
雅俗取向, 虽有 "词欲雅而正, 志之所之, 一为情所役, 则失其雅正之
音" 之论, 但大体上是强调语言格调的雅致但并不排斥世俗情感, "艳词
可作, 唯万不可作儇薄语"。③ 融合雅俗, 是宋词经典生成有利的催化剂。

三　审美性和功利性

　　文学和文学经典都是连接着创作主体、作品和接受主体的复合体, 文
学的审美性, 也可以从这三方面理解。其一, 创作主体创作过程中, 舍弃

---

① 杨海明:《唐宋词与人生》, 河北人民出版社 2002 年版, 第 6 页。
② 沈松勤:《唐宋词社会文化学研究》, 浙江大学出版社 2000 年版, 第 301 页。
③ 王国维:《人间词话·删稿》,《词话丛编》本, 第 4265 页。

直接的功利目的投入创作。如刘勰《文心雕龙·神思》提出"是以陶钧文思，贵在虚静，疏瀹五藏，澡雪精神"①，就体现了这种无功利的虚静写作心境。其二，体现于文学作品本身的文字语言及组合结构所表现出来的美的特征。从这种意义上说，文学作品是文学审美性的载体。格调、神韵、境界、音律、修辞等都是文学审美性的表现形式。其三，接受主体在阅读过程中，摒弃功利目的和欲念，从而引起主体精神上的满足和愉快。"用志不分，乃凝于神"②，"罄澄心以凝思，渺众虑而为言"③，从而达到神怡心畅，物我两忘的境界即审美性接受的表现。相应地，文学的功利性也包含以上三个层面的内容。它既可以指创作主体在某种实在目的或利益的驱动下进行写作，如中国传统文学中"诗以言志"、"文以载道"的观念即是功利创作观的体现，更有甚者认为"除了傻瓜，无人不是为钱在写作"④。在接受过程中，功利性则可以指接受主体受作品刺激和感染，引起心灵的震撼，进而对个体的立身处世产生影响。譬如，亚里士多德的"净化说"认为，通过唤起接受者的悲悯和畏惧，净化情感，获得快感，从而达到某种道德教育的目的。这是对文学社会功能的充分肯定。于作品而言，文学的功利性则是指文学作品本身的思想内容、情感表现，直接指向切身利益和现实生活，具有感发人心，引起接受主体价值判断的功能。

　　但功利性与审美性是难以绝然分开的。审美本身即是满足人的精神需要的一种活动。功利性往往隐藏于非功利性的表象当中。文学的审美性和功利性是一对内涵复杂的概念，两者之间的关系也不是简单的非此即彼。本文在此不准备对它们之间既相互包容又相互对立的关系展开讨论，而旨在关注审美性和功利性在文学经典生成的表现和影响。一般来说，审美性是文学经典内在的诉求，而功利性更多地表现为主流意识形态、社会时代、文化传统等外部构成因素对文学经典的要求。审美性和功利性的矛盾体现于文学经典的内外因素对文学经典生成的制约力之间。

　　一方面，传统文化观念的渗透是影响文学经典生成的重要因素，传统

---

①　范文澜：《文心雕龙注》（下册），《范文澜全集》第5卷，河北教育出版社，第438页。

②　陈鼓应：《庄子今译今注》，中华书局1983年版，第472页。

③　陆机著，张少康集释：《文赋集释》，上海古籍出版社1984年版，第43页。

④　萨缪尔·约翰逊语，见哈罗德·布鲁姆《西方正典》，江宁康译，译林出版社2005年版，第17页。

儒家诗教观是中国古代文论的核心，是中国古代重要的文化观念。在宋词经典化过程中，儒家重视文学功利性的诗学传统是历代接受者所承袭的文化观念之一。从孔子把诗的作用概括为"兴"、"观"、"群"、"怨"① 四个方面，到《乐记》"诗言其志也"的总结；从《诗大序》明确指出"故正得失，动天地，感鬼神，莫近于诗。先王以是经夫妇，成孝敬，厚人伦，美教化，移风俗"②，到唐宋期"文以明道"、"文以载道"观念的提出；注重文学的经世教化功能和社会效果，是儒家诗教观所一以贯之的主张。在功利性的文化传统呼唤下，诸多文人不遗余力地推尊词体，词在现代基本上已被认为和诗文并驾齐驱，具有同等文学价值的艺术形式。因而，在宋词经典化过程中，经国济世之词的生命力相应地也越来越强。

同时，历代的主流意识形态无不希望文化有益于风会教化、世态人心。文学经典作为文化遗存物，主流意识形态总是期望它们发挥出符合当下统治，有益于当下社会发展的功利性。它往往和特定的时代风气融为一体，影响文学经典的时代命运。不同的时代对文学经典的功利性有不同的需求倾向。譬如，清代康、乾时期，浙西派风行清代百年"盛世"即是浙西派和"盛世"双向选择的结果。时代需要"醇雅"，主张"词宜于宴嬉逸乐以歌咏太平"③ 的观念为"盛世"添光溢彩。而尚磊落不平之气的阳羡词派则只能在主流意识形态和社会风气的变迁中退出舞台中心。姜、张能在清代宋词经典词人中脱颖而出，和此不无关系。再如，20 世纪中期，在以阶级斗争为纲的意识形态的指导下，一些著名的词人如晏殊、晏几道、欧阳修、秦观、周邦彦等人和他们的作品大都被批判为空虚无聊，被认为是笼罩着上层统治阶级的趣味和爱好，无法真正认识人生的真谛，没有和人民的感情相结合，是有愧于自己的时代的。④ 主流意识形态和时代风气对文学经典功利性的需求，使得有关词人词作的经典地位受到质疑。

另一方面，审美性是文学经典最本质的内部特质。个体心灵的愉悦体

---

① 《论语·阳货》："子曰：'小子，何莫学夫（诗）？《诗》可以兴，可以观，可以群，可以怨；迩之事父，远之事君；多识于鸟兽草木之名。'"（刘宝楠撰《论语正义》，《十三经注疏》本，上海古籍出版社 1993 年版，第 251 页）

② 《毛诗序》，郭绍虞《中国历代文论选》，上海古籍出版社 2001 年版，第 30 页。

③ 朱彝尊：《紫云词序》，见《曝书亭集》卷 40，四部丛刊本。

④ 参王季思《从宋词里接受有益的东西》（《理论与实践》1959 年第 4 期）和胡光舟《试论北宋词的思想倾向》（《复旦大学学报》1959 年第 12 期）。

验是很重要的，任何一位读者都不太喜欢空洞的说教，而在审美的愉悦中潜移默化地被感动是作品最能深入人心的方式。审美性是文学经典生成的内部推动力。因而，从审美的角度出发，有的学者认为经典性就是美学权威和创造性，认为"只有审美的力量才能透入经典"①，从而反对经典的功利性，认为经典"不是拯救社会的纲领"②。特别是宋词，是以注重娱乐性情的审美功能著称的。娱乐性——自娱娱人，是宋词的第一审美功能。这从宋人对宋词功能的论述中即可见一斑。欧阳修说："因翻旧阕之辞，写以新声之调，敢陈薄伎，聊佐清欢。"③ 晏几道说："病世之歌辞不足以析醒解愠，试续南部诸贤绪余，作五七字语，期以自娱，不独叙其所怀，兼写一时杯酒间闻见，及同游者意中事。"④陈世修说："为乐府新词，俾歌者倚丝竹而歌之，所以娱宾而遣兴。"⑤ 佐欢、自娱、析醒解愠、娱宾遣兴皆很明显展示的是文学经典的娱乐审美功能。文学经典内部强大的动力使得能成为经典名篇的不都有着鲜明的社会功利倾向，社会功利性不是成为经典名篇的必然因素。

审美性和功利性分别从文学经典的内部和外部对经典化产生影响，两者的矛盾运动势必对宋词经典化产生影响。不同时代的主流意识形态的功利性导向影响接受主体的接受心理，但接受主体的阅读选择是自主的，审美性作为内在心灵的渴求，同样制约着读者的选择。接受主体是以审美的心态还是功利的心态介入作品的传播接受，影响宋词经典的生成。从作品本身来说，作品所表现的审美性和功利性在一定程度上的融合，有利于缓和文学经典内部诉求和外部要求之间的张力。在形象化的语言，独造性的表现手法所营建的审美性结构中，任何情、理、志的抒发都更具有打动人心的力量。

总而言之，功利性和审美性的融合的作品更容易获得经典地位。在功利性和审美性之间，文学经典还是更偏爱于审美性，合理地认识和处理审美性和功利性这对矛盾关系对宋词经典乃至整个文学经典化具有重要意义。

---

① ［美］哈罗德·布鲁姆：《西方正典》，江宁康译，译林出版社2005年版，第20页。

② 同上书，第21页。

③ 欧阳修：《采桑子·西湖念语》，见《全宋词》，中华书局1999年版，第120—121页。

④ 晏几道：《小山词自序》，引自施蛰存《词籍序跋萃编》，中国社会科学出版社1994年版，第52页。

⑤ 陈世修：《阳春录序》，引自《词籍序跋萃编》，中国社会科学出版社1994年版，第15页。

第四章　宋词经典的嬗变

宋词经典由作者创造和读者选择接受而生成。从宋至今，每位词人每首词作被传播接受的状况处于一种动态变化中。不同历史时期的读者对宋词经典的选择表现出不尽相同的喜好。不同作品的生命力轨迹各异。千年流传过程中，宋词经典的影响和生命力嬗变情况如何呢？

第一节　宋词经典的时代嬗变

任何对象性的存在物的嬗变衍化都不是存在物本身的内在机制能决定的。"对艺术现象的理解也不是简单地从它的内在特性得出的。这就是它的诗情内容同各种不同的读者的要求的一种复杂的相互关系。"①宋词经典作为对象性的存在，不同时代的读者对宋词的接受有不同的反应。每个时代的接受者总是按照自己已有的文化传统、价值观念、审美标准甚至意识形态的立场去理解诠释作品。作品的显晦声誉随着时代文学思潮、文化观念、时代心理的迁移而改变，因而一代有一代之宋词经典。宋词经典在不同历史阶段的变化过程如何？以下笔者将以各个不同时期的宋词经典为参照系，试图对这个问题作出一定程度上的解答。

一　宋金时期的宋词经典

本书统计综合排名前 500 位的词作在宋金时代的选本入选率、点评率和唱和率②，分别按 60%、30% 和 10% 的比例计算三项数据之和，根据综合指数的高低确认它们在这一时期经典效应的高低，得出宋金时期的宋词经典名篇 300 篇，其中前 100 名按名次排列如下（见表 4 - 1 - 1）：

---

① 〔苏〕赫拉普钦科《作家的创作个性和文学的发展》，上海人民出版社 1977 年版，第 274 页。
② 本节以下 4 个时代词作的入选率、唱和率和点评率的计算方法和宋词经典综合排名指数计算方法相同。

表4-1-1　　　宋金百首名篇①

作者	词牌	首句	宋选	宋评	宋和	宋指数	宋名次
苏轼	念奴娇	大江东去	1	15	23	22	1
贺铸	青玉案	凌波不过横塘路	2	6	20	15	2
秦观	千秋岁	水边沙外	1	11	7	13	3
苏轼	卜算子	缺月挂疏桐	1	10	5	11	4
苏轼	水调歌头	明月几时有	1	9	2	9.3	5
辛弃疾	祝英台近	宝钗分	3	6	1	9.3	6
叶梦得	贺新郎	睡起流莺语	1	8	3	8.9	7
姜夔	暗香	旧时月色	3	3	5	8.4	8
周邦彦	风流子	新绿小池塘	2	5	4	8.3	9
晁冲之	汉宫春	潇洒江梅	2	4	5	7.9	10
秦观	满庭芳	山抹微云	1	8	0	7.7	11
姜夔	疏影	苔枝缀玉	3	2	5	7.7	12
张先	天仙子	水调数声持酒听	2	6	0	7.5	13
张元干	贺新郎	梦绕神州路	2	6	0	7.5	13
欧阳修	朝中措	平山阑槛倚晴空	2	5	2	7.5	15
周邦彦	兰陵王	柳阴直	2	3	6	7.5	16
王安石	桂枝香	登临送目	2	2	0	4	53
欧阳修	踏莎行	候馆梅残	2	2	0	4	53
张孝祥	念奴娇	洞庭青草	2	2	0	4	53
欧阳修	浣溪沙	堤上游人逐画船	2	2	0	4	53
刘过	六州歌头	斗酒彘肩	2	2	0	4	53
李冠	蝶恋花	遥夜亭皋闲信步	2	2	0	4	53
周邦彦	过秦楼	水浴清蟾	2	0	0	4	60
姜夔	扬州慢	淮左名都	3	0	0	4	61
李清照	如梦令	常记溪亭日暮	3	0	0	4	61
姜夔	念奴娇	闹红一舸	3	0	0	4	61
陈克	菩萨蛮	绿芜墙绕青苔院	3	0	0	4	61
张辑	疏帘淡月	梧桐雨细	3	0	0	4	61
张孝祥	西江月	问讯湖边春色	3	0	0	4	61
周邦彦	六丑	正单衣试酒	1	2	3	4	67
李清照	永遇乐	落日熔金	1	2	3	4	67
周邦彦	少年游	并刀如水	1	2	3	4	67

① 因为从第97名始，接下来共8首词作在宋金时期的经典指数相同，故宋金全期百首名篇共收词105首。另：以下各期宋词经典均列出前100名。

续表

作者	词牌	首句	宋选	宋评	宋和	宋指数	宋名次
陈与义	临江仙	忆昔午桥桥上饮	3	4	0	7.3	17
苏轼	南乡子	霜降水痕收	1	6	3	7.3	17
苏轼	洞仙歌	冰肌玉骨	2	5	1	7.1	19
秦观	踏莎行	雾失楼台	1	7	0	6.9	20
辛弃疾	摸鱼儿	更能消	3	3	1	6.9	21
周邦彦	西河	佳丽地	1	5	4	6.9	21
周邦彦	瑞龙吟	章台路	3	2	3	6.9	23
周邦彦	花犯	粉墙低	3	2	3	6.9	23
刘过	唐多令	芦叶满汀洲	3	0	7	6.8	25
苏轼	水龙吟	似花还似非花	1	6	1	6.5	26
史达祖	绮罗香	做冷欺花	3	3	0	6.5	27
章楶	水龙吟	燕忙莺懒芳残	1	5	3	6.5	28
苏轼	水龙吟	楚山修竹如云	1	6	0	6.2	29
苏轼	贺新郎	乳燕飞华屋	1	5	2	6.1	30
徐伸	二郎神	闷来弹鹊	2	4	0	5.9	31
毛滂	惜分飞	泪湿阑干花著露	2	4	0	5.9	31
周邦彦	水龙吟	素肌应怕余寒	2	2	4	5.9	31
晏几道	鹧鸪天	彩袖殷勤捧玉钟	1	5	1	5.7	34
晁补之	摸鱼儿	买陂塘	2	3	1	5.5	35

作者	词牌	首句	宋选	宋评	宋和	宋指数	宋名次
柳永	望海潮	东南形胜	1	3	0	4	70
苏轼	永遇乐	明月如霜	1	3	0	4	70
范周	宝鼎现	夕阳西下	1	3	0	4	70
聂冠卿	多丽	想人生	1	3	0	4	70
周邦彦	意难忘	衣染莺黄	1	1	4	4	74
周邦彦	晏清都	地僻无钟鼓	1	1	4	4	74
秦观	八六子	倚危亭	0	4	1	4	76
范仲淹	苏幕遮	碧云天	2	1	0	4	77
李清照	念奴娇	萧条庭院	2	1	0	4	77
吴文英	念奴娇	野棠花落	2	1	0	4	77
姜夔	八声甘州	渺空烟四远	2	1	0	4	77
辛弃疾	琵琶仙	双桨来时	2	1	0	4	77
黄庭坚	贺新郎	甚矣吾衰矣	2	1	0	4	77
王观	清平乐	春归何处	2	1	0	4	77
王雱	庆清朝慢	调雨为酥	2	1	0	4	77
康与之	倦寻芳	露晞向晚	2	1	0	4	77
鲁逸仲	风入松	一春雨雨送春归	2	1	0	4	77
康与之	惜余春慢	弄月余花	2	1	0	4	77
晁补之	喜迁莺	腊残春早	2	1	0	4	77

续表

作者	词牌	首句	宋选	宋评	宋和	宋指数	宋名次
周邦彦	齐天乐	绿芜凋尽台城路	3	0	3	5.3	36
陆游	钗头凤	红酥手	2	3	0	5.1	37
王安石	渔家傲	平岸小桥千嶂抱	2	3	0	5.1	37
史达祖	双双燕	过春社了	3	1	0	4.9	39
姜夔	齐天乐	庾郎先自吟愁赋	3	1	0	4.9	39
吴文英	南楼令	何处合成愁	3	1	0	4.9	39
史达祖	东风第一枝	巧沁兰心	3	1	0	4.9	39
晁补之	洞仙歌	青烟幂处	3	1	0	4.9	39
林逋	长相思	吴山青	3	1	0	4.9	39
周邦彦	大酺	对宿烟收	1	3	3	4.9	45
周邦彦	满庭芳	风老莺雏	2	1	3	4.7	46
周邦彦	风流子	枫林凋晚叶	2	1	3	4.7	46
秦观	水龙吟	小楼连苑横空	1	4	0	4.6	48
汪藻	点绛唇	新月娟娟	1	4	0	4.6	48
苏轼	水调歌头	落日绣帘卷	1	4	0	4.6	48
无名氏	鱼游春水	秦楼东风里	1	4	0	4.6	48
钱惟演	玉楼春	城上风光莺语乱	1	4	0	4.6	48
李清照	如梦令	昨夜雨疏风骤	2	2	0	4.3	53
范成大	眼儿媚	酣酣日脚紫烟浮	2	1	0	4	77
潘坊	南乡子	生怕倚阑干	2	1	0	4	77
周邦彦	隔浦莲	新篁摇动翠葆	0	2	5	4	91
苏轼	满江红	东武南城	1	2	1	3	92
周邦彦	解语花	风销焰蜡	1	1	3	3	93
周邦彦	渡江云	晴岚低楚甸	1	0	5	3	94
苏轼	西江月	玉骨那愁瘴雾	0	4	0	3	95
欧阳修	蝶恋花	庭院深深深几许	2	0	1	3	96
李元膺	洞仙歌	雪纤细雨	2	0	1	3	96
柳永	雨霖铃	寒蝉凄切	1	2	0	3	98
欧阳修	临江仙	柳外轻雷池上雨	2	2	0	3	98
贺铸	柳色黄	薄雨初寒	1	2	0	3	98
张昇	离亭燕	一带江山如画	1	2	0	3	98
苏轼	浣溪沙	徼徼衣巾落枣花	1	2	0	3	98
王观	卜算子	水是眼波横	1	2	0	3	98
林逋	点绛唇	金谷年年	1	2	0	3	98
黄裳	喜迁莺	梅霖初歇	1	2	0	3	98

表4-1-2　宋金时期的前30位经典词人

词人	入选次数	选本数	唱和数	点评数	经典作品	排名指数	宋代排名
周邦彦	69	3	327	23	151	93.6	1
苏轼	38	3	72	19	168	50	2
辛弃疾	58	3	28	10	62	28.4	3
贺铸	67	3	26	12	41	27.9	4
姜夔	59	3	11	9	63	25.8	5
秦观	24	3	10	18	67	23.6	6
欧阳修	90	2	4	4	43	19.8	7
李清照	34	3	5	16	22	17.6	8
史达祖	44	4	3	5	21	16.9	9
叶梦得	63	2	12	2	36	15.7	10
刘克庄	51	3	6	4	9	13.7	11
晁补之	42	3	2	5	11	12.1	12
张先	23	3	2	11	16	11.9	13
吴文英	38	3	6	5	9	11.7	14
晁冲之	21	3	0	7	32	11.6	15
陈克	49	3	0	2	7	11.2	16
柳永	14	2	6	15	12	11.2	17
朱敦儒	31	3	11	7	3	11.2	18
曹组	41	3	0	6	3	11	19
陆游	29	3	5	6	9	10.3	20
卢祖皋	45	3	1	3	0	10.1	21
刘过	18	3	11	4	19	9.55	22
周密	33	2	10	6	1	8.58	23
谢逸	36	3	1	1	7	8.45	24
晏几道	18	3	1	6	15	8.41	25
康与之	33	2	1	5	12	8.3	26
高观国	39	3	0	1	1	8.05	27
陈与义	24	3	1	4	10	7.95	28
黄庭坚	13	3	5	7	10	7.82	29
张孝祥	32	3	3	0	7	7.53	30

本书以综合排名前 200 位的宋代词人为抽样数据，统计他们的入选率、唱和率、点评率及他们所拥有的宋代 300 首名篇中的词作入选率①，分别按 60%、10%、15%、15% 的比例相加，得出词人在宋金时期的排名指数。表 4-1-2 所列为其中前 30 位词人各项指标及综合指数的情况。

宋金时期的宋词接受和宋词创作相伴而行。在创作与接受同步的历史时期里，宋词经典表现形态如何？具有怎么样的特点呢？它们经典化的过程和哪些因素相关？

（一）十大名篇和十大词人：文士、大众的不同选择与苏、周地位的确立

入选宋金时期十大宋词经典名篇的作品按排名先后分别是苏轼《念奴娇》（大江东去）、贺铸《青玉案》（凌波不过横塘路）、秦观《千秋岁》（水边沙外）、苏轼《卜算子》（缺月挂疏桐）、苏轼《水调歌头》（明月几时有）、辛弃疾《祝英台近》（宝钗分）、叶梦得《贺新郎》（睡起流莺语）、姜夔《暗香》（旧时月色）、周邦彦《风流子》（新绿小池塘）、晁补之/李邴《汉宫春》（潇洒江梅）。从主题内容看，十大名篇中苏轼的 3 首作品《念奴娇》、《卜算子》、《水调歌头》和晁补之/李邴的《汉宫春》脱离了词的艳情传统，表现的是人生感慨和词人的理想志向。其他的 6 首词作或直接抒发男女相思之情，或在艳情中打入身世之感。从词调体式看，长调占优势。十大名篇除贺铸的《青玉案》、秦观的《千秋岁》、辛弃疾的《祝英台近》为中调，苏轼的《卜算子》为小令外，其余的 6 首都是长调。

十大名篇中，最受选家关注的名篇是辛弃疾的《祝英台近》（宝钗分）和姜夔的《暗香》（旧时月色），在宋代 4 个选本中各入选 3 次，分别入选赵闻礼《阳春白雪》、黄昇《花庵词选》、周密《绝妙好词》。其次为贺铸《青玉案》（凌波不过横塘路）、周邦彦《风流子》（新绿小池塘）、晁补之/李邴《汉宫春》（潇洒江梅），各入选 2 次，分别被曾慥《乐府雅词》、黄昇《花庵词选》入选。其余 5 首各入选 1 次。最受评家关注的前三甲分别是苏轼的《念奴娇》、《卜算子》和秦观的《千秋岁》。据《唐宋词汇评》所收录的点评，《念奴娇·赤壁怀古》在宋代被点评 15 次，内容涉及用语

①　本节中各个时代词人的入选率、点评率、唱和率和经典作品入选率的具体计算方法和宋代词人综合排名中的计算方法相同。另：以下各期的经典词人均列出前 30 名。

考辨、出处以及极具独创性的艺术风貌等方面。苏轼《卜算子》咏雁词被点评 10 次，主要集中于对词作精湛的艺术表现和丰富意蕴的品评。秦观的《千秋岁》（水边沙外）一词被点评 11 次，除评说本事外，大多就词中名句"飞红万点愁如海"展开批评，本事和名句效应对该词的经典化起重要作用。选本效应和点评效应在十大名篇中呈反比态势。仅被宋代四大选本入选一次的名篇的点评数均多于入选 2 次或 3 次的名篇的点评数。可见宋代选家和评家的选择取向各不相同。十大名篇中，被唱和的前三甲分别为《念奴娇》（大江东去）23 次，贺铸《青玉案》（凌波不过横塘路）10 次，秦观《千秋岁》（水边沙外）7 次。综观十大名篇的 3 项数据指标，唱和和点评之间基本上成正比，而选本则和这两项成反比。

　　3 项数据中，选本不管是以存人为目的，还是以存词为目的；不论为宣扬某种审美理想，还是为谋利；选家都希望所编之选本能被更多的大众所接受。选家编选词选活动本身很大程度上属于上层精英人物的文化活动。但选本的受众是广大读者，因而入选选本而产生的经典效应更大程度上是由大众读者决定的。因此，选本效应归根到底是大众读者参与的结果。相对来说，点评和唱和是精英文化圈的活动。十大名篇，选本与点评、唱和之间的反比存在态势恰恰说明经典是大众读者和精英读者共同参与建构的结果。宋词经典的建构并不是哪一方的一言堂。

　　周邦彦和苏轼宋金时期就已经确立了在词坛的经典地位。

　　十大经典词人中，周邦彦的经典性指数遥遥领先于其他词人。据笔者搜集的资料，周邦彦的词作总共被宋代 3 个选本入选 69 次，入选总次数仅低于欧阳修，只有周密《绝妙好词》因选的都是南宋人的作品未选周词。点评 23 次，在前 30 位词人中居首位。至于被唱和的情况，则两宋词人无人能及。"美成……每制一词，名流辄为赓和。东楚方千里，乐安杨泽民全和之，或合为《三英集》行世。"[1] 据笔者从《全宋词》统计，周邦彦也以被和 327 次的绝对优势雄踞唱和榜之首。可见周邦彦及其词在宋金时期，确实备受欢迎。陈郁《藏一话腴》云："贵人学士，市侩妓女，知美成词为可爱。"[2] 这确实所言非虚。周邦彦在宋金时期受人青睐的程

---

　　① 沈雄：《古今词话·词评》上卷，《词话丛编》本，第 989—990 页。
　　② 陈郁：《藏一话腴》外编卷上，《影印文渊阁四库全书》第 865 册，台湾商务印书馆 1986 年版，第 559 页。

度，不论社会上层人物还是下层人物，皆爱周词。数据也显示，周邦彦在宋金时期的确受到精英读者和大众读者的共同喜好。在宋末张炎的推崇下，更形成了"近时作词者，只说周美成、姜尧章"的盛况①。

十大词人中排名第 2 的苏轼和第 3 的辛弃疾也是生前即在词坛具盛名，在宋金词坛（尤其是南宋中后期）声名隆盛，影响深远。"腐儒村叟，酒边兴豪，引纸挥笔，动以东坡、稼轩、龙洲自况"②，这是南宋后期的传播接受现象，意味着苏辛一派之词在大众中已经拥有广泛的接受者了。

若将苏辛二人经典化指标进行比较，则精英读者对苏轼的认可程度更高些。一般为精英读者操纵的点评和唱和两项中，苏轼在这一时期都得到了仅次于周邦彦的关注。据笔者统计资料，他在宋金时期被点评 19 次，被唱和 72 次，数量不在少数。事实上，东坡词在宋金时期的确受到文人的高度赞许，如前所述，胡寅、王灼、胡仔等人皆对苏词极其推崇。词风"伉爽清疏"③、"颇多深袭大马之风"④ 的金代文人也极赏东坡。金代前中期，"宇文太学虚中、蔡丞相伯坚、蔡太常珪、党承旨怀英、赵尚书秉文、王内翰庭筠，其所制乐府，大旨不出苏、黄外"⑤。金代后期元好问则赞曰："自东坡一出，性情之外，不知有文字，真有一洗万古凡马空气象。"⑥ 可见，苏轼及其词在文人学士中享有崇高的地位。但从选本看，共入选 3 个选本，38 篇次，周密《绝妙好词》未选。其中，31 篇次是被黄昇《花庵词选》入选，而《乐府雅词·拾遗上》入选 4 首，《阳春白雪》入选 4 首。这意味着通过选本向大众读者传播苏词基本上仅依赖于一个词集，因而宋金时期东坡词在大众读者的传播效应较之在精英读者中的传播效应稍弱。

十大词人第 3 名的辛稼轩则更多地受到选家的青睐，除成书于南宋初的《乐府雅词》未选辛词外，其余 3 个宋代选本共选辛词 58 篇次。辛词

---

① 陈模：《怀古录》卷中，邓广铭《稼轩词编年笺注》，上海古籍出版社 1993 年版，第 599 页。
② 张炎：《词源》附录之《附后跋》，《词话丛编》本，中华书局 1986 年版，第 269 页。
③ 况周颐：《蕙风词话》卷 3，《词话丛编》本，第 4460 页。
④ 冯金伯：《词苑萃编》卷 6，《词话丛编》本，第 1893 页。
⑤ 王奕清：《历代词话》卷 9，《词话丛编》本，第 1273 页。
⑥ 况周颐：《蕙风词话》卷 3，《词话丛编》本，第 4463 页。

借助于选本进行传播的效度颇强。而唱和与点评则分别为 28 次、10 次，相对周、苏而言，被精英读者关注的程度稍低。可见，苏、辛在宋金时期被经典化的方式不尽相同。这同样说明，无论精英读者还是大众读者都对宋词经典的建构产生重要影响。

其他十大词人的经典化指标同样存在以上三种情况。据上表统计数据可知，贺铸、姜夔的经典化类似周邦彦，属于既受选家关注，入选率高，又受评家、创作者（唱和者）的关注。欧阳修、史达祖差不多是由于选家的认可而进入前 10 名的。欧阳修被 3 个选本入选 90 次，但点评和唱和分别仅 4 次；史达祖被 3 个选本入选 44 次，而仅被唱和 3 次，点评 5 次。这和辛弃疾的情况类似。而秦观和李清照总体上和苏轼一样，来自点评者和唱和方面的影响力要大些。这也进一步说明了宋词经典的生成是大众读者和精英读者共同创造的结果。只不过其中，或大众读者的影响力大些，或精英读者的影响力大些，或两者之间的影响力趋于均衡。

（二）北宋经典的突出与传唱经典的失落：时间的择汰与物质载体的传承

北宋经典在这一历史时期的宋词经典中有压倒多数的优势。十大词人中，只有辛弃疾、姜夔和史达祖 3 位词人生于南宋，其余周邦彦、苏轼、贺铸、秦观、李清照、欧阳修和叶梦得等 7 位均是北宋词人。十大名篇中，除辛弃疾《祝英台近》（宝钗分）、姜夔《暗香》（旧时月色）各一首外，其余 8 首都是北宋词人创作的。十大名家和名篇中北宋经典优势地位明显。百首名篇中，除去南渡期 11 首词作外（南渡期的 11 首词作基本上北南各半），北宋承平期 15 首，变革期 55 首，共 70 首，而南宋中兴期 20 首，南宋苟安期 3 首，仅 23 首。百首名篇中北宋经典的总数远远超过南宋经典。即便是同为两宋词史的两个高峰，北宋变革期和南宋中兴期各自的名篇数量之比也相距甚远，百首名篇中两者比例为 55：20。前 300 首中两者比例为 137：60。这一历史时期北宋词的经典地位的确相当突出。

经典在时间的冲洗下形成，这是这一时期北宋经典之所以特别突出的根本原因。一位作家、一部作品必须经过一定时间的考验，在一定的时期内被广泛传播接受，才可能成为经典。这至少需要二至三代人的努力。南宋，尤其是南宋后期的词人词作在宋金时期的经典化必须要受此限制。譬如，宋代成书于南宋孝宗之前的杨绘《时贤本事曲子集》、杨湜《古今词话》、鲖阳居士《复雅歌辞》、王灼《碧鸡漫志》、吴曾《能改斋漫录》、胡仔《苕溪渔隐丛话》等著作，在论词中基本上没有对南宋词人词作的评论。辛弃疾之所以被点评仅 10 次，在十大词人中比周邦彦、苏轼、贺铸、秦观、李清照等人的点评都低的很大原因即在于此。而宋末张炎、王沂孙等在历史动态综合排名中的影响力都不小，但由于身处宋朝末季，在宋金时期不可能成为经典，他们的作品也自然连 300 名也未能进。

考察宋金时期的宋词经典，我们还发现一个现象，那就是在宋金时期流播深远、广为人知的一些传唱经典失落于我们的视域之外。譬如，平民化特征明显，以俗为特点的柳词在宋代名满天下，"柳三变词，天下咏之"①。不仅宋人尤喜道之，而且流播境外。从西夏归来的官员说："凡有井水处，即能歌柳词。"②《望海潮》（东南形胜）一词流播至金，"金主亮闻歌，欣然有慕于三秋桂子，十里荷花，遂起投鞭渡江之志"③。这样的说法虽不免有夸大之嫌，但柳词传于金国则应是肯定的。柳永及其词在宋金时期影响不可谓不大。但在本书确认的宋金时期的经典名篇和名家中，柳永及其词的经典排名看上去和他在两宋时期的实力不匹配。经典词人排名中，柳永仅位列第 17 位。百首名篇中，他只有《望海潮》（东南形胜）和《雨霖铃》（寒蝉凄切）入选，宋金排名 70 位、98 位。而据上表可知，宋金时期的宋词经典名篇分属于 46 位词人名下④，另有无名氏作品一首。平均每人 2.23 首。柳永百首名篇的入选数量低于平均数。他的另一首名篇《八声甘州》（对潇潇暮雨洒江天）仅排名 172 位。

这种情况的出现究其实质是传唱经典和文本经典错位所致。词本属音乐文学，传唱是其获得影响力的主要传播方式。上述柳永词"天下咏之"的效应很明显是由传唱造成的，但本书所选择的考察指标却建立在文献基础之上。在古代，传唱效应总是随着时间的迁逝而消失。唯有借助于文本，才能更有效地延展词人词作的生命力。宋金时期，柳词在我们目前可考的文献资料中基本上不被选家、评家、唱和者看重。他入选宋金百首名篇的《望海潮》（东南形胜）只被赵闻礼《阳春白雪》入选 1 次，点评 3

① 胡仔：《苕溪渔隐丛话》，《词话丛编》本，第 163 页。
② 叶梦得：《避暑录话》卷下，《丛书集成初编》第 2787 册，中华书局 1985 年版，第 49 页。
③ 同上。
④ 《汉宫春》（潇洒江梅）互见于晁冲之和李邴名下，《点绛唇》（新月娟娟）互见于汪藻和苏过名下，《离亭燕》（一带江山如画）互见于张昇和孙浩然名下。

次,《雨霖铃》(寒蝉凄切)被黄昇《花庵词选》入选 1 次,点评 2 次,两首唱和均为 0。柳永及其词由口头传播向书面传播过程中遭受冷遇,因而当以文献为依据考察宋词经典时,像柳永词那样的传唱经典自然就衰落了。

当然这里存在的问题是,绝大部分词作都面临由口头传播向文本传播转向,从而延续其生命力这样的问题。周邦彦、苏轼、秦观、李清照等人的词作都曾经过口头传唱,进而被选家选择、批评家点评、创作者唱和,从而步入文本传播的流程。为什么柳永及其词会在这个转换过程中失落呢?这是个复杂的问题,涉及时代文化心理和文学观念的变迁,也涉及历史文化对后代读者的影响。笔者以为,下面的有关论述或能给此现象提供较合理的解释。

(三)以文人化、典雅化为主的审美风格:尚韵尚雅之风的濡染

宋金时期的宋词经典是这一历史时期读者选择的结果。潜在地影响读者的历史文化传统在读者的接受过程中渗入,和它们相遇合的词作更容易成为这一特定历史阶段的宋词经典。由此,每个时代的宋词经典也必然表现出各自独特的审美风格。宋金时期的宋词经典的审美风格以文人化、典雅化的取向为主。

这一历史时期的经典名篇不乏那种体制短小、结构简易、语言浅近质朴的作品,如林逋《长相思》(吴山青)、晏几道《鹧鸪天》(彩袖殷勤捧玉钟)、范仲淹《苏幕遮》(碧云天)、李清照《如梦令》(常记溪亭日暮)、陆游《钗头凤》(红酥手)等皆通俗易懂,具有旺盛的生命力。百首名篇中也不乏像"一寸相思千万缕。人间没个安排处"(李冠《蝶恋花》遥夜亭皋闲信步)、"最苦梦魂,今宵不到伊行"(周邦彦《风流子》新绿小池塘)、"好景良辰,谁共携手"(王雱《倦寻芳》露晞向晚)这样直率真挚的抒情之作。但是这类经典名篇在宋金时期的宋词经典中只是一小部分,典雅精工、含蓄蕴藉的文人化倾向才是这一时期宋词经典的主要审美风貌。

首先,长调占绝大多数。考察宋金时期百首名篇的词调体式,长调 69 首,篇幅偏于短小的小令和中调分别为 23 首、13 首。长调篇目远远多于中调小令。这表明宋金时期的读者偏好那种篇幅长、抒情结构复杂、情感思想蕴含丰富的词作。这种选择表现出明显的文人化倾向。

其次,用语遣辞也趋向于精工典雅、含蓄蕴藉,如苏轼的《水龙吟》

杨花词、姜夔《暗香》《疏影》梅花词、史达祖《双双燕》咏燕词、《绮罗香》咏春雨词等一系列咏物名篇。再如秦观的《满庭芳》（山抹微云）、柳永的《雨霖铃》等词章及周邦彦的绝大部分作品，它们的抒情结构回环转折，用语造辞典雅而富韵味。代词和典故的使用突出了这一方面的特点。如"水浴清蟾"、"一架舞红都变"（周邦彦《过秦楼》）中，"清蟾"代月，"舞红"代落花，用语典丽。周邦彦《风流子》（枫林凋晚叶）一词，如暝霭、凉月、凤蜡、金泥、银钩、玉箸等，足见词人刻画之功；范周《宝鼎现》（夕阳西下）"暮霭红隘，香风罗绮"、"宴阁多才，环艳粉、瑶簪珠履"；黄裳《喜迁莺》（梅霖初歇）"角黍包金，香蒲切玉，是处玳筵罗列"等；选辞造句典雅精工。再如"羡金屋去来，旧时巢燕。土花缭绕，前度莓墙"（周邦彦《风流子》新绿小池塘），"金屋"既指自己所思之人目前所居之处，又暗用"金屋藏娇"的典故，暗示此时自己的心上人已属他人。"问甚时说与，佳音密耗，寄将秦镜，偷换韩香。"则分别用秦嘉与徐淑、韩寿与贾充女之间的典故，吐露希望和心上人相爱相守的心愿。再如"燕子楼空，佳人何在？空锁楼中燕"（苏轼《永遇乐》明月如霜），用张封建和盼盼的故事蕴含无限的惆怅凄楚之情，韵味无穷。

　　这种审美风格倾向的形成是传统文化思潮和文学思想中尚雅尚韵的观念潜移默化地影响读者接受心理的结果。简而言之，宋代虽通俗文化发达，但尚雅尚韵的文化传统作为集体无意识无时不对这个时代的社会成员产生影响。宋代文人士大夫一直未放下对高雅韵致的追求。试看宋人的文艺观："钟、王之迹，萧散简远，妙在笔墨之外"[1]；"韦应物、柳宗元发纤秾于简古，寄至味于淡泊，非余子所及也"[2]；"必能状难写之景，如在目前，含不尽之意，见于言外"[3]；"《蔡明远贴》，笔意纵横，无一点尘埃气"[4]；"东坡简札，字形温润，无一点俗气……天然自然，笔圆而韵胜"[5]。从上可见，萧散、简远、淡泊、味长、高超、韵致、无俗气是士

① 苏轼：《书黄子思诗集后》，《苏轼文集》卷67，中华书局1986年版，第2124页。
② 同上。
③ 梅尧臣语，见《六一诗话》，《历代诗话》，中华书局2004年版，第267页。
④ 黄庭坚：《跋洪驹父诸家书》，《黄庭坚全集》，四川大学出版社2001年版，第770页。
⑤ 黄庭坚：《跋东坡字后》，《黄庭坚全集》，四川大学出版社2001年版，第771页。

人的审美倾向。再如，文人士大夫对晋宋人物的向往，对陶渊明的推崇，都是宋代文人士大夫对雅的执着。在词论中，苏轼有意于"自是一家"，词坛展开雅俗之辨，当然，这时的雅俗之辨"侧重于艺术上的风格论，而其所贬斥的主要是尘俗的'柳七风味'及其流风，而并不否定新声小词作为世俗生活和世俗情怀之载体的文化品格"①。南渡后词坛出现复雅尊体的思潮，代表士大夫文化观念的论词者表现出明显的尊雅黜俗的倾向。王灼《碧鸡漫志》、胡寅《题酒边词序》、鲖阳居士《复雅歌词序略》、曾慥《乐府雅词序》等则将复雅的范围扩大到了"言志"，强调"思无邪"，反对艳曲。南宋末张炎则主张"词欲雅而正，志之所之，一为情所役则失其雅正之音"，倡导"如野云孤飞，去留无迹"的清空之美，崇尚"骚雅"。因此，那种精工典雅、含蓄蕴藉之作自然更受文人士大夫的喜爱。这必然造成像柳永这样的既世俗化又通俗化的传唱经典失落。

（四）大众化、世俗化的情感选择：大众享乐心理的浸润

宋金时期的宋词经典名篇风格体制表现出文人化、典雅化的倾向，但在情感选择方面却表现出与之相反的特征，那便是表达个体爱情的词作最受读者欢迎。大众化、世俗化倾向是这一历史时期宋词经典的情感选择。

从宋金时期经典名篇的主题选择，数量最多的是抒写两性之间情爱的词作，共 46 首。另外，写个体身世遭际的 18 首，抒发人生普遍性哲理感叹的 12 首，写游赏山水、节日风情等内容的闲情词 12 首，抒发报国之志、忧国之思、黍离之悲的家国感慨之作 9 首，理想志向 6 首，都市风情 2 首。综观各类主题的词作数量，我们发现，男女情爱这种私密性的情感占据名篇总量的近一半，其他各种主题中，除了家国感慨和理想志向两类关于经济之怀、经世之志的 15 首词作外，其余的身世之感、都市风情、游赏闲情都重在抒写作为一个自然的生命个体在人生中的喜怒哀乐之情，充分体现了词体文学自娱、佐欢的艺术功能，表现出大众化、世俗化的情感倾向。

试看以下宋金时期独有的经典名篇②：周邦彦《风流子》（新绿小池塘）、毛滂《惜分飞》（泪湿阑干花著露）、徐伸《二郎神》（闷来弹鹊）、

---

① 沈松勤：《唐宋词社会文化学研究》，浙江大学出版社 2004 年版，第 310 页。
② 根据数据统计结果，以下作品唯有在宋金时期才进入百首名篇的行列。

林逋《长相思》（吴山青）、周邦彦《风流子》（枫林凋晚叶）、无名氏《鱼游春水》（秦楼东风里）、李冠《蝶恋花》（遥夜亭皋闲信步）、周邦彦《过秦楼》（水浴清蟾）、周邦彦《宴清都》（地僻无钟鼓）、康与之《风入松》（一宵风雨送春归）、鲁逸仲《惜余春慢》（弄月余花）、潘牥《南乡子》（生怕倚阑干）等作品皆表现的是两性之间的真挚爱恋、相思离别之情；张孝祥《西江月》（问讯湖边春色）、黄庭坚《清平乐》（春归何处）、范成大《眼儿媚》（酣酣日脚紫烟浮）、林逋《点绛唇》（金谷年年）、钱惟演《玉楼春》（城上风光莺语乱）、辛弃疾《贺新郎》（甚矣吾衰矣）、李元膺《洞仙歌》（帘纤细雨）、吴文英《南楼令》（何处合成愁），或为伤别离愁、或为惜春伤时、或为羁旅之苦、或为不遇之叹，抒发的都是个体生活中的悲情；晁补之《洞仙歌》（青烟幂处）、欧阳修《浣溪沙》（堤上游人逐画船）、刘过《六州歌头》（斗酒彘肩）、王观《庆清朝慢》（调雨为酥）、苏轼《水调歌头》（落日绣帘卷）、黄裳《喜迁莺》（梅霖初歇）、范周《宝鼎现》（夕阳西下）或写友人间的谑笑、或写节日风情、或写山水清景，抒发的是游乐赏玩之闲情；王安石《渔家傲》（平岸小桥千嶂抱）、苏轼《永遇乐》（明月如霜）、苏轼《满江红》（东武南城）、张昪《离亭燕》（一带江山如画）、聂冠卿《多丽》（想人生）等作品或感悟人生贪欲为虚、世事无常，或感慨人生苦短而主张惜时行乐。

　　以上 30 余首只在宋金时期入围百首名篇的作品，当中无一首是关于"经国之大业、不朽之盛事"的，都是以个体的生存为经，以个体内心的情绪体验为纬，以表现个体化、个性化的情感为内容，以娱情娱性的艺术功能为旨归。这种大众化、世俗化的情感倾向和宋词的创作状态类似。究其原因则是宋金时期的时代文化心理渗入宋词经典生成过程所致。

　　两宋之间物质文明和城市经济高度发达引发享乐意识高涨，市民通俗文化兴起。统治者鼓励其臣下"不如多积金、市田宅以遗子孙，歌儿舞女以终天年"①。北宋承平的年代里，"新声巧笑于柳陌花衢，按管调弦于茶坊酒肆"②。金人入侵、宋室南渡也只是短暂性中断享乐之风。

---

①　脱脱等撰：《宋史》，中华书局 1977 年版，第 8810 页。
②　孟元老：《东京梦华录·序》，中华书局 2007 年版。

南宋的都城临安当时即被称为"销金锅儿"①。宋代社会参与游乐的主体不仅为官僚士子，还扩大到普通百姓包括深闺女子。这在宣和间女子于上元节窃金杯的逸事及其所作词中可见一斑。"宣和间，上元张灯，许士女纵观，各赐酒一杯。一女子窃所饮金杯，卫士见之，押止御前。女诵《鹧鸪天》词云：'月满蓬壶灿烂灯，与郎携手至端门。贪看鹤阵笙歌举，不觉鸳鸯失却群。天渐晓，感皇恩。传宣赐酒饮杯巡。归家恐被翁姑责，窃取金杯作照凭。'徽宗大喜，以金杯赐之，卫士送归。"②而宋祁晚年知成都，"每宴罢，盥洗毕，开寝门垂帘，燃二椽烛，媵婢夹侍，和墨伸纸，远近观者，皆知尚书修《唐书》矣，望之如神仙焉"③。美酒佳肴之后，明烛掩映、红袖添香，夜修国史，真正会享受生活。欧阳修《西湖念语》中描绘："并游或结于良朋，乘兴有时而独往。鸣蛙暂听，安问属官而属私。曲水临流，自可一觞而一咏。至欢然而会意，亦傍若于无人。乃知偶来常胜于特来，前言可信。所有虽非于己有，其得已多。因翻旧阕之辞，写以新声之调，敢陈薄伎，聊佐清欢。"④ 这种清赏游乐则是典型的文士享乐的表现。

　　宋词在歌筵酒席、清游赏乐中发展、成熟、壮大。宋代文人士大夫的词作，似乎很难找出一位不涉艳情题材的词人，即便是作为领袖一代的人物，也是如此。斥柳永"彩线慵拈伴伊坐"的晏殊，文坛泰斗名德重于一时的欧阳修，"指出向上一路，新天下耳目"的苏轼，"清空骚雅"的姜夔等无一不是如此。宋词在宋代的传播接受也伴随着这样一种时代气候。这必然影响着读者的接受心理。在城市经济发达，物质富足的社会氛围中，市民文化兴起，被斥为"郑卫之音"的俗词自然流播广泛。因而这一时期的宋词经典外在表现虽显示出文人化、典雅化的倾向，但内在文化品质的大众化、世俗化倾向不可避免。普通市民的需求心理自不必说，那些流连于诗、酒、佳人之间，在温柔富贵乡里享受温情与浪漫的文人士大夫们怎么能不选择那些以娱性情为目的，抒写两性情爱及游赏闲情的曲子词作为消遣呢？所以柳词在宋代能深受读者欢迎，名满天下，流播境

---

①　周密：《武林旧事》卷 3，山东友谊出版社 2001 年版，第 46 页。

②　张宗橚：《词林纪事》，成都古籍书店 1982 年版，第 516 页。

③　同上书，第 84 页。

④　欧阳修：《西湖念语》，见《全宋词》，第 120—121 页。

外，成为传唱一代的经典。整个宋金时期的经典名篇情感选择总体上也必然表现出大众化、世俗化的特点。

不难看出，宋金时期的宋词经典交织着雅和俗的矛盾。这种看似矛盾的取向实际上是上层精英文化和下层世俗文化交汇的结果。"宋代文化的大传统与小传统交流融汇的趋势越来越强烈，即呈现精英文化向通俗文化靠拢，通俗文化向精英文化渗透的大趋势。宋词则充当大传统与小传统二者耦合的中介。"① 这种中介作用通过宋词的传播接受实现，并必然会影响到词作在宋代当下的经典化。时代气候的尚俗和文化传统的尚雅这两个对立现象各自对宋词在宋代的经典化产生影响，尚俗的时代氛围使得大多数读者不可避免地喜爱大众化、世俗化的词作，而尚雅尚韵的文学传统则影响上层精英读者的审美观念，从而制约着宋词"俗"品味的延伸。用语遣词的典丽精工、风格的含蓄蕴藉缓冲了两者之间的张力。两者共同影响读者的选择，使这一历史时期的宋词经典总体上呈现出外雅内俗的特点。

二　元明时期的宋词经典

和计算宋金时期宋词经典的方法相同，本书统计综合排名前500首的词作在明代的入选率、点评率和唱和率，按6∶3∶1的比例计算它们明代的经典指数，得出元明时期的宋词经典，其中前100名如表4-1-3所示。

同样地，本书以综合排名前200位的词人为抽样数据，统计他们在元明时期的入选率、唱和率、点评率及他们所拥有的元明时期的宋词300首名篇中的词作入选率，分别按60%、10%、15%、15%的比例相加，得出词人在元明二代的排名指数。前30位词人各项指标及经典指数的情况见表4-1-4。

---

① 沈家庄：《宋词文化与文学新视野》，人民文学出版社2001年版，第27页。

表4-1-3　　元明的宋词经典名篇

作者	词牌	首句	明选	明评	明和	明指数	明名次
苏轼	念奴娇	大江东去	18	2	64	22	1
李清照	凤凰台上忆吹箫	香冷金猊	21	12	2	8	2
李清照	如梦令	昨夜雨疏风骤	19	12	2	7.8	3
李清照	醉花阴	薄雾浓云愁永昼	21	11	2	7.6	4
李清照	念奴娇	萧条庭院	17	11	3	7.5	5
李清照	一剪梅	红藕香残玉簟秋	21	11	1	7.2	6
苏轼	水龙吟	似花还似非花	18	5	10	7	7
秦观	鹧鸪天	枝上流莺和泪闻	21	9	1	6.3	8
李清照	武陵春	风住尘香花已尽	19	9	1	6.1	9
李清照	声声慢	寻寻觅觅	4	7	8	6.1	10
李清照	怨王孙	梦断漏悄	20	9	0	5.9	11
苏轼	水调歌头	明月几时有	20	4	6	5.5	12
岳飞	满江红	怒发冲冠	3	5	9	5.4	13
朱敦儒	念奴娇	插天翠柳	13	9	0	5.3	14
史达祖	绮罗香	做冷欺花	21	5	3	5.1	15
朱敦儒	西江月	世事短如春梦	16	8	0	5.1	16
史达祖	双双燕	过春社了	21	7	0	5.1	17

作者	词牌	首句	明选	明评	明和	明指数	明名次
王雱	倦寻芳	露晞向晚	20	3	1	3.5	51
秦观	风流子	东风吹碧草	18	2	3	3.5	52
陆游	水龙吟	摩诃池上追游路	18	3	3	3.5	52
范仲淹	御街行	纷纷坠叶飘香砌	16	2	2	3.4	54
秦观	柳梢青	岸草平沙	19	3	1	3.4	55
张辑	疏帘淡月	梧桐雨细	19	3	1	3.4	55
周邦彦	拜星月慢	夜色催更	19	3	1	3.4	55
辛弃疾	祝英台近	宝钗分	20	2	2	3.3	58
苏轼	水龙吟	楚山修竹如云	18	3	1	3.3	59
苏轼	西江月	玉骨那愁瘴雾	16	3	3	3.3	60
张先	醉落魄	云轻柳弱	21	3	0	3.3	61
张元干	石州慢	寒水依痕	21	3	0	3.3	61
苏轼	八声甘州	有情风万里卷潮来	19	2	2	3.2	63
周邦彦	渡江云	晴岚低楚甸	17	3	1	3.2	64
王清惠	满江红	太液芙蓉	3	3	5	3.2	65
僧仲殊	南柯子	十里青山远	15	4	0	3.2	66
汪藻	小重山	月下潮生红蓼汀	18	2	2	3.2	67

续表

作者	词牌	首句	明选	明评	明和	明指数	明名次
张先	天仙子	水调数声持酒听	20	6	1	4.9	18
陈与义	临江仙	忆昔午桥桥上饮	19	6	0	4.8	19
朱敦儒	念奴娇	别离情绪	17	7	0	4.7	20
张元干	兰陵王	卷珠箔	18	6	1	4.7	21
王安石	千秋岁引	别馆寒砧	20	4	3	4.6	22
章楶	水龙吟	燕忙莺懒芳残	18	1	8	4.6	23
辛弃疾	念奴娇	野棠花落	19	4	3	4.5	24
欧阳修	踏莎行	候馆梅残	18	6	0	4.4	25
秦观	千秋岁	水边沙外	21	2	5	4.4	26
王安石	桂枝香	登临送目	21	1	6	4.2	27
苏轼	卜算子	缺月挂疏桐	17	1	7	4.2	28
张元干	满江红	春水连天	17	5	1	4.1	29
秦观	满庭芳	晓色云开	17	4	2	4	30
辛弃疾	摸鱼儿	更能消	20	2	4	4	31
秦观	水龙吟	小楼连苑横空	20	4	1	3.9	32
欧阳修	青玉案	一年春事都来几	18	5	0	3.9	33
周邦彦	早梅芳	花竹深	21	3	2	3.9	34
欧阳修	蝶恋花	庭院深深深几许	19	4	1	3.9	35
贺铸	青玉案	凌波不过横塘路	21	0	4	3.1	68
刘过	唐多令	芦叶满汀洲	16	3	1	3.1	69
周邦彦	花犯	粉墙低	21	2	1	3.1	70
周邦彦	琐窗寒	暗柳啼鸦	19	3	0	3.1	71
周邦彦	蝶恋花	月皎惊乌栖不定	19	3	0	3.1	71
李元膺	洞仙歌	雪云散尽	19	3	0	3.1	71
周邦彦	西河	佳丽地	20	2	1	3	74
秦观	鹊桥仙	纤云弄巧	18	3	0	3	75
晏殊	浣溪沙	一曲新词酒一杯	18	3	0	3	75
秦观	画堂春	东风吹柳日初长	18	3	0	3	75
陈亮	水龙吟	闹花深处层层楼	14	3	1	2.9	78
陈瓘	青玉案	碧空黯淡同云绕	19	2	1	2.9	79
谢逸	千秋岁	楝花飘砌	17	1	3	2.9	80
宋自迅	蓦山溪	壶山居士	17	3	0	2.9	81
欧阳修	浪淘沙	把酒祝东风	15	2	2	2.9	83
周邦彦	瑞龙吟	章台路	15	2	2	2.9	83
汪藻	点绛唇	新月娟娟	15	2	2	2.9	83

续表

作者	词牌	首句	明选	明评	明和	明指数	明名次
李清照	浣溪沙	小院闲窗春色深	17	5	0	3.8	36
秦观	踏莎行	雾失楼台	20	3	2	3.8	37
贺铸	望湘人	厌莺声到枕	18	4	1	3.8	38
曹组	蓦山溪	洗妆真态	16	5	0	3.7	39
秦观	八六子	倚危亭	19	3	2	3.7	40
苏轼	洞仙歌	冰肌玉骨	17	2	4	3.7	41
欧阳修	浣溪沙	湖上朱桥响画轮	17	4	1	3.7	42
李玉	贺新郎	篆缕销金鼎	20	4	0	3.6	43
苏轼	南柯子	山与歌眉敛	20	4	0	3.6	43
赵令畤	清平乐	春风依旧	18	3	2	3.6	45
周邦彦	满庭芳	风老莺雏	18	3	2	3.6	45
张先	青门引	乍暖还轻冷	21	3	1	3.6	47
周邦彦	六丑	正单衣试酒	21	3	1	3.6	47
秦观	满庭芳	山抹微云	19	4	0	3.5	49
辛弃疾	水龙吟	渡江天马南来	17	3	2	3.5	50
辛弃疾	沁园春	三径初成	20	1	2	2.9	86
周邦彦	丹凤吟	迤逦春光无赖	20	1	2	2.9	86
秦观	如梦令	池上春归何处	18	2	1	2.8	88
范仲淹	苏幕遮	碧云天	16	1	3	2.8	89
苏轼	南乡子	霜降水痕收	21	0	3	2.8	90
叶梦得	虞美人	落花已作风前舞	16	3	0	2.8	91
辛弃疾	鹧鸪天	着意寻春懒便回	16	3	0	2.8	91
谢懋	鹊桥仙	钩帘借月	16	3	0	2.8	91
叶梦得	贺新郎	睡起流莺语	17	2	1	2.8	94
周邦彦	水龙吟	素肌应怕生余寒	17	2	1	2.8	94
赵令畤	蝶恋花	欲减罗衣寒未去	17	2	1	2.8	94
柳永	雨霖铃	寒蝉凄切	17	2	1	2.8	94
欧阳修	渔家傲	十月小春梅蕊绽	17	2	1	2.8	94
周邦彦	隔浦莲	新篁摇动翠葆	17	2	1	2.8	94
秦观	金明池	琼苑金池	20	0	3	2.7	100

表 4 - 1 - 4　元明时期宋词经典名家

词人	入选次数	选本数	唱和数	点评数	经典作品	元明综合指数	元明排名
苏轼	617	9	126	10	118	84.68	1
周邦彦	1188	8	43	4	100	84.12	2
秦观	649	9	30	8	108	65.55	3
李清照	222	9	24	14	225	65.35	4
辛弃疾	452	9	87	12	39	59.62	5
柳永	581	9	25	1	14	39.15	6
欧阳修	370	9	21	4	40	34.27	7
黄庭坚	307	9	20	1	9	22.68	8
晏几道	320	9	8	0	9	20.08	9
朱敦儒	193	8	5	2	30	16.89	10
张先	222	9	7	0	20	16.2	11
康与之	233	8	10	1	11	15.8	12
张炎	155	3	0	11	0	15.6	13
贺铸	172	9	7	1	11	13.3	14
朱淑真	40	5	3	9	2	12.5	15
史达祖	134	8	6	9	21	11.7	16
晏殊	188	8	3	1	5	11.5	17
刘克庄	171	9	3	2	2	11.3	18
刘过	105	8	6	4	3	11.2	19
陆游	136	9	9		4	10.7	20
王安石	77	8	15	0	22	9.58	21
张元干	96	9	2	0	25	9.2	22
赵令畤	119	9	4	0	10	8.62	23
蒋捷	129	6	9	1	0	7.43	24
姜夔	45	5	7	3	2	6.38	25
张孝祥	74	8	1	2	1	6.22	26
程垓	120	8	0	0	2	6.07	27
叶梦得	77	9	3	0	8	5.87	28
胡浩然	101	8	3	0	3	5.84	29
谢逸	102	8	0	0	6	5.79	30

词在两宋臻于极盛，随着宋朝的灭亡，词渐趋衰弱之势。或说词自元始衰，或说词衰于明。在词体中衰的元明时期，宋金时期确认的宋词经典的命运浮沉如何？这一时期的宋词经典又具有怎么样的特点？

（一）十大名篇和十大词人：元明人的新选择与李清照经典地位的强化

宋词在元明时期的经典化过程中，最突出的特点是李清照及其名篇的经典地位空前强化。十大名篇除了苏轼的《念奴娇》（大江东去）、《水龙吟》（似花还似非花）、秦观《鹧鸪天》（枝上流莺和泪闻）外，其余的都是女词人李清照一人的作品。它们分别是《凤凰台上忆吹箫》（香冷金猊）、《如梦令》（昨夜雨疏风骤）、《醉花阴》（薄雾浓云愁永昼）、《念奴娇》（萧条庭院）、《一剪梅》（红藕香残玉簟秋）、《武陵春》（风住尘香花已尽）、《声声慢》（冷冷清清）。其中，除苏轼一首《念奴娇》外，十大名篇中其余的作品都是元明人新的选择。

明代十大名篇的建构首先得力于选本效应。李清照《凤凰台上忆吹箫》、《如梦令》、《醉花阴》、《念奴娇》、《一剪梅》在宋代都只入选两个选本，入选率为50%，在元明时期则分别入选21、19、21、17、21次，入选率在77.3%到95.5%之间。而苏轼的《念奴娇》和《水龙吟》由宋代入选一个选本，在元明时期均入选18个选本，入选率由25%上升为81.8%。十大名篇中其余3首在宋代入选数为0，而元明时期，除李清照《声声慢》因未被《草堂》系列入选而入选率低之外，秦观《鹧鸪天》入选明代选本21次，李清照《武陵春》入选元明选本19次，均高于元明时期词作入选平均数①。这些词作因为得到选家的认可而声名盛行，随着选本的传播，词作的影响范围日益扩大，经典性也日渐增强。

当然，曾是宋金时期十大名篇，但未入选元明十大名篇的一些词作，在元明时期仍具有高入选率，譬如苏轼《水调歌头》（明月几时有）入选20次，贺铸《青玉案》（凌波不过横塘路）入选21次，辛弃疾《祝英台近》（宝钗分）入选20次。旧十大名篇的失落和新十大名篇的崛起还取决于文人的唱和与批评。而且元明时期有300余首词作的入选次数都在13次以上，百首名篇中除李清照《声声慢》（冷冷清清）、岳飞《满江

---

① 综合排名前500首词，元明选本共选6670多次，每首词的平均入选率约为13次。其中元明前100名在元明时期共入选1791次，每首约18次。

红》（怒发冲冠）、王清惠《满江红》（太液芙蓉）入选次数低之外，其余的入选次数都在平均数以上。这一方面表明，选本效应在这一时期宋词经典化的过程中具有决定性作用，入选次数低的作品几乎不太可能入选百首名篇。另一方面，这也意味着文人点评与唱和在元明时期宋词经典的生成中对于名篇排名更具决定作用。

在元明文人的推许下，李清照上述 7 首词作脱颖而出，成为十大名篇。元明时期排名前 100 名的词作在元明时期总共被点评 375 次，每首平均点评 3.75 次[1]。李清照《凤凰台上忆吹箫》、《如梦令》（昨夜雨疏风骤）、《醉花阴》（薄雾浓云愁永昼）、《念奴娇》（萧条庭院）、《一剪梅》（红藕香残玉簟秋）、《武陵春》（风住尘香花已尽）、《声声慢》（冷冷清清）分别被点评 12、12、12、11、11、9、7 次，包揽了点评这一项数据指标的前三甲。元明时期的点评中，除了秦观《鹧鸪天》（枝上流莺和泪闻）、朱敦儒《西江月》（插天翠柳）外，所有词作的点评数都在 9 次之下。受到元明时期文人的如此眷顾，李清照的词作在元明时期宋词经典中成为一枝独秀，其个人经典地位也得到了前所未有的凸显。

元明时期文人的点评着重于李清照词的艺术美质，分别从艺术构思的巧妙、用语遣词的尖新、情感表现的真切等方面全面解读这些词。尤其是词中名句仍然是文人们最爱品评的内容。譬如，《如梦令》（昨夜雨疏风骤）词中佳句"应是绿肥红瘦"自宋受到胡仔的赞赏[2]以来，仍是元明时期文人关注的焦点。如元代元淮《金囦集》《读李易安文》一文中指出："绿肥红瘦有新词，画扇文窗遣兴时。象管鼠须书草贴，就中几字胜羲之。"瞿佑《香台集》卷下《易安乐府》："《如梦令》云：'应是绿肥红瘦'，语甚新。"蒋一葵《尧山堂外纪》卷 54 也说："李易安又有《如梦令》云'昨夜雨疏风骤……绿肥红瘦。'当时文士莫不击节称赏，未有能道之者。"沈际飞《草堂诗余正集》卷 1 亦指出："'绿肥红瘦'创自妇人，大奇。"[3] 再如《醉花阴》（薄雾浓云愁永昼）中的"人比黄花瘦"、

---

[1]　综合排名前 500 名词，共被点评 654 次，平均每首被点评 1.31 次。

[2]　"近时妇人，能文词如李易安者，颇多佳句。小词云：'昨夜雨疏风骤……应是绿肥红瘦。''绿肥红瘦'此语甚新。又《九日》词：'帘卷西风，人比黄花瘦。'此语亦妇人所难到也。"（胡仔：《苕溪渔隐词》卷 60，《词话丛编》本，第 416 页）

[3]　以上"绿肥红瘦"相关评语引自吴熊和《唐宋词汇评》（两宋卷），第 1411 页。

《念奴娇》（萧条庭院）中的"宠柳娇花"、《声声慢》（冷冷清清）中的叠字句也被文人称道。

十大名篇中，苏轼的《念奴娇》（大江东去）这一时期仍雄踞排行榜之首，而且综合经典性指数大大超过第 2 名。这首词在元明时期强劲的经典效应主要得力于元明词人的唱和。元明百首宋词经典总共被唱和 242 次，平均每首被和 2.42 次，而一曲《念奴娇·赤壁怀古》就被和 64 次之多，先后有白朴、夏言、彭孙贻等 20 余位元明词人参与唱和。这彰显出这首词强大的魅力，它的典范性和独创性对后世文人具有永久的吸引力。十大名篇排名第 7 的《水龙吟》（似花还似非花）一词被唱和的次数也达 10 次。事实上，元明时期唱和前三甲均为苏轼[1]。可见苏轼对后世文人词创作影响深远，具有绝对典范的地位。

元明十大词人按名次先后分别为苏轼、周邦彦、秦观、李清照、辛弃疾、柳永、欧阳修、黄庭坚、晏几道、朱敦儒。其中，苏、周、秦、李、辛、欧阳等 6 位词人从宋至明均位列前 10 名。这 6 位词人中苏轼、秦观、李清照的经典地位较前代提前，而周邦彦和辛弃疾的经典地位下降，欧阳修则仍稳居第 7 名的宝座。

同时，苏轼的经典地位进一步巩固，由第 2 位上升为第 1 位。元明时期不但选家大赏苏词，入选明代所有 22 个选本，而且评家也同样爱点评苏轼，被点评数居第 3 位。更重要的是在创作领域苏轼受到无人能及的推重，以被和 126 次的数量再次雄踞唱和榜的首位。相对来说周邦彦入选选本仍占优势，共入选 1188 次，居入选榜之首，但文人点评明显下降，由宋金时期的 23 次下跌为 4 次。在宋代周邦彦被认为"二百年来以乐府独步"，作词"最为知音"，而明代文人却不那么喜爱周词。王世贞说："美成能作景语，不能作情语，能入丽字，不能入雅字，以故价微劣于柳。"（王世贞《弇州山人词评》卷 1）因此，周邦彦在明代的经典地位下降，第一词人的位置被苏轼取代。辛弃疾由第 3 名跌落为第 5 名，最主要原因在于元明时期他的经典名篇地位骤落。十大名篇无一入选，排名最靠前的《念奴娇》（野棠花落）仅位列第 24 名，因此其影响力自然下降。

秦观和李清照地位也有所上升。决定李清照的地位上升的还是文人的

---

[1]　苏轼：《卜算子》（缺月挂疏桐）被和 7 次，排唱和榜第 3 位。

评价。被点评 14 次，这在元明时期点评指标中最高。对于李清照的评价，宋人早有定论。朱熹说："本朝妇女能文，只有李易安与魏夫人。"① 李清照的才华是公认的。明人陈宏绪《寒夜录》卷下也说："李易安诗余，脍炙千秋，当在《金荃》、《兰畹》之上。……虽秦、黄辈犹难之，称古今才妇第一，不虚也。"② 而且，明人心目中的李清照不仅是一才女，而且被文人引为知己。茅暎在《词的》卷 1 中评李清照《如梦令》时曰："易安，我之知己也。今世少解人，自当远与易安作朋。"③ 因备受文人珍爱，李清照经典地位上升，但由于她存词毕竟太少，因而在词选中不可能有大量的词作进入选本而提升其经典地位。因此，综合排名，李清照仍居秦观之后，列第 4 位。

元明十大词人中，柳永由宋金时期的第 17 名上升为第 6 名，黄庭坚由第 29 名上升为第 8 名，晏几道由第 25 名上升为第 9 名，朱敦儒由第 18 名上升为第 10 名。这四家经典地位的显著提升，主要在于受到了选家更多的关注。四家中除朱敦儒未被杨慎《词林万选》入选之外，皆入选明代所有选本。在宋金时期，四人中以朱敦儒入选次数最多，但也仅以 31 篇次的入选量居入选榜 21 位，而元明时期除朱敦儒居 13 位外，其他 3 人入选数的排名都在前 10 位之列。依赖于选本效应，柳、黄、晏、朱经典性增强，入围十大词人。

宋金时期曾入围前 10 名的贺铸降为第 14 名，姜夔降为第 25 名，史达祖降为第 16 名，叶梦得则降到第 28 名。选家的关注和评家的点评都直线下降导致他们经典地位的跌落。从入选选本看，四人中入选篇次多的贺铸以 172 次仅列第 14 位，而姜夔仅入选 45 篇次，在前 30 位词人中最低。从点评看，贺铸被评 1 次，史达祖被评 1 次，姜夔被评 3 次，叶梦得 0 次，评家亦极少关注。因此，贺、姜、史、叶经典地位的下降是必然的。

（二）百首名篇经典地位的起落：在继承与创造中前行

如同十大词人经典地位的起伏涨落一样，名篇的经典地位也是起伏不定的。元明时期一方面传承着宋金时期的一部分名篇；另一方面抛弃了一部分前代的名篇，同时还发现并提高了一批词作的经典性。百首名篇在元

---

① 黎靖德：《朱子语类》卷 104，中华书局 1986 年版。
② 陈宏绪：《寒夜录》卷下，中华书局 1985 年版。
③ 茅暎：《词的》卷 1，引自吴熊和《唐宋词汇评》（两宋卷），第 1411 页。

明时期的变化大致有以下三种类型①。（具体篇目及名次变化情况详附录二）

1. 传承的名篇

宋金百首经典名篇有42首为元明所继承，近半数名篇的经典地位得以延续。

被传承下来的经典名篇以周邦彦和苏轼2人的作品最多，各8首。周邦彦的《满庭芳》（风老莺雏）、《六丑》（正单衣试酒）、《渡江云》（晴岚低楚甸）、《花犯》（粉墙低）、《西河》（佳丽地）、《瑞龙吟》（章台路）、《水龙吟》（素肌应怯余寒）、《隔蒲莲》（新篁摇动翠葆），苏轼的《念奴娇》（大江东去）、《水龙吟》（似花还似非花）、《水调歌头》（明月几时有）、《卜算子》（缺月挂疏桐）、《洞仙歌》（冰肌玉骨）、《水龙吟》（楚山修竹如云）、《西江月》（玉骨那愁瘴雾）、《南乡子》（霜降水痕收）。其次为秦观，共5首，分别为《千秋岁》（水边沙外）、《水龙吟》（小楼连苑横空）、《踏莎行》（雾失楼台）、《八六子》（倚危亭）、《满庭芳》（山抹微云）。再次为辛弃疾的《念奴娇》（野棠花落）、《摸鱼儿》（更能消）、《祝英台近》（宝钗分），共3首。余者为李清照、史达祖、欧阳修各2首，陈与义、范仲淹、贺铸、柳永、刘过、汪藻/苏过、王安石、王雱、叶梦得、张先、张楫、章楶各1首。

从传承下的名篇数量与词人地位看，恰好是元明十大词人的前三甲苏轼、周邦彦、秦观3人被传承的名篇数量最多，他们3人的经典地位也因此加固。从主题选择看，爱情经典传承得最多，共19首。从风格看，元明人继承的更多的是词风婉约的作品，42首中占33首。除苏轼人生感悟之作及王安石《桂枝香》（登临送目）、周邦彦《西河》（佳丽地）、苏过/汪藻的《点绛唇》（新月娟娟）之外，余者无不婉约。就连辛弃疾也无一首豪词作为经典被传承下来。

从效应方式看，选家的选择对这一批名篇经典地位的保持所起的作用最大。以上42首词作入选次数最低的为周邦彦《瑞龙吟》（章台路）和汪藻/苏过《点绛唇》（新月娟娟），各入选15次，高于本书抽样词作在

---

① 3种类型的划分以100名为界线。凡在此范围内虽名次有所变动，但还在百首名篇之内的，应该归入传承的经典一类。而前代在百名外，当下在百名内的则为新创的经典。至于前代则百名内，当下逸出百名外的，则归入失落的经典一类。

元明入选的平均数 13。42 首名篇中入选 18 次以上的 33 首，其中 20 次以上 16 首。而且所有 42 首词均入选了《草堂诗余》。《草堂诗余》纵横元明 300 余年，尤其在明代风行于世。据孙克强《清代词学》第 91 至 93 页统计，有明一代，《草堂诗余》共有 35 个可考版本，4 个仅见于著录的版本，不可谓不盛。明画家祝枝山竟曾以小楷精书全部的《草堂诗余》。这对这批词作的传播和影响力的延续有着重要意义。

2. 上升的名篇

元明百首名篇中，有 58 首宋金时候排名百名后的词作被元明人发现，经典效应增强，经典地位上升，入围百首名篇。

拥有上升的名篇数量最多的前 3 位词人是秦观、李清照、周邦彦。其中，秦观 8 首：《风流子》（东风吹碧草）、《鹧鸪天》（枝上流莺和泪闻）、《满庭芳》（晓色云开）、《柳梢青》（岸草平沙）、《鹊桥仙》（纤云弄巧）、《画堂春》（东风吹柳日初长）、《如梦令》（池上春归何处）、《金明池》（琼苑金池）；李清照 7 首：《凤凰台上忆吹箫》（香冷金猊）、《醉花阴》（薄雾浓云愁永昼）、《一剪梅》（红藕香残玉簟秋）、《武陵春》（风住尘香花已尽）、《声声慢》（寻寻觅觅）、《怨王孙》（梦断漏悄）、《浣溪沙》（小院闲窗春色深）；周邦彦 5 首：《琐窗寒》（暗柳啼鸦）、《蝶恋花》（月皎惊乌栖不定）、《早梅芳》（花竹深）、《拜星月慢》（夜色催更）、《丹凤吟》（迤逦春光无赖）。另外，欧阳修有 4 首，苏轼、辛弃疾、朱敦儒、张元干各有 3 首词作提升为百首名篇。赵令畤、谢逸、张先各 2 首作品经典地位上升。曹组、陈瓘、陈亮、范仲淹、贺铸、李玉、李元膺、陆游、僧仲殊、宋自逊、汪藻、王安石、王清惠、谢懋、晏殊、叶梦得、岳飞各有 1 首词作上升为百首名篇。

以上 58 首上升的经典具有如下风貌。爱情，是上升经典的第一大情感主题。共 31 首爱情词提升入百首名篇的范围。婉约是这批上升经典的主要审美风格，58 首词中，仅岳飞《满江红》（怒发冲冠）、辛弃疾《渡江天马南来》等少数几篇豪壮之词。同时，元明人提高了更多北宋词的地位，上升的经典中仅北宋承平期和变革期就有 32 首词进入百首名篇的行列。而体制短小的中调和小令也更多地赢得元明读者的喜爱，上升的经典名篇中共 36 首中调和小令。

以上名篇之所以声名由幽微而显赫得力于元明时期选家、评家和唱和者的共同努力。

　　选家的选择促进了这些词作的广泛传播。以上词作在元明时期基本上都受到选家的青睐。58 首词仅李清照《声声慢》（寻寻觅觅）、王清惠《满江红》（太液芙蓉）、岳飞《满江红》（怒发冲冠）因未能入选《草堂》系列，因而入选次数低于平均数 13 次。其余 55 首中 51 首入选 16 次、入选率 70% 以上，34 首入选次数 18 次、入选率 80% 以上，15 首入选次数 20 次、入选率 90% 以上。而在宋金时期，以上 58 首词作，最高入选次数 2 次、入选率 50%，共 14 首入 2 选本。入一个选本的 15 首，更有 19 首入选次数为 0。现在为我们所熟悉的名篇如李清照的《声声慢》（冷冷清清）、《武陵春》（风住尘香花已尽），秦观的《鹊桥仙》（纤云弄巧）、《鹧鸪天》（池上流莺和泪闻）、晏殊的《浣溪沙》（一曲新词酒一杯）等一系列词作在宋代均未被四大选本的任何一家相中。元明选家对它们经典化的作用不可小视。譬如，岳飞的《满江红》（怒发冲冠）一词，在明代虽未入选《草堂》系列，虽只被卓人月《古今词统》、陈耀文《花草粹编》、潘游龙《精选古今诗余醉》3 个词选入选，但发现之功不可没。该词由此也引起唱和者和评家的注意，其中卓人月对此词既有点评之语，也有唱和之词。自此之后《满江红》（怒发冲冠）一词为广大读者所熟悉，经典效应日渐强劲。

　　评家点评的增多进一步扩大了这些词作的影响力。宋代点评中，除朱敦儒《念奴娇》（插天翠柳）、李清照《声声慢》（寻寻觅觅）被点评 2 次，李玉《贺新郎》（篆缕销金鼎）、朱敦儒《西江月》（世事短如春梦）、陆游《水龙吟》（摩诃池上追游路）、王清惠《满江红》（太液芙蓉）、晏殊《浣溪沙》（一曲新词酒一杯）各被评点 1 次之外，据本书数据，其余 51 首词均无 1 次点评。它们都游离于评家的视线之外。时移事易，这些词作在元明时期普遍受到文人关注，点评显著增多。54 首点评两次以上，16 首点评 5 次以上，还有 3 首点评数在 10 次以上。58 首词只秦观《金明池》（琼苑金池）未见文人点评。譬如朱敦儒《西江月》（世事短如春梦），宋被点评 1 次，元明时被点评 8 次，排名由 172 名上升为 16 名；《念奴娇》（别离情绪）宋时点评 0 次，元明时点评 7 次，由 352 名上升为 20 名。评家的关注是它们经典地位上升的强大推动力。

　　至于文人唱和，上述 58 首词在宋金时期仅 10 首词有唱和词，最高唱和次数 4 次。而元明时期则 35 首有唱和词，唱和次数最多的岳飞《满江红》（怒发冲冠）一词共被和 9 次。而综合看以上 58 首词，入选、点评、唱和皆较宋金时期明显增多，其经典效应显著增强，因而排名迅速提升，成为元明时期新创的宋词经典。

3. 没落的名篇

既然有新的词作在元明读者的选择下进入百首经典名篇的行列，那么有的前代经典名篇的经典效应必然降低，从读者传播接受的中心走向边缘，成为一批没落的经典。

宋金时期进入百首名篇行列的词作共有 63 首词在元明时期经典地位下降，排名逸出百名之外。周邦彦、姜夔、苏轼 3 位词人排名下降于百名之外的作品最多。周邦彦《大酺》（对宿烟收）、《风流子》（枫林凋晚叶）、《风流子》（新绿小池塘）、《过秦楼》（水浴清蟾）、《解语花》（风销焰蜡）、《兰陵王》（柳阴直）、《齐天乐》（绿芜凋尽台城路）、《少年游》（并刀如水），姜夔《暗香》（旧时月色）、《念奴娇》（闹红一舸）、《琵琶仙》（双桨来时）、《齐天乐》（庾郎先自吟愁赋）、《疏影》（苔枝缀玉）、《扬州慢》（淮左名都），苏轼《贺新郎》（乳燕飞华屋）、《浣溪沙》（簌簌衣巾落枣花）、《满江红》（东武南城）、《水调歌头》（落日绣帘卷）、《永遇乐》（明月如霜）都在元明时期成为了失落的经典。其中，姜夔的名篇在元明时期只见没落，不见上升。这也是姜夔在这一时期经典地位下降的原因之一。另外，晁补之、欧阳修各 3 首，康与之、李清照、林逋、王观、吴文英、张孝祥各 2 首，张元干、陈克、李冠、潘牥、钱惟演、王安石、范成大、范周、辛弃疾、史达祖、贺铸、李元膺、徐伸、晏几道、黄裳、吴礼之、黄庭坚、张昇/孙浩然、刘过、柳永、鲁逸仲、陆游、毛滂、聂冠卿各有 1 首作品滑落于百名外。

从这些失落的经典的表现特征看，北宋承平期和变革期词不仅上升的经典多，失落的经典也多，共 40 余首。婉约词风的同样也是既上升得多，被抛弃的也占多数。元明时期失落的经典的情感第一主题同样也是爱情词，不过数量稍低，共 27 首爱情主题的词滑向边缘。但家国主题的词作下降的情况比上升的情况有所增加。此外，有 39 首长调遭遇淘汰命运，占大半，只此表现出和上升经典所不同的倾向。可见，宋词经典的这些外部特征对于它们经典化的影响并不是必然的。

选本效应导致了以上词作经典地位的失落。入选的低迷状态同时引起点评与唱和的下降，导致上述词作经典效应的递减。以上 60 余首词在宋金时期至少入选宋代四大词选之一，其中 40 首入选 2 次以上。姜夔的

《暗香》（旧时月色）、《疏影》（苔枝缀玉）、《扬州慢》（淮左名都），吴文英《南楼令》、周邦彦《齐天乐》（绿芜凋尽台城路）等13首词各入选宋代三大选本，有75%的入选率，这在宋代入选中是最高的。但在元明时期，以上失落的名篇却有30余首词作在22个选本中入选10次以下，其中还有的入选率为0。譬如，姜夔在元明时期失落的6首名篇，风行元明的《草堂》系列未选，总入选次数均为2—3次。选家的选择不仅是选本效应的问题。姜夔的词未入《草堂》，不仅入选率低，而且点评数和唱和数也低。在宋金时期形成的姜夔名篇到元明时期全部在百名之外。再譬如，周邦彦《齐天乐》（绿芜凋尽台城路），仅入选1次，点评和唱和均为0次，排名由36名下降至463名。苏轼的《浣溪沙》（簌簌衣巾落枣花）、《永遇乐》（明月如霜）各入选2次，点评唱和均为0次，分别由98名、70名下降至450名。另外，以上60余首词有20余首词未有点评收录于本文所辑数据中，40余首词无一被唱和，它们的唱和指标和点评指标总体下降。因此，上述词作经典地位的失落就不可避免了。

（三）通俗化、世俗化倾向：文化商品化、重个性、倡本色之时风的渗透

元明时期的宋词经典格局中，北宋词占有极大的优势。纵观这一时期宋词经典名篇的时段格局，北宋承平期13首，变革期49首，仅这两时期就占62%，这还不包括南渡词人在靖康之变前的作品。而南宋词史的繁荣期也只有12首词作经过元明人的选择而进入了百首名篇之内，其他的两个时期苟安期和亡国期各仅1首作品入选。前300名之内，北宋承平期44首，变革期150首，仅这两个时期的作品便在300篇中占近三分之二的比例。南宋后三期总共也仅40余首。至于元明人视野中的十大宋代经典词人，除辛弃疾一人外，其余都出生于北宋。而元明十大名篇[①]中，清一色的都是北宋作品。但这一时期北宋经典占优势的原因和宋金时不同。北宋词抒情简练直率，语言质朴浅白，通俗易懂，主要表现世俗化、个性化的情感是它们在元明时期能够赢得更多读者喜爱的原因。

通俗化、世俗化倾向是元明时期宋词经典的显著特征。

从词调的选择看，元明时期经典名篇篇幅长、容量大的长调45首，

---

① 其中，李清照《念奴娇》（萧条庭院）和秦观《鹧鸪天》（枝上流莺和泪闻）《全宋词》均列为无名氏作品。

也就是说篇幅相对短小的中调小令的数量比长调多 10 首。这与宋金时期和清代的词调体式选择是不相同的。相应的，语言质朴浅白、通俗易懂的词作更容易为这一时期的读者所广泛接受传播。譬如，在宋金、清和 20 世纪都名列 200 名之外的秦观的《鹧鸪天》(枝上流莺和泪闻)："枝上流莺和泪闻，新啼痕间旧啼痕。一春鱼雁无消息，千里关山劳梦魂。　无一语，对芳尊，安排肠断到黄昏。甫能炙得灯儿了，雨打梨花深闭门。"思人之情真切深沉，结句意味悠长，但语言浅白通俗，不用代字、典故，不见雕琢之迹。再如，李清照《怨王孙》(梦断漏悄)、朱敦儒《念奴娇》(插天翠柳)和《西江月》(世事短如春梦)等词，皆是易懂通俗之作。它们在其他 3 个时期的影响力和知名度都甚微，但元明时期排名都在 20 名以内。总体上，元明时期的宋词经典名篇典丽精工、含蓄蕴藉的作品所占比例不大。

　　就主题而言，表现两性之间的情感，是这一时期宋词经典的主要内容。百首名篇中写婚恋相思的作品 50 首，占一半。其他主题中，游赏山水述闲情者 7 首，表达个体身世遭际的人生之叹的 21 首，表达人生普遍性感慨的 9 首，家国之感的 8 首，高洁之志、归隐之情者 5 首。从主题取向看，这一时期的宋词经典表现私密性、个体性的世俗情感，以娱乐性情为宗旨的本色特点是相当突出的。女性经典的凸显也是这一历史时期的主要特征。百首名篇中，女性词人的经典作品占十分之一，李清照、王清惠共有 10 首名作入选。十大名篇中，女词人李清照一人的作品竟占了十分之七。女词人朱淑真也获得越来越多的关注，其个人经典性排名上升为第 15 位。这和元明时期宋词经典对个体价值的肯定是一致的。

　　概括地说，通俗化和世俗化倾向体现为通俗化的审美风格和世俗化的情感表现。元明时期的宋词经典的风貌可用一"俗"字概括。即使是内容归于雅正的家国和人生哲理类词作也表现出外在的俗化倾向。它们或者直抒胸臆，甚至以议论为词，如岳飞《满江红》(怒发冲冠)、辛弃疾《水龙吟》(渡江天马南来)、朱敦儒《西江月》(世事短如春梦)等。这对于主张哀而不伤、怨而不怒的传统审美观念而言是非雅的。张炎《词源》杂论中即指出："辛稼轩、刘改之作豪气词，非雅词也。"[1] 至于其

---

[1]　张炎：《词源》，《词话丛编》本，第 267 页。

"雅"作，主要以风格之雅为主要特征，如周邦彦《花犯》（粉墙低）、苏轼《水龙吟》（似花还似非花）之类的作品。当然元明时期的宋词经典中也有一些具永久魅力的词作，如东坡《卜算子》咏雁词这样的词，应该说是更符合传统雅文学观念的作品。但这只是元明时期宋词经典为数不多的一部分。元明的宋词经典可谓是俗化的经典，真正继承了宋词本色的衣钵，在背离传统儒家审美观这方面，走得最远。以下几方面或许能为这一历史时期宋词经典的通俗化、世俗化倾向作个注脚。

1. 商品经济发展下注重人生享受的观念和现象，文化商品化，大众化、平民化文化的充分发展形成的时代气候影响着广大读者对前代文学的选择和接受，这是元明时期宋词经典俗化特质的温床。

明代建国以来的百余年间，实行文化专制政策，重视文化的教化功能，如永乐九年的一份奏章说："乞敕下法司，今后人民倡优装扮杂剧，除依律神仙道扮，义夫节妇，孝子顺孙，劝人为善，及欢乐太平者不禁外，但有亵渎帝王圣贤之词曲、驾头、杂剧，非律所该载者，敢有收藏传诵、印卖，一时擎送法司究治。"① 据目前笔者掌握的资料看，在元明时期，宋词生命力真正从明中叶始勃发。风行元明的《草堂诗余》近40个版本，明初百余年间可见的仅明洪武二十五年（1392）遵正书堂刻本，明成化十六年（1480）本，其余的版本都刻行于明中叶以后。②

随着明中叶以来商品经济的发展，明代社会"出现了两种空前突出的情况：权力的商品化和文化的商品化"③。传明代著名的政治家、改革者张居正所坐步舆，"前重轩，后寝室，以便偃息，旁翼两庑，各一童子立，而左右侍为挥箑炷香，凡用卒三十二舁之"。而他的膳食，据传"始所过州邑邮，牙盘上食，水陆过百品，居正犹以为无下箸处。而普无锡人，独能为吴馔，居正甘之，曰：'吾至此仅得一饱耳。'此语闻，于是吴中之善为庖者，召募殆尽，皆得善价以归"④。这是社会崇尚财富和注重人生享受的一面镜子。再如，明代茶陵诗派领袖李东阳罢政居家时，请他撰写诗文书篆者"填塞户限"，他也便凭此收取润笔以资家用。据说一

---

① 顾起元：《客座赘语》卷十，《元明笔记史料丛刊》，中华书局1987年版，第347页。

② 参孙克强《清代词学》，中国社会科学出版社2004年版，第91页。

③ 商传：《明代文化史》，东方出版中心2007年版，第18页。

④ 焦竑：《玉堂丛语》卷8《汰侈》，中华书局1981年版，第276页。

次夫人给他备好纸墨，他却略有倦色。他夫人笑曰："'今日设客，可使案无鱼菜耶?'乃欣然命笔，移时而罢。"①可见，作为一代文坛领袖的李东阳也很自然地适应了明代社会文化商品化的潮流。而据李翊《戒庵老人漫笔》卷1文士润笔条记载，可知重财富的倾向和文化的商品化已成为明代社会见怪不怪的现象：

> 嘉定沈练塘龄闲论文士无不重财者，常熟桑思玄曾有人求文，托以亲昵，无润笔。思玄谓曰："平生未尝白作文字，最败兴，你可暂将银一锭四五两置吾前，发兴后待作完，仍还汝可也。"唐子畏曾在孙思和家有一巨本，录记所作，簿面题二字曰"利市"。都南濠至不苟取。尝有疾，以帕裹头强起，人请其休息者，答曰："若不如此，则无人来求文字矣。"马怀德言，曾为人求文字于祝枝山，问曰："是见精神否?"俗以取人钱为精神。曰："然。"又曰："吾不与他计较，清物也好。"问何清物，则曰："青羊绒罢。"②

文化商品化的意识必然影响着文学传播者以盈利为目的。这使得诸如词选刊行等文化活动必须迎合社会成员的心理需求。有明一代，《花》、《草》风行，不能不说没有文化商品化的影响。《花》、《草》长期风行于元明，这不能不影响到这一历史时期宋词经典的风貌。

重财、重享乐的商品经济文化刺激下，明代平民化、大众化的俗文化充分发展。"明代士大夫文化中包括了以前所不能相比的娱乐性和通俗性"③。这从明代小说、戏曲等通俗文学样式的繁荣中可见一斑。再如，明人赞赏民歌，充分肯定通俗的民间文学汉乐府，"唐代诗人通过学习汉乐府诗的创作实践，确立了汉乐府诗的经典地位，而在理论上论证汉乐府诗经典价值的，则是明清时期崇尚汉魏派的诗人"④。如胡应麟《诗薮》云："《诗》三百五篇，有一字不文者乎? 有一字无法者乎?《离骚》，风

---

① 参张廷玉等撰《明史》卷181，中华书局1974年版，第4826页。
② 李翊：《戒庵老人漫笔》卷1，中华书局1982年版，第16页。
③ 商传：《明代文化史》，东方出版中心2007年版，第36页。
④ 钱志熙：《乐府古辞的经典价值——魏晋至唐代文人乐府诗的发展》，《文学评论》1998年第2期。

之衍也；《安世》，雅之缵也；《郊祀》，颂之阐也；皆文义蔚然，为万世法。惟汉乐府歌谣，采摭闾阎，非由润色。然质而不俚，浅而能深，近而能远，天下至文，靡以过之。后世言诗，断自两汉，宜也。"① "周之国风，汉之乐府，皆天地元声。运数适逢，假人以泄之。体制既备，百世之下，莫能违也。"② "汉人乐府五言，如《相逢行》、《羽林郎》、《陌上桑》等，古色内含而华藻外见，可为绝唱。"③ 明人对民歌性质的汉乐府的肯定，实质上是对民间通俗文学的肯定，是明人重朴素的语言和坦率的真情的体现。这样的时代气候不仅会影响明代当代的文学创作和接受，也势必影响他们对前代文学的接受。那种艺术地再现世俗化情感，而且又不至于因为晦涩而影响大众读者理解共鸣的娱情娱性的作品由于深度符合时代心理，必然极受欢迎。

2. 明代心学的发展及其所诱发的个性解放思潮是元明时期宋词经典彰显个性、表现世俗情怀的动力。

明代中叶后以王阳明为代表的心学在士人与百姓之间广为流传。自元以来立为国学的程朱理学日渐衰微。《明史》载："宗守仁者曰姚江之学，别立宗旨，显与朱子背驰，门徒遍天下，流传逾百年，其教大行，其弊滋甚。嘉、隆而后，笃信程、朱，不迁异说者，无复几人矣。"④和程朱理学不同的是，陆王心学强调个人主观在体悟天理过程中的重要性，"吾心即理"、"心外无理，心外无物，心外无事"中的命题将"心"置于"理"之上，动摇了程朱理学的根基，理论上为其后学张扬个性提供依据。而其后学更进一步主张"以天地万物依于己，不以己依于天地万物"。⑤吕坤也公开指出："真情不饰，饰者伪交也"⑥，李贽则提出"童心说"，认为人最可贵的是真情真性，"不必矫情，不必逆性，不必昧心，不必抑志，直心而动，是为真佛"⑦。他进一步指出："吃饭穿衣即是人伦物理"，主张"顺应民情之所欲。"明代中后期以来，言情、任性成了时代的主流。

---

① 胡应麟：《诗薮》内编卷1，上海古籍出版社1958年版，第3页。
② 同上书，第127页。
③ 许学夷：《诗源辩体》卷3，人民文学出版社1987年版，第68页。
④ 张廷玉等撰：《明史》282，中华书局1974年版，第7223页。
⑤ 容肇祖：《明代思想史·王门的派分》，开明书店1941年版，第155页。
⑥ 吕坤：《呻吟语》卷1，江苏古籍出版社2002年版，第76页。
⑦ 李贽：《书黄安二上人手册》，《焚书》卷2，中华书局1961年版，第77页。

心学批判传统和追求自我的精神对这股重情、重个性之风的传扬起着重要的推动作用。重真情、重个性的时风影响下，宋代词作中彰显真情个性的词作为时人所喜好是题中应有之义。

女性观念的转变是明代个性解放思潮的一个重要表现。随着明中后期心学思潮的日渐深入人心，在一定程度上改变了人们蔑视女性的看法。如王阳明的"愚夫与愚妇与圣人同"的平等理念，冲击了传统的轻视女性的观念。李贽就主张男女平等。他在《答以女人学道为见短书》就说，不能"以男女分别，短长异视"，人的见识有长短，但不可谓"男子之见尽长，女子之见尽短"①。他的女弟子梅澹然就常与他书信往来，探讨学问，研究佛理。李贽的主张，在当时影响广泛，引起共鸣。葛征奇《续玉台文苑序》文中对女子的才情就极为赞赏："非以天地灵秀之气，不钟于男子，若将宇宙文字之场，应属乎妇人。"② 赵世杰《古今女史序》中也说道："海内灵秀，或不钟于男子而钟女人。其称灵秀者何？盖美其诗文及其人也。"③ 晚明的才子佳人小说，颂扬女子的才华，即是这种女性观念的表现。另据南京大学张雁的博士论文《晚明女性的文学活动》附录《晚明女性作品刊刻表》的统计，自嘉靖至崇祯，刊刻年代可考的女性作品集（含别集和总集等）有55种，刊刻时代不详的女性作品集有282种，累计337种。明代女性词人的数量也不在少数，据王兆鹏师的初步统计，《全明词》共收录有姓氏可考的词人1367家，其中女性作者为522家，女性作者占了明代词人总数的1/4④。女性观念的改变使得明代读者在接受前代文学时会更重视女性作品，因此李清照、朱淑真、王清惠等女词人及她们的优秀词作更受到这一时期读者的重视。

3. 宋词经典在元明时期形成自己的特色，和明人鲜明的词学观紧密相关。以本色为尊的词学观念是元明时期宋词经典呈现出通俗化、世俗化特征的关键因素。

如果从词的创作看，明词缺少自己的特色，至有词亡于明之论。但就

---

① 李贽：《答以女人学道为见短书》，《焚书》卷2，中华书局1961年版，第60页。
② 葛征奇：《续玉台文苑序》，江元祚《续玉台文苑》，影印明崇祯刻本，《四库全书存目丛书》第375册，齐鲁书社1997年版，第424页。
③ 赵世杰：《古今女史序》，赵世杰《古今女史》，崇祯元年（1628）刻本。
④ 王兆鹏：《古代作家成名及影响的非文学因素》，《社会科学》2006年第3期。

传播接受而论，明人鲜明的词学理论和审美趣味却使宋词名篇和名家的经典化进一步深化，并铸就了具有自己时代特色的宋词经典。

明人词学观传承了北宋以来的观念，皆以词为小道、末技，是"柔靡而近俗"① 的，在"不朽之业中最为小乘"②。明代逆转南宋后期以来诗词合流的趋势，在诗词离合的衍变中，明代是诗文之学和词学的分途期。明代文坛，先后涌现的"前七子"、"后七子"、"公安派"、"竟陵派"为复兴诗文之学进行了此起彼伏的学术争辩。而这些诗文大家却绝少作词，"尽谓填词能损诗骨，近代何、李大家亦不肯降格为之"，"劝勿多作，以崇诗格"。③"词号称诗余，然而诗人不为也。何者，其婉变而近情也，足以移情而夺嗜。"④ 查《全明词》和《全明词补编》，明代重要的诗文大家除杨慎存词 363 首，王世贞 89 首外，其余都极少作词，譬如，李东阳 13 首，何景明 1 首，李梦阳 2 首，李攀龙 3 首，钟惺 3 首，谭元春 0 首，袁中道 0 首，袁宏道 14 首，袁宗道 0 首。

诗词分途，因而传统的诗学思想对词学的渗透极小，明人词学理论中最鲜明的特色便是充分肯定词之本色。明张綖所作《诗馀图谱·凡例》后按语说："词体大略有二：一体婉约，一体豪放。婉约者欲其辞情酝藉，豪放者欲其气象恢弘。盖亦存乎其人，如秦少游之作，多是婉约，苏子瞻之作，多是豪放。大抵词体以婉约为正。"⑤ 徐师曾也说："词贵感人，要当以婉约为正。否则虽极精工，终乖本色，非有识者所取也。"⑥ 曾为一代文坛领袖的王世贞在辨词体正变时，形象地概括了本色词的特点，并表示了明确的崇抑倾向："词须宛转绵丽，浅至儇俏，挟春月烟花于闺幨内奏之，一语之艳，令人魂绝，一字之工，令人色飞，乃为贵耳。至于慷慨磊落，纵横豪爽，抑亦其次，不作可耳。作则宁为大雅罪人，勿儒冠而胡服也。……言其业，李氏、晏氏父子、耆卿、子野、美成、少游、易安至矣，词之正宗也。温韦艳而促，黄九精而险，长公丽而壮，幼

---

① 王世贞：《艺苑卮言》，《词话丛编》本，第 385 页。

② 俞彦：《爰园词话》，《词话丛编》本，第 399 页。

③ 沈雄：《古今词话·词话》下卷，《词话丛编》本，第 818 页。

④ 王世贞：《艺苑卮言》，《词话丛编》本，第 385 页。

⑤ 张綖：《诗余图谱》，影印北图藏明万历二十七年谢天瑞刻本，《续修四库全书》第 1735 册，上海古籍出版社 2002 年版，第 473 页。

⑥ 徐师曾：《文体明辨序说·诗余》，人民文学出版社 1962 年版，第 33 页。

安辨而奇，又其次也，词之变体也。"① 从明人这些论述中，明显再现出他们崇尚词之本色的词学观。

以柔情曼声，婉丽流畅为词之本色，且以本色为尊，这是南宋书坊编辑、以迎合大众娱乐为目的的《草堂诗余》的特征。从时间上看，《草堂诗余》所收录的作品偏重于晚唐、五代和北宋，作品入选前 10 名的分别是周邦彦、秦观、苏轼、柳永、晏几道、康与之、欧阳修、黄庭坚、辛弃疾、张先。除辛弃疾外其余都是北宋词人，而且辛弃疾总共入选 8 首，远远少于入选前 10 名的人均入选数 38 首。从审美风格看，偏重于柔婉艳丽，而清空骚雅的姜夔词则不见著录。至于《草堂诗余》此种选词取向，前人已有所论，如宋翔凤《乐府余论》说："《草堂诗余》，宋无名氏所选，其人当与姜尧章同时，尧章自度腔，无一登入者。其时姜名未盛，以后如吴梦窗、张叔夏，俱奉姜为圭臬，则草堂之选，在梦窗之前矣。中多唐季北宋人词，南渡后亦有辛稼轩、刘改之、史邦卿、高竹屋、黄叔旸诸家，以其音节尚未变也。"② 笔者以为宋翔凤所论固是《草堂》选词多选唐五代北宋诸家的原因，但未能说明明人偏爱此风的缘由。为什么这样的一部词选在明代会受到如此欢迎，而且明代选本在宋本基础上实有"新添"，仍是以婉约之词为主。还是明人何元朗《草堂诗余序》揭示了这种风格取向的原因："周清真、张子野、秦少游、晏叔原诸人之作，柔情曼声，摹写殆尽，正是词家所谓当行，足以备歌曲之用，为宾燕之余乐。"《草堂诗余》风行明代，除了它的表现内容迎合了大众享乐心理的需要外，崇尚本色的词学观也是它流行的原因之一。

可见，明代以词为小道的观念，使词远离诗学传统，而以本色为词之正宗，这直接影响着词评家和选词者的批评和选择标准，因而"永乐以后，南宋诸名家词，皆不显于世，惟《花间》、《草堂》诸集盛行"③，"近来填词家辄效颦柳屯田作闺帏秽媟之语"④ 这样的文化现象。这在很

---

①　王世贞：《艺苑卮言》，《词话丛编》本，第 385 页。

②　宋翔凤：《乐府余论》，《词话丛编》本，第 2500 页。

③　王昶：《明词综·序》，辽宁教育出版社 1997 年版，第 5 页。

④　毛晋：《花间集跋》，汲古阁本，李谊《花间集注释》，四川文艺出版社 1986 年版，第 401 页。

大程度上影响这一历史时期宋词经典的风貌——文化品格的世俗化，语言风格的通俗化。

　　总之，明代中后期以来商品经济的发展和心学的风行所造就的文化商品化，个性解放，通俗文学发达的时代特点以及明人重本色的词学观，铸成这一代读者所独有的时代心理，形成一定的阅读心理定式，通过读者选择这一中介，使得这一历史时期的宋词经典呈现出明显的通俗化和世俗化的特征。当然，以本色为正宗的同时，豪放别调并没有完全为明人所弃，如杨慎《词品》卷4就极认可宋人陈模对稼轩的如此评价："回视稼轩所作，岂非万古一清风哉！"①《四库全书总目》即认为明代陈霆词"犹有苏辛遗范"②。因而宋词经典的多样风貌是必然的，只是有主次，有趋向度的大小问题。而居于主要地位的我们视其为该时代宋词经典风貌的特点。

三　清代的宋词经典

　　清代读者心目中的宋词经典是哪些？本书统计综合排名前500首的词作在清代的入选率、点评率和唱和率，同样按照6：3：1的比例计算它们在清代的经典指数，得出清代宋词经典名篇，前100名如表4-1-5所示。然后统计综合排名前200位的词人的入选率、点评率、唱和率和经典作品入选率，同样根据60%、15%、10%、15%的百分比计算词人在清代的经典指数，得出清代的宋词经典名家，其中前30名如表4-1-6所示：

　　清代号称词的中兴期，清代的词作和词人数量都远超宋代。在清人的仰望中，以上名作名篇将遭遇什么样的历史命运呢？

---

① 杨慎：《词品》卷4，《词话丛编》本，第503页。
② 永瑢等：《四库全书总目》卷176，中华书局1965年版，第1568页。

表4－1－5　　清代的百首宋词经典名篇

作者	词牌	首句	清选	清评	清和	清指数	清名次	作者	词牌	首句	清选	清评	清和	清指数	清名次
苏轼	念奴娇	大江东去	14	4	46	13.1	1	李清照	念奴娇	萧条庭院	6	9	0	3.96	51
李清照	声声慢	寻寻觅觅	9	21	15	10.9	2	周邦彦	瑞鹤仙	悄郊原带郭	10	5	1	3.96	52
姜夔	暗香	旧时月色	12	24	4	10.4	3	王清惠	满江红	太液芙蓉	2	12	0	3.88	53
姜夔	疏影	苔枝缀玉	14	16	7	9.15	4	秦观	千秋岁	水边沙外	6	2	10	3.87	54
史达祖	双双燕	过春社了	16	11	7	8.2	5	李清照	武陵春	风住尘香花已尽	6	5	5	3.77	55
姜夔	齐天乐	庾郎先自吟愁赋	10	19	1	7.93	6	朱敦儒	念奴娇	别离情绪	5	7	3	3.73	56
苏轼	水调歌头	明月几时有	12	6	17	7.74	7	周邦彦	齐天乐	绿芜凋尽台城路	7	6	2	3.72	57
李清照	凤凰台上忆吹箫	香冷金猊	12	5	16	7.27	8	蒋捷	女冠子	蕙花香也	6	4	6	3.68	58
贺铸	青玉案	凌波不过横塘路	14	8	9	7.26	9	姜夔	翠楼吟	月冷龙沙	10	4	1	3.67	59
姜夔	长亭怨慢	渐吹尽	14	8	9	7.07	10	刘过	唐多令	芦叶满汀洲	7	7	0	3.63	60
苏轼	水龙吟	似花还似非花	8	6	17	6.8	11	张孝祥	六州歌头	长淮望断	7	7	0	3.63	60
欧阳修	蝶恋花	庭院深深深几许	11	14	1	6.75	12	姜夔	琵琶仙	双桨来时	11	3	1	3.62	62
张炎	南浦	波暖绿粼粼	8	7	15	6.71	13	陈亮	水龙吟	闹花深处层楼	8	6	0	3.58	63
李清照	醉花阴	薄雾浓云愁永昼	9	8	12	6.66	14	王安石	桂枝香	登临送目	10	1	5	3.58	64
辛弃疾	祝英台近	宝钗分	13	8	7	6.65	15	秦观	望海潮	梅英疏淡	9	3	3	3.53	65
辛弃疾	永遇乐	千古江山	7	13	6	6.47	16	姜夔	一萼红	古城阴	9	5	0	3.53	66
柳永	雨霖铃	寒蝉凄切	13	8	6	6.46	17	苏轼	洞仙歌	冰肌玉骨	8	3	4	3.49	67
范仲淹	苏幕遮	碧云天	14	8	4	6.31	18	周邦彦	蓦迟杯	隋堤路	10	4	0	3.48	67

续表

作者	词牌	首句	清选	清评	清和	清指数	清名次
史达祖	绮罗香	做冷欺花	13	10	2	6.27	19
辛弃疾	摸鱼儿	更能消	12	8	6	6.22	20
周邦彦	六丑	正单衣试酒	13	9	2	5.98	21
秦观	满庭芳	山抹微云	14	8	1	5.75	22
周邦彦	兰陵王	柳阴直	10	7	7	5.66	23
周邦彦	少年游	并刀如水	8	13	0	5.57	24
辛弃疾	鹧鸪天	枕簟溪堂冷欲秋	6	5	14	5.48	25
姜夔	扬州慢	淮左名都	11	7	4	5.33	26
苏轼	贺新郎	乳燕飞华屋	10	7	5	5.28	27
周邦彦	满庭芳	风老莺雏	11	9	0	5.14	28
张炎	高阳台	接叶巢莺	11	9	0	5.14	29
章楶	水龙吟	燕忙莺懒芳残	6	2	15	4.82	30
周邦彦	大酺	对宿烟收	12	5	2	4.61	31
张炎	八声甘州	记玉关	9	8	1	4.57	32
李清照	一剪梅	红藕香残玉簟秋	6	7	6	4.53	33
柳永	八声甘州	对潇潇暮雨洒江天	10	5	4	4.52	34
晁补之	摸鱼儿	买陂塘	14	4	0	4.42	35
周邦彦	浪涛沙慢	昼阴重	9	8	0	4.38	36

作者	词牌	首句	清选	清评	清和	清指数	清名次
范仲淹	渔家傲	塞下秋来风景异	7	5	2	3.44	69
周邦彦	拜星月慢	夜色催更	9	4	1	3.44	70
吴文英	风入松	听风听雨过清明	11	3	0	3.43	71
辛弃疾	沁园春	三径初成	4	4	7	3.4	72
陆游	钗头凤	红酥手	4	8	1	3.4	73
欧阳修	临江仙	柳外轻雷池上雨	10	3	1	3.39	74
陈与义	临江仙	忆昔午桥桥上饮	7	6	0	3.35	75
周邦彦	西河	佳丽地	9	3	2	3.34	76
秦观	八六子	倚危亭	11	2	1	3.34	77
赵令畤	蝶恋花	卷絮风头寒欲尽	13	1	0	3.34	78
张炎	解连环	楚江空晚	6	6	1	3.3	79
周邦彦	解语花	风销焰蜡	8	5	0	3.3	80
周邦彦	玉楼春	桃溪不作从容住	8	5	0	3.3	80
晏殊	踏莎行	小径红稀	8	5	0	3.3	82
孙夫人	忆秦娥	花深深	8	5	0	3.3	82
张元干	贺新郎	梦绕神州路	3	9	0	3.26	84
张先	青门引	乍暖还轻冷	9	4	0	3.25	85
李重元	忆王孙	萋萋芳草忆王孙	9	4	0	3.25	85

续表

作者	词牌	首句	清选	清评	清和	清指数	清名次
周邦彦	瑞龙吟	章台路	11	3	5	4.38	37
周邦彦	琐窗寒	暗柳啼鸦	14	3	1	4.33	38
辛弃疾	念奴娇	野棠花落	11	4	3	4.29	39
周邦彦	花犯	粉墙低	10	4	4	4.24	40
苏轼	卜算子	缺月挂疏桐	12	3	3	4.24	41
辛弃疾	菩萨蛮	郁孤台下清江水	7	9	0	4.2	42
秦观	踏莎行	雾失楼台	9	5	3	4.1	43
张先	天仙子	水调数声持酒听	9	5	3	4.1	43
贺铸	柳色黄	海雨初寒	9	7	0	4.1	45
王沂孙	眉妩	渐新痕悬柳	9	7	0	4.1	46
欧阳修	朝中措	平山阑槛倚晴空	4	3	12	4.06	47
王沂孙	齐天乐	一襟余恨宫魂断	10	6	0	4.05	48
史达祖	东风第一枝	巧沁兰心	7	3	8	4.01	49
岳飞	满江红	怒发冲冠	2	3	14	3.97	50

作者	词牌	首句	清选	清评	清和	清指数	清名次
辛弃疾	水龙吟	楚天千里清秋	6	5	2	3.21	87
周密	玉京秋	烟水阔	10	3	0	3.2	88
辛弃疾	贺新郎	绿树听鹈鴂	5	7	0	3.16	89
秦观	鹊桥仙	纤云弄巧	9	1	4	3.15	90
晁冲之	汉宫春	潇洒江梅	6	6	0	3.11	91
潘汾	倦寻芳	曾饮半掩	6	6	0	3.11	91
周邦彦	渡江云	晴岚低楚甸	8	3	2	3.11	93
范仲淹	御街行	纷纷坠叶飘香砌	8	3	2	3.11	93
苏轼	蝶恋花	花褪残红青杏小	5	4	4	3.07	95
宋祁	玉楼春	东城渐觉风光好	5	6	1	3.07	96
周邦彦	意难忘	衣染莺黄	5	6	1	3.07	96
吴文英	祝英台近	剪红情	7	5	0	3.06	98
周邦彦	氐州第一	波落寒汀	9	2	2	3.06	99
苏轼	哨遍	为米折腰	4	4	5	3.02	100

表 4-1-6

清代前 30 位宋词经典名家

词人	入选次数	选本数	唱和数	点评数	经典作品	清综合指数	清排名
姜夔	311	20	36	214	142	64.7	1
辛弃疾	562	19	189	103	74	62.6	2
周邦彦	677	19	89	55	129	60	3
苏轼	448	19	151	74	109	56.1	4
张炎	598	17	69	48	29	37.4	5
柳永	620	17	62	47	28	37.3	6
吴文英	774	19	18	16	13	35.8	7
史达祖	362	21	71	9	47	29.7	8
秦观	317	20	58	32	48	29.2	9
李清照	112	17	103	25	83	28.1	10
欧阳修	301	19	35	11	31	20.7	11
晏几道	396	17	17	6	15	18.26	12
王沂孙	252	16	1	56	12	17.51	13
贺铸	245	17	17	5	45	17.17	14
蒋捷	202	16	25	49	8	16.44	15
陆游	206	18	21	45	5	16.11	16
周密	326	16	8	8	6	13.33	17
张先	253	16	9	2	11	10.94	18
黄庭坚	205	13	26	11	6	10.05	19
晏殊	216	16	5	6	9	9.623	20
晁补之	269	13	4	7	6	9.32	21
程垓	208	15	0	11	2	8.15	22
赵长卿	294	12	0	6		8.04	23
毛滂	262	13	4	2	3	8.04	24
陈允平	222	12	0	12		7.06	25
朱敦儒	89	12	34	5	4	6.38	26
刘过	83	16	0	16	8	6	27
高观国	156	15	9	3	0	5.98	28
张孝祥	121	9	3	19	5	5.73	29
刘克庄	85	11	19	8	3	5.06	30

（一）十大名篇和十大词人：徘徊宋、明间与姜、张经典地位的攀升

清代十大宋词名篇按排名先后如下：苏轼《念奴娇》（大江东去）、李清照《声声慢》（寻寻觅觅）、姜夔《暗香》（旧时月色）、姜夔《疏影》（苔枝缀玉）、史达祖《双双燕》（过春社了）、姜夔《齐天乐》（庾郎先自吟愁赋）、苏轼《水调歌头》（明月几时有）、李清照《凤凰台上忆吹箫》（香冷金猊）、贺铸《青玉案》（凌波不过横塘路）、姜夔《长亭怨慢》（渐吹尽）。

元明时期的十大名篇中，苏轼《念奴娇·赤壁怀古》和李清照的《声声慢》（冷冷清清）、《凤凰台上忆吹箫》（香冷金猊）3首词仍在十大名篇之列。

其中，苏轼的《念奴娇》（大江东去）入选14次、点评4次、唱和46次，在清代仍傲居排行榜首位。本书考察词作影响力的三大指标中，唱和冠军仍归于其名下，入选次数仅次于史达祖《双双燕》。清代很具影响力的词选，如朱彝尊的《词综》、张惠言的《词选》、黄苏的《蓼园词选》、冯煦的《宋六十一家词选》等皆选了这首词。总入选数14次则在清代入选榜上排第二，成为最受选家青睐的词作之一。在创作方面，该词也仍然是文人最爱效仿的对象，被陈士元、费寀等十多位词人唱和该词46次。虽然该词的点评率有所下降，但单项一个冠军一个亚军最终使得它称雄清代词坛。

李清照仍保留在十大名篇中的两首词作的经典地位一升一降。《声声慢》由第10名上升为第2名。选家、评家和唱和者对此词的关注都大于前代。查《全清词》（顺康卷），该词有13位词人的15首唱和词。首句连用14叠字的艺术手法仍是文人所乐于称道的，21次点评中有12次即对此而发。而选家对该词的关注也增强，入选次数由宋代的0次，明代的4次，上升到5次。《凤凰台上忆吹箫》一词经典排名下降。《全清词》（顺康卷）中收录其和词16首，相对于前代，唱和保持上升态势。另外两项指标都呈现下降势头，元明时期入选21次，清代入选12次；点评由12次下降为5次。因此，排名由元明时的第2名下降至清代的第8名。

宋金时期曾进入十大名篇的3首词作，姜夔《暗香》（旧时月色）、苏轼《水调歌头》（明月几时有）、贺铸《青玉案》（凌波不过横塘路）经过了元明时期经典效应的衰弱之后，生命力再次高涨，重新进入十大名篇的范围。

这 3 首词中，姜夔的《暗香》一词经典效应的起落最大，宋、明、清三个时代的排名依次为 8、236、3 名。选家对它的重新肯定是该词地位上升的一个原因。考《暗香》历代选本入选情况，宋代四大词选只一个未选，明代 22 个选本只入选 3 个，清代 21 个选本入选 12 次，清人选排名列第 3。清代文人对《暗香》的推崇是它名次提升最主要的原因。李佳赏其骚雅笔法，"尤为空前绝后，独有千古"①，即使是认为白石"情浅"、"才小"的周济也极赏此二词，称其"寄意题外，包蕴无穷"②。《唐宋词汇评》收录的点评资料中，该词宋代点评数 3，元明点评数 2，而清代点评猛增至 24 次，居清代点评之首。由此，《暗香》一词不仅从元明的黯然失色重又容光焕发，而且超过宋代排名，进入清代名篇的前三甲。

苏轼的《水调歌头》（明月几时有）和贺铸的《青玉案》（凌波不过横塘路）二词的经典效应的起落不是很大，三个时代的排名均在百首名篇内变化。尤其是《水调歌头》排名变化为 5、12、7 名，始终都具有很高的影响力。《青玉案》一词则由宋代的第 2 名，下跌至元明的第 68 名，清代再上升为第 9 名，排名起落较大，但都还在百首名篇的范围内波动。贺铸《青玉案》一词在宋、明、清三个时期都受选家的偏爱，宋代四大词选入选 2 次，元明 22 个选本入选 21 次，清代 21 个选本入选 14 次。选家的珍爱是它始终能保持在百首名篇的主要原因。而元明文人对该词的点评少（据本文数据为 0 次）直接导致它在元明地位的失落。

清代十大名篇的另外 4 首词分别为姜夔的《疏影》（苔枝缀玉）、《齐天乐》（庾郎先自吟愁赋）、《长亭怨慢》（渐吹尽）和史达祖的《双双燕》（过春社了），它们在前两代均在十大名篇之外。其中，史达祖《双双燕》一词从宋代的 39 名至元明的 17 名，再至清代的第 5 名，其影响力是日渐上升。清人对姜夔词的认可程度更近于宋人而远于元明人。姜夔的《疏影》和《齐天乐》在宋金时期的影响力也颇高，排名 12、29，唯《长亭怨慢》排名 218，声名幽微。但这 3 首词包括《暗香》在元明时期的影响都极小，排名均在 200 名之外，但在清代声名俱显，入围十大名篇。清代成为姜夔及其名作的复兴期。

① 李佳：《左庵词话》卷上，《词话丛编》本，第 3108 页。
② 周济：《介存斋论词杂著》，《词话丛编》本，第 1634 页。

　　姜夔的经典地位在清代攀升，由明代排名 25、宋代排名第 5 一跃而成为清代词坛第一号历史人物。姜夔词作在经典名篇中的位置极大地扩大了他的影响力。如上所述，仅十大名篇就有 4 首姜夔的词。同时，一改明代被选家忽略的情况，清代主要的选本都选了姜夔的词。尤其是朱彝尊、汪森编纂《词综》，对姜夔大力推崇，《词综·发凡》即指出："词至南宋始极其工，至宋季始极其变，姜氏尧章最为杰出。"① 词选的传播效应必将提高姜夔在大众读者中的知名度，从而提升姜夔的地位。而清代文人对姜夔的点评数也远远超过任何一位宋代词人，以 214 次居榜首。姜夔在清代词坛确实享有崇高的地位。宋翔凤《乐府余论》中指出："词家之有姜石帚，犹诗家之有杜少陵。继往开来，词中关键。"② 邓廷桢《双砚斋词话》："词家之有白石，犹书家之有逸少，诗家之有浣花。"③ 清人将姜夔作比照的对象乃是"圣"级人物——书圣王羲之，诗圣杜甫，对姜夔推崇备至。

　　清代排名提升很大的另一位词人是张炎。张炎在宋代的排名第 82 位，元明时期排名 13 位，清代进入十大词人，列第 5 位。由于生逢宋世末季，张炎在宋代的排名必然靠后。在明代仅入选 3 个选本，没有一首唱和词。在清代 21 个选本中，则入选了其中的 17 个选本；唱和数也大幅上升，被人唱和 69 次；点评也由明代的 11 次上升至 48 次。张炎在清代地位迅速攀升。和姜夔一样，张炎经典地位排名的提前和浙西派的推崇是分不开的，此不赘述。

　　十大词人中其他 8 位按排名先后分别为：辛弃疾、周邦彦、苏轼、柳永、吴文英、史达祖、秦观、李清照。和宋、明两期相较，其中辛弃疾、柳永、吴文英、史达祖的经典地位上升。4 位词人在宋金时期、元明时期、清代的排名分别为：辛弃疾，3、5、2；柳永，17、6、6；吴文英，14、50、7；史达祖，9、16、8。辛、柳、吴、史在清代的经典性排名都高于宋金、元明两期。苏轼、周邦彦、秦观、李清照的经典地位下降，他们从宋至清 3 个时段的排名分别是苏轼，2、1、4；周邦彦，1、2、3；秦观，6、3、9；李清照：8、4、10。苏、周、秦、李 4 人在清代的经典地

---

① 朱彝尊：《词综·发凡》，中华书局 1975 年版。
② 宋翔凤：《乐府余论》，《词话丛编》本，第 2503 页。
③ 邓廷桢：《双砚斋词话》，《词话丛编》本，第 2530 页。

位都低于之前两个时期。

另外宋金时期排名第 4 的贺铸降至第 14 名，元明十大词人第 8 名的黄庭坚降为第 19 名，两人至此退出十大词人的舞台。由此可见，清代十大名篇还有一个不同于前代的特点，那便是南宋名家的经典地位普遍上升，而北宋名家经典地位则都有所下降，完全改变了元明时期南宋诸名家大多不显于世的情况。

（二）百首名篇的命运浮沉：对宋、明期宋词经典的扬弃与新的建构

相对于前两个历史时期，清代百首名篇和上述十大名篇名家一样，其经典地位有的上升、有的下降、有的始终稳列百名之内。总的说来，有以下几种情况（所有篇目及其名次变化见附录二）。

1. 传承类经典

清代读者在宋词的接受传播过程中同时要面对宋金读者和元明读者的选择结果。因此清代传承类经典存在 3 种情形：承前二代、承宋、承明 3 类。

清代读者选择了 30 首在宋金时期和元明时期都是百首名篇的作品作为自己时代的经典，如《念奴娇》（大江东去）、《雨霖铃》（寒蝉凄切）、《青玉案》（凌波不过横塘路）等，它们从宋至清，排名始终在百名之内。30 首词作分属于 16 位词人。其中，周邦彦 6 首，苏轼 5 首，秦观 4 首，辛弃疾 3 首，史达祖 2 首，陈与义、范仲淹、贺铸、李清照、刘过、柳永、欧阳修、王安石、张先、章楶各 1 首。

选家、评家和唱和者对作品的关注是这类作品声名不衰的原因。综观以上 30 首词作历代入选情况，除少数词作某个时期的数据指标外，它们的入选数都在百首名篇的平均之上。即它们在宋代的入选数大多在 2 次以上，元明时期大多在 13 次以上，清代大多在 8 次以上。至于唱和、点评大部分的排名也都靠前。这 30 首词是到清代为止最具影响力的词作。

以上 30 词作中的 22 首分别属于北宋词人于宋室南渡前所作，可见，在清人的努力下，虽南宋词的影响力扩大，具有恒久影响力的词作仍以北宋词为多。长调 19 首，仍然比中调和小令的数量多。婉约的表现风格占绝大多数，爱情仍然是传承类经典的第一主题。

清代百首名篇中有的作品或在宋金时期是经典，或在元明时期是经典。清代传承类的经典还有承宋的一类和承明的一类。承宋类的如姜夔《扬州慢》（淮左名都）一词在宋金时期排名第 61 位，元明时排名第 450

位，清代排名 26 位。《扬州慢》在明代 22 个选本中只入选其中的 3 个选本，但宋、清两代的选家对该词青眼有加。宋代四大选本入选 3 个，清代则入选 11 个选本。《扬州慢》在宋、清两代的高入选率是它入百首名篇的关键。清代读者对该词的选择近于宋而远于明。而且《扬州慢》清代点评 7 次，改变了它之前无文人点评的情况，则又使得它的排名超过宋代，上升至第 26 位。另外，陆游《钗头凤》（红酥手）、周邦彦《兰陵王》（柳阴直）、苏轼《贺新郎》（乳燕飞华屋）、周邦彦《少年游》（并刀如水）等 19 首词在元明的影响力不大，排名均在百首名篇之外，宋、清时期的排名则都在百名之内，宋金、清代的选家、评家和唱和者对它们的关注程度总体上远远在元明读者之上。

承明类的如秦观《鹊桥仙》（纤云弄巧），宋代入选、点评、唱和均为 0 次，影响力微乎其微。元明时期入选 18 次、点评 3 次，排名 75。清代入选 9 次、点评 1 次、唱和 4 次，排名 90。在元明时期的选家、评家的努力下，这首《鹊桥仙》的生命力被发掘了出来。在元明的基础上，清代的选家和评家都对这首词给予了一定的关注，同时，也引起了唱和者的兴趣。此外，清代百首名篇中还有岳飞《满江红》、李清照的《声声慢》（冷冷清清）和《醉花阴》（薄雾浓云愁永昼）等 15 首作品属于这种类型。相对来说，清代的宋词经典对宋金时期的继承要多于元明时期。

综合以上 3 种类型，清代的百首名篇共有 64 首词是从前代传承下来的。前代读者的选择对清代读者的影响较大。但面对由宋至明，诸多选家、评论家和唱和者的选择，清代读者也不是盲目地继承。他们对前代经典的继承是有选择的，继承的同时也抛弃了一批旧经典而建构了一批新经典。

2. 新建构的经典

清代百首名篇共有 36 首词的经典地位是由清人建构的。譬如，辛弃疾《永遇乐》（千古江山）一词，从宋至清 3 个历史时期的排名分别为：206、236、16。很明显，稼轩的这首《永遇乐》在清之前都没多大影响力，它的经典效应是被清人发掘出来的。考察这首词在历代传播接受的情况，清人对这首《永遇乐》经典化进程的推动作用就相当明显了。该词宋金时期入选 0 次、点评 2 次、唱和 1 次，元明时期入选 3 次、点评 2 次、唱和 2 次，清代入选 7 次，点评 13 次，唱和 6 次。可见该词在清代得到了选家、评家和唱和者的全面注意，尤其是评家对它的关注更多，因此其影响力上升，成为清代以来读者喜爱的名篇。此外，如范仲淹《渔家傲》（塞下秋来风景异）、柳永《八声甘州》（对潇潇暮雨洒江天）、苏轼《蝶恋花》（花褪残红青杏小）、宋祁《玉楼春》（东城渐觉风光好）、吴文英《风入松》（听风听雨过清明）等36首词在清代的排名均远远超过宋金、元明两期，它们经典地位的确认都有赖于清人的建构。

　　清代新经典是清代选家、评家和唱和者共同建构的结果。从总体上看，以上36首词在清代的入选次数、点评次数和唱和次数均超过宋金时期和元明时期。从点评情况看，以上36首词中22首词在宋代的点评次数为0，其他的则在1—2次之间；元明时期，以上36首中9首词0次点评，另外26首点评1—2次，唯史达祖《东风第一枝》（巧沁兰心）点评3次；清代，以上36首中有24首点评次数在5次以上，无0次点评情况。从选本情况看，清代新生成的经典在宋代有17首入选0次，余者在1—2次之间；元明前500名中每首词平均入选13次以上，但以上36首词中24首在这个平均数之下；清代前500名中每首词平均入选5次以上，新生成的经典除辛弃疾《沁园春》（三径初成）只入选4次外，余者入选次数都在5次以上。至于唱和，这36首词在宋金时期29首无唱和词，元明时期27首无和词，被和的最多也未超过2次，而清代有18首词被唱和，唱和次数在1—15次之间。可见上述36首词在清代被更多的读者传播接受，它们影响力相应地迅速上升，成为经典。

　　清代新建构的经典以辛弃疾的作品最多，共6首。再有周邦彦5首、张炎4首、姜夔3首、苏轼、王沂孙、吴文英各2首，范仲淹、孙夫人、赵令畤/晏几道、周密、蒋捷、晏殊、李重元、张孝祥、柳永、潘汾、秦观、史达祖、宋祁各一首。其中，前7位除苏轼外分别是清代最有影响的两个词派——浙西派和常州派所推崇的人物。在浙西词派的影响下，"家白石而户玉田"①。常州派的周济《宋四家词选目录序论》中指出了作词的途径："问途碧山，历稼轩、梦窗，以还清真之浑化。"② 周邦彦、吴文英、辛弃疾和王沂孙则被周济目为学之要津。在两大词派的推尊下的词人理当有更多的作品进入经典的行列。

　　清代新建构的宋词经典表现独特的时代特点。首先以南宋词居多，南

---

① 朱彝尊：《静惕堂词序》，《词籍序跋萃编》，中国社会科学出版社1994年版，第543页。
② 周济：《宋四家词选目录序论》，《词话丛编》本，第1643页。

渡以前仅 14 首。这和清代十大名篇和名家中南宋经典地位上升是相一致的。其次，这批新建构的经典的情感主题中，爱情首次退出第一主题的位置，被家国主题取而代之。另外，中调小令在清代新建构的经典中占的数量很少，仅 12 首。

3. 边缘化的经典

清人在建构属于自己时代的新经典的同时，也抛弃了一批前代读者所建构的宋词经典。一批名篇在清人的选择中逐渐被边缘化。通过考察统计数据，共有曾经是百首名篇的 94 首词作在清代经典地位失落。这批被边缘化的作品又有如下 3 种类型。其一，宋金、元明两个时期都是百名名篇的经典被边缘化。仅 10 首作品属于此种类型，分别是（按：首句后的 3 个数字分别为该词由宋至清的排名变化）：李清照《如梦令》（昨夜雨疏风骤）53/3/119、欧阳修《踏莎行》（候馆梅残）53/25/103、叶梦得《贺新郎》（睡起流莺语）7/94/169、苏轼《南乡子》（霜降水痕收）17/90/101、秦观《水龙吟》（小楼连苑横空）48/32/128、张辑《疏帘淡月》（梧桐雨细）61/55/216、汪藻/苏过《点绛唇》（新月娟娟）48/83/201、苏轼《水龙吟》（楚山修竹如云）29/59/261、苏轼《西江月》（玉骨那愁瘴雾）95/60/397、周邦彦《隔蒲莲》（新篁摇动翠葆）91/94/305。这 10 首词除了李清照《如梦令》和欧阳修《踏莎行》在 20 世纪重新焕发光彩之外，其余的 8 首词就此退出百首名篇的范围。其二，宋金时期的百首名篇在清代被边缘化的共有 44 首词，如李清照《如梦令》（常记溪亭日暮）61/131/408、张孝祥《念奴娇》（洞庭青草）53/166/125、柳永《望海潮》（东南形胜）70/ 181/234 等词作。其三，元明时期的百首名篇在清代被边缘化的，如谢逸《渔家傲》（秋水无痕清见底）108/81/208、陆游《水龙吟》（摩诃池上追游路）172/ 52/ 181、朱敦儒《西江月》（世事短如春梦）172/16/438 等，共有 40 首词。

同样的，造成以上作品经典地位衰退的原因也是选家、评家与唱和者选择性传播接受的结果。它们由宋至清的入选、点评、唱和情况将它们经典地位衰退的表现具体化了。清代被边缘化的作品中，60 余首词的入选在 0—5 次之间，50 首的点评在 0—1 次之间，这都低于前 500 名在清代的入选、点评的平均数。这意味着精英读者和大众读者对它们的关注都很少。至于唱和，则有 60 余首 0 次，这表明它们在清代文人词创作过程中的典范性几乎消失。因此，它们被边缘化就不可避免了。

这批被边缘化的词作中，以周邦彦和苏轼的作品最多，分别为9首。其次为欧阳修和秦观，各6首。再次为李清照的作品，共5首。结合以上传承的经典、新建构的经典看，词坛大家的作品数量在三种类型中都不少。这一方面是由于一般情况下，大家相应的名篇就多；另一方面也说明，他们所创造的杰出作品风格和意蕴皆具多样性，因而不同时代的读者总能从他们的作品中找到自己想要的类型。

（三）"雅"而"正"的倾向："经世致用"思潮与尊体词学观的影响

清人继承、抛弃了一部分前代的宋词经典，也发掘了一批新的宋词经典。经过清人选择的宋词经典在总体上表现出一个比较突出的特征——"雅"而"正"。这具体表现于外部风格的典雅和思想意蕴的雅正。

从清代百首名篇的词调体式看，长调65首，小令17首，中调18首。长调数量比中调小令数量之和多30首。抒情蕴藉曲折、篇幅长、容量大的作品在清代受关注的程度是最大的。从语言风格看，以绵密的意象、精美的语言、曲折幽深的笔法为特征的吴文英词，长期以来于词史中默默无闻，它们声名的提升即自清代开始。格调甚高，清空、古雅的姜夔、张炎等人的名篇，"隶事处以意贯串，浑化无痕"① 的王碧山词，它们的经典性也都在于清人的发现。清代的宋词经典中，典故、代字的出现频率明显高于元明时期的宋词名篇。它们的语言亦更偏于精工，抒情笔法曲折蕴藉，这和元明宋词经典名篇抒情多直率浅白不同，而近于宋金时期名篇。如清代排名88，周密《玉京秋》（烟水阔）② 一词用"碧砧"指捣衣石；"银床"喻井栏；"秋雪"喻芦花；以"琼壶暗缺"③ 的典故喻倾诉故园哀痛之情时的忘情状态。全词以蕴藉曲折的手法，写出深沉的悲情。再如，相对于明代家国感慨的作品多直抒胸臆，清代的则多借咏物以曲笔道之，如张炎《高阳台》（接叶巢莺）、张炎《解连环》（楚江空晚）、王沂

---

① 周济：《宋四家词选序论》，《词话丛编》本，第1644页。

② 全词如下："烟水阔。高林弄残照，晚蜩凄切。碧砧度韵，银床飘叶。衣湿桐阴露冷，采凉花、时赋秋雪。叹轻别。一襟幽事，砌虫能说。客思吟商还怯。怨歌长、琼壶暗缺。翠扇恩疏，红衣香褪，翻成消歇。玉骨西风，恨最恨、闲却新凉时节。楚箫咽。谁倚西楼淡月。"

③ 房玄龄：《晋书》卷98，王敦传记载，王敦每次酒后歌魏武帝乐府，用如意打唾壶作节拍，壶尽是缺口。"敦……每酒后辄咏魏武帝乐府歌曰：'老骥伏枥，志在千里。烈士暮年，壮心不已。'以如意打唾壶为节，壶边尽缺。"（《晋书》卷98，中华书局1977年版，第2557页）

孙《齐天乐》（一襟余恨宫魂断）等。再如，姜夔客游长沙时所作《一萼
红》（古城阴）一词中，"南去北来何事，荡湘云楚水，目极伤心"，在感
叹时序中寓身世飘零之感；"记曾共、西楼雅集，想垂杨、还袅万丝金。
待得归鞍到时，只怕春深"，倦游之情中暗含深深相思。像这样的词作，
情感抒发含而不露，深曲蕴藉，余味无穷。王沂孙《眉妩》（渐新痕悬
柳）、姜夔《翠楼吟》（月冷龙沙）、姜夔《一萼红》（古城阴）、周邦彦
《尉迟杯》（隋堤路）等都属此类。而像孙夫人（郑文妻）《忆秦娥》（花
深深)① 这样真率、易懂的精致短篇只是少量。

　　从表现内容看，清代百首名篇的主题思想分布如下：两性情爱25 首、
家国感慨26 首、身世遭际感叹15 首、人生普遍性感叹9 首、理想志向4
首、闲情1 首。从这一历史时期百首名篇的题材选择看，抒发两性之间爱
恋相思的经典名篇数量大为减少，仅有25 首，这在4 个时段中是最少的。
而志在恢复、怀恋故国的家国主题共26 首，这在4 个时段中最高，而且
是唯一一次家国主题名篇数量胜过爱情主题的时候。而且，游赏闲情类的
清代名篇也只有1 首。可见，清代宋词经典娱乐性情的艺术功能和世俗化
的文化品格较其他时代更为减弱，"言王政之所由废兴"② 的雅正之言增
多。譬如，辛弃疾的《永遇乐》（千古江山）、《菩萨蛮》（郁孤台下清江
水）、《水龙吟》（楚天千里清秋）、《贺新郎》（绿树听鹈鴂），张炎的
《高阳台》（接叶巢莺）、《八声甘州》（记玉关）、《解连环》（楚江空
晚）、《南浦》（波暖绿粼粼），王沂孙的《眉妩》（渐新痕悬柳）、《齐天
乐》（一襟余恨宫魂断），周密的《玉京秋》（烟水阔），张孝祥的《六州
歌头》（长淮望断），范仲淹的《渔家傲》（塞下秋来风景异）等作品的
经典地位的真正确立都是在清代完成的。这些作品中都蕴藏着深厚的家国
情感，或是英雄失路、报国无门的悲愤，或是渴望国家统一强大、志在恢
复神州的理想，或是怀念故国的桑梓之恸、黍离之悲，皆是真正的
"雅"音。

　　同时，从词人经典地位的嬗变看，骚雅派词人如姜夔、张炎、王沂
孙、周密、蒋捷等人的词多写身世之感，寄意深远，他们经典地位的真正

① 全词如下："花深深。一钩罗袜行花阴。行花阴。闲将柳带，结细同心。日边消息空沉
沉。画眉楼上愁登临。愁登临。海棠开后，望到如今。"
② 郭绍虞：《中国历代文论选》，上海古籍出版社2001 年版，第30 页。

确认以及他们名作的经典效应的发挥基本上也都有赖于清人的发现。姜、张二人于宋末词坛影响较大，但终明一代，声名几于湮没，清人的选择使得他们进入十大词人之列，影响深远。而"感时伤世之言，而出以缠绵忠爱，诗中之曹子建、杜子美"①的王沂孙前两个历史时期的排名分别为50、61，清代上升为13名。同样于词中寄托深意的蒋捷、周密二人的经典地位也分别由前两代的155、24和23、161分别提升为15名和17名。可见，清代宋词经典雅正特质明显，显现出向传统诗学合流的趋势。

从经典名篇的分布看，南宋词在清代受到了前代未曾有过的重视。清代十大名篇中，南宋名篇和北宋名篇平分秋色，而且首次改变自宋以来十大词人一边倒的状况。百首名篇与前300名中，南宋词也较前两个时期有所增加。而清代新建构的宋词经典中，南宋词则占大多数。南宋词经典地位的上升也是有清一代宋词经典雅正化倾向的表现之一。因为，南、北两宋词比较而言，南宋词从风格到内容都向雅化发展，这个特点正是它们能深受清人喜爱的原因之一。

总之，抒情深曲蕴藉，语言的精致典雅，思想意蕴中的家国之感和济世之思以及南宋名家名篇地位的上升，都是"雅正"的具体表现。每个时代的文化产品都是特定历史文化的产物。清代宋词经典的以上风貌和以下社会文化现象紧密相关。

首先，清代"经世致用"的学术思潮通过影响清人的文学观念进而影响他们对宋词的接受，这是清代宋词经典"雅正"风貌的思想渊源。

"经世致用"是清代学术的一个重要特征。明清之际，顾炎武、王夫之等启蒙思想家针对明王朝的衰落，反思宋明以来空谈心性的学风并对其加以批判，提倡经世致用之学。这对清代学者产生了巨大影响。随着清廷文化禁锢政策的实行，大兴文字狱，"人情望风觇景，畏避太甚。见鳝而以为蛇，遇鼠而以为虎"②，学术思想丧失了批判精神，"避席畏闻文字狱，著书都为稻粱谋"（龚自珍《咏史》）。清代的文人治学则转向训诂、考据之学，逃避社会、脱离现实，经世致用的儒学传统一度中断。但随着

① 陈廷焯：《白雨斋词话》卷2，《词话丛编》本，第3808页。
② 李祖陶：《与杨蓉诸明府书》，李祖陶辑《国朝文录续编》附录《迈堂文略》卷1，影印复旦图书馆藏清同治七年李氏刻本，《续修四库全书》1672册，上海古籍出版社2002年版，第251页。

嘉道以来社会积弊丛生，国家内忧外患频繁，西方资本主义国家的侵略加剧，社会日趋动荡，知识分子的危机意识油然而生。诚如梁启超在《清代学术概论》中指出的那样："嘉道以还，积威日弛，人心已渐获解放；而当文恬武嬉之既极，稍有识者，咸知大乱之将至，追寻根源，归咎于学非所用。"① 于是，经世致用的学术思潮复兴，龚自珍、魏源等人，秉承清初顾、王等人的致用之学，反对烦琐零碎、空疏无物的学风，主张治学当关注社会实际问题，关怀国计民生。而以康有为、梁启超等维新派人士所掀起的思想启蒙运动使更多的知识分子卷入救国的浪潮之中。在清代学术思潮衍变过程中，经世致用的精神虽一度中断但却影响深广。

经世致用的思想潮流影响下的文学观便是"文须有益于天下"。如顾炎武所言："文之不可绝于天地间者，曰明道也，纪政事也，察民隐也，乐道人之善也。若此者，有益于天下，有益于将来，多一篇，多一篇之益矣。若夫怪力乱神之事，无稽之言，剿袭之说，谀佞之文，若此者，有损于己，无益于人，多一篇，多一篇之损矣。"② 而强调"比兴寄托"的常州词派实是响应时代氛围，应运而生。"欲知思潮之暗地推移，最要注意的是新兴之常州学派。常州派有两个源头，一是经学，二是文学，后来渐合为一。……两派合一产生一种新精神，就是想在乾嘉间考证学的基础上建设顺康间经世致用之学"③。常州词派倡意格，尚比兴，究其实质也是经世致用之精神的体现。

因而，和明代诗文与词分途的情况不同，清代诗词文呈合流趋势，如张惠言就是乾嘉时一位较有影响的经学家，撰有《周易虞氏记》。他所创造的常州派就是诗文词合流的代表。除张惠言外，清代词坛大家如陈子龙、王士禛、朱彝尊、厉鹗、周济等也以诗论闻名于世。而且一些词学流派和诗文流派交互融合，如清初以毛先舒、沈谦等为代表的西泠词派成员大都诗词兼擅，也可谓是西泠诗派。常州词派不少也是阳湖古文派的成员。正因为如此，所以清人论词多以诗学理论作观照。因而"雅"、"比兴"、"微言大义"、"温柔敦厚"、"骚人之旨"等传统诗学理论自然成为

① 梁启超：《清代学术概论》，朱维铮校注《梁启超论清学史二种》，复旦大学出版社 1985 年版，第 58 页。

② 顾炎武著，黄汝成集释：《日知录集释》卷 19，花山文艺出版社 1990 年版，第 841 页。

③ 梁启超：《中国近三百年学术史》，中国书店 1985 年版，第 25 页。

评价词的标准。张惠言也自然而然地把《易》之"象"所具有的象征和隐喻的特点用来释词。清人自己也意识到了这一点，如清代顾贞观就曾说："今人之论词，大概如昔人论诗。主格者，其历下之摹古乎？主趣者，其公安之写意乎。"① 再加之词具有历来被视为"小道"的传统，在清代文网严密的政治清剿中，词能为文士的民族意识和故国情思的宣泄提供更大的便利。因而寄托深意、心系家国的"雅正"之音自然能赢得清代读者的青睐。

其次，清代将词与诗骚并列的尊体观念是清代宋词经典文化品格趋雅的直接动力。清代号称词的中兴时代，这不仅是词创作的繁荣期，也是词学理论的丰富发展时期。其中将词之源上溯诗骚，尚比兴寄托的词学观念对清代宋词经典雅正风貌影响甚著。

将词的起源上溯诗骚，这肇始于宋代鮦阳居士，但到清代才为大多数人所认可。"清初沿袭朱明，未离《花》、《草》"②，但已有不少尊体者明确其源头上溯诗骚，不再把词的功能局限于审美和娱乐。谢章铤认为："词固有兴、观、群、怨，事父、事君，而与雅颂同文者。"③丁澎《药园闲话》也指出《国风》、《小雅》中的一些篇章"烦促相宜，短长互用"，实乃后世"协律之原"，并进而认为，《诗三百》即词之"祖祢"④。阳羡派领袖陈维崧"选词所以存词，其所以存经存史也夫"⑤ 的观点则从功能论的角度将词和"经"、"史"相提并论。朱彝尊早年也指出词上接诗骚："诗所难言者，委曲倚之于声，其词愈微，而其旨愈远。善言词者，借闺房儿女子之言，通之于《离骚》、《变雅》之义。"⑥ 在清人看来，词自然应当以通风骚之旨，具讽谏之义为佳，而不只是言花前月下、酒筵间、温柔乡之乐。常州词派是这一主张的代表。

常州派的创始人张惠言认为词是"义有隐幽，并为指发"的文体，和诗一样，要讲比兴、要有寄托。他在《词选序》中指出："传曰：意内而言外谓之词。其缘情造端，兴于微言，以相感动。极命风谣里巷男女哀

① 况周颐：《蕙风词话》续编卷1引，《词话丛编》本，第4543页。
② 王煜：《清十一家词选·自序》，正中书局1936年版。
③ 谢章铤：《赌棋山庄词话》卷11，《词话丛编》本，第3465页。
④ 徐釚：《词苑丛谈》卷1，上海古籍出版社1981年版，第1页。
⑤ 陈维崧：《湖海楼文集》卷3，四部丛刊本。
⑥ 朱彝尊：《红盐词序》，《曝书亭集》卷40，《四部丛刊》本。

乐，以道贤人君子幽约怨悱不能自言之情，低回要眇，以喻其致。盖《诗》之比兴，变风之义，骚人之歌，则近之矣。然其文小，其声哀，放者为之，或跌荡靡丽，杂以昌狂俳优。然要其至者，莫不恻隐盱愉，感物而发，触类条鬯，各有所归，非苟为雕琢曼辞而已。……义有幽隐，并为指发。几以塞其下流，导其渊源，无使风雅之士惩于鄙俗之音，不敢与诗赋之流同类而风诵之也。"① 既然词通于诗骚，微言比兴，义有幽隐，贤人君子幽约怨悱不能自言之情寓于男女哀乐之中，因而张惠言认为温庭筠的《菩萨蛮》（小山重叠金明灭）乃"感士不遇也"，表达的是"《离骚》初服之意"；欧阳修的《蝶恋花》（庭院深深深几许）是讽刺朝廷政治，为韩琦、范仲淹因主新政遭贬而鸣不平；东坡的《卜算子》（缺月挂疏桐）则是道贤人无助，爱君不忘之情。

常州派继张惠言后重要的理论家周济进一步发展了比兴寄托的观点：

　　　　初学词求有寄托，有寄托，则表里相宣，斐然成章。既成格调求无寄托，无寄托，则指事类情，仁者见仁，知者见知。②

　　　　夫词，非寄托不入，专寄托不出。一物一事，引而伸之，触类多通，驱心若游丝之胃飞英，含毫如郢斤之斫蝇翼。以无厚入有间，既习已，意感偶生，假类毕达，阅载千百，謦咳弗违，斯入矣。赋情独深，逐境必寤，酝酿日久，冥发妄中，虽铺叙平淡，摹绩浅近，而万感横集，五中无主；读其篇者，临渊窥鱼，意为鲂鲤，中宵惊电，罔识东西，赤子随母笑啼，乡人缘剧喜怒，抑可谓能出矣。③

"非寄托不入，专寄托不出"的观点进一步发展了常州词派的理论，从张惠言将景、物与情、理的机械比附发展为两者的有机结合，从创作方面阐释了如何做到有寄托入，怎么样才算无寄托出，也从接受方面阐释了有寄托入、无寄托出所生成的艺术效果给读者心灵造成的震撼。谭献认为

---

　　① 张惠言：《词选·序》，中华书局 1957 年版，第 8 页。
　　② 周济：《介存斋论词杂著》，人民文学出版社 1959 年版，第 4 页。又按：清宋翔凤《洞箫楼诗纪》卷 3 亦云："是词之精者，可以仁者见仁，智者见智"。
　　③ 周济：《宋四家词选目录序论》，《词话丛编》本，第 1643 页。

"常州派兴，虽不无皮传，而比兴渐盛"①。是基本上符合词史实际的。

在词坛普遍将词与诗骚并比、尚比兴寄托、发义之幽隐的词学观念的引导下，感慨既大、寄托自深之类表达幽约怨悱之情、盛衰兴亡之感的词作受到更多的关注。上附诗骚，倡比兴寄托本质上是推尊词体，改变词体言艳情，主娱乐的特点。所以清人既认同词之本色为正宗，也肯定苏辛豪词的价值："词如少游、易安，固是本色当行，而东坡、稼轩直以太史公笔力为词，可谓振奇矣。……自是天地间一种至文，不敢以小道目之。"②一生未忘恢复的辛弃疾自然备受清人称赏："古今词人无虑千百家，迨北宋为极盛。苏子瞻、陆放翁诸君特以遒丽取胜。至辛稼轩，其度越人也远甚，余瞠乎后矣。三百余年以词名家者，文成、孟载以下，不可概见。……稼轩才则海笔则山，博稽载籍，一乎己口，好学深思，多引陈言。史迁之文，魏武之乐府，庶几乎出之。唐宋以来，言词必推辛，犹言诗必推杜，横视角出，一人而已。以视后人，吹已萎花而香，饮既啜醨而甘，以称塞海内。"③ 因此，清代宋词经典自然倾向于"雅正"。

再次，在清人极力推尊词体的词学观念的影响下，传统诗学的审美观念对清人建构宋词经典的影响也更为强大，这对清代宋词经典"雅"倾向的生成也产生深刻影响。纵观清代词学理论，除妍、丽、婉之类评词的常用语辞之外，传统诗学审美的核心概念，如格调、境界、神韵及它们相应的表现形式，如沉郁、蕴藉、深厚、清、空、秀等成为清人品评前代词人词作的重要话语。

浙西派"以雅为目"④，标榜"清空"、"醇雅"，崇尚姜、张，主导清代词学审美倾向百余年。品评者以类白石、玉田等南宋大家为词中高品。姜、张清空古雅之风是他们学习的典范，评词者以得姜、张神韵格调者为尚："橙里意境清远，慕姜白石、张叔夏之风，其词清空蕴藉，无繁丽昵亵之情，除激昂器号之习，可谓卓然名家。"（评江昉词）"幻花老人诗，旨趣在王、孟间，而暇为长短句，又能宗尚石帚、玉田，刊落凡

---

① 谭献：《复堂词话》，《词话丛编》本，第 3999 页。
② 王士禛：《古夫于亭杂录》卷 4，《影印文渊阁四库全书》第 870 册，台湾商务印书馆 1986 年版，第 639 页。
③ 丁澎：《梨庄词序》，《扶荔堂文集》，转引自孙克强《清代词学》本，第 155 页。
④ 朱彝尊：《词综·发凡》，中华书局 1975 年版。

艳。"（评张梁词）"紫纶词，脱去凡艳，品格在草窗、玉田之间。"（评杜诏词）①而能影响一代创作之风的审美观念必将影响一代读者对前代文学的评价接受，宋词中的清雅之作成为清代经典名篇的可能性自然更大。"以雅为目"的词学观不仅是浙西一派的审美追求，而且是贯穿有清一代词学的美学风尚。如沈谦提出"词要不亢不卑，不触不悖，蓦然而来，悠然而逝。立意贵新，设色贵雅，构局贵变，言情贵含蓄"②。常州派尚比兴寄托，在强调词作用于社会人生之功能的同时，也以清为美："盖尝论秦之长，清以和；周之长，清以折；而同趋于丽。苏、辛之长，清以雄；姜、张之长，清以逸；而苏、辛不自调律，但以文辞相高，以成一格，此其异也。六子者两宋诸家皆不能过焉。"③清代"睁眼看世界的第一人"魏源也注重含蓄委婉的艺术效果，认为："词不可径也，故有曲而达，情不可激也，故有譬而喻焉。"④

由此可见，在清代词学评论中，诗学审美观念广泛深入地渗透到词学。作为精英读者的词评家在上述诗学审美观念的影响下选择符合自身审美观念的宋词经典，他们的审美倾向也对大众读者起着导向作用，促使清代宋词经典雅正特点的形成。

四　现当代的宋词经典

确认现当代宋词经典的数据来源如下：20 世纪以来各种词选（包括文学作品选）、20 世纪主要词学评论家的点评（以《唐宋词汇评》中所选近现代词评家点评为参照）、20 世纪研究词作的相关论著、当代国际互联网上谷歌和百度所链接的相关文章。通过考察综合排名前 500 首词作在现当代的入选率、点评率、研究率和网络链接率⑤，然后根据各自的影响效应分别乘以 60%、15%、15%、10% 的权重，统计出现当代的宋词经典名篇，其中前 100 名各项数据指标及排名情况见表 4 - 1 - 7：

① 冯金伯：《词苑萃编》卷 8，《词话丛编》本，第 1953、1948、1948 页。

② 沈谦：《填词杂说》，《词话丛编》本，第 635 页。

③ 董士锡：《餐华吟馆词叙》，《齐物论斋文集》卷 2，《续修四库全书》第 1507 册，第 310 页。

④ 魏源：《诗比兴笺序》，见《魏源集》（上），中华书局 1976 年版。

⑤ 这 4 项数据比率的算法和综合排名中相应 4 项数据指标的算法相同。

表 4 – 1 – 7 现当代的宋词经典名篇

作者	词牌	首句	今选	今评	20世纪研究	百度	谷歌	今总指数	今名次
苏轼	念奴娇	大江东去	54	3	186	73100	41200	25.5	1
岳飞	满江红	怒发冲冠	38	6	125	293000	30700	21.4	2
李清照	声声慢	寻寻觅觅	51	11	52	90100	28200	14.7	3
柳永	雨霖铃	寒蝉凄切	55	4	51	161000	22100	14.6	4
辛弃疾	永遇乐	千古江山	48	6	67	39000	66600	14.2	5
苏轼	水调歌头	明月几时有	53	3	40	164000	74400	13.6	6
姜夔	扬州慢	淮左名都	51	8	54	15100	18700	13.2	7
辛弃疾	水龙吟	楚天千里清秋	47	5	40	28000	10400	11	8
陆游	钗头凤	红酥手	34	2	40	112000	67800	10.2	9
辛弃疾	摸鱼儿	更能消	45	9	21	21600	75100	10.1	10
范仲淹	渔家傲	塞下秋来风景异	50	2	28	28500	15400	9.7	11
辛弃疾	菩萨蛮	郁孤台下清江水	40	6	33	18000	8770	9.49	12
史达祖	双双燕	过春社了	41	15	4	15600	44500	8.93	13
苏轼	江城子	十年生死两茫茫	38	2	16	123000	36100	8.5	14
姜夔	暗香	旧时月色	32	13	17	13000	17400	8.38	15
秦观	鹊桥仙	纤云弄巧	41	1	11	122000	44800	8.27	16
苏轼	水龙吟	似花还似非花	37	6	23	22300	6630	8.25	17
周邦彦	兰陵王	柳阴直	34	11	17	7390	14200	8.15	18
秦观	踏莎行	雾失楼台	39	5	21	18200	16700	8.14	19
柳永	八声甘州	对潇潇暮雨洒江天	43	5	15	18100	10100	8.05	20
辛弃疾	破阵子	醉里挑灯看剑	36	2	28	26100	16300	7.91	21
晏殊	浣溪沙	一曲新词酒一杯	44	2	14	30300	16200	7.71	22
李清照	如梦令	昨夜雨疏风骤	32	3	26	39400	22100	7.64	23
陆游	卜算子	驿外断桥边	39	2	16	36300	61300	7.63	24
王安石	桂枝香	登临送目	45	3	22	12200	28600	7.59	25
李清照	醉花阴	薄雾浓云愁永昼	40	2	20	206	22300	7.39	26
周邦彦	六丑	正单衣试酒	29	15	7	5990	3510	7.3	27
李清照	永遇乐	落日镕金	39	3	18	719	21800	7.28	28
姜夔	疏影	苔枝缀玉	27	10	17	8880	22500	7.15	29

续表

作者	词牌	首句	今选	今评	20世纪研究	百度	谷歌	今总指数	今名次
辛弃疾	青玉案	东风夜放花千树	31	4	16	58700	23100	7.06	30
柳永	望海潮	东南形胜	39	2	14	21100	10500	6.92	31
晏几道	临江仙	梦后楼台高锁	38	5	9	16300	18400	6.91	32
欧阳修	踏莎行	候馆梅残	39	4	10	12100	21000	6.89	33
辛弃疾	西江月	明月别枝惊鹊	31	0	26	24400	21000	6.72	34
辛弃疾	贺新郎	绿树听鹈鴂	25	10	17	5000	1340	6.71	35
贺铸	青玉案	凌波不过横塘路	39	4	7	16600	12130	6.62	36
苏轼	江城子	老夫聊发少年狂	39	0	11	30100	13100	6.39	37
张先	天仙子	水调数声持酒听	34	2	9	14100	91700	6.27	38
晏几道	鹧鸪天	彩袖殷勤捧玉钟	36	2	10	14700	7890	6.07	39
秦观	满庭芳	山抹微云	32	3	8	54	89300	5.92	40
周邦彦	满庭芳	风老莺雏	24	11	6	4660	5390	5.8	41
苏轼	定风波	莫听穿林打叶声	22	1	16	75200	56400	5.79	42
范仲淹	苏幕遮	碧云天	32	1	10	40600	14900	5.77	43
吴文英	风入松	听风听雨过清明	27	8	6	6580	8680	5.64	44
张炎	高阳台	接叶巢莺	27	10	2	4300	2530	5.59	45
张元干	贺新郎	梦绕神州路	40	0	4	4120	16400	5.56	46
周邦彦	瑞龙吟	章台路	17	15	4	5920	8690	5.55	47
欧阳修	蝶恋花	庭院深深深几许	26	6	5	33650	31200	5.54	48
张孝祥	念奴娇	洞庭青草	31	1	12	20700	6560	5.5	49
辛弃疾	清平乐	茅檐低小	27	0	19	16200	13600	5.43	50
陈亮	水调歌头	不见南师久	29	0	10	3570	126000	5.43	51
张炎	解连环	楚江空晚	30	5	3	2360	43800	5.33	52
张孝祥	六州歌头	长淮望断	39	0	2	5890	5150	5.2	53
苏轼	卜算子	缺月挂疏桐	27	1	9	42100	30000	5.17	54
辛弃疾	祝英台近	宝钗分	27	6	2	7370	45300	5.14	55
史达祖	绮罗香	做冷欺花	22	10	0	3050	56500	5.12	56
周邦彦	苏幕遮	燎沉香	31	3	5	10100	5830	5.11	57
李清照	武陵春	风住尘香花已尽	29	1	8	33200	13800	5.1	58
欧阳修	生查子	去年元夜时	22	1	12	44300	69900	5.1	59
晏殊	蝶恋花	槛菊愁烟兰泣露	28	3	5	26100	10700	4.98	60

续表

作者	词牌	首句	今选	今评	20世纪研究	百度	谷歌	今总指数	今名次
李清照	渔家傲	天接云涛连晓雾	29	1	9	19000	8890	4.97	61
吴文英	八声甘州	渺空烟四远	26	7	3	2900	4080	4.97	62
姜夔	点绛唇	燕雁无心	28	4	4	6940	7660	4.81	63
苏轼	蝶恋花	花褪残红青杏小	22	2	8	45600	25600	4.66	64
陆游	诉衷情	当年万里觅封侯	33	0	2	8900	8410	4.51	65
秦观	望海潮	梅英疏淡	26	3	4	10400	19600	4.48	66
宋祁	玉楼春	东城渐觉风光好	24	2	10	7380	4840	4.45	67
欧阳修	采桑子	群芳过后西湖好	23	4	6	11200	3480	4.39	68
王沂孙	齐天乐	一襟余恨宫魂断	24	5	2	2350	20700	4.34	69
李清照	如梦令	常记溪亭日暮	12	1	23	30800	20000	4.33	70
李清照	一剪梅	红藕香残玉簟秋	21	0	5	75900	21300	4.25	71
吴文英	莺啼序	残寒正欺病酒	19	6	7	2400	1950	4.24	72
周邦彦	蝶恋花	月皎惊乌栖不定	22	4	5	4090	3130	4.07	73
王沂孙	眉妩	渐新痕悬柳	26	3	1	2220	12900	4.06	74
张炎	八声甘州	记玉关	21	3	2	2190	87400	4	75
姜夔	念奴娇	闹红一舸	19	5	4	7220	15600	3.92	76
李之仪	卜算子	我住长江头	22	2	0	45600	9750	3.83	77
辛弃疾	鹧鸪天	壮岁旌旗拥万夫	24	1	5	7020	7090	3.81	78
辛弃疾	南乡子	何处望神州	18	0	11	18500	42200	3.79	79
柳永	夜半乐	冻云黯淡天气	21	4	2	5570	16400	3.78	80
周邦彦	夜飞鹊	河桥送人处	16	8	1	4380	8670	3.77	81
李清照	凤凰台上忆吹箫	香冷金猊	20	3	4	19700	6700	3.77	82
陈与义	临江仙	忆昔午桥桥上饮	25	1	3	8610	4400	3.76	83
秦观	浣溪沙	漠漠轻寒上小楼	20	4	4	1140	12800	3.76	84
柳永	蝶恋花	伫倚危楼风细细	20	2	1	47200	12900	3.71	85
刘克庄	贺新郎	北望神州路	25	1	2	3760	14500	3.67	86
蒋捷	一剪梅	一片春愁待酒浇	15	0	18	7680	3540	3.65	87
晏殊	破阵子	燕子来时新社	22	1	6	8060	4770	3.65	88
姜夔	齐天乐	庾郎先自吟愁赋	19	4	3	5360	20200	3.64	89
辛弃疾	丑奴儿令	少年不识愁滋味	19	0	10	226	45400	3.6	90
贺铸	六州歌头	少年侠气	19	2	4	7670	42600	3.52	91

续表

作者	词牌	首句	今选	今评	20世纪研究	百度	谷歌	今总指数	今名次
周邦彦	西河	佳丽地	20	4	1	5750	2580	3.48	92
刘克庄	沁园春	何处相逢	23	1	1	6500	26700	3.44	93
张先	青门引	乍暖还轻冷	16	2	1	4750	129000	3.4	94
周邦彦	少年游	并刀如水	14	7	1	8290	7540	3.37	95
苏轼	浣溪沙	簌簌衣巾落枣花	19	0	9	9360	3630	3.36	96
文天祥	念奴娇	水天空阔	18	0	8	5930	32400	3.28	97
苏轼	洞仙歌	冰肌玉骨	17	2	0	28200	27000	3.26	98
苏轼	临江仙	夜饮东坡醒复醉	18	1	4	11700	38200	3.23	99
王观	卜算子	水是眼波横	19	0	8	6870	267	3.21	100

　　现当代宋词经典名家的确认方法如下：统计综合排名前200位词人在20世纪的入选率、点评率、研究率和经典作品入选率，分别按照60%、10%、15%、15%的比例计算出他们现当代的综合经典指数，得出现当代的宋代经典名家。兹将前30位词人各项数据指标的具体情况列于表4-1-8：

　　20世纪是中国社会发生巨大变革的时代。随着延续了二千余年的社会政治体制的土崩瓦解，文化思想领域也发生翻天覆地的变化。在传统和现代、中国和西方文化思想碰撞的夹缝中，宋词经典变化、风貌表现如何呢？

　　（一）十大名篇和十大词人：传统、现代碰撞与辛弃疾霸主地位确立

　　现当代宋词十大名篇按排名先后分别是：苏轼《念奴娇》（大江东去）、岳飞《满江红》（怒发冲冠）、李清照《声声慢》（寻寻觅觅）、柳永《雨霖铃》（寒蝉凄切）、辛弃疾《永遇乐》（千古江山）、苏轼《水调歌头》（明月几时有）、姜夔《扬州慢》（淮左名都）、辛弃疾《水龙吟》（楚天千里清秋）、陆游《钗头凤》（红酥手）、辛弃疾《摸鱼儿》（更能消）。当中，有的作品的经典性和前代一脉相承，有的作品的经典性是20世纪以来读者创造建构的结果。综观历代十大宋词名家和名篇，清代对前代的继承多于建构，而元明时期和20世纪则表现出更多的新创倾向。当中20世纪以来的新创不仅受传统传播手段的影响，而且也受现代新的传播媒介的制约。新的十大名篇和十大词人生成于传统与现代的碰撞中。

表 4 - 1 - 8　　　现当代前 30 位宋词经典名家

词人	入选次数	选本数	点评	20世纪研究	经典作品	20世纪综合指数	排名	词人	入选次数	选本数	点评	20世纪研究	经典作品	20世纪综合指数	排名	词人	入选次数	选本数	点评	20世纪研究	经典作品	20世纪综合指数	排名
辛弃疾	795	59	31	1282	177	105	1	欧阳修	275	52	0	274	22	23	11	张孝祥	124	42	2	61	4	7.7	21
苏轼	613	60	18	2047	127	95.4	2	晏几道	296	43	6	207	16	20.9	12	朱敦儒	136	25	9	64	3	7.46	22
姜夔	372	56	76	399	72	58.8	3	晏殊	212	52	10	207	15	20	13	蒋捷	108	31	7	58	7	7.36	23
周邦彦	445	49	32	330	141	57.2	4	贺铸	259	43	4	87	10	15.9	14	周密	123	25	11	34	4	7.29	24
李清照	344	55	7	1215	74	52.3	5	史达祖	145	40	4	42	19	10.7	15	黄庭坚	106	26	4	137	3	6.64	25
柳永	300	57	23	464	57	40	6	刘克庄	173	41	2	52	7	10	16	陈亮	95	43	4	0	6	6.31	26
秦观	310	52	3	332	52	30.9	7	岳飞	55	37	0	180	32	9.64	17	刘过	93	36	5	36	5	6.2	27
陆游	241	53	11	371	37	27.9	8	张先	142	40	2	79	10	9.35	18	王安石	69	45	1	114	5	6.16	28
吴文英	308	40	28	178	17	25.8	9	范仲淹	97	51	1	111	12	9.1	19	张元干	106	42	0	42	3	5.92	29
张炎	256	44	20	131	36	24.6	10	王沂孙	152	31	6	55	6	8.39	20	刘辰翁	96	33	3	25	3	5.03	30

苏轼的《念奴娇》（大江东去）是真正的千古第一名篇，从宋至今，一直居排行榜首位，是唯一一首从宋至今都属十大名篇之列的作品。在20世纪，文学研究工作者对它的关注远远胜过其他词作，各类品评研究文章共186篇，涉及词作的遣词用语、风格含义、艺术手法、情感基调、思想意蕴等各个方面，充分表现出经典作品艺术思想的丰富性和无限可读性。20世纪绝大部分词选入选了这首词，60个选本共入选54次，特别是本文选择的作为教材的20个文学作品选全部入选该词，极大地促进了它在当代社会的传播。与此同时，当今社会最新、最快的大众传播方式——网络，对苏轼《念奴娇》影响力的扩大也起到了推波助澜的作用。当前谷歌和百度两大搜索中链接该词的文章共11万余篇次。这意味着"苏轼　念奴娇　大江东去"为关键词进行搜索，几秒钟内就有数以万计的相关文章可供读者阅读，这为现代读者接受它提供了极大的方便。

另外，苏轼的《水调歌头》（明月几时有）、李清照的《声声慢》（冷冷清清）是除《念奴娇·赤壁怀古》之外，仅有的在前代入选过十大名篇的作品。其中李清照的《声声慢》自元明时期声名骤显，从宋代的214名一跃而至元明的第10名，其清代排名第2，20世纪排名第3，具有广泛的影响力。而苏轼的《水调歌头》（明月几时有）一词具有稳定的经典效应，除元明位列12位外，宋金时期列第5名，清代第7名，20世纪第6名，影响力起伏不大。

现当代的十大名篇除以上3首的经典性和前代一脉相承之外，其余7首词都是首次进入十大名篇。

综合排名第2的岳飞《满江红》（怒发冲冠）在20世纪才获得巨大的声誉。这首词从明代起受到选家、评家与唱和者的注意，入选3次，点评5次，唱和9次。其中，尤其以较高的点评率和唱和率排元明时期宋词经典第13名。在清代，入选2次，点评3次，唱和14次，该词清代主要的影响力来自文人的唱和，排名50。到20世纪，岳飞的这首《满江红》的传播接受范围不断扩大，各项指标均远远超出20世纪百首名篇各项指标的平均数①。该词入选选本38次，入选率由明清时期的10%左右上升至63%。关于此词的研究文章共125篇，仅次于苏轼《念奴娇》。其中，

---

① 20世纪百首名篇平均入选数29.78次，平均点评数3.84，平均研究文章篇数14.99，互联平均链接文章数51935次。

关于《满江红》（怒发冲冠）是否是岳飞所作的争论是研究的焦点。争论的结果虽无定论，但这首词影响力在争论中继续扩大却是不争的事实。同时，我们可以看到当代互联网和这首词相关的链接文章数目巨大，共 32 万余篇次，居百首名篇此项数据指标的首位。20 世纪众多的研究文章和海量的互联网超文本是这首词经典性增强的主要原因。传统的、现代的传播方式共同促进《满江红》（怒发冲冠）经典性的飙升。

柳永的《雨霖铃》（寒蝉凄切）是典型的经典效应随时间递增的名篇。宋金时期，该词排名 98；元明时期，仅选家对它的关注增强，入选 17 次，经典效应有所上升，排名 94；清代选家、评家与唱和者的关注度都有所提高，入选 13 次，点评 8 次，唱和 6 次，因此排名上升至第 17 位。20 世纪以来《雨铃霖》各项指标均超过百首名篇平均数。尤其得到选家的青睐，入选选本 55 次，排第 1；20 世纪研究文章篇次排第 6，55 次，大部分探析的是《雨霖铃》的艺术手法和写作技巧；当代互联网链接相关文章 18 万余篇次，排第 3。传统的选本、研究等方式和新的现代传播方式——网络，一起提升了柳永这首《雨霖铃》的影响力。

陆游的《钗头凤》、姜夔的《扬州慢》二词的经典地位也是到 20 世纪才得到更大肯定。它们在元明时期都受到较大阻力。陆词在宋金时期和清代都有较大的影响力，分别排名 37 和 73，明代排名 238，影响不大。姜夔《扬州慢》宋金时期和清代也皆有较大的影响力，分别排名 61 和 26，元明时期则几近无闻，只有两选本入选，无点评、唱和，排名第 450。在 20 世纪，这两首词的经典地位上升，《钗头凤》排名第 9，《扬州慢》排名第 7。其中，陆游的《钗头凤》被 34 个选本入选，20 世纪的研究篇次有 40 次，其中自宋代即开始流传的本事——关于唐、陆之间的爱情故事，是关于这首词研究的主要内容。现代网络与该词相关的链接文章数则达 17 万余次。《扬州慢》在 20 世纪超过历来最喜为文人称道的《暗香》、《疏影》二词，成为姜夔词作中唯一入选 20 世纪十大名篇的作品。这主要得力于 20 世纪各种选本和文学研究人员对它的传播。该词入选 51 次，研究文章 54 篇，均列各单项指标第 4。相对来说，古代知名度最高的《暗香》一词入选仅 32 次，研究文章仅 17 篇，自然声望大不如前。而现代传播媒介——网络超文本，对姜夔名作的传播数量少，相关链接数均在 4 万以下，低于此项指标在百首名篇中的平均数。这影响着它们在 20 世纪以来的经典效应。

现当代，宋词十大名篇最突出的一个特点是辛弃疾的名作地位攀升。辛弃疾3首入选十大名篇的作品中《摸鱼儿》（更能消）的经典效应最稳定，4个时段的排名分别为21、31、20、10。他的《永遇乐》（千古江山）清以前分别排名206、236，清代排名上升为16名，20世纪排名再次上升，列第5名。《水龙吟》（楚天千里清秋）宋金时期排名218，元明时期排名382，清代排名87，20世纪排第8名。以上3首词作，选家和评论者皆对它们投以了足够的关注，相关指标均远超出百首名篇相应指标的平均数，传统的传播方式带给了它们巨大的经典效应，特别是文学作品选，绝大部分都选了这3首词。排名第5的《永遇乐》同时也具有很广的网络传播度。而在此之前，辛弃疾仅《祝英台近》（宝钗分）一词进入过宋金时期的十大名篇，元明和清代的十大名篇均无辛弃疾的作品。20世纪十大名篇分属于7位词人，辛弃疾则以3首居冠。与此相应，辛弃疾也成为了20世纪最有影响力的词人。

现当代十大词人按排名先后分别为：辛弃疾、苏轼、姜夔、周邦彦、李清照、柳永、秦观、陆游、吴文英、张炎。辛弃疾的词坛影响力在20世纪超过了曾为词坛第一人的周邦彦、苏轼、姜夔，成为新时代的词坛霸主。

作品排名的提升是辛弃疾影响力扩大很重要的原因之一。除上述3首入选十大名篇的名作地位上升之外，辛弃疾还有诸多作品的经典效应不断扩大，成为经典。20世纪宋词诸名家中，辛弃疾的经典作品入选指数最高。譬如：《菩萨蛮》（郁孤台下清江水）从宋至20世纪的排名变化依次为172，379，42，12；《破阵子》（醉里挑灯看剑）的排名变化依次为352、434、208、21；《青玉案》（东风夜放花千树）的排名变化依次为209、434、124、30；《西江月》（明月别枝惊鹊）的排名变化依次为352、478、247、34；它们皆由影响甚微的作品成为20世纪的名篇。经典作品数量的增多在很大程度上提升了辛弃疾在现当代的经典性综合指数。另外，辛弃疾以入选59个选本，795篇次的入选指标列入选榜第1，这也对他在20世纪词坛霸主地位的确立影响巨大。再有1282篇，数量仅次于苏轼的相关研究文章也扩大了他的影响力。这些成就了辛弃疾新时代词坛第一人的地位。

十大词人中除了辛弃疾的排名上升之外，还有一位词人的经典地位有很大的提高，那便是诗名胜于词名的陆游。陆游宋金、元明时期均排名

20，清代排名 16，而在 20 世纪一跃而成为十大词人中的第 8 位名家。20
世纪关于陆游的研究内容主要还是以《钗头凤》的本事辨证与唐、陆之
间的爱情为主，另外涉及陆游的交游行迹考证及其诗词的爱国情感分析。
各类研究文章共 371 篇次，列第 6 名。其词作共入选 53 个选本，241 篇
次；另外点评式批评 11 次。这都有效地扩大了词人的名气。现当代陆游
词作经典效应也有很大提高。《卜算子》（驿外断桥边）一词在 20 世纪之
前的 3 个时期内的排名分别为 352、478、449，现当代的排名上升为第 69
名。《诉衷情》（当年万里觅封侯）一词宋金时期排第 218 名，元明时期
排第 314 名，清代排名 331，而现当代的排名飙升至 24 名，成为广大读
者喜爱的经典。随着这些词作的广泛传播，陆游在词坛的影响也越来越
强，最终进入十大词人的行列。

　　十大词人中周邦彦、苏轼、秦观、李清照和辛弃疾等五位词人从宋至
今，其经典性排名均不出 10 名之外，是最具时空超越性的五大词人。不
过，周邦彦的经典效应却随时间的延伸而逐渐递减，其他 4 位词人的排名
则各有起落。另外，姜夔、柳永、吴文英、张炎等 4 位词人皆曾于历史上
某个时期被排除于十大词人之外，尤其是吴文英和张炎的经典地位至清代
才真正确立。而历史综合排名在前 10 名之列的欧阳修和晏几道两位词人
现当代的排名屈居于第 11 名和第 12 名。现当代的十大词人和十大名篇总
体上说既有对前代的继承，也有新的开创。新的百首名篇影响力变化亦复
如是。

　　（二）百首名篇的经典性嬗变：对古代宋词经典的继承与拓展

　　现当代的宋词经典既和古代的宋词经典保持着紧密的联系，也有自己
时代新的选择。百首名篇的嬗变有如下 3 种情况（具体词作的排名变化
见附录二）。

　　1. 传承的经典

　　现当代宋词经典和古代的宋词经典之间有着密切的传承关系。这一时
期共有 68 首词作在 20 世纪以前曾进入百首名篇之列。

　　其中，有 22 首词作历代以来一直都在百首名篇之内，如张先《天仙
子》（水调数声持酒听）一词从宋至今的排名依次为：13、18、43、38，
该词在 4 个不同的历史时期都具有很强的经典效应。像苏轼《念奴娇》
（大江东去）、柳永《雨霖铃》（寒蝉凄切）、辛弃疾《摸鱼儿》（更能
消）、史达祖《双双燕》（过春社了）、秦观《踏莎行》（雾失楼台）等作

品的历代排名至今未出百名之外。这是到目前为止，经典效应表现最为持久和稳定的作品。这 22 首作品分别属于范仲淹、张先、柳永、欧阳修、苏轼、王安石、秦观、贺铸、周邦彦、陈与义、辛弃疾、史达祖等 12 位词人。其中，苏轼 5 首，周邦彦 4 首，秦观、辛弃疾、史达祖各 2 首，余者一人一首。从时代归属看，北宋作品在这种类型中占绝大多数，南宋作品仅 5 首。从审美风格看，这些传承久远的作品，以婉约风格为主。从情感主题看，爱情是第一大主题，但未过半数，仅 10 首。另外还有家国之思，人生感叹和理想志向等各种主题。

其余 46 首作品中，有 28 首曾入选古代某一历史时期的百首名篇。譬如，晏几道《鹧鸪天》（彩袖殷勤捧玉钟）一词，元明和清代两个时期影响力一般，分别排名 140 和 136。该词现当代排名 39，而宋金时期排名 34，其经典效应和宋金时期相近，现当代的读者选择传承着宋金时期读者的喜恶倾向。再如，晏殊《浣溪沙》（一曲新词酒一杯）一词古代排名分别为 330、75、105，现当代的排名为第 22 名，选择倾向和元明约略近之。范仲淹《渔家傲》（塞下秋来风景异）一词，从宋至今历代排名依次为 172、167、69、11，现当代该词的经典效应在清代的基础上进一步加强。张孝祥《六州歌头》（长淮望断）、欧阳修《生查子》（去年元夜时）、吴文英《八声甘州》（渺空烟四远）等词皆与古代某一历史时期有着类似或接近的经典性效应。

另外有 18 首词曾在古代两个历史时期入选百首名篇。譬如，秦观《鹊桥仙》（纤云弄巧）一词，在元明和清代均引起选家、评家与唱和者的注意，其经典性指数排名分别为第 75 名和第 90 名。现当代的读者传承并延伸了该词的经典性，该词的知名度越来越大，排名上升为 16 名。再如，元明时期排名 154，宋金时期和清代的排名为 16 和 23 名的《兰陵王》（柳阴直）一词，现当代的排名为第 18 名，对该词的认可度传承了宋金时期和清代读者的选择。此外，如张先《青门引》（乍暖还轻冷）、李清照《武陵春》（风住尘香花已尽）、张元幹《贺新郎》（梦绕神州路）等皆属此类。

可见，虽然现当代文学传播的环境和方式发生了变化，但是总会有优秀的经典作品能够穿越时空，连通古今。现当代的文学研究工作者、词选编撰者以及网络对它们的关注，使得这些作品能够在新的时代继续保持旺盛的生命力，成为横亘古今的经典。

2. 新时代的新经典

新的时代总是在传承前代文学经典的同时也创造着时代的新经典。现当代的百首名篇同样有属于现当代的读者自己建构的宋词经典名篇。譬如，苏轼的《江城子》（十年生死两茫茫），在古代影响力甚微，宋金、元明时期点评、入选、唱和次数均为零，排名最末；清代仅入选两个选本，排名第 449 名。但 20 世纪以来，不仅有半数以上的选本入选这首词，而且相应的文学研究工作者也予以了更多的关注，单篇研究文章有 16 篇。新的网络传播媒介同样给了这首词相当大的传播空间，谷歌和百度链接共 15 万余篇的相关文章。这首词一跃而成为现当代的最受欢迎的词作之一，排名突飞猛进，列第 14 位。像《江城子》（十年生死两茫茫）这样，第一次进入百首名篇的行列，成为新时代的新经典的词共有 32 首。譬如，苏轼的《定风波》（莫听穿林打叶声）、辛弃疾的《清平乐》（茅檐低小）、李之仪的《卜算子》（我住长江头）、陆游的《诉衷情》（当年万里觅封侯）、欧阳修的《生查子》（去年元夜时）等作品在古代基本上声名不显，但由于编选者、文学研究工作者的重视，网络、书刊、杂志提供了各种各样的传播渠道，现在它们已成为了读者耳熟能详的名篇了。

新时代的新经典以辛弃疾的作品最多。20 世纪以来，辛弃疾共有《破阵子》（醉里挑灯看剑）、《青玉案》（东风夜放花千树）、《西江月》（明月别枝惊鹊）、《清平乐》（茅檐低小）、《鹧鸪天》（壮岁旌旗拥万夫）、《南乡子》（何处望神州）、《丑奴儿令》（少年不识愁滋味）等 7 首作品首次进入百首名篇之列。这比新经典数量排第 2 的苏轼多 3 首。经典名篇数量的增加扩大了辛弃疾的影响力。这也是辛弃疾称雄新世纪词坛的原因之一。32 首新经典除辛弃疾 7 首、苏轼 4 首外，晏殊、柳永、周邦彦、陆游、刘克庄各两首，另外，欧阳修、晏几道、秦观、贺铸、李之仪、李清照、陈亮、姜夔、文天祥、蒋捷等各 1 首。

20 世纪新增的宋词经典以篇幅短小的中调和小令居多，32 首词中仅 8 首长调，这和元明时期新建构的经典的词调选择相近。从时段分布看，现当代更多的南宋名篇进入了百首名篇的行列，南宋名篇保持了自清以来的增长趋势。从情感表现看，这批新经典涉及人生、社会、自然方面，男女相思爱恋和爱国之情是其中最主要的两类情感表现。

3. 褪色的经典

和元明、清代一样，20 世纪以来在继承旧经典和创造新经典的同时，也有一批曾经显赫一时的名篇在新的时代中黯然失色，经典性消减，影响力减弱，从百首名篇的行列中退出，成为新时代褪色的宋词经典。

共有 127 首曾进入过百首名篇的作品在 20 世纪不再属于百首名篇的范围。其中有的如王安石《渔家傲》（平岸小桥千嶂抱）历代排名为 37、138、247、294，在元明时期就丧失了前 100 名的地位。这种类型的共 34首。在清代即退出百首名篇范围的，共 51 首，如秦观《水龙吟》（小楼连苑横空），历代排名 48、32、128、250。20 世纪才退出百首名篇范围的共 42 首，如章楶《水龙吟》（燕忙莺懒芳残），古代 3 个历史时期的排名为 28、23、30 名，20 世纪以来排名 270，不再为大众读者所熟稔。

按经典效应持续时间的长短，以上褪色经典又可分为 3 种类型。其一，经典效应延续时间长，从宋至清排名均都在百名内的。这种类型的最少，仅 8 首，而且 20 世纪以来虽未入百首名篇，但均在前 300 名内波动，仍具有一定的影响力。其二，20 世纪以前有两个历史时期进入百名的，共 26 首。其三，20 世纪以前仅一个时期曾进入过百首名篇的共 93 首。据附表数据可知，曾进入百首名篇的次数越少的词，在现当代的排名就越靠后。可见古代读者的选择对新时代的读者存在着比较大的影响。

（三）通俗化扩大和思想性加强：政治意识形态介入与现代生活的浸染

现当代宋词经典的主要特点表现于两个方面：

其一，通俗化倾向扩大。从词调体制看，百首经典名篇中，长调 46首，小令 29 首，中调 25 首。体制短小，通俗易懂的中调和小令之和胜出长调的数量。这一点和元明时期宋词经典的体制风格特征类似，即篇幅短小，抒情结构简易，语言质朴直率的通俗易懂的作品数量占多数。为数不少的体制短小、语言质直精练之词的尘封之帷被掀开，成为读者喜爱的经典名篇。语言简练率直的名篇如陆游的《卜算子》①、李之仪《卜算子》②，没有曲折复绕的抒情结构，没有精工细琢的语言辞藻，词人抒情言志如叙家常，娓娓道来。它们的经典效应长期以来微不足道，只有到

---

①　全词如下："驿外断桥边，寂寞开无主。已是黄昏独自愁，更著风和雨。无意苦争春，一任群芳妒。零落成泥碾作尘，只有香如故。"

②　全词如下："我住长江头，君住长江尾。日日思君不见君，共饮长江水。此水几时休，此恨何时已。只愿君心似我心，定不负相思意。"

20 世纪它们才为读者发现，生命力得以焕发。综观这一历史时期新建构的 32 首名篇，从宋至清的千年历史中都声名隐晦，影响力甚微，大部分排名都在 300 名之后。20 世纪以来的读者让它们的生命力重新焕发。这 32 首词中，笔者发现，除了吴文英《莺啼序》（残寒正欺病酒）、周邦彦《夜飞鹊》（河桥送人处）、陈亮《水调歌头》（不见南师久）、柳永《夜半乐》（冻云黯淡天气）、贺铸《六州歌头》（少年侠气）、文天祥《念奴娇》（水天空阔）、刘克庄《贺新郎》（北望神州路）与《沁园春》（何处相逢）少数几篇长调之外，其余的都属于语言流畅、通俗、精练，抒情真率、质直，篇幅短小，易读易懂易为读者接受的作品。现当代的宋词经典通俗化倾向明显扩大。

其二，思想性加强。首先，家国主题之词的数量增加。20 世纪以来最具经典效应的十大名篇中，心系神州故国的爱国主题之词 6 首，占大半。百首名篇的主题选择如下：两性情爱 34 首，家国感慨 29 首，个体遭际感叹 13 首，人生感叹 10 首，游赏闲情 8 首，理想言志 5 首，都市风情 1 首。表达男女婚恋爱情的两性情爱主题由清代的第 2 主题回归为第一主题，但相对于宋金时期的 46 首，元明时期的 50 首，数量减少。心系国计民生的家国主题虽由清代的第一主题变为第二主题，但总数量较清代多出 3 篇，和宋金、元明时期相比则分别多出 20、21 篇，在百首名篇中所占的比例居各代之冠。除了清代发现的一批寄意深远、涵蕴家国之思的经典词作在 20 世纪仍具有强大的生命力之外，像辛弃疾《破阵子》（醉里挑灯看剑）、《南乡子》（何处望神州）、《鹧鸪天》（壮岁旌旗拥万夫），刘克庄《贺新郎》（北望神州路），陆游《诉衷情》（当年万里觅封侯），陈亮《水调歌头》（不见南师久），文天祥《念奴娇》（水天空阔）等具强烈爱国情感的词的生命力也从历史的尘封中破土而出，在 20 世纪呈现出盎然生机。其次，蕴含着深刻的人生深意的词作成为这个时代的新经典。如《定风波》（莫听穿林打叶声）中对个体生命自由的真正获得的思考，《临江仙》（夜饮东坡醉复醒）中"长恨此身非我有"这样的抒发个体生命不自由的由衷之叹，这样的作品在现当代经典效应在不断的扩大。再次，从时段分布看，南宋经典的地位得到进一步的巩固和提高。十大词人中，北、南二宋平分秋色，保持和清代一样的格局。十大名篇中，苏轼《念奴娇》、《水调歌头》和柳永《雨霖铃》这 3 首词创作于北宋时期，其余 7 首词创作于宋室南渡之后。南宋名篇在各代宋词经典十大名篇中的数量经由宋金时期（2首），元明时期（0首），清代（5首），终于在20世纪以多出4首的数量超过北宋。百首经典名篇中，北宋名篇也只是稍多几篇，南宋名篇的数量继续增多。前300名中，南宋后期的名篇由清代的80余首上升至96首，继续呈上升趋势。南北两宋词相较，北宋词更倾向于娱乐性情，南宋词则比北宋词更多爱国之调和雅正之音。南宋词经典地位的上升也是思想性加强的表现之一。

当然，现当代的宋词经典的主题表现中，游赏闲情类作品由清代的1首，回升为8首，超过明代1首直追宋金时期同类作品的数量。其中像晏殊《破阵子》（燕子来时新社）、欧阳修《采桑子》（群芳过后西湖好）、辛弃疾《西江月》（明月别枝惊鹊）、《清平乐》（茅檐低小）等不关乎经国大业的词作均是20世纪"新添"的经典名篇。而且20世纪新添的宋词经典名篇中，爱情主题的最多，新添32首中占9首。若看20世纪前300首的话，爱情主题仍是其他题材所无法比拟的。宋词娱乐性情的俗文化品格并没有因为思想性的加强而被湮没。

任何时代的宋词经典都是读者对宋词选择性接受的结果，特定历史时期下的读者所遭遇的政治经济、文化思潮等外部状况是读者背后决定宋词经典历史命运的重要力量。百年来社会政治文化变迁影响着20世纪宋词经典风貌。这一时期宋词经典通俗化扩大、思想性加强的特点受20世纪以来社会文化环境的影响。

1. 爱国词经典地位的上升和这一历史时期特定的社会文化思想变迁相关。

从19世纪中叶至20世纪上半期的百年历程，是一部中华民族为求自由与独立的斗争史。在求民族解放、国家独立的强大时代心理驱动下，爱国主题的宋词名篇最容易获得广大读者的心理认同，大放异彩。一曲《满江红》（怒发冲冠），在抗战期间唱遍大江南北，引起中华儿女的强烈共鸣乃时代使然。

20世纪百年历程中，中国社会形态几经变革。变革中有志之士对国家民族的责任感高涨，从中国同盟会的革命宗旨"驱除鞑虏，恢复中华，建立民国，平均地权"，到孙中山提出"民族、民权、民生"的三民主义，再到中国共产党人追求解放自主的信念，都涵容着强烈的民族热情和救国愿望。在这样一个轰轰烈烈的世纪中，上层精英知识分子积极入世，寻求国富民强之路。这必然铸就一种刚劲不挠的时代精神。时代精神潜移默化的影响是 20 世纪宋词经典的爱国主题得到更多认可的动力。

　　另外，20 世纪 50 年代末以来，政治标准以强大的力量渗透于学术研究领域，在那个特殊的年代里，大部分词学评论者都不可避免地以阶级性、人民性、斗争性品评宋代词人词作。抒写男女爱情、个体感伤情绪的基本上都以空虚无聊而受到批判，如有的撰文即说："从总的方面看起来，北宋词是有愧于自己的时代的，它几乎全部表现着上层阶级的感情，而没有去和人民的感情相结合"①。只有爱国主题和反映人民生活的因思想性强而受到推重。而这样的观点是那段历史时期评论宋词的主要导向："作为宋词主流的……首先应该是反映了宋代社会阶级矛盾、民族矛盾和宋代人民的生活，人民对统治阶级以及外族侵略者斗争的内容。"② 从思想内容上缺乏人民性、斗争性和阶级性来贬低北宋词和带着感伤情绪的爱情词而抬高思想性强的爱国词的倾向，这股思潮从 50 年代末一直延续至"文化大革命"结束后的 70 年代末。政治意识形态影响下的这种批评倾向对 20 世纪宋词经典的风貌具有决定意义，北宋词地位的下降、爱国主题增多，深受其影响。

　　而且，随着宋词原生态文化环境的日渐久远，且经过清人 200 余年间不遗余力地推尊词体，词在当今已被大众读者视为和诗、文一样的雅文学。当电影、电视、流行歌曲成为大众通俗文化主流时，就是小说、戏曲也已升堂入室而登大雅之门了。宋明以来视词为"小道"、"诗余"的词学观念不再成为 20 世纪的大众读者对词的看法。因此，大量抒发忧念家国、心系民生之情感的雅音以及蕴含着深刻人生哲理的词作，被 20 世纪以来的读者视为宋词精华的代表乃是理所当然。

　　2. 社会的现代化使得普通大众参与文化选择的可能增大，宋词娱乐性情的俗文化品格，外在体制风格的通俗性因符合大众心理而具有强大的影响效力，因而通俗化扩大。

　　肇始于 17—18 世纪的英、法等国的工业革命至 20 世纪成为一股世界性的潮流。工业革命刺激下的商品经济的发展，科学技术的进步引起社会精神生活、物质生活的全面改变，一个不同于以往任何时代的现代社会到

---

①　胡光舟：《试论北宋词的思想倾向》，《复旦大学学报》1959 年第 12 期。

②　郁贤皓、周福昌：《必须用批判的态度对柳永的词重新估价》，《光明日报》1960 年 7 月 17 日。

来了。

中国思想领域的现代化真正于 20 世纪初开始。新文化运动启蒙的主要成就之一即在于使国人砸碎了传统封建束缚人性的道德枷锁，个性解放成为时代潮流。当代商品经济越来越充分的发展则进一步从根本上动摇了先前的价值观念，社会大众越来越重视生命个体，自我主体性意识增强，对女性价值的认可也胜于以前任何时代。对宋词的接受而言，精英读者更注重从中挖掘出其生命的意义，譬如，杨海明的《唐宋词史》就特别注重唐宋词人心灵史的轨迹，从爱情意识与忧患意识的衍变曲线揭示词人心态。而对大众读者来说，揭示个体生命价值、宣泄个性情感是他们内在的心理需求。像《江城子》（十年生死两茫茫）这样的，一位男子如此痴情地怀念自己的妻子的词作也只有到 20 世纪才能被投以更多关注的目光。源自宋词原生态中的重个体情感体验，重娱情乐性等特征无须主流意识形态的提倡，自然与大众通俗文化充分发展、个性日趋解放下的世态人心暗合，并因此而获得长久的生命力。

同时，现代社会从根本上改变了传统农耕文明下的生活模式，人们的生活越来越受到现代科学技术和大众媒介所提供的文化的影响：短、平、快的现代生活节奏让人们远离了悠闲与静逸；信息化时代各种铺天盖地的信息涌向读者；电影、电视、网络等多种多样声像娱乐方式介入大众的生活；文化和休闲商业化。因而传统的细嚼慢咽，反复咀嚼式的阅读方式不再符合现代大众读者的要求，而更多通俗易懂，结构简练的优秀词作进入现当代的宋词经典名篇之列实属必然。而且，大众通俗文化的发达深刻地影响着社会文化，影响文学传播效果，它们在使蕴藉委婉，曲折往复的宋词经典失去更多被阅读的机会的同时，更使得通俗且蕴含审美意味，情理兼胜的作品获得更为广泛的传播。20 世纪宋词经典通俗化扩大的主要原因即来源于此。

可见，不同历史时期的宋词经典词人和词作不尽相同。每个时代总有不同词人的地位得到强调突出，每个时代总是在继承前代读者选择的同时，会抛弃一批旧经典而建构一批新经典。由此，各个不同时期宋词经典展现出不同的特点。而各个不同的历史时段不同的社会背景、思想文化、时代心理和文学观念是决定上述变化的关键因素。作为文学经典机制不可或缺的一个方面，外部社会文化因素在宋词经典生成中的重要意义再次得以证实。

第二节　宋词经典的嬗变模式

时间筛选着文学。杰出的文学艺术作品的生命力演进是复杂的。它们在以后时代的文化语境中，声名显隐涨落的模式多样不一。文学经典是读者参与建构的结果，创作者所提供的具备丰富阐释空间的经典文本只有和一定的读者群，一定的社会文化环境相遇合时，其经典性才能被发现而成为文学经典。优秀杰出的文本，哪怕是思想内涵、情感表现、艺术审美俱佳，也并不都是从诞生始就声名显赫。譬如，陶渊明的作品在很长的一段时间里被认为质木无文，而不具备广大的受众面，直至唐才得到越来越广泛的认可，至宋，其人及诗文则成为文人士大夫所追慕的对象。再如，韩愈的《调张籍》诗云："李杜文章在，光焰万丈长。不知群儿愚，那用故谤伤。"可见这两颗光耀盛唐诗坛的双子星座在当时也受到读者的批评指摘。"中国诗史经典名篇的效果史是复杂多样的：有的落地开花声誉不断；有的波澜起伏时高时低；有的名噪一时，热后骤冷；有的知音在后由隐而显。"① 宋词经典的接受效果史也不例外。

一　宋词经典嬗变模式的类型

宋词经典之"变"不仅表现在一代有一代的宋词经典，而且随着时间的推移，每一位经典词人、每一首经典词作的经典效应的演变轨迹各异，或高或低。因为文学作品作为一个未定性结构，它的具体化取决于不同历史时期的各种社会文化条件。当作品在某个时代的审美具体化频繁时，就意味着它有着强大的接受群体和影响力，这必然是这个作品的辉煌时代。当其他时代由于审美观念的变迁，社会风气的变化，读者趣味的改变，这个作品不再是易读的，或不再能满足读者的内心需求和时代的需要时，它们对这个时代的读者的吸引力就减弱甚至于消失。因此，作品在时间的序列中的影响力就表现出不同的嬗变模式。宋词经典的嬗变模式大致有以下四种类型。

---

① 陈文忠：《中国古典诗歌接受史研究》，安徽大学出版社 1998 年版，第 16 页。

（一）即时型

即时型是那种在千年历史动态平衡中有一定影响，流传过程中具时效性和轰动性，但经典效应随时间的变迁而递减的嬗变模式。从宋词经典作品的传播接受效果看，有的作品自产生之后即获得广泛的社会声誉，在一段时期内具有众多的接受者，但经过一定的时间后，影响力会逐次减弱。根据我们的统计分析，宋词经典名作 300 篇中，以表 4 - 2 - 1 所列的 60 首作品经典效应的嬗变即属于此种类型。

从表 4 - 2 - 1 词作历代排名的变化看，很明显它们的经典效应随着时间的推移渐趋衰弱。其中，经典效应递减基本上可分以下几种情况：

其一，综合经典性指数越高，排名越靠前的作品，它们的经典效应衰退的速度就越慢，且最后仍能维持较高的知名度，如综合排名 43 位，秦观《千秋岁》（水边沙外）一词，写离别相思之情，抒物是人非之感，在两宋期间享有极高的知名度，被宋代文人广泛关注，被点评达 11 次之多，其名句"飞红万点愁如海"历来被人称颂，同时统计其唱和次数也达 7 次之多，宋代排名第 3 位。该词明代入选率高，21 个选本全部入选该词，但点评率与唱和率下降很多，明代列第 26 位。清代则入选和点评两项指标皆有所下降，列第 54 位。该词现代影响力虽逾出百名之外，经典效应依次递减是明显的，但衰退速度较慢，现在仍具较大活力，仍在前 200 名之列。再如刘过《唐多令》（芦叶满汀洲）、叶梦得《贺新郎》（睡起流莺语）、周邦彦《过秦楼》（水浴清蟾）、秦观《八六子》（倚危亭）皆属此类。

其二，经典效应衰退得快，且随着时间的流逝几近无闻。这种类型一般情况下综合排名较靠后。如综合排名 291，聂冠卿《多丽》（想人生）一词，宋金时期列 70 名，但元明清时期都列 200 名之后，现当代列 459 名，几乎不被人所知。如鲁逸仲《惜余春慢》（弄月余花）、王安石《渔家傲》（平岸小桥千嶂抱）、康与之《风入松》（一宵风雨送春归）、谢逸《如梦令》（花落莺啼春暮）等或述别思离恨，或发人生感慨，它们在宋代皆受到读者很大程度的认可，排名都在前 100 位之内。但宋以后它们的排名基本上位于 200 多名或 300 多名，有的甚至 400 多名，影响甚微。

表4-2-1

作者	词牌	首句	宋金名次	元明名次	清名次	今名次	综合名次
秦观	千秋岁	水边沙外	3	26	54	160	43
刘过	唐多令	芦叶满汀洲	25	69	60	114	65
章楶	水龙吟	燕忙莺懒芳残	28	23	30	270	74
周邦彦	过秦楼	水浴清蟾	60	163	112	126	86
叶梦得	贺新郎	睡起流莺语	7	94	169	161	90
李甲	帝台春	芳草碧色	108	101	190	207	101
秦观	八六子	倚危亭	76	40	77	133	104
苏轼	南乡子	霜降水痕收	17	90	101	292	108
周邦彦	渡江云	晴岚低楚甸	94	64	93	211	113
秦观	水龙吟	小楼连苑横空	48	32	128	250	116
周邦彦	风流子	枫林凋晚叶	46	167	250	210	119
周邦彦	意难忘	衣染莺黄	74	106	96	225	120
晁补之	洞仙歌	青烟幂处	39	117	215	256	126
徐伸	二郎神	闷来弹鹊	31	106	152	249	127
张辑	疏帘淡月	梧桐雨细	61	55	216	300	129
陈克	谒金门	愁脉脉	108	117	103	273	132
汪藻	点绛唇	新月娟娟	48	83	201	175	134
周邦彦	水龙吟	素肌应怯余寒	31	94	235	274	139

作者	词牌	首句	宋金名次	明名次	清名次	今名次	综合名次
陆淞	瑞鹤仙	脸霞红印枕	157	171	145	266	207
刘克庄	贺新郎	深院榴花吐	108	106	225	322	208
鲁逸仲	惜余春慢	弄月余花	77	316	331	348	210
周邦彦	忆旧游	记愁横浅黛	160	171	216	224	214
寇准	踏莎行	春色将阑	108	251	290	244	217
张先	燕台春	丽日千门	108	140	305	319	223
赵令畤	锦堂春	楼上萦帘弱絮	172	157	117	283	225
李元膺	洞仙歌	雪纤细雨	96	186	184	487	229
欧阳修	生查子	含羞整整翠鬟	108	186	216	326	232
叶梦得	念奴娇	洞庭波冷	108	248	339	296	240
范周	宝鼎现	夕阳西下	70	283	262	356	248
叶梦得	醉蓬莱	问春风何事	108	219	335	398	251
沈唐	念奴娇	杏花过雨	172	369	339	310	264
苏轼	行香子	北望平川	168	208	235	277	267
周邦彦	隔浦莲	新篁摇动翠葆	91	94	305	261	269
周邦彦	浣溪沙	雨过残红湿未飞	160	251	305	259	270
欧阳修	浣溪纱	青杏园林煮酒香	108	232	410	331	273
秦湛	卜算子	春透水波明	172	125	204	407	280

续表

作者	词牌	首句	宋金名次	明名次	清名次	今名次	综合名次
沈蔚	小重山	花过园林清阴浓	108	226	290	466	281
阮阅	眼儿媚	楼上黄昏杏花寒	108	251	305	370	282
谢逸	如梦令	花落莺啼春暮	108	390	305	400	283
陈瓘	青玉案	碧空黯淡同云绕	108	79	449	492	285
苏轼	满江红	东武南城	92	171	262	440	288
王观	雨中花	百尺清泉声陆续	172	138	250	427	289
周邦彦	侧犯	暮霞霁雨	160	106	274	463	290
聂冠卿	多丽	想人生	70	283	226	459	291
柳永	二郎神	炎光谢	172	283	274	321	294
曾觌	金人捧露盘	记神京	172	140	282	325	295
万俟咏	梅花引	晓风酸	218	251	216	396	298
欧阳修	蝶恋花	海燕双来归画栋	108	132	449	477	299

作者	词牌	首句	宋金名次	元明名次	清名次	今名次	综合名次
苏轼	水龙吟	楚山修竹如云	29	59	261	304	157
林逋	点绛唇	金谷年年	98	140	102	264	171
李冠	蝶恋花	遥夜亭皋闲信步	53	115	231	271	172
王雱	倦寻芳	露晞向晚	77	51	190	364	174
王安石	渔家傲	平岸小桥千嶂抱	37	138	247	294	179
贺铸	薄幸	淡妆多态	108	219	197	219	181
无名氏	鱼游春水	秦楼东风里	48	125	142	311	182
苏轼	哨遍	为米折腰	157	103	100	359	184
周邦彦	宴清都	地僻无钟鼓	74	164	190	251	187
晁冲之	传言玉女	一夜东风	108	151	162	350	198
康与之	风人松	一宵风雨送春归	77	219	367	341	203
蒋元龙	好事近	叶暗乳鸦啼	108	105	226	316	205

其三，经典效应一开始不太明显，不具很强的轰动性，排名不算太前，随着时间的推移影响力渐渐减弱，递减速度较慢。如综合排名101，李甲《帝台春》（芳草碧色）一词，历代排名分别为108、101、190、207。周邦彦《忆旧游》（记愁横浅黛）、赵令畤《锦堂春》（楼上萦帘弱絮）、陆淞《瑞鹤仙》（脸霞红印枕）等即属此类。

（二）延后型

延后型的宋词经典是指那种作品自产生之后，经过相当长一段时期的默默无闻后，声名骤起，且自此吸引众多读者的注意。这类作品结构图式所蕴含的丰富内涵往往在后代读者的不断阅读过程中逐次展开。它们经典化的过程可概括为"产生——泛化——成型——流传"。经典效应的渐进性和持久性是这类嬗变模式的特点。

经典效应为何延后产生？从经典文本这方面看，由于作为文化遗产的宋词经典的内涵是五彩缤纷的，涵蕴其中的思想价值观念的种子，各有它们的条件和要求，只有遇到适合的文化土壤，它们才能发出新芽并苗壮成长。另外，从接受者的角度看，"只有到了某一历史时期，人类意识形成的一定的价值观念优势，与古代作品中众多的意蕴的某一侧面发生共振共鸣，这些作品才会受到刺激，焕发出耀眼的光辉"[①]。前人遗留下来的作品就在这样的情况下进入它们的最佳生命状态。根据我们的考察，宋词经典名篇前300名中以下49首作品可归于延后型的宋词经典，见表4-2-2。

归入延后型经典的，并不是说它们历代的排名完全按时间先后依次提前，而是从整体上看，它们的经典效应呈上升趋势。具体有以下两种变化情况：其一，4个时段中某个时段的名次可能较前代有所下降，但总体趋势是排名上升。如秦观《鹊桥仙》（纤云弄巧）一词，宋代排名352位，元明时期上升至第75位，清代又有所下跌，列90位，现当代则列16位。该词元明、清的排名虽稍有递减，但幅度不大，且排名都在百首之前，该词的生命活力基本上呈上扬走势的。48首延后型词作大部分属于此种类型，如苏轼《定风波》（莫听穿林打叶声）352、478、339、42，辛弃疾《清平乐》（茅檐低小）218、478、449、50，宋祁《玉楼春》（东城渐觉风光好）172、181、96、67等。其二，经典效应总体上升，而且历代名次

---

① 程麻：《文学价值论》，人民文学出版社1991年版，第227—228页。

表 4 - 2 - 2

作者	词牌	首句	宋名次	明名次	清名次	今名次	综合名次
岳飞	满江红	怒发冲冠	352	13	50	2	2
李清照	声声慢	寻寻觅觅	214	10	2	3	3
辛弃疾	永遇乐	千古江山	206	236	16	5	6
辛弃疾	水龙吟	楚天千里清秋	218	382	87	8	13
辛弃疾	菩萨蛮	郁孤台下清江水	172	379	42	12	18
范仲淹	渔家傲	塞下秋来风景异	172	167	69	11	21
秦观	鹊桥仙	纤云弄巧	352	75	90	16	26
柳永	八声甘州	对潇潇暮雨洒江天	172	385	34	20	37
苏轼	江城子	十年生死两茫茫	352	445	449	14	39
辛弃疾	青玉案	东风夜放花千树	209	434	124	30	40
辛弃疾	破阵子	醉里挑灯看剑	352	434	208	21	42
陆游	卜算子	驿外断桥边	218	314	331	24	45
辛弃疾	贺新郎	绿树听鹈鴃	330	380	89	35	50
辛弃疾	西江月	明月别枝惊鹊	352	478	247	34	53
苏轼	蝶恋花	花褪残红青杏小	172	104	95	64	57
苏轼	定风波	莫听穿林打叶声	352	478	339	42	60
苏轼	江城子	老夫聊发少年狂	330	463	449	37	99
张孝祥	六州歌头	长淮望断	210	402	60	53	100
柳永	玉蝴蝶	望处雨收云断	218	199	207	124	109
辛弃疾	南乡子	何处望神州	346	450	282	79	115
周邦彦	夜飞鹊	河桥送人处	346	157	105	81	117
王沂孙	齐天乐	一襟余恨宫魂断	352	478	48	69	135
吴文英	莺啼序	残寒正欺病酒	352	463	122	72	136
周邦彦	苏幕遮	燎沉香	322	463	194	57	141
文天祥	念奴娇	水天空阔	352	434	139	97	148
晏殊	蝶恋花	槛菊愁烟兰泣露	352	443	274	60	151
范仲淹	御街行	纷纷坠叶飘香砌	352	54	93	140	163
王沂孙	眉妩	渐新痕悬柳	352	478	46	74	169
辛弃疾	丑奴儿令	少年不识愁滋味	352	434	484	90	188
秦观	浣溪沙	漠漠轻寒上小楼	352	401	216	84	201
蒋捷	虞美人	少年听雨歌楼上	352	385	290	103	206
岳飞	小重山	昨夜寒蛩不住鸣	352	225	208	143	211

续表

作者	词牌	首句	宋名次	明名次	清名次	今名次	综合名次
宋祁	玉楼春	东城渐觉风光好	172	181	96	67	67
辛弃疾	清平乐	茅檐低小	218	478	449	50	71
吴文英	风入松	听风听雨过清明	218	478	71	44	77
张炎	高阳台	接叶巢莺	352	402	29	45	78
陈亮	水调歌头	不见南师久	352	478	193	51	79
蒋捷	一剪梅	一片春愁待酒浇	352	415	149	87	85
秦观	望海潮	梅英疏淡	352	132	65	66	89
张炎	八声甘州	记玉关	352	463	32	75	97
张炎	解连环	楚江空晚	352	402	79	52	98

作者	词牌	首句	宋名次	明名次	清名次	今名次	综合名次
柳永	夜半乐	冻云黯淡天气	352	450	151	80	216
刘辰翁	兰陵王	送春去	352	425	160	122	224
辛弃疾	鹧鸪天	壮岁旌旗拥万夫	352	402	336	78	228
李之仪	卜算子	我住长江头	352	442	367	77	238
姜夔	八归	芳莲坠粉	218	446	118	178	242
柳永	蝶恋花	伫倚危楼风细细	352	450	440	85	245
吴文英	祝英台近	剪红情	330	425	98	166	265
辛弃疾	清平乐	绕床饥鼠	352	478	169	113	272

依次提前，如岳飞《小重山》（昨夜寒蛩不住鸣）352、225、208、143，范仲淹《渔家傲》（塞下秋来风景异）172、167、69、11，苏轼《蝶恋花》（花褪残红青杏小）172、104、95、64 等词。

延后型经典中，有的上升趋势极快，如李清照《声声慢》（寻寻觅觅）历代排名为214、10、2、3，由宋以降，入选、点评、唱和等各项指标依次上升。宋代未有选本选入该词，明人选 4 次，清代入选 9 次，现当代入选51 次；《唐宋词汇评》收录宋代点评 2 次，明代点评7 次，清代点评21 次，现当代的研究数量也不少；宋代唱和 0 次，明代唱和该词 8 次，清代唱和 15 次。因而《声声慢》一词由宋代排列 214 位，在明代迅速上窜至 10 位，清代和 20 世纪则均位列前三甲之列。再如辛稼轩《永遇乐》（千古江山）、《水龙吟》（楚天千里清秋）、柳永《八声甘州》（对潇潇暮雨洒江天）等皆如此。

结合它们在历史动态平衡中的综合排名看，综合排名越靠前的经典名篇，它们经典效应的延后期一般来说越短，而综合排名越靠后的，经典效应的延后期越长，而且后期的经典效应也相对不会太高。如岳飞《满江红》（怒发冲冠）、李清照《声声慢》（冷冷清清）等，分别在明代就进入了百首名篇之列。综合排名前 50 名的基本上在清代也就都受到读者很大关注进入百首名篇。而综合排名 200 名后的名篇，一般情况下经典性都延后至现当代始为读者所注意，如秦观《浣溪沙》（漠漠轻寒上小楼）综合排名 201，历代排名 352、401、216、84。此亦可证，强大的外在社会政治文化对宋词经典的生成具有巨大制约力，同时，经典文本本身的经典性在经典化过程当中的影响力不可小觑。

（三）恒久型

作品自产生时候起就具有巨大的影响力，随着时代的变迁，它们的经典效应稍有变化，但始终能在高影响力范围之内上下浮动，我们称之为恒久型嬗变模式。这类作品经典化的过程表现为自"产生——成型——不断流传"，同时具有时效性和恒久性是它的主要特征。恒久型嬗变的词作，是宋词经典中经典效应最强的作品。根据宋词经典嬗变的具体情况，凡历代排名均在 100 名之内变化的词作以及综合排名在 100 到 200 名之内且历代排名最高和最低名次之差不超过 100 的名篇，本文均将它们纳入恒久型宋词经典名篇。据此，宋词 300 名篇中属于此种嬗变类型的经典名篇如下，它们在各代的排名如表 4 - 2 - 3 所示：

表4-2-3

作者	词牌	首句	宋名次	明名次	清名次	今名次	综合名次
苏轼	念奴娇	大江东去	1	1	1	1	1
苏轼	水调歌头	明月几时有	5	12	7	6	4
柳永	雨霖铃	寒蝉凄切	98	94	17	4	5
辛弃疾	摸鱼儿	更能消	21	31	20	10	9
苏轼	水龙吟	似花还似非花	26	7	11	17	11
史达祖	双双燕	过春社了	39	17	5	13	15
贺铸	青玉案	凌波不过横塘路	2	68	9	36	17
秦观	踏莎行	雾失楼台	20	37	43	19	20
张先	天仙子	水调数声持酒听	13	18	43	38	22
辛弃疾	祝英台近	宝钗分	6	58	15	55	23
苏轼	卜算子	缺月挂疏桐	4	28	41	54	24
史达祖	绮罗香	做冷欺花	27	15	19	56	25
欧阳修	蝶恋花	庭院深深深几许	96	35	12	48	27
周邦彦	六丑	正单衣试酒	67	47	21	27	28
秦观	满庭芳	山抹微云	11	49	22	40	30
范仲淹	苏幕遮	碧云天	77	89	18	43	32
王安石	桂枝香	登临送目	53	27	64	25	33
周邦彦	瑞龙吟	章台路	23	83	37	47	34
周邦彦	满庭芳	风老莺雏	46	45	28	41	35
陈与义	临江仙	忆昔午桥桥上饮	17	19	75	83	48
苏轼	洞仙歌	冰肌玉骨	19	41	67	98	56
周邦彦	西河	佳丽地	21	74	76	92	69
周邦彦	解连环	怨怀无托	160	125	110	119	96
周邦彦	应天长	条风布暖	106	124	110	163	114
赵佶	燕山亭	裁剪冰绡	172	184	165	117	146
晏殊	玉楼春	绿杨芳草长亭路	172	125	169	189	166

　　恒久型经典长期以来受到读者的注目，具有巨大的影响力。所谓"恒久"，并不意味着某词在后世的阐释内容的恒久不变，在每位读者中形成相同的心理认同感。此处"恒久"指的是某词始终具有恒定的影响力，千百年来排名始终在前200名，这样的作品是经典中的经典，是真正的传诵千古的名篇。经典词作各自的阐释史说明每一首词的思想和艺术内涵揭示都是渐进式的。词作巨大的阐释空间造就了作品旺盛的生命力。譬如，苏轼的《水调歌头》，古代的读者或从中附会出"爱君"之意，现代读者恐怕多认同的是当中的思亲之情，而不同的心境下，或共鸣于"高处不胜寒"的孤寂情怀，或激赏其"但愿人长久"的美好愿望。正是阐释的多义性促进了传播的恒久性。此外，艺术地传达人类真挚的情感，抒写个体高超的情怀和深刻的人生体验，是这类作品具有恒久经典效应的重要因素。从苏轼恒久型的经典词作《念奴娇》（大江东去）、《水调歌头》（明月几时有）、《水龙吟》（似花还似非花）、《卜算子》（缺月挂疏桐），《贺新郎》（冰肌玉骨）5首词作中，在传达深刻人生体验的同时，仿佛见一幅生动的东坡画像。再有百首名篇中的恒久型作品都能较好地处理了个体独创性与普遍共通性、艺术审美和思想情感意蕴之间的关系。典型的如苏轼的《念奴娇·赤壁怀古》一词。该词不仅是以"新天下耳目"的姿态出现于宋代词坛指出向上一路，更重要的是词人在抒写自己于贬谪之处黄州的真切人事感慨的同时，写出了一种气魄、一种襟怀、用艺术的富于感染力的手法，道出了人在宇宙自然流变中，在历史人事变迁中不可逃避的普遍性规律及对其深刻的体悟。同时，思想情感蕴含丰富，其中有"遥想公瑾当年，小乔初嫁了"英雄美人式的潇洒，有"大江东去，浪淘尽、千古风流人物"的人事沧桑，有"早生华发"的不遇之叹和"人生如梦"的深沉感慨等，这使得它不论对大众读者还是精英读者来说，都具有强大的吸引力。再加之作者苏东坡本人的人格魅力，该词成为了当之无愧的经典名篇之首。根据我们的统计数据，该词在各个历史时期经典效应均列第1名。

　　26首恒久型宋词经典名篇中80%多综合排名都在前100名，共23首，其他3首百名后的词作经典指数低，但作品经典效应比较恒定，分别是晏殊《玉楼春》（绿杨芳草长亭路）、赵佶《燕山亭》（裁剪冰绡）、周邦彦的《应天长》（条风布暖）。宋词三大家周邦彦、苏轼、辛弃疾各以6、5、2首共13首占总数的50%。综合排名前两百位的26首恒久型经典作品集中在陈与义、范仲淹、贺铸、欧阳修、秦观、史达祖、苏轼、王安石、辛弃疾、晏殊、赵佶、张先、周邦彦 13 位词人名下。其中除赵佶外，都属于宋词名家前 30 位的词人，可见，名家对于名篇的重要意义。

（四）起伏型

起伏型嬗变模式是宋词经典嬗变中数量最多的一项。宋词 300 首名篇中共 165 首词作经典效应的流变轨迹可以纳入此模式中。这种嬗变模式中，词作或沉寂一段较长的时间才为读者瞩目，或由引人耳目至备受冷落，但又可能因为某种原因再次沉寂无闻或又进而声名鹊起，经典效应跌宕不平、起伏不定是它的根本特征。起伏型嬗变模式词作具体排名情况见表 4 - 2 - 4。

表 4 - 2 - 4 列出了宋词 300 名篇中起伏型的 160 余词作的历代排名的变化情况，从中可见起伏型经典嬗变模式中又有以下 4 种类型。其一为"弱——强——弱"型，如李清照《一剪梅》（红藕香残玉簟秋）历代排名 108、6、33、71，曹组《蓦山溪》（洗妆真态）历代排名 218、39、279、238，叶梦得《虞美人》（落花已作风前舞）历代排名 108、91、339、233。这种类型中词作经典效应经过沉寂后，转而声名雀起，复又归于无闻。其二为"强——弱——强"型，如姜夔《扬州慢》（淮左名都）历代排名 61、450、26、7，姜夔《暗香》（旧时月色）历代排名 8、236、3、15，张元干《贺新郎》（梦绕神州路）历代排名 13、386、84、46，周邦彦《兰陵王》（柳阴直）历代排名 16、154、23、18。这种类型词作的经典效应递变方式和第一种相反，总的影响力强于第一种。其三为"强——弱——强——弱"型，如姜夔《齐天乐》（庾郎先自吟愁赋）历代排名 39、277、6、89，欧阳修《朝中措》（平山阑槛倚晴空）历代排名 15、218、47、221，贺铸《柳色黄》（薄雨初寒）98、463、45、134。其四为"弱——强——弱——强"型，如晏殊《浣溪沙》（一曲新词酒一杯）历代排名 330、76、105、22，李清照《如梦令》（昨夜雨疏风骤）历代排名 53、3、119、23，周邦彦《蝶恋花》（月皎惊乌栖不定）历代排名 160、71、216、73。后两类起伏型词作的经典效应是典型的跌宕不平。

表4-2-4

作者	词牌	首句	宋名次	明名次	清名次	今名次	综合名次
李清照	醉花阴	薄雾浓云愁永昼	108	4	14	26	16
周邦彦	花犯	粉墙低	23	70	40	105	51
周邦彦	风流子	新绿小池塘	9	148	204	145	72
欧阳修	浣溪沙	堤上游人逐画船	53	232	204	176	107
姜夔	扬州慢	淮左名都	61	450	26	7	7
陆游	钗头凤	红酥手	37	238	73	9	8
姜夔	暗香	旧时月色	8	236	3	15	10
姜夔	疏影	苔枝缀玉	12	410	4	29	12
李清照	如梦令	昨夜雨疏风骤	53	3	119	23	14
周邦彦	兰陵王	柳阴直	16	154	23	18	19
李清照	一剪梅	红藕香残玉簟秋	108	6	33	71	29
李清照	凤凰台上忆吹箫	香冷金猊	108	2	8	82	31
欧阳修	踏莎行	候馆梅残	53	25	103	33	36
李清照	如梦令	常记溪亭日暮	61	131	408	70	38
姜夔	齐天乐	庾郎先自吟愁赋	39	277	6	89	41
晏殊	浣溪沙	一曲新词酒一杯	330	75	105	22	44
李清照	念奴娇	萧条庭院	77	5	51	109	46
周邦彦	浣溪沙	楼上晴天碧四垂	160	117	250	164	167
赵鼎	满江红	惨结秋阴	218	171	145	236	168
王观	庆清朝慢	调雨为酥	77	369	105	307	173
王安石	千秋岁引	别馆寒砧	218	22	184	255	175
朱敦儒	念奴娇	别离情绪	352	20	56	369	176
曹组	如梦令	门外绿阴千顷	108	348	235	260	177
辛弃疾	水龙吟	渡江天马南来	218	50	179	212	178
赵令畤	蝶恋花	卷絮风头寒欲尽	108	402	78	227	180
欧阳修	清平乐	春风依旧	108	45	339	267	183
刘过	浪淘沙	把酒祝东风	218	83	208	202	185
曹组	醉太平	情高意真	108	408	136	226	186
叶梦得	鹧鸪天	洗妆真态	218	39	279	238	189
秦观	虞美人	落花已作风前舞	108	91	339	233	190
苏轼	风流子	东风吹碧草	218	52	339	268	191
苏轼	临江仙	夜饮东坡醒复醉	172	463	449	99	192
周邦彦	霜叶飞	露迷衰草	160	219	115	282	194
蒋捷	女冠子	蕙花香也	172	395	58	214	195

续表

作者	词牌	首句	宋名次	明名次	清名次	今名次	综合名次
张孝祥	念奴娇	洞庭青草	53	166	125	49	47
柳永	望海潮	东南形胜	70	181	234	31	49
晏几道	鹧鸪天	彩袖殷勤捧玉钟	34	140	136	39	54
苏轼	贺新郎	乳燕飞华屋	30	114	27	111	55
李清照	永遇乐	落日熔金	67	412	440	28	58
辛弃疾	念奴娇	野棠花落	77	24	39	115	59
欧阳修	生查子	去年元夜时	172	415	235	59	61
张先	青门引	午暖还轻冷	108	47	85	94	62
周邦彦	少年游	井刀如水	67	117	24	95	63
张元干	贺新郎	梦绕神州路	13	385	84	46	64
晏几道	临江仙	梦后楼台高锁	172	425	126	32	66
姜夔	念奴娇	闹红一舸	61	425	105	76	68
姜夔	长亭怨慢	渐吹尽	218	394	10	125	70
周邦彦	大酺	对宿烟收	45	115	31	154	73
周邦彦	齐天乐	绿芜墙绕青城路	36	463	57	128	75
周邦彦	瑞龙吟	暗柳啼鸦	106	71	38	139	76
欧阳修	朝中措	平山阑槛倚晴空	15	218	47	221	80
辛弃疾	鹧鸪天	枕簟溪堂冷欲秋	218	102	25	151	81
苏轼	八声甘州	有情风万里卷潮来	346	63	194	199	196
秦观	江城子	西城杨柳弄春柔	218	106	216	204	197
贺铸	六州歌头	少年侠气	218	478	449	91	199
姜夔	一萼红	古城阴	108	450	66	246	200
李元膺	洞仙歌	雪云散尽	210	71	161	215	202
吕本中	采桑子	恨君不似江楼月	108	420	449	147	204
张元干	兰陵王	卷珠箔	218	21	410	239	209
僧仲殊	南柯子	十里青山远	108	66	449	247	212
无名氏	九张机	一张机	108	446	305	200	213
谢逸	渔家傲	秋水无痕清见底	108	81	208	450	215
秦观	画堂春	落红铺径水平池	157	283	152	295	218
苏轼	西江月	玉骨那愁瘴雾	95	60	397	240	219
欧阳修	诉衷情	清晨帘幕卷轻霜	108	446	250	184	220
周邦彦	氐州第一	波落寒汀	322	219	99	213	221
辛弃疾	蝶恋花	谁向椒盘簪彩胜	218	235	128	237	222
康与之	喜迁莺	腊残春早	77	478	159	230	226
刘克庄	贺新郎	北望神州路	210	450	338	86	227
欧阳修	阮郎归	南园春半踏青时	108	202	367	216	230

续表

作者	词牌	首句	宋名次	明名次	清名次	今名次	综合名次
吴文英	南楼令	何处合成愁	39	385	116	118	82
史达祖	东风第一枝	巧沁兰心	39	234	49	205	83
欧阳修	采桑子	群芳过后西湖好	108	478	120	68	84
晁冲之	汉宫春	潇洒江梅	10	148	91	228	87
周邦彦	蝶恋花	月皎惊乌栖不定	160	71	216	73	88
李清照	渔家傲	天接云涛连晓雾	108	478	435	61	91
周邦彦	解语花	风销焰蜡	93	151	80	138	92
姜夔	点绛唇	燕雁无心	108	434	169	63	93
陈亮	水龙吟	闹花深处层楼	108	78	63	155	94
晁补之	摸鱼儿	买陂塘	35	208	35	198	95
吴文英	八声甘州	渺空烟四远	77	478	247	62	102
姜夔	琵琶仙	双桨来时	77	425	62	127	103
周邦彦	玉楼春	桃溪不作从容住	322	186	80	108	105
辛弃疾	沁园春	三径初成	210	86	72	218	106
秦观	满庭芳	晓色云开	218	30	123	142	110
辛弃疾	贺新郎	甚矣吾衰矣	77	247	177	152	111
黄庭坚	清平乐	春归何处	77	313	181	112	112
张耒	南浦	波暖绿粼粼	330	434	13	158	118
范成大	眼儿媚	酣酣日脚紫烟浮	77	420	290	191	231
秦观	柳梢青	岸草平沙	218	55	176	314	233
张孝祥	西江月	问讯湖边春色	61	478	339	180	234
陆游	水龙吟	摩诃池上追游路	172	52	181	378	235
谢逸	江城子	杏花村馆酒旗风	172	316	131	275	236
朱敦儒	西江月	世事短如春梦	172	16	438	346	237
谢逸	千秋岁	楝花飘砌	218	80	130	320	239
张元干	石州慢	寒水依痕	218	61	216	299	241
秦观	鹧鸪天	枝上流莺和泪闻	352	8	235	327	243
叶清臣	贺圣朝	满斟绿醑留君住	218	157	131	285	244
周邦彦	早梅芳	花竹深	346	34	216	265	246
张元干	满江红	春水连天	218	29	305	382	247
秦观	阮郎归	湘天风雨破寒初	218	148	400	201	249
张抡	烛影摇红	双阙中天	218	164	402	258	250
周邦彦	扫地花	晓阴翳日	172	278	184	253	252
欧阳修	南柯子	凤髻金泥带	218	380	114	229	253
辛弃疾	沁园春	叠嶂西驰	172	410	408	135	254
鲁逸仲	南浦	风悲画角	218	278	157	220	255

续表

作者	词牌	首句	宋名次	明名次	清名次	今名次	综合名次
欧阳修	临江仙	柳外轻雷池上雨	98	199	74	192	121
张先	醉落魄	云轻柳弱	108	61	180	286	122
王清惠	满江红	太液芙蓉	216	65	53	193	123
刘过	六州歌头	斗酒彘肩	53	463	135	101	124
周邦彦	瑞鹤仙	悄郊原带郭	155	248	52	137	125
陈克	菩萨蛮	绿芜墙绕青苔院	61	395	145	185	128
贺铸	望湘人	厌莺声到枕	218	38	113	195	130
晏殊	踏莎行	小径红稀	218	316	82	116	131
毛滂	惜分飞	泪湿阑干花著露	31	207	175	171	133
吕本中	满江红	东里先生	172	208	304	235	137
姜夔	翠楼吟	月冷龙沙	218	425	59	146	138
李重元	忆王孙	萋萋芳草忆王孙	218	117	85	194	140
秦观	画堂春	东风吹柳日初长	218	75	184	208	142
刘克庄	满江红	金甲雕戈	108	420	440	106	143
周邦彦	尉迟杯	隋堤路	322	106	67	159	144
赵令畤	蝶恋花	欲减罗衣寒未去	108	94	305	181	145
李玉	贺新郎	篆缕销金鼎	172	43	131	197	147
林逋	长相思	吴山青	39	415	279	188	150
欧阳修	渔家傲	十月小春梅蕊绽	108	94	339	412	256
黄孝迈	湘春夜月	近清明	172	478	105	187	257
潘坊	南乡子	生怕倚阑干	77	316	449	263	258
李清照	怨王孙	梦断漏情	352	11	334	403	259
黄庭坚	念奴娇	断虹霁雨	168	181	367	183	260
贺铸	感皇恩	兰注满汀洲	108	478	197	232	261
钱惟演	玉楼春	城上风光莺语乱	48	147	410	243	262
万俟咏	三台	见梨花初带夜月	218	140	196	298	263
晏几道	蝶恋花	醉别西楼醒不记	218	450	235	165	266
潘汾	倦寻芳	曾怅半掩	218	316	91	447	268
周邦彦	丹凤吟	迤逦春光无赖	322	86	148	301	271
刘克庄	玉楼春	年年跃马长安市	218	420	235	123	274
晏几道	生查子	金鞍美少年	172	251	184	339	275
朱敦儒	念奴娇	插天翠柳	206	14	483	252	276
程垓	江城梅花引	娟娟霜月冷侵门	218	151	136	490	277
苏轼	满庭芳	蜗角虚名	352	243	400	254	278
李清照	浣溪沙	小院闲窗春色深	218	36	305	430	279
周邦彦	庆宫春	云接平冈	155	251	305	222	284

续表

作者	词牌	首句	宋名次	明名次	清名次	今名次	综合名次
刘克庄	沁园春	何处相逢	108	434	230	93	152
贺铸	柳色黄	薄雨初寒	98	463	45	134	153
周邦彦	浪涛沙慢	昼阴重	352	283	36	157	154
张昪	离亭燕	一带江山如画	98	444	197	130	155
苏轼	浣溪沙	簌簌衣巾落枣花	98	450	440	96	156
苏轼	西江月	照野弥弥浅浪	218	106	157	209	158
苏轼	永遇乐	明月如霜	70	450	143	162	159
王观	卜算子	水是眼波横	98	446	339	100	160
苏轼	水调歌头	落日绣帘卷	48	413	336	186	161
周邦彦	拜星月慢	夜色催更	346	55	70	177	162
林外	洞仙歌	飞梁压水	330	186	139	242	164
欧阳修	浣溪沙	湖上朱桥响画轮	108	42	250	234	165
徐俯	念奴娇	素光练静	172	348	410	289	286
周邦彦	法曲献仙音	蝉咽凉柯	208	202	144	297	287
周密	一萼红	步深幽	218	463	235	120	292
孙夫人	忆秦娥	花深深	352	171	82	360	293
秦观	如梦令	池上春归何处	352	88	290	312	296
辛弃疾	鹧鸪天	着意寻春懒便回	218	91	339	308	297
汪藻	小重山	月下潮生红蓼汀	218	67	282	408	300
晏殊	破阵子	燕子来时新社	218	425	208	88	149
俞国宝	风入松	一春长费买花钱	218	385	169	129	170
辛弃疾	鹧鸪天	陌上柔桑初破芽	218	395	282	102	193
李清照	武陵春	风住尘香花已尽	352	9	55	58	52

文学经典的变异性在这个嬗变模式中表现得最鲜明。"在不同时代，由于各种原因，可以看到对某些杰出的大师的怀疑，对某些有才华的作家的不适当的高度评价以及对艺术质量低的作品博得很高的好评等现象。"①譬如，明代中叶以来商品经济发展迅速、市民通俗文化影响空前强大的大文化环境和文人推崇词之本色的词学观念，使得有明一代成为《草堂诗余》和《花草萃编》的天下，因而在这之前和之后皆备受推崇的姜夔词接受几乎成为空白。这使得姜夔的名篇《扬州慢》一词明代排名 450 名，与它综合排名第 7 及其他 3 个时代的排名相距甚远，成为起伏嬗变式中典型的"强——弱——强"型。

二　宋词经典名家的嬗变

和宋词经典名篇历代经典效应强弱不等相类，宋词经典名家历代的词史地位亦高低起伏不定。笔者统计了经典性综合指数排名前 100 位的宋词经典名家排名变化情况，兹将前 30 名在宋金、元明、清和现当代 4 个不同历史时期的排名列于表 4 – 2 – 5 中。

从统计数据看，宋词经典名家的嬗变模式也不出以上 4 种。整合宋词名家历代经典效应的排名，可以看到苏、辛、周、姜四大名家的排名变化就各不相同。苏轼、辛弃疾和周邦彦的经典效应较稳固，始终在前五名内波动，属于恒久型的经典词人。其中，自宋至今，苏轼分别获得第 2、1、4、2 名。辛弃疾的经典效应随着时间的推移日渐隆盛。宋金时期列第 3 名，明代列第 5 名，清代列第 2 名，现代晋升为第 1 名。周邦彦则声名渐减，宋金、元明、清、20 世纪每个时期向后退一个名次，分别为第 1、2、3、4 名。姜夔的影响力则起伏较大，宋代影响力名列第 5，到明代猛跌20 位，仅名列第 25 位，至清代又一跃而居榜首，名列第 1，现当代其历史地位又稍有下降，列第 3 位。和姜夔大部分词作经典效应起伏跌宕相一致，在宋词经典嬗变中，姜夔属于典型的起伏型。再如黄庭坚，综合排名17，在宋代列 29 位，不算是声名很盛，但是在明代陡升至 8 位，清代又降至 19 名，现代经典地位又有所下降，至第 25 名。也是典型的起伏型嬗变模式。综合排名列 45 位的张楫（历代名次：35，44，59，97）和列 54 位的

---

① ［苏］赫拉普钦科：《作家的创作个性和文学的发展》，上海人民出版社 1977 年版，第268 页。

舒亶（历代名次：33，127，109，112）的经典地位则明显地呈递减趋势，属于即时型经典嬗变模式。而像柳永、蒋捷、范仲淹等词人在后代的经典效应则与时俱增，柳永历代名次：17，6，6，6；蒋捷历代名次：155，24，15，23；范仲淹历代名次：96，41，31，19；属于典型的延后型嬗变模式的经典词人。

表 4 - 2 - 5

词人	宋	明	清	今	总	词人	宋	明	清	今	总	词人	宋	明	清	今	总
辛弃疾	3	5	2	1	1	陆游	20	20	16	8	11	蒋捷	155	24	15	23	21
苏轼	2	1	4	2	2	张炎	82	13	5	10	12	张孝祥	30	26	29	21	22
周邦彦	1	2	3	4	3	贺铸	4	14	14	14	13	晁补之	12	34	21	37	23
姜夔	5	25	1	3	4	史达祖	9	16	8	15	14	周密	23	161	17	24	24
柳永	17	6	6	6	5	晏殊	34	17	20	13	15	刘过	22	19	27	27	25
秦观	6	3	9	7	6	张先	13	11	18	18	16	康与之	26	12	41	42	26
李清照	8	4	10	5	7	黄庭坚	29	8	19	25	17	张元干	51	22	32	29	27
欧阳修	7	7	11	11	8	刘克庄	11	18	30	16	18	叶梦得	10	28	43	34	28
吴文英	14	50	7	9	9	王沂孙	50	61	13	20	19	毛滂	45	33	24	50	29
晏几道	25	9	12	12	10	朱敦儒	18	10	26	22	20	谢逸	24	30	33	57	30

另外，从统计结果看，经典词人历代经典效应大部分起伏不定，但变化中又具有一定的稳定性。十大词人历代排名都在 50 名内变化，基本上不出前 30 名。综合排名前 20 位的词人，除了张炎由于生逢宋世末造，在宋代排名列第 78 位以外，其余词人在历代的排名也都不出前 50 名之外。从中可见，宋词经典作为一个历史文化遗留物，在外在社会历史文化影响它们的经典化之路时，由词人的词作数量、艺术贡献、词史地位和个性气质、艺术素养等组成的内部结构总能维持他们本身的影响效应在一定的范围内变动。而宋词经典名篇则由文本的思想意蕴、情感表现、艺术审美特征构成它们的内部结构，在和外部诸影响因素的碰撞融合中体现出"变"与"不变"的辩证统一。宋代经典名家和名篇的嬗变模式，再次体现出经典作为历史实存物和关系存在物相统一的本质特征。

第三节　宋词经典的嬗变特性

经典是变与不变的统一体。从总体上看，宋词经典代有新变，一代有一代之宋词经典。观照经典个体，则单独的经典个案的生命力亦表现出不同的变化轨迹。宋词经典的嬗变有什么特点呢？

一　时代性与超越性并存

作为实际存在的历史文化遗留物，文学经典是诗性、哲思、情感的高度融合体，具艺术上的独创性和典范性等内在的审美属性，这使得它在历史传播接受过程中具有无限可读性从而穿越时空、代代相传，从而使文学经典表现超越性的一面。但作为依赖读者的接受理解而存在的关系本体，文本与不同时代读者期待视界融合的情况直接决定着文学作品在该时代的生命力。期待视界中，文化传统与当下的时代气候有机统一，这就决定了他们对前代文学作品的接受在继承的同时必然带着自己时代的新选择，文学经典不可避免地具有时代性。宋词经典的生成与嬗变过程体现为时代性与超越性共存。

一方面，一代有一代的宋词经典，不同历史时期的宋词经典彰显鲜明的时代性。譬如清代的宋词经典，即烙下了鲜明的时代印记。

浙西派和常州派是清代影响最大、历时最久的两个词派。浙西词派倡"清空"、"骚雅"，常州词派尚"比兴"、"寄托"，两派的词学宗尚、美学追求对清代宋词的经典化影响巨大而深远。清中叶以来"学以致用"的学术思潮，对清代宋词经典的建构也发挥了重要作用。因此，清代的宋词经典总体上彰显出"雅正"的时代特色。

从百首经典名篇的时代分布看，南宋词在清代受到了前所未有的重视①。以绵密的意象、精美的语言、曲折幽深的笔法为特征的吴文英词，长期以来默默无闻，到了清代，声名鹊起。清空雅致的姜夔、张炎词，"隶事处以意贯串，浑化无痕"②的王沂孙词，也日益受到关注和重视。

---

① 十大名篇中，北、南两宋各半，首次改变了北宋名篇一边倒的状况。清代新建构的 36 首宋词经典中，南宋词占了 19 首。

② 周济：《宋四家词选目录序论》，《词话丛编》本，第 1644 页。

特别是姜夔，所受清人关注的程度，更远超任何一位宋代词人，他以 214 次点评位居点评榜首。宋翔凤说："词家之有姜石帚，犹诗家之有杜少陵。继往开来，词中关键。"① 邓廷桢也认为："词家之有白石，犹书家之有逸少，诗家之有浣花。"② 两位词论家都对姜夔推崇备至，比作诗圣杜甫、书圣王羲之。南宋姜派词人经典地位的上升，雅正化倾向加强，体现清代宋词经典的时代特色。

　　从百首名篇的题材分布来看，清代的宋词经典抒发两性之间爱恋相思的经典名篇数量大为减少，仅有 25 首，这在宋、明、清、现当代 4 个时段中是最少的。而表现家国情怀的词作则有 26 首，这在宋代以来的 4 个历史时段中是最多的。而游赏闲情类的名篇，仅有 1 首。可见，清代宋词经典的娱乐性功能和世俗化品格，较其他时代更为减弱，"言王政之所由废兴"的雅正之言增多。譬如辛弃疾的《永遇乐》（千古江山）、《菩萨蛮》（郁孤台下清江水）、《水龙吟》（楚天千里清秋）、《贺新郎》（绿树听鹈鴂），张炎的《高阳台》（接叶巢莺）、《八声甘州》（记玉关）、《解连环》（楚江空晚）、《南浦》（波暖绿粼粼），王沂孙的《眉妩》（渐新痕悬柳）、《齐天乐》（一襟余恨宫魂断），周密的《玉京秋》（烟水阔），张孝祥的《六州歌头》（长淮望断），范仲淹的《渔家傲》（塞下秋来风景异）等作品，都是在清代才确立其经典名篇的地位。这些作品，都蕴藏着深厚的家国情感，或写英雄失路、报国无门的悲愤，或抒渴望国家统一的理想，或寓故国之恸、黍离之悲，无一不是具清代时代特色的"雅正"之音。

　　而综观各个时代的宋词经典，也均表现出明显的时代特点。不同时代读者所选择的宋词经典折射出其所处时代的文化气候。宋金时期的宋词经典在风格上表现出文人化、典雅化的倾向但情感选择方面却表现出明显的大众化、世俗化特色。这和两宋之间物质文明和城市经济高度发达，上层精英文化与下层世俗文化相互渗透的文化气候紧密相关。元明时期，由于文化商品化、大众化、平民化的倾向加剧，再加上心学发展诱发个性解放的思潮，明人论词以本色为尊，因此元明时期的宋词经典具有明显的通俗化、世俗化特征，宋金时期宋词经典那层雅致的外纱不见，取而代之的是

---

① 宋翔凤：《乐府余论》，《词话丛编》本，第 2503 页。
② 邓廷桢：《双砚斋词话》，《词话丛编》本，第 2530 页。

从语言到内容俱"俗"。至于现当代的宋词经典，则由于国家独立、民族
解放的要求与意识形态的强势介入而思想性明显加强，同时，在现代生活
的浸染下，语言风格通俗化的特征进一步扩大。宋词经典彰显出明显的时
代性。

另一方面，经典的生成，并不总是以时代的文化环境为转移，也表现
出明显的超越性。内涵丰富、艺术高超的优秀作品，总能以其感动人心的
艺术力量穿越时空，突破时代的局限而广受读者的喜爱和传播，作家
亦然。

再以清代为例，在人们的主观印象中，清代的宋词经典从云间派、阳
羡派、浙西派到常州派，无一推崇柳永。"耆卿为世訾謷久矣"①。靡曼近
俗的柳永词，往往在清代颇受诟病。然而数据统计结果显示，柳永的经典
性地位，在清代名列第 7，仍然是词坛有很大影响的重量级人物。在我们
统计的清代 21 个选本中，共有 17 个选本选柳词 620 篇次，入选总量仅次
于周邦彦和吴文英，列第 3 位；其词被唱和 62 次，列第 7 位；《唐宋词汇
评》收录清代有关他的点评 47 次，列第 8 位。柳永在清代的经典地位，
并没有因为主流词学观念、时代文化环境的影响而丧失，可以说具有很大
程度的超越性。相应地，柳永词名篇影响力的排名，到清代也有大幅度地
攀升：其中《雨霖铃》在宋、明、清三代的排名依次为第 98、97、17，
《八声甘州》（对潇潇暮雨洒江天）的排名依次为第 172、385、34，后者
从前 100 名、300 名之外一跃进入前 40 名。

除了浙西派和常州派所推重的姜夔、张炎、王沂孙、吴文英和周邦彦
等词人有为数不少的名篇外，苏轼、秦观、李清照等人的词作在百首名篇
中占的比例也不低。

清代的宋词百首名篇，由 36 位词人所有，人均约 2.8 首，李清照有
6 首词作入围，名列第 5，只有周邦彦、辛弃疾、苏轼和姜夔的名篇数量
多于她。其《声声慢》（寻寻觅觅）、《凤凰台上忆吹箫》（香冷金猊）、
《醉花阴》（薄雾浓云愁永昼）、《一剪梅》（红藕香残玉簟秋）、《念奴娇》
（萧条庭院）、《武陵春》（风住尘香花已尽）分别排名第 2、8、14、33、
51、55 位。李清照并没有因为其女性身份在清代受抑制，相反，她获得

---

① 周济：《介存斋论词杂著》，《词话丛编》本，第 1631 页。

了颇多赞赏之词："易安在宋诸媛中，自卓然一家，不在秦七、黄九之下。词无一首不工。其炼处可夺梦窗之席，其丽处直参片玉之班。不徒俯视巾国，直欲压倒须眉。"① "虽篇帙无多，固不能不宝而存之，为词家一大宗矣。"②

苏轼，并不是浙西派和常州派所推尊的中心人物，却有《念奴娇·赤壁怀古》、《水调歌头》（明月几时有）、《水龙吟》（似花还似非花）、《贺新郎》（乳燕飞华屋）等8首词作入围百首名篇，十大名篇也有2首，《念奴娇·赤壁怀古》更一直雄居排行榜首位，是词史上最具超越性的不朽经典名篇。以艳情写身世之感的秦观，在清代也有6首作品入围百首名篇。

在其他历史时期，类似现象亦屡见不鲜。譬如，以本色为尊，"花、草"一统天下的明代，豪放别调的领袖词人辛弃疾仍获得认可，杨慎继承宋人之论，高度评价"回视稼轩所作，岂非万古一清风也哉"。而语言风格既不通俗晓畅，思想内容亦多不关家国天下的周邦彦在现当代仍然能排名第4位。

可见，虽然时代环境对宋词的经典化进程影响巨大，却不能完全左右宋词经典的建构。经典自身的审美力量具有高度的时空穿透力，在经典化过程中发挥着重要作用。所谓"词不在大小深浅，贵在移情。'晓风残月'、'大江东去'，体制虽殊，读之皆若身历其境，惝恍迷离，不能自主，文之至也"③。沈谦的这段阅读心得，可为经典的内在魅力在经典化中的重要性作一注解。

可见，时代性和超越性，对立统一于宋词经典中。作家作品的历史命运，总是要受到所在时代文化环境的影响。任何经典化，都会留下时代的印记。而真正的经典，总能突破时代的局限而放射出夺目的光芒。

二　变异性大于恒定性

文学经典是一种动态的存在。经典化即在"作品（作者）——读者"的交流互动中，在一代一代的接受之链上作品的生命力得以延续与延伸的

---

① 李调元：《雨村词话》卷3，《词话丛编》本，第1431页。
② 永瑢：《四库全书总目》卷198，中华书局1965年版，第1814页。
③ 沈谦：《填词杂说》，《词话丛编》本，第629页。

过程。文学经典化受内外各方面因素的影响，受各种矛盾关系的制约。一位作家、一首作品成为经典的方式具有多样性和不定性。任何艺术作品，一旦变成社会精神产品之后，就会与诸多社会现象和精神生活相接触而发生联系，作家的主观意图、作品的客观意义附会时运风云，它们就会有不同的命运、产生不同的社会效应。宋词经典的具体嬗变更是个复杂的问题。经典的生成与嬗变既受文本特性制约，又受文化传统及时代环境等不确定性因素的影响。文本内在的审美属性与读者对文化传统的承继性决定着宋词经典超越性，也使得宋词经典在千百年的演变过程中表现出一定的恒定性。时代文化气候等不确定性因素在使宋词经典着上鲜明的时代性的同时，也使宋词经典着上变异性的色彩。宋词经典化是一个继承与变异共存的过程。纵观宋词经典穿越历史时空之旅，宋词经典化过程中的变异性大于恒定性。

从名篇嬗变的情况看，譬如清代百首宋词名篇中，仅有 30 首词的影响力从宋至清排名一直在百名之内，也就是说 70% 的名篇影响力都有较大的波动。在这波动的 70 首名篇中，有 36 首是在清代首次进入百首名篇的行列，34 首则或在宋金、或在元明时期曾经退出过百首名篇的行列。另有 94 首曾是前代宋词名篇的作品，在清代退出了经典的中心。从百首名篇影响力的排名演变看，清代宋词经典的变异性远大于恒定性。

历代十大名篇中，只有苏轼《念奴娇·赤壁怀古》一词的影响力具有恒定性，从宋至清一直高居榜首，其他名篇的影响力都起伏不定，没有第 2 首词影响力一直在前 10 名之内。另外《水调歌头》（明月几时有）的影响力是在 10 名前后徘徊，其余的影响力升降明显，有的甚至波动到300 名之外。宋代的十大名篇，只有苏轼《念奴娇》（大江东去）、《水调歌头》（明月几时有）、贺铸《青玉案》（凌波不过横塘路）和姜夔《旧香》（旧时月色）4 首到清代仍在十大名篇之列。而明代的十大名篇，则仅有苏轼赤壁词和李清照《声声慢》、《凤凰台上忆吹箫》（香冷金猊）3首仍然排清代前 10 位。至于曾入宋代十大名篇的秦观《千秋岁》（水边沙外）、叶梦得《贺新郎》（睡起流莺语）、周邦彦《风流子》（新绿小池塘）、晁冲之《汉宫春》（潇洒江梅），到了清代，则分别排在第 54、169、204、91 位。明代十大名篇中的李清照《如梦令》（昨夜雨疏风骤）、《念奴娇》（萧条庭院）、《武陵春》（风住尘香花已尽）和秦观《鹧鸪天》（枝上流莺和泪闻），在清代分别列于第 119、51、55、235 名，其影响力均逸出 50 名甚至 200 名之外。

宋金时期的百首宋词名篇，仅 42 首为元明所继承，另外 58 首系首次入围百首名篇。到 20 世纪，68 首在历史上曾进入过前 100 名的词作中，只有 22 首词的影响力始终保持在 100 名以内。而曾经是历史上的百首名篇最终在 20 世纪失落其经典地位的词则有 127 首之多。20 世纪新增的百首名篇中，有的甚至曾是寂然无声的。譬如，苏轼的《江城子》（十年生死两茫茫），宋金、元明时期入选、点评、唱和均为 0，到清代也只有 2 次入选，到 20 世纪却一跃而成为百首名篇中的第 14 位。从名篇的嬗变情况看，宋词经典的影响力排名在保持一定的稳定性的时候，变异性尤其突出。

从宋词经典名家的经典地位嬗变看，也没有一个是稳定不变的，不论是词家之变调的苏轼、辛弃疾，还是本色当行的周邦彦、李清照，长久享有词坛盛誉的他们经典地位实际上随着历史变迁而默默发生改变。有的词人经典地位的起伏变化堪称惊人，譬如，宋金时期位列十大经典名家第 5 位的姜夔，在元明时期经典地位一落千丈，无一词作入选百首名篇，全面从明代选本、点评与唱和的视野中淡出，至清代则又出现"家白石而户玉田"的盛况。名家经典地位嬗变中经典的变异性特征同样明显。

从嬗变模型看，宋词经典的变异性也是明显大于恒定性。统计结果显示，以变异性特征为主的即时型、延后型、起伏型的经典占绝大多数，而恒久型的经典名篇在前 10 名中占 4 首，在前 100 名中占 23 首，而前 200 名中则仅占 26 首。即便是代代都进入了百首名篇的恒常性经典，它们的生命力也是变动不居的。

当然，宋词经典的生命力在嬗变的过程中也表现出一定的恒定性。譬如，经典词人们的地位虽然随着时代文化气候的变化而有所改变，但他们的影响力却基本上表现出相当的稳定性。历代十大词人，基本上在辛弃疾、苏轼、周邦彦、姜夔、柳永、秦观、李清照、欧阳修、吴文英、晏几道这些词人中产生。其中，前五名则不出辛弃疾、苏轼、周邦彦、姜夔、秦观、李清照之外。苏轼的《念奴娇》（大江东去），不论时代怎么变换，它始终稳居各个时代排行榜的榜首。词作经典地位的嬗变轨迹也表明，除了恒久型的经典始终保持旺盛的生命力之外，其他的虽然生命力代有新变，但大部分名篇还是能保持一定影响力。这表明，宋词经典的恒定性也是客观存在的。

从总体上看，变动不居是经典的基本特点，宋词经典的变异性大于恒定性。外部文化传统、时代文化环境等不确定性因素，在经典化过程中起着决定性的作用。文本的内在审美属性与读者的接受心理形成的合力决定经典的生成与嬗变，而在此过程中，读者的力量似乎更强大些。

第五章　经典个案研究

从宋词经典的嬗变模式看，千年历史动态平衡中，每个经典个体的生成及嬗变过程皆不相同。以下，笔者拟选择宋词经典个案中有代表性的几种类型，结合数据和具体史料，探讨它们在千年历史流变过程中经典地位的演变过程，以具体生动的词人词作的影响效果史进一步揭示宋词经典生成嬗变的机制原理。

第一节　千古第一名篇:《念奴娇·赤壁怀古》的经典化

流传至今的 2 万余首宋词中，有很多影响深远、脍炙人口之作。苏轼《念奴娇·赤壁怀古》便是当中最具影响力的经典名篇。从宋至今，该词不论是在历史动态平衡中，还是在不同历史时期，它的影响力始终名列第一，是名副其实的宋词经典第一名篇。流传至今深为读者所喜爱的宋词名篇数量不少，为什么苏轼的赤壁词最具影响力，其宋词经典第一名篇的地位是如何确认的？在千年流传过程中，它的经典化进程如何？该词成为具有恒久生命力的宋词第一经典名篇的原因是什么？

一　千古第一名篇地位的确认

如前述，任何历史存在都是一种对象性的存在，文学经典亦然，是"实在本体和关系本体"[①] 的统一体，是传播接受过程中不断展开和呈现的历史性审美存在。作为实在本体，文学经典具独创性、典范性、内涵丰富性；作为关系本体，它具无限可读性、时空穿透力。两方面相互作用所造就的强大影响力是文学经典最根本的属性。影响力的大小，也就是它们

---

① 黄曼君：《中国现代文学经典的诞生与延传》，《中国社会科学》2004 年第 3 期。

各自在不同历史文化语境中的地位，不但和经典作品本身所表现的诗性、哲思、情感相关，还受制于作品传播过程中的不同历史文化条件，两者最终在读者的期待视界中交汇、碰撞、融合，作品的影响力的大小最终依赖于读者不断的理解和阐释。考察历代三大读者群的接受传播活动对衡定文学作品的经典地位具有重要意义。

前面，我们通过统计分析历代读者接受传播宋词的资料，确认了千年历史动态平衡中的宋词经典及宋金、元明、清、现当代 4 个历史时期的宋词经典。其中表 5 - 1 - 1 所示，即为历史动态平衡中的综合经典及不同时期的宋词经典前三名的排名及相关数据指标。

表 5 - 1 - 1　　　　　　　宋词经典前三甲一览

	作者	词牌	首句	入选	点评	唱和	20 世纪研究	百度	谷歌	综合指数	排名
综合	苏轼	念奴娇	大江东去	87	24	133	186	73100	41200	28.3	1
	岳飞	满江红	怒发冲冠	35	14	23	125	293000	30700	18.3	2
	李清照	声声慢	寻寻觅觅	64	41	23	52	90100	28200	11.6	3
宋金	苏轼	念奴娇	大江东去	1	15	23				22	1
	贺铸	青玉案	凌波不过横塘路	2	6	20				15	2
	秦观	千秋岁	水边沙外	1	11	7				13	3
元明	苏轼	念奴娇	大江东去	18	2	64				22	1
	李清照	凤凰台上忆吹箫	香冷金猊	21	12	2				8	2
	李清照	如梦令	昨夜雨疏风骤	19	12	2				7.8	3
清	苏轼	念奴娇	大江东去	14	4	46				13.1	1
	李清照	声声慢	寻寻觅觅	9	21	15				10.9	2
	姜夔	暗香	旧时月色	12	24	4				10.4	3
现当代	苏轼	念奴娇	大江东去	54	3		186	73100	41200	25.5	1
	岳飞	满江红	怒发冲冠	38	6		125	293000	30700	21.4	2
	李清照	声声慢	寻寻觅觅	51	11		52	90100	28200	14.7	3

结果表明，《念奴娇·赤壁怀古》一词无论是在千年历史动态平衡中，还是宋金、元明、清、现当代的不同历史阶段，其经典地位均为第一，是当之无愧的千古宋词第一名篇。

作为千古第一名篇，苏轼的《念奴娇·赤壁怀古》在历史流播过程中的具体命运如何呢？在不同历史时期、不同的读者群体中，它的影响力嬗变轨迹如何呢？

二　经典化进程探析

（一）经典地位的历史衍变

1. 宋金：经典地位确立

该词经典地位的确立得力于批评型和创作型读者的推崇。宋代四大词选中，该词仅《花庵词选》入选 1 次，文人的点评与唱和对该词经典地位的确认起了关键作用。在创作领域，据我们目前所掌握的文献资料，该词被唱和 23 次，居宋金唱和榜首位。点评 15 次，这在《唐宋词汇评》所收录的宋金人点评宋词中也是最高的。宋金文人士大夫如王灼、胡仔、胡寅等多肯定苏轼对词体抒情功能的拓展之功，赞赏苏轼词体现了文人的气质修养及由此而形成的高雅韵致。如王灼《碧鸡漫志》说苏轼"偶尔作歌，指出向上一路，新天下耳目"。汪莘《方壶诗余自序》）评苏词曰："其豪妙之气，隐隐然流出言外，天然绝世，不假振作。"① 《念奴娇·赤壁怀古》正是作为别样词风的代表备受文人士大夫的赞赏。《魏庆之词话》指出："子瞻佳词最多，其间豪放杰出者，如'大江东去，浪淘尽千古风流人物'赤壁词……皆绝去笔墨畦径间，直造古人不到处，真可使人一唱而三叹。"② 元好问指出："东坡《赤壁词》，殆以周郎自况也，词才百余字，而江山人物，无复余蕴，宜其为乐府绝唱。"③ 在文人学士们心中，苏轼的这首赤壁词已然成为词坛经典绝唱。

精英读者对某种风尚的推重在经过一定的时间之后往往能成为大众读者接受的风向标。在宋金词坛（尤其是南宋中后期）东坡词声名渐盛，影响益远。"腐儒村叟，酒边兴豪，引纸挥笔，动以东坡、稼轩、龙洲自况"④，这意味着苏辛一派在大众中已经拥有广泛的接受者了，作为苏轼

---

① 施蛰存：《词籍序跋萃编》，中国社会科学出版社 1994 年版，第 230 页。

② 魏庆之：《魏庆之词话》，《词话丛编》本，第 203 页。

③ 元好问：《闲闲书赤壁赋后》，姚奠中《元好问全集》，山西古籍出版社 2004 年版，第 843 页。

④ 张炎：《词源》附录之《附后跋》，《词话丛编》本，第 269 页。

代表作的《念奴娇·赤壁怀古》的词坛经典地位从此确立。

2. 元明：经典地位进一步提升

明人论词，重词的体性风格，大抵以婉约为正宗，强调词主艳情。受这种词学观的影响，柔情曼声、婉丽流畅之作备受明人喜爱。批评型读者对该词的关注明显降低，就《唐宋词汇评》收录的情况看，仅 2 次。值得注意的是，仍有论词者在以婉约为正宗的同时亦不偏废慷慨磊落、旷逸清雅之佳作，《念奴娇·赤壁怀古》也得到这部分明代文人的充分肯定。孟称舜在《古今词统序》中即批评了当时认为"苏子瞻、辛稼轩之清俊雄放，皆以为豪不入格"的观点，但同时也指出柳永的《雨霖铃》和苏轼的《念奴娇》"两家各有其美"①。俞彦则极赏东坡词，认为其赤壁词"万顷波涛，吞天浴日，古今豪杰都在"，"不必与秦观、李清照、柳永等人较量体裁"。② 王世贞评《念奴娇》曰："学士此词，亦自雄壮，感慨千古。果令铜将军于大江奏之，必使江波鼎沸。"③ 此词雄壮旷逸的风格仍是文人激赏这首赤壁词的原因，而当中感今慨古的文士情怀尤为明人所首肯。

这首赤壁词在元明时期强劲的经典效应主要得力于创作型读者——词人的唱和。元明百首宋词经典前 100 名总共被和 242 次，平均每首被和 2.42 次，而一曲"大江东去"就被和 64 次之多，先后有白朴、夏言、彭孙贻等 20 余位元明词人参与唱和。这首词的典范性和独创性在元明时期得到了最充分的彰显。而且由于南宋以来，文人士大夫对它的推崇以及南宋后期以来被越来越多的大众读者所传诵，至元明时期，该词更加深入地为大众读者所接受，其经典地位进一步加强。纵观元明时期的入选情况，被选 18 次，明代著名的选本《草堂诗余》系列、《花草粹编》、《古今词统》等都入选了该词，通过选本的流传，它在普通读者中影响力越来越大。因此，虽然明代词坛风尚以婉约为宗，但因创作型和普通大众读者的接受传播，其经典地位反而加强。

3. 清：经典地位稳中稍降，仍雄居榜首

综观东坡这首赤壁词在清代的接受情况，可知批评型读者的关注和明

---

① 孟称舜：《古今词统序》，见卓人月《古今词统》卷首，辽宁教育出版社 2000 年版。

② 俞彦：《爰园词话》，《词话丛编》本，第 403 页。

③ 王世贞：《艺苑卮言》，《词话丛编》本，第 388 页。

代一样偏低，《唐宋词汇评》仅收录 4 次评点情况。虽然批评型读者的关注偏低，但该词所具有的经典性同样得到了不同流派词人的认可和赞许。清代词坛，流派众多，从云间派、阳羡派到浙西派、常州派，各派主张尊崇不一。但不论是认为其不合声律者，还是以其豪放之风认为其不合"正宗"者，基本上都不否定该词在词坛上的重要地位。它的艺术审美价值再次获得充分肯定。受浙西派的影响，清人论词多以南宋为宗，然东坡赤壁词仍被认为"令人增长意气"①，而不可偏废。先著、陈洪即指出："坡公才思高敏，有韵之言多缘手而就，不暇雕琢。此词脍炙千古，点检将来，不无字句小疵，然不失为大家。"② 批评型读者一方面继承了前代文人对此词的肯定，称赏其独树一帜之风及所流露的秉性才情，如邓廷桢说："东坡以龙骧不羁之才，树松桧特立之操，故其词清刚隽上，囊括群英。院吏所云：学士词须关西大汉，铜琶铁板，高唱'大江东去'。语虽近谑，实为知音。"③ 另一方面，清代精英读者还从读者的角度道出了此词具永恒魅力的原因之一。沈谦指出："词不在大小深浅，贵在移情。'晓风残月'、'大江东去'，体制虽殊，读之皆若身历其境，惝恍迷离不能自主，文之至也。"④

《念奴娇·赤壁怀古》在清代能成为最具影响力的宋词经典名篇更大程度得力于清人的追和与它在普通大众读者心目中的地位。在创作领域，东坡的这首赤壁词共被追和 46 次，虽不及元明时期的追和数量，但也远远地超出清代第 2 宋词名篇《声声慢》（冷冷清清）15 次的追和数，仍高居唱和榜首位。从入选选本情况来看，该词入选清代词选 14 次，仅亚于史达祖《双双燕》一词，居第 2 位。因此，通过选本这一传播媒介，东坡的这首赤壁词在普通大众读者中所具的影响力进一步扩大。当然，相对于在前代的影响力，《念奴娇·赤壁怀古》在清代虽仍名列第 1，但相对来说，它那耀人眼目的光芒不及宋尤其是明。其综合影响力指数在宋代超出第 2 名 7，在明代超出 14，而清代则只超出第 2 名 2.2。

---

① 孙兆溎：《片玉山房词话》，《词话丛编》本，第 1674 页。
② 先著、程洪：《词洁辑评》，《词话丛编》本，第 1363 页。
③ 邓廷桢：《双砚斋词话》，《词话丛编》本，第 2529 页。
④ 沈谦：《填词杂说》，《词话丛编》本，第 629 页。

4. 20 世纪：影响力再次扩大

当历史的车轮驶进 20 世纪，该词排名仍傲居排行榜首位，且影响系数高出第 2 名岳飞《满江红》4.1，其耀眼的光芒较清代又有所扩大。和明、清时期批评型读者关注度较低的情况不同，《念奴娇·赤壁怀古》一词再次备受批评型专家读者的关注。据笔者统计，现当代共有 186 篇次赏析研究文章，超过第 2 名 61 篇次，超过第 3 名 134 篇次。这些研究文章全方位、多角度地探讨了该词的思想和艺术涵蕴。20 世纪批评型专家读者对东坡这首赤壁词广泛的接受无疑再次扩大了该词的影响力。

正是有了批评家的批评和引导，词作日益受到人们的关注，检索谷歌和百度，"苏轼　念奴娇　大江东去"共链接 11 万余相关网页。同时，该词的入选率较前代再次攀升，笔者所抽样的 60 个选本中，有 54 个选本入选该词，仅次于柳永《雨霖铃》55 次。特别是作为教材的文学作品选对该词的选择（本书所遴选的文学作品选无一不选这首《念奴娇》），极大地扩大了它在新历史时期的影响力，成为新时期最具影响力的名篇。

（二）三大读者群对其经典地位的影响

综观《念奴娇·赤壁怀古》在以上 4 个历史时期的传播接受情况，该词在不同历史时期的综合影响力均列第 1，但于不同历史时期不同的接受群体而言，它的影响力起伏不定。我们统计了该词从宋至今历代入选、点评与唱和的情况，并将它们与这三项指标的前三名的相应数据对比，同时与前 300 名的平均入选、点评、唱和次数进行对照（详见表 5 - 1 - 2）：

表 5 - 1 - 2　《念奴娇·赤壁怀古》历代入选、点评、唱和对照①

	选本				点评				唱和		
	宋金	元明	清代	今	宋金	元明	清代	今	宋金	元明	清代
第 1 名	3	22	16	55	15	12	24	186	23	64	46
第 2 名	2	21	14	54	11	11	21	125	20	10	17

---

① 表中现当代的点评情况取的是 20 世纪相关的研究论著数量，因为这是新的历史时期研究工作者以新的行文方式对词作进行诠释的结果，其接受主体和历代点评一样是批评型读者。

续表

	选本				点评				唱和		
	宋金	元明	清代	今	宋金	元明	清代	今	宋金	元明	清代
第3名	1	20	13	53	10	9	19	67	7	9	17
念奴娇	1	18	14	54	15	2	4	186	23	64	46
300平均	1.2	12.4	6.1	13.9	1.9	3.1	2.3	5.4	1.0	1.7	3.5
念奴娇/平均	0.8	1.5	2.3	3.9	8.1	0.6	1.7	34.3	22.8	37.9	13.2

据表 5 – 1 – 2 数据，东坡的这首赤壁词在大众读者群、批评型读者群、创作型读者群中的影响力衍变情况截然不同。图 6 形象地揭示了这一变化情况。

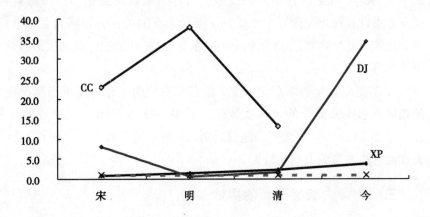

图 5 – 1 – 1　三大读者群对《念奴娇·赤壁怀古》接受史衍变示意①

从图 5 – 1 – 1 中变化曲线可见，该词的生命力在创作型读者群（CC）中是最大的，它的这项影响系数远远高于历代前 300 名宋词经典的平均被

----

① 图 5 – 1 – 1 中，CC 是东坡赤壁词历代唱和次数与历代前 300 名平均被和次数之比的倍数变化曲线，代表的是历代创作型读者的接受情况。DJ 是该词历代被点评次数与前 300 名的平均点评数之间的倍数曲线，代表的是批评型读者的接受情况。XP 是该词历代入选次数与前 300 名的平均入选数之间的倍数曲线，代表的是普通大众读者的接受情况。图中虚线条所示则是前 300 名历代点评、入选、唱和的平均数与平均数之比，是东坡赤壁词影响力变化的参照线。图中横坐标表示时间，纵坐标表示《念奴娇·赤壁怀古》一词历代入选、点评、唱和与历代平均入选数、点评次数、唱和次数之间的倍数。

接受度。该词一直能雄踞历代排行榜首位，创作型读者的功劳是最大的。其中，宋金时期被和数是平均数的 23 倍，元明时期上升至 38 倍，清代有所回落，为 13.2 倍，20 世纪以来由于古典诗词的边缘化，唱和也淡出读者的视域。它在创作型读者中的影响力变化的情况是一路高势，但呈现出"中——高——低"的变化趋势。

对批评型的读者群（DJ）而言，该词的影响力走势为："中——低——低——高"。在宋金时期，东坡赤壁词的影响力巨大，以 15 次，高出平均 8 倍多的影响系数彰显文人士大夫对该词广泛的关注，宋室南渡以来该词受到的褒扬正印证了这种状况。元明至清，由于词坛崇尚的变化，苏辛一派大部分被视为词坛别调，该词在批评型读者中的影响力也一度下滑，元明时期点评率甚至于不到平均数的 0.7 倍，清代也仅是平均数的 1.7 倍。20 世纪时代风云的变换，为苏辛豪放词提供了广阔的舞台，这首赤壁词在批评型读者中也受到了前所未有的关注，影响力急剧上升，以高出前 300 平均数近 35 倍的影响系数为它在 20 世纪经典地位的确认立下了汗马功劳。

在普通大众读者群（XP）中，这首赤壁词的生命力呈现出渐次走高的趋势，它从宋至今的入选次数依次是前 300 名平均入选次数的 0.8、1.5、2.3、3.9 倍。这表明，随着时间的推移，《念奴娇·赤壁怀古》在大众读者中的影响力越来越大。

三　生命力长盛不衰的奥妙

文学作品穿越时空的生命力延续性如何，它的影响力的大小怎么样，这最后是由读者造就的。读者的选择决定了文学作品的经典化进程。而读者自身所遭遇的社会风尚，所继承的文化传统，及个性心理结构构成了读者的阅读期待视野，这必然要影响到读者对前代文学作品的态度。同时，文学作品所展现的开放性结构图示与读者的期待视界之间的同化和顺应情况如何，能否令读者同情共感，也直接影响到文学作品的生命力。而创造文学作品的创作主体作为文学作品的直接制造者，无疑也是文学作品生命力的决定因素之一。总之，文学经典的生成是极其复杂的，《念奴娇·赤壁怀古》保持恒久生命力的原因约略如下。

（一）词作穿透时空的审美力量

无限可读、穿越时空的生命力是文学经典作为关系本体的根本属性，而艺术上的独创性和典范性、情感体验的普遍性、内涵丰富性等审美因素是作品具备长久生命力所必需的文本特征。《念奴娇·赤壁怀古》所具备的以下特点是影响其经典地位的重要因素。

1. 艺术上的独创性和典范性

独创性是经典生成一大关键，"差不多每一种伟大艺术的创作，都不是投合而是要反抗流行的好尚"①。《念奴娇·赤壁怀古》，和当时词坛流行之风绝然不同，开创一代词风，属于名篇中极具独创性这一类型。该词的意、情、境和表现手法在词坛都具有鲜明的独特性。词发展至北宋神宗朝，是本色词唱主角的时代。很多词人沿袭着晚唐五代以来所形成的词学传统，视词为小道，以艳情为表现对象，描写的景物环境局限于香闺深闺、庭院楼阁，很多词作都是男性词人以女子口吻作的代言体，侑酒娱情、"聊佐清欢"被视为词的表现功能。苏词中的豪放清旷之作则将词带入了一片更广阔的表现天空，"一洗绮罗香泽之态，摆脱绸缪宛转之度，使人登高望远，举首高歌，而逸怀浩气超乎尘埃之外"②。这开启了宋词的一大发展方向。"其后元祐诸公，嬉弄乐府，寓以诗人句法，无一毫浮靡之气，实自东坡发之也。"③ 这首赤壁词就是其中最典型的代表作品，词作"语意高妙，真古今绝唱"④，是一首"须关西大汉，执铁板"唱的曲子。该词抒写的是词人自己真切的人生感受；而非代言之作，景物环境由香闺酒筵间走向大自然，"乱石穿空"、"惊涛拍岸"，词境雄阔，开一代新风，是"东坡范式"的典型作品。

艺术上独创性使该词成为豪放词风的典范作品，引领苏辛一派，《念奴娇》词牌因此词而影响深远，历代文人最喜唱和此词。《酹江月》、《大江东去》，皆因东坡此词内有"大江东去"、"一樽还酹江月"而名。词作的独创性和典范性极大扩充了该词的影响力。

---

① ［德］格罗塞：《艺术的起源》，蔡慕晖译，商务印书馆1998年版，第13页。

② 胡寅：《酒边集序》，施蛰存《词籍序跋萃编》，中国社会科学出版社1994年版，第168页。

③ 汤衡：《张紫微雅词序》，施蛰存《词籍序跋萃编》，中国社会科学出版社1994年版，第213页。

④ 胡仔：《苕溪渔隐丛话前集》卷59，《笔记小说大观》第35编，江苏广陵古籍刻印社1983年版，第411页。

2. 情感体验的独特性和普遍性

文学经典一方面能深刻而真挚地传达个体独特的人生感受；另一方面能揭示出人类心灵普遍性体验，给读者回归心灵故乡的感觉。这是作品能否被经典化的又一关键。事实上每个人的情感体验会情随境迁，人生感触不尽相同，但人类的情感体验和人生哲理却有着相似性。所谓"感物之情，古今不易"①，"每览昔人兴感之由，若合一契"，"后之视今，亦犹今之视昔"②，说的就是这样一个道理。

《念奴娇·赤壁怀古》即很好地实现了情感体验的个体独特性和普遍共通性的融合。从词创作的内在冲动来看，此词作于苏轼贬黄州时，乃"是坡公雄才自放"③之作，"题是赤壁，心实为己而发"④。词人借对古代英豪的怀念，写自己深沉的人生失意之情，于失意之情的抒写中又见词人豁达胸襟。这是一首充分显示了东坡"最真实的主体性"作品之一，情感体验具有鲜明的东坡特色。另外，在对古代豪杰之士的感慨中，蕴含的不遇之叹、人事沧桑之感，则又是人类普通性的体验，同时词中还蕴含着深刻的人生哲理，揭示了个体生命面对宇宙自然的代谢，面对时间流逝时不可违逆的无奈，最终发出的人生之叹曾是无数文人墨客所无法释怀的共同话题。所谓"江山人物，无复余蕴"⑤之评，知音者言也，宜其千百年以来，传为绝唱，影响深远。词中情感体验的这种独特性与普遍性的融合，是该词千百年来能感动读者心灵，吸引读者眼光的重要因素。

3. 内涵的丰富性和无限可读性

"伟大的形象总是多侧面的，它有着无穷的含义"⑥，经典作品总能给不同时代的读者不断提供阐释的空间。苏轼的《念奴娇·赤壁怀古》一词，意蕴丰富。就显性的层面来说，其中有"谈笑间，强虏灰飞烟灭"的豪放，有"遥想公瑾当年，小乔初嫁了"英雄美人式的潇洒，有"大江东去，浪淘尽、千古风流人物"的人事沧桑之感，有"早生华发"的

① 晏几道：《小山词自序》，施蛰存《词籍序跋萃编》，版本同上，第 52 页。

② 王羲之：《兰亭集序》，《晋书》卷 80，中华书局 1977 年版，第 2099 页。

③ 王又华：《古今词论》，《词话丛编》本，第 608 页。

④ 黄苏：《蓼园词评》，《词话丛编》本，第 3077 页。

⑤ 元好问：《闲闲书赤壁赋后》，姚奠中《元好问全集》，山西古籍出版社 2004 年版，第 843 页。

⑥ ［苏］鲍列夫：《美学》，乔修亚等译，中国文联出版公司 1986 年版，第 237 页。

不遇之叹和"人生如梦"的深沉感慨。丰富的思想情感蕴含着丰富的人生体验，足以满足不同层次读者的要求，这使得它不论对大众读者还是精英读者来说，都具有强大的吸引力。同时也使得它在不同时代总能契合不同的需求。就隐性的层面说，词中意象模糊化、形象化的处理方法往往使同一意象有多种理解的可能，譬如"故国神游"、"羽扇纶巾"确指为何，可谓是仁者见仁，智者见智。而形象化的艺术手法所营造出的惝晃迷离之境，更能给不同读者以契合各自心境的情感体验。艺术化的词境，多种可能性理解的意象，词作情感意蕴表现出多层次、多侧面的特征，使得读者在随抒情主人公心理时空的转变过程中，情绪体验也呈现出立体丰富的表现形态。从而极大地延伸了词作的生命力，使其能穿越时空，流传久远。

（二）创作主体苏轼的内在独特性和超越意识

经典化过程是一个由创作主体发起的，最终由读者完成的过程。创作主体苏轼的内在主体性特征是影响《念奴娇·赤壁怀古》经典化的又一因素。

其一，作者先天的气质、个性、才识、人生经历等主体因素与文学作品风格、艺术魅力关系密切。"吐纳英华，莫非情性"①，"若夫悲欢离合，羁旅行役之感，常人皆能感之，而惟诗人能写之。故其入于人者至深，而行于世也尤广"②。苏轼"天资不凡，辞气迈往"③，故落笔不俗，一曲大江东去，被誉为"皆绝去笔墨畦迳间，直造古人不到处"④，为文士所推崇。同时，作为中国历史上不可多得的文化巨人，苏轼身前即已获得巨大的文化声誉。在当时，被苏轼赞赏是莫大的荣幸。张耒给黄庭坚的信中提道："礼部苏公在钱塘始称鲁直文章，士之慕苏公者，皆喜道足下。"⑤ 一曲为东坡自己所首肯的《念奴娇》（大江东去）自然也极易引发后代文人墨客的兴趣。

其二，文学经典的典范性和超越性在于创作主体对传统的挑战和传承。哈罗德·布鲁姆从经典承传与超越的角度指出了创作主体在经典生成

---

①　范文澜：《文心雕龙注》（下册），《范文澜全集》第 5 卷，河北教育出版社 2002 年版，第 448 页。

②　王国维：《人间词话·附录》，《词话丛编》本，第 4271 页。

③　王若虚：《滹南遗老集》卷 39，《四部丛刊》本。

④　魏庆之：《魏庆之词话》，《词话丛编》本，第 203 页。

⑤　张耒：《与鲁直书》，《张耒集》卷 55，中华书局 1990 年版，第 827 页。

中的意义。他指出："'谁使弥尔顿成为经典?'这个问题的答案首先在于弥尔顿自己，但同时还有其他强有力的诗人。……直接战胜传统并使之屈从于己，这是检验经典性的最高标准。"①他同时指出："世俗经典的形成涉及一个深刻的真理：它既不是由批评家也不是由学术界，更不是由政治家来进行的。作家、艺术家和作曲家们自己决定了经典，因为他们把最出色的前辈和最重要的后来者联系了起来。"② 布鲁姆在他另一本著作《影响的焦虑》中更详细地论述了这样的观点：每一代作家在面对前代大师时都有焦虑，只有克服这种影响的焦虑，表现自己的审美原创性，突破前辈大师的创作模式，建立自己独特的创作特色，才能成为新一代的经典。影响的焦虑，实质上就是一个文化传承与个性创造的问题。但凡能创造经典作品成为经典作家的，必须具备超越前人的意识和才力，挑战传统的魄力和勇气。

苏轼极具这种潜在的超越意识。如前所述，苏轼问善讴幕士"我词比柳七何如"，另，《后山诗话》亦载"近却颇作小词，虽无柳七郎（永）风味，亦自是一家。呵呵！数日前猎于郊外，所获颇多，作是一阕，令东州壮士抵掌顿足而歌之，吹笛击鼓以为节，颇壮观也"③。这些都是将自己与当时享誉词坛的大家，妙解音乐，创体创调，其词在当时风靡一时，以至于"天下咏之"④ 柳永词相比，毫无疑问是一种挑战词坛传统的超越意识。事实上，《念奴娇·赤壁怀古》正是东坡认为"自是一家"之作。可以说正是苏轼将自己所作之词与当时词坛巨匠进行对比的勇气，挑战当时词坛传统、词坛名家的超越意识，对这首"一洗万古凡马空"之词的经典地位影响深远。

（三）与传统及时代的契合

经典的生成不仅受作家作品因素的制约，还受时代气候、文化传统、教育机制甚至于经济政治等诸多外因的影响。优秀的传世之作总是既能满足时代需求，又能契合文化传统。

一方面，经典作品必须建立在深厚的文化传统的基础之上，接受者对

① ［美］哈罗德·布鲁姆：《西方正典》，江宁康译，译林出版社 2005 年版，第 20 页。
② 同上书，第 412 页。
③ 苏轼：《与鲜于子骏书》，《苏轼文集》卷 53，中华书局 1986 年版，第 1560 页。
④ 陈师道：《后山诗话》，见《历代诗话》，中华书局 2004 年版，第 311 页。

作品的创造也必须受制于文化传统。《念奴娇·赤壁怀古》一词旺盛的生命力另一个重要因素便是其审美性深度契合中国古代的文化传统，其情感体验契合中国古代文人士大夫情怀。

如前所述，东坡及其词作经典性的发现便得力于两宋之间文士胡寅、王灼等人对苏轼的推尊。苏词因表现的是士大夫的"逸气皓怀"，别于词本色而符合传统审美规范，大受赞赏。"读者的意见实则很容易发展成为一种强大的传统，会直接影响'典律'的形成"①。对苏轼的评价，从黄庭坚的"似不食烟火人语"到胡寅的"逸气皓怀，超然乎尘垢之外"，再至陈匪石的"苏轼寓意高远，运笔空灵"②，精英读者追求超然韵致的审美理想成为苏轼经典化过程中强大传统之一。不同于侧艳之音的"语意高妙"是千百年来大江东去唱响古今的原因。

另一方面，每个历史事件都处于历史和时代的坐标轴上，读者对前代文学的接受除了受历史积淀下来的文化传统的影响之外，他所处的当下的时代势必影响他们对前代作品的理解和阐释。"文艺作品的'魅力'，一部文本在其后历史中的沉浮兴衰，决不是由自身一方决定的，而是作品本体与社会价值的'大本体'之间相互作用的效应。深邃的文学批评既承认作品本义的存在，又强调时代对文本的领悟和共鸣的重要。"③能满足不同时代读者的心理需要也是作品影响力之所以持久不衰的一个重要方面。

一曲大江东去，由于词作内涵的丰富性，在不同时代，人们似乎总能从中挖掘出各自所需要的内涵。譬如，对尊体论者而言，词中的高妙语意，阔大词境，旷逸情怀是他们推尊《念奴娇·赤壁怀古》的理由。宋室南渡以来，国家民族遭遇空前的灾难和屈辱，应时而动，曲子词也需要从温柔富贵乡走向广阔的社会江山，《念奴娇·赤壁怀古》个性化、主体化的抒情方式，对英雄业绩的追寻和功业无成的慨叹，无疑能在当时大部分读者心中产生共鸣。而词中对于人作为个体自然生命的思考，对人生无常和人生如梦的感慨，或许对于明中后期以来张扬个性、注重自我的读者

① 孙康宜：《晚唐迄北宋词体演进与词人风格》，见李奭学译《北美二十年来的词学研究》，台北联津出版事业公司，1994年版。
② 陈匪石：《声执》卷下，《词话丛编》本，第4969页。
③ 程麻：《文学价值论》，人民文学出版社1991年版，第224页。

来说，同样具有非凡的意义。在新时期，也因为词反映了一位心系民生天下的封建知识分子的坎坷遭遇而能得到主流意识形态的认可。不同时代似乎总能从作品中找到自己需要的东西。《念奴娇·赤壁怀古》也因此历时弥久，生命力越盛。

从《念奴娇·赤壁怀古》的经典化过程看，"恒久"型经典的产生首先依赖于创作主体。具备高度的艺术素养与艺术表达能力，具有独特个性与超越意识，是作者创造经典的内在主体性因素。其次，能保持长久生命的经典还必须具备的特质是作品本身须有高度的经典性，即审美力量。这包括作品艺术上的独创性和典范性、情感体验的独特性与普遍性、内涵的丰富性与无限可读性。再次，具备高度经典性的作品要真正焕发出生命力，还必须有"知音"的参与。优秀的作品只有与接受主体的接受心理碰撞，与接受主体的期待视界融合，其生命才能绽放。而接受心理与期待视界总是沉淀着传统与时代的文化基因，因此影响读者文化审美观念形成的传统文化思想与时代文化心理是影响经典生命力的外因。总之，"恒久"型经典保持旺盛生命力的规律蕴藏在经典生成与嬗变的动力机制中。经典的生命长存之奥妙就存在于作家、作品、接受主体之间的"互动"之中。

第二节　在毁誉褒贬中前行：柳永及其词的经典化

柳永（约987—约1053），这位在11世纪最具人气的宋词名家，其经典地位的确立过程中充满斥责、诋毁之声。无论对柳永的人品、还是对柳词的词品，都不乏贬损之词，尤其是批评权威——上层文士几乎一边倒的批柳。但词史上这些把握了审美话语权的批评者却并没能将备受他们訾责的柳永及其词踢进历史的垃圾堆。柳永在宋代便确立了词坛经典地位，而且一千年以后，其人其词仍以无可争辩的影响和生命力列于文学史之林，跻身经典之列。什么样的力量最终造就了柳永及其词的经典地位？经典化过程中，掌握着审美霸权的批评权威有没有绝对的话语权？普通大众读者对文学经典的建构有何影响？

一　宋金：在贬斥模仿与追捧传唱中成为经典

考察宋金时期词人的影响系数，柳永名列第14位，其词作则有《望海潮》（东南形胜）、《雨霖铃》（寒蝉凄切）入前 100 名，另有 6 首作品进入前 300 名，分别是《望海潮》（东南形胜）、《雨霖铃》（寒蝉凄切）、《二郎神》（炎光谢）、《八声甘州》（对潇潇暮雨洒江天）、《尾犯》（夜雨滴空阶）、《玉蝴蝶》（望处雨收云断）。从数据统计的结果看，柳永及其词在宋金时期具有一定的影响，但由于传唱资料的缺失这一不可避免的客观事实，对柳永这样一位以音律协婉为特色的词家来说，本书所收集的数据并不能完全代表他在宋金时期所具有的影响，柳永在宋代具有更大的实际影响。

（一）经典地位确立

柳永是一位在生前和身后都具有巨大的影响力的经典词人。综观整个宋金时期，当时上至帝王将相、文人雅士，下至平民百姓、青楼歌女无不生活在柳词的影响下。柳永的词既被广泛传播，又被深度接受。

作为宋金最具人气的词人，柳永的词不仅在上层社会和下层市井之间广泛流传，而且远播域外。柳词在当时下层读者间流传相当广，据叶梦得《避暑录话》载："永为举子时，多游狭邪，善为歌辞，教坊乐工每得新腔，必求永为辞，始行于世，于是声传一时。"① 另据胡仔《苕溪渔隐词话》引《后山诗话》云："柳三变游东都南北二巷，作新乐府，骫骳从俗，天下咏之，遂传入禁中。仁宗颇好其词，每对酒，必使侍妓歌之再三。"② 可见柳永的词不仅普通百姓爱唱，上至皇帝也爱听。柳永的词不仅在宋朝本土流传，甚至远播境外，在西夏、金国、朝鲜产生巨大影响。从西夏归来的官员描述当时西夏传播柳词的盛况云："凡有井水饮处，即能歌柳词。"③ 另据载："孙何帅钱塘，柳耆卿作《望海潮》词赠之云：……此词流播，金主亮闻之，欣然有慕于'三秋桂子、十里荷花'，遂起投鞭渡江之志。"④ 这些记载虽只是小说家言，却可见柳词的传播已至于西夏、金国，产生广泛影响。另外，载 74 首北宋词曲《高丽史·乐

① 叶梦得：《避暑录话》卷下，《丛书集成初编》第 2787 册，中华书局 1985 年版，第 49 页。

② 胡仔：《苕溪渔隐词话》卷 1 之《柳三变词天下咏之》，《词话丛编》本，中华书局 2005 年版，第 163 页。

③ 叶梦得：《避暑录话》卷下，《丛书集成初编》第 2787 册，中华书局 1985 年版，第 49 页。

④ 罗大经：《鹤林玉露》丙篇卷 1 之《十里荷花》，中华书局 1983 年版，第 241 页。

志》，是作为一种音乐文艺传入高丽的，其中就有《转花枝》、《夏云峰》、《醉蓬莱》、《倾杯乐》、《雨霖铃》、《浪淘沙》、《御街行》、《临江仙》8首可考为柳永词，可见柳永在朝鲜半岛也有重要影响。

柳永的词不仅因为广泛的传唱而声播海内外，具有传播的广度，而且潜移默化地影响宋代词人的创作，同时具有被接受的深度。

由于文献的散佚，流传下来的宋词中，可考的有 4 首直接唱和柳词的作品，分别是朱雍《塞孤》、《西平乐》、《笛家弄》及张师师《西江月》。但柳永词对宋代词人创作的影响远不止于唱和。宋代的著名词人，大都不可避免地受到柳永词的影响。薛砺若先生即认为实际上"在苏轼'横放杰出'的词风没有取得广大读者拥护之前，整个的北宋词坛，几乎全为柳永所笼罩"①。他还特别指出了在周邦彦成名之前，"受柳永的影响和反映而雄起词坛的，则有苏轼、秦观、贺铸、毛滂四个最大的作家。在他们五个人的作品中，已将全部的北宋词风概括无余"②。至于集大成的周邦彦，亦受柳词影响。"周美成的长调慢词的格局，几乎都是从他（柳永）蜕变而来的"③。

苏轼 40 岁始作词，此时柳永已然离世。面对柳词产生的巨大影响，如前所述，苏轼自觉地拿自己的作品与柳词比较，表现出期盼超越前人的渴望，从中也可见柳永的影响在当时词坛达到了令人难以企及的高度。再譬如，文人雅士们将秦观与柳永戏谑并称为"山抹微云秦学士，露花倒影柳屯田"④，也表明秦观词有似柳永词之处。对柳词颇多微词的王灼也不得不承认："沈公述、李景元、孔方平、处度叔侄、晁次膺、万俟雅言，皆有佳句，就中雅言又绝出。然六人者，源流从柳氏来……"⑤ 同时，他还不得不承认这样的事实："今少年妄谓东坡移诗律作长短句，十有八九，不学柳耆卿，则学曹元宠，虽可笑，亦毋用笑也。"⑥ 张端义则

---

① 龙榆生：《宋词发展的几个阶段》，龙榆生《词学十讲》附录 3，北京出版社 2005 年版，第 227 页。

② 薛砺若：《宋词通论》，上海书店 1985 年版，第 107 页。

③ 同上书，第 114 页。

④ 冯金伯：《词苑萃编》卷 9，《词话丛编》本，第 1963 页。

⑤ 王灼：《碧鸡漫志》卷 2，《词话丛编》本，第 83 页。

⑥ 同上书，第 85 页。

引项平斋的话明确地说："诗当学杜诗，词当学柳永"①。事实上，李之仪《姑溪词》被认为"长调近柳，短调近秦，而均有未至"。方千里词被认为"其胜处则近屯田"②。南宋极具影响力的姜夔即被认为"脱胎耆卿"③。刘熙载则明确指出"南宋词近耆卿者多，近少游者少。少游疏而耆卿密也"④。柳永对宋词的创造影响深远。

综上可见，柳永始终处于词坛的中心，既具传播广度又具接受深度，成为了宋金时期当之无愧的经典。

（二）宋金时对柳永及其词矛盾地接受

1. 批评权威对柳永及其词的贬损

与苏轼、辛弃疾、周邦彦、姜夔等宋代经典名家颇受赞誉的情况不同，作为把握了审美话语权的批评权威——宋代文人士大夫对柳永及其词的接受态度是极其矛盾的。一方面，作为批评权威的上层文化精英难免于对柳永词的效仿，如上所述。另一方面，如下所述，他们对柳永及其词又极其排斥贬低。

宋代上层社会对柳永的贬斥甚于任何时代。正统文人学士既鄙夷柳永偎红倚翠的游冶放纵生活，又不满他那些"淫冶讴歌之曲"，即大部分以市井口语入词，以歌妓为题材，涉闺闱秘事或张扬个性的作品。据《能改斋漫录》卷16载，柳永"尝有《鹤冲天》词云：'忍把浮名，换了浅斟低唱。'"因此科举之时仁宗"特落之，曰：'且去浅斟低唱，何要浮名！'"⑤抛开这则逸事的真伪不论，故事本身反映出柳永那种宣扬平民意识、游离于主流价值观之外的个性为正统阶层所难以容忍的观念。另外张舜民《画墁录》中记载着这样一段文字：

> 柳三变既以词忤仁庙，吏部不放改官，三变不能堪，诣相府。晏公曰："贤俊作曲子么？"三变曰："只如相公亦作曲子。"公曰："殊

① 张端义：《贵耳集》卷上，《宋元笔记小说大观》（第4册），上海古籍出版社2001年版，第4276页。

② 冯煦：《蒿庵论词》，《词话丛编》本，第3588、3589页。

③ 谭献：《复堂词话》，《词话丛编》本，第3992页。

④ 刘熙载：《词概》，《词话丛编》本，第3697页。

⑤ 吴曾：《能改斋词话》卷1，《词话丛编》本，第135页。

虽作曲子，不曾道'彩线慵拈伴伊坐'。"柳遂退。①

"彩线慵拈伴伊坐"，是柳永《定风波》里的词句。《全宋词》作"针线闲拈伴伊坐"，全词为：

> 自春来、惨绿愁红，芳心是事可可。日上花梢，莺穿柳带，犹压香衾卧。暖酥消，腻云亸，终日厌厌倦梳裹。无那！恨薄情一去，音书无个。　早知恁么。悔当初、不把雕鞍锁。向鸡窗、只与蛮笺象管，拘束教吟课。镇相随，莫抛躲。针线闲拈伴伊坐。和我，免使年少，光阴虚过。

柳永用市井俗语，将女子思念情人的慵懒无聊之态刻画得备足无余。可是，身为上层文化精英的晏殊根本不能容忍自己的文人雅词与以浅俗之语直白描写市井生活气息的柳永词相提并论。柳永无趣而退正表明作为上层文人领袖的晏殊对柳永及其词的批判态度。

宋代上层精英文化人士对柳永之"俗"的批评从北宋至南宋，从来就没有中断过。苏轼批评他的门生秦观"学柳七作词"，王灼说他"浅近卑俗"，"声态可憎"②。李清照在肯定柳词"协音律"的同时也批评他"词语尘下"③。吴曾说柳永"好为淫冶讴歌之曲"④。徐度亦是明显站在"流俗"阶层的对立面说："（柳）词虽极工致，然多杂以鄙语，故流俗人尤喜道之。"⑤ 陈振孙尽管称赞柳永之词，说"音律谐婉，语意妥帖，承平气象形容曲尽，尤工于羁旅行役"，但最后还是批评"若其人则不足道也"⑥。

至于金代，大环境是"苏学北行"，主流文化以苏、辛豪放词风为

---

① 张舜民：《画墁录》，《宋元笔记小说大观》（第2册），上海古籍出版社2001年版，第1553页。

② 王灼：《碧鸡漫志》卷2，《词话丛编》本，第84页。

③ 魏庆之：《魏庆之词话》，《词话丛编》本，第202页。

④ 吴曾：《能改斋词话》卷1，《词话丛编》本，第135页。

⑤ 徐度：《却扫编》卷下，《宋元笔记小说大观》第4册，上海古籍出版社2001年版，第4518页。

⑥ 陈振孙：《直斋书录解题》卷21，上海古籍出版社1987年版，第616页。

宗。譬如，王若虚《滹南诗话》主张"诗词只是一理"，力推东坡词"为古今第一"①。金代文学第一号人物元好问也谓"乐府以来，东坡为第一，以后便到辛稼轩"②。钟振振先生也认为："北国气候干烈祁寒，北地山川浑莽恢阔；北方风俗质直开朗；北疆声乐劲激粗犷。根于斯，故金词之于北宋，就较少受到柳永、秦观、周邦彦等婉约词人的影响，而更多地继承了苏轼词的清雄伉爽。"③ 金代文人以崇苏辛一派表明了他们对柳永的贬抑态度。

2. 下层普通大众读者对柳永及其词的推崇

在上层文化精英们极尽贬损的同时，柳永及其词却深受下层普通大众的喜爱，是市井百姓极其崇拜的偶像。据徐度《却扫篇》载：

> 刘季高侍郎宣和间尝饭于相国寺之智海院，因谈歌词力诋柳氏，旁若无人者。有老宦者闻之，默然而起，徐取纸笔跪于季高之前，请曰："子以柳词为不佳者，盍自为一篇示我乎？"刘默然无以应。④

从老宦对刘季高诋毁柳词的严重不满中，可见柳词在当时深入人心的程度绝非一般。又据《湘山野录》载：

> 吴俗岁祀，里巫祀神，但歌柳永《满江红》，有"桐江好，烟漠漠，波似染，山如削，绕严陵滩畔，鹭飞鱼跃"之句。⑤

可见，柳永词不仅在青楼楚馆、勾栏瓦肆间广为流传，而且融入当时

① 王若虚：《滹南诗话》卷2，丁福保《历代诗话续编》本，中华书局1983年版，第517页。

② 元好问：《遗山乐府引》，施蛰存《词籍序跋萃编》本，中国社会科学出版社1994年版，第450页。

③ 钟振振：《论金元明词》，见《第一届词学国际研讨会论文集》，台湾"中央研究院"文哲所筹备处编印出版。

④ 徐度：《却扫编》卷下，《宋元笔记小说大观》第4册，上海古籍出版社2001年版，第4518页。

⑤ 释文莹：《湘山野录》，《宋元笔记小说大观》第2册，上海古籍出版社2001年版，第1409页。

民间风俗节气，不同于流行一阵风的通俗文化，成为民俗的一部分。

至于长时间与柳永直接接触的歌妓，对柳永更是崇拜与追捧不已。譬如《醉翁谈录》记载："至今柳陌花衢，歌姬舞妓，凡吟咏讴唱，莫不以柳七官人为美谈。……耆卿居京华，暇日遍游妓馆，所至，妓者爱其有词名，能移宫换羽；一经品题，声价十倍，妓者多以金物资给之。"①这说明柳永在当时流行歌坛享有巨大的声望。再如以下三则记载：

> 柳永字耆卿，仁宗景祐间余杭令，长于词赋，为人风雅不羁，而抚民清净，安于无事，百姓爱之。②
>
> （柳永）卒于襄阳。死之日，家无余财，群妓合金葬之于建安南门外，每春日上塚，谓之"吊柳七"。③
>
> 柳耆卿风流俊迈，闻于一时。既死，葬于枣阳县花山。远近之人，每遇清明日，多载酒肴，饮于耆卿墓侧，谓之"吊柳会"。④

柳永，《宋史》无传，他的故事散见于一些野史笔记中，有的真伪难辨。但不论历史上的柳永与这些轶事传说中的柳永行迹是否吻合，从接受的角度看，这些轶事所呈现出来的情节与状态反映着一定的时代文化心理是没有疑问的。上面几则笔记小说中的记载至少反映出当时人们以下心理：其一，他们认为长于词赋是柳永得百姓爱之，尤其受歌姬舞妓高度崇拜的原因；其二，他们认为风雅不羁的柳永颇得歌妓们的真情。柳永在歌女们中拥有绝对的声望，这令100多年后的刘克庄还不禁题诗感叹曰："相君未识陈三面，儿女多知柳七名。"⑤

在金代，通俗文学的作者与方外之士对柳永词多有效仿且持认同态度，如《西厢记诸宫调》的作者董解元在《哨遍》（太皞司春）后说："此词连情发藻，妥帖易施，体格与《乐章》为近。"又说："其所为词，

---

① 罗烨：《醉翁谈录》丙集卷2，古典文学出版社1957年版，第32—33页。

② 张吉安修，朱文藻纂：《嘉庆余杭县志》卷21《名宦传》引"旧志"语，上海书店出版社2011年版。

③ 徐伯龄：《蟫精隽》卷14之《崇安柳七冢》，《影印文渊阁四库全书》第867册，第170页。

④ 曾敏行：《独醒杂志》卷4，朱杰人标校，上海古籍出版社1986年版，第33页。

⑤ 刘克庄：《后村先生大全集》卷13，《四部丛刊》本。

于屯田有沆瀣之合。"① 其《古本董解元西厢记》卷6《大石调》（玉翼蝉）云："雨儿乍歇，向晚风如凛冽，那闻得衰柳蝉鸣凄切。未知今日别后，何时重见也。衫袖上盈盈，揾泪不绝。幽恨眉峰暗结。好难割舍，纵有千种风情，何处说。"② 此段明显借鉴了《雨霖铃》语言与意境。隐逸之士全真教创始人王重阳曾作《解佩令》表达他对柳永词的激赏与体悟。题序云："爱看柳永词，遂成。"词云："平生颠傻，心猿轻忽。《乐章集》、看无休歇。逸性摅灵，返认过、修行超越。仙格调，自然开发。四旬七上，慧光崇兀。词中味、与道相渴。一句分明，便悟彻、耆卿言曰，杨柳岸、晓风残月。"③ 全真弟子马钰在词中也屡次借用柳永词的词韵，如《五灵妙仙借柳词韵》、《玉楼春借柳词韵，赠云中子》、《传妙道借柳词韵》等词。

综上可见，宋金时期，柳永虽备受上层文人雅士们的訾责，却深度影响他们的创作，在下层普通大众接受者中则是有口皆碑，风光无限。宋金时期对柳永及其词的接受为什么会呈现这样的矛盾现象呢？拥有审美霸权的批评者在经典化中有没有绝对的话语权？普通大众读者在文学经典化中会发生什么样的影响？

（三）经典化过程中矛盾现象之因：柳词内质与接受心理的遇合与冲突

文学经典的生成是一个复杂的系统性事件。在"作品（作家）——读者"交互作用的过程中，与任何一方相关联的因素都可能影响作家作品经典化过程。笔者以为，以上矛盾现象的出现，既与柳永行迹及其词的内质相关，又与沉淀着历史传统、时代文化的读者接受心理有着密切联系。

1. 艺术上的创造性与典范性赢得创作者的认同与效仿

柳永词内在的艺术上的创造性与典范性是柳永其人其词成为宋词经典的关键。康德在谈到"美的艺术是天才的艺术"时就说过，"独创性必须

---

① 况周颐：《蕙风词话》，《词话丛编》本，第4460页。

② 董解元：《古本董解元西厢记》卷6，《续修四库全书》第1738册，上海古籍出版社2002年版，第66页。

③ 王重阳：《重阳全真集》卷7，王重阳著，白如祥辑校《王重阳集》，齐鲁书社2005年版，第105—106页。

是它的第一特性"①。就作家创作的经典作品来讲，它无论在文体上，还是在艺术上都有独创性、示范性的意义，能给读者以新的启示。哈罗德·布鲁姆指出："一切有力的文学原创性都具有经典性。"② 而莎士比亚之所以是经典，即在于"他建立了文学的标准和限度"③。柳永毫无疑问是宋金词坛最富创造性和典范性的一位词人。

"柳永以一己之'俗词'与'慢词'，得以与一批台阁词人的'雅词'和'令词'相抗衡，沿袭了数百年的唐宋词坛也因为柳永的出现而展示出一片新风采。"④ 这样的评价应该说并不是溢美之词。柳永对词坛的创造性贡献已为学界不少同仁所论述。简而言之，表现在以下几个方面。其一，创体创调。晚唐五代词以小令为主，慢词不过 10 余首。柳永系统性地创制了慢词，扩大了词的表现力，譬如，慢词《戚氏》长达 212字，这从根本上改变了小令一统天下的局面。柳永大力发展慢词，对宋词的繁荣起了决定性的作用。同时，作为音乐天才的柳永，在大力发展慢词的时候，创调之功亦不可没。柳永 200 多首词用调 100 多种，宋代词调中，约十分之一为柳永所创。其二，将词从贵族的歌舞筵席之间引向勾栏瓦肆、驿站别馆，使词平民化、大众化。从现存的敦煌民间词看，词最初表现的是真率质朴的民间百姓生活。但经过唐五代文人的手笔，词成了"绮筵公子，绣幌佳人，递叶叶之花笺，文抽丽锦；举纤纤之玉指，拍案香檀。不无清绝之词，用助娇娆之态"⑤ 的贵族生活的点缀。柳永不仅发展了词的体式调式，而且扩大了词的表现内容，改变了词的内涵与趣味。其三，将"敷陈其事而直言之"的赋法用之于词，用铺叙衍展的笔法描绘场面和过程，表现人物情感心态的变化，展现时代风物气象，发展了宋词的表现手法。如《雨霖铃》巧妙地用铺叙之法写景叙事，将离别的环境氛围、人物动态、情绪体验细致具体地描绘出来，让人仿佛身临其境。至于他那些描写宋代都市繁华的词更可谓词家之史笔。千载之下，民情物

---

① [德] 康德：《判断力批判》上卷，宗白华译，商务印书馆 1985 年版，第 153 页。

② [美] 哈罗德·布鲁姆：《西方正典》，江宁康译，译林出版社 2005 年版，第 18 页。

③ 同上书，第 36 页。

④ 刘尊明：《唐宋词综论》，中国社会科学出版社 2004 年版，第 336 页。

⑤ 欧阳炯：《花间集序》，施蛰存《词籍序跋萃编》，中国社会科学出版社 1994 年版，第 631 页。

态、都市万象，如在目前，"承平气象，形容曲尽"①，"形容盛明"，令人"千载如逢当日"②。宋代高级官僚范镇更无不感慨地说："仁宗四十二年太平，镇在翰苑十余载，不能出一语咏歌，乃于耆卿词见之。"③

柳永从调式体式、题材内容、表现手法等方面对词体文学进行了全面的创造性改进，促进了宋词的繁荣。由于艺术上的独创性，柳永的词成为文人自觉或不自觉的比拟效仿的对象，如前所述，具高度的典范性。独创性与典范性是文学经典最关键的特质之一，这也是柳永词虽然备受上层文人士大夫的詈责却仍能立足于词坛中心，成为宋词经典的重要原因之一。

2. 直面生命的真率抒写导致其人其词毁誉叠加

柳永经常流连于勾栏瓦肆、浪迹于驿站别馆，以口语、俚语入词，配着动人哀婉的新声，演唱着人们所喜闻乐见的节气风光、世俗繁华与情感思绪，这是一种直面生命本身的真率抒写，表现鲜明的通俗化风格与世俗化的文化品格。在与读者接受心理的融合碰撞中，直面生命、真率书写世情的柳永词在受到普通大众读者喜爱的同时，被掌握着审美话语权的上层文化精英们贬黜。

首先，柳永词契合着宋金时期下层世俗百姓的审美需求，因而获得普通大众的喜爱。一方面，柳词的语言是通俗化的，宋翔凤《乐府余论》记载："耆卿失意无俚，流连坊曲，遂尽收俚俗言语，编入词中，以便伎人传习。一时动听，散布四方。"④ 这在一定程度上说明了柳词深受下层普通读者喜爱的原因。"收俚俗言语，编入词中"，柳词因此而极易引起普通大众的情感共鸣，故出现"流俗人尤喜道之"的情况。

深受大众读者喜爱的更深层的原因是柳词真率书写世情。柳永把眼光投向市井，以一种感同身受的情感体验抒写世俗人生，表现世俗生活，再加之柳词"音律协婉"，因而柳永及其词在普通市井人中享有盛誉。譬如，柳永不少词作将笔触伸向了平民女子、青楼歌妓等下层女性的内心深处，表现她们喜乐需求以及对她们的同情、关怀、尊重、欣赏。譬如：

---

① 沈雄：《古今词话》，《词话丛编》本，第982页。

② 李之仪：《跋吴思道小词》，金启华等《唐宋词集序跋汇编》，江苏教育出版社1990年版，第36页。

③ 徐伯龄：《蟫精隽》卷14之《崇安柳七冢》，《影印文渊阁四库全书》第867册，台湾商务印馆1986年版，第170页。

④ 宋翔凤：《乐府余论》，《词话丛编》本，第2499页。

《少年游》赞赏她们虽身在风尘却"心性温柔,品流详雅,不称在风尘","丰肌清骨,容态尽天真";《定风波》"镇相随,莫抛躲。针线闲拈伴伊坐",表现世俗女性真率的爱情意识;《满江红》"残梦断、酒醒孤馆,夜长无味。可惜许枕前多少意,到如今两总无终结",描写了失恋的平民女子的痛苦。再譬如,《少年游》"一生赢得是凄凉。追往事、暗心伤",表现青楼歌妓的人生不幸辛酸;《迷仙引》"万里丹宵,何妨携手同归去。永弃却、烟花伴侣。免教人见妾,朝云暮雨",表现下层妓女从良的美好愿望。同时,柳永在很大程度上甚至将她们视为心灵的知音,他在羁旅中吟着"便纵有千种风情,更与何人说"(《雨霖铃》),他在仕途失意时唱着"幸有意中人,堪寻访"(《鹤冲天》)。柳永因此赢得这些歌儿舞女们的尊重与追捧。"音律协婉"的柳词则通过她们的朱唇玉齿而声传天下。再譬如,那些表现都市风情的词,则因为其展现着下层普通读者所渴望与向往的世俗繁华,自然也易赢得他们的钟爱。如元丰五年进士第一的黄裳,在其《演山集·书乐章集后》对柳永歌颂"太平气象"的词叹赏不已:"予观柳氏乐章,喜其能道嘉祐中太平气象,如观杜甫诗。典雅文华,无所不有。是时予方为儿,犹想见其风俗,欢声和气,洋溢道路之间,动植咸若。令人歌柳词,闻其声,听其词,如丁斯时,使人慨然有感。呜呼!太平气象,柳能一写于《乐章》,所谓词人盛世之世之黼藻,岂可废耶!"① 作为时代的记忆,慨然有感于柳词所展现的世俗繁华的又岂止黄裳一人呢。

可见,不论语言风格还是内容情感,柳永词均契合市井普通读者的接受心理,柳永及其词因此而获得他们充分的肯定与喜爱。

其次,对于身处社会上层,把握着审美话语权的批评权威来说,柳词直面生命的真率书写所导致的世俗化、通俗化特点却让他们在接受柳永及其词时充满矛盾。

如上所述,帝王将相、文人雅士者如宋仁宗、晏殊、苏轼、李清照等人对柳词均可谓是又爱又恨,充满了矛盾心态。他们一方面批判柳词之俗,另一方面却对柳词耳熟能详,喜闻乐道。之所以出现这种矛盾现象,直接与柳永直面生活,以生命的名义真率、通俗地描写他长期流连勾栏瓦

---

① 黄裳:《演山集》卷 35,《影印文渊阁四库全书》第 1120 册,台湾商务印书馆 1986 年版,第 239—240 页。

肆、浪迹于市井驿站的见闻感受与情绪体验相关。因为这种真率的生命表达毫无疑问与自然个体的生命冲动相吻合，但却与当时主流生活价值观与审美观念相背离。因此对于受宋代主流文化话语支配的上层精英读者来说，柳词所展现出的文化精神与沉淀在他们内心的集体无意识碰撞融合，必然导致这样的情形：作为一个自然的生命个体，作为一个活生生的普通的生命，柳词中所展现的富贵繁华、温柔缠绵以及娱乐因素是他们无法拒绝柳词的原因。而作为一个社会的人，尊贵的身份、身居高位使得他们在社会上不可避免地受到传统道德规范的约束，在文学上秉承儒家的诗教传统，以含蓄、典雅、韵致为审美追求，因而批判柳词之俗。柳永生活上放纵无行，文学上张扬个性，代世俗阶层立言，这必然导致上层主流文化对柳永及其词的贬黜。

总之，柳词内在的品质，即直面生命、真率书写及其所导致的通俗化、世俗化特质，既是柳词获得下层市井人士赞赏与喜爱的原因，也是柳词为上层精英文士又爱又贬的缘由。柳永及其词在宋金时期经典地位的确立既受到批评权威的影响，也与普通大众读者有关。在这一过程中，我们可以看到，批评权威与普通大众读者对作品（作家）的接受是相互影响的。掌握着审美霸权的批评权威虽起着重要作用但并不拥有绝对的话语权，下层普通大众读者实际上对经典的建构也拥有强大的隐性话语权。

一方面，批评权威在作品（作家）经典化过程中的重要作用是毋庸置疑的。如刘象愚先生在肯定作品内质情况下就曾指出，具有经典或大师地位的学者或批评家的肯定是影响经典化最重要的因素之一①。批评权威的点评与遴选，在很大程度上决定着普通大众读者的阅读范围，也影响着他的同代与后代读者对某类文学作品的理解。譬如，中国古代批评者常用的传、注、笺、疏、点评等接受方式有效地延伸了作品（作家）的生命力，对古代经典的形成起着至关重要的作用。宋金时期的批评权威对柳词"协音律"、"极工致"、"音律协婉"的肯定，对柳词的效仿与点评在柳永及其词的经典地位的确立过程中起着不容忽视的作用。譬如，在上层精英读者对柳永的接受中，他的羁旅行役词由于艺术上的成功为他在文人当中赢得了不小的声誉，如苏轼对其《八声甘州》（对潇潇暮雨洒江天）

---

① 刘象愚：《经典、经典性与关于"经典"的论争》，《中国比较文学》2006 年第 2 期，第 48—50 页。

"不减唐人高处"的评价就影响了整个词史对该词的批评，造成了广泛的
影响。

另一方面，普通大众读者无形中影响作为审美权威的批评者的选择。
下层普通大众读者虽然没有直接参与编选选本、点评、唱和这样的直接影
响柳永经典地位确立的活动，但他们在柳永经典化过程中的隐性作用却不
可忽视。综观柳永经典地位确立过程中的传播接受活动，可以说正是下层
市井读者所造成的天下传唱柳词的局面，从而使柳词不但传入禁中，而且
远播域外。更重要的是，天下传唱的巨大声势让上层掌握着审美话语权的
精英读者们不得不认真审视柳词，不得不在创作中潜移默化中受到柳词的
影响。在普通大众读者造就的柳词风靡天下的气势中，柳永词中符合传统
审美倾向的作品也自然更容易引起批评权威的关注，从而扩大影响。柳永
及其词最终在上层批评权威与下层普通读者传播接受的合力中成为经典。

二　元明：在理解与认同的深化接受中声名愈隆

元明时期，柳永及其词的经典地位渐渐攀升，其综合影响力由宋代的
第 14 位上升至第 6 位。为什么在远离了以传唱为重要传播方式的元明，
柳永及其词的经典地位能进一步上升呢？

（一）元明选家与创作型读者对柳词广泛的传播接受

数据统计结果表明，柳永在元明时期除了文人点评数较低外，唱和与
入选均数量可观。首先，柳永的词对元明文人的创作具有相当的影响。在
唱和榜上，先后共有李渔、陈铎、王屋、孙楼、王翃、金是瀛、徐士俊、
彭华、金堡、周履靖、吕希周、沈谦、彭孙贻等人追和柳永词 25 首，用
《雨霖铃》、《望海潮》、《玉蝴蝶》、《醉蓬莱》、《白苎》、《斗白花》、《多
丽》、《过涧歇》、《两同心》、《戚氏》、《庆春宫》、《十二时》、《氐州第
一》、《望远行》、《尾犯》、《夜半乐》、《爪茉莉》、《昼夜乐》、《金蕉
叶》、《齐天乐》等 20 个词调，在词人唱和榜上列第 5 位，仅次于苏轼、
辛弃疾、周邦彦、秦观。除去唱和外，柳词的词句与意境也被借鉴于元明
的戏曲传奇中。如元代曲家张可久《中吕》（迎仙客）曲，咏西湖中的曲
句"春风画图十万家"很明显是从柳永《望海潮》词句"参差十万人
家"化出。《雨霖铃》中的名句"杨柳岸，晓风残月"在元散曲和杂剧中
被 13 个篇目引用 19 次。

入选榜上，相对于以雅为编选标准的宋代四大词选，柳永在元明选本

中的影响力大幅提升。明代选词规模最大的陈耀文辑《花草粹编》，收入柳永词 164 首，名列第 1。认为"邪正在人，不在世代，于心，不于诗词"① 的杨慎辑《词林万选》，选柳词 13 首，仅次于苏轼的 15 首。如前所述，元代没有独立的选南北两宋词人之作的词选传世，唯两次传刻宋词选本《草堂诗余》，即至正三年癸未（1343）庐陵泰宇书堂刊本和至正十一年（1351）辛卯双璧陈氏刊本。这两个版本和明代所传刻的《草堂诗余》版本构成一个完整的系统。而风行整个元明时代的《草堂诗余》对柳永词青睐有加，选柳词亦不在少数，且随着明人的增辑而增加，其中顾从敬选明刻本加有 25 首，在泰宇本的基础上增加了 10 首。元人杨朝英《乐府阳春白雪》9 卷辑宋元词曲，录宋词 10 首，其中就有柳永《雨霖铃》1 首。据笔者所统计的元明时期的选本都选了柳永的词，共入选 581 次，仅次于周邦彦、秦观、苏轼，列第 4 位。

在选家与创作型读者的合力中，柳词共有 10 首作品进入前 300 名，分别是《雨霖铃》（寒蝉凄切）、《望海潮》（东南形胜）、《玉蝴蝶》（望处雨收云断）、《过涧歇》（淮楚，旷望极）、《解连环》（小寒时节）、《望远行》（长空降瑞）、《白苎》（绣帘垂）、《二郎神》（炎光谢）、《黄莺儿》（园林晴昼春谁主）、《女冠子》（淡烟飘薄）、《倾杯乐》（禁漏花深）。这进一步增强了柳永在元明时期的影响。

（二）文人对柳永及其词深度的理解与认同

元明两代，时代风云虽异，但对柳永及其词的理解与认同感却与时俱进。这一时期，柳永及其词受到的肯定多于批评。

1. 元代：在下层失意文士与柳永异代共鸣中受到推重

元代词学衰微，无论是词选编选，还是文人论词的现象都极少，柳永的关注度自然也不太高，但柳永在元人的接受视野中却占有重要地位。除秉承姜张一派的文人雅士对柳永颇有微词外②，柳永及其词在元代很受欢迎。如前所述李寿卿《月明和尚度柳翠》剧中，柳永《雨霖铃》唤月明

---

① 杨慎：《词林万选·序》，刘崇德等校《词林万选》，河北大学出版社 2006 年版，第 3 页。

② 譬如陆辅之因为师承张炎论词力主清空、雅正，排贬柳永。他的《词旨》谈及柳永词时云："词用虚字贵得所，雅则得所耳。当时徘体颇俗，屯田最甚。"（陆辅之《词旨》，《词话丛编》本，第 342 页）

和尚回光返照，折射的是作者对柳词艺术魅力的认可。至于柳词协律的特点，一如既往地受到肯定。如刘将孙指出："今曲行而参差不齐，不复可以充口而发，随声而协矣，然犹未至于大曲也。及柳耆卿辈以音律造新声……而歌非朱唇皓齿如负之矣。"① 吴师道在《吴礼部词话》中也记载："《木兰花慢》，柳耆卿清明词，得音调之正。"②

元代对柳永的深度接受并不只是对柳词艺术造诣的肯定，更深层的是那些政治与文化上均受到排挤漠视而生活于社会底层的多才多情、命途多舛的失意文人的认同。他们对仕途淹蹇、落拓江湖、混迹青楼的柳永有着深度的共鸣，异代同悲。

游牧的蒙古贵族人主中原后，汉族知识分子普遍受到打压，功名无望，苦无出路。他们或混迹于花间柳巷，释放真性情；或在勾栏瓦肆之间以"书会才人"的身份创作当时流行的通俗文学——散曲、杂剧，以寻求生存的依托；或隐遁世外，放任性情，以实现自我价值。身世之悲使不少下层文士与长期市井流连、仕途淹蹇的柳永惺惺相惜而成为异代知音。他们对柳永的接受是"对柳永词主体精神内核的深层理解与心理认同，明显有别于前此之宋代柳永词'言多近俗，俗子易悦'的接受状态"③。

元代最伟大的戏曲家关汉卿便是柳永的异代知音。他长期混迹勾栏行院、瓦舍书会，是当时"燕赵驰名"的玉京书会的重要成员，同时他"躬践排场，面傅粉墨，以为我家生活，偶倡优而不辞"④。关汉卿对柳永其人其词有着深度的理解与认同。他在《钱大尹智宠谢天香》中借钱大尹之口称赞柳永为"一代文章"、"浑身多锦绣，满腹富文章"（第一折），剧中人物钱可对柳永的才华也是充分肯定："咦！耆卿，你好高才也。似你这等才学，在那五言诗、八言赋、万言策上留心，有甚么都堂不做那！"（第二折）再譬如，关汉卿在散曲《南吕·一枝花》（不伏老）里写道："我是个普天下郎君领袖，盖世界浪子班头。愿朱颜不改常依

---

① 刘将孙：《养吾斋集》卷9之《新城饶克明集词序》，《影印文渊阁四库全书》第1199册，台湾商务印书馆1986年版，第83页。

② 吴师道：《吴礼部词话·柳耆卿木兰花慢》，《词话丛编》本，第291页。

③ 邓建：《论金、元二代柳永词的传播与接受》，《渤海大学学报》（哲学社会科学版），2006年第1期。

④ 臧晋叔：《元曲选·序二》，中华书局1958年版，第3页。

旧。花中消遣，酒内忘忧。"① 这与柳永《传枝花》写到的"平生自负风流才调，口儿里，道知张陈赵。唱新词，改难令，总知颠倒"，可谓异代同工。其中那份玩世不恭的精神、俚俗诙谐的语言，充分显示了关汉卿对柳永及其词的精神与风格的承扬。王国维曾在《宋元戏曲史》第12章"元剧之文章"一语道出真谛："以宋词喻之，则汉卿似柳耆卿。"②

"美容仪，醉词章"③，落魄江湖间40年的乔吉，晚年亦曾作《正宫·绿幺遍》（自述），其词曰："不占龙头选，不入名贤传。时时酒圣，处处诗禅。烟霞状元，江湖醉仙。笑谈便是编修院。留连，批风抹月四十年。"这与柳永《鹤冲天》"黄金榜上，偶失龙头望。明代暂遗贤，如何向？未遂风云便，争不恣游狂荡，何须论得丧。才子词人，自是白衣卿相。　烟花巷陌，依约丹青屏障。幸有意中人，堪寻访。且恁偎红倚翠，风流事、平生畅。青春都一晌。忍把浮名，换了浅斟低唱"所传达出来的精神实质极其相似。再如张可久《酒边分得卿字韵》："客留情春更多情，月下金觥，膝上瑶筝。口口声声，风风韵韵，袅袅亭亭。锦胡洞莺招燕请，玉交枝柳送花迎。不负平生，风月坡仙，诗酒耆卿。"又如贯云石《斗鹌鹑》："柳七《乐章集》，把臂双歌真先味。幽欢美爱成佳配。效连理鹣鹣比翼。云窗共寝。闻子规，似繁华晓梦惊回。"这其中透露出的对生命自由、生活情趣、世俗享乐的追求，与《乐章集》如出一辙。由于对柳永的深度理解与认同，他们在元代小说戏曲中创造了多情多才的柳永形象，这为柳永在元代普通大众读者中赢得了广泛的声誉。

2. 明代：在尚本色与真情的文化气候中，柳永词备受文士尊崇

明代，在度过了明初建国那段文化专制的时期之后，至中叶，资本主义萌芽，平民化、大众化的俗文学发展，心学发展并诱发个性解放思潮。在这样的文化气候推动下，明人论词更尚真情、尚本色。柳永及其词与这样的文化思潮遇合，在经过明初的沉寂后再次焕发生机。不同于元代仅限于勾栏市井间的下层文人与百姓的喜爱认可，柳永在明代的上层文坛与下层读者那都颇具影响。

明人论词表现出明显的尚本色、真情的倾向，王世贞《艺苑卮言》

① 蓝立蓂校注：《汇校详注关汉卿集》（下册），中华书局2006年版，第1702页。
② 王国维：《宋元戏曲史》，商务印书馆1915年版，第132页。
③ 钟嗣成：《录鬼簿》，上海古籍出版社1978年版，第38页。

云："词号称诗余……其婉娈而近情也，足以移情而夺嗜"，"词须婉转绵丽，浅至儇俏，挟春月烟花，于闺襜内奏之。一语之艳，令人魂绝；一字之工，令人色飞，乃为贵耳"。① 再如沈际飞《草堂诗余序》明确表态："情生文，文生情，何文非情？而以参差不齐之句，写郁勃难状之情，则尤至也。"② 这种词学观念一直延续到晚明，陈子龙《王介人诗馀序》云："宋人不知诗而强作诗，其为诗也，言理而不言情，故终宋之世无诗焉。然宋人不免于有情也，故凡其欢愉愁怨之致，动于中而不能自抑者，类发于诗馀。故其所造独工，非后世所及。……触景皆会，天机所启，若出自然……"③

　　浅俗自然、情真言婉的柳永词在以本色、真情为尊的时代思潮中地位上升，由宋代的"俗子易悦"一变而备受文人尊崇。王世贞《艺苑卮言》云："言其业，李氏、晏氏父子、耆卿、子野、美成、少游、易安至也，词之正宗也。"柳永词赫然列为"词之正宗"。在将柳词与秦观词比较时认为"同一景事，而柳尤胜"，与周邦彦比较时指出美成则"能作景语，不能作情语……以故价微劣于柳"。④ 至于柳永的名篇《雨霖铃》被李攀龙誉为"善传情者"⑤。被宋人王灼不屑一顾的《戚氏》在明人眼中实则是情意深切，感人至深。李攀龙评曰："首叙悲秋情绪，次叙永夜幽思，末勘破名利关头更透。"沈际飞评此词："写我辈落魄时怅怅靡托，借一个红粉佳人作知己，将白日消磨，哭不得，笑不得，如是如是。"⑥ 此类评价彰显的是明人对柳永词无限赞赏和深度认同的态度。

　　在通俗文学领域，柳永作为明代传奇的一个主角，其形象凝聚了更多的同情与赞赏。譬如，冯梦龙痛斥贬损柳永形象的宋元话本小说《柳耆卿诗酒玩江楼》"鄙俚浅薄，齿牙弗馨"⑦，他改编的《众名姬春风吊柳

---

① 王世贞：《艺苑卮言》，《词话丛编》，第385页。

② 沈际飞：《草堂诗余序》，施蛰存《词籍序跋萃编》，中国社会科学出版社1994年版，第668页。

③ 陈子龙：《王介人诗馀序》，施蛰存《词籍序跋萃编》，中国社会科学出版社1994年版，第506页。

④ 王世贞：《艺苑卮言》，《词话丛编》，第385、387、389页。

⑤ 姚学贤、龙建国：《柳永词详注及集评》，中州古籍出版社1991年版，第46页。

⑥ 同上书，第124页。

⑦ 冯梦龙：《喻世明言》，人民文学出版社1958年版，第1页。

七》，改变了明人洪楩《清平山堂话本·柳耆卿诗酒玩江楼记》采用奸计骗取对方爱情的形象，改柳永设计霸占周月仙为扶义惩恶帮助周月仙，同情他怀才不遇的遭遇，称赞柳永为"词家独步"，"腹内胎生异锦，笔端舌喷长江"、"风流才子占词场，真是白衣卿相"，借女主人公谢玉英之口赞美柳词："他描情写景，字字逼真。如《秋思》篇末云：'黯相望，断鸿声里，立尽斜阳。'《秋别》一篇云：'今宵酒醒何处，杨柳岸，晓风残月。'此等语，人不能道"。① 另如前所述，《众名姬春风吊柳七》中的柳永由《玩江楼》中无行文人变为了风流才子和多情书生，成为歌妓心中的偶像。在这里，对柳永形象的维护折射出冯梦龙对历史人物柳永的同情与赞赏，彰显出文人的独立意识，而这正与心学诱发的思潮相一致。

元明二代，虽然时代风云各异，但柳永及其词却在与两个时代的思潮的碰撞中，与时代心理相遇合，其人其词较宋金时期获得更进一步的理解与认同，从而实现了其经典地位的传承与提升。这也可见，真正的经典总能由于其丰富的内涵在不同的时代找到其生命力焕发的契机。

三　清代：毁誉更迭中保持经典地位

数据结果显示，清代柳词名篇数量较宋金、元明时期均有所增加，共有《雨霖铃》（寒蝉凄切）、《八声甘州》（对潇潇暮雨洒江天）、《夜半乐》（冻云黯淡天气）、《望远行》（长空降瑞）、《戚氏》（晚秋天）、《玉蝴蝶》（望处雨收云断）、《望海潮》（东南形胜）、《玉女摇仙佩》（飞琼伴侣）、《黄莺儿》（园林晴昼春谁主）、《斗百花》（煦色韶光明媚）、《诉衷情近》（雨晴气爽）、《二郎神》（炎光谢）、《夏云峰》（宴堂深）、《过涧歇》（淮楚）等14首词作进入前300名，超越了前代。其中，《雨霖铃》（寒蝉凄切）、《八声甘州》（对潇潇暮雨洒江天）二首分别列第17名和第34名，远远比宋金、元明时期的排名靠前。唱和榜上，共有35个词调被追和。仅从流传下来的文献看，顺康时期和柳词超越了宋金元明时期的总和，共44人追和62首，列第7位。入选榜上柳词共入选了笔者遴选的17个选本，共入选次数620次，仅次于吴文英、周邦彦，列第3位。文人的点评依然是柳词的弱项。如果不论褒贬，据《唐宋词汇评》柳永

---

① 冯梦龙：《喻世明言》，人民文学出版社1958年版，第177、183、179页。

人名条下，共 28 条清人点评，比姜夔、周邦彦、辛弃疾、苏轼、张炎、史达祖、秦观、李清照、欧阳修、贺铸等人都低。

可见，随着清代词学中兴，柳永及其词在入选、点评、唱和等方面的绝对数值也相应增加不少，但在文人读者群中，尤其是文人点评中的影响指数偏低，综合各项指标，柳永在清代排名与元明时期持平，列第 6 名。

时代风云变幻，满族入主中原，清廷一方面开考纳才，但另一方面实行文化恐怖政策，"于是，从来被人们视为'小道末技'的词却正好在清廷统治集团尚未及关注之际应运而起，雕红琢翠、软柔温馨的习传观念恰恰成为一种掩体。词在清初被广泛地充分地作为吟写心声的抒情诗之一体而日趋繁荣了"①。清词的繁荣是以推尊词体为目标而实现的，从浙西的"醇雅"之致至常州派的"骚雅"之旨，词渐渐取得与诗骚同等的艺术地位。以"俗"为特色的柳词与纵横清代词坛的浙西、常州派的审美旨趣迥然而异，但柳永却仍然位列清代十大经典词人第 6 位。与主流词学审美观严重相悖的柳永词在清代是如何获得足够的影响而成为经典名家的呢？

（一）协音律的柳词成为清人学词的典范

"协音律"的柳永对清初词人的创作存在着不可忽视的影响，即便在受到贬抑的情况下柳词开拓慢词之功及音律方面的成就仍然得到了许多词家的认可，而且这种影响藉词谱的流传播及普通读者，对柳永清代经典地位的保持有巨大作用。

首先，唱和榜上，顺康时期先后有陈维崧、朱彝尊等 44 人追和 62 首，可见音律协和的柳词对文人的创作仍然具有很强的示范性。

其次，柳词对清人创作的影响不仅体现在唱和榜上。事实上，清代有的词人是以仿效柳词的手段写词的。作为明末清初词人，清人刘光汉在《邗故拾遗》中评论清初词人罗煜词集《霞汀诗余》指出"罗煜……尤精于词，著《霞汀诗余》一卷，大抵祖述屯田，然寓意深远"②。再譬如，汪懋麟评述徐釚词云："菊庄才调横溢，词能蕴藉风流，堪与柳七、黄九

---

① 严迪昌：《清词史》，江苏古籍出版社 1999 年版，第 9 页。

② 刘光汉：《邗故拾遗》，尤振中、尤以丁《清词纪事会评》，黄山书社 1995 年版，第 8 页。

争胜。"①

　　另外，不容忽视的是，供一般填词者学习的清代词谱中，柳永同样是备受清人青睐的宠儿。本数据库中所录的万树《词律》，陈廷敬、王奕清等《康熙词谱》，赖以邠《填词图谱》，谢元淮《碎金词谱》，俞樾《词律拾遗》、舒梦兰辑谢朝徵笺《白香词谱》6 个词谱共录柳永词 300 余次。其中涉及《安公子》、《八声甘州》等百余词调。这意味着柳永词是词谱编撰者所认可的合律的典范，而借词谱的传播，柳词在众多的创作型读者中产生巨大影响。同时，词谱兼有词学选本的传播功能，虽然浙西派与常州派的大部分追随者编撰词选中有意忽略柳永的词，但这些词谱却在很大程度上成了联结柳词与普通大众读者之间的桥梁。由此所产生的接受效应对柳永在清代经典地位的确立有巨大作用。

　　（二）波澜起伏的扬、抑之辞使柳永在清代词坛始终保持一定的影响

　　受浙西词派及常州词派的影响，柳永虽然在清代大部分时期颇受指责，而且被点评数量也相对较低，但跟宋代文人一边倒的批柳不同的，清代文人对柳永及其词的评价有褒有贬。譬如，清代黄苏《蓼园词选》评柳永《鹤冲天》便看到了词中透露出来孤傲之气："耆卿虽才士，想亦不喜奔竞者，故所言若此。"② 朱绪曾亦称赞柳永的《煮海歌》"洞悉民瘼，实仁人之言"③。这种评价在宋代文人那似乎没有见到。总体上看，柳永及其词的接受在清代上层文人那儿呈现出波浪起伏的嬗变特征，而在清初与清末，柳词被关注、得赞赏的程度也相当高，这使得柳永在有清一代文人中亦能保持一定的影响力，最终促成他成为宋词十大名家。

　　清初的词坛风气承明之余绪尚《花间集》、《草堂诗余》，云间派领袖陈子龙、广陵派的王士禛、邹祇谟等皆如此，直到阳羡派登上词坛，此风尚才得以改变。此一时期，肯定柳永词的婉约本色、章法结构，但反对柳词的俚俗直白之风。

　　清初三大诗人之一的吴伟业曾自言："余少喜学词，每自恨香奁艳

---

　　① 徐釚：《菊庄词话》，尤振中、尤以丁《清词纪事会评》，黄山书社 1995 年版，第 267 页。

　　② 黄苏：《蓼园词选》，黄苏等选评《清人选评词集三种》，齐鲁书社 1988 年版，第 69 页。

　　③ 朱绪曾：《昌国典咏》卷 5，《丛书集成续编》第 234 册，新文丰出版公司 1989 年版，第 187 页。

情，当升平游赏之日，不能渺思巧句，以规摹秦、柳。"①可见吴伟业对
柳永词的追慕之情。再譬如清初以王士禛为首的一批词论家，如毛奇龄、
王又华、刘体仁、邹祗谟、周在俊、贺裳、彭孙遹、沈雄、尤侗等"广陵
词家"，继续推崇《花间》、《草堂》之遗风，以"正变"论词之法，以
婉约为词家之正，豪放为词家之变；主张融合婉约与豪放之长；重视对长
调章法结构的探讨以及词中对"情"的表达等。② 他们虽开始偏向雅致含
蓄的词学审美观，但他们仍然以柳永的词为词之正体，赞扬柳永长调之章
法结构，视其为一流之词家，对柳词给予了较公正的评价，只是对柳永词
之浅白直露则持批评态度。王士禛指出："凡有诗文，贵有节制，即词曲
亦然。正调至秦少游、李易安为极致，若柳耆卿则靡矣。"③ 毛先舒曰：
"柳屯田情语多俚浅，如'祝告天发愿，从今永无抛弃'，开元曲一派，
词流之下乘也。"④ 王、毛二人均态度鲜明地批评柳永抒情太过于放纵直
露。再譬如邹祗谟认同缠绵儇俏的柳永词不值得效仿的观点："云华词，
其抚仿屯田处，穷纤极眇，缠绵儇俏。然毛驰黄云：柳七不足师。此言可
为献替。"⑤ 彭孙遹则认为当时人不学柳词中自有唐人之妙境者，反而学
柳永词的浅俚之处，实是学柳的严重失误之处："柳七亦自有唐人妙境，
今人但从浅俚处求之，遂使《金荃》、《兰畹》之音，流入'挂枝'，'黄
莺'之调，此学柳之过也。"⑥ 邹祗谟和彭孙遹都通过后人对柳永的效仿
情况间接否定柳永词的浅白直露。稍后登上词坛的阳羡派，应运清初动荡
时代，"效法苏、辛，惟才气是尚"⑦，提倡词言志，提升词体地位，如阳
羡领袖陈维崧评柳永词曰："易安之婉变清新，屯田之温柔倩媚，虽为风
雅之罪人，实则闺房之作者。"⑧ 可见陈维崧虽然认可柳永之词在表现儿

① 吴伟业：《题余淡心〈玉琴斋词〉》，尤振中、尤以丁编著《清词纪事会评》，黄山书社
1995 年版，第 15 页。

② 参阅方智范、邓乔彬、高建中、周圣伟《中国词学批评史》，第 187—203 页。

③ 王士禛：《分甘余话》卷 2，《影印文渊阁四库全书》第 870 册，台湾商务印书馆 1986
年版，第 558 页。

④ 毛先舒：《诗辩坻》，《四库存目丛书补编》第 45 册，齐鲁书社，第 218 页。

⑤ 邹祗谟：《远志斋词衷》，《词话丛编》本，第 657 页。

⑥ 彭孙遹：《金粟词话》，《词话丛编》本，第 723 页。

⑦ 蔡嵩云：《柯亭词论》，《词话丛编》本，第 4908 页。

⑧ 陈维崧：《金天石吴日千词稿序》，《陈检讨四六》卷 9，《影印文渊阁四库全书》第
1322 册，台湾商务印书馆 1986 年版，第 133 页。

女之情是一流的，但对于其思想境界不高持明显的批评态度。甚至有的词家直接将当时词坛之弊的矛头直指柳永。邓汉仪认为清初词坛侧艳之风盛行的原因是"今人顾习山谷之空语，仿屯田之靡音，满纸淫哇，总乖正始"①。浙派先导曹溶也认为词坛弊端实源于"豪旷不冒苏、辛，秽亵不落周、柳"②。从云间派至阳羡派，柳永在清初文人中的地位日渐下降。另外，这些否定性的批评也从反面说明柳永词在清初词坛仍有巨大影响。

随着浙西派主盟词坛，宗法南宋，崇尚醇雅，推尊姜、张成为词坛的主流审美观，清代中期文人对柳永的接受认可程度进一步下降。朱彝尊肯定柳永音乐才子的地位：指出他与周邦彦、曹组、万俟雅言等"皆明于宫调，无相夺伦者也"③。但他编撰《词综》时却仅收录柳永《雨霖铃》（寒蝉凄切）、《卜算子慢》（江枫渐老）、《倾杯乐》（木落霜洲）等词21首，收词排名与欧阳修、毛滂、蒋捷并列，排第13位。与明代《花草粹编》收录柳词160余首的盛况相比，朱彝尊《词综》对柳词的冷处理肇示了柳永在清代经典地位的下降。浙派中期代表人物厉鹗对柳永词的评价就非常低，他批评道："至柳耆卿、黄山谷辈，然后多出于亵狎，是岂长短句之正哉！"④浙派后期的中坚郭麐直接批评"柳七则靡曼近俗矣"⑤。柳永的浅俗与香艳同样被清代中期浙西词派之外词家所批判。先著与程洪合辑《词洁辑评》即认为柳永词80%质量低下："柳永以'乐章'名集，其词芜累者十之八。必若美成、尧章，宫调、语句，两皆无憾，斯为冠绝。"⑥浙派后期樊增详《微云榭词选》因"慨温柔之教不明，悯群俗之聋日甚"⑦的选词标准未选一首柳词。

派西之后，以经世致用为目的的常州词派主盟词坛。柳永词的美学风

---

① 邓汉仪：《十五家词·原序》，《影印文渊阁四库全书》第1494册，台湾商务印书馆1986年版，第4页。

② 曹溶：《古今词话序》，沈雄《古今词话》，《词话丛编》本，第729页。

③ 朱彝尊：《群雅集序》，《曝书亭集》卷40，《四部丛刊初编》第1697册，商务印书馆1936年版。

④ 王昶：《国朝词综自序》，施蛰存主编《词籍序跋萃编》，中国社会科学出版社1994年版，第774页。

⑤ 郭麐：《灵芬馆词话》卷1之《词有四派》，《词话丛编》本，第1503页。

⑥ 先著、程洪：《词洁辑评·词洁发凡》，《词话丛编》本，第1329页。

⑦ 余诚格：《微云榭词选序》，施蛰存主编《词籍序跋萃编》，中国社会科学出版社1994年版，第809页。

神与尚比兴寄托、发义之幽隐、将词与诗骚并举的常州派词学观相悖，因此柳永及其词被大部分常州派词家所漠视与贬抑，晚清陈锐感慨道："言清空者喜白石，好称艳者学梦窗，谐婉工致，则师公瑾、叔夏。独柳三变，无人能道其只字已。"① 柳永在一历史时期的经典地位仍然低落。譬如，张惠言《词选》未选一首柳词，仅其外甥编撰《续词选》选《雨霖铃》（寒蝉凄切）、《八声甘州》（对潇潇暮雨洒江天）2 首。稍晚于张惠言的周之琦编撰《心日斋十六家词录》则直接将柳永排除在他的视野之外。而董士锡同样批判柳永词"以其鄙曼之辞，缘饰音律以投时好"②，与邓廷桢评价"《乐章集》中，冶游之作居其半，率皆轻浮猥媟，取誉筝琶"③ 相互呼应。常州后劲陈廷焯早年倒颇赏柳词，认为"柳写羁旅之情，俱臻绝顶，有不可以言语形容者"④。但晚年他又转变为批判的立场："蔡伯世云：'子瞻辞胜乎情，耆卿情胜乎辞，辞情相称者，惟少游而已。'此论陋极。东坡之词，纯以情胜，情之至者，词亦至。只有情得其正，不似耆卿之喁喁儿女私情耳。论古人词，不辨是非，不别邪正，妄为褒贬，吾不谓然。"⑤ 这种批评之声一直延续到了晚清王国维。王国维认为"屯田轻薄子，只能道'奶奶兰心蕙性'耳，其作品都未脱俚俗之气"⑥，总体上持贬抑态度。

不过，清代后期，词坛对柳永并非一派訾责之声，即便是常州派也对柳永及其词有不少中肯的评价。这对柳永清代词学经典地位的保持具有非常重要的意义。

张惠言的外甥兼弟子宋翔凤就认为"柳词曲折委婉，而中具浑沦之气。虽多俚语，而高处足冠群流，倚声家当尸而祝之"⑦。常州派中期的代表人物周济亦有类似观点，并进一步指出了柳永对常州派最尊崇的周邦彦的重要影响。他客观地评价了柳永词固有恶滥可笑，但不失为北宋高

---

①　陈锐：《袌碧斋词话》，《词话丛编》本，第 4197 页。

②　董士锡：《餐华吟馆词叙》，《齐物论斋文集》卷 2，《续修四库全书》第 1507 册，第 310 页。

③　邓廷桢：《双砚斋词话》，《词话丛编》本，第 2528 页。

④　陈廷焯：《词坛丛话》，《词话丛编》本，第 3721 页。

⑤　陈廷焯：《白雨斋词话》卷 1，《词话丛编》本，第 3784 页。

⑥　王国维：《人间词话·人间词话删稿》，人民文学出版社 1960 年版，第 241 页。

⑦　宋翔凤：《乐府余论》，《词话丛编》本，第 2499 页。

手。他在《介存斋论词杂著》中指出："耆卿为世訾謷久矣，然其铺叙委婉，言近意远，森秀幽淡之趣在骨。耆卿乐府多，故恶滥可笑者多，使能珍重下笔，则北宋高手也。"① 他在《宋四家词选目录序论》中特地指出："清真词多从耆卿夺胎。"② 周济所编撰的《宋四家词选》亦在附录中辑柳永《雨霖铃》（寒蝉凄切）、《八声甘州》（对潇潇暮雨洒江天）、《玉蝴蝶》（望处雨收云断）等 10 首词。

此后，柳永的词坛声誉渐次上升。刘熙载肯定柳永词艺术上所达到的高度超越前人："耆卿词细密而妥溜，明白而家常，善于叙事，有过前人。"③ 冯煦进一步肯定柳永词的艺术成就，称之为北宋巨手："耆卿词，曲处能直，密处能疏，鎟处能平，状难状之景，达难达之情，而出之以自然，自是北宋巨手。"④ 朱祖谋亦为柳永词鸣不平："耆卿词以属景切情，绸缪宛转，百变不穷，自是北宋倚声家妍手。其骨气高健，神韵流宕，实惟清真能与颉颃。盖自南唐二主及正中后，得词体之正者，独《乐章集》可谓专诣已。以前作者，所谓长短句皆属小令。至柳三变乃缵其未备，而曲尽其变。讵得以工为俳体而少之？"⑤ 至晚清四大家之一的郑文焯则全面肯定了柳永在词史上的重要作用，他在《大鹤山人词话》中指出："屯田则宋专家，其高浑处不减清真，长调尤能以沉雄之气魄、清劲之气，写奇丽之情。"⑥ 当今学者也认识到了这一点，总结道："郑文焯对柳永的推扬主要在三个方面：第一，骨气神韵寄托；第二，章法语言；第三，以柳比周，指出柳乃周之源。"⑦ 郑文焯对柳永词的全面的关注与评价突出了柳永在词史上的地位。

由此可见，柳永虽然在顺康、乾嘉时期颇受诟病，但作为一个对词史有重大影响的词家，他的词以标准的范式及巨大的艺术魅力还是让清人最

---

① 周济：《介存斋论词杂著》，《词话丛编》本，第 1631 页。

② 周济：《宋四家词选目录序论》，《词话丛编》本，第 1651 页。

③ 刘熙载：《词概》，《词话丛编》本，第 3689 页。

④ 冯煦：《蒿庵论词》，《词话丛编》本，第 3585 页。

⑤ 朱祖谋：《手书柳永词》，见孙克强《唐宋人词话》，河南文艺出版社 1999 年版，第 145 页。

⑥ 郑文焯：《大鹤山人词话》，《词话丛编》，第 4329 页。

⑦ 孙克强、杨传庆：《晚清词学史上的柳永翻案之论——郑文焯论柳词平议》，《学术研究》2012 年第 10 期。

终接受并认可了他。经典化过程中，审美权威虽然具有左右作品命运的力量，但经典的内在魅力实在是经典化过程中不容忽视的因素。

四　现当代：批评逆转中保持稳定的经典地位

20 世纪以来，柳永受到的接受认可度超越了宋元明清，经典地位稳步向前。

数据统计结果显示，20 世纪前 100 名中有 5 首柳永词，分别为《雨霖铃》（寒蝉凄切）、《八声甘州》（对潇潇暮雨洒江天）、《望海潮》（东南形胜）、《夜半乐》（冻云黯淡天气）、《蝶恋花》（伫倚危楼风细细），另《玉蝴蝶》（望处雨收云断）、《戚氏》（晚秋天）、《女冠子》（淡烟飘薄）、《倾杯乐》（禁漏花深）等 4 首词进入了前 300 名。虽然前 300 名中的总量不及清代的 14 首，但进入百首名篇的数量有所增加，而且词作的排名也更靠前。其中《雨铃霖》位列十大名篇第 4 位，远远超越前代的第 98 位、第 94 位和第 17 位。《八声甘州》（对潇潇暮雨洒江天）则由宋代的第 172 位、清代的第 34 位上升至第 20 位。《望海潮》（东南形胜）也由宋代的第 70 位，元明的第 181 位、清代的第 234 位上升至第 31 位，经典作品综合得分列第 6 位。关于柳永研究的论文论著数量虽然远远逊于苏轼、辛弃疾、李清照，但也有 400 余项，列第 4 位。另外，在笔者遴选的词选和作为高校教材的作品选 60 种中，柳永的词入选了其中的 57 个选本，仅次于苏轼和辛弃疾，但各选本选柳词的数量有限，总共入选 300次，在影响因子最大的入选榜上列第 8 位。综合各项指标，柳永综合排名列第 6 位。

20 世纪柳永的影响力排名虽然与元明、清代持平，但柳永被接受认可的情况却与前二代迥然不同。这异于清代，柳永在毁誉交加中经典地位跌宕起伏，也不同于元明，在偏颇的词学观与失意文人的推尊下赢得声誉。相对于近千年遭受的许多责难与诋毁，在现当代，关于柳永的研究可谓是逆转古代否定性批评。这种逆转是随着新文化的兴起而产生，在相对客观的词学观念下进行的，与元明失意文人的身世同悲下的认可与同情不同，也与明人偏重本色而肯定柳词不同。柳永在现当代相对理性的接受下，获得了他应该有的词史经典地位。

跨越晚清与民国的几位词家除王国维外，对柳永的接受与认可度都相当高。如上所述的朱祖谋、郑文焯等。新文化运动以来，除了新中国成立后以政治标准挂帅评价文学作品的少数论文对柳永持批判态度外，柳永获得了不少词学研究者的认可与赞赏。这其中，有的学者认为应当一分为二地看待柳永，对柳词有所批判，譬如，有的认为《乐章集》中既有浅而又浅的庸俗淫靡的艳词，又有韵律协婉、感情真挚的羁旅爱情词①，有的虽肯定艺术上的成就及对说唱文学、戏曲的影响，但认为柳永某些词混杂着封建没落文人及时行乐的思想以及市民阶层从实利出发的思想②，但这种思潮持续的时间不算太长，苛责之语亦不及宋、清的文人雅士。20世纪新文化运动吹来的新鲜空气，让柳永及其词在现当代焕发着鲜活的生命力，最终成为现当代十大词人之一。

（一）强调柳永词在词史上的创造与开拓

不再囿于柳词俚俗、淫媒的得失，20世纪以来的研究人员更关注于柳词的创调、创体之功，突出强调柳词的创新性，强调柳词的创造与开拓在词史上的意义。

艺术上的创新性是经典化一个十分关键的因素，20世纪上半叶的几位文坛泰斗无一例外地都充分肯定了柳永在词史上的开拓之功。譬如，夏敬观先生的《手批乐章集》关注柳永对慢词词调的开创之功以及在艺术表现手法上的优长之处；郑振铎先生《插图本中国文学史》认为柳永是以奔放铺叙为特点的北宋第2期词的开端；胡云翼先生《中国词史大纲》认为柳永是小词盛行之际的革新者，他的到来使北宋词进入第2个发展阶段，新声慢词是柳永对北宋词的最大贡献；龙沐勋先生《两宋词风转变论》指出柳永的慢词使歌词复与民众接近，变旧声为新声，使词体恢张，有驰骋才情的余地。其长篇巨幅，开阖变化，顿挫淋漓，开后来法门不少；冯沅君、陆侃如先生《中国诗史》也认为慢词的风行得力于柳永③。肯定柳词的创造性、开拓性，这对于柳永获得现当代的经典地位具有决定性作用。

新中国成立后，龙榆生先生在《宋词发展的几个阶段》中认为："柳永词的特殊贡献，还在于他所写的慢词长调，体会了唱曲换气的精神。"唐圭璋、金启华二位先生则考证柳永应该是北宋早期的一位词家，柳永的

---

① 参刘大杰《中国文学发展史》，上海古籍出版社1982年版，第606、607页。
② 王起：《怎么样评价柳永的词》，《中山大学学报》（社会科学版）1959年Z1期。
③ 参刘靖渊、崔海正《北宋词研究史稿》，齐鲁书社2006年版，第219页。

创作和晏欧大致同时，在此基础上，修正 20 世纪初期的研究人员认为柳永的慢词是突破了小令而发展的观点。柳永在词史上的开拓性进一步得到了肯定。他们在《论柳永的词》一文中指出："对北宋词坛来说，柳永的慢词当然是和晏、欧等的小令分庭抗礼，双峰并峙。但我们认为晏、欧等的小令，不过是花间南唐的余绪，柳永的慢词才是真正开宋词之端，也才真正是宋词的主流。"① 此后，柳永在长调慢词、铺叙手法等艺术方面对宋词发展的巨大贡献成为词学界的共识，先后有叶嘉莹先生、龙建国先生与赵晓岚、陈水生、田彩仙等学界同仁对此作了进一步的探讨。由于柳永在宋词艺术上的创新性获得一致认可，柳永的经典地位进一步得到巩固。

由于柳永在宋词史上的开创性地位，他的生卒年直接影响到宋词分期和宋代词史的建构，因此柳永的生卒年成为 20 世纪柳永研究中的热点之一。储皖锋《柳永生卒年考》（《国立浙江大学季刊》1932 年第 1 卷第 1 期）、高熙曾《柳永遗事考辨》（《天津师范学院科学论文集刊》1957 年第 1 期）、唐圭璋、金启华《〈小畜集〉中关于柳永家世的记载》（《大公报·艺林》1964 年 8 月）、唐圭璋《柳永事迹新证》（《文学研究》1957 年第 3 期）等颇有价值，后来则有李思永、李国庭、曾大兴、吴熊和、谢桃坊等先生在唐老的基础上提出了一些新看法。刘天文则吸引众说，编撰《柳永年谱稿》（《成都大学学报》1992 年第 1、2 期）。这些成果直接促进了柳永在现当代影响力的扩大。

（二）柳词真情得到充分肯定

真情是文学经典的内在基本属性之一，真情动人，文学作品才能保持旺盛持久的生命力。新文化运动以来对柳词真情的肯定使柳永的经典地位加强。

对柳词真情的肯定肇始于 20 世纪三四十年代，裴云先生在《谈柳词》中指出柳永的词，"除了少数应制之作外……几乎全数是真挚的情歌"②。薛砺若先生在《宋词通论》中则指出：（柳永）变幻了词的内容，在唐五代一直到晏、欧一贯下来的作风，均以含蓄为高，短隽为高，末流所至，则篇篇不出"烟柳"、"残梦"、"罗衾"等庸滥的描写，不独无一新意，而且无一新词，即以晏、欧等人的作品，虽感其词风之端丽婉和，

① 唐圭璋、金启华：《论柳永的词》，《光明日报》1957 年 3 月 3 日。
② 裴云：《谈柳词》，《艺文杂志》1944 年 2 卷 1 期，

但读起来，总免不有意义相复，或非身历其境的，浮泛描写之处，其他各家更不必论了。柳氏以忠实与清婉的笔调，写出内在真挚的情绪。他虽篇篇不出"羁旅闺帏淫媟之语"（毛子晋跋语），但我们只感到他的真实与酣畅，却不觉得其有重复因袭的可厌。这是他与晏欧以前的作家，仅以模仿堆砌见长者，完全变了一个描写方式了。在当时虽遭许多人讥评，但无形之中却人人受到了他的暗示及影响，开始来写他们自己的歌词，开始来写他们要说的话了。于是五代以来的词风，至此乃为之一变。① 薛砺若先生在此对柳永词"以忠实与清婉的笔调，写出内在真挚的情绪"表示充分的赞赏，并指出这是柳永改变五代以来的词风的一个主要原因。

新中国成立后，唐圭璋、金启华先生在《论柳永的词》中指出："他的词很多是如实地反映了当时的现实和他的生活、思想、感情"，同时也高度评价了以往颇受指责的歌妓词，认为这类词能够"写出了她们的生活，道出了她们的思想感情，平等地看待她们，爱她们"。詹安泰《谈柳永的〈雨霖铃〉》一文肯定柳永词"反映都市的繁华面貌，体现市民阶层的思想意识，描写爱情生活的甜蜜，抒发离情别怀的痛苦，表现不幸妇女的遭遇和失意文人的感受"②。这都是从写真情的角度肯定柳词超越时代局限性的一面。肯定柳词忠实地抒写真情至 20 世纪 80 年代以来蔚为大观，有的学者甚至将柳永词描写感人肺腑的世俗情感以及表现世俗性爱等内容上升至了这样的高度，认为柳词表现的是反对封建礼教和儒学正统观念，彰显人性的觉醒和人格的独立。③

（三）柳词的俗文化品质受到认可赞扬

柳永词中的俗文化品质从 20 世纪新文化运动以来受到越来越多的研究人员的认可和赞扬。

历来为古代文人雅士们所诟病的柳词艺术表现上俚俗、直露的特色受到肯定。郑振铎认为："耆卿词的好处，在于能细细的分析出离情别绪的最内在的感觉，又能细细地用最足以传情达意的句子表达出来。也正在于

---

① 薛砺若：《宋词通论》，上海书店 1985 年版，第 114—115 页。

② 詹安泰：《谈柳永的〈雨霖铃〉》，《语文学习》1957 年第 4 期。

③ 参见曾大兴《柳永词的市民文学特征》（《中南民族学院学报》1988 年第 1 期）、李金水《柳永"俗"词的积极意义》（《江汉论坛》1986 年第 12 期）、何丽《试论柳永俗词的社会意义》（《成都大学学报》1987 年第 1 期）。

'铺叙展衍，备足无余'。"① 薛砺若《宋词通论》："他所写的不是文人贵族的典雅堆滞之词，而是一种最普遍、最细致，最忠实的民众歌曲了。"②"须知柳氏的特长，即在能'无比兴'"，"在能奔放尽兴"，并指出"他那种脱去传统的描写方式，和审音度曲的天才，以及慢词的精心创制，觉得他于中国词坛上，实在是少有的一位杰出人物"。③ 80 年代后，对柳永词俚俗、铺叙等特点的认可基本上成为共识。杨海明、过常宝、曹志平、罗嘉慧、沈家庄等先生从市民文化、俗文化的视角阐释柳永词的文化意义。而柳永的都市词、歌妓词则受到章尚正、龙建国、韦家骅、陈新璋、苏者聪、王富仁等一大批学者的充分肯定。杨海明先生在《唐宋词史》中对柳永俗词的艺术表现与思想内容作了全面的评价与总结。杨先生认为，从内容上看，柳永的俗词"尤其表达了对于世俗生活的热衷与讴歌。这种生活理想的下移倾向，就正好反映了宋代市民阶层的思想意识"。市民思想意识在柳词中表现出两个明显特征："第一，从它所抒发的情志看，就基本上是一种男恋女爱，偎香倚暖的十分世俗化的思想感情和理想愿望。""第二，从它所塑造的人物形象看，基本上是一群世俗社会中的芸芸众生。"在艺术上则表现为对传统词风的"放大"与"俗化"，即"铺叙展衍"、"备足无余"、"骫骳从俗"等特征。④ 此类观点，逆转近千年以来对柳词的贬抑，对柳永经典地位的巩固有着不容忽视的作用。

综观柳永及其词的跨越时空之旅，其人其词经典地位的嬗变过程表现了明显的代有新变的经典化特色。宋金时期，平民化、俗化的柳永词在上层文人的贬斥与模仿、下层读者的传唱中成为经典。元明时期，则由于元代文人与长期仕途淹蹇、落魄江湖、混迹青楼的柳永有隔代共鸣之感，柳词"俗"的文化品格与明代中后期文化思潮遇合，柳永及其词焕发生机，经典地位攀升。清代，柳永虽大多时候受词坛主流人物的訾责，但却以其词内在的审美范式与艺术魅力在毁誉交替中巩固了经典地位。而 20 世纪新文化运动以来，柳永词的创造性与写世俗真情的文化品格再次与新的文化气候相遇，逆转清代 200 余年间受到的贬抑，柳永再次立于宋词十大经

---

① 郑振铎：《插图本中国文学史》，作家出版社 1957 年版，第 487 页。

② 薛砺若：《宋词通论》，上海书店 1985 年版，第 114 页。

③ 同上书，第 115—116 页。

④ 杨海明：《唐宋词史》，上海古籍出版社 1987 年版，第 247—249、281 页。

典词人之林。在这一过程中，既可以看到作品内在特质在经典化过程中的重要性，又可见外部的社会文化思潮在经典嬗变过程中的影响，既可见主流审美权威对文学经典命运的左右，又可见普通大众读者在经典化过程中的推动作用。柳永词史经典地位的嬗变过程交织着矛盾，彰显着经典化诸因素之间的相互角力，最终多种影响因素的合力造就了柳永经典名家的词史地位。

第三节　异军突起：辛弃疾及其词的经典化

辛弃疾（1140—1207），原字坦夫，改字幼安，别号稼轩，历城（今山东济南）人。如果说辛弃疾之前婉丽绮艳的柳永词是世俗之词的代表，晚于他的清空骚雅的姜夔词是雅士之词的典型，那么稼轩词则树立了英雄之词的典范。稼轩其人其词以别样的风神在词坛独树一帜，空前绝后，是词史上令人难以企及的经典。作为一位在"剪红刻翠之外，屹然别立一宗"的词家，其人其词经典化的动力来自何处？他经典地位的嬗变过程如何呢？

一　宋金：卓然成家，经典地位确立

辛弃疾出生的时候，赵宋王朝南迁已 14 年。这位出生在金国沦陷区，22 岁才南归的南宋词家以强大的词坛影响力，超越除周邦彦、苏轼之外的所有北宋名家，在宋金词坛排名第 3 位。"一生以气节自负、以功业自许"① 的辛弃疾一生未能实现他"了却君王天下事"的英雄夙愿，但却在词坛"赢得生前身后名"，成为宋金时期卓然屹立于词坛的经典名家。

辛弃疾生前即在词坛具盛名，在宋金词坛，尤其是南宋中后期声名隆盛，影响深远。据载："稼轩乐府，辛幼安酒边游戏之作也，词与音叶，好事者争传之。"②而且"腐儒村叟，酒边兴豪，引纸挥笔，动以东坡、稼轩、龙洲自况"③。

数据结果显示，稼轩在宋金词坛颇受选家的青睐。除成书于南宋初的

---

① 范开：《稼轩词序》，辛更儒《辛弃疾资料汇编》，中华书局 2005 年版，第 50 页。
② 周煇：《清波别志》卷下，《丛书集成初编》本，中华书局 1985 年版，第 152 页。
③ 张炎：《词源》附录之《附后跋》，《词话丛编》本，中华书局 1986 年版，第 269 页。

曾慥辑《乐府雅词》未选辛词外，宋代四大选本中的赵闻礼《阳春白雪》、黄昇《花庵词选》、周密《绝妙好词》均入选了辛词，计58篇次，列入选榜第6位。选本不管是以存人为目的还是以存词为目的，不论为宣扬审美观念、文化思想还是为谋取利益，选家都希望所编之选本能被更多的大众所接受。虽然选家编选词选活动本身很大程度上属于上层精英人物的文化活动，但选本的受众是广大读者，这就意味着，稼轩词因入选选本在大众读者中必定产生了广泛的影响。

唱和榜上，共有陈亮、张炎等17人28首唱和词，仅次于周邦彦、苏轼，列第3位。当中，既有同时代的友朋之间的唱和，也有稼轩身后的追和之作。这共同提升了稼轩词在文人创作群体中的影响。

文人点评中，统计《唐宋词汇评》中归于辛弃疾词条下的数量，共计10人次。虽然受生时较晚这一客观因素的制约，点评数列于周邦彦、苏轼、李清照、秦观、贺铸、张先、朱敦儒等词家之后，但10人次的数量仍然列点评榜的前10位，影响也不容小视。

在三大读者群的选择合力中，稼轩共有《祝英台近》（宝钗分）、《摸鱼儿》（更能消）、《贺新郎》（甚矣吾衰矣）、《念奴娇》（野棠花落）等4首词入选百首名篇，其中《祝英台近》（宝钗分）列第6名。另有《沁园春》（叠嶂西驰）、《菩萨蛮》（郁孤台下清江水）、《永遇乐》（千古江山）等14首词位列前300名。经典作品得分排名列第3位，这进一步为稼轩词在宋金时期的影响加分。

经典生成所必须凭借的影响力形成需要一定的传播接受时间，从这个方面看，北宋词人具有更大的优势。而本书通过数据考察词人的影响力，南宋词人更处于劣势。可以这样说，孝宗朝之前的评点、唱和与选本，基本上都与南宋词人无缘。南宋词人要成为宋金十大名家，倘若没有杰出的成就，绝非易事。数据结果也表明，南宋诸多词人中，只有辛弃疾与姜夔两人进入前10名。作为一位出生在南宋的词人，稼轩凭借什么超越诸多北宋名家，成为宋金词坛第3号人物呢？

（一）英雄壮举与磊落豪气为稼轩赢得广泛声誉

辛弃疾是两宋词人中难得一见的文韬武略兼备的英雄。他的英雄壮举与词中的磊落豪杰之气赢得了文人志士的称许与膜拜，这为他赢得了广泛的词坛声誉。

绍兴三十二年（1162），稼轩率50余骑深入金营生擒叛徒张安国将其绑赴行在。这样的英雄壮举，"懦士为之兴起，圣天子一见三叹息"①。
这不仅为他当时赢得令人高山仰止般的社会声誉，而且后起忠义之士，莫
不叹赏其忠勇之气。略晚于稼轩的黄榦（1152—1221）在《与辛稼轩侍
郎书》中赞稼轩"以果毅之资，刚大之气，真一世之雄也"，刘宰
（1167—1240）在《辛待制弃疾知镇江》称他"卷怀盖世之气，如圯下子
房；剂量济世之策，若隆中之诸葛"，南宋末徐元杰（1196—1246）在
《稼轩辛公赞》中说他"摩空气节，贯日忠诚，绅绶动色，草木知名"②。
直到宋末元初，稼轩的英雄忠勇之气还令文人志士们难以忘怀。如谢枋得
（1226—1289）称道："公有英雄之才，忠义之心，刚大之气……精忠大
义，不在张忠献、岳武穆下。一少年书生，不忘本朝，痛二圣之不归，闵
八陵之不祀，哀中原子民之不行王化，结豪杰，志斩俘馘，挈中原还君
父，公之志亦大矣。耿京，孔公家比者，无位犹能擒张安国归之京师，有
人心天理者，闻此事莫不流涕。"③ 赵文（1239—1315）《吴山房乐府序》
中亦云："近世辛幼安稼轩跌荡磊落，犹有中原豪杰之气。"④

随着稼轩"壮声英概"的传播，他的词广泛流传，深入人心。即便
是千百年后的现当代接受者，言稼轩词必叹赏他英雄壮举，文韬武略，何
况始终生活在异族铁蹄阴影下的南宋人。所谓"腐儒村叟，酒边兴豪，
引纸挥笔"，往往以稼轩等人自况，很大程度上是对稼轩豪情的追慕与怀
念。南宋自始至终屈于金，后亡于元，金人也长期生活在蒙古崛起的压力
下并最终被元所灭。稼轩词在他生前身后被广泛而深入的传播接受亦是当
时民族心理的需要。

而辛派后学，对稼轩将英雄气化之于词更有深刻的体悟。稼轩门人范
开便认为他的老师实乃"一世之雄，以气节自负，以功业自许"，以词作
为自己性情的"陶写之具"，那些经史百家之语随手拈来，议论抒情随之
而变的"无首无尾，不主故常"、"卷舒起灭，随所变态"的词是词人
"气之所充，蓄之所发"的结果。而那些"秾纤婉丽"之语则属于人之常

---

① 洪迈：《稼轩记》，辛更儒《辛弃疾资料汇编》，中华书局 2005 年版，第 4 页。

② 辛更儒：《辛弃疾资料汇编》，中华书局 2005 年版，第 56、71、106 页。

③ 谢枋得：《宋辛稼轩先生墓记》，《叠山集》卷 3，《影印文渊阁四库全书》本，第 1184
册，第 882 页。

④ 辛更儒：《辛弃疾资料汇编》，中华书局 2005 年版，第 145 页。

情所发。① 后来刘辰翁亦指出："斯人北来，喑呜鸷悍，欲何为者？而馋
摈销沮，白发横生，亦如刘越石。陷绝失望，花时中酒，托之陶写，淋漓
感慨，此意何可复道。而或者以流连光景，志业之终恨之，岂可向痴人说
梦哉。'为我楚舞，吾为若楚歌'，英雄感慨，有在常情之外，其难言者，
未必区区妇人孺子间也。"② 这些是深入稼轩词心的评论。他们在论稼轩
词时都对其英雄壮举感慨颇深，而这种同情共感式的评论在延伸稼轩词传
播广度的同时，更是对稼轩词深度接受的表现，这有效地促进了稼轩词坛
经典地位的确立。

（二）创变之功，引发巨大的经典效应

如前所述，独创性，始终是文学经典的基本内在属性。稼轩词毫无疑
问具有高度的独创性。他对词体的创变之功历来备受赞赏，产生了巨大的
经典效应。

词本来是一种伴随着燕乐兴起而产生的音乐文学，于雅集宴饮时娱宾
助兴之用。五代西蜀，词的文化生态环境是"绮筵公子，绣幌佳人，递
叶叶之花笺，文抽丽锦；举纤纤之玉指，拍案香檀。不无清绝之词，用助
娇娆之态"③。南唐冯延巳无事之时，"多运藻思，为乐府新词，俾歌者倚
丝竹而歌之，所以娱宾而遣兴也"④。北宋欧阳修也是以"敢陈薄伎，聊
佐清欢"⑤ 的态度填新声之词。直到苏轼出现，"绮罗香泽之态"、"绸缪
宛转之度"的词体文学的特质与功能才开始发生变化。但苏轼之后，响
应其革新词风者寥寥，甚至苏轼自己的词绝大部分仍然不离词之本色。词
体文学从晚唐五代直到北宋一直都被文士视为娱乐性情的小道、末技，这
种现象真正发生改变的时候是宋室南渡之时。靖康之变让宋人从温柔富贵
乡中惊醒，词也开始真正突破其表现花间、樽前的局囿，用来抒写家国之

① 范开：《稼轩词序》，辛更儒《辛弃疾资料汇编》，中华书局 2005 年版，第 49—50 页。

② 刘辰翁：《须溪集》卷 6，《丛书集成续编》第 132 册，新文丰出版公司 1989 年版，第
108 页。

③ 欧阳炯：《花间集叙》，施蛰存《词籍序跋萃编》，中国社会科学出版社 1994 年版，第
631 页。

④ 陈世修：《阳春录序》，施蛰存《词籍序跋萃编》，中国社会科学出版社 1994 年版，第
15 页。

⑤ 欧阳修：《西湖念语》，《全宋词》，中华书局 1999 年版，第 120—121 页。

痛，所谓"文变染乎世情"① 是也。稼轩生逢家国变难之处，身负管、乐
之才却机会不来，未展其用，"故其悲歌慷慨抑郁无聊之气，一寄之于
词"②，故稼轩词真正做到了无意不可入，无事不可言。故而经史百家之
语，都可被稼轩用来写胸中事。稼轩词中，不仅有绮阁绣闺，花月亭台，
更有江河海山、金戈铁马，宝剑英雄，词之天地至稼轩而阔大。不论艺术
表现手法还是主题思想境界，稼轩词中都呈现出前所未有的新气象。

　　这一时期文人志士们高度赞赏稼轩词的创变之功。譬如，汪莘《方
壶诗余自序》说："余于词，所喜爱者三人焉：盖至东坡而一变，其豪妙
之气，隐隐然流出言外，天然绝世，不假振作。二变而为朱希真，多尘外
之想，虽杂以微尘，而清气自不可没。三变而为辛稼轩，乃写其胸中事，
尤好称渊明。此词之三变也。"③很明显，汪莘极赏稼轩词的创新精神。
刘辰翁在《辛稼轩词序》中指出词至东坡已是一大变，如诗如文，"然犹
未至用经用史，牵雅颂入郑卫也"，"及稼轩横竖烂漫，如禅宗棒喝，头
头皆是"。④ 陈模则首先高度肯定了稼轩词整体上高出时俗的特点，他在
《怀古录》中说："近时作词者，只说周美成、姜尧章等，而以稼轩词为
豪迈，非词家本色。……回视稼轩所作，岂非万古一清风也哉。"⑤ 并举
例说明稼轩词在艺术表现上的革新，说稼轩《贺新郎》（绿树听鹈鴂）
"尽集许多怨事，全与太白《拟恨赋》手段相似"⑥，《沁园春·将止酒》
（杯汝前来）一词"如《宾戏》、《解嘲》等作，乃是把古文手段寓之于
词"⑦，《沁园春》（叠嶂西驰）"说松而及谢家子弟，相如车骑，太史公

---

　　① 刘勰著、范文澜注：《文心雕龙注》卷9《时序第四十五》，人民文学出版社1958年版，
第675页。

　　② 徐釚撰，唐圭璋校注：《词苑丛谈》卷4《品藻二·梨庄论稼轩词》，上海古籍出版社
1981年版，第79页。

　　③ 汪莘：《方壶诗余自序》，施蛰存《词籍序跋萃编》，中国社会科学出版社1994年版，第
270页。

　　④ 刘辰翁：《辛稼轩词序》，施蛰存《词籍序跋萃编》，中国社会科学出版社1994年版，第
201页。

　　⑤ 陈模：《怀古录》卷中《论稼轩词》，邓广铭笺注《稼轩词编年》，上海古籍出版社1993
年版，第599页。

　　⑥ 同上书，第598页。

　　⑦ 同上书，第599页。

文章，自非脱落故常者未易闯其堂奥"①。文人志士们对稼轩创变之功的高度首肯对稼轩词的经典化具有重大意义。同时，稼轩词的创造是时代风云与个体遭际相遇的产物，是时代文化气候、大众心理与个体感慨的完美结合，蕴含着情感的普遍性与个体性，因而更具有强大的经典效应。

（三）稼轩词的艺术魅力获得广泛的深度认可

稼轩门人范开指出稼轩词"如张乐洞庭之野，无首无尾，不主故常。又如春去浮空，卷舒起灭，随所变态"②，此言非溢美之词。稼轩以词为陶写性情的工具，既非刻意求工，亦不造作矫饰，直是以词任性情而动，自然抒写胸中事，吐纳真怀，故给人舒卷自如，不主故常的审美感受。这自是极高的艺术境界。词中豪壮沉郁之类、秾纤婉丽之属，自是英雄豪情、柔情的不同表现。所谓稼轩之作"大声镗鞳，小声铿鍧，横绝六合，扫空万古，自有苍生以来所无。其秾纤绵密者亦不在小晏、秦郎之下"③。刚柔相济的词风、高度的艺术表现力，使宋金读者不论辛派后学还是姜张一派，抑或是金代文人学士都对稼轩词赞誉有加。

稼轩词中秾纤婉丽者，深得南宋后期尚雅之士的认可。骚雅之宗主姜夔就服膺于稼轩之作，对稼轩词有改造式的借鉴。清人从两位看似平行线的伟大词人中读出交集，指出辛弃疾与姜夔"吐属气味，皆若秘响相通"④，"白石脱胎稼轩，变雄健为清刚，变驰骤为疏宕"⑤。而在姜夔传世不多的词作中，仍可见3首唱和稼轩的词，其一为《永遇乐》（云隔迷楼），另外两首为《汉宫春》（云曰归与）、《汉宫春》（一顾倾吴）。张炎虽批评"辛稼轩、刘改之作豪气词，非雅词也。于文章余暇，戏弄笔墨，为长短句之诗耳"，但却赞"宝钗分"一词"皆景中带情，而存骚雅"。⑥沈义府不喜豪放之作，然对稼轩此类声谐音婉的作品则持赞赏态度。他在《乐府指迷》中指出："近世作词者，不晓音律，乃故为豪放不羁之语，

① 陈模：《怀古录》卷中《论稼轩词》，邓广铭笺注《稼轩词编年》，上海古籍出版社1993年版，第599页。

② 范开：《稼轩词序》，辛更儒《辛弃疾资料汇编》，中华书局2005年版，第50页。

③ 刘克庄：《辛稼轩集序》，施蛰存《词籍序跋萃编》，中国社会科学出版社1994年版，第200页。

④ 刘熙载：《词概》，《词话丛编》本，第3693页。

⑤ 周济：《宋四家词选目录序论》，《词话丛编》本，第1644页。

⑥ 张炎：《词源》卷下之《赋情》，《词话丛编》本，第264页。

遂借东坡、稼轩诸贤自诿。诸贤之词，故豪放矣，不豪放处，未尝不谐律也。如东坡之《哨遍》、杨花《水龙吟》，稼轩之《摸鱼儿》之类，则知诸贤非不能也。"① 张侃《张氏拙轩集》卷5《拣词》，即唐圭璋先生所辑的《拙轩词话》品词20则，论及词人最多的是辛弃疾。其中《摸鱼儿》（更能消）及《祝英台近》（宝钗分）两首词更是获得了极高的评价，认为《摸鱼儿》"才调绝人，不被腔律拘缚……余意愈出愈有，不可以小伎而忽焉"，而《祝英台近》则是"近世晚春词，少有比者"②。

　　稼轩词中豪壮沉郁者，则深得南宋文人志士称许，亦在"颇多深裘大马之风"③ 的金代备受推崇。黄昇《中兴词话》服膺稼轩词中既有《祝英台近》（宝钗分）这类的"风流妩媚，富于才情"之词，又有《满江红·贺王宣子平湖南寇》（笳鼓归来）、《满江红·送信守郑舜举郎中赴召》（湖海平生）等有"凛凛"之气的词，认为这源于稼轩"天才既高，如李太白之圣于诗，无适而不宜，故能如此"。另认为稼轩庆洪内翰70岁的寿词"事意俱佳"。罗大经《鹤林玉露》卷4评了稼轩的《摸鱼儿》（更能消）、《鹧鸪天》（郁孤台下清江水）外，另评点《永遇乐》（千古江山）"隽壮可喜"。金代元好问则认为稼轩是有宋一代仅次于东坡的大词人。他《遗山乐府引》云："客有谓予者云：……乐府以来，东坡为第一，以后便到辛稼轩。"④ 元好问《新轩乐府引》中进一步指出："坡以来，山谷、晁无咎、陈去非、辛幼安诸公，以歌词取称，吟咏情性，流连光景，清壮顿挫，能起人妙思。"⑤

　　所以，稼轩虽然屹立于宋金词坛的时间不长，但最终以其独特的英雄之气，对词体文学的创变之功，独具个性特色的艺术风格征服了读者，奠定了词史经典地位。

---

　　① 沈义父：《乐府指迷》，《词话丛编》本，第282页。

　　② 张侃：《拙轩词话》之《康辛二公词》及《晚春诗词》，《词话丛编》本，第194—195页。

　　③ 冯金伯：《词苑萃编》卷之6《品藻四》，《词话丛编》本，第1893页。

　　④ 元好问：《遗山乐府引》，施蛰存《词籍序跋萃编》，中国社会科学出版社1994年版，第450页。

　　⑤ 元好问：《新轩乐府引》，《遗山先生文集》卷36，《四部丛刊初编》本，商务印书馆1936年版。

二　元明：经典地位稳中微降

元明二代，稼轩仍是十大经典词人之一，但此一时期他的经典地位却由宋代的第 3 位下降为第 5 位。什么因素保持着稼轩在元明词坛的经典地位？什么原因导致其经典地位有所下降呢？

（一）经典地位的保持

1. 选家的关注是稼轩仍居元明经典十大名家之列的重要原因。

从统计数据看，稼轩在明代仍然颇受选家关注。入选榜上，稼轩词共入选 452 篇次，仅次于周邦彦、苏轼、秦观与柳永，列第 5 位。除了入选贯穿元、明二代，尤其在明代影响深远的《草堂》系列泰宇本、双璧本、洪武本、荆聚本、丛刊本、顾刻本、四库本、张东川本、詹圣学刻本、崑石本、南城本、闵映璧本、古香岑本、博雅堂本 157 篇次外，题明程敏政编《天机余锦》、杨慎辑《词林万选》、卓人月汇选及徐士俊参评《古今词统》、陈耀文辑《花草粹编》、潘游龙辑《精选古今诗馀醉》及张綎《诗余图谱》、程明善《啸余谱》、周瑛《词学筌蹄》均入选了稼轩词。其中收录 486 家 2030 首词的《古今词统》共录稼轩词 141 首，超出人均近 100 首。在古代，选本是最具影响效应的传播媒介，在入选榜上的不俗表现使稼轩词随着选本的流传而获得强大的经典效应。

2. 在创作领域，稼轩在元、明二代获得的影响力仅次于苏轼。唱和榜上，稼轩列第 2 位，共有邵亨贞、陈铎等 29 位词人唱和稼轩词 87 首，用调 27 个。除唱和外，明人也有学稼轩词风的，如《四库全书总目》即认为明代陈霆词"犹有苏辛遗范"①。既协韵律又富于创造性的稼轩词为稼轩在元、明二代的创作型读者中赢得了广泛的声誉。

3. 英雄才气、创变之功、使事用典获肯定。

元、明二代文人对稼轩词虽颇有微词，《唐宋词汇评》"辛弃疾"词条下的点评数量仍有 12 次，居第 2 位，而且虽元、明词坛主流词学审美观不尚豪词，但稼轩仍获得了不少肯定性的评价。这对稼轩词坛经典地位的保持也具有重要意义。

其一，叹赏稼轩吐纳于词中的英雄才气悲歌，并且肯定由此而形成的

---

① 永瑢等：《四库全书总目》卷 176，中华书局 1965 年版，第 1568 页。

创新性。

譬如，有论者："稼轩当宋之南，抱英雄之志，有席卷中原之略，厄于时运，势不得展，长短句□涛涌雷发，坡公之后，一人而矣。"① 这既肯定稼轩"涛涌雷发"的豪放之风，又肯定了稼轩的词史地位。王世贞《艺苑卮言》也指出稼轩词之变乃在于"稼轩辈抚时之作，意存感慨，故饶明爽"②。李长翁《古山乐府序》对稼轩磊落豪气十分赞赏："独东坡、稼轩杰作，磊落倜傥之气溢出毫端，殊非雕脂镂冰者所可仿佛。"③ 王博文《天籁集序》中指出词以哇淫靡曼之声胜，"东坡、稼轩矫之以雄词英气，天下之趋向始明"④。毛晋说："词家争斗秾纤，而稼轩率多抚时感事之作，磊磊英多，绝不作妮子态。宋人以东坡为词诗，稼轩为词论，善评也。"⑤这肯定了稼轩词的创变特色。俞彦则在《爰园词话》一反明代对辛派别调的讥讽，充分肯定了他们的创新之功："唐诗三变愈下，宋词殊不然。……南渡以后，矫矫陡健……惟辛稼轩自度粱肉不胜前哲，特出奇险为珍错供，与刘后村辈俱曹洞旁出。学者正可钦佩，不必反唇并捧心也。"⑥

其二，肯定稼轩词用典之妙。

对稼轩词中用典的情况，宋人并不赞赏。譬如，岳珂指出稼轩《永遇乐》（千古江山）一词"微觉用事多耳"⑦。刘辰翁《跋刘叔安感秋八词》："近岁放翁、稼轩，一扫纤艳，不事斧凿，高则高矣，但时时掉书袋，要是一癖。"⑧ 宋代张侃《拙轩词话》中已论及稼轩词用鲍明远语、

① 冯班：《钝吟老人文稿·叙词源》，《四库全书存目丛书》集部第 216 册，齐鲁书社 1997 年版，第 559 页。
② 王世贞：《艺苑卮言》，《词话丛编》本，第 391 页。
③ 李长翁：《古山乐府序》，施蛰存《词籍序跋萃编》，中国社会科学出版社 1994 年版，第 488 页。
④ 王博文：《天籁集序》，施蛰存《词籍序跋萃编》，中国社会科学出版社 1994 年版，第 463 页。
⑤ 毛晋：《宋六十名家词·稼轩词跋》，上海古籍出版社 1989 年版，第 175 页。
⑥ 俞彦：《爰园词话·宋词非愈变愈下》，《词话丛编》本，第 401 页。
⑦ 岳珂：《桯史》卷 3 之《稼轩论词》，《唐宋史料笔记丛刊》本，中华书局 1981 年版，第 38 页。
⑧ 刘克庄：《后村题跋》卷 2，《丛书集成初编》第 1569 册，商务印书馆 1936 年版，第 113 页。

颜鲁公贴语①，但只是陈述事实而没有表明评价态度。但明人对稼轩词中的用典却一反宋人的观点，认为这增强了稼轩词的艺术魅力。陈霆《渚山堂词话》中指出："辛稼轩词，或议其多用事，而欠流便。余览其琵琶一词，则此论未足凭也。《贺新郎》云'凤尾龙香拨（略原词）'，此篇用事最多，不为事所使，称是妙手。"② 杨慎对稼轩词中融化晋帖语入词的《霜天晓角》也持肯定态度："晋人语本入妙，而词又融化之如此，可谓珠璧相照矣。"③

综上可见，元、明二代，虽然词坛主流风尚为重本色，尚俗尚艳，作为词坛别调的稼轩及其词仍然具有旺盛的生命力。不论是沟通普通大众读者的选本传播，还是文人在创作、点评时的深度接受，稼轩及其词实质上并未淡出接受者的视野，因而稼轩最终能成为元明词学视野中的第 5 号宋词名家。

（二）经典地位的下降

稼轩词经典地位较宋金时期下降，由宋金时期的第 3 名跌落为第 5 名，最主要原因在于元明时期他的经典名篇地位骤落。前 100 名中稼轩有《念奴娇》（野棠花落）、《摸鱼儿》（更能消）、《水龙吟》（渡江天马南来）、《祝英台近》（宝钗分）、《沁园春》（三径初成）、《鹧鸪天》（着意寻春懒便回）6 首。另有《鹧鸪天》（枕簟溪堂冷欲秋）、《千秋岁》（塞垣秋草）、《酹江月》（晚风吹雨）、《蝶恋花》（谁向椒盘簪彩胜）、《永遇乐》（千古江山）、《太常引》（一轮秋影转金波）、《贺新郎》（甚矣吾衰矣）等 7 首在前 300 名之列。前 300 的名篇量较宋金少 5 篇，而且，元明十大名篇，无一稼轩词，排名最靠前的《念奴娇》（野棠花落）仅位列第 24 名，这是导致稼轩经典总指标下降的直接原因。

为什么稼轩词在元明三大读者群中的关注度都高，但名篇数量及排名却陡然降低呢？

1. 稼轩创变词体抒情功能及风格，词坛别调之风毕竟不符合元明主流词学审美的要求。数据显示，元明传承宋金的名篇唯《念奴娇》（野棠花落）、《摸鱼儿》（更能消）、《祝英台近》（宝钗分），宋金名篇中的豪

---

① 张侃：《拙轩词话》，《词话丛编》本，第 191、192 页。
② 陈霆：《渚山堂词话》卷 2，《词话丛编》本，第 363 页。
③ 杨慎：《词品》之一《词用晋帖语》，《词话丛编》本，第 439 页。

词无一首作为元明人视野中的宋词经典被传承下来。而新增的名篇中也只有《水龙吟》（渡江天马南来）一首而已。而这首词能成为元明时期的新增的宋词经典还缘于它虽然是家国主题的豪词，但却不算雅词，至少不是传统审美观念下那种哀而不伤、怨而不怒的雅。它直抒胸臆，甚至以议论为词的特点至少符合元明通俗化的审美之风。以本色为正宗的元明读者总体上对豪放词持批评态度，认为"辛幼安、刘改之、陈同甫之流，失之粗豪"①。王世贞虽然认可稼轩词，论词之正宗与变体时指出辛弃疾的词"辨而奇"，但他同时认为变体次于本色词，"又其次也，词之变体也"。《古今词统》引徐君野语："苏以诗为词，辛以论为词，正是词中世界不小，昔人奈何讥之。"这肯定稼轩创变之功，但亦认为稼轩词为旁宗，"正宗易安第一，旁宗幼安第一"②。晚明云间派推崇北宋词，但宋征璧指出"辛稼轩之豪爽，而或伤于霸"③。孟称舜《古今词统序》也认为："伤时吊古，苏辛之词工矣，然而失则莽而俚也。"④ "俚"，不一定是词之失，而稼轩所长也不仅止于伤时吊古之作。孟氏所言显然偏颇，未能客观评价稼轩词，但却代表着明代主流词学观念对豪放变调的态度。此类否定性批评必然影响稼轩词作的影响力排名。

2. 缺乏新的阐释与理解。

总体上，元明二代对稼轩词的关注度虽较高，但阐释热情偏低，除了对稼轩词中用典一事的态度超越了宋人之外，并未见其他新的理解，这也是导致稼轩元明时期经典地位有所下降的因素。

元代中前期，姜张余响影响词坛，文人对稼轩词的评论寥寥无几。在明代以本色为尊的词学观念支配下，我们看到即便是对稼轩词的肯定，也基本上只是承宋人之论，只涉及稼轩词中吐纳的英雄情怀及悲愤沉郁之气，而对稼轩词中以经史百家语入词、以文为词等词家别调的表现手法未

---

① 吴一鹏：《少傅桂洲公诗馀序》，赵尊岳辑《明词汇刊》，上海古籍出版社1992年版，第808页。

② 卓人月、徐士俊辑：《古今词统·杂说》之王世贞《论诗馀》眉批语，《续修四库全书》第1728册，上海古籍出版社2002年版，第453页。

③ 徐釚撰，唐圭璋校注：《词苑丛谈》卷4《品藻二·两宋词评》引宋征璧《倚声集》，上海古籍出版社1981年版，第75页。

④ 孟称舜：《古今词统序》，朱颖辉辑校《孟称舜集》卷3，中华书局2005年版，第555页。

见评论。上述元明诸点评对稼轩的肯定基本上踵武宋金时期的观点。譬如毛晋"自诧辛稼轩身后者,譬如雷大使起舞,纵使极工,要非本色"① 之语,完全借用陈师道的话,而杨慎《词品》卷4评价:"回视稼轩所作,岂非万古一清风哉!"② 这也只是复制宋代陈模的评论而已。

综上可见,稼轩作为宋词中真正一流的经典作家,其词内在的无人能及的英雄气及艺术上的创新性使得他在元明时期能突破时代审美思潮对他的局囿,维持了经典名家的地位,表现出强劲的超越性。但任何经典同时也不得不受时代文化的影响,在本色为尊的词学主流思潮影响下,异军突起的词坛别调稼轩词不可避免地受到一定程度的批判,经典地位较宋金下降,其经典化过程体现出鲜明的时代性。稼轩在元明二代的经典化彰显着时代性与超越性的矛盾统一。

三 清代:影响增强,经典地位上升

随着明末清初词坛对明代言词必言《花间》、《草堂》现象的反思,稼轩词的生命力越来越强。从阳羡派苏、辛并尊到常州词人偏重稼轩,辛弃疾终列经典榜上第2位。

入选榜上,稼轩词入选了除周之琦《心日斋十六家词选录》、戈顺卿《宋七家词选》之外的19个选本,共入选562篇次,列第5位。《唐宋词汇评》"辛弃疾"词条下清人点评103次,列点评榜第2位,唱和榜上,《全清词》(顺康卷)收录189首唱和词,超越清代姜夔、周邦彦、苏轼等人,列第1位。周济编撰《宋四家词选》,将稼轩作为主要词家,并在《宋四家词选目录序论》中指出了作词的途径是"问途碧山,历稼轩、梦窗,以还清真之浑化"③。可见,稼轩在常州派中后期已被明确视为学词之要津,词中的典范。

稼轩名篇数量则全面超越前代。稼轩在清代虽无词进入十大名篇,但却共有《祝英台近》(宝钗分)、《永遇乐》(千古江山)、《摸鱼儿》(更能消)等9首进入前100名,《青玉案》(东风夜放花千树)、《蝶恋花》

---

① 毛晋:《花间集跋》,施蛰存《词籍序跋萃编》,中国社会科学出版社1994年版,第635—636页。

② 杨慎:《词品》卷4,《词话丛编》本,第503页。

③ 周济:《宋四家词选目录序论》,《词话丛编》本,第1643页。

（谁向椒盘簪彩胜）、《清平乐》（绕床饥鼠）等 10 首词进入前 300 名。这
19 首词中，不少在清之前都寂寂无闻，如辛弃疾《永遇乐》（千古江山）
一词，稼轩词中经典指数上升最快的一首，从宋至清 3 个历史时期的排名
分别为：206、236、16。很明显，稼轩的这首《永遇乐》在清之前都没
多大影响力，它的经典性是被清人发掘出来的。此外，如《贺新郎》（绿
树听鹈鴂）、《清平乐》（绕床饥鼠）、《破阵子》（醉里挑灯看剑）、《西江
月》（明月别枝惊鹊）、《南乡子》（何处望神州）等词在清之前从来没进
过前 300 名，难得进入接受者的视野。这些名篇所产生的经典效应有效地
增加了稼轩词在清代的影响，促进了稼轩词在清代词坛经典地位的提升。

稼轩在清代的入选、点评、唱和及名篇指标均全面超越前代，因而经
典排名亦超越宋金、元明，列第 2 位。稼轩词为何能在清代取得超越宋
金、元明时期的经典地位呢？

（一）稼轩词创变之功受到更深入、全面的肯定

明末清初之际，随着词坛风尚的渐次转向，稼轩词开宗立派的创变之
功再次受到肯定，尤其是其中引经史百家语入词的创造性艺术手法得到接
受者的认可。

明清之际浙人丁澎《梨庄词序》曰："古今词人无虑千百家，迨北宋
为极盛。苏子瞻、陆放翁诸君特以遒丽取胜。至辛稼轩，其度越人也远
甚，余瞠乎后矣。三百余年以词名家者，文成、孟载以下，不可概
见。……稼轩才则海笔则山，博稽载籍，一乎己口，好学深思，多引陈
言。史迁之文，魏武之乐府，庶几乎出之。唐宋以来，言词必推辛，犹言
诗必推杜，横视角出，一人而已。以视后人，吹已萎花而香，饮既啜醨而
甘，以称塞海内。"① "以文为词"的稼轩在这里被推至与杜甫并尊，唐宋
之间"一人而已"的地位。稍后的王士禛指出"词如少游、易安，固是
本色当行，而东坡、稼轩以太史公笔力为词，可谓振奇矣。……自是天地
间一种至文，不敢以小道目之"②，充分肯定苏、辛开拓词境的意义。同

① 丁澎：《梨庄词序》，转引自孙克强《清代词学》，中国社会科学出版社 2004 年版，第
155 页。
② 王士禛撰，赵伯陶点校：《古夫于亭杂录》卷 4 之《词曲非小道》，《清代史料笔记丛
刊》本，中华书局 1988 年版，第 87 页。

时，他进一步指出"婉约以易安为宗，豪放惟幼安称首"①，稼轩被推至豪放第一人的位置。其后四库馆臣评稼轩词时说："其词慷慨纵横，有不可一世之概，于倚声家为变调，而异军突起，于剪红刻翠之外，屹然别立一宗，迄今不废"②，更充分肯定了英雄豪迈铿锵的豪放之作及稼轩对词体功能的开拓之功。不得不说，清人对稼轩词的认可度达到了前所未有的高度。

此后不少词学评论者提及稼轩词中以文为词的创造性表现手法都表示了充分的肯定：

> 邹祗谟《远志斋词衷》："词至稼轩，经子百家，行间笔下，驱斥如意。"③
>
> 彭孙遹《金粟词话》："稼轩之词，胸有万卷，笔无点尘，激昂措宕，不可一世。"④
>
> 李调元《雨村词话》："辛稼轩词肝胆激烈，有奇气，腹有诗书，足以运之，故喜用四书成语，如自己出。"⑤
>
> 刘熙载《艺概·词曲概》："稼轩词龙腾虎掷，任古书中理语瘦语，一经运用，便得风流，天姿是何敻异！"⑥
>
> 吴衡照《莲子居词话》："辛稼轩别开天地，横绝古今。《论》、《孟》、《诗小序》、《左氏春秋》、《南华》、《离骚》、《史》、《汉》、《世说》、选学、李杜诗，拉杂运用，弥见其笔力之峭。"⑦

这些点评与宋代陈模同类评论相比，显示了对稼轩艺术创新手法更全面、更深层的接受态度。陈模仅列举几首稼轩词，然后指出其"与《拟恨赋》手段相似"、"把古文手段寓之于词"，虽是发现者的眼光，但评点过于简单。以上清人的点评则既分析了运用新手法之后的艺术效果"龙

---

① 王士禛：《花草蒙拾·婉约与豪放二派》，《词话丛编》本，第 685 页。

② 《四库全书总目》卷 198《稼轩词》提要，中华书局 1965 年影印本，第 1817 页。

③ 邹祗谟：《远志斋词衷·词自选诗乐府来》，《词话丛编》本，第 652 页。

④ 彭孙遹：《金粟词话·论辛词》，《词话丛编》本，第 724 页。

⑤ 李调元：《雨村词话》卷 3 之《稼轩喜用四书成语》，《词话丛编》本，第 1420 页。

⑥ 刘熙载：《艺概》卷四《词曲概》，上海古籍出版社 1978 年版，第 110 页。

⑦ 吴衡照：《莲子居词话》卷 1 之《辛弃疾别开天地》，《词话丛编》本，第 2408 页。

腾虎掷"、"风流天姿"、"别开天地"、"横绝古今",又分析了稼轩用此手法的原因,"胸有万卷","肝胆激烈,有奇气,腹有诗书",同时还指出稼轩运用经史百家语"行间笔下,驱斥如意"、"如自己出",赞赏稼轩灵活运用经史百家语的语言能力和才气。清人对稼轩词艺术上的创新性的认识深度明显超越了前人。

(二)稼轩英雄才气获得高度称许与更深层的接受

清代读者不仅称许历来被接受者所叹赏的英雄才气,而且深入稼轩词心,较前代读者有更深层的理解与阐释,这对稼轩清代经典地位的提升意义重大。

其一,直接肯定英雄才气对稼轩词风形成的影响。

清人首先继承了前代读者对稼轩词风的评价,如邹祗谟《倚声初集序》中说:"辛、刘、陈、陆诸家,乘间代禅,鲸吞鳌掷,逸怀壮气,超乎有高望远举之思。"肯定稼轩词的豪雄特色,继承的便是宋以来的观点。清人在继承前代接受观点的同时,对稼轩词风有更深一层的理解。清人不仅读出了稼轩词中的豪壮,还读出了豪壮中的沉郁之悲、浑厚之致。譬如,陈廷焯《白雨斋词话》指出:"稼轩词于雄莽中饶隽味,于悲壮中见浑厚。"① 导致稼轩词这种美学风神形成的原因是什么呢?清人对此有独到的见解。陈廷焯《白雨斋词话》认为:"稼轩有吞吐八荒之概,而机会不来。正则可以为郭、李,为岳、韩,变则即桓温之流亚。故词极豪雄,而意极悲郁。"② 稼轩有"吞吐八荒之概",故其词能豪壮,但却"机会不来"故有沉郁之悲。此外,还有诸多剖析稼轩词风之论,譬如"辛稼轩当弱宋末造,负管乐之才,不能尽展其用,一腔忠愤,无处发泄……故其悲歌慷慨抑郁无聊之气,一寄之于词"③,此论与陈廷焯之论异曲同工。刘熙载也曾指出"苏辛皆至情至性之人,故其词潇洒卓荦","稼轩豪杰之词","辛稼轩风节建竖,卓绝一时,惜每有成功,辄为议者所沮。……然则其长短句之作,固莫非假之鸣者哉"④。梁启超《稼轩年

---

① 陈廷焯:《白雨斋词话》卷6,《词话丛编》本,第3916页。

② 同上书,第3925页。

③ 徐釚撰,唐圭璋校注:《词苑丛谈》卷4《品藻二》之《梨庄论稼轩词》,上海古籍出版社1981年版,第79页。

④ 刘熙载:《艺概》卷4《词曲概》,上海古籍出版社1978年版,第110页。

谱》中亦曾言稼轩"词文恢诡冤愤，盖借以抒其积年胸中块磊不平之气"①。

诸如此类之论均道出了稼轩词多愤懑沉郁之气的个中原委，即英雄才气无处可用，忠愤之气不得伸展，故其词既深厚、沉郁又悲壮、豪放。这种深度的接受中彰显着清人对稼轩英雄才气的肯定，蕴含着清人对稼轩不遇于时的慨叹。这更深层次地阐释了稼轩词的特质，是对稼轩词理解与接受的深化。

其二，通过反思辛派末流之弊赞赏稼轩词的英雄才气。

稼轩以英雄才气开创宋词中豪雄之风，后世效仿者不在少数，但往往议论过甚，完全失去了蕴藉之致，这类词往往被词论者批为"粗豪"、"叫嚣"。先著、程洪评稼轩《沁园春》（叠嶂西驰）时说："稼轩词于宋人中自辟门户，要不可少。有绝佳者，不得以粗、豪二字蔽之。"② 即认为稼轩词不得以粗豪视之，并肯定了稼轩开宋词新门户的创造性。常州派周济《介存斋论词杂著》云："稼轩不平之鸣，随处辄发，有英雄语，无学问语，故往往锋颖太露。然其才情富艳，思力果锐，南北两朝，实无其匹，无怪流传之广且久也。世以苏、辛并称，苏之自在处，辛偶能到。辛之当行处，苏必不能到。二公之词，不可同日语也。后人以粗豪学稼轩，非徒无其才，并无其情。稼轩固是才大，然情至处，后人万不能及。"③ 这里对辛弃疾作了全面的肯定，高调评价稼轩是南北两宋词坛无人匹敌的人物。在分析稼轩生命力长久旺盛的原因之后指出后人学稼轩之弊，在于既无稼轩之才，又无稼轩英雄不平之情。其后谢章铤也有类似之论："学稼轩，要于豪迈中见精致。近人学稼轩，只学得莽字、粗字，无怪阑入打油恶道。试取辛词读之，岂一味叫嚣者所能望其顶踵。蒋藏园为善于学稼轩者。稼轩是极有性情人，学稼轩者，胸中须先具一段真气奇气，否则虽纸上奔腾，其中俄空焉，亦萧萧索索如牖下风耳。"④ 冯煦亦云；"稼轩负高世之才，不可羁勒，能于唐宋诸大家外，别树一帜。自兹以降，词遂有门户主奴之见。而才气横轶者，群乐其豪纵而效之。乃至里俗浮嚣之子，

---

① 梁启超：《饮冰室专集》之98《辛稼轩先生年谱》，上海中华书局1936年版，第60页。
② 先著、程洪著，胡念贻辑：《词洁辑评》，《词话丛编》本，第1372页。
③ 周济：《云介存斋论词杂著·苏辛不同》，《词话丛编》本，第1633—1634页。
④ 谢章铤：《赌棋山庄词话》卷1之《论学稼轩》，《词话丛编》本，第3330页。

亦靡不推波助澜，自托辛、刘，以屏蔽其陋，则非稼轩之咎，而不善学者之咎也。"① 此处，亦明确指出了学稼轩流于粗、莽的原因在于无稼轩的真气、奇气。清末王国维、况周颐、陈洵等人亦持这样的观点。王国维说："东坡之词旷，稼轩之词豪。无二人之胸襟而学其词，犹东施之效捧心也。"② 况周颐直言："性情少，勿学稼轩。"③ 陈洵言："有真气，有盛气。真气内充，盛气外著，此稼轩也。学稼轩者无其真气，而欲袭其盛气，鲜有不败者矣。能者则真气内含，盛气外敛。"④ 而稼轩的真气、奇气来自其内在涵养着的英雄才气，这是鲜有人能与之相比的，所以后世学稼轩者自然多流于其表。清人对学辛流弊的反思其实本质上都是对稼轩英雄才气的高度肯定。而且，清人在反思学辛之弊时，深入到了稼轩词心，揭示了学辛之弊的真正根源，在前人的基础上，深化了对稼轩词的认识。

（三）稼轩词中的婉约之作亦备受肯定

宋人刘克庄就曾指出稼轩词豪放、婉约两种风格兼擅："公作大声镗鞳，小声铿锵，扫空万古，自有苍生以来所无。其秾纤绵密者，亦不在小晏、秦郎之下。"⑤ 元明时期，稼轩"大声镗鞳"之作被批莽、豪、霸而非本色，不被认可。清人对稼轩词同兼豪放和婉媚的特色持论中肯。只有为数不多的词家偏赏稼轩一面，如张惠言在《词选序》中肯定了辛稼轩的词属于"渊渊乎文有其质"的而列为"正声"⑥，但对辛弃疾的豪放词一首未录。清代读者大多能从英雄词的视角称许其"大声镗鞳"之作自然流露出来的豪气，同时也十分赞赏稼轩词中的秾纤婉媚、温婉悲凉之作。

清前期彭孙遹赞《青玉案》一词曰："辛稼轩'蓦然回首，那人却在

---

① 冯煦：《蒿庵论词·论辛弃疾词》，《词话丛编》本，第3592页。

② 王国维：《人间词话》，上海古籍出版社1989年版，第53页。

③ 况周颐：《蕙风词话续编》附录《蕙风词话诠评》，《词话丛编》本，第4596页。

④ 陈洵：《海绡说词·宋吴文英梦窗词·古香慢怨娥坠柳》，《词话丛编》本，第4859—4860页。

⑤ 刘克庄：《辛稼轩集序》，施蛰存《词籍序跋萃编》，中国社会科学出版社1994年版，第200页。

⑥ 张惠言：《词选序》，施蛰存《词籍序跋萃编》，中国社会科学出版社1994年版，第796页。

灯火阑珊处'，秦、周之佳境也。"① 贺裳评《减字木兰花》（盈盈泪眼）
曰："'锦字偷裁。立尽西风雁不来'，风致何妍媚也，乃出自稼轩之手，
文人固不可测。"② 邹祗谟则总体上肯定了稼轩妍媚之作："稼轩雄深雅
健，自是本色，俱从南华冲虚得来。然作词之多，亦无如稼轩者。中调短
令亦间作妍媚语，观其得意处，真有压倒古人之意。"③

　　清代中后期，稼轩《摸鱼儿》一词作为稼轩词中英雄百炼钢化为绕
指柔的典型之作，备受称赞。譬如，谭献《复堂词话》评《摸鱼儿》：
"裂竹之声，何尝不潜气内转。"④ 陈廷焯《白雨斋词话》："稼轩'更能
消几番风雨'一章，词意殊怨。然姿态飞动，极沉郁顿挫之致。起处
'更能消'三字，是从千回万转后倒折出来，真是有力如虎。"⑤ 而"休
去倚危栏，斜阳正在，烟柳断肠处"亦被赞为"独绝古今，不容人学
步"⑥。不止一首《摸鱼儿》得赞赏之语，另外"集中所载《水调歌头》
（长恨复长恨）一阕，《水龙吟》（昔时曾有佳人）一阕，连缀古语，浑
然天成，既非东家所能效颦，而《摸鱼儿》、《西河》、《祝英台近》诸
作，摧刚为柔，缠绵悱恻，尤与粗犷一派，判若秦越"⑦。邓廷桢《双砚
斋词话》中说："世称词之豪迈者，动曰苏辛。不知稼轩词，自有两派。
当分别观之。"指出稼轩词中如《祝英台近》（宝钗分）、《摸鱼儿》（更
能消）、《百字令》（即《念奴娇》）（野棠花落）、《水龙吟》（楚天千里
清秋）、《满江红》（家住江南）、《汉宫春》（春已归来）等词"平欺秦、
柳，下轹张、王"。⑧

　　总的说来，清人不仅肯定稼轩用经史百家语入词的创变之功，而且深
入稼轩词心，叹赏其中的英雄才气。对于稼轩词，不论是温婉悲凉者、秾
纤婉媚者还是豪壮悲慨者，都持中肯之论，赞赏其情其旨。清人对稼轩词

① 彭孙遹：《金粟词话·辛柳词与秦词》，《词话丛编》本，第722页。
② 贺裳：《皱水轩词筌·稼轩有妍媚词》，《词话丛编》本，第698页。
③ 邹祗谟：《远志斋词衷·稼轩词雄深雅健》，《词话丛编》本，第652页。
④ 谭献：《复堂词话·评辛弃疾词》，《词话丛编》本，第3994页。
⑤ 陈廷焯：《白雨斋词话》卷1之《稼轩摸鱼儿》，《词话丛编》本，第3793页。
⑥ 陈廷焯：《白雨斋词话》卷6之《稼轩词于雄莽中饶隽味》，《词话丛编》本，第
3916页。
⑦ 冯煦：《蒿庵论词·论辛弃疾词》，《词话丛编》本，第3592页。
⑧ 邓廷桢：《双砚斋词话·稼轩词两派》，《词话丛编》本，第2528—2529页。

全面、深入的接受是稼轩词的内质与清代时代文化思潮变迁相互碰撞融合的结果。明清易代，英雄之词——稼轩风随着阳羡派登上词坛而备受推重。随后浙派词坛虽不以稼轩为尚，但以雅为纲，其目的在于推尊词体，因此稼轩词的创变之功及丰富内涵也在此时期获得了很大程度的认可。清中后期稼轩词的内在品质又与常州词派主张相契合。在词坛普遍将词与诗骚并比、尚比兴寄托、发义之幽隐的词学观念的引导下，感慨既大、寄托自深之类表达幽约怨悱之情、盛衰兴亡之感的词作受到更多关注。一生心系天下，以恢复故国为己任的辛弃疾及其"雄莽中饶隽味，于悲壮中见浑厚"、"敛雄心，抗高调，变温婉，成悲凉"①的词从内容到风格都与常州派暗合，自然备受称赏。清人对稼轩全方位的认可促使了稼轩词坛经典地位的飙升。

四　现当代：称雄词坛，无与伦比

20世纪以来，稼轩的影响越来越强，最终超越了所有的宋词名家，其经典性指标105，比排名第2的苏轼高10，比第3名姜夔高46.2，其词坛经典地位无与伦比，成为现当代最有影响力的一位词人。

（一）在选家与研究人员的推动下称雄词坛

数据结果显示，在入选榜上，稼轩以入选59个选本，795篇次的入选指标列入选榜第1。选本效应让稼轩在现当代的普通大众读者群中产生广泛的影响，这对于稼轩20世纪词坛霸主地位的确立影响巨大。在研究型读者中，稼轩不论是单次点评数，还是研究论文论著的数量，均列第2位，特别是研究论文论著的数量有1282之多，数量仅次于苏轼的相关研究文章。研究者对稼轩的关注度在21世纪继续升温，2000—2013年，研究论文论著则共有近900，其中，以辛弃疾为关键词搜索中国国家图书馆，研究论著数为110部②。以题名中包括辛弃疾或稼轩，发表时间为2000年1月1日至2012年12月31日为关键词搜索中国知网，共有756篇相关研究论文③。

在选家与研究人员的关注下，稼轩名篇的数量与排名迅速飙升，如下

---

① 周济：《宋四家词选目录序论》，人民文学出版社1959年版，第12页。
② http://find.nlc.gov.cn，2013年6月23号，18：03搜索结果。
③ http://epub.cnki.net，2013年6月23号，21：26搜索结果。

表5-3-1所示：

表5-3-1　　　　　　　稼轩名篇历代排名

序号	词牌	首句	宋名次	明名次	清名次	今名次
1	永遇乐	千古江山	206	236	16	5
2	水龙吟	楚天千里清秋	218	382	87	8
3	摸鱼儿	更能消	21	31	20	10
4	菩萨蛮	郁孤台下清江水	172	379	42	12
5	破阵子	醉里挑灯看剑	352	434	208	21
6	青玉案	东风夜放花千树	209	434	124	30
7	西江月	明月别枝惊鹊	352	478	247	34
8	贺新郎	绿树听鹈鴂	330	380	89	35
9	清平乐	茅檐低小	218	478	449	50
10	祝英台近	宝钗分	6	58	15	55
11	鹧鸪天	壮岁旌旗拥万夫	352	402	336	78
12	南乡子	何处望神州	346	450	282	79
13	丑奴儿令	少年不识愁滋味	352	434	484	90
14	鹧鸪天	陌上柔桑初破芽	218	395	282	102
15	清平乐	绕床饥鼠	352	478	169	113
16	念奴娇	野棠花落	77	24	39	115
17	沁园春	叠嶂西驰	172	410	408	135
18	西江月	醉里且贪欢笑	352	419	435	141
19	鹧鸪天	枕簟溪堂冷欲秋	218	102	25	151
20	贺新郎	甚矣吾衰矣	77	247	177	152
21	太常引	一轮秋影转金波	352	246	273	169
22	水龙吟	渡江天马南来	218	50	179	212
23	沁园春	三径初成	210	86	72	218
24	蝶恋花	谁向椒盘簪彩胜	218	235	128	237

　　从表5-3-1可知，现当代的稼轩词成为百首名篇的数量比宋金、元明、清代分别多9、7、4首，前300名之内的则分别多6、11、5首。尤其是十大名篇，在此之前，稼轩仅《祝英台近》（宝钗分）一词进入过宋金时期的十大名篇，元明和清代的十大名篇稼轩均无作品入选。现当代，十大名篇分属于7位词人，稼轩一人独占3首。众多的名篇产生了强大的

经典效应，提升了稼轩的词坛经典地位。

　　而且，表5-3-1数据也显示现当代，稼轩不仅名篇数量超越前代，而且大部分名篇的排名也急剧上升。十大名篇中，除了《摸鱼儿》一词的古今排名差异不大外，《永遇乐》（千古江山）清代之前分别排名206、236，清代排名上升为第16名，现当代排名再次上升至第5名。《水龙吟》（楚天千里清秋）宋金时期排名218，元明时期排名382，清代排名87，20世纪排第8名。再譬如《菩萨蛮》（郁孤台下清江水）从宋至现当代的排名变化依次为172、379、42、12；《破阵子》（醉里挑灯看剑）的排名变化依次为352、434、208、21；《青玉案》（东风夜放花千树）的排名变化依次为209、434、124、30；《西江月》（明月别枝惊鹊）的排名变化依次为352、478、247、34；它们皆由影响甚微的作品成为20世纪的名篇。现当代新建构的经典名篇中，以稼轩的作品最多。《破阵子》（醉里挑灯看剑）、《青玉案》（东风夜放花千树）、《西江月》（明月别枝惊鹊）、《清平乐》（茅檐低小）、《鹧鸪天》（壮岁旌旗拥万夫）、《南乡子》（何处望神州）、《丑奴儿令》（少年不识愁滋味）7首作品均是首次进入百首名篇之列。而同一时期排名第2的苏轼却只有3首作品首次进入百首名篇。

　　入选指标第1，经典作品数量剧增，作品排名飙升，同时研究人员的关注度均排第2，这使得稼轩影响力迅速扩大，成为新时代最有影响力的词家，称雄词坛。

　　（二）稼轩成为经典词人魁首——历史和时代的选择

　　“文变染乎世情”，作家身后影响声名的起落浮沉亦然。20世纪新文化运动以来的社会文化思想变迁是稼轩经典地位飙升，最终成为词坛第一人的关键因素。

　　从文化传统对经典生成及嬗变的影响看，随着以词为娱宾遣兴的通俗音乐文学的原生态文化环境的日渐久远，经过清人200余年间不遗余力地推尊词体，视词为“小道”、“末技”、“诗余”的词学观念不再是新时代的普通大众读者对词的看法。因此，那些以经史百家语入词，抒发英雄志士情怀、心系家国天下而充满艺术魅力的稼轩词自然更容易被新时代的读者视为宋词精华。

　　从时代文化思潮对经典生成及嬗变的影响看，如前所述，从19世纪中叶至20世纪上半期的百年历程，是一部中华民族为求自由与独立的斗争史。在求民族解放、国家独立的强大时代心理驱动下，20世纪百年历程，中国社会形态几经变革。从中国同盟会的革命宗旨"驱除鞑虏，恢复中华，建立民国，平均地权"，到孙中山提出"民族、民权、民生"的三民主义，再到中国共产党人追求解放自主的信念，体现的都是有志之士为追求国富民强的刚劲不挠的时代精神。在这种时代精神潜移默化的影响下，英雄气洋溢的稼轩词最容易获得广大读者的心理认同，从而大放异彩。而20世纪50年代末至80年代，政治标准以强大的力量渗透于学术研究领域的时候，如前所述，"作为宋词主流的……首先应该是反映了宋代社会阶级矛盾、民族矛盾和宋代人民的生活，人民对统治阶级以及外族侵略者斗争的内容"①。稼轩词由于具凝重的爱国主题和反映人民生活的思想性也同样受到推重。

稼轩在现当代成为宋词经典名家魁首是历史和时代选择的结果。

在文化传统及时代文化思潮浸润下，元明时期对稼轩词的接受表现为偏爱其中秾纤绵丽之作，清代读者则对雄莽而饶有隽味，悲壮中见浑厚而百转千回、哀怨温婉的作品青睐有加。而20世纪以来，对稼轩词中英雄豪气的阐释与接受则成为了主流，代表民族正气、忠怀忧国、慷慨任气的爱国情结成为最受关注的对象。

新文化运动以来，对稼轩词中英雄气的研究是现当代的研究热点。譬如，30年代薛砺若先生在《宋词通论》中指出："词学到了辛稼轩，风格和意境两方面都大为解放。他以圆熟流走的笔锋，写出悲壮淋漓的歌声。他替中国词坛上留下了一个永久的纪念。他的河山之恸，故国之思，权奸当路之愤，以及豪爽负气的个性，都从他那种呜咽沉着、悲壮淋漓的歌声里一一发泻出来，如长江赴海，顿开千古壮观，读了令人生无限感慨。"② 中国社科院编著《唐宋词选》中说道：自建炎初到开禧末（1127—1207），"词是沿着健康的道路发展"，重大题材占主导地位，以辛弃疾为代表。③ 吴熊和先生《唐宋词通论》亦指出："辛弃疾继苏轼之后，在南宋前期的历史条件下，把词的改革又推进了一大步。他以炽热的

---

① 郁贤皓、周福昌：《必须用批判的态度对柳永的词重新估价》，《光明日报》1960年7月17日。

② 薛砺若：《宋词通论》，上海书店1985年版，第237页。

③ 中国社科院编著：《唐宋词选·前言》，人民文学出版社1982年版，第12页。

爱国热情和饱满的斗争精神倾注于词，使词同国家民族的命运结合起来，词的艺术容量和抒情功能在他手中达到了新的高度。辛弃疾的词……震响着时代的风雷之音。……有了辛弃疾词派，南宋词坛才从宣和以来的袅袅余音中转向了'虎虎有生气'的局面。"① 其后刘扬忠先生的《辛弃疾词心探微》一书则从"深沉浩茫的民族忧患意识"、"舍我其谁的使命意识"、"尚武任侠的军人意识"、"疾恶如仇的社会批判意识"、"大胆敏锐的反传统意识"出发，探讨了稼轩的文学主张与审美理想、稼轩词的艺术表现、艺术创新、创作阶段和历史地位。王兆鹏先生《英雄的词世界——稼轩词的审美特质及其新变》② 则认为辛词中展现的是一位悲剧英雄的苦闷心态和悲剧情怀，而能把抒情主人公的气质、精神、命运及其变化表现得如此丰满者，在唐宋词史上"除了辛弃疾之外，别无二人"。此外，还有诸如朱天红《耿耿丹心，沉郁悲壮——读辛弃疾退隐期的词》，朱炜《烈士暮年，壮心不已——说辛弃疾词〈破阵子〉》，朱炜《忠愤之气，拂拂指端——试析辛弃疾词〈菩萨蛮·书江西造口壁〉并与一些注释者商榷》，钟伟东、李世光《泪水豪气铸词章：读辛弃疾词〈水龙吟·登建康赏心亭〉》，周广立《春归无限好，投身献神州——读辛弃疾的词〈汉宫春·立春日〉》，许山河《慷慨英雄泪——论辛词的悲剧意识》等许多文章直指稼轩的英雄爱国之情。21 世纪以来，对稼轩英雄气的探讨与阐释仍然是学界的热点。譬如，王春庭《醉里挑灯看剑》（东方出版社，2001 年版）、王延悌《壮怀浩歌——辛弃疾》（山东教育出版社，2001 年版）、姜岱东《剑胆诗魂——辛弃疾》（人民文学出版社，2002 年版）、王翠芳《稼轩豪放词风之美学研究 》（花木兰文化出版社，2007 年版）、赵晓岚《金戈铁马辛弃疾》（人民文学出版社，2010 年版）、伊鸥《驰骋疆场名震词坛的辛弃疾》（吉林人民出版社，2011 年版）等都以阐发稼轩英雄气为主。这些著作对于稼轩及其词在 21 世纪经典地位的保持具有重要作用。

　　20 世纪以来，学者们在深入探讨稼轩英雄气的同时，对稼轩词风的认识也在继承前代研究成果的基础上深入。施议对先生《论稼轩体》指

---

　　① 吴熊和：《唐宋词通论》，浙江古籍出版社 1985 年版，第 236 页。

　　② 王兆鹏：《英雄的词世界——稼轩词的审美特质及新变》，《河北大学学报》1993 年第 4 期。

出稼轩词的内容有以下 3 种形式表现：英雄语、妩媚语、闲适语。① 夏承
焘先生即立足于历史环境和辛弃疾的身世遭遇，认为"辛弃疾既不甘于
同流合污，又不能施展抱负，不得畅所欲言，只有收敛锋芒，化百炼刚而
为绕指柔。"② 吴熊和先生指出"摧刚为柔，心危苦词，尤为辛词中独创
的风格"③。特别是刘扬忠先生对稼轩词风提出了独到而客观的见解，他
认为稼轩的"特殊贡献在于以自已禀赋的阳刚之美与英雄之气来改铸和
提高了传统的阴柔之美与纤婉之风，创造出了一种既非一味愤张叫嚣地
'放'个不休，也决不软媚香艳，而是熔二美于一体的全新风格"④。这些
观点，超越了以往简单地从本色、别调或婉妙、豪放的视角对稼轩词进行
批评的局限，深入稼轩词心，揭示了稼轩独特而复杂的词风形成的原因，
对于稼轩及其词在新时代的进一步经典化意义重大。

此外，稼轩的生平、交游、思想，稼轩词作评析、注释、编年，词作
主题、情感与艺术特质，稼轩及其词的传播与接受，稼轩的词史贡献，稼
轩与其他豪放词人的比较等各方面的研究在现当代均取得了令人瞩目的成
果。不同的研究者从不同的视角全面地对稼轩其人其词作了阐释，这些对
稼轩影响力在现当代的延伸都具重要意义。

综观稼轩从宋至今的经典化过程，一方面，从宋至今 4 个历史时期，
稼轩词史地位从第 3 下降为第 5，再上升至第 2，最终升至第 1，总体上呈
现出不断上升的趋势。可见，由于时代文化气候的变迁，稼轩及其词在不
同时期具有完全不同的影响效应，其经典化过程表现出明显的变异性特
征。另一方面，在"剪红刻翠之外"别立一宗的稼轩词是一具有高度经
典性的历史存在，其丰富的思想内涵、高度的艺术创新决定了无论历史文
化如何变化，他经典地位始终不出前五名之外，表现出较强的恒定性。真
正的经典就这样，总能突破历史尘封，焕发生命力，屹立于经典之林。

---

① 施议对：《论稼轩体》，《中国社会科学》1987 年第 5 期。
② 夏承焘：《谈辛弃疾的〈摸鱼儿〉词》，《浙江日报》1957 年 10 月 13 日。
③ 吴熊和：《唐宋词通论》，浙江古籍出版社 1985 年版，第 246 页。
④ 刘扬忠：《辛弃疾词心探微》，齐鲁书社 1990 年版，第 232 页。

第四节　遗忘与追捧：姜夔及其词的经典化

姜夔是词史上名副其实的经典词家。他以清刚、疏朗、清空、骚雅等美学风神别开生面，"艺术成就颇高，确可称一代巨匠"①。从宋至今的历史动态平衡中，姜夔的综合影响力仅次于辛弃疾、苏轼和周邦彦，位居第4。但是这位在词史上举足轻重的大家，他的经典化跌宕起伏，其人其作在历史流播过程中或被人追捧为"圣"，或被掩埋于历史的尘埃中，默默无闻。笔者拟结合历代三大读者群对姜夔的接受情况，试对此嬗变现象及其原因进行阐释。

一　宋金：经典地位确立，享誉词坛

经典是在时间的冲洗下形成的。一位作家、一部作品必须经过一定时间的考验，在一定的时期内既被广泛传播，又被深度接受，从而产生长远影响，这才可以称之为经典。两宋300余年间，越早出世的作家作品拥有更广泛的被传播接受的空间，因此，在名家如林的两宋时代，南宋词人要跻身两宋经典词人的行列，客观上处劣势。但姜夔却在两宋词坛获得了足够大的影响。他的词作，共有6首进入宋金时期的百首名篇，其中《暗香》为十大名篇第8位，其人则名列宋金十大词人第5位。约生活于1155—1221年间的姜夔，12世纪下半叶登上词坛，到13世纪中叶，便在三大读者群产生了深远的影响，誉满词坛，确立了他在词史上的经典地位。

姜夔及其词拥有的传播广度从宋人选宋词的情况可见一斑。宋代大众接受宋词，一是通过听词、唱词，二是借助于选本的阅读。前者因词乐失传和文献不足而难以确切了解当时宋词的传唱情况，而后者则为我们打开了一扇了解宋代大众接受宋词的窗户。宋代最具影响力的四大词选中，除编定于绍兴十六年（1146）的《乐府雅词》因为成书于姜夔出生之前而不可能入选姜夔的词之外，另外3个选本均收录了姜夔的不少作品。其中，《阳春白雪》与《花庵词选》的编撰者赵闻礼、黄昇均于13世纪中

---

① 唐圭璋：《姜夔评传》，见《中国历代著名文学家评传》，山东教育出版社1980年版，第556页。

期活跃于词坛，而《绝妙好词》的编撰者周密则是 1232—1298 年间人。
这即意味着姜夔最晚的词作也最少经过了 20 余年的时间考验后被选家所
认可，然后随着选本的流传而仍拥有广大读者。至于像作于南宋光宗绍熙
二年辛亥（1191）《暗香》、《疏影》等名作则已经过了两三代人的时间
沉淀，仍被证明具有旺盛的生命力。可见在词与音乐结缘的时代，精于音
律的姜夔所创之词不仅在初创之后颇受时人喜爱，而且经过时间的检验，
随着选本的流传，当中不少作品在普通大众读者中已经具有非常广泛的影
响力。

批评型的词学专家则深层次地阐释了姜夔及其词内在的经典性，在延
伸其传播广度的同时，彰显了对其接受的深度。在批评型读者群中，南宋
词人的影响普遍不高，因为成书于南宋孝宗之前的杨绘《时贤本事曲子
集》、杨湜《古今词话》、鲖阳居士《复雅歌辞》、王灼《碧鸡漫志》、吴
曾《能改斋漫录》、胡仔《苕溪渔隐丛话》等著作，在论词中基本上没有
对南宋词人词作的评论。以上著作也根本不可能对姜夔及其词进行点评，
因而姜夔在宋金时期的点评数量远不可以和周邦彦（23 次）、苏轼（19
次）、秦观（18 次）、李清照（16 次）、柳永（15 次）等北宋名家相比，
在此期间姜夔被点评 9 次已属难能可贵。[1] 虽然数量上并不是很多，但看
具体的点评内容，则可知，在姜夔逝世半个世纪之后，他实际上获得了批
评型读者的一致赞赏和认可。譬如，在周邦彦被奉为词坛宗主的时候，黄
昇就认为姜夔词"极精妙，不减清真乐府，其间高处，有美成所不能
及"[2]。之后周密认为姜夔"长短句妙天下"，并十分仰慕赞赏姜夔的人
格，他感叹道："呜呼！尧章一布衣耳，乃得盛名于天壤间若此，则轩冕
钟鼎，真可敝屣矣。"[3] 再稍后走上词坛中心的张炎（1248—1320），他对
姜夔词的点评更是顶礼膜拜式的："白石词如《疏影》、《暗香》、《扬州
慢》、《一萼红》、《琵琶仙》、《探春》、《八归》、《淡黄柳》等曲，不唯
清空，又且骚雅，读之使人神观飞越"；"《暗香》、《疏影》两曲，前无

---

① 此处周、苏、秦、李、柳、姜的点评数来自吴熊和《唐宋词汇评》（两宋卷），文章以
下点评数来源同此。

② 黄昇：《中兴以来绝妙词选》卷 6，《四部丛刊》本。

③ 周密：《齐东野语》卷 12《姜尧章自叙》，中华书局 1983 年版，第 211 页。

古人，后无来者；自立新意，真为绝唱"。① 姜夔词确实可谓"自立新意"，而且难能可贵的是，他是在两个强大的词学审美传统之间别立一派，正如夏承焘先生所言；"白石在婉约和豪放两派之间另树清刚一帜，以江西诗的瘦硬之笔救周邦彦一派的软媚，又以晚唐的绵邈风神救苏辛派粗犷流弊"②，毫无疑问，"直接战胜传统并使之屈从于己，这是检验经典性的最高标准"③。南宋的词评家们发现了姜夔词艺术上的独创性、典范性，及其堪比晋宋雅士的人格，并对此表示了他们的态度和意见。对姜夔及其词的这种深度接受为姜夔在南宋中后期赢得了崇高的词坛声誉。这种影响随着宋末遗民词人入元而延续至元初词坛。也就是说一个世纪之后，在批评型读者中，姜夔及其词不仅没有由于时间的流逝而褪色，反而随着时间的流逝而生命力渐次加强。经过 100 多年时间的淘洗仍具旺盛生命力，已足能被称为经典。

正如张炎所言，姜夔"自立新意，真为绝唱"。他的词确立了一种新的范式，既不流于软媚，也不堕入叫嚣，别树清空骚雅之美。他的作品因高度的独创性和典范性成为了创作型读者的效仿对象。而效仿在经典化过程中的作用也是不容忽视的，文学作品的生命力，不但通过创作者本人的作品流传，也能借助于别人的作品传之后世。如哈罗德·布鲁姆所言，"在某种意义上的'经典的'总是'互为经典的'"④。在创作领域，"清空"、"骚雅"的姜词具有强大的影响。查《全宋词》和《全金元词》，共有 11 首唱和姜夔词的作品，这在十大词人中仅次于周邦彦、苏轼、辛弃疾。事实上，诸多词家推崇姜夔的词，不仅效仿姜词的格律声韵，更以似姜夔词的风神为荣，如张炎极赏姜词"清空"、"骚雅"之致，他自己作的词也被认为"堪与白石老仙相鼓吹"⑤，张炎的《山中白云词》，多用姜夔自度曲《暗香》、《疏影》、《长亭怨慢》、《探春慢》等词调，而且达到了这样的效果："试掩姓氏观之，应不辨孰为尧章，孰为白石。"⑥ 王

① 张炎：《词源》，《词话丛编》本，中华书局 2005 年版，第 259、266 页。
② 夏承焘：《论姜白石的词风》，见《姜白石词编年笺校》（代序），中华书局 1958 年版。
③ ［美］哈罗德·布鲁姆：《西方正典》，江宁康译，译林出版社 2005 年版，第 20 页。
④ 同上书，第 40 页。
⑤ 仇远：《山中白云词序》，见施蛰存《词籍序跋萃编》，中国社会科学出版社 1994 年版，第 391 页。
⑥ 先著、程洪：《词洁辑评》，《词话丛编》本，第 1355 页。

沂孙词也得姜夔真传，被誉为"琢语峭拔，有白石意度"①。所谓词"至
南宋乃极其工，姜夔尧章最为杰出，宗之者史达祖、卢祖皋、吴文英、蒋
捷、周密、陈允平诸名家，皆具姜之一体"②。在南宋创作型读者群体中，
姜夔已然成为一代宗主。

对姜夔的推崇并不仅限于姜派词人群中。譬如，与姜夔大致同时代的
吴潜（1195—1262），词风豪放，是辛派词人中的一员干将，他不仅与姜
夔私交甚笃，而且也服膺于姜夔的创作。其《暗香》（晓霜一色）词序
云："犹记己卯、庚辰之间，初识尧章于维扬。至己丑嘉兴再会，自此契
阔。闻尧章死西湖，尝助诸丈为殡之，今又不知几年矣。自昭忽录示尧章
《暗香》、《疏影》二词，因信手酬酢，并赓潘德久之诗云。"③ 吴潜也爱
作梅词，其中用姜夔《暗香》、《疏影》调的有 8 首之多。

可见，姜夔虽然生活在南宋中后期，但却以他的人格魅力和颇具一格
的词风在三大读者群中都获得了巨大声誉，既被广泛传播，又被深度接
受，从而确立了在词坛的经典地位。

二　元明：湮没无闻，经典地位失落

经典既具超越性又具时代性，既具恒定性又具变异性。由于读者的历
史理解介入经典化过程，一个经典被确立之后，并不意味着就具有永恒不
变的经典地位。姜夔随着南宋遗民词人相继谢世，至元代中期，在享誉词
坛 100 多年后，声名渐隐，至明代几乎淡出词学视野，经典地位一落
千丈。

首先，姜夔及其词在元明时期消费型的普通大众读者中被传播接受度
甚微。

和南宋词选家对姜夔词的普遍青睐不同，元明词选编撰者选姜词者寥
寥无几。当时词坛影响最大的词选是《草堂诗余》，元明不同的版本虽然
在宋本的基础上增添了不少词作，但姜夔的词还是一首未选。据可资考证
的史料，有明一代，《草堂诗余》共有近 40 个版本曾经刊行，没被它入

---

① 张炎：《琐窗寒·序》，见唐圭璋《全宋词》，中华书局 1999 年版，第 4385 页。
② 杜诏：《曹刻山中白云词序》，见施蛰存《词籍序跋萃编》，中国社会科学出版社 1994 年版，第 397 页。
③ 吴潜：《暗香·序》，见《全宋词》，中华书局 1999 年版，第 3496 页。

选的词人词作自然难为大众所知。失去传播的广度，何以成为广为传诵的经典？除《草堂》不选外，明杨慎"取其尤绮练者四卷，皆《草堂诗馀》之所未收"①，辑成《词林万选》，也未收录姜夔词。张埏编纂的《诗余图谱》、程明善所辑《啸余谱》于姜词亦一首未选。笔者曾统计明代主要词学选本的选词情况，唯明末赖以邠《填词图谱》选 8 首；题明程敏政编的《天机余锦》录 1 首；明卓人月汇选、徐士俊参评《古今词统》录 10首，其《鹧鸪天》（辇路珠帘两桁垂）另著录于秦观名下；潘游龙辑《精选古今诗馀醉》录 5 首；明陈耀文辑，选录了 3200 多首词作的《花草粹编》12 卷，作为明人选唐宋词规模最大的一部词选，也仅收录姜词 19首，另《鬲溪梅令》（好花不与殢香人）被著录于李之仪名下。在笔者统计的明代词选中，姜词总共有 28 首词被入选 45 次。相对来说，排名前200 位的宋代词人在笔者统计的明代词选中共入选 11067 次，平均入选率为 1.81 个百分点，而姜词在这些明代词选中则只有 0.41 个百分点的入选率。不仅词选中几乎看不到姜夔词的影迹，姜词别集也仅见一版本。有明一代直至清初朱彝尊时，除毛晋《六十家词》据《花庵词选》辑录 34 首姜夔词编为《姜白石词》一卷外，未见有其他姜词别集传于世②。姜词全本于明代未见世。总之，姜夔的词在明代既无完整别集传世，主要词选也难得见到姜词。作家作品据以流传于大众读者间的物质性传播资料的缺失必然使姜夔及其词淡出大众读者的视野，这必然导致其经典地位下降。

其次，元明时期的精英读者，不论是批评型的还是创作型的，对姜夔及其词的关注度也非常低，且基本上沿袭宋人之论，基本不见新的理解和阐释。

由于流传于明代的姜词数量少，姜夔及其词在明代很少受到批评型读者的关注自当是必然的。据吴熊和先生主编的《唐宋词汇评》所收录的文人点评资料，姜词中的名篇如《暗香》（旧时月色）被点评 2 次，《疏影》（苔枝缀玉）被点评 1 次，《齐天乐》（庾郎先自愁吟赋）被点评 3次，余者皆未见相关的文人评点。明代文人即便是在谈到姜夔时，基本上都是秉承宋人的观点。如元代陆辅之，本就是张炎的传人，他在《词旨》中论及作词时要求取周、姜、史、吴四家之所长，其中应该学习姜夔的是

---

① 永瑢：《四库总目提要》卷 200，中华书局 1965 年版，第 1832 页。

② 参王兆鹏《词学史料学》，中华书局 2004 年版，第 216—218 页。

"姜白石之骚雅"①，明显师承张炎的观点。其下所附对姜夔的介绍突出的是两个方面：一为"精通音律"，"词尤卓绝"；二为"以布衣终老江湖"，也无出宋人对姜夔评价之右者。再如明代杨慎在《词品》卷4中评价姜夔："姜夔字尧章，号白石道人，南渡诗家名流，词极精妙，不减清真乐府，其间高处，有美成不能及者。善吹箫，自制曲，初则率意为长短句，然能协以音律。其咏蟋蟀《齐天乐》一词最胜。"这几乎就是宋人黄昇评姜词的翻板。其下文接着指出姜词："其腔皆自度者，传至今，不得其调，难入管弦，只爱其句之奇丽耳。"② 这段述姜词至明不传的原因之论恐怕就算是元明时期对姜夔词的新评价。这一方面仅指出姜夔在元明经典地位失落的表层原因之一；另一方面也反映出元明人接受姜夔词的一个事实，那便是这时读者对姜夔的接受仅停留在其词的表象上，而未能深入词心。至明末云间派宋征璧评姜夔时也仅仅给出这样的评价："姜白石之能琢句"③，这对姜夔的认识也留于表象，没有达到宋人的高度，既未触及姜词之妙处，也没有认识到姜夔实际上于词体文学的创造之功。忽略姜夔另树"清刚"一帜之功的，也并不是一家之言，明人在论及词体之变时，基本上只关注到苏、辛一派。至于创作型读者这一接受群体中，姜夔词也少有效仿者。据《全明词》及《全明词补编》，也仅见彭孙贻的4首分别追和姜夔的《暗香》、《疏影》、《长亭怨》、《眉妩》的梅词。可见，姜夔在元明之际被接受的深度不仅没有开拓，也不及宋。

　　整个元明时期，既缺乏可供广大消费型的大众读者所赖以接受的选姜词的选本，精英型的读者对姜夔及其词的关注度也低，且多是沿袭旧说。由于传播广度与接受深度的缺乏，姜夔及其词在明代三大读者群中的影响力全线降低。由此，曾享誉于词坛的姜夔及其词，在明代差不多湮没于历史的尘埃之中了，其经典地位全面失落。

三　清代：声名再起，经典地位飙升

　　经典的时代性是它的本质属性之一，优秀的作家作品必须与某一时代

---

① 陆辅之：《词旨》，《词话丛编》本，第301页。

② 杨慎：《词品》，《词话丛编》本，第491—492页。

③ 宋征璧：《倡和诗余·序》，陈立点校《云间三子新诗合稿幽兰草倡和诗余》，辽宁教育出版社2000年版，第2页。

文化气候遇合时才会产生巨大的经典效应。于是，有的作家作品诞生后或许要沉睡数百年，才会被认可，譬如，陶渊明的经典化就是这样的一个典型。有的作家作品或许在历史上灿烂一时继而黯然失色，而在下一历史阶段其内在的审美意蕴或许又为读者所发现而重放光芒。姜夔便是此类典型。与元明几乎不受关注的传承状况截然相反，姜夔及其词在清代声名鹊起，其人其词在三大读者群中的影响力全面超出前代，经典地位飙升。

考察清人词学视野中的宋词经典，姜夔一人就有 4 首词进入十大名篇，分别为《暗香》（旧时月色）、《疏影》（苔枝缀玉）、《齐天乐》（庾郎先自吟愁赋）、《长亭怨慢》（渐吹尽）。随着姜夔名作再次焕发生机，姜夔在清代的影响力也全面复兴且超越历史。此间，姜夔超越苏轼、周邦彦和辛弃疾，由明代排名 25、宋代排名第 5，一跃而成为清代词坛第 1 号历史人物，经典地位飙升至历史最高点。

姜夔在清代词史经典地位的复苏首先得力于清初朱彝尊对姜词的充分肯定。为了改变明代长期以来形成的言词必《花间》、《草堂》的局面，扭转词坛柔靡之风，朱彝尊提出"醇雅"的词学审美观念，极力推重姜夔、张炎等南宋词家。他指出"自鄱阳姜尧章出，句琢字炼，归于醇雅"①，"词莫善于姜夔"②。他和汪森编纂《词综》即将当时仅见的 20 余首姜词全数收入，并大加赞赏。承袭宋人对姜夔的评价，在《词综·发凡》里再次肯定地说："词至南宋始极其工，至宋季始极其变，姜氏尧章最为杰出。"③ 而《词综》"所录之词，自唐迄元，一以雅正为鹄的。……一洗明代纤巧靡慢之习，遂开浙西一派，垂范二百年"④。在浙西派的推重下，姜夔由明代的备受冷落一下子成为人人效仿的对象，出现所谓"家白石而户玉田"⑤ 的盛况。

以《词综》为突破口，姜夔由词坛边缘重回词坛中心。一改明代被选家忽略的情况，清代主要的选本都选了姜夔的词。除《词综》外，张

---

① 朱彝尊、汪森编，李庆甲点校：《词综·序》，上海古籍出版社 1987 年版。
② 朱彝尊：《黑蝶斋诗余序》，见施蛰存《词籍序跋萃编》，中国社会科学出版社 1994 年版，第 543 页。
③ 朱彝尊、汪森编，李庆甲校点：《词综·发凡》，上海古籍出版社 1987 年版。
④ 陈匪石：《声执》卷下，《词话丛编》本，第 4962 页。
⑤ 朱彝尊：《静惕堂词序》，见施蛰存《词籍序跋萃编》，中国社会科学出版社 1994 年版，第 543 页。

惠言《词选》、周济《宋四家词选》和《词辨》、戈顺卿《宋七家词选》、冯煦《宋六十一家词选》、沈辰垣《御选历代诗余》等清代有影响力的词选基本上都入选了姜夔的词。如《暗香》历代选本入选情况，明代 22 个选本只入选 3 个，清代 21 个选本入选 12 次，列清代入选榜第 3。姜夔词作名篇在清代的入选次数全面超过明代。选家的重新肯定直接影响了姜夔的词史地位。另外，姜夔词的别集在清代的传播也空前高涨，自元代陶宗仪钞本《白石道人歌曲》6 卷《别集》1 卷于清初由楼敬思购藏后，传钞传刻楼氏家藏本就有四大流别共 20 多个版本。此外还有朱彝尊辑录本的传刻本①。传刻姜词成为清代词坛一大热点。由于选录姜词的选本和姜词别集的刊刻流传，清代更多的大众读者能够有机会接受姜词，姜夔及其词重新获得广泛传播，在消费型的大众读者群中的影响力上升。

清代批评型读者对姜夔及其词的接受也全面超越前代。从数量上看，"尤为空前绝后，独有千古"② 的《暗香》在《唐宋词汇评》收录点评中，宋代 3 次，元明 2 次，而清代猛增至 24 次，居清代点评榜首。清代文人对姜夔其人的点评数则远远超过任何一位宋代词人，以 214 次居清代点评单首宋词之首。在众多精英读者的关注下，清人对姜夔的接受远绍宋人，而又有新的发现，对姜夔及其词的理解与阐释在宋人的基础上进一步深化。

一方面，承宋人对姜夔及其词的推崇，清代词坛把握了话语权的精英型的批评读者对姜夔的评价可谓赞誉有加。在朱彝尊之前，王士禛、邹祗谟等就曾批评明清之际的云间派论词重北宋轻南宋的观点，他们从词史的角度肯定南宋词的地位，"长调惟南宋诸家，才情蹀躞，尽态极妍。阮亭尝云：词至姜、吴、蒋、史，有秦、李所未到者"③。作为南宋一大家，姜夔开始受到肯定。浙西派主盟词坛之后，姜夔更是备受赞赏。和朱彝尊一样，浙西派无不服膺姜夔。浙西派中期盟主厉鹗"尝以词譬之画。画家以南宗胜北宗，稼轩、后村诸人，词之北宗也；清真、白石诸人，词之南宗也"④，明确地表示了对姜夔一派的推重。浙西派另一位代表人物王

---

① 参王兆鹏《词学史料学》，中华书局 2004 年版，第 214—217 页。
② 李佳：《左庵词话》卷上，《词话丛编》本，第 3108 页。
③ 邹祗谟：《远志斋词衷》，《词话丛编》本，第 650 页。
④ 厉鹗：《樊榭山房全集》卷 4，《四部备要》，中华书局 1936 年版。

昶对姜夔的人生际遇、人格韵致及其词颇为赞赏："姜氏夔、周氏密诸人始以博雅擅名，往来江湖，不为富贵所熏灼，是以其词冠于南宋，非北宋之所能及。"① 浙派后期代表人物郭麐也指出："姜、张诸子，一洗华靡，独标清绮，如瘦石孤花，清笙幽磐，入其境者，疑有仙灵，闻其声者，人人自远。"② 之后常州派主盟词坛虽另标周邦彦为两宋第一人，姜夔影响有所下降，但也并未随着浙西派的衰落而丧失。常州派词人在批判浙西词时对姜夔仍有比较中肯的评价，如张惠言的外甥兼弟子董士锡就曾比较客观地评价了姜夔对词体文学发展的贡献。他说："姜白石、张玉田出，力矫其弊，为清雅之制，而词品以尊"③。而批评姜夔"情浅"、"才小"，对姜夔颇多微词的周济也十分服膺姜夔的《暗香》、《疏影》，认为其"寄意题外，包蕴无穷"④。宋翔凤《乐府余论》中则指出"词家之有姜石帚，犹诗家之有杜少陵。继往开来，词中关键。"⑤ 至于由浙西派转而尊常州派的陈廷焯则前后二期对姜夔都相当推崇。他前期评姜词"以清虚为体"，"气体之超妙，则白石独有千古"，"清虚骚雅。每于伊郁中饶蕴藉，清真之劲敌，南宋一大家也"。后期陈廷焯则从"忠厚"、"沉郁"的角度肯定姜夔词："南宋词人，感时伤事，缠绵温厚者，无过碧山，次则白石。"⑥ 直至晚清姜夔仍被赞许为"超脱蹊径，天籁人力，两臻绝顶，笔之所至，神韵俱到"，"白石为南渡一人，千秋论定，无俟扬榷"⑦。有清一代，姜词始终处于词坛的中心。从以上诸多点评看，有清一代长达近300年的文人赏誉中，清人和宋人一样，分别从姜夔的人格魅力、清空之美与骚雅之致、自立新意的开创之功等方面给予了姜夔高度的评价。

　　另一方面，清代的词论家们在理解和接受姜夔的时候，并不是一味地追寻着宋人的脚印亦步亦趋，他们在远绍宋人之论的时候，也有新的评

　　① 王昶：《江宾谷梅鹤词序》，《春融堂集》卷41，影印上海辞书藏清嘉庆十二年塾南书舍刻本，《续修四库全书》第1438册，上海古籍出版社2002年版，第88页。

　　② 郭麐：《灵芬馆词话》，《词话丛编》本，第1503页。

　　③ 董士锡：《餐华吟馆词叙》，《齐物论斋文集》卷2，《续修四库全书》第1507册，第310页。

　　④ 周济：《介存斋论词杂著》，《词话丛编》本，第1634页。

　　⑤ 宋翔凤：《乐府余论》，《词话丛编》本，第2503页。

　　⑥ 陈廷焯：《白雨斋词话》卷2，《词话丛编》本，第3797—3780页。

　　⑦ 冯煦：《蒿庵论词》，《词话丛编》本，第3594页。

价，更深层地理解和阐释了姜夔的词，进一步提升了姜夔在词史上的地位。譬如，认为"词家之有白石，犹书家之有逸少，诗家之有浣花"，将姜夔与杜甫媲美的邓廷桢在《双砚斋词话》的"白石词"一节指出了姜夔词之所以能取得如此高成就的原因，并不是仅在姜夔词表面上呈现出来的音律之妙、琢句之工的特点，而在于姜夔"识趣既高，兴象自别"，所以其词极具清空之美。同时他在那个"临安半壁，相率恬熙"的时代，"来往江淮，缘情触绪，百端交集，托意哀丝。故舞席歌场，时有击碎唾壶之意"。① 这里指出姜夔之词实寓其身世遭际之感、家国衰亡之伤。这道出了姜夔词之所以感时伤事而具缠绵温厚之致的根本原因。邓氏之论可谓是真正触及了白石之词心。另外，在深入阅读文本的基础上，清代的词论家们对姜夔的另一个新解是发现了姜词与辛词之间的关系。一直以来在读者的视野中，辛、姜似乎一直是两条不相交的平等线，各自风格迥异。周济却发现"白石脱胎稼轩，变雄健为清刚，变驰骤为疏宕"②，这既说明了姜夔词风与辛弃疾的相异处，又认识到了姜夔对辛词的改造式借鉴。再有刘熙载则更鲜明地指出辛弃疾与姜夔"吐属气味，皆若秘响相通"③。这实际上指出了优秀词人的优秀词作都是他们吐纳自己真性情的结果。

在创作领域，姜夔词也是清代词人爱效仿的对象。如前所述，浙西填词，有"家白石而户玉田"的盛况。姜夔清空古雅之风是他们学习的典范。譬如，人们作词时以得姜夔神韵格调者为高："橙里意境清远，慕姜白石、张叔夏之风，其词清空蕴藉，无繁丽昵亵之情，除激昂器号之习，可谓卓然名家"（评江昉词）；"幻花老人诗，旨趣在王、孟间，而暇而为长短句，又能宗尚石帚、玉田，刊落凡艳"（评张梁词）；"紫纶词，脱去凡艳，品格在草窗、玉田之间"（评杜诏词）。④ 甚至于晚清词人郑文焯"举词社于吴，即专以连句和姜词为程课"，并有《和姜全词》⑤。而查《全清词·顺康卷》，姜夔的词共被唱和 36 次。《暗香》、《疏影》、《扬州慢》、《惜红衣》、《长亭怨慢》等词受创作型接受者的喜爱。

---

① 邓廷桢：《双砚斋词话》，《词话丛编》本，第 2530 页。

② 周济：《宋四家词选目录序论》，《词话丛编》本，第 1644 页。

③ 刘熙载：《词概》，《词话丛编》本，第 3693 页。

④ 冯金伯：《词苑萃编》卷 8，《词话丛编》本，第 1953、1948、1948 页。

⑤ 郑文焯：《大鹤山人词话》，《词话丛编》本，第 4329 页。

有清一代，由于选本别集的广泛流传，词论家们的批评推重，词人创作时的效仿，姜夔在清代普通大众读者、精英型的批评者和创作者中的影响力遽增，被接受传播的深度和广度都超越前代，清代成为姜词传播接受史上的全盛期，其经典地位在清代达到历史的顶峰。

四　现当代：理性接受，经典地位稳中稍降

当历史的车轮驶入 20 世纪的时候，经过元明数百年间的漠视，清代数百年间的追捧，姜夔在读者中进入了一个被理性认识接受的阶段。姜夔仍然被认为词史上一大家，但其经典地位则有所下降，影响力有所减弱。

20 世纪的十大宋词名家中，姜夔的综合影响力列第 3 位，次于辛弃疾和苏轼，与李清照和周邦彦在同一个层次①，十大名家中居第 2 阶梯。

在 20 世纪的选本入选和词学点评中，姜夔和他的词仍然具有巨大的影响。笔者遴选的 60 个 20 世纪的词学选本，姜夔入选了 56 个，仅次于苏轼（60 个）、辛弃疾（59 个）、柳永（57 个）。《唐宋词汇评》中关于姜夔的点评仍然保持数量上的绝对优势，共 76 次，居所有词人之首。而且随着通信交通的发达，姜夔和他的词也漂洋过海，在海外产生了一定的影响。林顺夫《中国抒情传统的转变：姜夔与南宋词》（普林斯顿大学出版社，1978）、J. Z. 爱门森《清空的浑厚——姜白石文艺思想纵横》（上海文艺出版社，1997）等著作，日人中田勇次郎《姜夔》、村上哲见《姜白石词序说》等论文，是姜夔及其词在国外的有影响的研究，具有重要意义。

但从研究论著数量看，姜夔及其词的影响在逐渐降低。虽然仅在 20 世纪就有 399 项论著总量，列 20 世纪研究榜单第 5 位，不过却仅仅是苏轼（2047 项）的五分之一，辛弃疾（1282 项）和李清照（1215 项）的三分之一。21 世纪以来的 10 年，在中国知网上以"姜夔"为主题搜索 2000 年 1 月 1 日到 2010 年 7 月 1 日以来有关的期刊发表的论文和硕博论文共 443 项②，相对其他几位大家——苏轼（6221 项）、李清照（2590 项）、辛弃疾（1780 项）、柳永（934 项）、周邦彦（533 项），以"姜夔"为研究主题的增长速度最低。而 21 世纪以来，姜夔及其词在大众新型传

---

① 辛、苏、姜、周、李 20 世纪综合影响力指数分别为 105、95.4、58.8、57.2、52.3。
② 检索日期为 2010 年 8 月 12 日 12：00。

媒中的影响甚是低迷。现代传播信息最广最快的媒介——网络，对姜夔名作的传播数量更是少之又少，笔者以"'姜夔''姜夔词作某词调''首句'"（如："'姜夔''暗香''旧时月色'"）这样的格式在两大搜索引擎谷歌和百度上进行搜索，姜夔的诸多名篇的相关链接篇数分别在 4 万以下，一般的名篇这项指标大多在 10 万条以上。不得不说，姜夔在 21 世纪的网络影响力与他词坛大家的身份并不相符。

综上可见，20 世纪以来，姜夔在传统的传播接受方式中，其影响力仍然具备相当的广度和深度，但在新的传播接受方式中，其影响力呈现明显的下降趋势。这必然导致其经典地位在一定程度上的下滑。

同时，值得注意的是，在姜夔词史经典地位发生变化的同时，20 世纪以来的读者对姜夔及其词的接受倾向也与前代读者有所不同。经典的时代性与阐释空间的丰富性再一次在姜夔身上得到证明。譬如，研究姜夔的个人经历时，相对于前代文人关注其布衣终身而保持独立人格的情况，20 世纪的研究者更热衷于探讨姜夔的个人情感经历，尤其是他与合肥姊的恋情。至于他的作品，20 世纪前历来被文人称道的是《暗香》、《疏影》，20 世纪以来姜夔最有影响的名篇则是《扬州慢》，它是姜夔词作中唯一入选 20 世纪十大名篇的作品，名列第 7 位。随着时代文化思潮和审美理想的变化，20 世纪各种选本和研究人员跳出了古代选家和批评家的旧窠，《扬州慢》得入选 51 次，研究文章 54 篇，均列各单项指标第 4，远远高于曾被张炎誉为"前无古人，后无来者"的《暗香》、《疏影》。同时，不同于宋、清大部分批评型读者的狂热追捧，20 世纪以来的研究批评更显得客观、理性。虽然任何时代的研究都不可能还原一个完全真实的历史人物，但夏承焘《姜白石系年》、《姜白石词校注》，唐圭璋《姜夔评传》，朱传誉《姜白石传记资料》、赵晓岚《姜夔与南宋文化》，陈鸿铭《辛弃疾与姜夔词比较研究》等著作，使姜夔生平事迹、词作系年、研究资料、文化地位等方面的研究评价更趋于合理。

从上可见，姜夔是一位身后不久即具很大影响力的词坛大家，自元代中期后声名渐隐，直至清代朱彝尊主盟词坛，姜夔及其词的生命力才再次迸发，成为清人追慕效仿的对象。20 世纪以来，读者对姜夔及其词的传播接受回归理性，姜夔仍然保持宋词大家的地位，但影响力下降。不同历史时期的读者对姜夔的接受与传播情况各异。各个时代各有特点，后代读者面对前代读者的理解与阐释时，往往代有新变。笔者在此拟对此种嬗变的动因简呈一二陋见。

姜夔词史经典地位的历史嬗变受文学经典化的普遍规律的影响。

如前所述，经典是由读者选择性接受而生成的历史性审美存在。作为历史实体和读者阐释的统一，经典从内到外都不可能是一成不变的。它的内涵随着不同读者、不时时代的理解而变化，它的影响地位也随着一代代读者的接受传播而变化。如同自然宇宙中运动变化是永恒的法则一样，文学经典的嬗变是一个普遍的文学现象，具超越性的同时具时代性，具传承性的同时具变异性是经典化过程中的普遍规律。譬如，历久不衰的散文经典《过秦论》，它在汉代首先确立的是史学经典的地位，到魏晋南北朝时期，它的文学价值被读者发现，一举成为了史学和文学的双料经典，但是到宋朝的时候，它作为史学经典的地位却受到质疑，文学经典的地位则仍然稳固至今。① 而如今为人所熟知的经典诗人东晋的陶渊明直到唐代隐逸文化的盛行其影响力才逐渐显现。在词学领域亦然，没有任何一经典名家名篇的地位是永恒不变的。即便是像苏轼的《念奴娇·赤壁怀古》这样的千古第一名篇，它从宋至今，综合影响力排名在各个时代都位列第一，可以说是恒久型经典的典型，但是，通过我们对千年历史流播材料的考察，事实上它在三大读者群中的影响力仍然是变化的，各个时期读者对它的阐释也不尽相同。姜夔词史经典地位的历史嬗变即受文学经典化的上述普遍规律的必然影响。综上可见，不同的读者心目中、不同时代文化氛围中，姜夔及其词的内涵也自是同中有异，代有新变。譬如，宋人的"清空"、"骚雅"之说，浙西词人的"醇雅"之论，20世纪的"健笔写柔情"之观点以及清人和现当代人对姜夔词新的理解与阐释，皆是传承中有新变，体现着时代性与超越性、变异性与传承性的有机融合。同时，其人其词的影响效果也必然如上所述，代代有所变化。

当然，文学经典在嬗变的大前提下，不同的个体变化轨迹各异。譬如，苏轼、辛弃疾、李清照，在不同读者、不同时代那里也存在褒贬不一的情形，他们的影响力排名却始终能保持在前10之内。但是姜夔经典地位跌宕起落如此之大，在词史上却不多见。为什么呢？

姜夔经典化过程中剧烈的升降浮沉则决定于其人其词强烈的"雅化"

① 参吴承学《过秦论——一个文学经典的形成》，《文学评论》2005年第3期。

面目与不同历时时期文化气候之间的冲突碰撞。

姜夔虽终身为布衣之士，但却赢得了古往今来文人雅士们的高度赞誉，高标远韵，流传后世。他身前即被范成大赞为"翰墨人品，皆似晋、宋之雅士"①。后世文人追慕其雅逸韵致，或曰："词家称白石曰'白石老仙'。或问'毕竟与何仙相似?'"曰："藐姑冰雪，盖为近之"；"姜白石词幽韵冷香，令人挹之无尽；拟诸形容，在乐则琴，在花则梅也"。② 这两处比喻可谓是对姜夔其人其词最形象的概括。姜夔及其词的美学特质——"雅"，为历来批评型读者所公认，此不赘言。而正是因为这种强烈的"雅化"面貌与历代社会文化思潮、词学审美观的冲突碰撞很大程度上决定了姜夔千百年来词坛经典地位的起伏不定。从时代变迁看，当时代文化思潮推重高雅之韵、推尊词体时，姜夔的影响便趋高，反之，影响力便衰落下去。

宋室南渡以来，词坛复雅之风日炽。生活在两宋之交的王灼就在《碧鸡漫志》中批评"浅近卑俗，自成一体"柳永词"声态可憎"，赞扬苏轼在词坛"指出向上一路，新天下耳目"③，同时代的胡仔亦同样贬柳崇苏。到南宋后期，如前所述，张炎则直接将"清空"、"骚雅"作为词的审美标准，沈义父论作词之法时明确指出"下字欲其雅，不雅则近乎缠令之体"④。另外，鲖阳居士辑《复雅歌词》，曾慥编《乐府雅词》，赵闻礼撰《阳春白雪》，这些词集选本的命名也是词坛审美风气转向的表现之一。而总体上看南宋词的内容风格，和北宋词相比，南宋词呈现出较明显的雅化倾向。姜夔的词在南宋应时而生，与整个词坛风尚标一致，因而在当时赢得崇高的词坛地位自在情理之中。

元明时期，如前所述一方面，词学观念越来越明显表现出他们远离诗学传统而以婉艳为正宗的倾向；另一方面，明代社会，资本主义萌芽促进了文化商品化、大众化、平民化，同时心学发展所诱发的个性解放也使得明代文化观念中世俗化色彩深厚。此种时风濡染下的明人对前代文学的选择性接受必然打上通俗化、世俗化的鲜明的时代烙印。这直接影响着词评

① 周密：《齐东野语》卷12《姜尧章自叙》，中华书局1983年版，第211页。
② 刘熙载：《词概》，《词话丛编》本，第3694页。
③ 王灼：《碧鸡漫志》，《词话丛编》本，第84、85页。
④ 沈义父：《乐府指迷》，《词话丛编》本，第277页。

家和选词者的批评和选择标准，因而有"永乐以后，南宋诸名家词，皆不显于世，惟《花间》、《草堂》诸集盛行"①，"近来填词家辄效颦柳屯田作闺帏秽亵之语"②。精练典雅、清空而古雅峭拔，以诗之"骚"法作词，以江西派的瘦硬笔法救周词之软媚的姜词自然难以引起明人的兴趣。清空骚雅的姜词于是淡出明人的视野。

　　和明代诗文与词分途的情况不同，清人极力推尊词体，诗词文呈合流趋势。"雅"、"比兴"、"微言大义"、"骚人之旨"等传统诗学理论成为评价词的重要标准。浙西论词，以"醇雅"为旨归，本来就奉姜夔为宗师，"古雅峭拔"的姜词自然倍受人喜爱，此毋庸多言。至于比兴骚法，则是常州派的重要主张。姜夔在以健笔写柔情的同时，往往以骚笔寄寓着深沉的个体身世之叹和家国之感，诸如《暗香》、《疏影》、《扬州慢》等词皆"寄意题外，包蕴无穷"。这些感慨既大、寄托自深的蕴含着身世之感和家国之思的姜词也自会受到更多的关注。作为持比兴寄托之词学观的词评家，必然在上述诗学审美观念的影响下选择符合自身审美理想的宋词经典。他们的审美倾向也对大众读者起着导向作用。再者，清代实行政治清剿，文网严密，再加上清初及清中后期经世致用成为学术的主要思潮，因而那些寄托深意、在言情的面纱下笼罩着个体身世感慨和家国之叹的骚雅之音自然能赢得清代读者的更大的关注，姜夔及其词经典地位的复归也正是迎合了这种时代文化气候。

　　20 世纪以来，姜夔词的"骚雅"应合了时代民族心理的需求，但随着时代变化，其"醇雅"的艺术特质离时代审美越来越远。一方面，这一时期，既强调文学艺术的社会功能，评价词的文化价值逐渐跳出了传统的以是否写娱乐艳情而判定是否为词之正宗的窠臼，姜夔那些以健笔写柔情而且寄意深远，隐含身世之悲和家国之思的"骚雅"之作既契合国家民族追求独立自主的主流意识形态要求，也契合着这一时期普通大众读者的审美心理，因而我们可以看到，并不算通俗的姜词在 20 世纪各大选本中出现的频率实在不低。另一方面，随着大众传媒时代的到来，读者更乐于接受那些通俗易懂而打动人心的作品。"清空"、"醇雅"需要在静谧中体味咀嚼才能深得三昧的姜词，在越来越多的读者看来真的是"似雾

　　① 王昶：《明词综·序》，辽宁教育出版社 1997 年版，第 5 页。

　　② 毛晋：《花间集跋》，李谊《花间集注释》，四川文艺出版社 1986 年版，第 401 页。

里看花，终隔一层"了，在信息化、图像化的网络上，影响力低不可避免。20 世纪姜夔经典地位的下降也是必然的。

第五节 姜夔《暗香》的经典抒情模式

姜夔流传至今的 50 余首作品中，《暗香》是唯一一首从宋至今影响力排名保持在前 300 名的词，是一首颇具影响力的经典名篇。《暗香》能穿越时空，成为词史上为数不多的经典的原因是很复杂的，因为文学经典作为一个对象性的审美存在，其经典化机制是一个复杂的动态系统。文本、接受传播者、社会文化等诸多因素的交互作用共同构成经典化的合力。此处，笔者试通过分析《暗香》的抒情模式，揭示经典文本的内质对于经典生成的影响。

姜夔的《暗香》是宋人咏梅诗词中杰出的代表作之一。"词之赋梅，惟白石《暗香》、《疏影》二曲，前无古人，后无来者，自立新意，真为绝唱。"① 可见，《暗香》在南宋时便获得了经典地位。它因为"自立新意"而被张炎推重至"前无古人，后无来者"的高度。"新意"究竟何在？笔者认为，自度曲《暗香》的经典性除了音乐方面的创制外，更在于创造了一种独特的抒情模式——在词体特质中融合"清空"与"骚雅"。张炎在《词源》已指出白石词"不惟清空，又且骚雅，读之使人神观飞越"②，并指出这首《暗香》是充分体现了这个美学倾向的作品之一。那么，何谓"清空"？何谓"骚雅"，这两者又是如何统一起来的？《暗香》是如何体现这个特点的？《暗香》所彰显的这种抒情模式的经典效应如何？

一 "清空"、"骚雅"的审美特质

"清空"看似一个较玄乎的概念。有的学者指出，"'清空'本义当指不染尘埃，不著渣滓"，"作为理论批评范畴，它主要指运用高骞的骨气

---

① 张炎：《词源》，《词话丛编》本，第 266 页。
② 同上书，第 259 页。

来调遣清疏的文藻，创造出高超绝世的风神"。①这指出了创造"清空"的因素，同时道出了"清空"审美特征的一个方面，即超尘绝俗。张炎也曾列出"清空而有意趣"②的作品，除了姜夔的《暗香》、《疏影》外，还有苏轼的《水调歌头》（明月几时有）、《洞仙歌》（冰肌玉骨）、王安石的《桂枝香》（登临送目）等词。这些词都是境界高远的作品。但张炎同时以"野云孤飞，去留无际"③作为"清空"的形象阐释。此语中，云是飞动的，不着不即，不落痕迹，当然创造出一种空灵、超俗的美。但这云却是野外之孤云，着一"孤"字，因而清境中不免多几分冷寂的味道，多几分孤寂之感。笔者以为，"清空"应该是指所营造的超尘绝俗、悠远空灵之中融合着几分清冷寂寥的意境。这种意境在诗体文学中并不陌生。

"骚雅"可以说是一种笔法，也可以说是一种美学效果。它肇始自屈原于楚辞的美人香草之喻，后则发展为借物、借景或托历史人事以言志抒情的表现手法，或感怀悲凉、或抒发愤懑、或倾诉相思等。"骚雅"作为衡量词作水平的标准始自鮦阳居士。他在《复雅歌辞序》中认为自唐至北宋末的词作中，"其韫骚雅之趣者，百一二而矣"④。他以"骚雅"论词，强调美刺、雅正，实际上是诗学传统向词学渗透的结果。随着有宋一代时世的变化，"骚雅"理论逐渐为大多数词人所接受。北宋时东坡"以诗为词"，多受讥讽，但至南宋时稼轩以经史百家语入词写沉郁悲慨之调则备受称赏，如《摸鱼儿》（更能消）一词，托春寓志，沉郁顿挫，怨悱不乱，可谓得"骚雅"之真精神。"骚雅"最终成为了词人们认可的审美理想。

由此可见，不论是"清空"还是"骚雅"原本都是诗学观念影响下形成的词学审美观，而且原本都不是姜夔词的专利。那么张炎何以认为具"清空"、"骚雅"之意蕴的《暗香》是"自出新意"的"前无古人，后无来者"的绝世之作呢？笔者以为，原因有二。其一，张炎在《词源》

---

① 李康化：《从清旷到清空——苏轼、姜夔词学审美理想的历史考查》，《文学评论》1997年第6期。

② 张炎：《词源》，《词话丛编》本，第260—261页。

③ 同上书，第259页。

④ 鮦阳居士：《复雅歌词序略》，谢维新《古今合璧事类备要》外集卷11，《影印文渊阁四库全书》第941册，台湾商务印书馆1986年版，第511页。

中已道出个中原委，那就是《暗香》一词，"不惟清空，又且骚雅"。《暗香》清雅超脱的同时也蕴含着深郁悲凉之气，同时融合了深受文人士大夫赞赏的"清空"和"骚雅"这两种美质。这在姜夔前少见于词。其二，更重要的是，姜夔是通过不同于苏、辛等人的抒情方式在词中创造了"清空"、"骚雅"的美学特质。不论是铜阳居士解词，还是苏轼那些"指出向上一路，新天下耳目"的词作，或是辛稼轩融铸百家语托物言志的词作，走的是"以诗为词"、"以文为词"的路子，这种创作趋势在扩大词的表现范围的同时却使词逐渐丧失"要眇宜修"的特质。姜夔则在不改变词"颠风弄月、陶写性情"的前提下，实现了"清空"、"骚雅"的融合。

姜夔的经典辞章往往既写柔情，又旨趣高远，且蕴含着深沉的人生感慨或家国之悲，可谓是词的美质中含诗情，这在当时词坛，确是创举。夏承焘先生论姜夔词时就曾指出姜词在词史上的重要贡献在于，"白石在婉约和豪放两派之间另树清刚一帜，以江西诗的瘦硬之笔救周邦彦一派的软媚，又以晚唐的绵邈风神救苏辛派粗犷流弊"①。韩经太先生也曾指出姜词有"一种清冷为相、超妙为神而又刚健为骨的总体风貌"②。这就是《暗香》"新意"的表现。这种颇具"新意"的抒情概括地说，可谓是"以词为诗"。具体地说，从表现效果看，它在"颠风弄月，陶写性情"中实现"不惟清空，又且骚雅"的美质，造成怨悱不乱、含蓄蕴藉、余味无穷的艺术效果。从表现手法说，其一，借空灵高妙的意象，以健朗之笔调抒写柔情，化俗为雅；其二，采用"骚"法，用曲笔在世俗题材的抒写中道家国身世之感，表现雅正之思。

二　《暗香》的抒情模式

这种新的抒情模式，在姜夔的诸多名篇中均有体现，《暗香》是其中的典型代表。

　　　　旧时月色。算几番照我，梅边吹笛。唤起玉人，不管清寒与攀

---

① 夏承焘：《论姜白石的词风》，见《姜白石词编年笺校》（代序），中华书局1958年版。

② 韩经太：《笔染沧江虹月，思穿冷岫孤云——白石词美学风貌初窥》，《北方论丛》1986年第5期。

摘。何逊而今渐老，都忘却、春风词笔。但怪得、竹外疏花，香冷入
瑶席。　　江国，正寂寂。叹寄与路遥，夜雪初积。翠樽易泣，红萼
无言耿相忆。长记曾携手处，千树压、西湖寒碧。又片片吹尽也，几
时见得。

其一，从词作表现的手法和内容看，词作以健笔写柔情，词人对昔日
佳人的一往情深的怀念融合于"清空"之境中，既"言诗之所不能言"，
又具诗的美质。

如词上阕前两拍对往昔的回忆，描绘了深藏于词人记忆深处的图
景——才子佳人吹笛梅边，和月采梅。所述内容极具词体特质。但月、梅
是高洁脱俗的象征，吹笛是文人雅士所为。"照"将人、月、梅、笛融合
一体。这便构筑了一片清雅之境：皎皎明月之下，傲然梅花之旁，悠悠笛
声飘于夜空，此种境界，何等空灵，何等雅致，既见一片惬意的缠绵，又
彰显着抒情主人公的清傲之志，此抒柔情之笔不可谓不健。再如写"现
在"之情状的"竹外疏花……红萼无言耿相忆"亦是健笔柔情：写梅虽
仅着以"竹外疏花"和"香冷入瑶席"二语，但梅"疏影横斜、暗香浮
动"的风神却尽得以显现，梅魂尽传，着一"冷"字，照应前面的"清
寒"，又添"清空"韵致。"江国，正寂寂。叹寄予路遥，夜雪初积"，极
写雪夜清幽中，欲传相思，却无法寄达的惆怅，极缠绵悱恻。"翠樽易
泣，红萼无言耿相忆"，"我"一怀幽情全寄寓于"翠樽"、"红萼"。清
寂之境中弥漫着"我"的怀人之伤和身世之感，笔力健，思情深。

其二，《暗香》在清空、柔情外，又以深曲之笔写"我"深沉的身世
之概和沧桑之感，彰显"骚雅"特色。这突出地表现在词作心理时空变
换所导致的起伏曲折的结构中。

心理时空的变换极大地增强词作的张力。词以"旧时月色"开头，
将人的思绪带入了对往事的回忆之中。从过去美好情景的回忆转入现在的
"我"已是苍老之"何逊"，苍老孤独但却又多情惆怅，韶华壮志成了前
尘往事。此时，"我"的思绪由现在"易泣"、"无言"的沉痛中再次转
入当年的梅林——"千树压西湖寒碧"，此又何其盛哉。末处，由追忆当
年梅之盛时，转入现在西湖梅花"片片吹尽"的凋零之状，词情惆怅无
限。正是在这陡转起落中愈增所抒之情的沉郁性。在"昔——今——
昔——今"的回环往复之时空跳跃中，今昔盛衰的悲切感慨，壮志消磨的

沧桑之叹表现得含蓄深沉、怨诽不乱、韵味悠长，尽得"骚雅"之韵。

其三，姜夔经典词的精妙处，往往健笔、悱恻柔情与曲笔、清空骚雅之致巧妙融合。如《暗香》末拍"长记曾携手处，千树压、西湖寒碧。又片片吹尽也，几时见得"。过去赏梅之处是千枝压树，梅花开得何其盛也，如今此时只见花瓣凋落飘零，片片飞尽；过去是千树梅花映照西湖碧水，红绿相映，生机盎然，如今是片片花瓣飘落，一片白茫茫的雪地上，飞红点点，冷艳凄美；过去赏梅之时是佳人携手，何其风流雅致，如今是佳人不在，相见无期，只有独对梅花，黯然神伤。梅花的盛开凋零之间，蕴含着怀念佳人的缠绵悱恻之情，蕴含着无尽的世事沧桑之叹。再如"片片吹尽"着一"吹"字，花瓣飘落之态，片片轻坠时盈盈飘逸之美尽显。同时，花瓣飘落之时只余孤树疏枝横卧雪月之夜，片片飞花，犹如遗世仙影。此处仅着四字，深得"野云孤飞"之致。这不可不谓是健笔柔情、清空骚雅的契合无间。

综观整首词，所选取的物象皆稀疏凝练，而营造之境皆超尘脱俗、空灵悠远，如明月皎皎、笛声悠悠，竹外疏花、暗香飘溢，红萼无言、片片轻坠等，俱不见尘滓，无怪乎刘熙载《艺概·词曲概》以"藐姑冰雪"①喻其韵致。而同时可以看到词人在对梅的刻画中选取的是"清寒"、"香冷"、"寒碧"这样的幽冷的词眼，烘托一种幽冷寂寥的氛围，共同彰显着白石词"清空"的特点。同时，清空之中又蕴含着对佳人的殷殷深情，时光流逝而壮志才情消磨却功业无成的深沉悲叹，既见深情又见骚雅，可谓是完美地实现了上述抒情表现手法及效果。

三 《暗香》的典范性及其影响

由上可见，一首《暗香》确实在吟风咏月中实现了"清空"和"骚雅"的完美融合。不可否认，"清空"、"骚雅"的融合是白石创造性地扬弃前辈词家词法的结果。在《暗香》中，我们可以看到，词中有清真的柔情，有清真的时空错落的布局谋篇之法却无清真词之软媚，既有东坡之超然乎尘垢之外的仙气，也有稼轩穷扼不遇的沉郁之气，意蕴丰富。他对诸家之长不是生吞活剥而是实现了表现手法和个人情致心理融合无间，因

---

① 刘熙载：《艺概·词曲概》，上海古籍出版社1978年，第111页。

而能面对着柳永、苏轼、周邦彦等词坛座座高峰自成一家，成为后世效仿的典范。《暗香》也因此而极具独创性和典范性，成为词学经典。诚如布鲁姆所言，"直接战胜传统并使之屈从于己，这是检验经典性的最高标准"①。经典之所以成为经典，自受外在于作品的创作和传播等社会文化方面的诸多因素影响，但是作品本身所具的艺术魅力是经典之所以为经典的关键因素。作品本身的典范性及其所具有的感发人心的审美力量是作品能冲破岁月之尘封的利器。《暗香》融合"清空"、"骚雅"而不废词体特质的典型性，产生了巨大经典效应，在后世词坛影响深远。

宋末诸多词人也纷纷起而推崇、仿效姜词，形成姜张一派。即便是辛派词人，也不乏服膺效仿《暗香》的，如辛派词人吴潜，全部词作中，咏梅词达 20 余首，其中用姜夔自度曲《暗香》、《疏影》作词的就有8 首。

除此之外，《暗香》这种经典抒情模式穿越时空，在清代更是找到了无数的异代知音。如前所述清代浙西词派对姜夔推尊备至，以白石为家法宗师。而一曲《暗香》以词体特质融合"清空"、"骚雅"的经典抒情模式，托梅抒情、遗貌取神、情极幽哀、意旨遥深，以其深邃动人的真情和深沉的人生之感为无数读者所折服②。李佳极赏其《暗香》"清空"、"骚雅"之致，赞其为"尤为空前绝后，独有千古"③；陈廷焯在《词则·大雅集》卷 3 指出，《暗香》、《疏影》"二章脱尽恒蹊，永为千年绝调"，在《白雨斋词话》卷 2 中又说此二词比兴中"含蓄不露，斯为沉郁，斯为忠厚"④。即使是认为白石"情浅"、"才小"的周济也极赏此二词，称其"寄意题外，包蕴无穷"⑤。唐圭璋先生在《唐宋词简释》中谈到《暗

---

①　[美]哈罗德·布鲁姆：《西方正典——伟大作家和经典作品》，江宁康译，译林出版社 2005 年版，第 20 页。

②　综观吴熊和先生主编的《唐宋词汇评》收录的点评资料，清代点评多达至 24 次，居清代各词点评之首，这则可见批评型读者对此词的青睐。《词徵》又云："晁无咎《摸鱼儿》、苏子瞻《酹江月》、姜尧章《暗香》、《疏影》，此数词后人和韵最多。"（张德瀛《词徵》卷 1）其在创作型读者中的典范性可见一斑。

③　李佳：《左庵词话》，《词话丛编》本，第 3108 页。

④　吴熊和：《唐宋词汇评》（两宋卷），浙江教育出版社 2005 年版，第 2780 页。

⑤　周济：《介存斋论词杂著》，《词话丛编》本，第 1634 页。

香》一词时，亦认为此词"郁勃情深"，"得《骚》、《辨》之意"①。

可见，后世对姜夔《暗香》词的推重大多无出上述经典抒情模式之右者，而以上诸家对《暗香》的品评与效仿无疑极大扩大的词作的影响，延伸了词作的生命力，从而使《暗香》一词在词史上具有不可忽略的经典地位。此足可见上述《暗香》之经典抒情模式对于词作经典地位的重要意义。

---

①　吴熊和：《唐宋词汇评》（两宋卷），浙江教育出版社 2005 年版，第 2783 页。

结　语

（一）

　　笔者主要采取理论和实证相结合，定性和定量相结合的方法研究宋词经典的生成及嬗变，基本上解决了以下方面的问题。其一，采取什么样的方法可以较客观地确认宋词经典？确认方法有效性与合理性的依据何在？其二，流传至今的宋代词人词作哪些可以称之为经典，它们的格局分布怎么样？其三，这些宋词经典如何被经典化？这其中包括影响宋词经典生成的因素，宋词经典生成的主要方式途径，宋词经典生成中存在的矛盾关系。其四，各个不同历史时期的宋词经典有哪些？它们从宋至今的经典效应有怎么样的变化？各个历史时期宋词经典的表现形态如何？在千年流传过程中，这些名篇名家经典地位的嬗变有哪些类型？宋词经典的嬗变过程表现出什么样的特点？其五，各具特色的典型经典个案在具体历史流变中会遭遇什么样的历史命运？

　　根据文学经典本质（文学经典作为一个对象性的存在，是实在本体和关系本体的复合体）及其存在方式（其永葆青春的动力来源于不同历史条件下"作品、作家—读者"之间的交互作用），本书对历代词选、历代点评、历代唱和、20世纪的学术研究、当代国际互联网有关宋词的超文本等传播方式进行考察，统计相应的数据并根据各自影响力的大小予以相应的权重。由此，本书从2万余首宋词，1000余位词人中确认了从宋至今历史动态平衡中具综合影响力的宋词经典，同时也确认了宋金、元明、清、20世纪不同时代的宋词经典。笔者细读历史动态平衡的综合性宋词经典和各个时段的宋词经典，结合这些名家名篇在历史上被读者接受传播的具体情况以及当前文学经典研究所形成的一些共识，对宋词经典的生成机制和宋词经典的时代嬗变进行了讨论。其一，揭示了宋词经典生成的影响因素及其在经典化中的相应功能，其中影响因素包括创作主体、文本、接受主体等内部因素和社会文化传统、时代文化心理、主流意识形态、教育机制等外部因素。其二，探讨了选评效应、名流效应、名句效应、本事效应和共生效应等经典生成的主要方式。其三，分析了雅与俗、个体独创性与普遍共通性、审美性与功利性等影响宋词经典生成的矛盾关系。同时，本书从动态、静态两个角度对宋词经典进行考察，揭示了宋词经典的基本格局和历代宋词经典嬗变的情况。宋词经典的格局表现在名篇的主题选择、体式选择、时段分布，名家的地域、时段分布，名家与名篇的关系等方面，它们各有特点。而一代有一代的宋词经典，本书同时还探讨了历代宋词经典的变化情况及不同历史时期的宋词经典的不同风貌，并对这些现象的基本原因进行了分析。在此基础上，总结了宋词经典的 4 种嬗变模式：即时型、延后型、恒久型、起伏型。然后论证了宋词经典嬗变的基本规律——在变与不变的统一中，超越性与时代性共存、变异性大于恒定性。最后，以宋词经典个案的经典化为例进一步论证了宋词经典生成嬗变的机制原理。

（二）

　　笔者探讨宋词经典的生成嬗变问题，以下方面的结论可以得到证明。

　　一、本书通过数据统计方法确认的宋词经典具有一定的合理性，文中已有详尽的论述。根据文学经典生成的理论依据、人类认知事物的过程和具体历史事实，本书中的宋词经典排名虽不一定就是每个读者心目中的宋词经典的排名，但却是综合历代读者的审美选择的结果，具一定的合理性和代表性。

　　二、从文学经典的视角切入研究宋词，有助于沟通历史与美学，有助于揭示文学作品生命力的历史动态性。

　　一方面，文学经典存在于不同历史文化条件下"作品（作者）—读者"的交互作用中。文学作品的生命力在读者的期待视界与作品开放性结构的碰撞融合中延伸。作品的产生是创作主体心灵审美化的结果，当中的语言符号携带着创作主体所承受的时代气候、文化传统、审美理想等因素，它们在读者的阅读过程中复活，作品亦因此而重获生命力。在这个过程中，第一是读者视界和作品所展示的世界的"同化"，作品中审美化的思想情感意蕴因为和读者期待视界中的一致而穿越时空，因而总是那些符合一定时代审美习惯的作品能在相应的时代被经典化。第二是当两者不一致时，读者或结合自己时代的文化心理对其作出新的诠释，或弃之不论。因而每个时代都有旧宋词经典的消失和新的宋词经典的产生。文本中的审美意蕴、历史文化意蕴以及后世社会文化就这样在读者的阅读过程中融合。因而，从文学经典的角度研究宋词，能更好地将具体的历史文化和作品的审美意蕴连接起来，从而揭示文学作品生命力的历史动态性。

另一方面，宋词经典的生成过程有力地证明了这样的观点。历史事实和数据统计都表明，每个历史时期有每个历史时期的宋词经典，每个时代总会有一些词作被重新诠释。这是影响后世读者接受心理的时代气候、文学观念、文化传统通过读者的接受渗入宋词经典的结果。譬如，明代的宋词经典世俗化、通俗化的特点受到明代的心学、明人以词为小道等观念的影响。清代的宋词经典的雅正倾向和清代的经世致用的思想、清人的尊体观莫不关联。研究结果表明，宋词经典思想情感意蕴与不同历史时期的社会文化在宋词经典生成嬗变的过程中相互沟通，文学作品历史生命的动态性在此过程中得到显现。

（三）

但是，宋词经典生成及嬗变是一个相当复杂的系统性问题，限于学力和时间，当中不少问题需待进一步完善和深化。

首先，作为探索性的研究，并限于资料、人力等因素，本书所采用的确认宋词经典的测度模型还存在改进的空间。譬如：相关文献的收集范围有进一步扩大的余地，除了引入直接提及该作品的文献还可考虑引入记载与该作品密切相关的文献；分配权重具主观性，如何增强其客观性是一个有待进一步解决的难点；另外还可进一步考虑单个选本不同的影响力。确认宋词经典的数据库是一个开放的系统，相信随着文献数据的不断丰富与计算模型的改善，我们得出的结论也将更趋精确而客观。其次，本书重点研究的是宋词经典的生成及嬗变，对宋词经典的内在审美特质的阐释仅在个案研究中有所探讨，全面而深入地揭示宋词经典的人文思想意蕴及独特艺术魅力值得投入更多的关注。

至于宋词经典在现代化语境中的意义、生存状态和命运，更是值得投人更多关注的领域。宋词经典作为我们文化传统的一部分，它们对现代人类的意义是毋庸置疑的。精神"与自然科学的区别不仅在于其运作方式，而且还在于其与对象的事件性联系，在于对传统的占有，它们总是不断地使传统向我们说话"①。从普遍意义上讲，"按德籍犹太人本杰明的说法，人的觉醒与启悟，固然表现在对未来和将来的憧憬、向往，但这种追求的动力却来自对以往经历的回顾和体味。通过反观昔日的境遇，可以品味'苦难'或'幸福'的真义。说到底，对过去的重现或想象，还是为了实现'现在的过去'，是要思索与超越已往的'过去'。"② 传统对于人类有着莫大的价值，况且是作为古典文化优秀遗产的宋词经典。优秀的文学作品总是"显示着灵魂的深者，所以一读那些作品，便令人发生精神的变化"③。但是，如引言中所提及到的，宋词经典和其他的传统文化经典一样，在现代社会遭遇诸多挑战而陷入尴尬局面。这不仅是中国传统文化经典所面临的困境，而且是当今时代一个世界性的问题。当代很多学者对文学和文化经典的未来感到沮丧、失望。西方经典研究学者哈罗德·布鲁姆甚至于无不悲怆地说道："我是作为后卫在进行最后的奋力拼搏，我清楚，仗已打完，我们已然败北。"中国也不乏"21 世纪是一个没有文学经典的世纪。不是因为别的，只因为这是文学的宿命"④ 这样的声音。

毫无疑问的是，所有的传统文化经典皆遭遇到了前所未有的挑战。挑战最根本的源动力肇始于现代大工业生产和消费主义所导致的生存状况、社会需求和文化心理的变化。工业文明重新建构了人类的生活时空，"小楼一夜听春雨，深巷明朝卖杏花"成了永远逝去的图景，城市变成了钢筋水泥筑成的丛林。月亮、星星不再承载人类诗意的想象。而且现代社会，功利主义盛行，商业传播大行其道，后现代思潮下，针对经典文学作品和文学人物的颠覆性观点纷纷出现。20 世纪 90 年代以来，以计算机和网络为核心的信息技术给人们生活带来巨变，文学和文化传播接受的方式发生根本性的变化，互联网暴涨的信息量似一夜春风使人类的感知，包括

---

① ［德］伽达默尔、杜特：《解释学·美学·实践哲学——伽达默尔与杜特对话录》，商务印书馆 2005 年版，第 8 页。

② 程麻：《文学价值论》，人民文学出版社 1991 年版，第 22 页。

③ 鲁迅：《集外集·〈穷人〉小引》，《鲁迅全集》第 7 卷，人民文学出版社 1981 年版，第 103 页。

④ 孟繁华：《新世纪文学经典的终结》，《文艺争鸣》2005 年第 5 期。

对书面文本的感知进入了一个质变的时代。人类的现代生活城市化、高程式化、简单化和极度信息化。在这个从传统社会裂变出来的新时代中，传统文学文化经典遭遇尴尬实属必然。

但尴尬的境地并不就意味着经典的陨落。实际上远古时代，我们无法知道非常具体的人类生活情节了，然而人类建立在远古时代基础上的当今的一切，却辉煌地存在着，远古对我们的影响已然凝固在我们的现代社会，传统经典的命运也非常相似，它们将作为相对稳定的元素，被以后不同时期的不同文化现象以不同的目的和不同的形式引用着。

笔者以为，当前传统文学文化经典所遭遇的尴尬，只不过是对经典"旧形式"的告别。而站在新时代的起点，或许我们应该以飞翔的姿态去观照传统经典，去寻找那些可以在更长的时间之河中流淌的人类文明的精华以及实现这目的的合适的形式。不论是作为发现者、加工者还是推广者，都有待研究人员对包括宋词经典在内的传统经典投以更多关注，对新时代古代文学经典的传承与建构投以更多的目光。

附　　录

附录一　本书数据来源——选本一览表

一　古代词谱

时	书名	编著者	版本
明	诗余图谱	张綖	明毛氏汲古阁刻《词苑英华》本
	词学筌蹄	周瑛	上海图书馆藏清抄本
	啸余谱	程明善	《四库全书存目丛书》本
清	词律	万树	上海古籍出版社 1984 年版
	康熙词谱	陈廷敬　王奕清等编纂	岳麓书社 2000 年版
	填词图谱	赖以邠辑，吴熊和校点	书目文献出版社 1986 年版
	碎金词谱	谢元淮撰	台北学海出版社 1980 年影印本
	词律拾遗	俞樾编	上海古籍出版社 1984 版
	白香词谱	舒梦兰辑，谢朝徵笺	广东人民出版社 1981 版

二　古代词选

时	书名	编著者	版本
宋	乐府雅词	宋曾慥辑	辽宁教育出 1997 年版
	阳春白雪	宋赵闻礼选编，葛渭君校点	上海古籍出版社 1993 年版
	唐宋诸贤绝妙词选	宋黄昇辑	辽宁教育出版社 1997 年版
	中兴以来绝妙词选	宋黄昇辑	辽宁教育出版社 1997 年版

时	书名	编著者	版本
	绝妙好词	宋周密辑	辽宁教育出版社 2001 年版
明	天机余锦	题明程敏政编 王兆鹏 黄文吉 童向飞校点	辽宁教育出版社 2000 年版
	词林万选	明杨慎辑	毛晋汲古阁刻《词苑英华》本
	古今词统	明卓人月汇选，徐士俊参评，谷辉之校点	辽宁教育出版社 2000 年版
	花草粹编	明陈耀文辑	一九三三年陶风楼影印丁氏善本书室旧藏明万历刻本
	精选古今诗馀醉	潘游龙辑，梁颖校点	辽宁教育出版社 2003 年版
清	词综	朱彝尊　汪森辑	中华书局出版 1981 年版
	御选历代诗馀	沈辰垣等编	浙江古籍出版社 1998 年版
	词选	清张惠言 董毅选，李军注释	华夏出版社 1999 年版
	蓼园词选	黄苏选评，尹志腾点校	齐鲁书社 1988 年版
	《历代词腴》二卷附眠鸥集遗词一卷	黄承勋辑，李秉衡校	刻本　清光绪 11 年 1885 年版
	清绮轩词选	华亭夏秉衡选	乾隆本夏谷香辑《历朝词选》桐石山房藏板
	心日斋十六家词选录	清周之琦辑	道光二十年《心日斋所刻词六种》本
	筼亭词选	清孔传铺辑	清华大学藏清抄本
	微云榭词选	樊增详辑	光绪三十四年望江涌清阁聚珍本
	宋四家词	周济选评，尹志腾校点	齐鲁书社 1988 年版
	宋七家词选	戈顺卿辑	道光十七年戈氏刻本
	宋六十一家词选	冯煦	1934 年石印，上海北市棋盘街扫叶山房
	词辩	周济选，谭献评，尹志腾校点	《清人选评词集三种》齐鲁书社 1988 年版
	宋词十九首	清 端木采选辑	上海开明书店影印 民国二十二年
	宋词三百首　　新注	郑均注	书海出版社 1994 年版

三　近现当代词选

书名	编著者	版本
胡适选宋词三百首	胡适选，絮絮注	北京东方出版社 1995 年版
唐宋名家词选	龙榆生编选	古典文学出版社 1957 年版
宋词选	胡云翼选注	上海古籍出版社 1962 年版
唐宋词一百首	胡云翼选注	上海古籍出版社 1978 年版
唐宋词选释	俞平伯	人民文学出版社 1979 年版
宋词三百首笺注	上彊村民辑，唐圭璋笺注	上海古籍出版社 1979 年版
宋词赏析	沈祖棻著	上海古籍出版社 1980 年版
唐五代两宋词简析	刘永济选释	上海古籍出版社 1981 年版
宋词小札	刘逸生选释	广东人民出版社 1981 年版
唐宋词简释	唐圭璋选释	上海古籍出版社 1981 年版
艺蘅馆词选	梁令娴编	广西人民 1981 年版
历代名家词百首赏析	虢寿麓编注	湖南人民出版社 1981 年版
唐宋词选注	唐圭璋 潘君昭 曹济平	北京出版社 1982 年版
历代名家词赏析	徐育民 赵慧文	北京出版社 1982 年版
唐宋词选	中国社会科学院文学研究所编	人民文学出版社 1982 年版
唐宋诗词赏析	张碧波 李宝堃	黑龙江人民出版社 1982 年版
宋百家词选	周笃文选注	广西人民出版社 1983 年版
历代词萃·宋词部分	张璋选编，黄畲笺注	河南人民出版社 1983 年版
历代名篇选读	华东师范大学中文系编	上海古籍出版社 1983 年版
唐宋词鉴赏集	人民文学出版社编辑部编	人民文学出版社 1983 年版
古代诗文选	十二所外语院系《古代诗文选》编写组编	外语教学与研究出版社 1983 年版
宋百家词选经典	周笃文选注	广西人民出版社 1983 年版
宋词百首译释	陶尔夫编著	黑龙江人民出版社 1984 年版
唐宋词赏析	王方俊 张曾峒	山东文艺出版社 1984 年版
唐宋词选析	张燕瑾 杨忠贤著选	天津人民出版社 1985 年版
中国古代文学英华	程千帆主编	上海教育出版社 1988 年版
宋词三百首新编	刘乃昌选注	岳麓书社 1994 年版
新编宋词三百首	曹济平 朱崇才编著	江苏古籍出版社 1994 年版
唐诗宋词元曲经典	郝世峰 陈洪主编	大连出版社 1994 年版

书名	编著者	版本
宋词三百首	朱孝臧	海南国际新闻出版中心 1995 年版
唐五代两宋词选释	俞陛云撰	上海古籍出版社 1995 年版
唐宋词	熊礼汇主编，陈大正选注	长江文艺出版社 1996 年版
宋词经典	施蛰存 陈如江	上海书店 1999 年版
唐宋词鉴赏辞典·南宋·辽·金	周汝昌等撰	上海辞书出版社 1988 年版
唐宋词鉴赏辞典·唐五代·北宋卷	唐圭璋等撰	上海辞书出版社 1988 年版
中国古代文学名篇鉴赏辞典·宋金元文学卷	黄岳洲 茅宗祥主编	汉语大词典出版社 2002 年版
唐宋词精选	吴熊和 萧瑞峰编选	江苏古籍出版社 2002 年版
中国古典诗词赏析·古词卷	曹保平主编	内蒙古文化出版社 2002 年版
宋词举	钟振振校点	江苏古籍出版社 2002 年版
名家品诗坊·宋词	夏承焘等	上海辞书出版社 2004 年版
唐宋词百首详解	靳极苍	山西人民出版社 2002 年版

四　近现当代作品选

中国古代文学作品选·下册（初稿）	开封师院中文系古代文学教研组编 1973 年版	
中国古代文学作品选·下册	四川师范学院中文系古代文学教研组选编印 1975 年版	
中国古代文学作品选·第 3 册	安徽师范大学中文系中国古代文学教研组编注 1977 年版	
中国古代文学作品选·下册	天津师院等编印 1978 年版	
中国历代文学作品选讲析·第 5 册·宋元部分	武汉市教师进修学院语文教研室编 1978 年版	
中国古代文学作品选 第 3 册	曲阜师院中文系古典文学教研室编 1980 年版	
中国古代文学作品选·上册	郑孟彤主编	广东人民出版社 1980 年版
中国历代文学作品选·中编·第 2 册	朱东润主编	上海古籍出版社 1980 年版
中国古代文学作品选（修订本）中	金启华主编	江苏人民出版社 1983 年版
中国古代文学作品选 三	谢孟 鄢凌 选注	北京大学出版社 1984 年版
中国古代文学作品选·宋代部分	邓魁英主编	北京师范大学出版社 1987 年版

续表

中国古代文学作品选（中）	中央电大中文系教研室编	北京大学出版社 1987 年版
中国古代文学作品讲座	刘桂蓉等编写	中国广播电视出版社 1987 年版
中国古代文学作品选	徐中玉 金启华主编	上海古籍出版社 1987 年版
中国历代文学作品选讲析	林方直主编	内蒙古大学出版社 1987 年版
中国古代文学作品选自学纲要	李平 马绍兴 陆文霞编著	四川省社会科学院出版社 1988 年版
中国古代文学作品选·下册	于非主编	高等教育出版社 1988 年版
中国古代文学作品选三	于非主编	高等教育出版社 1992 年版
中国历代文学作品选简编本	朱东润主编	上海古籍出版社 2001 年版
中国古代文学作品选·第 4 卷·宋辽金部分	郁贤皓主编	高等教育出版社 2003 年版

五　草堂系列

版本	书名	刊刻者	刊刻时代
泰宇本	《增修笺注妙选群英草堂诗余》前集二卷，后集二卷	庐陵泰宇书堂刻	元至正三年（1343）
双璧本	《增修笺注妙选群英草堂诗余》前集二卷，后集二卷	双璧陈氏刻	至正十一年（1351）
洪武本	《增修笺注妙选群英草堂诗余》前集二卷，后集二卷	遵正书堂刻	洪武二十五年（1392）
荆聚本	《增修笺注妙选群英草堂诗余》前集二卷，后集二卷	安肃荆聚刻本	嘉靖末年
丛刊本	《增修笺注妙选群英草堂诗余》前集二卷，后集二卷	据荆聚本	《四部丛刊》本
顾刻本	《类编草堂诗余》四卷	顾从敬刊	嘉靖二十九年（1550）
四库本	《类编草堂诗余》四卷	据顾刻本	《四库全书》本
张东川本	《类编草堂诗余》四卷	张东川刻	万历十二年（1584）
詹圣学本	《重刻类编草堂诗余评林》六卷	詹圣学刻	万历十六年（1588）
崑石本	《类编草堂诗余》四卷	昆石山人校辑	万历年间
南城本	《类选笺释草堂诗余》正集六卷，续选二卷	翁少篭校刊	万历四十二年（1614）
闵映璧本	《评点草堂诗余》五卷	闵映璧刻	万历年间
古香岑本	《古香岑草堂诗余》四集 17 卷	童涌泉印	崇祯年间
博雅堂本	《类编草堂诗余》四卷	沈际飞、天羽甫重刻	崇祯年间

附录二　历代百首宋词经典名篇影响力排名的变化

元明百首名篇的变化

词人	词牌	首句	宋排名	明排名	类型	词人	词牌	首句	宋金排名	元明排名	类型
陈与义	临江仙	忆昔午桥桥上饮	17	19	A	晏殊	浣溪沙	一曲新词酒一杯	330	75	B
范仲淹	苏幕遮	碧云天	77	89	A	叶梦得	虞美人	落花已作风前舞	108	91	B
贺铸	青玉案	凌波不过横塘路	2	68	A	岳飞	满江红	怒发冲冠	352	13	B
李清照	念奴娇	萧条庭院	77	5	A	张先	青门引	乍暖还轻冷	108	47	B
李清照	如梦令	昨夜雨疏风骤	53	3	A	张先	醉落魄	云轻柳弱	108	61	B
刘过	唐多令	芦叶满汀洲	25	69	A	张元干	兰陵王	卷珠箔	218	21	B
柳永	雨霖铃	寒蝉凄切	98	94	A	张元干	满江红	春水连天	218	29	B
欧阳修	蝶恋花	庭院深深深几许	96	35	A	张元干	石州慢	寒水依痕	218	61	B
欧阳修	踏莎行	候馆梅残	53	25	A	赵令畤	蝶恋花	欲减罗衣寒未去	108	94	B
秦观	八六子	倚危亭	76	40	A	赵令畤	清平乐	春风依旧	108	45	B
秦观	满庭芳	山抹微云	11	49	A	周邦彦	拜星月慢	夜色催更	346	55	B
秦观	千秋岁	水边沙外	3	26	A	周邦彦	丹凤吟	迤逦春光无赖	322	86	B
秦观	水龙吟	小楼连苑横空	48	32	A	周邦彦	蝶恋花	月皎惊乌栖不定	160	71	B
秦观	踏莎行	雾失楼台	20	37	A	周邦彦	琐窗寒	暗柳啼鸦	106	71	B
史达祖	绮罗香	做冷欺花	27	15	A	周邦彦	早梅芳	花竹深	346	34	B
史达祖	双双燕	过春社了	39	17	A	朱敦儒	念奴娇	插天翠柳	206	14	B
苏轼	卜算子	缺月挂疏桐	4	28	A	朱敦儒	念奴娇	别离情绪	352	20	B
苏轼	洞仙歌	冰肌玉骨	19	41	A	朱敦儒	西江月	世事短如春梦	172	16	B
苏轼	南乡子	霜降水痕收	17	90	A	晁补之	洞仙歌	青烟幂处	39	117	X
苏轼	念奴娇	大江东去	1	1	A	晁补之	摸鱼儿	买陂塘	35	208	X
苏轼	水调歌头	明月几时有	5	12	A	晁冲之	汉宫春	潇洒江梅	10	148	X
苏轼	水龙吟	似花还似非花	26	7	A	陈克	菩萨蛮	绿芜墙绕青苔院	61	395	X
苏轼	水龙吟	楚山修竹如云	29	59	A	范成大	眼儿媚	酣酣日脚紫烟浮	77	420	X
苏轼	西江月	玉骨那愁瘴雾	95	60	A	范周	宝鼎现	夕阳西下	70	283	X
汪藻	点绛唇	新月娟娟	48	83	A	贺铸	柳色黄	薄雨初寒	98	463	X
王安石	桂枝香	登临送目	53	27	A	黄裳	喜迁莺	梅霖初歇	98	283	X
王雱	倦寻芳	露晞向晚	77	51	A	黄庭坚	清平乐	春归何处	77	313	X
辛弃疾	摸鱼儿	更能消	21	31	A	姜夔	暗香	旧时月色	8	236	X

词人	词牌	首句	宋排名	明排名	类型	词人	词牌	首句	宋金排名	元明排名	类型
辛弃疾	念奴娇	野棠花落	77	24	A	姜夔	念奴娇	闹红一舸	61	425	X
辛弃疾	祝英台近	宝钗分	6	58	A	姜夔	琵琶仙	双桨来时	77	425	X
叶梦得	贺新郎	睡起流莺语	7	94	A	姜夔	齐天乐	庾郎先自吟愁赋	39	277	X
张辑	疏帘淡月	梧桐雨细	61	55	A	姜夔	疏影	苔枝缀玉	12	410	X
张先	天仙子	水调数声持酒听	13	18	A	姜夔	扬州慢	淮左名都	61	450	X
章楶	水龙吟	燕忙莺懒芳残	28	23	A	康与之	风入松	一宵风雨送春归	77	219	X
周邦彦	渡江云	晴岚低楚甸	94	64	A	康与之	喜迁莺	腊残春早	77	478	X
周邦彦	隔蒲莲	新篁摇动翠葆	91	94	A	李冠	蝶恋花	遥夜亭皋闲信步	53	115	X
周邦彦	花犯	粉墙低	23	70	A	李清照	如梦令	常记溪亭日暮	61	131	X
周邦彦	六丑	正单衣试酒	67	47	A	李清照	永遇乐	落日镕金	67	412	X
周邦彦	满庭芳	风老莺雏	46	45	A	李元膺	洞仙歌	帘纤细雨	96	186	X
周邦彦	瑞龙吟	章台路	23	83	A	林逋	长相思	吴山青	39	415	X
周邦彦	水龙吟	素肌应怯余寒	31	94	A	林逋	点绛唇	金谷年年	98	140	X
周邦彦	西河	佳丽地	21	74	A	刘过	六州歌头	斗酒彘肩	53	463	X
曹组	蓦山溪	洗妆真态	218	39	B	柳永	望海潮	东南形胜	70	181	X
陈璀	青玉案	碧空黯淡同云绕	108	79	B	鲁逸仲	惜余春慢	弄月余花	77	316	X
陈亮	水龙吟	闹花深处层楼	108	78	B	陆游	钗头凤	红酥手	37	238	X
范仲淹	御街行	纷纷坠叶飘香砌	352	54	B	毛滂	惜分飞	泪湿阑干花著露	31	207	X
贺铸	望湘人	厌莺声到枕	218	38	B	聂冠卿	多丽	想人生	70	283	X
李清照	凤凰台上	香冷金猊	108	2	B	欧阳修	朝中措	平山阑槛倚晴空	15	218	X
李清照	浣溪沙	小院闲窗春色深	218	36	B	欧阳修	浣溪沙	堤上游人逐画船	53	232	X
李清照	声声慢	寻寻觅觅	214	10	B	欧阳修	临江仙	柳外轻雷池上雨	98	199	X
李清照	武陵春	风住尘香花已尽	352	9	B	潘牥	南乡子	生怕倚阑干	77	316	X
李清照	一剪梅	红藕香残玉簟秋	108	6	B	钱惟演	玉楼春	城上风光莺语乱	48	147	X
李清照	怨王孙	梦断漏悄	352	11	B	史达祖	东风第一枝	巧沁兰心	39	234	X
李清照	醉花阴	薄雾浓云愁永昼	108	4	B	苏轼	贺新郎	乳燕飞华屋	30	114	X
李玉	贺新郎	篆缕销金鼎	172	43	B	苏轼	浣溪沙	簌簌衣巾落枣花	98	450	X
李元膺	洞仙歌	雪云散尽	210	71	B	苏轼	满江红	东武南城	92	171	X
陆游	水龙吟	摩诃池上追游路	172	52	B	苏轼	水调歌头	落日绣帘卷	48	413	X
欧阳修	浣溪沙	湖上朱桥响画轮	108	42	B	苏轼	永遇乐	明月如霜	70	450	X
欧阳修	浪淘沙	把酒祝东风	218	83	B	王安石	渔家傲	平岸小桥千嶂抱	37	138	X

续表

词人	词牌	首句	宋排名	明排名	类型	词人	词牌	首句	宋金排名	元明排名	类型
欧阳修	青玉案	一年春事都来几	352	33	B	王观	卜算子	水是眼波横	98	446	X
欧阳修	渔家傲	十月小春梅蕊绽	108	94	B	王观	庆清朝慢	调雨为酥	77	369	X
秦观	风流子	东风吹碧草	218	52	B	无名氏	鱼游春水	秦楼东风里	48	125	X
秦观	画堂春	东风吹柳日初长	218	75	B	吴文英	八声甘州	渺空烟四远	77	478	X
秦观	金明池	琼苑金池	352	100	B	吴文英	南楼令	何处合成愁	39	385	X
秦观	柳梢青	岸草平沙	218	55	B	辛弃疾	贺新郎	甚矣吾衰矣	77	247	X
秦观	满庭芳	晓色云开	218	30	B	徐伸	二郎神	闷来弹鹊	31	106	X
秦观	鹊桥仙	纤云弄巧	352	75	B	晏几道	鹧鸪天	彩袖殷勤捧玉钟	34	140	X
秦观	如梦令	池上春归何处	352	88	B	张昇	离亭燕	一带江山如画	98	444	X
秦观	鹧鸪天	枝上流莺和泪闻	352	8	B	张孝祥	念奴娇	洞庭青草	53	166	X
僧仲殊	南柯子	十里青山远	108	66	B	张孝祥	西江月	问讯湖边春色	61	478	X
宋自逊	蓦山溪	壶山居士	218	81	B	张元干	贺新郎	梦绕神州路	13	385	X
苏轼	八声甘州	有情风万里卷潮来	346	63	B	周邦彦	大酺	对宿烟收	45	115	X
苏轼	南柯子	山与歌眉敛	352	43	B	周邦彦	风流子	新绿小池塘	9	148	X
汪藻	小重山	月下潮生红蓼汀	218	67	B	周邦彦	风流子	枫林凋晚叶	46	167	X
王安石	千秋岁引	别馆寒砧	218	22	B	周邦彦	过秦楼	水浴清蟾	60	163	X
王清惠	满江红	太液芙蓉	216	65	B	周邦彦	解语花	风销焰蜡	93	151	X
谢懋	鹊桥仙	钩帘借月	218	91	B	周邦彦	兰陵王	柳阴直	16	154	X
谢逸	千秋岁	楝花飘砌	218	80	B	周邦彦	齐天乐	绿芜凋尽台城路	36	463	X
谢逸	渔家傲	秋水无痕清见底	108	81	B	周邦彦	少年游	并刀如水	67	117	X
辛弃疾	沁园春	三径初成	210	86	B	周邦彦	宴清都	地僻无钟鼓	74	164	X
辛弃疾	水龙吟	渡江天马南来	218	50	B	周邦彦	意难忘	衣染莺黄	74	106	X
辛弃疾	鹧鸪天	着意寻春懒便回	218	91	B						

说明：

类型 A 表示传承型名篇，类型 B 表示上升的名篇，类型 X 表示没落的经典的名篇。

清代百首名篇的变化

作者	词牌	首句	宋名次	明名次	清名次	变化类型	作者	词牌	首句	宋名次	明名次	清名次	变化类型
陈与义	临江仙	忆昔午桥桥上饮	17	19	75	A	周邦彦	齐天乐	绿芜凋尽台城路	36	463	57	S
范仲淹	苏幕遮	碧云天	77	89	18	A	周邦彦	少年游	并刀如水	67	117	24	S
贺铸	青玉案	凌波不过横塘路	2	68	9	A	周邦彦	意难忘	衣染莺黄	74	106	96	S

续表

作者	词牌	首句	宋名次	明名次	清名次	变化类型	作者	词牌	首句	宋名次	明名次	清名次	变化类型
李清照	念奴娇	萧条庭院	77	5	51	A	李清照	如梦令	昨夜雨疏风骤	53	3	119	X
刘过	唐多令	芦叶满汀洲	25	69	60	A	欧阳修	踏莎行	候馆梅残	53	25	103	X
柳永	雨霖铃	寒蝉凄切	98	94	17	A	秦观	水龙吟	小楼连苑横空	48	32	128	X
欧阳修	蝶恋花	庭院深深几许	96	35	12	A	苏轼	南乡子	霜降水痕收	17	90	101	X
秦观	八六子	倚危亭	76	40	77	A	苏轼	水龙吟	楚山修竹如云	29	59	261	X
秦观	满庭芳	山抹微云	11	49	22	A	苏轼	西江月	玉骨那愁瘴雾	95	60	397	X
秦观	千秋岁	水边沙外	3	26	54	A	汪藻	点绛唇	新月娟娟	48	83	201	X
秦观	踏莎行	雾失楼台	20	37	43	A	叶梦得	贺新郎	睡起流莺语	7	94	169	X
史达祖	绮罗香	做冷欺花	27	15	19	A	张辑	疏帘淡月	梧桐雨细	61	55	216	X
史达祖	双双燕	过春社了	39	17	5	A	周邦彦	隔浦莲	新篁摇动翠葆	91	94	305	X
苏轼	卜算子	缺月挂疏桐	4	28	41	A	晁补之	洞仙歌	青烟幂处	39	117	215	X1
苏轼	洞仙歌	冰肌玉骨	19	41	67	A	陈克	菩萨蛮	绿芜墙绕青苔院	61	395	145	X1
苏轼	念奴娇	大江东去	1	1	1	A	范成大	眼儿媚	酣酣日脚紫烟浮	77	420	290	X1
苏轼	水调歌头	明月几时有	5	12	7	A	范周	宝鼎现	夕阳西下	70	283	262	X1
苏轼	水龙吟	似花还似非花	26	7	11	A	黄裳	喜迁莺	梅霖初歇	98	283	485	X1
王安石	桂枝香	登临送目	53	27	64	A	黄庭坚	清平乐	春归何处	77	313	181	X1
辛弃疾	摸鱼儿	更能消	21	31	20	A	姜夔	念奴娇	闹红一舸	61	425	105	X1
辛弃疾	念奴娇	野棠花落	77	24	39	A	康与之	风入松	一宵风雨送春归	77	219	367	X1
辛弃疾	祝英台近	宝钗分	6	58	15	A	康与之	喜迁莺	腊残春早	77	478	159	X1
张先	天仙子	水调数声持酒听	13	18	43	A	李冠	蝶恋花	遥夜亭皋闲信步	53	115	231	X1
章楶	水龙吟	燕忙莺懒芳残	28	23	30	A	李清照	如梦令	常记溪亭日暮	61	131	408	X1
周邦彦	渡江云	晴岚低楚甸	94	64	93	A	李清照	永遇乐	落日镕金	67	412	440	X1
周邦彦	花犯	粉墙低	23	70	40	A	李元膺	洞仙歌	帘纤细雨	96	186	184	X1
周邦彦	六丑	正单衣试酒	67	47	21	A	林逋	长相思	吴山青	39	415	279	X1
周邦彦	满庭芳	风老莺雏	46	45	28	A	林逋	点绛唇	金谷年年	98	140	102	X1
周邦彦	瑞龙吟	章台路	23	83	37	A	刘过	六州歌头	斗酒彘肩	53	463	135	X1
周邦彦	西河	佳丽地	21	74	76	A	柳永	望海潮	东南形胜	70	181	234	X1
范仲淹	渔家傲	塞下秋来风景异	172	167	69	B	鲁逸仲	惜余春慢	弄月余花	77	316	331	X1
姜夔	长亭怨慢	渐吹尽	218	394	10	B	毛滂	惜分飞	泪湿阑干花著露	31	207	175	X1
姜夔	翠楼吟	月冷龙沙	218	425	59	B	聂冠卿	多丽	想人生	70	283	226	X1
姜夔	一萼红	古城阴	108	450	66	B	欧阳修	浣溪沙	堤上游人逐画船	53	232	204	X1

作者	词牌	首句	宋名次	明名次	清名次	变化类型	作者	词牌	首句	宋名次	明名次	清名次	变化类型
蒋捷	女冠子	蕙花香也	172	395	58	B	潘牥	南乡子	生怕倚阑干	77	316	449	X1
李重元	忆王孙	萋萋芳草忆王孙	218	117	85	B	钱惟演	玉楼春	城上风光莺语乱	48	147	410	X1
柳永	八声甘州	对潇潇暮雨洒江天	172	385	34	B	苏轼	浣溪沙	簌簌衣巾落枣花	98	450	440	X1
潘汾	倦寻芳	兽钚半掩	218	316	91	B	苏轼	满江红	东武南城	92	171	262	X1
秦观	望海潮	梅英疏淡	352	132	65	B	苏轼	水调歌头	落日绣帘卷	48	413	336	X1
史达祖	东风第一枝	巧沁兰心	39	234	49	B	苏轼	永遇乐	明月如霜	70	450	143	X1
宋祁	玉楼春	东城渐觉风光好	172	181	96	B	王安石	渔家傲	平岸小桥千嶂抱	37	138	247	X1
苏轼	蝶恋花	花褪残红青杏小	172	104	95	B	王观	庆清朝慢	调雨为酥	77	369	105	X1
苏轼	哨遍	为米折腰	157	103	100	B	王观	卜算子	水是眼波横	98	446	339	X1
孙夫人	忆秦娥	花深深	352	171	82	B	无名氏	鱼游春水	秦楼东风里	48	125	142	X1
王沂孙	眉妩	渐新痕悬柳	352	478	46	B	吴文英	八声甘州	渺空烟四远	77	478	247	X1
王沂孙	齐天乐	一襟余恨宫魂断	352	478	48	B	吴文英	南楼令	何处合成愁	39	385	116	X1
吴文英	风入松	听风听雨过清明	218	478	71	B	辛弃疾	贺新郎	甚矣吾衰矣	77	247	177	X1
吴文英	祝英台近	剪红情	330	425	98	B	徐伸	二郎神	闷来弹鹊	31	106	152	X1
辛弃疾	贺新郎	绿树听鹈鴂	330	380	89	B	晏几道	鹧鸪天	彩袖殷勤捧玉钟	34	140	136	X1
辛弃疾	菩萨蛮	郁孤台下清江水	172	379	42	B	张昇	离亭燕	一带江山如画	98	444	197	X1
辛弃疾	水龙吟	楚天千里清秋	218	382	87	B	张孝祥	念奴娇	洞庭青草	53	166	125	X1
辛弃疾	永遇乐	千古江山	206	236	16	B	张孝祥	西江月	问讯湖边春色	61	478	339	X1
辛弃疾	鹧鸪天	枕簟溪堂冷欲秋	218	102	25	B	周邦彦	风流子	新绿小池塘	9	148	204	X1
晏殊	踏莎行	小径红稀	218	316	82	B	周邦彦	风流子	枫林凋晚叶	46	167	250	X1
张孝祥	六州歌头	长淮望断	210	402	60	B	周邦彦	过秦楼	水浴清蟾	60	163	112	X1
张炎	八声甘州	记玉关	352	463	32	B	周邦彦	水龙吟	素肌应怯余寒	31	94	235	X1
张炎	高阳台	接叶巢莺	352	402	29	B	周邦彦	宴清都	地僻无钟鼓	74	164	190	X1
张炎	解连环	楚江空晚	352	402	79	B	曹组	蓦山溪	洗妆真态	218	39	279	X2
张炎	南浦	波暖绿粼粼	330	434	13	B	陈瓘	青玉案	碧空黯淡同云绕	108	79	449	X2
赵令畤	蝶恋花	卷絮风头寒欲尽	108	402	78	B	贺铸	望湘人	厌莺声到枕	218	38	113	X2
周邦彦	氏州第一	波落寒汀	322	219	99	B	李清照	浣溪沙	小院闲窗春色深	218	36	305	X2
周邦彦	浪涛沙漫	昼（晓）阴重	352	283	36	B	李清照	怨王孙	梦断漏悄	352	11	334	X2
周邦彦	瑞鹤仙	悄郊原带郭	155	248	52	B	李玉	贺新郎	篆缕销金鼎	172	43	131	X2
周邦彦	尉迟杯	隋堤路	322	106	67	B	李元膺	洞仙歌	雪云散尽	210	71	161	X2
周邦彦	玉楼春	桃溪不作从容住	322	186	80	B	陆游	水龙吟	摩诃池上追游路	172	52	181	X2

作者	词牌	首句	宋名次	明名次	清名次	变化类型	作者	词牌	首句	宋名次	明名次	清名次	变化类型
周密	玉京秋	烟水阔	352	450	88	B	欧阳修	浣溪沙	湖上朱桥响画轮	108	42	250	X2
陈亮	水龙吟	闹花深处层楼	108	78	63	M	欧阳修	浪淘沙	把酒祝东风	218	83	208	X2
范仲淹	御街行	纷纷坠叶飘香砌	352	54	93	M	欧阳修	青玉案	一年春事都来几	352	33	290	X2
李清照	凤凰台上忆吹箫	香冷金猊	108	2	8	M	欧阳修	渔家傲	十月小春梅蕊绽	108	94	339	X2
李清照	声声慢	寻寻觅觅	214	10	2	M	秦观	风流子	东风吹碧草	218	52	339	X2
李清照	武陵春	风住尘香花已尽	352	9	55	M	秦观	画堂春	东风吹柳日初长	218	75	184	X2
李清照	一剪梅	红藕香残玉簟秋	108	6	33	M	秦观	满庭芳	晓色云开	218	30	123	X2
李清照	醉花阴	薄雾浓云愁永昼	108	4	14	M	秦观	如梦令	池上春归何处	352	88	290	X2
秦观	鹊桥仙	纤云弄巧	352	75	90	M	秦观	鹧鸪天	枝上流莺和泪闻	352	8	235	X2
王清惠	满江红	太液芙蓉	216	65	53	M	僧仲殊	南柯子	十里青山远	108	66	449	X2
辛弃疾	沁园春	三径初成	210	86	72	M	宋自逊	蓦山溪	壶山居士	218	81	439	X2
岳飞	满江红	怒发冲冠	352	13	50	M	苏轼	八声甘州	有情风万里卷潮来	346	63	194	X2
张先	青门引	乍暖还轻冷	108	47	85	M	苏轼	南柯子	山与歌眉敛	352	43	339	X2
周邦彦	拜星月慢	夜色催更	346	55	70	M	王安石	千秋岁引	别馆寒砧	218	22	184	X2
周邦彦	琐窗寒	暗柳啼鸦	106	71	38	M	王雱	倦寻芳	露晞向晚	77	51	190	X2
朱敦儒	念奴娇	别离情绪	352	20	56	M	谢懋	鹊桥仙	钩帘借月	218	91	231	X2
晁补之	摸鱼儿	买陂塘	35	208	35	S	谢逸	千秋岁	楝花飘砌	218	80	130	X2
晁冲之	汉宫春	潇洒江梅	10	148	91	S	谢逸	渔家傲	秋水无痕清见底	108	81	208	X2
贺铸	柳色黄	薄雨初寒	98	463	45	S	辛弃疾	鹧鸪天	着意寻春懒便回	218	91	339	X2
姜夔	暗香	旧时月色	8	236	3	S	晏殊	浣溪沙	一曲新词酒一杯	330	75	105	X2
姜夔	琵琶仙	双桨来时	77	425	62	S	叶梦得	虞美人	落花已作风前舞	108	91	339	X2
姜夔	齐天乐	庾郎先自吟愁赋	39	277	6	S	张先	醉落魄	云轻柳弱	108	61	180	X2
姜夔	疏影	苔枝缀玉	12	410	4	S	张元干	兰陵王	卷珠箔	218	21	410	X2
姜夔	扬州慢	淮左名都	61	450	26	S	张元干	满江红	春水连天	218	29	305	X2
陆游	钗头凤	红酥手	37	238	73	S	张元干	石州慢	寒水依痕	218	61	216	X2
欧阳修	朝中措	平山阑槛倚晴空	15	218	47	S	赵令畤	蝶恋花	欲减罗衣寒未去	108	94	305	X2
欧阳修	临江仙	柳外轻雷池上雨	98	199	74	S	赵令畤	清平乐	春风依旧	108	45	339	X2
苏轼	贺新郎	乳燕飞华屋	30	114	27	S	周邦彦	丹凤吟	迢递春光无赖	322	86	148	X2
张元干	贺新郎	梦绕神州路	13	385	84	s	周邦彦	蝶恋花	月皎惊乌栖不定	160	71	216	X2
周邦彦	大酺	对宿烟收	45	115	31	S	周邦彦	早梅芳	花竹深	346	34	216	X2

作者	词牌	首句	宋名次	明名次	清名次	变化类型	作者	词牌	首句	宋名次	明名次	清名次	变化类型
周邦彦	解语花	风销焰蜡	93	151	80	S	朱敦儒	念奴娇	插天翠柳	206	14	483	X2
周邦彦	兰陵王	柳阴直	16	154	23	S	朱敦儒	西江月	世事短如春梦	172	16	438	X2

说明：

类型 A、M、S 均表示传承类经典。其中，类型 A 表示该词在宋金、元明、清三个历史时期都在百首名篇内；类型 M 表示该词在元明和清代两个时期在百首名篇内；类型 S 表示该词在宋金、清代均在百首名篇内。

类型 B 表示清代建构的经典。

类型 X、X1、X2 表示边缘化的经典。其中，类型 X 表示该词在宋金、元明两期均在百首名篇之列，而在清代退出了经典的中心；类型 X1 表示该词自元明时期即退出了百首名篇的行列；类型 X2 表示该词虽在元明时期的经典效应提高，进入百首名篇，但在清代再次退出。

现当代宋词经典的变化

作者	词牌	首句	宋名次	明名次	清名次	今名次	变化类型	作者	词牌	首句	宋名次	明名次	清名次	今名次	变化类型
陈与义	临江仙	忆昔午桥桥上饮	17	19	75	83	A	贺铸	望湘人	厌莺声到枕	218	38	113	195	X1
范仲淹	苏幕遮	碧云天	77	89	18	43	A	黄裳	喜迁莺	梅霖初歇	98	283	485	422	X1
贺铸	青玉案	凌波不过横塘路	2	68	9	36	A	黄庭坚	清平乐	春归何处	77	313	181	112	X1
柳永	雨霖铃	寒蝉凄切	98	94	17	4	A	姜夔	长亭怨慢	渐吹尽	218	394	10	125	X1
欧阳修	蝶恋花	庭院深深深几许	96	35	12	48	A	姜夔	翠楼吟	月冷龙沙	218	425	59	146	X1
秦观	满庭芳	山抹微云	11	49	22	40	A	姜夔	一萼红	古城阴	108	450	66	246	X1
秦观	踏莎行	雾失楼台	20	37	43	19	A	蒋捷	女冠子	蕙花香也	172	395	58	214	X1
史达祖	绮罗香	做冷欺花	27	15	19	56	A	康与之	风入松	一宵风雨送春归	77	219	367	341	X1
史达祖	双双燕	过春社了	39	17	5	13	A	康与之	喜迁莺	腊残春早	77	478	159	230	X1
苏轼	卜算子	缺月挂疏桐	4	28	41	54	A	李冠	蝶恋花	遥夜亭皋闲信步	53	115	231	271	X1
苏轼	洞仙歌	冰肌玉骨	19	41	67	98	A	李清照	浣溪沙	小院闲窗春色深	218	36	305	430	X1
苏轼	念奴娇	大江东去	1	1	1	1	A	李清照	怨王孙	梦断漏悄	352	11	334	403	X1
苏轼	水调歌头	明月几时有	5	12	7	6	A	李玉	贺新郎	篆缕销金鼎	172	43	131	197	X1
苏轼	水龙吟	似花还似非花	26	7	11	17	A	李元膺	洞仙歌	雪云散尽	210	71	161	215	X1
王安石	桂枝香	登临送目	53	27	64	25	A	李元膺	洞仙歌	帘纤细雨	96	186	184	487	X1
辛弃疾	摸鱼儿	更能消	21	31	20	10	A	李重元	忆王孙	萋萋芳草忆王孙	218	117	85	194	X1
辛弃疾	祝英台近	宝钗分	6	58	15	55	A	林逋	长相思	吴山青	39	415	279	188	X1
张先	天仙子	水调数声持酒听	13	18	43	38	A	林逋	点绛唇	金谷年年	98	140	102	264	X1

作者	词牌	首句	宋	明名次	清名次	今名次	变化类型	作者	词牌	首句	宋	明名次	清名次	今名次	变化类型
周邦彦	六丑	正单衣试酒	67	47	21	27	A	刘过	六州歌头	斗酒彘肩	53	463	135	101	X1
周邦彦	满庭芳	风老莺雏	46	45	28	41	A	鲁逸仲	惜余春慢	弄月余花	77	316	331	348	X1
周邦彦	瑞龙吟	章台路	23	83	37	47	A	陆游	水龙吟	摩诃池上追游路	172	52	181	378	X1
周邦彦	西河	佳丽地	21	74	76	92	A	毛滂	惜分飞	泪湿阑干花著露	31	207	175	171	X1
范仲淹	渔家傲	塞下秋来风景异	172	167	69	11	A1	聂冠卿	多丽	想人生	70	283	226	459	X1
姜夔	念奴娇	闹红一舸	61	425	105	76	A1	欧阳修	浣溪沙	堤上游人逐画船	53	232	204	176	X1
李清照	如梦令	常记溪亭日暮	61	131	408	70	A1	欧阳修	浣溪沙	湖上朱桥响画轮	108	42	250	234	X1
李清照	永遇乐	落日熔金	67	412	440	28	A1	欧阳修	浪淘沙	把酒祝东风	218	83	208	202	X1
柳永	八声甘州	对潇潇暮雨洒江天	172	385	34	20	A1	欧阳修	临江仙	柳外轻雷池上雨	98	199	74	192	X1
柳永	望海潮	东南形胜	70	181	234	31	A1	欧阳修	青玉案	一年春事都来几	352	33	290	324	X1
欧阳修	生查子	去年元夜时	172	415	235	59	A1	欧阳修	渔家傲	十月小春梅蕊绽	108	94	339	412	X1
秦观	望海潮	梅英疏淡	352	132	65	66	A1	潘牥	南乡子	生怕倚阑干	77	316	449	263	X1
宋祁	玉楼春	东城渐觉风光好	172	181	96	67	A1	潘汾	倦寻芳	兽钚半掩	218	316	91	447	X1
苏轼	蝶恋花	花褪残红青杏小	172	104	95	64	A1	钱惟演	玉楼春	城上风光莺语乱	48	147	410	243	X1
苏轼	浣溪沙	簌簌衣巾落枣花	98	450	440	96	A1	秦观	风流子	东风吹碧草	218	52	339	268	X1
王观	卜算子	水是眼波横	98	446	339	100	A1	秦观	画堂春	东风吹柳日初长	218	75	184	208	X1
王沂孙	眉妩	渐新痕悬柳	352	478	46	74	A1	秦观	金明池	琼苑金池	352	100	141	371	X1
王沂孙	齐天乐	一襟余恨宫魂断	352	478	48	69	A1	秦观	柳梢青	岸草平沙	218	55	176	314	X1
吴文英	八声甘州	渺空烟四远	77	478	247	62	A1	秦观	满庭芳	晓色云开	218	30	123	142	X1
吴文英	风入松	听风听雨过清明	218	478	71	44	A1	秦观	如梦令	池上春归何处	352	88	290	312	X1
辛弃疾	贺新郎	绿树听鹈鴂	330	380	89	35	A1	秦观	鹧鸪天	枝上流莺和泪闻	352	8	235	327	X1
辛弃疾	菩萨蛮	郁孤台下清江水	172	379	42	12	A1	僧仲殊	南柯子	十里青山远	108	66	449	247	X1
辛弃疾	水龙吟	楚天千里清秋	218	382	87	8	A1	史达祖	东风第一枝	巧沁兰心	39	234	49	205	X1
辛弃疾	永遇乐	千古江山	206	236	16	5	A1	宋自逊	蓦山溪	壶山居士	218	81	439	355	X1
晏几道	鹧鸪天	彩袖殷勤捧玉钟	34	140	136	39	A1	苏轼	八声甘州	有情风万里卷潮来	346	63	194	199	X1
晏殊	浣溪沙	一曲新词酒一杯	330	75	105	22	A1	苏轼	满江红	东武南城	92	171	262	440	X1
张孝祥	六州歌头	长淮望断	210	402	60	53	A1	苏轼	南柯子	山与歌眉敛	352	43	339	373	X1
张孝祥	念奴娇	洞庭青草	53	166	125	49	A1	苏轼	哨遍	为米折腰	157	103	100	359	X1
张炎	八声甘州	记玉关	352	463	32	75	A1	苏轼	水调歌头	落日绣帘卷	48	413	336	186	X1
张炎	高阳台	接叶巢莺	352	402	29	45	A1	苏轼	永遇乐	明月如霜	70	450	143	162	X1

续表

作者	词牌	首句	宋	明名次	清名次	今名次	变化类型
张炎	解连环	楚江空晚	352	402	79	52	A1
周邦彦	蝶恋花	月皎惊乌栖不定	160	71	216	73	A1
姜夔	暗香	旧时月色	8	236	3	15	A2
姜夔	齐天乐	庾郎先自吟愁赋	39	277	6	89	A2
姜夔	疏影	苔枝缀玉	12	410	4	29	A2
姜夔	扬州慢	淮左名都	61	450	26	7	A2
李清照	凤凰台上忆吹箫	香冷金猊	108	2	8	82	A2
李清照	如梦令	昨夜雨疏风骤	53	3	119	23	A2
李清照	声声慢	寻寻觅觅	214	10	2	3	A2
李清照	武陵春	风住尘香花已尽	352	9	55	58	A2
李清照	一剪梅	红藕香残玉簟秋	108	6	33	71	A2
李清照	醉花阴	薄雾浓云愁永昼	108	4	14	26	A2
陆游	钗头凤	红酥手	37	238	73	9	A2
欧阳修	踏莎行	候馆梅残	53	25	103	33	A2
秦观	鹊桥仙	纤云弄巧	352	75	90	16	A2
岳飞	满江红	怒发冲冠	352	13	50	1	A2
张先	青门引	乍暖还轻冷	108	47	85	94	A2
张元干	贺新郎	梦绕神州路	13	385	84	46	A2
周邦彦	兰陵王	柳阴直	16	154	23	18	A2
周邦彦	少年游	并刀如水	67	117	24	95	A2
陈亮	水调歌头	不见南师久	352	478	193	51	B
贺铸	六州歌头	少年侠气	218	478	449	91	B
姜夔	点绛唇	燕雁无心	108	434	169	63	B
蒋捷	一剪梅	一片春愁待酒浇	352	415	149	87	B
李清照	渔家傲	天接云涛连晓雾	108	478	435	61	B
李之仪	卜算子	我住长江头	352	442	367	77	B
刘克庄	贺新郎	北望神州路	210	450	338	86	B
刘克庄	沁园春	何处相逢	108	434	230	93	B
柳永	蝶恋花	伫倚危楼风细细	352	450	440	85	B
柳永	夜半乐	冻云黯淡天气	352	450	151	80	B
陆游	卜算子	驿外断桥边	218	314	331	24	B
孙夫人	忆秦娥	花深深	352	171	82	360	X1
汪藻	小重山	月下潮生红蓼汀	218	67	282	408	X1
王安石	千秋岁引	别馆寒砧	218	22	184	255	X1
王安石	渔家傲	平岸小桥千嶂抱	37	138	247	294	X1
王观	庆清朝慢	调雨为酥	77	369	105	307	X1
无名氏	鱼游春水	秦楼东风里	48	125	142	311	X1
吴文英	南楼令	何处合成愁	39	385	116	118	X1
谢懋	鹊桥仙	钩帘借月	218	91	231	477	X1
谢逸	千秋岁	栋花飘砌	218	80	130	320	X1
谢逸	渔家傲	秋水无痕清见底	108	81	208	450	X1
辛弃疾	贺新郎	甚矣吾衰矣	77	247	177	152	X1
辛弃疾	水龙吟	渡江天马南来	218	50	179	212	X1
辛弃疾	鹧鸪天	枕簟溪堂冷欲秋	218	102	25	151	X1
辛弃疾	鹧鸪天	着意寻春懒便回	218	91	339	308	X1
徐伸	二郎神	闷来弹鹊	31	106	152	249	X1
晏殊	踏莎行	小径红稀	218	316	82	116	X1
叶梦得	虞美人	落花已作风前舞	108	91	339	233	X1
张昇	离亭燕	一带江山如画	98	444	197	130	X1
张先	醉落魄	云轻柳弱	108	61	180	286	X1
张孝祥	西江月	问讯湖边春色	61	478	339	180	X1
张炎	南浦	波暖绿粼粼	330	434	13	158	X1
张元干	兰陵王	卷珠箔	218	21	410	239	X1
张元干	满江红	春水连天	218	29	305	382	X1
张元干	石州慢	寒水依痕	218	61	216	299	X1
赵令畤	清平乐	春风依旧	108	45	339	267	X1
赵令畤	蝶恋花	欲减罗衣寒未去	108	94	305	181	X1
赵令畤	蝶恋花	卷絮风头寒欲尽	108	402	78	227	X1
周邦彦	丹凤吟	迤逦春光无赖	322	86	148	301	X1
周邦彦	氏州第一	波落寒汀	322	219	99	213	X1
周邦彦	风流子	新绿小池塘	9	148	204	145	X1
周邦彦	风流子	枫林凋晚叶	46	167	250	210	X1

续表

作者	词牌	首句	宋	明名次	清名次	今名次	变化类型	作者	词牌	首句	宋	明名次	清名次	今名次	变化类型
陆游	诉衷情	当年万里觅封侯	352	478	449	65	B	周邦彦	过秦楼	水浴清蟾	60	163	112	126	X1
欧阳修	采桑子	群芳过后西湖好	108	478	120	68	B	周邦彦	瑞鹤仙	悄郊原带郭	155	248	52	137	X1
秦观	浣溪沙	漠漠轻寒上小楼	352	401	216	84	B	周邦彦	宴清都	地僻无钟鼓	74	164	190	251	X1
苏轼	定风波	莫听穿林打叶声	352	478	339	42	B	周邦彦	玉楼春	桃溪不作从容住	322	186	80	108	X1
苏轼	江城子	十年生死两茫茫	352	445	449	14	B	周邦彦	早梅芳	花竹深	346	34	216	265	X1
苏轼	江城子	老夫聊发少年狂	330	463	449	37	B	朱敦儒	念奴娇	别离情绪	352	20	56	369	X1
苏轼	临江仙	夜饮东坡醒复醉	172	463	449	99	B	朱敦儒	念奴娇	插天翠柳	206	14	483	252	X1
文天祥	念奴娇	水天空阔	352	434	139	97	B	朱敦儒	西江月	世事短如春梦	172	16	438	346	X1
吴文英	莺啼序	残寒正欺病酒	352	463	122	72	B	晁补之	摸鱼儿	买陂塘	35	208	35	198	X2
辛弃疾	丑奴儿令	少年不识愁滋味	352	434	484	90	B	晁冲之	汉宫春	潇洒江梅	10	148	91	228	X2
辛弃疾	南乡子	何处望神州	346	450	282	79	B	陈亮	水龙吟	闹花深处层楼	108	78	63	155	X2
辛弃疾	破阵子	醉里挑灯看剑	352	434	208	21	B	范仲淹	御街行	纷纷坠叶飘香砌	352	54	93	140	X2
辛弃疾	青玉案	东风夜放花千树	209	434	124	30	B	贺铸	柳色黄	薄雨初寒	98	463	45	134	X2
辛弃疾	清平乐	茅檐低小	218	478	449	50	B	姜夔	琵琶仙	双桨来时	77	425	62	127	X2
辛弃疾	西江月	明月别枝惊鹊	352	478	247	34	B	欧阳修	朝中措	平山阑槛倚晴空	15	218	47	221	X2
辛弃疾	鹧鸪天	壮岁旌旗拥万夫	352	402	336	78	B	秦观	水龙吟	小楼连苑横空	48	32	128	250	X2
晏几道	临江仙	梦后楼台高锁	172	425	126	32	B	苏轼	贺新郎	乳燕飞华屋	30	114	27	111	X2
晏殊	蝶恋花	槛菊愁烟兰泣露	352	443	274	60	B	苏轼	南乡子	霜降水痕收	17	90	101	292	X2
晏殊	破阵子	燕子来时新社	218	425	208	88	B	苏轼	水龙吟	楚山修竹如云	29	59	261	304	X2
周邦彦	苏幕遮	燎沉香	322	463	194	57	B	苏轼	西江月	玉骨那愁瘴雾	95	60	397	240	X2
周邦彦	夜飞鹊	河桥送人处	346	157	105	81	B	汪藻	点绛唇	新月娟娟	48	83	201	175	X2
李清照	念奴娇	萧条庭院	77	5	51	109	X	王雱	倦寻芳	露晞向晚	77	51	190	364	X2
刘过	唐多令	芦叶满汀洲	25	69	60	114	X	王清惠	满江红	太液芙蓉	216	65	53	193	X2
秦观	八六子	倚危亭	76	40	77	133	X	辛弃疾	沁园春	三径初成	210	86	72	218	X2
秦观	千秋岁	水边沙外	3	26	54	160	X	叶梦得	贺新郎	睡起流莺语	7	94	169	161	X2
辛弃疾	念奴娇	野棠花落	77	24	39	115	X	张辑	疏帘淡月	梧桐雨细	61	55	216	300	X2
章楶	水龙吟	燕忙莺懒芳残	28	23	30	270	X	周邦彦	拜星月慢	夜色催更	346	55	70	177	X2
周邦彦	渡江云	晴岚低楚甸	94	64	93	211	X	周邦彦	大酺	对宿烟收	45	115	31	154	X2
周邦彦	花犯	粉墙低	23	70	40	105	X	周邦彦	隔蒲莲	新篁摇动翠葆	91	105	305	261	X2
曹组	蓦山溪	洗妆真态	218	39	279	238	X1	周邦彦	解语花	风销焰蜡	93	151	80	138	X2
晁补之	洞仙歌	青烟幂处	39	117	215	256	X1	周邦彦	齐天乐	绿芜凋尽台城路	36	463	57	128	X2

续表

作者	词牌	首句	宋	明名次	清名次	今名次	变化类型	作者	词牌	首句	宋	明名次	清名次	今名次	变化类型
陈璀	青玉案	碧空黯淡同云绕	108	79	449	492	X1	周邦彦	水龙吟	素肌应怯余寒	31	94	235	274	X2
陈克	菩萨蛮	绿芜墙绕青苔院	61	395	145	185	X1	周邦彦	琐窗寒	暗柳啼鸦	106	71	38	139	X2
范成大	眼儿媚	酣酣日脚紫烟浮	77	420	290	191	X1	周邦彦	意难忘	衣染莺黄	74	106	96	225	X2
范周	宝鼎现	夕阳西下	70	283	262	356	X1								

说明：类型 B 表示新时代的新经典。

类型 A、A1、A2 表示传承的经典。其中，A 类从宋金至 20 世纪一直都在百首名篇之列；A1 类表示除 20 世纪外，该词还曾在一个历史时期进入过百首名篇；A2 类表示除 20 世纪外，该词还曾在两个历史时期进入过百首名篇。

类型 X、X1、X2 表示褪色的经典。其中，X 类表示该词仅在 20 世纪不在经典名篇之列；X1 类表示该词除了 20 世纪之外，还曾在另两个历史时期退出百首名篇之列；X2 类表示该词除了 20 世纪之外，另有一个历史时期也不在百首名篇之列。

附录三　《全宋词》常用调情况

浣溪沙	775	水调歌头	743	鹧鸪天	657	菩萨蛮	598	满江红	549	念奴娇	535
西江月	490	临江仙	482	减字木兰花	426	沁园春	423	蝶恋花	416	点绛唇	390
贺新郎	361	清平乐	355	满庭芳	330	虞美人	304	好事近	296	水龙吟	295
朝中措	259	渔家傲	257	卜算子	240	谒金门	231	玉楼春	211	南乡子	205
踏莎行	203	南歌子	200	柳梢青	188	蓦山溪	185	望江南	183	生查子	178
鹊桥仙	177	浪淘沙	175	如梦令	157	木兰花慢	153	洞仙歌	152	诉衷情	146
青玉案	137	阮郎归	137	醉落魄	129	摸鱼儿	123	瑞鹤仙	120	江城子	117
感皇恩	109	小重山	109	八声甘州	108	采桑子	108	长相思	106	醉蓬莱	106

参考文献

（按作者音序排列）

一 著作

白居易：《白居易全集》，珠海出版社 1996 年版。

班固撰，颜师古注：《汉书》，中华书局 1962 年版。

毕沅：《续资治通鉴》，中华书局 1957 年版。

蔡戡：《定斋集》，《影印文渊阁四库全书》本。

蔡絛：《铁围山丛谈》，中华书局 1983 年版。

陈匪石：《声执》，《词话丛编》本，中华书局 1986 年版。

陈鼓应：《老子注译及评价》，中华书局 1984 年版。

陈鼓应：《庄子今译今注》，中华书局 1983 年版。

陈宏绪：《寒夜录》，中华书局 1985 年版。

陈寿撰，裴松之注：《三国志》中华书局 1959 年版。

陈硕：《经典制造》，广西师范大学出版社 2004 年版。

陈廷焯：《白雨斋词话》，《词话丛编》本，中华书局 1986 年版。

陈维崧：《湖海楼文集》，《四部丛刊》本。

陈文忠：《中国古典诗歌接受史研究》，安徽大学出版社 1998 年版。

陈洵：《海绡说词》，《词话丛编》本，中华书局 1986 年版。

陈衍：《石遗室诗话》，辽宁教育出版社 1998 年版。

陈郁：《藏一话腴》，《影印文渊阁四库全书》本。

程麻：《文学价值论》，人民文学出版社 1991 年版。

程千帆：《全清词·顺康卷》，中华书局 2002 年版。

程颐、程颢：《二程遗书》，上海古籍出版社 2000 年版。

邓红梅、侯方元：《南宋词研究史稿》，齐鲁书社 2006 年版。

邓乔彬：《唐宋词美学》，齐鲁书社 2005 年版。

邓廷桢：《双砚斋词话》，《词话丛编》本，中华书局 1986 年版。

丁放：《金元明清诗词理论史》，安徽大学出版社 2000 年版。

丁宁：《接受之维》，百花文艺出版社 1990 年版。

范文澜：《文心雕龙注》，《范文澜全集》，河北教育出版社 2002 年版。

范晔撰，李贤等注：《后汉书》，中华书局 1965 年版。

方孝岳：《中国文学批评》，三联书店 1986 年版。

房玄龄：《晋书》，中华书局 1977 年版。

冯班：《钝吟老人文稿》，《四库全书存目丛书》本，齐鲁书社 1997 年版。

冯金伯：《词苑萃编》，《词话丛编》本，中华书局 1986 年版。

冯梦龙：《醒世恒言》，福建人民出版社 1981 年版。

冯梦龙：《喻世明言》，人民文学出版社 1958 年版。

冯煦：《蒿庵论词》，《词话丛编》本，中华书局 1986 年版。

冯友兰：《中国哲学史新编》，人民出版社 1998 年版。

顾起元：《客座赘语》，《元明笔记史料丛刊》，中华书局 1987 年版。

顾炎武著，黄汝成集释：《日知录集释》，花山文艺出版社 1990 年版。

郭绍虞：《中国历代文论选》，上海古籍出版社 2001 年版。

何文焕：《历代诗话》，中华书局 2004 年版。

洪汉鼎：《理解与解释——阐释学经典文选》，东方出版社 2006 年版。

胡应麟：《诗薮》，上海古籍出版社 1958 年版。

胡仔：《苕溪渔隐词话》，《词话丛编》本，中华书局 1986 年版。

胡仔：《苕溪渔隐丛话》，《笔记小说大观》本，江苏广陵古籍刻印社
　　1983 年版。

黄裳：《演山集》，《影印文渊阁四库全书》本，台湾商务印书馆 1986
　　年版。

黄苏：《蓼园词评》，《词话丛编》本，中华书局 1986 年版。

黄庭坚：《黄庭坚全集》，四川大学出版社 2001 年版。

江顺诒：《词学集成》，《词话丛编》本，中华书局 1986 年版。

江元祚：《续玉台文苑》，《四库全书存目丛书》本。

焦竑：《玉堂丛语》，中华书局 1981 年版。

金启华、张惠民等：《唐宋词集序跋汇编》，江苏教育出版社 1990 年版。

鸠摩罗什等译：《无量寿经》，广东佛教编辑部。

瞿佑：《剪灯新话》，上海古籍出版社 1981 年版。

孔颖达:《春秋左传正义》,上海古籍出版社 1999 年版。

况周颐:《蕙风词话》,《词话丛编》本,中华书局 1986 年版。

蓝立蓂校注:《汇校详注关汉卿集》,中华书局 2006 年版。

乐黛云、陈珏:《北美中国古典文学研究名家十年文选》,江苏人民出版
　　社 1996 年。

黎靖德:《朱子语类》,中华书局 1986 年版。

李调元:《雨村词话》,《词话丛编》本,中华书局 1986 年版。

李东阳:《麓堂诗话》,《历代诗话续编》本,中华书局 1983 年版。

李佳:《左庵词话》,《词话丛编》本,中华书局 1986 年版。

李学:《北美二十年来的词学研究》,台北联经出版事业公司 1994 年版。

李谊:《花间集注释》,四川文艺出版社 1986 年版。

李翊:《戒庵老人漫笔》,中华书局 1982 年版。

李泽厚:《美学论集》,上海文艺出版社 1980 年版。

李贽:《焚书》,中华书局 1961 年版。

李祖陶:《迈堂文略》,《续修四库全书》本。

梁启超:《清代学术概论》,复旦大学出版社 1985 年版。

梁启超:《辛稼轩先生年谱》,《饮冰室专集》本,上海中华书局 1936
　　年版。

梁启超:《中国近三百年学术史》,中国书店 1985 年版。

刘宝楠:《论语正义》,《十三经注疏》本,上海古籍出版社 1993 年版。

刘辰翁:《须溪词》,上海古籍出版社 1998 年版。

刘将孙:《养吾斋集》,《影印文渊阁四库全书》本,台湾商务印书馆
　　1986 年版。

刘靖渊、崔海正:《北宋词研究史稿》,齐鲁书社 2006 年版。

刘克庄:《后村先生大全集》,《四部丛刊》本。

刘熙载:《艺概》,上海古籍出版社 1978 年版。

刘小枫、陈少明:《经典与解释的张力》,三联书店 2003 年版。

刘扬忠:《辛弃疾词心探微》,齐鲁书社 1990 年版。

刘义庆:《世说新语》,《诸子集成》第 8 册,中华书局 1954 年版。

刘永济:《唐五代两宋词简释》,上海古籍出版社 1981 年版。

刘渊靖、崔海正:《北宋词研究史稿》,齐鲁书社 2006 年版。

刘知几:《史通》,上海古籍出版社 1978 年版。

刘尊明：《唐宋词综论》，中国社会科学出版社 2005 年版。

龙榆生：《词学十讲》，北京出版社 2005 年版。

鲁迅：《花边文学》，人民文学出版社 1980 版。

鲁迅：《集外集》，《鲁迅全集》第 7 卷，人民文学出版社 1981 年版。

鲁迅：《集外集拾遗补编》，人民文学出版社 1993 年版。

张少康：《文赋集释》，上海古籍出版社 1984 年版。

吕坤：《呻吟语》，江苏古籍出版社 2002 年版。

罗大经：《鹤林玉露》，中华书局 1983 年版。

毛先舒：《诗辩坻》，《四库存目丛书补编》本。

孟棨：《本事诗》，上海古籍出版社 1991 年版。

孟元老：《东京梦华录》，中华书局 2007 年版。

敏泽、党圣元：《文学价值论》，社会科学文献出版社 1997 年版。

缪钺：《缪钺说词》，上海古籍出版社 1999 年版。

木斋：《唐宋词流变》，京华出版社 1997 年版。

钱裴仲：《雨华庵词话》，《词话丛编》本，中华书局 1986 年版。

钱钟书：《宋诗选注》，人民文学出版社 1989 年版。

饶宗颐、张璋：《全明词》，中华书局 2004 年版。

容肇祖：《明代思想史》，开明书店 1941 年版。

商传：《明代文化史》，东方出版中心 2007 年版。

尚学锋：《中国古典文学接受史》，山东教育出版社 2000 年版。

沈家庄：《宋词文化与文学新视野》，人民文学出版社 2001 年版。

沈谦：《填词杂说》，《词话丛编》本，中华书局 1986 年版。

沈松勤：《唐宋词社会文化学研究》，浙江大学出版社 2004 年版。

沈祥龙：《论词随笔》，《词话丛编》本，中华书局 1986 年版。

沈雄：《古今词话》，《词话丛编》本，中华书局 1986 年版。

沈义府：《乐府指迷》，《词话丛编》本，中华书局 1986 年版。

施蛰存：《词学》第 5 辑，华东师范大学出版社 1986 年版。

施蛰存：《词籍序跋萃编》，中国社会科学出版社 1994 年版。

施蛰存、陈如江：《宋元词话》，上海书店出版社 1999 年版。

司马迁撰，裴骃集解，司马贞索隐：《史记》，中华书局 1959 年版。

宋翔凤：《乐府余论》，《词话丛编》本，中华书局 1986 年版。

苏轼：《苏轼文集》，中华书局 1986 年版。

孙虹、薛瑞生：《清真集校注》，中华书局 2002 年版。

孙克强：《清代词学》，中国社会科学出版社 2004 年版。

谭献：《复堂词话》，人民文学出版社 1959 年版。

唐圭璋：《全金元词》，中华书局 1979 年版。

唐圭璋：《唐宋词简释》，上海古籍出版社 1981 年版。

唐圭璋：《宋词纪事》，上海古籍出版社 1982 年版。

唐圭璋：《宋词四考》，江苏古籍出版社 1985 年版。

唐圭璋：《词话丛编》，中华书局 1986 年版。

唐圭璋：《全宋词》，中华书局 1999 年版。

陶尔夫、刘敬圻：《南宋词史》，黑龙江人民出版社 1992 年版。

陶尔夫、诸葛忆兵：《北宋词史》，黑龙江人民出版社 2005 年版。

脱脱：《宋史》，中华书局 1977 年版。

王昶：《明词综》，辽宁教育出版社 1997 年版。

王夫之：《姜斋诗话》，人民文学出版社 1961 年版。

王符著，王继培笺，彭铎校正：《潜夫论笺校正》，《新编诸子集成》本，
　　中华书局 1985 年版。

王国维：《人间词话》，《词话丛编》本，中华书局 1986 年版。

王季思主编：《全元戏曲》，人民文学出版社 1990 年版。

王若虚：《滹南遗老集》，《四部丛刊》本。

王士禛：《古夫于亭杂录》，《影印文渊阁四库全书》本，台湾商务印书馆
　　1986 年版。

王士禛：《花草蒙拾》，《词话丛编》本，中华书局 1986 年版。

王士禛：《分甘余话》，《影印文渊阁四库全书》本，台湾商务印书馆
　　1986 年版。

王世贞：《艺苑卮言》，《词话丛编》本，中华书局 1986 年版。

王守仁著，吴光等编校：《王阳明全集》，上海古籍出版社 1992 年版。

王先谦：《释名疏证补》，《续修四库全书》本，上海古籍出版社 2002
　　年版。

王易：《词曲史》，东方出版社 1996 年版。

王奕清：《历代词话》，《词话丛编》本，中华书局 1986 年版。

王又华：《古今词论》，《词话丛编》本，中华书局 1986 年版。

王元启：《祇平居士集》，《续修四库全书》本。

王运涛：《中国古代贬谪文化与经典文学传播研究》，吉林文史出版社 2005 年版。

王兆鹏：《唐宋词史论》，人民文学出版社 2000 年版。

王兆鹏：《词学史料学》，中华书局 2004 年版。

王兆鹏：《唐宋词史的还原与建构》，湖北人民出版社 2005 年版。

王兆鹏：《唐宋词名篇讲演录》，广西师范大学出版社 2006 年版。

王兆鹏、尚永亮：《文学传播与接受论丛》，中华书局 2006 年版。

王灼：《碧溪漫志》，《词话丛编》本，中华书局 1986 年版。

魏泰：《东轩笔录》，中华书局 1983 年版。

魏源：《魏源集》，中华书局 1976 年版。

文天祥：《文天祥全集》，中国书店 1985 年版。

吴梅：《词学通论》，华东师范大学出版社 1996 年版。

吴熊和：《唐宋词汇评》（两宋卷），浙江教育出版社 2005 年版。

吴应箕：《楼山堂集》，《四库禁毁书丛刊》本。

吴曾：《能改斋词话》，《词话丛编》本，中华书局 1986 年版。

先著、程洪：《词洁辑评》，《词话丛编》本，中华书局 1986 年版。

辛更儒：《辛弃疾资料汇编》，中华书局 2005 年版。

辛弃疾著，邓广铭笺注：《稼轩词编年笺注》，上海古籍出版社 1993 年版。

薛砺若：《宋词通论》，上海书店 1985 年版。

萧鹏：《群体的选择——唐宋人选词与词学通论》，台湾文津出版社 1992 年版。

谢桃坊：《中国词学史》，巴蜀书社 1993 年版。

谢章铤：《赌棋山庄词话》，《词话丛编》本，中华书局 1986 年版。

徐度：《却扫编》，《宋元笔记小说大观》（第 4 册）本，上海古籍出版社 2001 年版。

徐釚：《词苑丛谈》，上海古籍出版社 1981 年版。

许昂霄：《词综偶评》，《词话丛编》本，中华书局 1986 年版。

许学夷：《诗源辩体》，人民文学出版社 1987 年版。

严迪昌：《清词史》，江苏古籍出版社 1999 年版。

杨海明：《唐宋词史》，江苏古籍出版社 1987 年版。

杨海明：《唐宋词与人生》，河北人民出版社 2002 年版。

杨慎：《词品》，《词话丛编》本，中华书局 1986 年版。

杨湜：《古今词话》，《词话丛编》本，中华书局 1986 年版。

姚学贤、龙建国：《柳永词详注及集评》，中州古籍出版社 1991 年版。

叶嘉莹：《叶嘉莹说词》，上海古籍出版社 1999 年版。

叶梦得：《避暑录话》，中华书局 1985 年版。

永瑢：《四库全书总目》，中华书局 1965 年版。

尤振中、尤以丁：《清词纪事会评》，黄山书社 1995 年版

俞彦：《爰园词话》，《词话丛编》本，中华书局 1986 年版。

袁宏道：《袁中郎全集》，世界书局 1935 年版。

袁枚：《随园诗话》，人民文学出版社 1960 年版。

岳珂：《桯史》，《唐宋史料笔记丛刊》本，中华书局 1981 年版。

臧晋叔：《元曲选》，中华书局 1958 年版。

张怀瑾：《钟嵘诗品评注》，天津古籍出版社 1997 年版。

张惠民：《宋代词学资料汇编》；汕头大学出版社 1993 年版。

张惠言：《词选》，华夏出版社 1999 年版。

张耒：《张耒集》，中华书局 1990 年。

张汝伦：《现代西方哲学十五讲》，北京大学出版社 2003 年版。

张廷琛：《接受理论》，四川文艺出版社 1989 年版。

张廷玉：《明史》中华书局 1974 年版。

张炎：《词源》，《词话丛编》，中华书局 1986 年版。

张綖：《诗余图谱》，《四库全书存目丛书》本，齐鲁书社 1997 年版。

张璋：《历代词话》，大象出版社 2002 年版。

张自烈、廖文英：《正字通》，《续修四库全书》本，上海古籍出版社
　　1995 年版

张宗橚：《词林纪事》，成都古籍书店 1982 年版。

章学诚：《文史通义》，上海书店 1988 年版。

赵翼：《瓯北诗话》，郭绍虞《清诗话丛编》本，上海古籍出版社 1983
　　年版。

赵幼文：《曹植集校注》，人民文学出版社 1984 年版。

钟嗣成：《录鬼簿》，上海古籍出版社 1978 年版。

周煇：《清波别志》，《丛书集成初编》本，中华书局 1985 年版。

周济：《介存斋论词杂著》，人民文学出版社 1959 年版。

周济：《宋四家词选目录序论》，《词话丛编》本，中华书局 1986 年版。

周密：《武林旧事》，山东友谊出版社 2001 年版。

周明初、叶晔：《全明词补编》，浙江大学出版社 2007 年版。

周汝昌：《名家读唐宋词》，中国计划出版社 2005 年版。

朱弁：《风月堂诗话》，中华书局 1988 年版。

朱立元：《接受美学》，上海人民出版社 1989 年版。

朱熹：《诗集传》，中华书局 1958 年版。

朱孝臧：《彊村丛书》，上海古籍出版社 1988 年版。

朱绪曾：《昌国典咏》，《丛书集成续编》本，新文丰出版公司 1989 年版。

朱彝尊：《词综》，中华书局 1975 年版。

朱彝尊：《曝书亭集》，《四部丛刊》本。

朱自清：《诗言志辨》，华东师范大学出版社 1996 年版。

卓人月：《古今词统》，辽宁教育出版社 2000 年版。

二　译著

[德] H. R. 尧斯，[美] R. C. 霍拉勃：《接受美学与接受理论》，周宁、
　　金元浦译，辽宁人民出版社 1987 年版。

[德] 胡塞尔：《欧洲科学的危机和超验现象学》，王炳文译，商务印书馆
　　2001 年版。

[德] 伽达默尔、杜特：《解释学·美学·实践哲学——伽达默尔与杜特
　　对话录》，商务印书馆 2005 年版。

[德] 伽达默尔：《伽达默尔集》，邓安庆译，严平编选，上海远东出版社
　　2003 年版。

[德] 伽达默尔：《真理与方法》，洪汉鼎译，上海译文出版社 1999 年版。

[德] 格罗塞：《艺术的起源》，蔡慕晖译，商务印书馆 1998 年版。

[德] 黑格尔：《美学》第 1 卷，朱光潜译，商务印书馆 1997 年版。

[德] 黑格尔：《哲学史讲演录》，贺麟、王太庆译，商务印书馆 1959
　　年版。

[德] 康德：《判断力批判》，宗白华译。商务印书馆 1985 年版。

[德] 马克思、恩格斯著：《马克思恩格斯全集》，人民出版社 1979 年版。

[德] 尧斯：《审美经验与文学解释学》，上海译文出版社 2006 年版。

[法] 米盖尔·杜夫海纳：《美学与哲学》，孙非译，中国社会科学出版社

1985 年版。

［法］布迪厄尔：《文化资本与社会炼金术——布尔迪厄访谈录》，包亚明译，上海人民出版社 1997 年版。

［法］布里埃尔·塔尔德、［美］特里·N. 克拉克：《传播与社会影响》，何道宽译，中国人民大学出版社 2005 年版。

［荷］D. 佛克马、E. 蚁布斯：《文学研究与文化参与》，俞国强译，北京大学出版社 1996 年版。

［加］斯蒂文·托托西：《文学研究的合法化》，马瑞琦译，北京大学出版社 1997 年版。

［美］哈罗德·布鲁姆：《西方正典》，江宁康译，译林出版社 2005 年版。

［美］苏珊·朗格：《艺术问题》，滕守尧译，中国社会科学出版社 1983 年版。

［美］韦勒克、沃沦：《文学理论》，刘象愚等译，江苏教育出版社 2005 年版。

［美］宇文所安：《追忆——中国古典文学中的往事再现》，郑学勤译，三联书店 2004 年版。

［瑞士］J. 皮亚杰：《皮亚杰学说及其发展》，陈孝禅等译，湖南教育出版社 1983 年版。

［苏］鲍列夫：《美学》，乔修亚等译，中国文联出版公司 1986 年版。

［苏］别林斯基：《别林斯基选集》第 2 卷，满涛译，上海译文出版社 1979 年版。

［苏］赫拉普钦科：《艺术创作 现实 人》，上海译文出版社 1999 年版。

［苏］赫拉普钦科：《作家的创作个性和文学的发展》，上海人民出版社 1977 年版。

［苏］普罗霍罗夫：《苏联百科词典》，中国大百科全书出版社 1986 年。

［匈］乔治·卢卡契：《审美特性》，徐恒醇译，中国社会科学出版社 1991 年版。

［英］特里·伊格尔顿：《文学原理引论》，刘峰译，文化艺术出版社 1987 年版。

［英］特里·伊格尔顿：《现象学，阐释学，接受理论——当代西方文艺理论》，王逢振译，江苏教育出版社 2006 年版。

刘苦端编：《19 世纪英国诗人论诗》，人民文学出版社 1984 年版。

三　论文部分

[德] 伊瑟尔：《致周宁、金元浦信·附件》，章国锋译，《文艺报》1986
　　年6月11日。

[荷] 杜威·佛克马：《所有经典都是平等的，但有一些比其它更平等》，
　　《中国比较文学》2005年第4期。

[美] E. 迪安·科尔巴斯：《当前的经典论争》，阎景娟、贺玉高译，见
　　左东岭主编《文学前沿》，学苑出版社2005年版。

曹建文等：《"颠覆经典"的隐忧》，《光明日报》2005年6月20日。

陈洪、孙勇进：《世纪回首：关于金庸作品经典化及其它》，《南开大学学
　　报》1999年第6期。

陈太胜：《文学经典与文化研究的身份政治》，《文艺研究》2005年第
　　10期。

陈晓明：《经典焦虑与建构审美霸权》，《山花》2002年第9期。

程晶晶：《"新妇相思"词的经典化进程——李清照〈一剪梅〉接受史》，
　　《兰州学刊》2005年第1期。

褚卫：《永远的经典——〈孔雀东南飞〉》，《海内与海外》2006年第
　　11期。

崔蕴华：《红楼梦子弟书：经典的诗化重构》，《北京师范大学学报》2003
　　年第3期。

邓建：《论金、元二代柳永词的传播与接受》，《渤海大学学报》（哲学社
　　会科学版）2006年第1期。

邓新跃：《〈沧浪诗话〉与盛唐诗歌的经典化》，《江汉论坛》2007年第
　　2期。

方忠：《论文学的经典化与中国现代文学史的重构》，《江海学刊》2005
　　年第3期。

古风：《从"诗言志"的经典化过程看古代文论经典的形成》，《复旦学
　　报》2006年第6期。

韩经太：《经典的确认与学科的自觉——中国古代文学理论批评研究的现
　　代展开》，《中国文化研究》2004年冬之卷。

洪黎民：《共生概念发展的历史、现状及展望》，《中国微生态学杂志》
　　1996年第4期。

洪子诚：《中国当代的"文学经典"问题》，《中国比较文学》2003 年第
　　3 期。

胡光舟：《试论北宋词的思想倾向》，《复旦大学学报》1959 年第 12 期。

黄曼君：《回到经典重释经典——关于 20 世纪中国新文学经典化问题》，
　　《文学评论》2004 年第 4 期。

黄曼君：《中国现代文学经典的诞生与延传》，《中国社会科学》2004 年
　　第 3 期。

李舫：《颠覆经典的背后》，《人民日报》2006 年 4 月 18 日。

李小钧：《走向经典之路——以陶潜与多恩为例》，《中国比较文学》2004
　　年第 1 期。

李彦东：《论〈聊斋志异〉的经典形成逻辑》，《海南大学学报》2003 年
　　第 1 期。

凌建英、宗志平：《图像时代文学经典的命运与美育意义》，《文学评论》
　　2007 年第 2 期。

刘冬颖：《上博竹书〈孔子诗论〉与〈诗三百〉的经典化源流》，《学习
　　与探索》2004 年第 4 期。

刘象愚：《经典、经典的内涵和特性与关于"经典"的论争》，《中国比较
　　文学》2006 年第 2 期。

刘学锴、余恕诚：《谈谈〈李商隐诗歌集解〉的编撰工作》，《书品》
　　1989 年第 2 期。

龙榆生：《选词标准论》，《词学季刊》，第 1 卷第 2 号。

罗忼烈：《试论宋词选集的标准和尺度》，《文艺理论研究》1983 年第
　　4 期。

孟繁华：《新世纪文学经典的终结》，《文艺争鸣》2005 年第 5 期。

裴登峰：《永远的经典——〈窦娥冤〉三题》，《名作欣赏》2007 年第
　　7 期。

钱志熙：《乐府古辞的经典价值——魏晋至唐代文人乐府诗的发展》，《文
　　学评论》1998 年第 2 期。

施议对：《论稼轩体》，《中国社会科学》1987 年第 5 期。

孙福轩：《话本小说叙事的经典——李渔叙事美学特征论》，《明清小说研
　　究》2004 年第 4 期。

孙士聪：《经典的焦虑与文艺学的边界》，《天津师范大学学报》2005 年

第 3 期。

孙书磊：《经典的解构：从〈西游记〉到〈西游补〉、〈大话西游〉》，《淮海工学院学报》2004 年第 3 期。

谭新红：《李清照词的经典化历程》，《长江学术》2006 年第 2 期。

孙康宜：《明清文人的经典论和女性观》，《江西社会科学》2004 年第 2 期。

孙克强、杨传庆：《晚清词学史上的柳永翻案之论——郑文焯论柳词平议》，《学术研究》2012 年第 10 期。

陶东风：《文学经典与文化权力（上）——文化研究视野中的文学经典问题》，《中国比较文学》2004 年第 3 期。

童庆炳：《文学经典建构的内部要素》，《天津社会科学》2005 年第 3 期。

童庆炳：《文学经典建构诸因素及其关系》，《北京大学学报》2005 年第 9 期。

王季思：《从宋词里接受有益的东西》，《理论与实践》1959 年第 4 期。

胡光舟：《试论北宋词的思想倾向》，《复旦大学学报》1959 年第 12 期。

王宁：《文学的文化阐释与经典的形成》，《天津社会科学》2003 年第 1 期。

王兆鹏、孙凯云：《寻找经典——唐诗百首名篇的定量分析》，《文学遗产》2008 年第 2 期。

王兆鹏：《古代作家成名及影响的非文学因素》，《社会科学》2006 年第 3 期。

王兆鹏：《宋词作品量的统计分析》，《光明日报》2001 年 11 月 28 日。

王兆鹏：《宋词作者的统计分析》，《文艺研究》2003 年第 6 期。

王兆鹏：《宋代作家成名的捷径：名流印可》，《中州学刊》2005 年第 2 期。

王兆鹏：《中国古代文学传播研究的六个层面》，《江汉论坛》2006 年第 5 期。

韦凤娟：《论陶渊明的境界及其所代表的文化模式》，《文学遗产》1994 年第 2 期。

吴承学、沙红兵：《中国古代文学的经典》，《中山大学学报》2004 年第 6 期。

吴承学：《〈过秦论〉：一个文学经典的形成》，《文学评论》2005 年第

3 期。

吴飞驰:《关于共生理念的思考》,《哲学动态》2000 年第 6 期。

吴中胜:《论经典诗词"物是人非"的抒情范式》,《哈尔滨工业大学学报》2007 年第 4 期。

吴子林:《文化的参与:经典再生产——以明清之际小说的"经典化"进程为个案》,《文学评论》2003 年第 2 期。

杨海明:《试论唐宋词中名句的生成奥秘及其他》,《社会科学战线》2005 年第 2 期。

杨子怡:《经典的生成与文学的合法性——文化生产场域视野中的传统诗经学考察》,《西北师大学报》2005 年第 7 期。

郁贤皓、周福昌:《必须用批判的态度对柳永的词重新估价》,《光明日报》1960 年 7 月 17 日。

原绍锋:《中国传统文化的经典体现——论中国文人苏东坡》,《中央社会主义学院学报》2004 年第 8 期。

张隆溪:《经典在阐释学上的意义》,《中国文史研究通讯》第 9 卷第 3 期。

张新科:《汉赋的经典化过程——以汉魏六朝时期为例》,《人文杂志》2004 年第 3 期。

赵学勇:《消费时代的文学经典》,《文学评论》2006 年第 5 期。

朱国华:《文学"经典化"的可能性》,《文艺理论研究》2006 年第 2 期。

后　记

2015 年秋，本书定稿。从选题算起，不觉十年过去。一件事，绵亘多年，于事于人颇有感触。

200 多年前，一位学究曾叹为学有三难，是为淹博、识断和精审。面对研究对象浩如烟海的相关资料及其量的范围深度，人脑要"淹博"其详，何以不难？而始于"淹博"的识断和后续的"精审"，则更是难上加难了。

可以想见，随着人类信息记录手段的空前强大，未来可用信息量剧增，上述难度将不断加大，学术界将会发出越来越多的"戴震之叹"。或许将来，学者们会更加习惯将自己的研究对象强化为一个数据集合，并会愈发明白熟练处理各类数据的方法的重要性。

然而以上猜测并不能改变一些基本事实和规律：在文学研究可以预见的未来，对文本本身的定性研究仍将是文学研究的圭臬，没有人可以改变它，同时文学研究的碎片化状态与文学本身的多态性将长期共存。本书即是对文学经典这一基于众人而不是基于个人、基于时间而不是基于时刻的概念作横纵的理性剖析与事实解析，以期获得有价值的数据和结论。

作为一本用定性与定量相结合的方法研究文学经典的小书，这里涉及了统计，运用了一些数学方法。在统计历代选本、点评等关于宋词传播接受的相关数据的过程中，每一项小数据都要经过仔细甄别计量，每天对着表格和数据直到头昏眼花，这种"体力活"似的工作确实很辛苦。这期间，得到了不少师长和同仁的肯定和鼓励，但也遇到了一些嘲讽与苛责。其中，有喜悦，有欣慰，有委屈，有惶恐，更有求知求真的满足与快乐。

历史长河中，古人在石头、胶泥、木板上一刀一刀地、一笔一画地镌刻上他们心中的美好文字和诗篇，一代又一代……到今天，能有幸统计他们当年工作的刊本和相关数据，体察经典在历史上的传承并获得作小结的机会，夫复何求？

在那些埋头计数的日子里，心中每每暗念：切莫出错，切莫遗漏……彼时的确没有深邃的思想和复杂的推理，只是机械地重复着高耗精力的简单计数，矜持着一个计数者的基本操守，仿佛那是向昔日参与刊印的文人工匠们致敬的唯一的态度和方法。

这些统计出来的结果，为本书的阐述提供量的支撑之外，其数据本身也具较完整的独立价值，那些以前只零碎地不相关地散落于各类刊本中的非主流数据，得以有序和统一的形成于本书的纸页之中。

这本小书的选题源于我博士第一年时导师王兆鹏先生的一次讲课。先生关于古代文学经典作品于人心情理的功用第一次让我将思维聚焦到"文学经典"上。我觉得这是一个颇具复杂度且很有意义的概念，它正好契合我心中多年来对中国传统文学文化的眷眷情愫。随着思考和涉猎的深入，我最终将宋词经典及其经典化问题确定为我博士论文的选题。

一开始，和硕士论文一样，我对文学经典的思考停留在定性研究的正统套路上。但经过一年关于文学经典研究资料的整理和思考，我发现作为在历史过程中不断展开的审美存在，传统定性界定经典的方法偏于主观感性，以一己之观点根本不足以界定与呈现千年历史动态中的宋词经典的传世状况。有没有更客观科学的方法呢？

一次与人闲聊，谈到文化艺术和数学的关系，谈到视觉听觉等生命感受系统和文字概念系统之于人类的思想的关系时，对方说到"量是系统的最基本法则之一"，我反问他：我的博士论文怎么和量关联？他回答说经典本身就是一个量变获得质变的事例典型。

不久，我开始有了用计量统计辅助宋词经典研究的想法了。和先生讨论这个问题后，获得了先生的热情支持……其时先生对于研究方法论的谈吐，审慎开明的态度让作为后学者的我感到十分钦慕。

于是在我的论文中，捕捉量的运动成了一项重要的内容。尽管我知道，我所能捕捉到的量，和影响经典成形的内在的"量"有区别，前者只是后者的一个子集，甚至有点"弱"，但这不影响我对它的捕捉和利用，因为，我在论文中不会也不可能会指明我的数据是经典生成的唯一的"量的标准"，我同时觉得，我要捕捉和利用的这些数据，是需要有人来收集整理一番的时候了，为文章获得更务实内容的同时又获得有独立价值的古籍相关数据，事能两美，岂能不为？

　　即是说，从一开始的博士论文到这次出版的这本册子，定量数据部分和文中观点的关系，并非导出与被导出的因果推理关系，而是命题与例证的关系。例证往往是不完全证明，但比起先前我仅打算用定性分析来讨论宋词经典的计划来，显然更丰富扎实些了。

　　2010 年，在博士论文的基础上申报国家社科基金立项。

　　2014 年，该成果增补完善，项目结项。

　　2015 年，修订结项成果，结集出版。

　　这本小书迎来今天的出版发行，实属不易。书稿即将付印之时，我最需要感谢的是我的老师王兆鹏先生。回忆求学三载光阴，珞珈山麓、东湖之滨，先生风趣、严谨、启人心智的传道授业之言犹在耳畔。博士论文的写作过程中，从资料的搜集、数据校对到论文设计，无不得到先生悉心指导。毕业后，申报国家社科基金，又得到先生充分的鼓励。选题从立项到结项，期间疑难之处又多获先生提点。而本书中，宋词经典 300 名篇的定量分析、清人词学视野中的宋词经典、《念奴娇·赤壁怀古》的经典化相关内容均在先生的帮助与指导下合作发表。非先生传道授业解惑，我断难取得这些成绩。

　　感谢中国社科院张国星先生！先生为人和蔼平易而风趣幽默，学术眼光犀利独到。在中国社科院随先生访学时，正是完成课题的关键时候。先生的提点如拨云见月，让人豁然开朗。访学得遇先生，确是我学术生涯中的幸事！

　　感谢硕士导师沈家庄先生。先生的乐观、豁达与睿智，引导我进入中国古典文学研究的殿堂，让我流连其中，乐而忘返。

　　借此机会，向我成长过程中一路行来的各位师长致谢！感谢武汉大学尚永亮先生、苏州大学杨海明先生、深圳大学刘尊明先生、中国人民大学诸葛忆兵先生及已故的中国社科院刘扬忠先生。诸位先生在本书写作过程中的鼓励支持，给了我更多研究的动力。先生们的建设性意见，让我反思缺陷与不足，让书稿更趋完善。这对我以后的学术研究善莫大焉。还有我博士论文开题与答辩时，陈文新、陈水云、陈顺智、程水金、程芸、戴建业、李中华、谭邦和、郑传寅、熊礼汇等诸位先生的建议使我获益匪浅，在此一并致谢。

　　感谢为数据的准确性与统计方法的合理性付出心力的友朋及同门。谢谢师弟汪超、柯贞金、许博，师妹邵大为、彭晓菊不论晴雨跑图书馆核校原始数据。感谢武汉大学卫星导航定位技术研究中心的贺喜老师，河池学院数计系欧阳云老师，他们对本书的数据统计提供了很好的建议和方法。感谢我的爱人杨剑兵先生在书稿校对过程中付出的辛勤劳动。

2015 年 10 月于吉安